兵团梦引

陆幸生

图书在版编目（CIP）数据

兵团梦引 / 陆幸生著 . —北京：中国书籍出版社，2016.10

ISBN 978-7-5068-5911-0

Ⅰ.①兵… Ⅱ.①陆… Ⅲ.①长篇小说-中国-当代 Ⅳ.①I247.5

中国版本图书馆 CIP 数据核字（2016）第 253017 号

兵团梦引

陆幸生　著

责任编辑　陈德勇　刘　娜
责任印制　孙马飞　马　芝
封面设计　阳光闪现
出版发行　中国书籍出版社
地　　址　北京市丰台区三路居路 97 号（邮编：100073）
电　　话　（010）52257143（总编室）　（010）52257140（发行部）
电子邮箱　eo@chinabp. com. cn
经　　销　全国新华书店
印　　刷　北京鑫瑞兴印刷有限公司
开　　本　710 毫米×1000 毫米　1/16
印　　张　26.75
字　　数　380 千字
版　　次　2017 年 1 月第 1 版　2017 年 1 月第 1 次印刷
书　　号　ISBN 978-7-5068-5911-0
定　　价　56.00 元

内容简介

作者用诙谐、幽默的笔调描写了几个大院子弟在那个荒唐年代演绎的有趣故事。从兵团战士到军旅画家人生沉浮的另类军人生涯。广阔的社会背景，真实的场景叙事，发人深省的历史事件、爱情和事业追求，以跨越时空的艺术结构，非虚构的文学手法，都能够激起人们的阅读快感。本作品写人物故事栩栩如生，论世态人情入木三分，体现作者对青春的真诚忏悔和反思，展示其作品的批判锋芒和社会思考，不失为当代一部现实主义的力作。

如果您饱经人生沧桑，这部小说一定会让您击节赞叹；如果你正青春年少，这部小说一定会让你受益匪浅。

作者简介

陆幸生，一九五三年生，江苏海门人。中国作家协会会员，一级作家，江苏作协报告文学创作委员会副主任。出版有长篇小说《银色诱惑》《银豹花园》(获第五届金陵文学奖)、《银狐之劫》《扫黄打非风云录》《村官》《兵团战士》《军旅画魂》，纪实文学集《画册迷案》，文集《书海波澜》，随笔集《拒绝诱惑》《秋风沉醉的夜晚》《笔底明珠终璀璨》诗集《剑胆琴心》《松风梅影》《岁月远去》等。

目录

天地奏鸣曲

李副连长的堕落

眼底是一片白花花的盐碱地，顺着一畦畦栽种得笔直的绿色棉苗望去，一直绵延到看不到尽头的远方。来建设兵团已经两年了，但是，在这个显得有些另类的大部队中，我们这些时代的弃儿，非军非农的生活和劳作，使我们丝毫感觉不到作为时代宠儿军人的荣耀，反而感觉有些坠入底层的猥琐和堕落。在我的印象中，兵团被比喻为广阔天地的农村，那一片片望不到尽头的盐碱地，仿佛是一片白茫茫的望不到尽头的苦海，苦海中跳跃的绿叶只是一点渺茫的希望。

我们每天像真正的农夫那样日出而作，日落而息，从事着简单重复而又繁重的体力劳动，春种、夏收、秋播、冬耕、上河工，人有如机械那样没日没夜，在凌晨的钟声中被唤起，在收工的哨音中拖着疲惫的双腿，驮着夕阳，返回知青点的小屋。大棒子粥加大麦饼清水煮白菜果腹后，夜晚遥望星空，传来阵阵思乡的歌。

中午是由食堂送来的汤汤水水就着粗面馒头果腹，这样日复一日年复一年的日子，简单劳动。农场的农民和职工们至少还有一个贫寒而简单的家可以栖息，在繁衍育种的欢乐中，平衡苦难带来的麻木。作为所谓的解放军军人，却从来都未见过枪炮子弹，手中操弄的只是最最原始的生产工具锄耙犁锨，从事的依然是牛拉人扛的简单劳动，只是到秋收、夏种季节场部机耕连的收割机、拖拉机才会偶尔显示一下农业机械化的威力，使人感觉到我们所在的场带队，属于农场，现在农场又编入了中国人民解放军的序列，成了建设兵团。

面对大片贫瘠的土地，瑟瑟摇曳的芦苇丛，浑浊黄海激浪带来的咆哮，尽管原有的农垦局系统已经被席卷全国的“文化大革命”浪潮打碎，全省国营农场整系列地被称为生产建设兵团，一切按照军事化系列以师、团、营、连、排编制取代了场、分场、大队、小队。开进了一帮军人成了师长、团长、营长，反正我看师首长全是清一色的军人，团、营一级的首长却已经是军队为正，地方为副，像萝卜青菜那样搭配组成了军事化的管理体系。我们连的首长，都是原来的生产大队长和小队长，摇身一变成了连长、排长，这样一群农民身份不着军装依然衣衫褴褛的长官，统领着我们一群非常另类的战士，向大自然开战，同时也对人的思想行为进行围剿和规范。

而我们这拨兵团的另类军人们竟然还不如出现在电影镜头中那些新疆、东北建设兵团的知青，他们至少还有一套军装可以炫耀为未列入正规部队的农垦军游击队。我们这一群衣衫斑驳杂乱的队伍，算是什么军队，实在有点难以形容，说是军事管控下的苦役还是打入另册的战俘都不太合适，因此我们被非常文明地称为“兵团战士”或者“知识青年”。

繁重的体力劳动，严格军纪的约束，漫无希望的等待，半饥半饱的生活，停滞了思维，枯竭了灵感，就仿佛像是行尸走肉那样，空负着一张皮囊，在瑟瑟寒风中飘荡，无法栖息。简直是在苦熬着岁月。

在这片浩瀚无垠茫茫不着边际的大海中苦等着冬去春来的季节变换，

我借用样板戏《智取威虎山》中的唱词：“盼星星盼月亮，只盼着深山出太阳”，苦盼着每年的春节来临，好回城中温馨的家去享受几天安逸的生活。

不过，眼前地下仍是白茫茫的，天空仍是灰蒙蒙的，仿佛苍茫大海又笼上了一层浅浅的迷雾，使人感到分外压抑，再加上天际飘浮的丝丝凉风吹动着田埂边灌木丛和白杨树发出的“飒飒”声响，这瑟瑟风啸就更显得压抑中带着几分凄凉和寒酸。

我在机械地迈动脚步，舞动锄把为破土而出的棉苗松土，这场景太像卓别林在电影《摩登时代》中出演的角色，在生产流水线上枯燥地机械作业，既无聊又单调，活生生的人变成了工具，而这工具有思维，就显得相当痛苦。

耳畔偶尔会传来当地男女村民的调笑声。显然他们是快乐的，无忧无虑的，这是他们习以为常的娱乐生活，这娱乐只不过是为夜深人静时的床笫男女声小合唱平添的/首愉快的前奏曲而已。我开始听时，还有着某种初来乍到的新鲜感和羞涩感，因为这和我长期所受的清教徒式的禁欲主义教育格格不入，人欲有如无孔不入的水银见缝就钻，在这个穷乡僻壤，显然就是被社会遗忘的角落，人欲在天地缝隙中愉快地舒展。这很能勾起我对一些往事的回忆。

想起那和我仅一墙之隔的街坊，我的小学同班同学黎星星，在我们上了中学后那个全民造反的时代，她竟悠闲地和街上的一个年长她 6 岁的工人谈起了恋爱，当他们双双出入那条幽静的小街时，背后就有人指指戳戳地说这“女人”如何风骚等等。她当时还只是个不满 16 岁的少女，就被人称为“女人”，显然那些人的语气是蔑视的、不屑的。而她却是我当年的梦中情人，是我暗恋的对象。也许她根本就没有正眼瞧过我。

她显然认为我只是一个无知的不解风情的小屁孩儿。尽管她只比我大一岁，却已经发育得很成熟了，亭亭玉立，颀长的身材，高高的个子，仿佛乳脂般溢着光彩的皮肤细腻而白皙，配上突出的乳胸，浑身都凸透着蜜桃成熟的诱惑力。这诱惑力导引着街上小伙子们的目光，我想暗中恋着她的人一定很多。因为，她是那么美丽，那么骄傲，她仿佛是冰山上美艳的雪莲在高寒的孤峰独自绽放，让街上那些有点身份的翩翩少年们可望不可即。要指出的是，我家所在的那条眉山路虽然不够宽阔漫长，却是部队机关和省级机关宿舍的集中地，一些大院和小院错综交织在一起，是厅局长和部队首长加上一些著名知识分子组合的一个绝非普通市民的独特世界。

眉山路和高门楼两条路呈丁字形出现在古城中心，向南就是市中心鼓楼广场，明代的鼓楼和钟亭遥相呼应，晨钟暮鼓的见证了时代的兴衰和变迁。虽然这里在老皇帝龙驭上宾后出现了皇孙和皇叔的权力之争，被“靖难之役”占领京都后的一把大火焚毁了宫楼，皇叔篡位成功，小皇帝不知所踪，新皇迁都去了北京。但是，这里一直作为留都保留了象征性的权力格局，因此被称为南京。

向北往眉山路直行穿过一片省科委的宿舍区即可登上市中心有名的鸡笼山，那里就是我父亲当年所在机关的处所，又是民国时期观象台所在地。要说明的是我们家原来是在靠近主干道的中山西路上的民国高官教育部长朱家骅公馆凤颐邨的街对面，就是那个审判断案货真价实的省高级法院所在地。父亲路征同志自从在那个苏中小县城的人民法院院长任上，调去参加了中央政法干校学习回来后就参与了省高院的组建，出任了刑事审判庭的副庭长。二十世纪五十年代末期因抗战时被日伪逮捕问题，遭严格审查，验明正身后，父亲又被抽调到离家不远的省里最高权力机构那时被称为省委的十人小组，组长就是省委第一书记，任务是去审查别人，现在看来就是去整别人，整的对象当然是级别很高的副省长，也是被捕过关在陆军反省院后来奉组织之命自首出狱的苏南地区党政军最高领导被称为管司令的首长。后来，首长自有更高的首长出面具保，副省长依然是副省长而有惊无险。仅仅是撤销了党内职务保留了行政职务兼任了省体育运动委员会主任，直到也曾经是副省级的上海市首任检察长王刚同志在政治运动中落马，后又甄别复出调任本省担任了体委主任，这位副省长才卸任，赋闲了。不过我来到兵团时，这两位一个被戴上自首变节分子的帽子遭关押；一个却以死抗争，走上不归之路，这就是性情刚烈的王刚伯伯，追随王伯伯一起走上不归之路的还有当年不到 39 岁的体委常务副主任赵湛题和一位担任副主任的国军起义中将。省体委三位主任之死，当年震动古城。

审干结束后，父亲没有再回法院，却被调到了鸡笼山上的那个绿荫覆盖、风景如画负责全省天气预报的局被任命为计划财务科科长。当然科长的名称比法庭庭长的名称听起来要差一些，其实级别还是一样的，因为“厅局厅局”，厅是省政府组成部门，局是省政府直属部门，厅的中层称为处，局的中层称为科，当然现在从省到市无论厅局都改称处了。所以父亲每逢老战友来访都要解释一下他现在的科长就是处长，以示不是贬谪而是提拔。

但是从政法系统和省委中枢到一个他完全外行的科技系统去管一个完全陌生的计划财务部门完全是一种黑色幽默。我后来怀疑他的这次调动一定和副省长的东山再起有关，但是此说无凭。又有传说从省委调到这个局原是要提副局长的，因为母亲出身资本家，事实上他没有被提拔，当了科长一年倒有半年出差在外，到各市的气象局、台、站去巡视，参加所谓的社会主义教育运动。我想又是去整人的，反正父亲这一生不是整人，就是被人整，在运动中沉浮着，摆脱不了时代如影随形的投影。在“文革”中他受到的冲击不是很大，也就是再次因为历史上被捕逃脱的问题被怀疑为叛徒，遭到审查，终于科长也当不成了。

老爹成了仓库保管员，好在仓库就在眉山路我家的后面，他也乐得天天在家上班，搬运搬运器材，收发收发物资，锻炼锻炼身体，完全置身于运动之外，逍遥了好几年，直到去了五七干校。好在他的历史问题不复杂，被捕时间极短，当年的领导和战友都在，附近的老百姓目睹了他的出逃，而且得到根据地老百姓的营救，所以结论很快出来，干校维持了五九年审干时的结论，他又被当成英雄和好汉再次被抽调到省委调查组与一帮部队干部一起去接管了据说已经烂掉的于台县委县政府。他再次回到政法岗位担任了县革委会政法组副组长，组长当然是介入地方政治的部队保卫股长。

父亲那时非常得意地介绍说，这次履新的职位相当于过去的县委政法委副书记，在他看来这已经是很好的结果了。但是在那个翻手为云覆手为雨的年头，他被当成“五·一六”分子关押审查，又是我当兵以后的故事了。所以我的去兵团和后来的当兵直接跟老爷子在政治上的起落有关。

在那个年代人的命运在政治风浪中起伏跌宕是再正常不过的事情，贵为朝廷勋臣尚且难以避免朝为堂上客，暮成阶下囚的命运，微官末吏们更是战战兢兢看着总督巡抚们的颜色讨生活，而普通百姓的命运则更加不堪，只能画地为牢，像蝼蚁那般默默无闻地劳作，日出月升似的生活着，在布票、粮票、油票、肉票、肥皂票、自行车票、缝纫机票等等票据的缠绕束缚中讨生活，做着十分虚幻而美丽的天下主人梦。

我们家从凤颐郇小院搬到眉山路大院又和父亲的工作调动有关。而黎星星的家也是二十世纪六十年代初期由北京搬到南京市，也与其父工作调动有关。总之，在我们的眼中他们家那座独门独院别墅总是很神秘，后来才知道黎星星的父亲黎明同志本身就是我军神秘战线上的神秘人物，原来也是总参神秘机关从事神秘工作的。在我的记忆中老人自从挂上汤山炮兵学校装备器材部部长头衔就没有上过一天班，总像是寓公那样闲居着。

黎星星仿佛是这个小世界特立独行的绝世佳人。她像是来自天国的公主那般对小伙子们垂涎三尺的嘴脸很是不屑一顾，尽管那些小伙子都是省级机关干部的子弟。而她一个老红军的女儿却偏偏钟情那个住在 1 号院的小工人。听说后来她那段短暂的恋爱史在她父母亲和两个哥哥的强行喝阻下中断了，但却成了我们眉山路上小伙伴之间的趣谈。

但在我的心目中她依然是圣洁的女神，我始终不相信有这种事，我替她做着徒劳无功的辩解，因为众口铄金、三人成虎呢。况且那本身就是一个谎话、大话、空话、假话、屁话连篇的时代，有时一句谎言就有可能演化为绝对的真理。人们就只能在真理的天空下像狗那样伸着舌头苟延残喘。

直到有一天，我、黄卫军、顾晓江和她几乎在同一天办理户口迁移的手续，我们由那个历史悠久的六朝古都省会城市迁到了这个苏北的穷乡僻壤，一个号称已编入中国人民解放军序列的建设兵团。我们和她作为兵团战士分在这个庄子上时，我终于在一次和她偶遇时，装着不经意问起她和小工人的恋爱关系。我多么希望她的回答是否定的。我暗想，这一定是街坊男孩子们吃不到葡萄说葡萄酸，故而嚼舌根子瞎编的，尤其是那个黄卫军，背后一直称她是“老女人”。其实黄卫军在心中一直惦记着这个被他称为老女人的漂亮姑娘，后来他们竟成了一家子，再后来，他们在有了一个女儿后离婚了，而且黎星星离得十分决绝，似乎再没有破镜重圆的可能。

当年黎星星莞尔一笑十分平静地说：“这是真的。”她十分淡然地说，“当时对爱是朦朦胧胧的。我只觉得和他在一起有意思，坐在他自行车的后架上，轻轻揽着一个异性男人粗壮的腰，嗅着他身上异样的雄性气味，那种感觉确实特别好，心情特别愉悦。他星期六骑车带着我去郊区农村的老乡家中做客，我们吃农家的玉米、花生、山芋、草鸡、河鱼，充满着乐趣。但我不知道这就是恋爱，我只是觉得有意思，好玩。后来确如你们说的那样，在父母、哥哥的反对声中，这一短暂的欢愉也就像是倏忽一过的春梦那般很快地结束了，而那个年代什么不像梦呢？我们诗一样的童年难道不是梦？”她反问道，她说这段话时一点也不羞涩，而是特别坦然轻松的样子。我当然无话可说。

然而，这样一个女神般的女子两个月前，在全连知青羡慕的目光中，手持兵团部的调令去了兵团纺织厂。她是第一个离开连队的女知青。据说她在离开前特地去看了被打成“五·一六”分子仍在关押中的黄卫军。正因为她的探望导致了黄卫军两个月后的逃亡，副连长李学文和团保卫股长去省城追捕但无功而返。这引起了村里人的话题，认为小黎一定是和小黄在处对象，否则怎的带着水果罐头、面包、饼干去看这个小反革命呢？

自从那次追捕黄卫军未果后，李学文副连长从省城归来就好像换了一个人似的，不是整天闷闷不乐地蹲在地头屋角抽旱烟想心思，就是装出一副玩世不恭自暴自弃的样子，公开放肆地与老妇女们调情嬉闹，完全失去了政治上飙起时那般威严和庄重，他已经完全放下了连队干部的正人君子嘴脸，变成了一个沉湎声色自甘堕落的乡村痞客。

李学文原本在新庄是神气活现的，那架势仿佛皇上君临天下的模样；

如今他那一副一本正经的嘴脸也全换了样，变成放浪形骸、不拘小节、自甘堕落的农村二流子。他那穿着黄卫军父亲黄呢子大麾、高筒苏式将校靴的连首长形象也从此彻底恢复到过去老农民的形象。他开始和村民们蹲在冬天的阳光下，倚在墙角抽旱烟聊天说粗话；开始和村中的老妇女放肆地打闹，开些粗俗下流的玩笑。凡是处于巅峰状态的人物突然不顾及身份，一反常态地和普通老百姓和光同尘地流于世俗化了的时候，证明了他政治失落的开始，尽管是处于最基层农村的穷乡僻壤的政治角色也是如此。

用我的同学顾晓江的话说，这小子开始玩世不恭，肯定是兔子尾巴长不了了。李学文曾经可是我们连队升起的一颗政治新星，也可以说是明星。

我们建设兵团东方农场54连分为两个村落，政治中心在大王庄，大王庄以王姓为主，是本地土著。小新庄离大王庄有两里路之遥，以外来户为主。所谓外来户大部分是后来迁入的，有相当一部分是二十世纪六十年代初困难时期逃荒要饭来此地落户的。李学文三兄弟就是那时候带着一个九岁的男孩逃荒要饭来到新庄落户的。他是一个中年鳏夫，因为唱得一口好曲子，也就是当地流行的淮海戏，一边讨饭一路唱来到了建在黄海边的东方农场，在马庄分场小新庄安下了家。

他唱戏的最大特点是能够大尺度将淮海戏的腔调填上农民大众所喜闻乐见的那些曲调，重新演绎成带些淫词色调的曲子。当然"文化大革命"中他不敢再唱那些淫词浪曲，比如《十八摸》《小寡妇上坟》一类，改唱即兴编唱的歌颂伟大领袖的词曲。由于脑子活、口才好，在宣传毛主席的革命路线的"三忠于、四无限"上有创意，竟然入了党，再加上坊间传出他和指导员秋水花有一腿，他竟然在兵团组建时先是当三排长，后来竟然提拔成了副连长兼排长，进入支委会成了委员，成了小新庄实际的掌权人。小新庄在兵团岁月时又被列编成三排。在54连，小新庄和大王庄之间有相对的独立性，心照不宣地遵循着井水不犯河水的潜规则。

顾晓江这些日子心情特别好，连队流传他深得营部的倪教导员赏识，不久就要调到营部去当书记官了。顾晓江现在已逐步取代了李学文副连长在党支部的位置，他入党后开始列席党支部会议参赞连队机密，以往李学文脸上得意忘形的神采，已经明白无误地表现在脸上。

前天在出工休息时，他竟还和长得像铁塔的李学文的儿子李金娃正式交手，比试摔跤。他竟将李金娃三次绊倒在地跌得仰面朝天，三局三胜，使得他在连队名声大震。此刻，他悄悄附在我耳边神秘地说："告诉你，你千万别传出去，李学文他很快要倒大霉，现在连队党支部开会，他基本不参加了。连里正在暗中收集他生活腐化堕落的材料，要整他呢。你瞧、你瞧，李学文马上就会演出游龙戏凤的好戏。"顺着顾晓江手指的方向，我的耳畔再次传来男女放肆的调笑声。

乡村的地头旷野，年复一年地回荡着这种粗野狂放的旋律，时间长了也就令人感到腻歪和麻木。我甚至怀疑天长日久，自己是不是也会被同化，成为这些皮肤黝黑、言行粗野的农夫中的一员，俗语说近朱者赤，近墨者黑嘛。因为要扎根农村，自然是要和光同尘、入乡随俗的。久而久之，我们这些所谓的知识青年将与城市文明越来越远而彻底进入到那蛮荒的乡村习俗中，蜕化为一介农夫。想到这里不禁有点不寒而栗。

太阳已接近远方的地平线，白花花的盐碱地仍是一眼望不到头，真令人心烦。一阵哨子响，紧接着是沙哑的吼叫从前方十米处传来，"休息了"，副连长李学文对着身后的知青们喊了一声。他现在已很少脱产去参加连队的重大政治活动了，他倒像是带队出工的工头，虽然他还顶着副连长的头衔。

此刻的李副连长整了整凌乱的袄裤，重新系好宽腰大裤，紧了紧裤带，一屁股坐在田埂上，抽出腰间别着的长杆旱烟锅，装上烟末，抽上一口烟。

这烟杆我似曾相识，金光锃亮的黄铜烟锅镶着发亮的酱红色竹节烟杆，烟嘴却是仿佛汪着绿水的翡翠，像是嫩嫩的青葱那样在夕阳下闪着耀眼的光。我想起来了，这是庄上死去的马大叔的遗物，现在含到了副连长的嘴边。

我悄悄地捅了捅坐在田埂上抽着闷烟的顾晓江说："肥子，这烟嘴原来不是马大叔的吗？”

肥子扔掉了手中自造的香烟烟屁股，不屑地撇了撇他的大嘴瓮声瓮气地说：“别说翡翠烟嘴，马大叔的女人不是成了连长夫人？这个老光棍，连女人都是战利品，何况这小烟嘴。黄卫军被弄成‘五·一六’反革命分子，身上的那身军用行头不是也成了李学文的战利品吗？他很快政治上要倒台了，没准那女人就要离他而去了呢。”

“当年他们俩可是顶着秋水花指导员的压力，作为贫下中农的李学文硬是和地主儿子的老婆勾搭成奸，等马大叔一死，两人就睡到了一起。气得秋水花把李学文大骂了一顿。这也难怪，李副连长原来和秋指导员就是相好，现在老鳏夫要另组家庭且是地主儿子的媳妇，这使秋指导员很不高兴，可以理解。不过老李和马脸女人看上去恩恩爱爱的，有可能分手吗？肥子你别瞎说。”我感到有些不理解。

“这怎么是瞎说，你没见到那些老妇女和他瞎闹腾，那马脸女人在旁边冷眼看着呢？他们肯定是政治联姻到头了，女人也要赶人了。否则李学文和老妇女们这么胡闹她能没有表示？可她手中扎着大鞋底，还不知是什么男人的尺码，庄上传说这马大叔的死就是给他俩合谋逼死的。”

我说：“肥子轻点声，隔墙有耳。”我悄悄斜了一眼坐在离顾晓江不远田埂上抽烟的李学文。

“我这不是在和你小声说吗？你不觉得马居正死得蹊跷吗？”

“他不是畏罪自杀吗？”

“胡说，他是被人逼死的，是打着清理阶级队伍的旗号，被逼自杀的。”顾晓江脸上再次浮现出那种参赞机密的得意神采。

“有这事？”

“雨生，你这人忒幼稚，不知道村子里形势的复杂性吗？”

这时李学文的儿子李金娃凑了过来：“嘿！肥子、腿子你们俩嘀咕什么呢？把烟丝给我，我也抽一口。”

“你个小毛孩子抽啥子烟，我说你一口一个‘肥子’‘腿子’瞎叫唤，这‘肥子’‘腿子’也是你瞎叫的吗？”

“唉，顾晓江你别瞎说，你骂谁呢?”李金娃双眼瞪得和小铃铛似的。

“我谁也没骂，我只是实话实说，”他狠狠地掐断了手中的狗尾巴草，正了正自己头上的棉帽，一改平时温文尔雅的书生模样，摆出一副似乎要迎战的样子。

眼瞧着这俩要打起来，我忙说：“金娃，别理他，你抽烟。”我把顾晓江口袋中的烟袋掏出来堆着笑脸递给了李金娃。

李金娃虎着脸，接过了我手中的烟袋，拿出了一张皱巴巴的纸在手掌上摊平，将烟丝倒在纸上，仔细地卷好，用口水粘牢，叼在嘴上，我讨好地捋着火柴为他点上烟。

顾晓江斜了他一眼，“雨生，你这是干啥，拍这种鸟人的马屁也不怕跌份。”

“你骂谁鸟人呢?”李金娃“嚯”地一下站了起来，拍了拍土，用牛样的眼珠瞪着肥子。

肥子这时也站了起来，他随手将头上扣着的棉帽甩给了我，用手解开了军装的风纪扣，也摆出了一副要打架的样子。

在田埂上休息的知青围拢了上来，有人甚至不怀好意地叫道：“顾晓江，揍这个不知好歹的家伙，拿出点我兵团战士的威武气概来!”

就在李金娃和顾晓江剑拔弩张、随时准备大打出手时，李金娃的身后出现了他父亲魁梧的身影。

李学文大吼一声：“金娃，你想干啥呢，去干活!”他用蒲扇一样的大手拍了拍儿子的脑壳。李金娃气呼呼地下到了地里。

李学文吹响了胸前挂着的哨子大吼一声：“开工喽!”

顾晓江戴上棉帽，扣好风纪扣跳下田埂去了棉田。他一改《知青之歌》那忧郁的腔调用欢快的嗓音迎着西北风唱道：

蓝蓝的天上，
白云在飞翔，
美丽的农场，

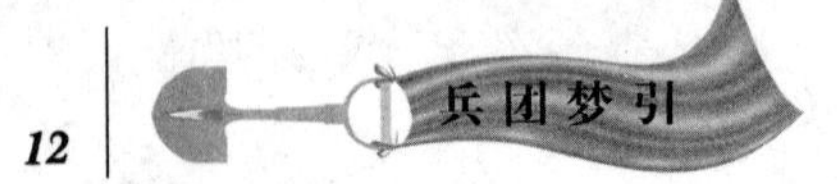

是我扎根农村的地方，
盐碱飘香。
冬天的地里，
啊……
广阔的田野广袤无边，
连接天上。
这样的日子即将结束
我得解放。
……

第一章　初踏兵团路

从巅峰到底层的跌落

两年前，我15岁，因为父亲被怀疑成叛徒，才跟着黄卫军和顾晓江来到东方农场马庄分场，那时的农场已改成了建设兵团。我和顾晓江是所谓的初中毕业。黄卫军是所谓的高中毕业。其实初中、高中大家都只上了一个学期，就开始投身于乱哄哄的“文化大革命”，“文化大革命”其实也就是大革文化的命。文化的标志之一是教育，革命自然也要波及教育界。我们在平静的校园中学习了半年，也被挟裹在其中，开始了“大革命”的生涯。

我们哼着父辈们的革命歌曲，加上自己的丰富想象和创造发挥，走上街头，冲向社会，近乎疯狂想革命、干革命。我们自称是毛泽东的红色卫兵，当时我们都是所谓“红五类”即革命干部、革命军人、工人、贫下中农的子女，在响应毛主席的号召冲冲杀杀造修正主义教育路线的反，“破四旧，立四新”，大大风光了一阵后，就如高天的流云很快又被九霄的狂风吹散，被真正的造反派冲击打散，变成了保皇派，保爹保妈派。有如被海啸激起的波浪，随着台风过境也就沉寂了下来，甚至犹如波涛带起的泥沙在瞬间被推上波峰之后，很快又堕入了底层。

黄卫军和我、顾晓江是街坊。我们共同居住在那条叫眉山路的街上，那时的黄卫军可神气呢，他父亲原来是我军大校，军区后勤部的一个二级部部长转业在省级机关某厅任常务副厅长。“文化大革命”中，黄副厅长的衣钵，很快就传给了大儿子黄卫军，黄卫军那时一身苏式军装，暑天柞蚕丝夏装，冬天东方呢军装，很是威风神气。

黄卫军的腰间常年扎着一条苏式宽皮带，有时还脚蹬一双高腰将校皮靴，走起路来“嘎吱”“嘎吱”的，离得很远就能听见黑皮靴发出的愉快声响，很有一点贵族子弟的气派。这黄军装就有点像是皇帝赏赐的黄马褂，成了身份和地位的象征。不过这种身份地位很快就随着政治风浪的起落由波峰跌入了浪底，他也就由黄卫军成了“皇伪军”。因为那身东方呢黄军装太像是日本天皇军队的中佐、大佐的军服。当我们所在的那个红卫兵组织被宣布为保皇派后，黄卫军的名字就由“伪军”的绰号所代替。

黄副厅长原本也是没什么事的，而像孙猴子似的造反派确实是火眼金睛，他们竟发现前军区后勤部的二级部长黄大校，现在行政十级的黄副厅长竟然是地主出身。虽然是三八式的老干部，混来混去也都是在后勤部门工作，转业到地方还贬了一级由正师变成了副厅。证明他在军界也是被边缘化地使用着，什么原因被边缘化，自然是他那倒霉的家庭出身影响了他在军界的仕途。

黄卫军他爹所在的机关造反派在那个月黑风高之夜冲进了眉山路 4 号院的门，叫叫嚷嚷地闯入了那座用青砖花墙隔起的那个花木扶疏的小院落。这个院落用花墙隔着的两座米黄色洋楼住着卫生厅的两位厅长，一位顾厅长，一位黄副厅长。顾厅长已经作为走资派被打倒，黄副厅长是转业干部也只是靠边站，等他表态支持机关造反派，即可象征性对生活问题做做检讨，即可作为革命领导干部启用出山。就在全家人在客厅吃晚饭的时候，突然冲进来一批戴着红袖箍的造反派，气势汹汹，使得全家人都感觉比较兀然。

机关里的造反派比院校、工厂的造反派要文明些，在一楼二楼没发现什么可疑物品，只是在书房发现了黄副厅长收藏的一些明显带封建文人没落色彩的字画，当然那些宝贝都出自名家之手，但是在那个文化贬值的时代，这些字画简直就是一堆有害的垃圾，被造反派当成封资修的毒草收缴，准备当成黄副厅长腐化堕落罪证的材料。

就在造反派的头目准备包包扎扎，带着这些战利品撤离时，一个小喽啰慌慌张张从阁楼上冲了下来。小喽啰附在造反派头目的耳边悄悄地耳语了一番，准备撤出的大军又潮水似的涌上了阁楼。黄家居住的那幢西班牙式小洋楼的阁楼上竟然躺着一个病得奄奄一息的老地主婆。地主婆戴着黑色丝绒帽，满脸核桃壳似的皱纹，皮肤苍白得一丝血色都没有，那样子就像黄世仁他妈。

造反派在一番肆无忌惮地抄检后，竟然在老太婆睡的竹榻下发现黄家私藏的一坛银元和一本变天账。“黄世仁他妈”面对造反派抱着银元坛子，捧着变天账的逼问，竟吓得浑身颤抖，哆哆嗦嗦地说不出话来，当场大小便失禁，屎尿臭了一床。阁楼上常年不见阳光，充满着异味，加上尿屎臭味，熏得造反派掩鼻而退。

当晚，老地主婆就在那张竹榻上一命呜呼，真正地“遗臭万年”了。据造反派揭发，黄副厅长当时竟“娘呀，娘”地号啕大哭，哭够了，黄副厅长一把鼻涕一把眼泪吩咐黄卫军趁着夜色将老太太拉到火葬场。

那晚，是我和黄卫军冒着严寒拖着板车将黄老太太拉到火葬场火化的。火眼金睛的造反派第二天就将身材魁梧的黄副厅长打成了“阶级异己分子”揪了出来。至于家里藏着一个地主婆的秘密是谁泄露的，后来我才听我的同学兼邻居黎星星告诉我，是黄叔叔在一个单位住一幢别墅分两个小门出入的顾厅长揭发的。因为顾厅长作为一把手已被造反派揪了出来，而黄副厅长因为从部队转业，刚到机关不久，造反派打算作为革命领导干部结合进班子，取代厅长的位置。听说省上军管会的领导不少是黄副厅长第三野战军的战友、上级或者部下呢。在这节骨眼上，顾厅长披露了黄副厅长的地主成分，并揭露了黄家阁楼上还藏着一个地主婆的惊天秘密，那次抄家造反派收获甚多。因在地主婆的竹榻下找到了金银珠宝若干，甚至还有记载黄家田产的详细账目和带有蒋介石狗牙旗的苏北边区政府的嘉奖令等。这黄副厅长就成了混进军内党内的“阶级异己分子”。

我们学校的红卫兵小头目“黄卫军”很快就成了“皇伪军”，当然在黄卫军前面还加上了一个触目惊心的定语就是“地主阶级的孝子贤孙”。过去这个恶谥，是他恩赐给他的班主任老师颜学贤的大帽子，现在在空中转了一圈以后，又扣到了他自己的头上，在这个帽子满天飞的时代，人的命运也像霜打浮萍那般起落不定。

神气活现惯了的黄卫军像是霜打了的茄子那般一下子蔫了下来。原来我们这个叫毛泽东主义红卫兵的组织有三派发起人都是所谓革命军人和革命干部子女组成。一派发起人高三学生欧阳雯芝是省里民政厅欧阳厅长的女儿，她的亲信是省工商银行副行长的两个漂亮的双胞胎女儿，身边聚集了一批省级机关、军区工程兵机关的女生；另一派骨干是刘阳旸初二的学生，他的父亲是工程兵学校的政委刘也凡和他的同班同学军区工程兵副政委倪梁建家的老二倪利民等，这两派被称为组织内的温和派和理性派。女生天性温和自不待言，男生中的刘阳旸自命“刘克思”，是一位口若悬河的理论家，自然办事也就理性一些，讲究策略一些。还有一派就是以高一学生纠察队队长黄卫军为首的行动派了，他们基本就是学校“主义兵”所成立的纠察队队员，也就是一帮以首都东纠、西纠为榜样的军内干部子弟。

三派中女生派过去是我们组织的司令，刘阳旸是政委，黄卫军只是纠察队队长。这三巨头相互有些争权夺利。我是游走于三派之间，和他们都保持了十分友好的关系，因为我有特长，会画画和刷写大标语，还会刻钢板编写红卫兵的战报等等。他们之间面和心不和，对我还是礼贤下士的，欧阳司令委了我一个秘书职务，后来我们这帮所谓黑字兵保皇派被造反派打散后，女司令带着她的女将们不知躲到哪里，唯有刘阳旸和黄卫军带着我转入地下，当然刘阳旸随着老爹刘也凡的被审查被揪斗，变得低调许多，唯有黄卫军依然气派十足，张扬如故。

刘阳旸家坐落在云南路上，他老爹刘也凡在工程兵学校被打成了“三反分子”，隔离审查去了。那栋孤零零的三层小楼里只是住着刘家的三男一女四个孩子和他们在省级机关医院当书记的母亲柳洁民阿姨。柳阿姨管得了女儿，却管不了三个儿子，尤其是老四竟然还当上了和老爷子一样的红卫兵政委，更是口若悬河地在家里无法无天，气得柳阿姨戳着拐棍大声训斥儿子的荒诞行为，却被儿子们赋予“女西”的绰号。我开始百思不得其解，何为“女西”？经刘阳旸解释我才弄明白原来儿子们竟然称老母亲为女希特勒。我想那时的柳阿姨正因为刘政委的隔离审查心中憋着气，自己还要在医院受到造反派批斗，满腹怨气无处发泄，回家又碰到三个浑身军装的儿子在外面招摇，处处和造反派作对，所以气不打一处来，只有寻着儿子们臭骂撒气。老人真是十分可怜，当然，后来三个未成年的儿子都被当成“反革命”被军管会军管了之后，她自己也被抓进了老虎桥监狱关押了起来。听说刘也凡政委涉及一个通天反革命匿名信大案，刘老头是第一涉嫌案人受到严格审查。

那时，我们的红卫兵地下指挥部转移到了刘家，我们依然坚持着斗争。刘阳旸将我由秘书提拔成了秘书长，依然专责红卫兵小报的刻印工作，偶尔在“八・一八”那天画一幅大幅主席画并来上一段《主席撑腰我争气》的口号，亮亮相，显示组织的存在。很像是当年的地下党在国军的心脏中活动着，因为那时候基本已经是造反派的天下了，虽然他们以 1967 年 1 月 26 日夺取省委大权，占领省委书记大楼为标志，分为“好派”和“屁派”。

伪军那时成天都穿着他爹留下的黄呢子军装，以革命军人子弟的面目出现，风风火火地“破四旧，立四新”。他提着宽皮带抽打着“牛鬼蛇神”，神气活现，像是《小兵张嘎》电影里的山田队长。这时，有人却用大字报将他的丑恶家史揭了一个底朝天。他的“伪军”绰号也就在同学之间叫响了。后来，伪军虽然已经渐渐习惯了同一战壕中的战友对他那绰号的喊法，但骨子里还自认为是革命军人的后代。他私下里对我说，他爷爷是类似于李鼎铭先生那样的开明绅士。当年为了支援他父亲所领导的新四军游击队，曾经卖掉了家中的三十亩水田，将卖田的3000大洋捐给了抗日民主政府，“这叫毁家纾国难”。造反派这些王八犊子懂什么？他们啥也不懂，什么变天账，那根本是他爷爷对革命事业贡献的功劳簿，是捐田产的清单。嘉奖令上印的青天白日满地红的旗，是抗日统一战线，为了统一政令的统战之举，当年的新四军军帽上还顶着狗牙徽呢。他爷爷后来被日本人扣为人质，逼迫他父亲率领的县独立团归顺皇伪军，被他父亲严词拒绝后，爷爷就被砍杀在县城的十字街口。

传说他爷爷死得非常壮烈。当时黄卫军他爷爷被五花大绑押赴刑场，牙齿被打落三枚，口中仍骂声不绝，老人家昂首挺胸，白色的须发沾满血迹，在晚风中飘拂，像是个顶天立地的英雄。爷爷蹒跚地走过热闹的大街，来到十字街，豁牙漏风的口中竟振振有词地带着微笑占了一首绝命诗：

日边丹霞染黄昏，
长街衔悲留血痕。
未泯忠心应记取，
倭刀岂碎我国魂？

日本鬼子迫不及待地砍下了爷爷的头，头颅落地血溅十尺，仍然痛斥日寇。民主政府为纪念爷爷建的忠义亭仍然作为县级文物保护单位矗立在老街的中心。

黄卫军说：“我家爷爷应当是抗日烈士，我奶奶应当是烈士遗属，奶奶留着的五十现大洋是当年民主政府发给奶奶的抚恤金的一部分。造反派污蔑奶奶为地主婆是颠倒黑白，信口雌黄，老子我是正宗的革命军人子弟，革命烈士的孙子。”

一年以后，刘阳旸三兄弟被工程兵学校保卫处的造反派弄成了反革命被公安局抓走，大姐去了母亲老家胶东青城插队，柳阿姨所在的省级机关医院被当成老爷卫生院下放到了于台县，刘也凡也就家园分散，骨肉分离，从此天各一方。云南路的小楼也就被工程兵学校的造反派完全占领。

以后，我们的组织以倪利民为代表的一批军干子女进入了部队，也只有黄卫军成了坚守阵地的最后的老红卫兵了，那时候他已经不是纠察队长而是黄司令，虽然他周围只是聚集了很少的几个人，仿佛是坚守上甘岭高地的光杆司令支撑着“主义兵”大旗不倒，直到毛主席号召城里知识青年上山下乡，他最后不得已去了兵团，所谓“主义兵”才彻底完成了历史使命，完全地作鸟兽散了。

我和伪军、肥子去兵团

顾晓江长得人高马大，团团的圆脸，浓眉大眼，厚厚的嘴唇，看上去彬彬有礼，温和善良，同学们都叫他肥子。肥子也是干部子弟，他爹曾经担任省级机关医院的行政副院长，只是“文革”初期就被当成叛徒、汉奸、特务揪了出来，所以为人处世比黄卫军要谨慎些，低调些。

自他爹被医院造反派隔离后，他就基本不去我们学校那个红卫兵组织参加什么活动了。他躲进小楼成一统，画画、练字、养鸽子，一副悠悠闲闲的破落户八旗子弟的公子哥儿做派。练得一手炉火纯青的颜体书法和山水画，那钢笔字也写得像是钢笔字帖。

我自小喜欢画画、篆刻，下乡时带了一盒水彩颜料和画夹，闲时给贫下中农画画像、刻刻章很受他们的欢迎。肥子竟然无师自通地也把着刻刀开始为贫下中农免费刻制印章，竟也很受贫下中农们的欢迎。他父亲落难，在隔离关押期间莫名其妙地死亡后，他开始变得畏畏缩缩，胆小怕事，说话细声细气。但他干活身大力不亏，总是占着上风。当我们组织的欧阳司令成了走资派的子女退隐，刘阳旸政委被工程兵学校保卫处和公检法军管会整成现行犯反革命抓走后，黄卫军就成了我们这个组织事实上的头头。

于是我傻乎乎地整天跟着伪军后面窜，人家叫我跟屁虫，后来干脆就称我为伪军的狗腿子，叫着叫着我的外号就叫腿子了，开始听着还感到别扭，但听着听着我也就习惯了。肥子的口碑自然比我和伪军要好许多。

两年前，我们三人乘坐长途客车，在鞭炮锣鼓声中，冒着寒风，碾着寒霜走向广阔天地，去接受贫下中农再教育。经过一天的颠簸，带着浑身尘土和一路高歌，来到了濒临黄海的中国人民解放军建设兵团三师八团，那个原来叫东方农场的地方。

三 马大叔接我们到连队

傍晚时分，破旧的长途客车载着疲惫不堪的我们停靠在东方农场场部，现在叫团部的地方。一百多号知识青年在瑟瑟寒风中，跨下长途客车，踏上这块被冰冻得结结实实的盐碱地。

大家怅然地看着闪烁着点点灯光的一排排青砖小瓦房，这与我们想象中的建设兵团差距太大，就着昏黄的灯光，我们提着行李，打着哆嗦在露天舞台前的广场上等待着被分配到各个连队去。

54 连来接我们的是马大叔。看马大叔当年也就三十五六岁的样子，农村人显老相，马大叔面相看上去有五十多岁了。他留着短短的平头，矮矮墩墩的个子，粗粗壮壮的身子骨，浓眉大眼虎虎有神，黝黑的皮肤透着红润，凹凸不平地像是橘子皮那样绷在脸上。毛孔很粗就显得孔武有力，再加上眼角明显的鱼尾纹和额头的抬头纹，显得比实际年龄要老许多。他见到我们，嘴角漾着一丝微笑，显得十分和蔼可亲。厚厚的嘴唇上和下巴上蓄着黑黑的短髭须，像钢针一样立着，这是一张有着武士一样神采的脸。

“路雨生、黄卫军、顾晓江。”招工到兵团来的那位团部组织股股长喊到我们三人名字时，马大叔挤进了人群，大声嚷着：“黄卫军、路雨生、顾晓江是我们54连的。”

马大叔接过组织股长手中的圆珠笔，惴惴不安地签上了自己的名字——“马居正”。黄卫军穿着黄呢子军大衣，戴着马裤呢棉军帽，脚蹬大皮靴，双手叉在大衣口袋中，踮着脚，歪着脑袋，就着电筒的光观看马大叔的签名说：“哟，看不出来马居正你这字还写得挺溜呀，柳体的。”

我凑过头看他那笔流畅的字迹，我想他一定是练过书法的。那字和他本人的形象实在是难以对上号，那长满老茧、骨节粗大的手又如何能握得住三寸笔管呢？我思忖着，真正是海水不可斗量，人不可貌相呢。

马大叔伸出蒲扇式的手和我们紧紧相握。手中的老茧刺得我掌心生疼，和我握手时他仿佛要试试腕力，捏得我龇牙咧嘴几乎叫出了声。他则豪爽地哈哈大笑：“城里来的孩子，手嫩呢。”

组织股长指着我们三个人说：“你们三人，跟着他走。”马大叔热情地接过我们三人的行李背上背一个，肩上扛一个，手中提了一个，好像不费力似的，健步如飞般挤出人群，我们吃力地提着箱子紧跟着他，在黑暗中向停在远处的牛车走去。他却说：“你们稍等一下，我把牛车赶过来，帮你们把行李先装了。”他风风火火的身影瞬间消失在黑暗中。

就这样牛车载着饥肠辘辘的我们——三个省城来的知识青年，现在叫兵团战士的人，天寒地冻中蹚着月色，“咿咿呀呀”地向马庄缓缓进发。我们三人斜倚在铺盖卷上。马大叔从腰间抽出旱烟袋杆，那磨得透亮的黄铜烟锅在月色下闪烁着光，那翡翠色的烟嘴衔在马大叔洁白的牙齿间像是小葱拌豆腐那样清清爽爽，一目了然。

伪军长哼起了《红军战士想念毛泽东》的旋律："抬头望见北斗星，心中想念毛泽东，想念毛泽东……"这歌声伴着惨淡的月色，在空旷的田野漂荡，带着几分苍凉，存着几分悲壮，它能勾起我们对往事的许多回忆。

肥子和马居正攀谈起来，没话找话地说："我们知识青年响应伟大领袖毛主席的号召，接受贫下中农的再教育，还希望大叔今后多帮助我们呀。"

马居正稍稍迟疑了一下，手把着烟杆，嘴里吐出一口烟雾，带点羞涩地笑着说："不，我不是贫下中农，我是中农。"

伪军下意识地扶了扶戴在自己眉穹上几乎遮住了双眼的载绒呢军帽。在黑暗中给我递了个意味深长的眼神。我明白他那闪烁着贼光眼神的意思。但我对伪军的意思似乎并不以为然，因为我父亲被当成叛徒审查时，我就已不再是理直气壮的"红五类"了。从那时起，我懂得了什么叫世态炎凉，我知道了什么是人情冷暖。我原本是可以升学上高中的，但我升不了了，只好上山下乡去。那时我才明白了当年最高检察院副检察长的公子想出的那副被我们传唱不已的对联"老子英雄儿好汉，老子反动儿混蛋"是多么荒谬。

对了，眼下伪军鼻孔中哼出的不正是这首杀气腾腾对联赋成的歌，那意思，我和顾晓江都耳熟能详，所以不用唱出声，我们都明白是什么意思。

"老子英雄儿好汉，老子反动儿混蛋，要是革命的，你就站过来，要是不革命的你就滚他妈的蛋，滚滚滚！滚他妈的蛋。"

听到了这熟悉的旋律，我扑哧一下笑出了声。黄卫军在黑暗中问，拐子你笑什么？我说没笑什么。

伪军一人担纲在寒夜的月色下扮演着红卫兵男女战友二重唱的角色。他肯定是陶醉在风云往事的慷慨回想之中。新社会阶级斗争学说还在制造新的贱民阶层。而贱民阶层的出现也就是人们脑海中的一闪念就像是变戏法的那样"眼睛一眨，老母鸡变鸭"就能造成人们在政治地位上的壤之别，云泥之分。只有从时代骄子的云天跌入时代贱民的泥坑，才能领悟到

"金满箱，银满箱，转眼乞丐人皆谤"的境界。

我那时已经从图书馆偷来的书中，初次阅读了《红楼梦》，而真正领悟曹雪芹书中的沧桑之感就是在来到兵团的这凄清寒夜。我迷茫地看着渐行渐远的场部灰色院落。路边高高大大的白杨树已变得光秃秃的，只剩下伸上高远天穹的枝丫。宽阔平坦的水泥路在不知不觉中变成了坎坎坷坷的、布满着车辙印的冻土路，这路曲曲弯弯，不知通向何方。沿途低矮的茅草屋中闪烁出摇曳的烛光。在踏上上山下乡之路伊始胸中涌现出的豪情壮志，转瞬为满目的凄清、荒凉、贫瘠的景观所笼罩。

那首"血统论"赋成的曲子像幽灵那样仍在我们的耳畔回荡。马居正不再吱声。他显然是听明白了歌词的大意，他的领悟力不低。他吆喝着牛车，闷头抽着旱烟。

肥子打破了眼下的沉闷："我们所住的小新庄离厂部远吗？"

马居正龇着满口白牙说："不远，也就十来里路吧。"

"我们是住在你家吗？"

"不是，我家已安排了两个女知青住了，也是你们南京的娃儿，你们住在五婶家，她是铁路工人张家老五的媳妇。"

我们三人沉默了下来，也许是饿的缘故吧。中午我们根本没有吃饭，吃的是自已带的面包和饼干。这时肚子饿得前心贴在后肚皮上，也就懒得说话了。

四　秋指导员和李副连长

牛车向8营54连缓缓行进，这是我们的连队所在地。沿着团部的外围

大路向西过了团部医院，再折向南行，隐约看见了一溜土坯搭建的草房，那就是王庄的前沿小新庄，我们三人的落脚地，也就是我们三排驻扎的地方。之所以叫小新庄区别于东边两里地的王庄，就在于这儿的农户全部是三年困难时期从外地逃荒要饭迁徙来的。

王庄是王姓家族聚集地，小新庄则是外姓旁门杂居之地。所建的房屋也是一字排开，从西到东，坐北朝南。庄前除了横陈着一口四四方方的水塘外，举目便是连片的农田，一眼望不到边。

整个村庄静悄悄的连狗吠的声音都听不到，唯有茅屋内闪烁摇曳着点点煤油灯光像是无垠大海中点点闪烁摇曳的渔火，使人感觉分外凄清荒凉，耳际唯有呼啸的北风声飕飕作响。

牛车停在了村东头一间茅草屋前，马居正冲着茅屋大声说："他大爷，知青们来了。"

门吱呀一声开了，灯光中闪出一个彪形大汉。大汉冷冷地说："你把知青的行李赶到他五婶家，我和秋指导员陪娃儿们吃了饭再去。"

我们见到了迎出门来的副连长李学文。那是个四十岁上下的英俊汉子，浓眉大眼，双眼皮下的眼球黑白分明，瞳仁在黑暗中闪着光，透着精明和狡黠。浓密的黑发根根钢针似的竖立着，挺拔的鼻子，鼻翼尖尖地带着鹰勾，薄薄的唇上和尖尖的下巴上呲着浓黑的胡楂。棱角分明的国字形脸庞黑里透红，显得英武、健康、精明。

李副连长穿着洗得发白的蓝咔叽中山装，外面披着一件藏青色棉袄，下着单薄的夹裤，脚蹬一双洗得发白的解放鞋，从衣、袄、裤到鞋都打着补丁，浑身上下收拾得干净利落，当他双手叉着腰时，还真的有点毛泽东在延安时那种神态。

黄卫军穿着黄呢子大衣，脚蹬将校皮靴，在冻得硬邦邦的土地上"笃、笃、笃"地来回踱着步，那模样仿佛像是凝眉沉思指挥着千军万马的拿破仑元帅。

我仔细观察到李学文瞳仁中闪烁着一丝既羡慕又妒忌的光，这光芒稍纵即逝转为一副和蔼可亲的笑脸。他一边道着："欢迎，欢迎，欢迎你们省城来的革命知识青年到俺们小新庄插队落户，现在时兴叫建设兵团，3师8团8营54连，你们就是光荣的农垦战士了，我是你们的副连长兼3排长。”他一手拉着黄卫军，一手拉着顾晓江，将我们迎进了简陋的小屋。

堂屋的正面墙上，贴着一张被烟熏得发黄的毛主席像。伟人像下面是用纸扎的天安门，天安门前竖着毛选四卷，当地的农民家基本都是这样的摆设。

室内的光线很暗，屋中央的小饭桌上放着一盏小煤油灯。油灯下照耀着的是一盘油炒花生米，油汪汪的花生米上沾着细白色的盐粒；一盘酱萝卜干，还有一盘小蒜炒鸡蛋，细篾编成的竹匾中摞着烙得焦黑的大麦饼。屋后的厨房内飘来玉米粥煮熟了的香味。引得饥肠响如鼓的我们三个知青垂涎欲滴。

李学文伸出大手摆了一个请我们入座的手势，略显歉意地笑笑说：“俺们这穷地方也没啥好吃的，你们将就着凑合吃吧。”我想他为了欢迎我们已经是倾其所有了。

我分明看到黑暗中瞪着的一双大大的眼睛，这是一个和我们年龄相仿佛的十六七岁男孩子的眼睛，那眼睛中流露出的欲望，配合着因拼命吞咽口水而耸动的喉结。

伪军毫不客气地未等入座先用手抓了一把花生米就向嘴里送，随后又分出几粒送到那孩子手中。青年胆怯地看了看李学文阴沉的眼睛向后躲闪着。

这时，一个中年妇女端着一盆热气腾腾的玉米糊糊从灶房里出来。对那后生说：“金娃，知青哥给你吃，你就吃吧。”那个叫金娃的青年才伸出黑乎乎的手一手捧着花生米，一手一粒一粒地送进口中，只见他细细地慢慢地嚼着，品尝着花生米的香甜。

我只顾埋头啃着大麦饼，未注意到这个脸庞黧黑、面带浮肿的女人的到来。顾晓江笑嘻嘻地和她打招呼：“这是李大嫂吧，快来坐，一块吃饭。”

李学文意味深长地看了一眼秋水花笑着说：“她可不是俺媳妇，这是俺连指导员、原大队妇联主任秋水花同志。”

“噢！原来是指导员，失敬，失敬。”伪军闻声站了起来，下意识地伸出油呼呼的手，又缩了回来。

“那你的爱人呢？回娘家去了？”

“她早死了，生我家金娃他弟弟时，死在逃荒的路上了。”说这话时李学文神情有点黯然。

黄卫军看到秋指导员耳朵上方夹着的香烟和说话时那口焦黄的牙齿就知道他是抽烟的。他灵活地从呢大衣口袋中掏出了一包中华烟给秋指导员和李副连长一人发了一根。秋指导员熟练地将烟叼在嘴上，用火柴点上，贪婪地吸了一口后，用中指和食指夹着烟，意味深长地给李学文送了一个眼风。

李学文长叹一声道：“小黄有钱呀，这烟可是首长抽的，我那次在团部开会，看到刘副团长抽的只是牡丹烟。小黄头上那顶帽子倒是和刘副团长一样的细呢子军帽。”伪军得意地笑笑，没搭腔。

秋指导员剪着齐耳短发，穿着蓝碎花对襟棉袄，水绿色的腈纶围巾衬着黑红黑红的圆脸，脸上布满细密的雀斑，浑身收拾得干净利落，上身的棉袄，下身的毛蓝裤子没有一块补丁，可见家境不错。

秋指导员将那盆玉米糊糊放在桌子中央，看着伪军说：“你是小黄，黄卫军。你要注意艰苦朴素，干部子弟嘛，不要弄得和花花公子一样，你的那包中华烟让我瞧瞧。”

伪军嬉笑着说：“那是我从老爷子那儿顺来的，秋指导员喜欢抽，你就留着。”

秋水花笑道：“我们贫下中农抽不起这样的好烟，能抽‘工农兵’就不错了，这飞马烟还是你们知青送的。”说完她不客气地将那包中华烟揣进了自己的裤兜中。

伪军连连点头说：“是，是。”

她又指着胖子道：“你是顾晓江。”胖子笑笑道：“指导员，好眼力，希望你以后多帮助，多教育，我一定虚心接受贫下中农再教育，努力改造世界观，扎根农村心不移。”

肥子还想表白下去，被指导员用眼神制止了。

最后她看了我一眼道：“你年龄最小，叫路雨生，我说得不错吧。”我点点头。

“我当干部多年，看人一看一个准。你们原是分到53连的，53连那个叫老虎的知青，要揍小黄，你们才分到了我们连队。今后要注意，你们已不是学生了，进入中国人民解放军这座革命的大熔炉，成了兵团战士，以后就要严格要求自己。”

伪军嘴中啃着饼子，筷子夹着鸡蛋含含糊糊答应着，顾左右而言他：“咦，这儿的小蒜炒鸡蛋挺好吃，有种特殊的鲜味。”

我也夹起小蒜炒鸡蛋尝了一口。舌尖上感觉有点腥味，不太像是鸡蛋。但味道确实很鲜很鲜。

在一旁眼巴巴看着的金娃，笑出了声：“这哪里是什么鸡蛋，那是豆蝉。”

顾晓江睁着惊奇的大眼问：“什么是豆蝉?”

“就是豆虫，吃黄豆叶子的。”金娃举着手掌心给他们看，他的掌心中果然蠕动着一条长长的青色的虫子，看上去蛮瘆人的。

我刚刚吃进去那口“鸡蛋”立即在胃中翻腾起来，我跑到门外翻江倒海般地呕吐起来。从此我再也不碰那状如鸡蛋的“美味佳肴”。后来我看到当地农民将这种虫子在砧板上用擀面杖擀出浓浓稠稠的浆液就感到恶心。

回到屋里，秋水花帮我盛了一碗玉米糊糊，我“呼呼噜噜”地喝下去之后胃里才感觉舒服许多。秋指导员眯缝着略带肿胀的眼，坐在凳子上歪着脑袋抽烟。肥子看伪军送了一包中华烟给秋水花，他也从口袋中掏出一包大前门烟递了上去，秋指导员不客气地接了过去。

李学文蹲在地上在黑暗中抽着旱烟。我注意到他的旱烟嘴是普通的白瓷做成的，比起马大叔的翡翠烟嘴在质地上要差得远。烟锅也是铝和锡的合金铸成的，没有马大叔的黄铜烟锅亮。

副连长闷头抽烟，那翕动的嘴唇在开合之间贪婪地露出一嘴白晃晃的牙齿，齿缝中不时吐出一缕缕烟雾，他就沉浸在吞云吐雾的愉悦中。云雾中透着两颗贼亮的眼球和点燃的烟叶在黑暗中发出的亮光，这亮光提醒人们那是某种欲望。我用手悄悄拉了拉肥子的衣角。肥子立即心领神会，变魔术似的从随身背的挎包中又掏出一包前门烟甩给了蹲在黑暗中的李学文。李学文笑了笑接了过去。

我感到实在没什么可送给两位领导，翻遍了口袋只摸出六颗大白兔奶糖。那是奶奶在我离家的时候，悄悄塞进我包中的，这时也只好忍痛捐献出来分给了秋水花和李学文父子。李学文全部给了自己的儿子。

平心而论，李学文初次见面给人的印象是不错的，一米八的大块头，身材像是篮球运动员，英俊的脸庞是那种标准古铜色的健康肤色，只是眼睛给人感觉有点阴沉沉的。说起话来轻声慢语，和蔼可亲。

李学文告诉我们："接你们那个马居正，他的父亲是国民党马庄乡乡长。解放那年他只有十五岁。是他带着土改工作队抄了自己的家，把他父亲藏的房契、地契全找出来，交给了乡政府。就连他父亲藏起来的伪乡长大印也是他找出来交给工作组的。马乡长后来焚火自尽后，他因为揭露自己父亲的罪行有功，破格被定为中农。"说这话的时候李副连长的声调是平静的。他十六岁的儿子李金娃就藏在他的身后津津有味地咀嚼我送给他的大白兔奶糖，一副很满足，很幸福的样子。

当晚，我们三人在秋指导员和李学文的陪伴下去了我们的房东家。房东张五婶的丈夫是市里的铁路工人，只有节假日才回家，平时家中只有五婶一人带着三个孩子。我们进屋时她正在堂屋的油灯下敞着怀用状若布口袋似的大乳房在奶自己的宝贝儿子——养得白白胖胖的张宝宝。

显然被称为五婶的女人是光膀子穿着空心大棉袄。她那八岁的大女儿趴在桌子上就着煤油灯灯光写作业，五岁的小女儿淌着鼻涕用黑乎乎的小手拿着一只熟山芋啃着。看来抱在怀里的张宝宝是家中真正的小皇帝。

看到我们进门，五婶笑着站了起来，随手将自己怀中的儿子推给了大女儿，她将我们带到了东屋，东屋的地上已铺上了软软的散发出草香的干松稻草，这就是我们的暂时栖身之处。

当晚，我们三人打开铺盖卷，在地上铺好被褥，跑到灶房烧了一锅热水，洗完脸和脚就钻进了被窝。黑灯瞎火里，又颠簸了一天的我们，浑身像是散了架，倒头便熟睡了过去。

五 庄重而滑稽的早请示

睡梦中，黄卫军被一阵尖厉的哨子声惊醒，朦朦胧胧中仿佛听到外面在喊："起床了，起床了，早请示了。"他揉了揉眼睛说："什么鸟人，这么早就吹哨子，整一个《半夜鸡叫》中的周扒皮。"

顾晓江说："伪军，听那声音像是秋指导员呢。"我被顾晓江推醒，我们带着倦意从地铺上翻身而起，在黑暗中摸索着穿衣系鞋。待我们穿戴齐整，走出房门，只见外面天还没大亮，东方的地平界上呈现着一抹鱼肚白，高远的天空上还有几颗寒星在眨巴着睡眼。外面寒气袭人。五婶带着孩子还未起床，小新庄的农户小灶屋烟囱已冒起缕缕炊烟。

一阵欢快悦耳的歌声从前方农舍的东山头传来，原来早请示的仪式在无比庄重的气氛下正滑稽地进行着。我们三人已经起来迟了，从心中也不愿意参与这种类似宗教化的祈祷仪式，于是抱着双臂，远远地冷眼相看。

只见秋水花指导员左手举着红宝书，有节奏地上下挥动着带领着穿得五花八门衣服的兵团战士，请注意这些兵团战士仅限于知青，而不包括农户，他们整整齐齐地站成两排，口中唱着歌，手中拿着红宝书，足下腾挪跳跃，就这般手舞足蹈地、虔诚地完成一招一式。

敬爱的毛主席，

我们心中的红太阳，

敬爱的毛主席，

我们心中的红太阳，

我们有多少贴心的话儿要对你讲，

我们有多少热情的歌儿要对你唱，

我们衷心祝愿你老人家万寿无疆，万寿无疆，万寿无疆。

最后一遍祝毛老人家万寿无疆，还要带上林副统帅身体健康，永远健康。

结束这一庄重的仪式后，秋水花还点出没参加早请示人员的名来，排除我们三人外还有没来的，她们是黎星星和方吟梅，听到这两个女生的名字，我心头一悸，原来我们街上的这两位女生，我和顾晓江的小学同学也分到54连。我和晓江相视一笑，这一笑意味深长。伪军小声嘀咕了一句："原来她们俩人也来了。"

秋水花背着双手，嘴上叼着烟，黑着猪肝脸向五婶家走来。她是来兴师问罪的。

果然，她倒背着的双手挪到了身前一手夹着香烟，一手指着黄卫军，说："小黄，小顾，小路，你们怎么不参加早请示呢？"

我们面面相觑，无言以对，只有伪军涎着脸，双脚并拢，皮靴后跟嗑得很响，将手用两指靠着军帽沿，再夸张挥出去，行了一个标准的国军式军礼就朗声道："报告指导员，我们准备参加早请示，可是迟到了，怕破坏这庄重的仪式，我们自已在心中已千万遍对毛主席他老人家表示了无限忠诚、无限热爱之意。"他的表情夸张而生动，又带点滑稽，把绷着脸的秋指导员说笑了。

"好个黄卫军，你少油嘴滑舌，下不为例，今天你们休息半天，到营部去买买蜡烛和生活必需品，下午和排里其他同志，一起去参加建筑队盖知青房，自已动手，丰衣足食。"

"是，自已动手，丰衣足食。"黄卫军又一个立正敬礼。

“现在你们可以去洗漱了，你们在知青食堂未建起来之前仍然在李副连长家吃饭。”

“是，指导员。”

秋指导员满脸严肃地吩咐完自顾走了。她朝马居正家走去，显然马大叔说的两个知青女娃就是黎星星和方吟梅。

她一转身，我们笑得嘴都合不拢。

伪军学着她的腔调说：“现在你们可以洗漱了，在知青食堂未建起来之前，仍然在李副连长家吃饭。”

五婶和她的大女儿嫚子担着水桶去水塘挑水，那女孩子只有十一岁，身子骨单薄得很，穿着打着补丁的花棉袄，棉袄下摆长过膝，小脸冻得通红，鼻孔吸溜着清水鼻涕，蓬松的短发用红绳扎着一个小辫。

黄卫军见了连忙赶上去，卸下五婶和孩子肩上的扁担和水桶说：“五婶我们去，我们去，以后每天的用水，我们包了。”我连忙接过扁担的另一头和伪军两人担着水桶去挑水。

顾晓江则说：“两个大小伙子抬一担水，像老娘们一样，赶明儿再找一水桶我一人就担了。”

伪军笑着说：“一个和尚担水喝，两个和尚抬水喝，三个和尚没水喝，赶明儿挑水的活儿就派给肥子干得了，他身大力不亏。”

黎星星和方吟梅

太阳出来了，给萧瑟肃杀的大地带来一丝温暖，我和黄卫军踏着铺满寒霜的冻土，迎着温暖的阳光抬着水桶向水塘边小心翼翼地走去。黄卫军穿着硬底皮靴，此刻他把裤管放了下来，只留下贼亮的尖头，我穿着硬塑料底的棉鞋，走在冻土地上也是一步一滑的。

我们终于在老乡的指点下，来到了食用水塘边，当地老百姓称为甜水塘，其实说是甜水真正饮用起来仍有一股淡淡的咸味儿。水塘四周长满着芦苇，寒风吹动着苇秆在阳光下摇曳，水塘的前方是一片广袤无垠的麦地，麦地里已冒出青青的麦苗来。蓝天白云，天很高很蓝，使人赏心悦目，麦苗很青很绿，使人浮想联翩，使萧瑟的早春充满着亮色，阳光穿透茫茫的白色雾气使四周的景物渐渐清晰起来，反倒像是一幅画儿一样。

我看到了一个熟悉的身影。那是一个穿着月白色碎花布棉袄罩褂和毛蓝色的卡其布长裤，黑色灯芯绒白塑料底棉鞋，肩上系着一条火红色的羊毛围巾的少女。

她那亭亭玉立的身材，像是从天际飘来、降临凡间的仙女，我心中一阵悸动，这是我曾经在暗夜里多次用目光追逐过的倩影。那时正是青春的萌动期，即便是同学、邻居，男女大防使得少男少女们假装形同陌路，视而不见。然而这个少女是有亲和力的，她是我的邻居黎星星，我眼中的黎星星有着某种大家闺秀的气质，率性、随意、真诚。

她身旁的另一个女生戴着眼镜，穿着一身上罩着洗得发白的蓝色学生装，头上戴着一顶绒绒的卡其布棉帽，相比较而言，黎星星更像是一个天然淳朴的村姑。戴眼镜的女孩那是我和黎星星的同班同学方吟梅，方吟梅则更显得学生气一点，尤其是她脚上那双带着绒毛的咖啡色小皮鞋，更像是以前资本家小姐穿的。

黄卫军似乎也发现了她们。他轻轻对我说："腿子，你看到了吗，池塘斜对面那两个姑娘一个好像 6 号的黎星星，她旁边那个女孩有点面熟，好像也是我们眉山路的。"

我肯定地点点头回应道："是的，昨天晚上，李学文说的住在马居正家的两个知青估计就是她们俩人，今天未去参加早请示的估计也是她们。那个女孩叫方吟梅，是 27 号院的。"

“27号院是方教授家，就那反动学术权威方谷湖的孙女？她们也来到了兵团?”

“是呀，她们怎么会到兵团来呢?”我也感到纳闷呢。

“不会看错了吧?”

“不会，我和她们太熟了，我和她们是小学同班同学，曾经在一个小队之家学习过，她们家我都去过的。方谷湖教授家你也是去过的，你是去抄人家的。”

听了我这话，黄卫军脸上浮现出了尴尬，他回避了抄家的话题说：

“就是那两幢神秘的小院和那个小院中住着的古怪的老军人和背气老教授，老军人养着一群孩子和‘一只狗’；老教授则是祖孙三代同堂，家中满壁的图书和大量文玩字画。”

“你了解得蛮细的嘛!”

“她们家是我们那街上引人注目的两家，况且那黎星星又是一个小美人，小美人后面跟着四朵金花，街上谁人不知道?”黄卫军边说，边和我眨巴着小眯眯眼，嘴角现出一丝暧昧的微笑。

“你当年拍婆子，也想拍过她?”

“想倒是想过，不过没敢，怕碰一鼻子灰，自讨没趣。”

“她家有条狼狗，她哥整天手中摆弄那杆气枪，弄不好，给你一枪，听说对门13号田二当年想拍她来着，被他哥一枪打在屁股上，落荒而逃。其实田二那厮实在是想女人想疯了，晚上爬黎星星家窗户看她洗澡来着，被她家狗发现了，他哥提着枪出来一枪中的，打在屁股上，好在伤得不重。至于方家那些图书和文玩曾被我红卫兵战士当成‘四旧’烧的烧，砸的砸所剩无几了，至于那些字画嘛，我爹说那些都是名家真迹，硬是让我从火堆里抢救了出来……”说到这儿，黄卫军戛然而止，嘴角浮现诡谲的微笑，黄卫军此地无银三百两式地自我解释道。我和晓江相视而笑，只是什么话也没说。

我说：“她们与我和晓江关系还行，她们两家我们都去过。”

黄卫军心不在焉地再次向河那边的姑娘望了一眼，不再吱声，仿佛很遗憾的样子。他鼓起腮帮子吹起了口哨。他气沉丹田，用劲又吸了一口气，将气憋在口腔中，当他伦圆了嘴唇，将那口气慢慢送向唇边，那悠扬的曲调就犹如行云流水般脱口而出，显得跌宕起伏。他吹的曲子是意大利民歌《红河谷》的旋律。

他相信这哨声一定能传到池塘那边两个女生耳中。她们朝这边看了一眼。因为黄卫军的口哨在那条街上是有名的。当他骑着自行车从眉山路这头沿着青石路的斜坡向下滑行，那悠扬的口哨声就传得很远很远。整条街上就知道黄大公子，或者黄大痞子来了。其实偷看黎星星洗澡的人就是黄卫军，他移花接木将之搬到了田二身上，因为这是整条街上人人都知道的事。我们没好意思点穿他，方教授家的那些名家字画，最终都变成了黄副厅长的藏品。

在我和黄卫军的注目下，黎星星冲河对面的我们点头笑了笑，晃晃悠悠地抬着水桶走了。我们目送着她们消失在远方的背影，怅然若失，远方传来一阵忧郁悲凉的歌声，那曲子却是十分的优美，令人黯然神伤。

……

蓝蓝的天上，白云在飞翔，

美丽的扬子江畔，是我可爱的南京古城，我的家乡。

啊……，长虹般的大桥直插云霄，横跨长江。

威武的钟山虎踞在我的家乡。

第二章　眉山路往事

伪军与黎星星搭上碴

黄卫军、顾晓江和我闷着头“呼噜，呼噜”地用嘴唇沿着粗瓷大海碗的边，吸溜着棒子粥。我们就着萝卜干，啃着麦面饼，倒也吃得津津有味。

李学文阴沉着脸，埋头自顾喝粥，并不理睬我们。显然他对我们仨人早晨的表现不满意，因为我们没有参加早请示。这会儿他对我们的不满都写在阴沉沉的脸上。金娃刚刚喂完猪，拍了拍手上沾的猪饲料，顺便在油晃晃的黑布棉袄上擦了擦，坐下来就在黑瓦钵中盛粥喝。大家一时无话可说，空气中弥漫着某种难以言说的压抑感。还是李学文打破了沉默。

‘晓江呀，你们今天未去参加早请示，贫下中农中有反映呢，今后要注意呢！”李学文一口气说了两个“呢”字，语气很是沉重。

胖乎乎的顾晓江说：“那只是个仪式，对毛主席忠不忠看行动呢！”

“我们上山下乡来到兵团，本身就是响应毛主席号召，是毛主席的好孩子，毛主席的红卫兵，再说我看好些贫下中农们好像也未参加早请示呢。”黄卫军接口笑着说。

李学文一时无话可说。他抽出旱烟袋，闷头不再吱声，他想了想说：“你们今天就去马居正家帮他托土基，在他东屋搭个炕，不能老让那两个女娃娃睡在地上，中午马居正管饭。”

“可我们也是睡在地上，什么时候也弄个土坑睡睡？”伪军嬉笑着说。

“你们是男孩，再说知青点不正在盖房吗？要不了一个月你们可住进新房了。”李学文说。

“毛主席他老人家说，时代不同了，男女都一样。”

“能一样吗？她们能生娃，你能生？”

伪军不再吱声，只是埋头喝粥，放下海碗又偷偷地坏笑。

“可秋指导员，准我去营部买东西呢，下午去知青点盖食堂呢？”伪军想了想说。

“我听秋指导员说了，你呢就赶着牛车去营部，把你们三人的口粮拉回来，小路和小江托土基。”

我和顾晓江相视一笑，黄卫军对我们做了一个鬼脸，一副满脸惊喜的表情。

早饭后，我和顾晓江去了马居正家。

黄卫军是驾着食堂的牛车去的营部，说是营部其实就是过去的大队部或者叫分场部。那天他穿得比较简朴和得体，他清楚演员对戏服行头的珍视，在农村这种环境不分场合地显示派头，反而弄脏了行头，以后再出演干部子弟的角色就显得有些困难，当然今天的装束也恰到好处地显示了自己的与众不同。一件洗得发白的苏式军便服，一条海军蓝布裤子，大头翻毛皮鞋，只是头上顶的那顶马裤呢的军棉帽，仍然显得十分贵族气。

当他学着马大叔的架势牵着牛，吆喝着驾起牛车时，远远地看到两个知青姑娘迎着初升的太阳，正向通往营部的大道慢慢走去。

姑娘的肩膀上扛着锄地的锄头，他认出了这两个姑娘就是住在马大叔家的黎星星和方吟梅。于是挥起牛鞭使劲在牛屁股上打了一下，牛车在坎坷的冻得硬邦邦的土路上一路小跑起来，黄卫军便上下颠簸得龇牙咧嘴，心中升腾起一股莫名的冲动。当靠近两位姑娘时，他下意识地学着马大叔腔调对着大青牛“噫”了一下，牛的四蹄驯服地放慢步子，停了下来。

两个姑娘显然知道了牛车的靠近，放慢了脚步，黎星星回眸对着黄卫军嫣然一笑，努了努嘴说：“伪军上营部?”

黄卫军先是一惊，后是一喜，心想：她竟然认识我，还十分亲切。不，简直是亲昵地叫我的绰号，这只有十分亲近的人才这么做呀。于是他咧开厚嘴唇带着傻气地说：“嘿嘿，我这是上营部拉我们的口粮，顺便捎带点东西，你们去出工?”

“是的，我和吟梅今天未去参加早请示，李学文那小子使坏，把我们打发到和55连接壤的那块棉田去干活，来回要走十多里路呢。”

“嗯，那小子是个坏种，你们得提防着点，我们不说他。哎，黎星星，你怎么知道我叫‘伪军’的?”伪军转移了话题，他开始用普通话说，其实他平时也是说南京话的，也就是那种夹杂着南京口音的普通话。

“你怎么知道我叫黎星星的?”黎星星嫣然一笑地说。

“你黎星星在咱们那条街谁不知道，眉山路上一枝花嘛。”

“你黄卫军在咱们那条街谁不知道，眉山路上一流氓嘛。”说完，黎星星竟朗声笑了起来。

方吟梅低着脑袋不吱声，她仿佛很不屑搭理黄卫军。不过黄卫军并不在意方吟梅的态度，他只是觉得黎星星身边这个姑娘不够漂亮。因为那姑娘皮肤有点黑，圆圆的苹果脸上嵌着一双满含幽怨的大眼睛，再加上戴着副近视眼镜姿色就略逊了一筹，他对没有姿色的姑娘向来是视而不见的。

显然方吟梅没有黎星星来得白皙、靓丽、动人。如果黎星星是一片明净的天空，爽朗而热情，方吟梅则是一片深沉的湖泊，含蓄而不露声色，显得有点冷傲；如果黎星星是他心中的白雪公主，方吟梅则是无人关注的灰姑娘。他实在是太不在意这个不起眼的方吟梅，而且这姑娘成分也不太好，在这个讲究“亲不亲，阶级分”的年代，他是很注意出身成分，非我族类，一概视而不见。

此刻，黄卫军觉得这黎星星实实在在地就是眼前的一颗黎明前的辰星，闪闪烁烁的，很引人注目呢。黎星星脸带微笑地说他是“眉山路上一流氓”他根本就不生气。他笑着邀请黎星星、方吟梅上他赶的牛车，黎星星大大方方地跳上牛车与黄卫军并排坐着。方吟梅却并不领情，干脆甩开脸色，不理睬他兀自大步流星地扛着锄头“蹬、蹬、蹬”地向前走。他知道黄大痞子邀请她是假，他感兴趣的只有黎星星，她不愿当电灯泡。

黄卫军对着黎星星说：“小黎，算了，她不愿上就算了，我送你去营部，这丫挺是谁，看着挺眼熟。”他干脆带着点流氓腔地硬是撇起北京腔的普通话。与黎星星调笑起来。

“你不认识她，回去问问你的同屋路雨生、顾晓江，我们四人小学可是同班同学，都是街坊邻居，你怎会不认得她，她可是我国国学大师南京大学方大教授的孙女，方吟梅，我的好朋友。”

黎星星的这一提醒仿佛唤醒了黄卫军尘封的记忆。像是注射了一针兴奋剂那样。他记起了那叱咤风云的日子，他作为学校毛泽东主义红卫兵纠察队的头头，曾经带着一帮小弟兄，在当地派出所的指导下，在那个闷热的夏季光顾过眉山路 27 号院那个神秘的小院。

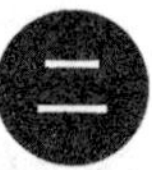

二 伪军的革命和方家遭难

那天，南京市的天气特别闷热。原本这方教授的家也轮不上伪军他们去关注，他和方教授八竿子打不着，一个在大学，一个在中学，他与方吟梅也毫无联系，两人根本就不认识。

方吟梅和黎星星与我和顾晓江是小学同班同学，上中学后就各奔东西。6 号院的黎星星和 27 号院的方吟梅都在成绩优秀的名牌中学，是南师附中的学生。我却因数学成绩特别差。被发配到三流中学四十三中，和黄卫军在一个学校。“文化大革命”使黄卫军一跃成为学校红卫兵的新星、明星。

那个特殊的年代，人们几乎都生活在半癫狂状态中，这段时间，伪军像是发了疯的野兽那样，到处寻找食物以壮大自己的胃口，显示自己比革命派更加的革命。甚至比同组织的温和派和理论派更加激进、更加有觉悟。于是，他带着纠察队的弟兄们冲上了社会，我们组织孱弱的女司令和擅长理论的刘政委根本就管不了黄队长。

纠察队的活跃是因为波澜壮阔的红卫兵“破四旧，立四新”运动掀起了一股抄家风。黄卫军在抄完了学校那些所谓“牛鬼蛇神”老师的家后，感到意犹未尽，开始寻找新的目标，于是把目光投向了自己住的街道。

伪军掰着手指头算了算眉山路上有问题的人家，当然首先是眉山路 15 号院他的班主任老师颜学贤。颜老师个头不高，长着圆圆的脸，戴着一副深度近视眼镜，年龄 45 岁左右，看上去很是斯文，说话慢条斯理的，历史课旁征博引地讲得精彩，很受学生欢迎。只是她和黄卫军的关系不太好，伪军在背后称呼她是颜大麻子，由于是街坊，颜老师虽然没有上过我的课，倒也是经常看到她和先生在眉山路上散步，我并没有发现她那白皙丰腴的脸上有什么麻子，也许是浅浅的白色麻子，不仔细观察很难辨别，也许是伪军对她有偏见有意丑化她。

他们师生之间的成见来源于伪军对班上漂亮女生的追求。这对女生在我们学校也算是知名人士。她们是双胞胎，又是省工商银行的副行长的千金。这对姐妹花老大叫晓冰，老二叫晓雪，生的冰雪聪明，长得鲜花般美丽，皮肤细嫩白皙自不必说，个头还高挑出众。

我和姐妹花的渊源在于这对姐妹花有一个妹妹程晓蕙是我和黎星星、方吟梅的同学，黎星星是中队学习委员，程晓蕙是劳动委员，我那时担任了小队副直属劳动委员管理。在我印象中这位劳动委员属于女人中的男人，用现代话来说就是女汉子，女汉子长得比两位姐姐彪悍粗壮些，是班上出名的凶女生，对我们管理也相当严格，主要是放学后安排值日很严格，凡有课桌椅没有擦干净，教室卫生没有打扫好的，经常被她训斥得鼻子不是鼻子眼不是眼的。

我加入那个叫“主义兵”的组织，也是在 1966 年的“红八月”。那天凑巧我在学校闲逛，巧遇双胞胎的一位，也许是大姐程晓冰吧，反正两个双胞胎我就是到现在也分不太清楚，双胞胎姐姐就动员我参加他们那个组织——毛泽东主义红卫兵。因为她听她妹妹说我会画画，他们那个红卫兵组织很需要绘画人才。

我看这位漂亮的姐姐动员我参加，也就顺水推舟参加了这个组织。这才和黄卫军、倪利民这帮人搭上了关系，加上原来鼓楼小学高年级的同学刘阳旸，才有了同学间后来发生的一系列故事。

那时并不知道这对看上去冰雪聪明的姐妹花是什么原因竟然在考中学时也刷到了我们这个三流学校，可能因为偏科吧。那时候的大人们还相当正统，不知道什么开后门之类的说法，一流学校上不了，就被分配到了家附近的学校，所以我们学校也确有不少附近省级机关和部队大院的子女，尤其是湖南路上最大的大院——军区工程兵大院的男男女女们。

这对姐妹花在校读书时总是穿一样的衣服双进双出，旁人很难分得清老大老二。黄卫军也不一定分得清她们谁是老大谁是老二，反正他是两人不分彼此地都悄悄喜欢着，因为两人都长得漂亮。分不清，总之，他是在上课时间给她们抛了纸条，放学后又尾随着这对双胞胎嬉皮笑脸地说了一些不三不四的话。

双胞胎没有理睬他，但是这些言行都被这对姐妹花反映到了班主任老师颜学贤那儿。颜老师当然毫不客气地训斥了黄卫军一顿，并且非常严肃地劝导他要注意自尊自爱，人不能太低级趣味，要培养自己高尚的情操，当场还将诸葛亮的《诫子书》推荐给了黄卫军，命令他必须抄写十遍才能回家。果然，后来黄卫军对这篇文章能够摇头晃脑地倒背如流，就是来源于那次刻骨铭心的抄写。

夫君子之行，静以修身，俭以养德。非淡泊无以明志，非宁静无以致远。夫学须静也，才须学也。非学无以广才，非志无以成学。淫慢则不能励精，险躁则不能冶性。年与时驰，意与日去，遂成枯落，多不接世，悲守穷庐，将复何及！

然而，这段话的真谛，是在多少年之后我和黄卫军历经了人生逆境的跌宕起落后才真正理解。那时候黄卫军已经效仿刘阳旸刻苦读书也成了民间理论家，虽然理论和实际依然剑走偏锋，不合时宜。

“文革”烽烟陡起，黄卫军在班上率先造反，首先当然是造了班主任老师的反，并且揭露出颜老师家庭出身是地主，因此封了她一个“地主阶级孝子贤孙”的恶谥。对被他称为“严大麻子”“严学奸”的颜学贤老师开始还只是大字报攻击。好在被贴大字报的不仅仅是颜老师，还有学校的校长、书记一类老干部及一大批教师，颜老师也就不以为意。

黄卫军还搞了一些畚箕笤帚墨汁之类玩意儿架在门上，等到颜老师推门进教室，这些玩意儿全部砸在老师身上不说，浑身上下还被泼上了墨汁。当然这些革命行动无非是一些小儿科似的恶作剧，还不足以被称之为革命行动。到了伪军当上我们那个红卫兵组织的纠察队长之后，就有了一些权势，权势的第一次扩张就是对准了班主任老师颜学贤的革命造反行动。

记得那个火热夏天的正午，阳光无情地炙烤着城市，眉山路上也蒸腾着热浪，使黄卫军感到浑身燥热，有着某种无名之火在体内激荡，却无处发泄的憋闷，他要寻求发泄了。

我走出 2 号院大门，看到眉山路 13 号院簇拥着一大堆人在看热闹。我也挤人堆里去充当看客，当时那种抄家抓人的热闹司空见惯，就犹如鲁迅小说《药》中的华老栓看杀人，只不过那时候杀的是革命者，华老栓是等着人头落地那会儿用馒头蘸血做药引为华小拴治病。这会儿批斗的全是坏人，中国人好奇，喜欢围观抓坏人或者批坏人，满足一下好奇心。

我挤进人堆却看到身着浅咖啡色柞蚕丝军服的黄卫军满脸冒着油汗，正在声嘶力竭地控诉着他的班主任老师颜学贤的滔天罪行。颜老师披散着头发低垂着脑袋，身上披挂着一些仿佛是过去戏服一般的绫罗绸缎大褂子，脚上穿着一双绣花鞋，也是大汗淋漓地在那儿接受红卫兵小将的批判。她的面前堆满着一些绸衣、西服和西方绘画的印刷品以及黑帮绘画的卷轴和那些所谓封资修的图书、画报。

颜老师的脖子上挂着一块大白纸牌上面用墨汁淋淋漓漓地写着“地主阶级的孝子贤孙颜学妍”颜学妍三个大字上被打上了血淋淋的大红叉叉。颜老师的丈夫杨老师是师范学院教授西方文学史的副教授，此刻也低垂着脑袋在陪斗。

伪军在发表了一通演说后，似乎还不解气，于是在他的那些穿着军装的爪牙当然也是我们组织的那些军干、革干子弟的协助下，他找出了一条碗口粗的大麻绳竟然套在了颜老师的脖子上，像纤夫那样在前面吃力地拉着，可惜严老师不是沉重于江流中的船，而只是一个文弱中年女教师，颜老师满头大汗步履艰难踉踉跄跄地向前挪动着脚步，两人大汗淋漓地一前一后地走着上了眉山路，颜老师边走还被强迫高声敲着畚箕用嘶哑的声音说“我是牛鬼蛇神，是地主阶级孝子贤孙”。这就是当时盛行的游街示众，是那个时候司空见惯的拿手好戏。

显然颜老师的脚步跟不上黄卫军的军人般步伐，一个趔趄跌倒在青石铺陈的路上。紧跟在后的杨老师大叫到：“红卫兵小将们，不能这样啊，要出人命的。”颜老师额头叩出了鲜血，嘴角直吐白沫，双唇翕动着喘着粗气。黄卫军用脚踢了踢颜老师大叫到：“颜学妍，你不要装死。”杨老师跪倒在地说：“小将们饶了她吧，她有心脏病啊！”黄卫军却不依不饶，叫人去拿凉水来喷洒。

我看这样下去，迟早要出人命，立即跑到顾晓江家打了一个电话给刘阳旸。我知道刘阳旸是历史老师颜学贤的得意门生，颜老师经常在上历史课时表扬刘阳旸的史学知识丰富，尤其是对党史、军史有独到见解，而此时他还是我们这个组织名义上的政委。

这样作为理论派的刘阳旸和温和派的欧阳雯子和程晓冰、程晓雪等女将立即骑着自行车赶到了眉山路。刘阳旸不会骑自行车，他是坐着欧阳的自行车赶到现场的。他从欧阳的自行车后座上跳下来后，痛斥黄卫军是法西斯暴徒，责令他们立即停止这种惨无人道的迫害行为。刘阳旸在我们这个组织中还是很有威信的，他的一席话解救了已经昏厥过去奄奄一息的颜老师。

黄卫军向来怵刘阳旸，也怕晓冰和晓雪双胞胎。只好带着他的纠察队余党狼狈逃窜，骑着自行车一走了之。在我看来，欧阳司令和刘政委的到来正好给了纠察队长一个台阶，因为再这样折腾下去非得出人命不可。救护车赶来将颜老师送到了百子亭的省级机关医院去抢救了，因为刘阳旸的妈妈柳洁民阿姨就是机关医院的总支书记，顾晓江父亲是管行政的副院长。

后来我问刘阳旸为什么伪军对颜学贤老师这么仇恨？刘阳旸淡淡一笑地说，黄卫军就是一小军痞，你知道他对双胞胎姐妹干了些什么？说起来非常可笑。那天放学黄大痞子跟着双胞胎姐妹，竟然捧着一本《新华字典》，翻开一页，假装很谦虚地去请教两个字怎么读？晓冰、晓雪当即凑过脑袋去看，一看脸就红了，立即骂他是“流氓”。他哈哈一笑扬长而去。我问那是两个什么字？他说你就别问了，也就是字典解释的男女生殖器那两个字，我笑了。

刘阳旸很是得意地骂了一句后说：“这家伙竟想出这样的馊点子去调戏双胞胎姐妹，真屌，确实是流氓。后来当然被双胞胎姐妹汇报到颜老师那儿，颜老师就告诫他要自尊自爱云云，还罚抄十遍《诫子书》。颜老师也是出于好心，私下里的劝导，却被这家伙来了一个公报私仇，往死里整。”

后来，刘阳旸讲的这个笑话，得到了双胞胎姐妹含蓄的证实，程晓冰只是说了一句话“这家伙确实有点无耻，非常的可恶”，就完全证实了刘阳旸所说故事的真实性。这个故事就在我们组织中传开了，大家常常模仿刘阳旸的口气和伪军开玩笑，搞得黄卫军很是狼狈。

有时黄卫军提着苏制宽皮带正准备向所谓的“牛鬼蛇神”挥出去的时候，只要刘阳旸温和地微笑着踱着方步悄悄走到他背后，轻轻拍拍他的肩头，一脸坏笑地说：“伪军，你不要老是冲冲杀杀地，稍微积点阴德，免得遭报应。”黄卫军就会收敛很多。待到年后，工程兵学校保卫处专案组前来调查刘阳旸“反革命”罪行的时候，黄卫军狠命地揭发了一通，说刘阳旸阶级立场有问题，包庇右派分子和历史反革命等等，因为在他看来，刘阳旸就是组织中的右倾势力。至于他后来在专政队对老师们大打出手是在刘阳旸被捕以后的事了。

当黄卫军再次寻找革命目标时，将目光投向了眉山路27号院的方谷湖教授故居，因为方教授人虽死，反动阴魂似乎萦绕着这个花木扶疏的小院落久久不肯散去呢。

方教授在一年前风风光光地死去，学校当局还隆隆重重地为老家伙开了追悼会。出殡时组成了一个庞大的车队，招摇过市。被隆重安葬在滨江临水的望江矶公墓，和当年皖南事变牺牲的三烈士墓相距不远。

黄卫军与大学毛泽东主义红卫兵总部联系，对方回答，此时的方教授已非彼时的方教授了。方教授被打成反动学术权威，国民党的残渣余孽，学校红卫兵在批走资派匡校长时连带着批方教授，方的儿子人称中文系的小方教授正在代父接受批判呢。

得到这个消息，黄卫军一拍脑袋当晚就带着学校的红卫兵纠察队去了方教授家。果然不出所料，当他们带着莫名的兴奋和满身汗臭到方教授家时，派出所的两个民警也穿着军装戴着红卫兵的袖章在等着他们到来，说是来协助红卫兵小将抄家的。方家大门上糊满了大字报大标语。小方教授战战兢兢地打开大门，深夜迎进了这帮不速之客。

黄卫军带着新奇和激动打量着这个不大的院落，一幢二层红砖小洋楼，小院栽着丁香花、木兰花、石榴花，四周围着冬青树。楼下是小方教授一家住的，上初中一年级的方吟梅和比她略大的姐姐、哥哥睁着惊恐的眼睛看着这群无法无天的红卫兵。三个子女被赶到厨房去了，小方教授则被领到了老方教授的书房。

黄卫军知道，凡是封、资、修的东西大部分都在书房里藏着呢。因为他父亲也有一间大书房，那些名贵字画黄副厅长都当宝贝样藏在书房中，想这老方教授也不会例外。小方教授的夫人当时是卧病在床。他当时并未注意到被他赶到厨房中锁着的方吟梅，而方吟梅则牢牢地记住了他。在“打倒国民党残泽余孽”的口号声中，原被大学红卫兵用封条封住的书橱又立即被撬开，方家几代人所藏的图书典籍被扔在地毯上，又被从窗户抛到院子中。

书籍被浇上了煤油，一把火，烈焰冲天而起，这个昔日典雅的小院此时充斥着硝烟的气味。小方教授和身体有病的夫人被从屋中揪出，强迫他们跪在火堆前，还得戴上高帽子，挂上黑牌子。不是那场突如其来的暴风雨，黄卫军的队伍还不知道要折腾到几点。风雨中他用床单裹着字画草草收兵。他是知道这些字画的价值的，他的父亲黄副厅长视字画如性命。况且其中还有一张齐白石的寿桃图，这张寿桃图是方教授在燕京大学任教时，齐白石赠送的生日礼物，当属真迹无疑，回去后这些字画就被黄副厅长视若珍宝藏了起来。

想到这儿，黄卫军心中很是得意，他想向黎星星吹一吹那晚的壮举，但黎星星根本就不感兴趣，于是他转移了语题。

“黎星星你一个正宗的军干子弟，将军的女儿，干吗不当兵，到这个鬼地方来？还和这个反动学术权威的女儿弄在一起，也不怕失了身份？”

“你说，我们有什么身份？精神贵族，毛主席都说我们的共产党和共产党所领导的八路军、新四军，是人民的队伍，是人民的子弟兵嘛。”

“可是亲不亲阶级分嘛？”

“正宗的阶级分，你老子不是也是地主出身吗？”

“可是我们家老爷子可是参加了革命的。”

“可人家方教授也是参加了革命的，当年的民主同盟可是反蒋抗日的，我党的盟友呢。方谷湖教授还是全国的副主委呢。”

“他是反动学术权威，是国民党参政院的参事。”

“你了解得很清楚嘛。”

“当年老子我，带着我们学校的红卫兵抄过他家。”

“难怪她对你这么反感。”

“世界上没有无缘无故的爱和恨，每个人身上都会打上阶级的烙印。”黄卫军带点骄傲地笑了起来。

“所以说你流氓，一点也不假，打、砸、抢、抄、杀，就差一个杀人了。”

“该杀的还是要杀嘛，革命不是请客吃饭，不是做文章，不是绘画绣花，革命是暴动，是一个阶级推翻另一个阶级暴烈的行动。”

“你们那是暴殄天物，毁灭文化自作孽，不可活，哪天非杀到你头上不可。”黎星星用手掌比着黄卫军的脖子做了个杀头的手势。

“咦，你这个将军的女儿说话，怎么和那些狗崽子一样。”

“伪军先生，我纠正你，我父亲不是将军，1955 年授衔时是上校，1959 年晋升大校，一个多年不工作，在家赋闲的失势老军人罢了。”

“不管怎么说，你和方吟梅是不同的，你是革命军人子弟嘛。”

“我觉得人和人都是一样的，没有什么不同，只有男人和女人的不同。这个你比我清楚，哈哈。”黎星星调皮地笑了，似乎话中有话，暗暗隐藏着使他尴尬的老生殖器问题，他脸红了。

“这是谁说的？你老爹就是这样教育你的？简直是资产阶级人性论。”

“不错，是我爹这样教育我的，未必无产阶级就是灭绝人性的。”

“好了，星星，咱们不说这个，你怎么不当兵去呢？”黄卫军想转移话题了。

“干吗非得当兵呢？”

“你出身军门，家庭条件这样好，好多女孩子都内部招兵走了。”

“我也找过爸爸，可他不同意我去部队，希望我到农村来锻炼锻炼，他说他自己当年就是湖北红安的农民。后来在鄂豫皖边区参加了红军，我们革命军人是不能忘本的。他老人家不忘本，就把我送到这个穷乡僻壤来战天斗地了，不过当兵团战士也很好呢。”

“鬼的兵团战士，完全挂羊头卖狗肉，挂着兵团幌子，可比江南农村还差十万八千里呢。”黄卫军愤愤地说。

“那你为什么还要报名来呢？”

“哎！不说了，我们抄过方教授家不久，我家也被抄了，我爹被打成了阶级异己分子，也成孝子贤孙了，我是被逼无奈才到这个兔子都不拉屎鬼地方来的。”黄卫军长叹一声，他吹起了《南京知青之歌》那忧郁的旋律；黎星星和着这旋律唱了起来：

告别了妈妈，
告别了家乡，
金色的学生时代，
已载了青春的史册，
一去不复返。
啊……未来的道路多么艰难，
多么漫长，
生活的脚步深浅在偏僻的异乡了。

来到地主儿子马居正的家

我和顾晓江是九点整来到马居正家的。

马家住在村庄东头，一溜三间土坯房，与其他村民家不同的是他家的屋顶是瓦屋，土基建成的房有半截是大青石的房基，半截是土基，房屋的格局与村民的大致差不多。堂屋正中一张八仙桌，四张条凳。他的婆娘正在搂着小女儿敞着怀喂奶，十岁的小儿子正趴在桌上吃饭。墙正中贴着毛主席像，像下面是用纸糊的天安门城楼，城楼上摆着的毛选四卷上贴着

"忠"字。西屋是他们夫妇的卧室，室内黑黢黢的，门口挂着一个布幔，东屋现在已成了两个女知青的临时卧室，屋门口也挂着一个布幔，从布幔的反面看屋内充斥着冬日的阳光，洋溢着光明。可见土墙上为了空气的流通新开了一个窗户。马居正正在他家屋前空场地上赤着脚和泥，将泥和稻草拌均匀，他挥了挥手，让我们先进屋喝口茶，再来帮忙。

马居正的婆娘，看到我和顾晓江进来，嬉笑着将怀中的女孩抱给了自己的儿子，忙着倒水给我们。顾晓江笑着说："马大嫂，别客气，我们奉命来帮马大叔打打下手托土基。一会儿就去干活。"

"这不，城里来了两个女娃儿，不能老让她们睡地铺，我和老马商量着乘天好，托点土基晒干了，帮她们垒个铺。"

"马大叔考虑得真细致。"

"营部分了两个女知青到俺家，俺老马可高兴呢，俺家成分高，政府分两个知青姑娘到俺家住，是对我们的信任呢。"

我打量了一下马大嫂，这女人团团脸，小眉小眼小鼻子的，脸颊周围布满着雀斑，由于额头离眉穹太窄，额上的头发剃掉了一大片露出青青的头皮。

顾晓江边端着马大嫂递上的大麦茶边与马大嫂搭讪聊天。我撩开了东屋的布幔打量着黎星星她们的卧室，松软的稻草上铺着洁白的床单，一尘不染，被褥叠得整整齐齐，散发着香肥皂的气味。两只木箱整齐地并排放在土基上，箱上盖着塑料布，放着一叠书籍，除了毛选外竟然有一套高尔基的《母亲》《在人间》《我的大学》等文学书籍，书籍边是一个玻璃瓶，瓶中插着一束野花，靠里侧的木厢放着一方端石砚，砚上雕着精美的云纹和龙，砚台下压着几页毛边纸，一眼可见那是唐代欧阳询《九成宫醴泉铭碑帖》。

这砚台这毛边纸，我似曾相识，那似乎是南京大学国学大师方教授家的遗物。我脑海中浮现出一个慈眉善目的老人形象。室内飘逸着花香、墨香和肥皂香。房中挂着一根塑料绳，绳上放着的衣架子上晾着女孩特有的小物件，有点刺人眼眸。我闭上眼睛，退了出来。捧起马大嫂倒的香喷喷的大麦茶喝了起来。

马大嫂在水缸中舀了一瓢水，为马大叔洗手。马大叔坐下来吃早饭，玉米糊就着大麦饼。不时夹着一筷子青蒜苗、萝卜干。嘴上发出“呼噜、呼噜”的喝粥声。这粥声像音乐，搅动着我的思绪，在两位女同学宿舍见到的一切又将我的思绪送得很远，很远。我想到了可爱的家乡，被称为六朝古都的南京。

记忆中的省城眉山路

在我的印象中，随着父亲从省人委大院调到那个坐落在鸡笼山巅的机关，我们家就搬到现在这条街。这条名叫眉山路的街道以幽静小巧玲珑为特色。整条街全部都是由圆溜溜的青石铺成，延伸将近有一里多路。这条路依山而建，路的两侧栽种着茂密的老槐树，一到春天，满街槐花香。路两边分单双号排列着一个个小院，小院中一幢幢西洋式别墅建筑，各具特色。

虽然十多年前这里曾经是民国高官的住宅、别院，现在显然归了省级机关的各个厅、局，成了机关干部的宿舍。我家所在的那个院子是街中最大的院子，大院套着小院，前院连着后院，占了路北的半条街。眉山路的西边和一条叫作白楼门的沥青路相接。路的东边紧挨着城中心著名的小丘陵鸡笼山，沿山拾级而上，可直达原国府时期的国家气象台——北极阁，现在是省气象局和气象台所在地。

踏着呈青褐色的卵石，顺坡道而上，一幢幢风格独特的别墅楼隐落在林荫中。是当年的蒋委员长鼓吹“新生活运动”时为达官贵人所修建的高档住宅区。中华人民共和国成立后这些前朝政府要员居住的洋楼被人民政府接收。那些跑到台湾去的前朝官员的房产就作为敌产被没收了，分配给政府官员作住宅和机关干部的宿舍大院。只有当年一些高级知识分子住的楼仍然住着老主人，像是新贵群中夹杂着的遗老遗少。在不久后兴起的“文化大革命”中，这些老文化人和新当权派又不同程度地受到了冲击。

我家所在那个大院，是前民国政府时的比利时驻华大使馆所在地。前院是白楼门22号，漆成银灰色的大铁门设有门房。前院矗立着一幢两层青砖小楼带有坡顶阁楼和地下室。大约便是大使馆的主建筑了。小楼的主人有好几位，一位副局长，住在二楼，一位国府留用的技术专家高级工程师住在一楼左侧，右侧却是住了机关办公室的主任，三层的小阁楼住了爸爸的副手计划财务科副科长一家，这幢小楼是南北向的，东西向的一溜平房将大院一分为二。因为平房中间有一通道拾阶而上直通后院，我们家就占用了这一溜平房中的三间。

后院是一个大花园，前院固然也是花木扶疏地种有冬青、松柏一类。但是比起后院的范围就小巫见大巫了。前院小楼前有一水泥路，路的右侧一排冬青树，隔着冬青栽着梅花、紫藤、桑树。小时候，我常常爬到桑树上偷桑叶养蚕宝宝，采桑葚吃，常常把嘴吃得乌紫乌紫的。回想那时候真的是无忧无虑。手捧着桑葚坐在紫藤树天然长成的摇椅上晃晃悠悠地摇来摆去，确实非常的惬意。

后院的景致更为迷人。偌大的花园只有一幢两层青砖小楼，小楼一分为二，一个围墙围着，南北各开一门。南面住着顾厅长家，北面住着黄副厅长家，黄卫军的奶奶老地主婆就藏在阁楼上。一到春天，满院的梅花、桃花，开得嫣红姹紫的，院子的中央矗立着一方十米高的太湖石，太湖石的顶端安放着一尊汉白玉雕像，这雕像就是比利时的国家象征物，撒尿的小男孩的复制品。这尊显然属于“封、资、修”的玩意儿，直到“文化大革命”中才被黄卫军率红卫兵小将套上绳索从十米高的太湖石上拉了下来，小男孩头朝地砸得身首异处，被彻底地毁坏了。太湖石不久也被玄武湖公园派车接走安置在公园正面入口的太湖石假山壁中。

我上小学的时候，这里的世界还显得十分安宁，正像是电影《花儿朵朵》《宝葫芦的秘密》所展示的那样美好，像是当时流行的儿歌唱的那样：

我们的祖国是花园，
花园里花朵正鲜艳，
和美的阳光照耀着我们，
每个人脸上都笑开颜。
哇哈哈、哇哈哈、每个人脸上都笑开颜。

那时候他们心中的偶像是打入匪穴的侦察英雄杨子荣，是面对国民党屠刀慷慨就义的红岩英雄许云峰、江姐。那个太湖石更是我们这些小男孩显示勇气的地方。他们常常奋力攀上太湖石的顶端，一手搂着比利时小男孩的光身子，一手把着望远镜向四处遥望，作指挥千军万马状。向远处可看见建在北极阁上的高高的观象台，向近处可看见隔壁小院也就是 6 号院的精致景象。一棵参天的雪松，掩映着一幢造型别致的青砖小平房，平房里住着一位神秘的老军人及其一大家子。

坊间传说这位老军人曾经三次过草地两次爬雪山，是一位充满传奇色彩的老将军。将军闲居在家，无所事事，育着二男五女，附带饲养了一条威猛健壮的德国黑背大狼狗。

老军人身强体壮，整日在家生儿育女、养狗、种花、饲草，把 6 号小院饲弄得像是一个花园。院中有松、梅、竹、菊、广玉兰、柑橘、紫藤、月季、葡萄、迎春、灵霄花装点着，再加上五个如花似玉的女孩，被称为“五朵金花”就愈加显得艳红姹紫的，夺人眼眸了。一群生气勃勃的儿女陪伴着一位暮气沉沉赋闲落寞的半大老头子，就有如鲜花簇拥着的那株经霜不凋的松柏，那树身凸凹不平的疤痕显示了岁月的磨砺和不凡经历。

我们当时称为老军人的老红军，其实在现在看来也就是五十多岁，但老军人那留着寸头的脑袋，已显得有点斑白，头发过早地染上了白霜。他那位经常穿着马裤呢军便服的夫人却是黑发如油，显得很是年轻很是充满着朝气。家中还请了一位三十多岁的农村妇女当保姆。这女保姆有几分姿色，这街上就影影绰绰地流传着，“五朵金花”中起码有一朵是老爷子和保姆几度春风后留下的果实。当然这些都是无从考证的无稽之谈。这就是黎星星一家，无疑黎星星一家是眉山路上最引人注目的一家。因为这是一个独门独院的住宅，住宅的门口安装着电铃，常有孩子放学路过那个带着防雨檐的灰门时会悄悄地捺响门铃，铃声响处，狗吠声起，保姆开门，孩子们一哄而散，早已逃之夭夭。

我踏进这幢神秘的小院，是在小学六年级的时候，那时我们所就读的小学把班上的同学就近组织成立了小队之家。小队之家也就是我们眉山路上的四个同学两男两女而已。以后我就可以经常地到这两位女同学家一起做作业，一起玩耍。那当然是十分愉快的事情。但后来去多了，对那两个神秘的小院，也就不感到神秘和新奇了。

那时的黎星星，梳着两条油晃晃的麻花长发辫，白皙细腻的肤色衬着一张鹅蛋脸，大大的眼睛转动着黑葡萄式的瞳仁，活脱脱的一个美人胚子。她是中队学习委员，成绩好，我的成绩在班上不算好，主要数学太差，一些“追击应用题”“距离应用题”常常是搞不清楚其中的逻辑关系，错得一塌糊涂。黎星星在这时就起着小辅导员的作用，真正的辅导员作用的发挥是在即将小学毕业的暑假中。

“六一”儿童节刚过，随即就是迎接“七一”党的生日，紧接着就是大考，大考一过就要放暑假了。暑假是孩子们的天堂，我们望眼欲穿。一放假，孩子们可以上午打乒乓球，在花园般的院子里，满院子疯跑、疯玩，名曰“打游击”，晚上去游泳池游泳。

那时我整天头脑中做的就是放暑假的美梦，把做作业当成负担，把考试当成过关。关卡一过，也就有了自由，放暑假就是挣脱锁链迎来自由的日子。所以，在暑假之前的辅导员动员大会上我对大队辅导员朱老师的话一句也未听进去。我抱臂坐在教室，心中却想着我家大院子里的奇妙景象，想象着我和小伙伴们出入冬青树和假山中间，穿梭躲藏，躲后被伙伴发现五花大绑地押赴“刑场”，最后高呼“中国共产党万岁”的口号慷慨就义壮烈牺牲。或者和顾晓江去东郊的紫霞湖放鸽子、游泳，去九华山的三藏塔写生、捉蝌蚪、粘知了，……呵，那真是自由自在的日子呀……。

窗外传来一阵一阵令人烦躁的蝉鸣声。大队辅导员开始一遍一遍地教唱《暑假歌》，这歌是根据江南民歌的紫竹调曲子改的，被校长填上词后教学生唱。朱老师教一句，我们跟一句：

愉快的暑假已来到，
人人都把生活安排好。
上午做功课，
中午睡午觉，
业余活动更重要，
不下池塘去洗澡，
不爬树去捉知了。
……。

歌唱熟了，大家又集体唱了一遍。

长着娃娃脸的朱老师说："很好，同学们一年一度的暑假要来到了，为了让同学们能度过一个愉快而又富有意义的暑假。少先队大队部决定，把住得靠近的同学，就近组成小队之家，有计划地安排暑假生活，免得一到暑假，有的不自觉的同学就像是放了羊似的，整天疯玩，临近开学了，再临阵磨枪，赶着做作业，结果作业做得很糟糕。每个小队之家都要安排好暑假学习、生活和活动计划……。"讲完这些要求，就开始宣布每个小队之家的组成人员。

就这样眉山路小队之家正式组成。这样住在眉山路 2 号的我、6 号的黎星星、15 号的顾晓江和 27 号的方吟梅就成了一个小队之家的成员。中队学习委带着两条杠的黎星星就在暑假期间成了临时小队长，小队长方吟梅就成了小队副，我和顾晓江就成了她们的部下，只是我和顾晓江都未把她们的任职当回事。放学后，我和顾晓江照样是一路同行，照样进行着自己的活动，我们嘻嘻哈哈勾肩搭背地哼着被篡改过的《暑假歌》招摇过市：

愉快的暑假已来到，

人人都把生活安排好。

上午起得早，

中午吃得饱，

一日活动更重要，

要下池塘去洗澡，

要爬树去捉知了

……。

在路过眉山路上的小人书店时，我和顾晓江一头就钻了进去。那时我们放学后的消遣，除了在院子里疯跑着玩“打游击”的游戏，就是放学后去“小人书店”看一分钱两本的连环画。“小人书店”成了我们寻求知识的宝库，经年累月。竟然也读完了《红楼梦》《水浒》《三国演义》《西厢记》，还有《鸡毛信》《白毛女》，有时看不完的押上几角钱还可带回家。我们在“小人书”店养成了阅读的习惯，借回家的书又成了我们临摹绘画的范本，养成了“画画”的习惯。我熟悉的一批著名画家早年还都是画连环画出身的，如程十发的《孔雀公主》、黄永玉的《阿诗玛》、华三川的《白毛女》、刘继卣的《鸡毛信》《东周列国志》、顾炳鑫的《青年近卫军》等等等等，久而久之我也养成了对绘画的兴趣。我竟然成了小队的劳动委兼墙报委，我的美术作业也常放在橱窗里展览，业余爱好一多，作业就受到影响。而顾晓江作为省级机关医院顾副院长的公子就显得处事淡然，除了看小人书，临连环画，临字帖外，他还玩鸽子。他家的阳台上养了一群信鸽，晨起的第一件事就是喂鸽子，放鸽子。

有一次放学后，从小人书店出来，已将近傍晚，我要抄的课文未抄，匆忙中已是中学生的黄卫军走过来，竟一屁股坐在小人书店帮我把课文抄了一遍。等我回到家，吃过晚饭，父亲要检查当天的作业。当我拿出黄卫军替我抄的课文，战战兢兢地递给父亲时，父亲眉头一皱，显然看出了那流利而又潦草的字迹是中学生写的，平心而论，黄卫军的字写得还是不错的。

于是父亲抽出了量衣服的尺子，厉声命令我伸出手来，我不情愿地伸出了左手，父亲的大手一把捉住我的小手，不由分说，高举的戒尺就挥了下来，可能是高高举起，轻轻放下的缘故，当戒尺接触到皮肤时我并不感到痛，于是忍不住就笑出了声。这笑声当然被父亲以为是对自己权威的蔑视。于是嘴里咬牙切齿地说着“我叫你笑，我叫你笑”，狠着心将戒尺向我细嫩的皮肤上抽。我大声哭叫着，企图以哭声唤来妈妈去求奶奶阻止爸爸的“暴行”。

等奶奶听到哭声迈着小脚颤颤巍巍进门时，爸爸已结束了“暴行”。爸爸厉声命令我重新抄写那段课文。我不得不忍着掌心的创痛，抽泣着去抄写课文，一直抄到深夜十一点，困得眼皮都抬不起来了，才被允许去睡觉。那天爸爸逼我写下了保证书，我和顾晓江的连环画阅读生涯从此要结束了，因为我们的“小队之家”已经开始建立了。

星期天，三十多岁的大队辅导员朱老师，竟然像少先队员一样穿上白衬衫，蓝裤子，系着红领巾走访小队之家的家长。显然大队部是把我们眉山路小队之家当成试点了，大队辅导员对她的创意贯彻落实的情况特别重视。

先到了我家，爸爸出差了，妈妈上班了，朱老师同我那位操一口家乡吴语的老奶奶，仿佛鸡同鸭讲话那般云山雾罩地相互比划着，加上我的翻译，莫名其妙地闲聊了一阵，也就告辞去了黎星星家。

我陪着朱老师去了黎星星家。她家我自是很熟悉的。多少个晚上，我徘徊在大院的后院，期望着能够看到那扇蒙着深色纱窗的窗子，在打开电灯的一瞬间出现她的影子。我就在月光下久久地注视着她的身影，看着她的一举一动，发挥着自己的想象，那简直是天上的嫦娥、海中的螺丝姑娘、画中的人。有时白天我能够看到她那一群如花似玉的姐妹，站在纱窗前向我家的院子张望。她们微笑着和我打招呼，我的心头会油然升起一股非常幸福愉悦的感觉。多少年之后，我才明白这其实就叫暗恋。

我踮着脚揿响了黎星星家的门铃。保姆来开门，她家的狼狗就叫了起来，把小朱老师吓了一跳，不敢前行了。我对她家的胖保姆说，这是我们大队辅导员朱老师来家访。肥子保姆喝止了狗的叫声，喊道："星星，你们老师来了。"

黎星星跑了出来，她穿了一件纺绸的白衬衣，黑色的绸裤子，有点飘飘欲仙的感觉。看到我陪着老师家访，她红扑扑的脸蛋流着汗，一脸兴奋，狼狗看到她摇着尾巴，她伸手下意识地在狼狗头上抚摸着，狼狗伸出红通通的舌头舔她的手，她伸手抓抓狗脖子，狗就十分舒服地趴在了地下，不再声张了。

穿过她家花木扶疏的卵石甬道，感觉她家就像是建在花木丛中似的。院墙外看去，灰色的木门搭着雨檐，墙外隐约可见竹影摆动，青青的竹林中横斜出一缕黛色绿叶衬托下的橘黄色灵霄花。进得门去甬道直通前院，前院很宽，灰砖小平房前矗立着一棵参天的大雪松，院中栽种着石榴、柿子树，屋前撑着葡萄架，架上果实累累，米黄色的小葡萄，秀色可餐。葡萄架前是一畦畦菜地，菜地中长着韭菜、青菜，甚至还种有南瓜。老军人黎明戴着草帽，上着和尚领汗衬，下着褪了色的军裤，裤腿挽在膝盖上，赤脚穿着解放鞋，带着他的一帮年龄大些的男孩、女孩正在地里辛勤劳作。

看到我和朱老师进来，老军人在葡萄架前的自来水龙头前洗了洗手，笑着把老师和我迎进了客厅。黎家的会客室很宽畅、很阴凉。一排铺着凉席的帆布沙发，茶几上铺着玻璃台板，光鉴照人，玻璃板底下铺着洁净的白色纱巾，美国造的老式电风扇发出"呼呼"转动的声响，送来一阵阵凉风，朝南的纱窗前垂着流苏窗帘，一张硕大的老式办公桌，桌上的玻璃台板下铺着墨绿色丝绒台布。

绿色灯罩下黄铜支架支着的台灯前，整齐地排列着的图书有四卷本的《毛泽东选集》、克劳塞维茨的《战争论》，马、恩、列、斯的文选等。桌上放着老军人的一本红色布面精装笔记本，笔记本摊开放在桌上，笔记本中间，竖放着一枝黑杆派克金笔。正面墙上挂着的毛泽东、朱德的照片还是延安时期的装束。前者带着红军时期的八角帽，后者戴着八路军军帽，军帽上竟然佩有国民党的青天白日帽徽。

两个沙发中间置放着一台六灯熊猫牌收音机，花架上的兰花，透出淡淡的幽香，一切显得简洁、儒雅、舒适。使得小朱老师眸眼一亮。她饶有兴趣地打量着客厅内的陈设，胖保姆献上茶水就退出了客厅。

黑背大狼狗摇摇摆摆地仿佛看热闹那般踱进室内，安静地卧在沙发旁，朱老师停在收音机上方的一幅黑白小照旁。小照的正中是一位身材魁梧，脸庞清癯的元帅。这元帅似曾相识，既不是朱总，也不是眼下已被打成反党集团头子的彭总，更不是新任国防部长、党中央副主席的林总，她在脑海中快速转动，挨着个儿排下去，陈总、叶总、聂总都不是，十大元帅排了个遍。她明白了这是徐总，徐向前元帅。和徐总并排的一个中年人，戴着眼镜，头发已花白了，梳得很整齐地背在脑后。在一帮上将、中将、少将，至少也是大校的军人中间显得十分突兀，他穿的是中山装，但是这位透着学者气质的中央领导，她从未见过。这人脸上笑容有点勉强，布满鱼尾纹的眼角微微流露出一丝幽怨。朱老师并不了解中共党史，不知道这位敦厚长者长得文质彬彬颇居学者风范的中年人，曾经是红军中叱咤风云的一代名将，曾经指挥过红军的千军万马威震敌胆。照片中的元帅、将校都曾经是他的部下，不是由于偶然而又必然的原因，他离开红军的岗位，开始了长达二十多年流放异国的生涯，他也必然厕身于元帅之列而当之无愧。这是他刚刚从国外归来和他的部下、战友们见面后的留影。从照片上看他似乎有无数的话要倾诉，却不知从何说起，只是他的眼神证明了此刻欲言又止的复杂心情。还有一位比较显眼的就是刚刚见到的老军人。老军人穿着洗得发白的军装，竟然还是老式的，军帽上的帽徽是带“八一”的五星，并非眼下流行的五五式样带麦穗的那种，前胸虽挂满了勋章却还保留着白布胸牌，在一群身着将校呢的将军、大校的金星璀璨中，他显得很特殊，很另类，也很落单。整个照片十多个人就还有一位不带军阶留着齐耳短发的中年女干部。

元帅和那个地方女领导的左边是一位矮胖子。这人朱老师就很熟悉了，那是大军区的司令员。我是见过这位上将司令员的。小学三年级前，我住中山北路凤颐邨时，曾在山西路小学上学与上将司令员的小女儿同班。一个偶然的机会去过那幢略显神秘的别墅。我仿佛记得是和一群男男女女的同学排一出拔萝卜的小节目，我有幸出演排在最后一位的小黄狗。作为小黄狗的我就跟着司令员的小女儿去了司令员家，见到了这个威名赫赫的上将司令员。

老军人爽朗的笑声，使在欣赏照片的朱老师和我回过神来。老军人笑着指着照片上的人说这是我们四方面军老同志迎接陈政委从苏联归来时照的。这个"陈政委"显然是朱老师并不认识，也不熟悉的。老军人看着朱老师满脸的困惑笑道："他现在已被人们遗忘了，当年在鄂豫皖苏区，在红军长征，西渡黄河时，可是令敌人闻风丧胆的人物。连我们的司令员都是在他的指挥下，他是红军四方面军的政委陈昌浩，当年西路军的总指挥徐总还是他的副手。看到那个女干部了吗？她当年还没有你大，就是红四方面军的政治部副主任组织部长张琴秋。可惜呀……。"老军人长叹一声不再吱声。

随即老军人转移了话题，他欢迎朱老师的到访，他请朱老师入座、用茶，脸上露出真诚的微笑。这时阿姨端进了一盘洗净的葡萄。看着那一粒粒晶莹剔透状如碧玉般的马奶子葡萄，我口舌生津，很想抓一颗尝尝，但又不敢，我看到卧在黎星星脚下的大狼狗，狗眼瞪得溜圆。我一直怀疑这条狼狗，会突然扑到我身上来冷不丁地咬我一口。好在黎星星一直在用她的纤手抚摸着狗脖子下的茸毛，狼狗耷拉着脑袋舒服地享受着。

朱老师明显带着激动的心情一手紧张地正了正脖子上戴着的红领巾，一手将甜甜的葡萄粒塞进口中。她说明了来意，老军人悠闲地吹了吹青花瓷杯中的茶叶，呷了一口，仿佛是在品茶，然后慢条斯理地说："学校的设想很好，我们做家长的坚决支持，学校大队部的决定，就怕星星她难以担当起大任呀。她本人缺点都很明显，你刚才夸了她很多优点，但是自己女儿的缺点，做父亲的心中清楚，她聪明好学，性格活泼开朗，这是表象，骨子里面还是有不少小姐脾气的，从小娇生惯养，后来又在部队子弟学校寄宿，养成了脱离工农群众的贵族习气，这正是我利用星期天带他们参加劳动的目的。要他们知道农民种田的辛苦，工人做工的不易，否则我们的干部子弟真的成了五谷不分、四体不勤的八旗子弟了。故而毛主席他老人家坚决解散了干部子弟学校，司令员一直把他最钟爱的小女儿放在普通的小学读书和普通工人、市民的孩子在一起。让他们和工农打成一片，他们才能牢记劳动人民的本色，真正成为社会主义事业的接班人。”

朱老师脸上浮现出由衷地钦佩：“不愧是将军本色，革命家风，对子女都要求得很严格，黎星星她在学校各方面的表现都是很出色的。”

老军人满脸严肃地纠正她道：“我不是将军，我授衔是上校，前几年才补授了大校，因而我是落伍之人，不堪重负的赋闲之人，一个退居田园的城中农家翁而已。”

“无论如何说，您都是革命前辈。希望您抽空给我们学校师生讲讲革命传统讲讲红军长征的故事，听说您三过草地呢！”

“我们那段革命经历，实在不足挂齿。当时参加革命是为了求翻身得解放，人穷得没饭吃，自然要先求生存，那时谋生的唯一出路就是参加红军。”说完老军人凝重的目光停留在桌上的照片上，仿佛回忆起烽火连天而又充满曲折的岁月，室内的空气顿时显得凝重起来。

朱老师不失时机转移了话题，开始夸奖起小院子被老军人收拾得如何整洁优雅，充满着田园风味，犹如一个景色优美的小花园。

老军人淡然一笑，如数家珍般地道：“这个小院子及这幢小平房过去是国民党一名高级将领的别院，别院懂吗？就是为了回避大老婆养小妾的地方。所以院子不大，房屋不多，幽雅、幽静、风光别致，为的是避人耳目。听说这小妾和那位国军中将师长相差二十多岁，也是上海的名门闺秀。后来中将与大老婆离异，中将就在这个院子里在国府立法院院长于右任的主持下与小妾正式结婚，新婚不久中将上了前线最终被我军围歼在淮海战场，中将自戕身亡。该女子孤身一人带着孩子随蒋介石去了台湾，我从北京被分配到南京炮校后就被分配住在这儿了。”

朱老师听后粲然一笑地问：“莫非就是电影中描绘的国民党的王牌中

将军长?”

老军人不置可否地笑道：“有此一说，别人也是这么解说的，是不是确切，我不敢说，我姑妄言之，你姑妄听之。哈哈，许多事不可较真，假作真时真亦假了，历史也是这样的。”室内凝重的气氛被军人爽朗的笑声打破。

朱老师起身告辞，我和黎星星就陪着朱老师去了27号院的方吟梅家。

第三章　离恨情仇事

方吟梅怒火中烧

方吟梅大步流星地向营部方向走去。营部马庄离新庄有十多里路，她和黎星星所要去的棉花地紧靠在营部边上。由于步伐太快，乃至于在这个数九寒天迎着呼啸的寒风她却走得浑身冒汗，走得有点心慌气喘，使白皙的圆脸涨满了潮红，那多半是因为在新庄遇见了冤家黄卫军，就像是白日撞见了鬼。她是不怕鬼的，况且这鬼她早就认识了，这鬼是她和黎星星的街坊。黄卫军在三年前领着一队红卫兵抄过她的家，使她对这个长着柿饼脸油里油气的家伙终生难忘，显然黄卫军记不起她来了。黄此刻的心目中只有号称眉山路一枝花的黎星星，看那眼神她就能猜想出黄卫军那充满着欲望的鬼心思。

1966 年那个闷热的夏季，“文化大革命”的烈火由黄卫军像是持着火种那样在学校、街道到处泼洒，她目睹了黄卫军牵着颜学贤老师的脖子游街的凄惨场面。然而，后来这股邪火就蔓延着烧到了她家，纵火的罪犯就是这个黄伪军，她恨死了这个丧门星。这尊在街上被人称为“黄大痞子”的瘟神，和她冤家路窄，偏偏在这个穷乡僻壤她又撞见了。

现在这瘟神竟然和她住在一个庄子，就在她的身后架着牛车和黎星星肩并肩摇摇晃晃一边打情骂俏，一边慢慢向营部晃过去。她知道，亲不亲阶级分，用眼下伟大领袖毛主席阶级分析的方法，不是敌人，就是朋友。显然她和黄卫军不是一个营垒里的人。她不愿看到黄卫军那张带几分傲气和油气，还带着几分痞气的偏平柿饼脸。想到这儿，她越发加快了步伐，仿佛是小跑那样向紧靠营部的那块棉花地进发。以至于贴身汗衫已被体内沁出的汗水所打湿，她狠狠地踢了一脚脚下的石子，石子被她的棉鞋踢飞了几丈远，她赶紧着又飞起一脚，将石子踢进了结了冰的小河沟中。她仍不解气似的拼着命举起锄头向路边的小灌木丛挥去，嘴里哼着《大刀向鬼子们的头上砍去》的旋律，心中想着这灌木丛就是柿饼脸和柿饼脸身后那一帮子男的女的红卫兵。她火冒金星的眼前仿佛出现了三年前的那个天空收敛了星月，地上奔突着火焰的夜晚。

二 恐怖行为蔓延大地

那是一个充满恐怖的夜晚，街上是呼啸的人潮，大队的红卫兵像当年德意志“水晶之夜”那样破坏着世界的宁静，哪里是红卫兵呢，简直是党卫军。

大地充满着秋老虎带来的闷热和红卫兵冲杀的喧嚣。到处都在抄家，到处都在批斗，凡是像方吟梅这样出身于世家的父母子女都在谈论着这个令人望而生畏的组织。因为学校有了这个组织，她和姐姐、哥哥都不敢到学校去了，只有天天像老鼠那样躲在家中。可是偏偏在8月18日那天，伟大领袖在天安门城楼接见了红卫兵，并坚定地表示了对他们极大的支持，使得眼前的一切疯狂，都显得十分地正义，十分地神圣。这使得红卫兵们，犹如体内注入了大量的兴奋剂，而使原来发热发烧的头脑更加疯狂膨胀起来。这些红卫兵们一路发飙，有如卷地风雷般向他们自认的“反动”营垒刮来。她的家人感觉到地上的烈火如迅雷般即将向他们这个家袭来。这时离爷爷去世也仅仅是半年多时间。这半年间，他们的家仿佛经历了狂风暴雨。世事如白云苍狗那样瞬息万变，使一个家庭从云端跌入了地狱，人们猝不及防，毫无心理准备。这就是命运呀，她常常这样想。

她永远不能忘记那个令人恐怖的夜晚。北极阁省气象台的大喇叭照例又在转播中央人民广播电台的新闻节目，震耳欲聋的革命歌曲过后，男播音员那雄壮激昂慷慨铿锵的声音，穿破层层夜幕，把北京首都的革命消息传入千家万户。

爸爸手持着烟斗，在黑暗中抽着烟，透过烟丝燃烧的点点火光，可以看到厚厚的近视眼镜片后面那熠熠生辉的小眼睛闪烁着惶恐不安的光。爸爸将耳朵贴在窗前，从窗棂的缝隙中听着山上传来的声音，那神态非常专注。他要从来自党中央的声音中捕捉蛛丝马迹，嗅出安全气息，考虑对策，使自己的家庭在这个充满血腥味的“红八月”中躲过一劫。

半年前，方湖谷教授因患脑溢血突然去世时，南京大学党委还为这位知名学者、国学大师、著名的爱国民主人士举行了隆重的葬礼，周恩来总理亲自发来唁电，郭沫若副委员长托人送了花圈，省委、省政府的要员、教育界、文化界、学术界的知名人士都参加了追悼会。乃至于在蒙着黑纱装饰着白花的灵车驶出眉山路27号方宅，向清凉山殡仪馆进发时，长长的车队造成整条街街坊的围观，成为当时一道豁人眼眸的风景线。可以说爷爷死时是备极哀荣，风光无限的。

但是，前几天学校的红色造反队已贴出爷爷的大字报却称他为国民党的残渣余孽、反动学术权威了，其中对匡校长的一条罪状就是包庇了爷爷。父亲忧心忡忡地默默抽烟，默默注意着窗外的动静，默默地听着山上随着阵阵夜风传来的那种恍如隔世般的声音：

毛主席首次接见红卫兵后，北京和全国各地的红卫兵小将开始走上街头，走向社会，大破四旧，大立四新，横扫一切牛鬼蛇神。红卫兵运动席卷全球，震撼世界。8 月 24 日，首都红卫兵高举反帝反修的旗帜，组织了几十万人的大会，将苏联大使馆前的“扬威路”正式命名为“反修路”，红卫兵小将冲进教堂，在中央文革（注，此处不能加双引号，是中共中央文化革命领导小组的简称）的支持下，驱逐了 8 名披着宗教外衣从事间谍活动的罗马修女，大灭了帝修反的威风。首都红卫兵经过浴血奋战，搜出了枪支 268 枝，子弹 11 056 发，地契、变天账 41 294 件，黄金 103 131 两，白银 345 212 两，现金 554 459 919 元，文物玉器 613 618 件……

这些斜触目惊心的数据，配上中央人民广播电台播音员掷地有声有如投枪匕首般的檄文，听得父亲魂飞魄散，一身冷汗，他脸色灰白，默默地沉思。前几天，南京大学毛泽东主义红卫兵的小将们冲进家里，把爷爷的书房给封了。那些存放在立地大书柜中的书籍全部贴上了封条。爸爸在心中暗暗窃喜，爷爷穷毕生之精力收藏的中文典籍一本都未带走，在他看来，与其说是封存，不如说是保护。谢天谢地，爷爷的藏书终于完好无损。爷爷的手稿和著多文化名人往来的手札未抄走一页。抄走的唯一物件是爷爷书房中那座雕塑着裸体的维纳斯和小天使丘比特的西洋座钟。

这钟是爷爷的弟弟方国湖从日本留学归来送给爷爷和奶奶的结婚礼品，有人私下里议论，这送钟和“送终”谐音呢，这礼送得很不吉利。不过留过洋的二大爷根本就不在乎这些中国的风俗，他笑着说，在日本送钟是和时间赛跑永葆青春的意思。二大爷当年在日本留学时，曾和鲁迅先生、章太炎都是前后期的同学，是最早的中国同盟会的会员，他在抗日战争中为了保护全庄百姓死在日本皇兵队刺刀之下，死得十分壮烈。二大爷死了，但他送的西洋钟还在。瞧，这维纳斯、丘比特多可爱。这钟在家中响了有好几十年了，爷爷每天清晨只要钟声敲打六下，准时起床。漱洗后穿过马路对面的省科委宿舍登上北极阁山坡进行晨练。

现在这钟被红卫兵当成“封、资、修”的“四旧”抄走了，全家人听不见钟声，仿佛失去了主心骨。好在前方北极阁山上的大喇叭现在每天早晨六点准时播出《东方红》的乐曲，也就成了起床的钟声了，爱神维纳斯的钟声永远地消失了，《东方红》的乐曲响彻着整个中国，也笼罩着自己不幸的家庭。

在劫难逃的历史噩运

方吟梅的爸爸在烟雾中胡思乱想，只是一阵强烈的拍门声，才打断了他的沉思。门外响起一阵杂乱的脚步声和压低了嗓门的吼叫声“开门、开门”这声音沉闷而轻促，却像是锋利的针尖，扎进父亲的心。

爸爸喃喃地说：“来了，来了，终于来了。”他预感到的灾难终于如期而至，他想这是在劫难逃，命中注定的。

“谁来了？”哥哥追问了一句。

“红卫兵，你们都不要动，我去开门。”

吟梅和姐姐吟兰默默地注视着爸爸略带佝偻的背影。爸爸哆哆嗦嗦地打开了大门，那个长着柿饼脸的少年打着手电肆无忌惮地照着爸爸清瘦的脸庞。跟在柿饼脸身后的是两个穿军装不带领章的男女青年人。看这两人的年龄不像红卫兵，他们夹杂在一群红卫兵小将中不言不语，却不断与柿饼脸交头接耳显然他们是暗中的操纵者。

两年后，方吟梅去派出所将户口迁到兵团时，才知道这一对男女原来是派出所的民警。身后的十多个红卫兵一起涌进了方宅的大门。

“你是方伯君吗?”

“是的，是的，请问小将们有何贵干?”

“什么贵干不贵干，我们是来破‘四旧’的。”

“欢迎，欢迎，不过……”

“不过什么?”

“我们家已被L大学的红卫兵抄过了。”

“他们抄过了，我们就不能再来吗?告诉你方湖谷是国民党残渣余孽，人人得而诛之。”柿饼脸脸上写满腾腾杀气。

“可我爸他已死了呀。”爸爸无奈地解释着。

“人虽死了，阴魂不散，我看你脸上满脸的鬼气就是方谷湖的阴魂不散呢。”柿饼脸手一挥，他身后的红卫兵冲进了小楼。

他们乱乱哄哄地把哥哥、姐姐和她全部锁进了厨房，人群像潮水一样直冲二楼爷爷的书房。

书房紧锁，房门上贴着大学红卫兵的封条。柿饼脸骂骂咧咧地把封条撕去，把锁砸开，一脚踹开了门。小将们一哄而入，撬开书橱的门，将爷爷毕生收藏的典籍图书一本本翻开，抖落在地。那两个戴着红卫兵袖套的成年人却把眼光投入到爷爷与名流的来往信函上，只见他们悄悄耳语着，将一封封信，用塑料袋小心翼翼地装好，塞进了身上背的黄色挎包。

那堆成山一样的典籍有不少稀珍的宋版、明版线装书，是爷爷研究古代文学写作《唐人小说》，编著《中国诗歌史》《中国文学丛书》时收集的。就是当年国府迁都重庆，国立中央大学被迫向后方转移时都未舍得丢弃的呀。如今被这些小毛孩子成捆成捆从阳台向下丢到院子里，小院里燃起了冲天大火……。

这使爸爸想到在抗日战争中，1937年日军占领南京市后的那一把大火将爷爷留在南京晒布场故宅书房未及带走的一大批书焚烧一空。1945年抗战胜利后，国府从重庆还都南京，爷爷将书斋名改为劫有余斋，就是为了铭记那次日寇焚书的暴行。当然爷爷的弟弟，方吟梅的二大爷也死在那场民族的灾难之中，为了保护故乡的人民，死得非常壮烈。烈焰熊熊燃烧，带着飞扬起的纸屑烟尘，把方家小院照得如同白昼。红卫兵们围着火堆手舞足蹈，兴奋莫名。

爸爸心如刀割，满脸泪痕却也一脸无奈。他一边嘴里喃喃地念着"焚书坑儒，焚书坑儒"，一边悄悄地将一尊观世音像藏在了身后。

柿饼脸转过身来，恶狠狠地问："你在嘀咕什么?""……没说什么，噢，我说破旧立新，破旧立新。"

"你身后藏的什么?"

"没什么呀。"爸爸无力地解释着。

柿饼脸拉着爸爸的臂膀，一把夺过观音像向墙上猛砸过去，观音像顷刻碎成磁片，磁片飞溅，划破了爸爸的脸，划破柿饼脸的脸，使那家伙的柿饼脸愈加显得狰狞可怖。

他反手打了爸爸一巴掌，爸爸的脸上立即出现五道红手印，脸颊顿时肿了起来，眼镜打落在地板上。

柿饼脸嘴里狠狠地骂道："老东西，竟敢私藏迷信物品。你瞧瞧，你瞧瞧这书房里连一尊毛主席的像都没有，却藏着一尊观世音像，还有那么多反动文人的书信。国民党反动官僚文人，封建帝王的孝子贤孙还有保皇派康有为的。"他说的是于右任、胡适之、王国维、章太炎、康有为等人给爷爷的诗文。然而，这些信和诗稿却给两个假红卫兵小心翼翼地包裹走了，被他们俩精心选择带走的还有爷爷记了一生的六十多本日记。

爸爸跌坐在地板上，还被柿饼脸狠狠地踹了一脚。方吟梅的姐姐从小弹的那架德国钢琴被红卫兵们抬到了小院中，两个穿着军装足蹬翻毛皮鞋的女红卫兵，嘻嘻哈哈登上钢琴琴键，来回走动，钢琴发出喑哑的嘶叫声……，钢琴被他们抬上了卡车。

柿饼脸爬上书橱的顶部，钻进了天花板，在天花板上搜到了一批装裱好的字画。当他笑嘻嘻地打开字画发现竟然有齐白石、吴湖帆、傅抱石、徐悲鸿等大家的画。对吴湖帆，柿饼脸显然不知道，对齐白石和傅抱石他是知道的。因他的爸爸黄副厅长酷爱字画，家中收藏甚丰。他匆匆地卷起了这堆字画，用白布床单捆扎整齐，把他认为是反动文人的字画统统扔进了火堆中付之一炬，其余的他准备偷偷带走收归己有。

红卫兵从楼上书房到爷爷的卧室，到父亲、哥哥住的房间，到她和姐姐的房间，一间一间搜过去，典籍字画抄去不少，没有发现金银财宝，在抄检她和姐姐的房间时，发现了那放在书桌上的玻璃金鱼缸，也许是那晶莹剔透的玻璃在灯光下分外晃眼，也许是那鱼缸里的金鱼游得过于自由随意，使柿饼脸看了胀气。总之，柿饼脸随手一棍子，鱼缸被砸碎了，两条小金鱼在卧室地板上挣扎着，蹦跳着，终于不动了……。这两条小金鱼是爷爷一年前在早市上买来送给她们姐妹俩的。

抄家一直折腾到深夜十二点，一辆卡车带走了红卫兵，带走了他们所认为的战利品。

方伯君捂着红肿的脸颊，催促着一家人赶紧扑灭了院中的大火，面对着一堆烧剩下的灰烬，竟像妇女那般嘤嘤啜泣，这时狂风大作，雷电轰鸣，俄顷大雨如注。方伯君呆若木鸡般地呆立在大雨中，任凭风雨将周身打湿，口中喃喃自语地饮泣道："作孽呀，作孽呀……。老天爷你睁开眼罢。"

方家姐妹搀起在大雨中饮泣着的父亲。为他换去了透湿的衣服，将他扶上了床。父亲双目紧闭，一语不发，脸色阴沉得可怕。姐妹俩默默整理着劫后余存的家。方吟梅牢牢记住了那张被火光映照得像是吸血魔鬼样的嘴脸，脸上挂着被观音碎片划破的伤痕，留下了烧书毁佛后的烟火熏染的伤痕。后来她才知道，那厮是2号大院小楼中的黄副厅长公子，大号黄卫军，绰号"黄大傻子""皇伪军"的家伙。黄大傻子是以前的绰号，"皇伪军"是在黄副厅长被当成假党员打倒后新得的雅号，他以后就一直顶着这个雅号，直到自己也无意识地默认了。他那柿饼脸、光葫芦头，头上顶着的黄呢子军帽，还有被劫走的齐白石的《寿桃图》，那两条在地板上挣扎着慢慢死去的金鱼，都使方吟梅记忆犹新。她和姐姐泪眼婆娑地捧着一动不动的金鱼，金鱼的眼睁得大大的，仿佛饱含着泪水。

爸爸说："它们死得冤啊。"

她和姐姐撑着雨伞冒着大雨在院内的墙角下挖了一个小坑，将金鱼埋葬了。第二年的春天，那地方竟长出了一棵桃树。以后每年春天桃花嫣红的时候，她都会想起死去的金鱼和被抢走的《寿桃图》。

早春二月，有点衰败的方家小院失去了往日的生气，院内杂草疯长，无人打理，墙上苔藓孳生，使小楼显得有些沧桑百年的感觉，尽管这楼建造于六十年代初，是方家原在闹市区晒布场的旧院被拆毁后，政府作为补偿专为方湖谷教授新建的。这儿环境优美，背山临水，推门可见北极阁，登楼可揽玄武湖，闹中取静，是一个隐居闹市、可做学问的好居处。

当年爷爷就说过，这是“大隐隐市曹”。这位当代大隐是一位标准的大学问家，历经三朝，几乎不问政治。只是在抗日战争中，自己的亲弟弟方湖国先生坚持民族大义，被日寇残杀后，方教授表现了极大的民族义愤，写了不少忧国之诗，表现出教授淡泊人格中所蕴藏的壮烈一面。抗战中原中央大学随国府迁都重庆，方湖谷的大部分藏书都留在了南京的家中，后日军飞机轰炸时书房被毁，藏书几乎被焚毁，抗战胜利后国府还都南京，教授将书斋名改为“劫有余斋”。应于右任先生之邀，先生出任短期的监察院监察委员和国大代表，“文革”中遂成罪状，遭到声讨。

院内的桃花已开满粉红的骨朵，晨曦透过湖绿色的窗帘，东方显出一丝鱼肚白，方吟梅在睡梦中仿佛又听到了爷爷房间挂钟沉闷的回响。应该是清晨六点了，钟声带着某种历史的余音在她的脑际萦绕，把这个古老的家族历史带入遥远过去。

这个诞生于江西桃花源的家族，曾经有过辉煌，不过这辉煌在今天已成了落日的余晖。这座十八世纪的西洋自鸣钟就是这段历史的见证。方吟梅仔细聆听，这叮叮的脆生生回响已不是西洋自鸣钟的声响，而是省气象台大喇叭中播放的中央人民广播电台中播出的东方红的奏鸣之声。

她揉了揉惺忪的睡眼，穿着睡衣翻身下床。拉开窗帘可以看到不远处的小山丘，小山丘上是民国时期的观象台。现在是省气象台所在地，那里叫北极阁，北极阁不远就是古鸡鸣寺，爷爷和他的朋友最爱去的地方。他们都是南京大学的教授，他们的名字和爷爷一起，都进入史册，现在的古鸡鸣寺已成了无线电的原件厂，寺里的尼姑被迫还了俗。

推开窗户她甚至可以听得见布谷鸟的声音，她朦朦胧胧地看到远处山冈上，葱葱郁郁的树影簇拥着这幢花岗石垒成的观象台，一轮冉冉升起的红日。她兴奋地看着山顶上的红日，缓缓冲破云层向天的中央升起。她想，此刻她应该拉着爷爷的手走进山坡上的小森林去呼吸新鲜空气。她夹上一本书，去背诵课文或者朗诵唐诗、宋词，爷爷会笑着纠正她的语音，有时又会像孩子那样抢走她手中的书，用他那带有浓厚江西乡音的普通话用古音抑扬顿挫地背诵书中的诗句，那种摇头晃脑的自得，就是过去被叫作吟诵的，爷爷会在曙光初照的小树林中拉开架式打上一路太极拳，再吼上一两句京戏。爷爷最爱唱的是马连良的《甘露寺》，乔玄的那段唱腔：

劝千岁杀字休出口，老臣与主说从头。刘备本是靖王后，汉帝玄孙一脉留。他有个二弟汉寿亭侯，青龙偃月神鬼皆愁。白马坡前诛文丑，在古城曾斩过老蔡阳的头。他三弟翼德威风有，丈八蛇矛惯取咽喉，鞭打督邮他气冲牛斗，虎牢关前战温侯，当阳桥前一声吼，喝断了桥梁水倒流。

这段唱腔响彻行云、铿锵慷慨，激荡着沙场厮杀的壮烈情怀。爷爷自二爷爷被日本人杀害后，一改过去学院气息，诗中多有忧国济世之情怀。使她记忆犹新：

吟望克劳忆故山，此邦风节尚人间。
提三尺剑能摧楚，得一丸泥可塞关。
守土至今多蔓子，不降从古有严颜。
賨歌歙舞吾能说，七姓多居执戟班。

此诗因用典过多，使她一时难以明了其中含意，经爷爷为之解释后，她才明白了其中潜藏的深意。当时的国民政府已迁四川重庆，爷爷携家西迁，故将复兴中华之愿寄于重庆政府。巴蜀的节义在历史上有记载的。汉高祖当年召募当地賨人以定三秦，出三秦而灭楚，这是暗喻平定日寇。第四句是暗喻了巴蜀之地的地形险峻，以下则歌颂了巴蜀之人坚守气节，誓不言弃的气节。暗喻中国人民视死如归的决心，最后借用汉高祖发賨人八姓之兵以定天下，喻之今日训练川军，西出杀敌，居功甚伟。现在这首诗已经成为爷爷美化国民党的罪状了。

自从 1965 年 11 月开始批判新编历史剧《海瑞罢官》后，爷爷那洪亮的嗓音开始沉默了，他那布满沧桑的脸上多了一层忧虑，他不再和她谈论诗词的平仄问题，不再向她讲解自己诗词中蕴含的微言大义，他已预感到山雨欲来风满楼的态势。他只是默默地打完那规定的拳路，牵着她的手，默默地返回眉山路 27 号那个小院。那小院的灰色木门上钉着一块咖啡底色的小木牌，木牌上用石绿色写着两个隶书大字“方宅”。那是爷爷在中风之后用左手所书。

爷爷爱好书法，每天用蝇头小楷记日记，中风后，右手麻痹，不能书写，硬是用左手练出一笔清秀的小字，他那厚厚几十册专用宣纸笺印着红格十分方格竖排稿纸，纸的右上角印有“方谷湖日记”的仿宋字，古色古香。一格一字，极其恭正，可见一代国学宗师何等地心静如水，面对喧嚣复杂的世界，他始终保持着内心的宁静。这是一代学人的日记更是一部现代文坛的历史。而这弥足珍贵的日记在那个被爸爸称为纳粹德国“水晶之夜”翻版的夜晚被红卫兵小将抄走了，也许在这个世界已永久地消失了。被红卫兵大卡车带走的还有那架钢琴，是姐姐和她的心爱之物，那琴是爷爷用自己编著图书的稿酬送给她的生日礼物。

四　难忘的如烟往事

常常是在晚饭后，伴着初升的明月和星星，方吟梅和姐姐吟兰穿着被妈妈称为布拉吉的连衣裙，披着满头沐浴后的秀发，在妈妈的指导下演奏

莫扎特、门德尔松的钢琴曲，这样的月夜实实在在是充满诗意的。

妈妈是大户人家的子女，早年毕业于上海的教会学校。外公是和爷爷一起留学英国剑桥的同学，他们几乎是和徐志摩、张幼仪是同时期的学生，后来出任民国政府驻英国公使馆的参赞。母亲是大学外语系讲师，因患先天性心脏病长期病休在家，她去世是在纪念抗战胜利二十周年的那个晚上。那天上午，省委统战部刚刚举办了纪念抗日战争胜利二十周年的座谈会，作为省文史馆馆员的爷爷在妈妈的陪同下去出席了座谈会。

就在座谈会上，方吟梅的二大爷，爷爷的胞弟抗战时期被日寇在江西老家残酷杀害的方国湖被追认为革命烈士。二大爷的事迹被正式确定列入《中华英烈传》。早在民国时期出版的《江西省通志》上对二大爷列有专传，对这段历史记载得很详细，国民政府曾由林森主席亲题褒匾“义烈千秋”一方。当然新中国成立以来这是首次，已经中风偏瘫的爷爷闻后还是很高兴。

当晚破例喝了点酒，红头涨脸的爷爷有点激愤，站在客厅里要唱岳飞的《满江红》。妈妈主动提出要以钢琴来伴唱。于是方家大厅里响起了慷慨激昂的古曲《满江红》悲壮的曲调。方老爷子以七十多岁的高龄，声泪俱下的引吭高歌，一曲终了，妈妈虚汗透湿衣裙，心力交瘁地伏在钢琴上，她终于在这曲悲壮的钢琴曲中走完自己不到四十岁的一生。

爷爷对妈妈的英年早逝悲痛万分，遂将自己的一片怜爱之情，转移到对方吟梅姐妹的关爱上。妈妈姓“金”名“雅鱼”。为了纪奠妈妈的死，爷爷破例亲自去门口眉山路的早市买了两尾活泼可爱的金鱼，以表对母亲的怀念。然而，现在缸碎鱼亡，金鱼之死使小姐妹悲伤欲绝。

在方吟梅的记忆中朱老师是大队辅导员又是音乐教师，她上音乐课的时候，总是弹奏着那架陈旧的脚踏风琴，朱老师告诉爷爷说，弹钢琴那还是在师范学校音乐专业学习的时候的事了。后来她参了军，参加了部队文工团去了朝鲜，直到转业到了小学当老师。她已和钢琴无缘了，说话间流露出某种羡慕和遗憾的神态。

爷爷慈善地笑了，他请朱老师演奏一首。那天方家的小院里再次响起了欢快的钢琴声。朱老师弹的是朝鲜民歌《阿里郎》和《勇敢的小号手》。

这是“六一”儿童节他们所在那个班参加全校文艺会演的大合唱，我和黎星星是男、女生的领唱，客厅里响起了跳跃的钢琴声和愉快的歌声：

我是勇敢的小号手，
走在队伍的最前头，
不管风吹雨打，不管路途遥远，
我的号声，嘀嗒嘀嗒，
嘀嗒嗒嘀嗒……
鼓舞着伙伴们永远向前，
……

那天家访，看上去爷爷非常兴奋，他特在方家的专用信封，用左笔篆楷写下了“方湖谷”和家中的电话号码。这一举动使得小朱老师有点受宠若惊，因为她知道这种只有政府机关才有的专用信封，从未见过私家宅门用铅印信封的。而且那时家中装有电话的住宅并不多，她心目中只有眼前的黎星星家装有电话，那是因为她家是高级干部，还有就是这方湖谷家了，连机关医院的顾副院长也只是两个副院长在一楼走廊中合用一个电话的。那天朱老师满意地离开了方家。

1965 年的早春，小楼前的玉兰花盛开了，方家小院的空气中弥漫着栀子花的香气，空气清新和带有几分寒冷，可爷爷像是快要熬干的灯油在死亡线上倔强地挣扎着。他已经中断了记了一辈子的日记，他那握了一辈子笔的手自从右手麻痹失去知觉后，硬是练出了用左手握笔的习惯，如今左手也提不起三寸笔管了，他实在是有点心力交瘁了。那天她家客厅里来了许多人，有姑妈、表叔、表嫂，还有爷爷学校派来的人和他带的几个研究生。大家表情凝重地围坐在客厅的沙发里。

当她和哥哥、姐姐、表姐走进爷爷的卧室时，闻到了死亡的气息。卧室的窗户围着布幔，光线很暗。靠床的柜子上放着中药罐、瓷碗和小汤勺，姑妈正用棉签蘸水擦洗着爷爷紧闭的嘴唇，爷爷临走时并不难看，只是苍白的面色像纸一样，短短的头发，和多天未打理的胡茬白白的亮亮的，爷爷双目紧闭，他几乎一动不动，连微弱的喘息声也听不到。姑妈和婶婶开始嘤嘤地啜泣。

爸爸俯在爷爷的耳畔轻轻地说："爸爸，孩子们来看你了。"他似乎听到了，似乎什么也未听见，可以看到他的眼皮微微动了一下，眼睛慢慢睁开，眼角挂起，一抹泪水。用泪光闪烁的眼神环顾着四个孩子的脸，轻轻地仿佛是梦呓般地说："我不行了，我梦见了你们的奶奶，我要随她去了，你们要好好活着。"

她知道爷爷心中有奶奶，奶奶是在七年前那个夏天，在大学任教期间，突然被打成右派，后来在望江矶边发现了她的尸体。爷爷从此就沉默了，他不再过问政治，也不再去学校，只是埋头于对中国近代诗坛的研究和注疏《水经注》，那时爷爷得过一次脑溢血，不久便半身麻痹。他还带着研究生。现在这位历经清朝、民国，新中国三朝的学人即将走完自己的人生之路。

面对家人，他流出了眼泪，用干枯如柴的手指指苍天，指指心口，他们都理解，那是他说自己，不负苍天，问心无愧。最后他挣扎着对爸爸和姑姑说："书，稿子，烧掉……。骨灰撒入长江，免得剖棺戮尸。"他是在这个山雨欲来风满楼的岁月里走完了自己人生七十九年的坎坷道路。

学校党委隆重地举办了爷爷的丧礼，这几乎是那个荒唐岁月即将来临之前的最庄严、最壮观的葬礼。面包车扎着黑色的布幔和白色的花圈，穿过长长的眉山路，后面是逶迤的送葬车队，载着爷爷的遗体去火葬场。在隆重的葬礼后，爷爷被推进了烈焰腾腾的火化炉。她突然有着某种不祥的预感，莫名其妙涌出一股悲凉、悲哀之情，脑海中暮然会出现她刚刚看过的《红楼梦》中那盛大的场景，秦可卿的出殡和贾元春的省亲场面。

秦可卿描述的"千里搭长棚，没有不散的筵席"好了，了了，好了歌的箴语，方氏大家族似烈火烹油花团蔟锦，但是已显示出大厦将倾的兆头。少女方吟梅没有哭，她觉得爷爷没有死，爷爷活在她心中。她突然想到爷爷临终前的交代，爷爷的预感是准确的。爸爸捧来一个紫砂陶瓷罐，罐上雕着精美的一丛草，冰清玉洁，幽静香远。奶奶的名字中有一“兰”字，爷爷是称呼她“兰”的。她和姐姐吟兰一起仔细擦拭着这个骨灰罐，姑妈捧来了玉兰花、栀子花、菊花的叶瓣伴着爷爷洁白的骨灰，“质本洁来还洁去”。她们陪爸爸和姑姑去了长江边把部分带着余温和花香的骨灰撒入了长江，融进了滚滚波涛，她感觉爷爷随着江水追随着奶奶的芳魂远去了。

爸爸还是保留了部分的骨灰，那是他遵循党的教导。匡校长说，方湖谷作为一代学人的宗师怎么能没有墓呢？必须要有一个墓，而且要有一个墓园。于是方湖谷教授的墓园就建立在望江矶的名人墓园中。墓修得庄重气派，花岗石砌成的墓冢，汉白玉的墓碑，碑上由著名的书法家以魏碑体书“国学大师方湖谷先生之墓”。墓园植有青松翠柏和广玉兰花数株。不过这个当年靡资颇巨的墓园，很快在几个月后兴起的红卫兵运动中被砸被毁，只剩下暮鸦、荒冢和萋萋芳草了。她在品尝了世态炎凉的同时，不得不由衷地佩服爷爷的先见之明。想到这儿她潸然泪下。

五　动乱年代的劫难轮回

在她家被抄两天后的一个晚上，她去鼓楼百货公司买蜡烛，以备停电时用，看到迎面走来了一群人，在昏黄的灯光下她认出了人群中面色苍白的小朱老师。小朱老师还是那么气质高雅，以往留的好看的大波浪不见了，代之以时下流行的齐耳短发，头发有点凌乱。她穿着白色的布拉吉长裙，但是却被一群人簇拥着，那批人领头的是一个穿着黄军装的中年汉

子，中年汉子臂上戴着红卫兵袖章，头上稀疏地站着几个头发，她认出来那是她小学的体育老师外号沈秃子。沈秃子一米八的块头，出身军人，是体育学院肄业生，未毕业的原因是因为在校学习期间生活腐化，被除名了。后来就到小学当体育老师。在班上她就影影绰绰地听说沈秃子在上体育课利用跳马保护之机带有对女生不规矩的动作。“文化大革命”运动中，他作为“红五类”当然是率先起来造反的老师，他身后闹闹嚷嚷地跟着一群红卫兵，还有学校的红小兵，他们押着朱老师，看上去像是游街，又不太像。她悄悄地问身边的人。有一知情者告诉她，朱老师是资本家的女儿，她父亲现在吃着定息，是寄生虫资产阶级娇小姐。这不，学校造反派串联了红卫兵要去抄家呢。听到了“抄家”二字，她不寒而栗，赶紧匆匆离开人群，她想到了那个恐怖的夜晚，想到那两条死于红卫兵之手的可爱的小金鱼。

后来她才知道，眉山路上遭难的不仅仅是她们一家，她小学的同班同学，住在15号院的顾晓江的父亲江苏医院的顾副院长，也是那天晚上被人带走的，不过那不是红卫兵，而是医院的造反派。几个月后，她在眉山路上看到了顾副院长。过去器宇轩昂、派头十足的副院长，如今变得十分萎靡，佝偻着身子，赤膊穿着一条裤衩，颈脖上挂着毛巾，赤脚穿着一双破球鞋正吃力地拉着板车，板车上堆满着面粉，足有上千斤重。这是烈日当头的夏天。顾副院长根本就不敢正视前方，对周围熟悉的街坊视而不见，别人也不理睬他。

她想上去叫一声“顾叔叔”，看到顾副院长那副落魄的样子，她不忍心打招呼，那样会使他感到尴尬的。顾副院长头埋得很低，板车车把上的缆绳深深地勒进他那白皙细嫩的皮肤，渗出道道血丝。他吃力地呼哧呼哧地喘着粗气，企图将车从眉山路的坡下向坡上拉，沉重的板车却纹丝不动。

她不声不响地绕到板车后面使劲将板车往坡上推。冷不丁从树荫下窜出一个身材魁梧穿黄军装的壮汉，大喝一声：“你想干什么？”这声突然的断喝使她愣了一下，她仿佛明白顾叔叔是被人押着出来劳动改造的。这时另一双手也放在了板车的厢板上，她看到自己的同班同学黎星星。黎星星满不在乎地斜了一眼穿军装的大汉：“你没看见吗，我们在干什么？我们在助人为乐，正在学雷锋呢。”说完她使劲帮忙推了一把，车轮开始滚动，她们一鼓作气地将板车推上了坡。

黎星星那天穿着一件纺绸衬衫，下着柞蚕丝褐色军裤，显得十分飘逸和潇洒。顾叔叔抬起头来，咧着干涸的嘴唇向她们苦笑了一下，不再吱声。

“你们知道他是什么人？”

“他不是拉板车的工人吗？”

“他是大叛徒大汉奸”

“我看你才像大汉奸，像是电影小兵张嘎中的胖翻译，吟梅甭再理这个狗汉奸。咱们走。”星星讲着一口标准的普通话，拉着方吟梅掉头就走。

黎星星突然回头对着顾副院长嫣然一笑，脆生生地道：“顾叔叔，再见。”她向落魄的顾副院长招了招手。顾副院长头都没敢抬，继续呼哧呼哧地拉着板车在那大汉的监视下渐渐远去了。

方吟梅和黎星星在15号大院门口看到了失魂落魄的顾晓江。顾晓江显然看到了刚才那一幕，他难为情地低下了脑袋，想装着未看见两个女同学，却被黎星星一声断喝，叫住了：“顾晓江，你装什么装，没看见是我们俩吗？”他怯懦着嘴支吾着说不出话来，将双手藏在了身后，眼明手快的黎星星一把拉住他的胳膊，才发现他双手捧着一只沾满鲜血的白色信鸽。鲜红的血洒在洁白的羽毛上，鲜血染红了顾晓江的手。顾晓江蹲下身子，干脆“呜呜呜”地哭泣起来。

黎星星厉声问道：“顾晓江你哭什么？到底怎么回事？”

“唔……唔……唔，我爸爸被打成了叛徒汉奸，……。鸽子也被人用气枪打死了。”

“谁干的缺德事呀。”

“造反派和黄卫军。”

“刚才那个穿军装的胖子是什么人？”

“那人原来是机关医院的司务长，前几年贪污了几十斤全国粮票，被我爸查过，司务长被撤了，在食堂当了工人，现在成了造反派勤务组的成员。我爸他成了叛徒了、汉奸了，正在食堂劳动改造呢。过去这司务长见了我爸点头哈腰的，差点被公安逮走，我爸保了他。他现在恩将仇报呢。”

在他啜泣地断断续续叙述中，方吟梅才弄明白了。他爸爸抗战时期曾奉苏南地下党之命，打入日本宪兵队，为新四军苏南游击支队递出过不少有价值的情报。他爹的直系领导建国后出任润州地委书记，那位地委书记属敌工战线单线联系，“文革”中被打成了叛徒，自己被群众批斗得七荤八素，一会儿证明顾副院长确系他所派遣，一会儿又说记不清此事了，所以他爹就成了叛徒和汉奸。直到他爸爸含冤去世，这段历史都未搞清楚过。不仅如此，顾副院长的档案里竟然还秘密留着一张“此人不可重用”纸条，这就是当年省委十人小组审干时得出的结论，老顾才由省委行政处副处长，下调到了机关医院，对外称为到江苏医院出任了行政副院长。

后来方吟梅在望江矶墓园给爷爷扫墓时，看到过顾晓江，他也在给他爹扫墓。顾伯伯的墓是一个水泥砌成的圆形墓冢，前竖着一块水泥砌成的碑，碑上只有“顾成仁之墓”几个黑色的大字，连时下官场流行的称呼“同志”二字都没有舍得镌刻上去，光光墓碑后面没有一个字的简历。顾伯伯死得很惨。在隔离室造反派勒令他交代他那个所谓以当年新四军苏南地区专员管司令为首的“叛徒汉奸特务网”，连续三天，顾伯伯没有写出一个字来，他三天就没吃上一口饭，口渴得不行，他就只能喝自己的尿，后来实在是尿也尿不出来了，他只能瞪着空洞的双眼，看着隔离室窗户外面满天闪烁的星星，睁着眼睛含冤离开了人世。死的时候身边没有任何亲人。

顾晓江和妈妈、老姑妈是在医院的太平间见到顾成仁的遗体的。顾伯伯毫无血色的脸上，双目大睁眼望着雪白的天花板，微微张口的嘴，仿佛要诉说天大的冤屈，白色的墙壁四周贴满着大标语、大字报，整个房间充斥着馊糨糊和墨汁的臭味。妈妈欲哭无泪，老姑妈整个身体匍匐在老弟弟的身上，双手紧紧地抱着弟弟僵硬的尸体号啕大哭，顾晓江幽幽地啜泣着。父亲被人抬上了车送去了火葬场，父亲死后，顾晓江养的十几只鸽子，日益减少，直到下乡时一只不剩，给造反派全部宰杀一净，吃得光光。

方吟梅有一次在街上碰到我，她看到我屁颠屁颠地跟在黄卫军后面，双手捧着一只羽毛上沾满血迹的鸽子，黄卫军真正地像是个穿着黄色鬼子军服日军少佐那样手中斜拎着一把小口径气枪，得意扬扬地在眉山路上招摇过市，他们迎面相遇，擦肩而过。

方吟梅唤住了我："你和黄大傻子在混什么呢？"

"你说黄卫军呀？"

"是呀。"

"你怎么认识他的？"

"他是混世魔王，这条街谁不认识他？杀了他烧成灰，我也认识他。"方吟梅没好意思说出红八月那晚的事。

"他爸如今也出事了，被造反派逮走隔离审查了"我神秘兮兮地告诉方吟梅。

"活该，看他还神气不，他爸不倒霉他还不上天，他也该下地狱去历练历练了。"方吟梅咬牙切齿地说。

"你看他那样，像下地狱的样吗？"我仿佛没心没肺地捧着带血的鸽子嬉笑着说。

"那你跟着他瞎混什么呢？"

"告诉你吧，他如今可是出笼的鸟儿，更自由了，反正组织也垮了，他在的那个黑字兵被造反派冲垮了，他成了逍遥派，他爹被抓走了，他妈随着机关医院被打发去了三线的于台县，他们弟兄俩可自由了，三天两头家中来一帮'黑字兵'的弟兄们杀猫打鸽子来打打牙祭，顾晓江的鸽子被他打得剩不了几只了。"

"我说路雨生，你恶心不恶心呀，这焚琴煮鸽连古人都认为是煞风景的事，你们这些人丧尽天良，屠戮斯文呀。"

"不这么干那怎么办呢？我爸他也成'叛徒'嫌疑了，被日本人抓起来，肋骨打断三根，都没有交代新四军驻地，当年被组织上称为英雄的人，现在也成了狗熊了。后来逃了出来，总共十五个小时，造反派硬是抓住不放，军代表也认可，这不去了五七干校了。混一天是一天啰，工宣队他妈的天天到家里来做工作要上山下乡呢！”我有点玩世不恭地说。

方吟梅不想说这个话题了，她也面临着上山下乡的问题，军宣队、工宣队不停地上门动员他们兄妹三人去农村插队，她准备和黎星星一块去兵团了。

“你现在还画画吗？”方吟梅问我。

“画呀，怎么不画，不就因为画画，黄卫军才邀请我去他们那个组织帮忙的。”我说。

“什么组织”

“主义兵呀”

“你也是主义兵的？”

“我怎的不能是主义兵，我爸他当年也是革命干部呢？抗战时期参加革命的。”

“我怎么没见过你呢？”方吟梅莫名其妙地问了这句她就感到有点后悔了，因为她想起了“红八月”抄家的事来。

我带着几分骄傲地炫耀着：“我嘛，那些抄抄杀杀的脏活是不干的，我是秘书，有时帮着写写文章，刻刻钢板，出出小报，画画宣传画。主义兵虽垮台了，但这帮人还和北京的‘联动’有联系呢。噢，就是红卫兵联合行动委员会，全是老红卫兵，干部子弟。”

仿佛生怕方吟梅听不懂，我特地朗朗上口地吟诵了一首当时特流行的诗：

山上青松山下花，
花笑青松不如她。
有朝一日风雪至，
只见青松不见花。

“我们这是暂时的，这帮狗娘养的造反派长不了的。来，到我家看看我画的画去。”我自豪地说。

方吟梅跟着我去了 2 号大院，在我家，她果然看到了一幅笔墨淋漓的大画足足有一面墙高，十多张白报纸拼接在一起用墨汁画着一个穿着军装捋着袖子的红卫兵，这红卫兵袖章是红底黑字，头顶上一个红光四射的太阳，太阳中间有一个伟人也穿着军装，那是微微含笑的毛主席。那是时下流行的有如红黑两色版画的那种大幅的宣传画，靠窗的桌子上放着一些碗、碟子、盘子什么的，里面盛放着墨汁和红色的颜料。

方吟梅笑着夸我说：“路雨生，你还真行。”

我不无得意地笑着说：“我逍遥了很长一段时间呢！老爸被打成叛徒，像是丧家之犬呢，后来去中学红画笔混了一段时间，在那儿算是安安生生画了很长一段时间的画。对了，中学红画笔就在你爸他们学校，南京大学。”

“在我爸单位?”

“是呀，文革楼的顶楼，那时天天和中学一帮画画的混在一起呢，很痛快的，最近才被黄卫军他们三请四邀连哄带骗地请下楼的，说是老红卫兵要东山再起，要造造声势，要向造反派示示威，你看我这画的不是‘主席撑腰我争气吗’?”方吟梅看我那样子仿佛特神气，她笑了，笑得特别意味深长。

方吟梅看到画的左侧留白处果然用红色的颜料用美术字醒目地写着“毛主席撑腰我争气，纪念毛主席接见红卫兵一周年”，方吟梅鼻子里哼了一声，心中想，还主席撑腰呢，毛夫人江青已下令北京卫戍区把“联动”的头目都抓起来了，“文化大革命”呀，真正是触及每个人的灵魂呢，像是人世间命运的大轮回呢，今天他斗你，明天你斗他，现在黄卫军他也像过街老鼠呢。不过她什么也没说，只是温和地笑笑。

窗外探出一个大光头来：“雨生你忙什么呢，我哥要炖鸽子汤，走啊，你和小姑娘套什么近乎呢。”这是黄卫军的弟弟黄卫兵。

被称为伪兵的黄卫兵，一脸坏笑地打量着方吟梅，涎着脸说：“我说路腿子，你刚拐到的婆子?”这“拍婆子”是一批军干子弟从北京联动那儿学来的京腔，意思是女朋友。

我脸红地说："你胡说什么，这是我小学同班同学，方吟梅。"

"什么同班同学，别找借口了。既是雨生的同学就一块去喝啤酒，吃苦瓜炒猪肉，鸽子炖汤，炒麻雀肉很丰富呢。"黄卫兵嬉皮笑脸地说。

"路雨生，你和黄大傻去吃呀，喝呀的，我走了。我劝你还是多画画，少和黄大傻他们鬼混。"说完她就独自一人走了。

她仿佛听到黄卫兵有点诧异地问我。

"她什么人？挺傲的呀，还叫我哥大傻。"

"她呀，大家闺秀，27 号院方谷湖教授的孙女。"

"噢，我哥抄过她家，还顺过她家一张齐白石的画呢。"黄卫兵不无得意地说。

方吟梅头也不回地走了。

六 黄卫军的枪法和厨艺

想到这些往事，方吟梅特别来气，她想这路雨生人看上去挺老实，挺有才气的，怎的也和黄大傻子这样的小痞子混在一起呢。一路想着，不知不觉她已经到了营部，她找到了自己的连队，却没有看到黎星星的影子。都在棉田里出了好一会儿工，才看到黎星星扛着锄头晃悠悠地慢慢走过来。

穿着一身老棉袄的副连长李学文嬉笑着问她："星星，你怎么迟到了。"

黎星星绷着脸说：“黎星星就黎星星，什么星星不星星的多肉麻呀，天上的星星多着呢，你去摘嘛。”

李学文笑着说：“好，黎星星，你们到农村是来接受贫下中农再教育的，要放下架子，改掉大小姐的脾气，别傲滋傲滋的。”

“什么接受再教育，毛主席教导我们说‘严重的问题是教育农民。’”说完不再理睬李学文，顾自向女生排走去。

中午收工哨子刚吹响，知青扛起锄头就向挑着担子送饭的炊事员跑去。知青们排着队去领馒头和白菜汤。

黎星星拉着方吟梅说：“吟梅你跟我来。”

“干啥?”

“这粗面馒头和清汤寡水有什么好吃的，黄大傻说在营部小酒馆等我们，他说他发现小酒馆有酒有肉，他请客。”

“我不去，廉者不吃嗟来之食。”

“什么嗟来之食，都是街坊邻居的，再说黄大傻请客不吃白不吃，趁机打打牙祭，改善改善伙食，有什么不好。”

“要去，你去，我是不去的。”

“那我去了，黄大傻在营部又是酒，又割肉的，说晚上回去马大叔要包饺子请我们吃呢。”看着黎星星的影子消失在去营部的路的尽头，方吟梅才向相反的方向去田埂排队领馒头和汤，她感到肚子确实有点饿了。

直到下午三四点钟的光景，喝得醉醺醺的黄卫军才驾着牛车从营部慢慢地晃了回来。这回他不是坐在车头耀武扬威地挥着牛鞭赶牛回来。而是将棉军帽压在眼睛上，头枕着面袋子，睡得昏昏沉沉地任由老牛拖着破车，沿着营部马庄向新庄的大路一路颠颠簸簸地踏着夕阳归来。

老牛径自把他拉到了马居正的家门口，他才睁开迷迷瞪瞪的双眼，嘴里咕噜着：“刚刚做了一个美梦，拍了一个漂亮的北京婆子，那脸模子，那鼻子，刚想上手，这不就醒了，我怎么觉得那人像是黎星星呢?”讲完还用衣袖擦了擦嘴里流出的涎水，看到顾晓江看着他笑，他也不好意思地笑了。

“怎么到家了？这么快？”

“看来你好梦还未醒。”顾晓江说。

“你小子浑身酒气，中午喝酒了？我们托了一天土基，骨头架子都快散了。”我揉了揉腰说。

“哎，肥子，腿子，告诉你们一个秘密，营部小卖部旁边有一个小酒馆，真他妈不错，土豆炒肉丝、大白菜炖小鸡、小蒜炒鸡蛋都挺便宜，两块钱能炒好多菜吃呢，山芋干酒也不错，有空我带你们去吃个痛快，今天我请黎星星撮了一顿，吃得她打嘴巴子不放呢？”

“你今天中午和黎星星在一起吃喝，我们可是忙了一天，这托土基可比锄棉苗累多了，我骨头架子都快散了。”我显然有点嫉妒，又有点不高兴。

“雨生，你可别吃醋。”黄卫军一边往地下搬割来的肉和菜，一边笑着说。

“我他妈的连吃醋的劲都没了，这托土基的活简直他妈的不是人干的，你去调情、吃喝期间我们干了整整一天。”我用手指了指马家场院里整齐排放的一块一块新托好的土基，在夕阳的照射下果然像是厚实的城砖那样铺了一地。

黄卫军嬉笑着说：“我不是打酒割肉来慰问哥们儿了吗？”

我没好气地说：“你是来讨好黎星星的吧？拉我和顾晓江当电灯泡？咱可不干。”

伪军继续说：“别斗气，不管讨好谁，酒还是要一起喝的，菜也是要一起吃，大家聚在一起吃吃喝喝多痛快。有了黎星星和方吟梅还可增加些气氛，有什么不好，我们几个光葫芦瓢在一起吃喝多没意思。来，别生气了，咱们今晚喝酒吃肉，一醉方休。哥我向你们赔罪还不成，别气、别气，走！”他拉着我和顾晓江向屋内走去。

黄卫军提着一串新鲜的猪肉，抱着两棵大白菜和一壶酒向马居正家的厨房走去，嘴里吆喝着：“马大叔，马大嫂，来，看我买来了什么？”

马大嫂急着从厨房中拍着手上的面粉说：“小黄你回来了，你们今天忙了一天，等小黎和小方回来，我们一起吃饺子，我把家里的精面都拿出来了。”

“好，好，好，我过会儿再去打几只麻雀来下下酒，我这儿还有酒呢。”

“打麻雀？”马大嫂眨巴着布满雀斑的眼皮有点疑惑地问。

“是呀，打麻雀。”

“你有枪？”

“这你就别管了，待会儿保管有你和马大叔吃的，我有弹弓呢。”

黄卫军将肉、酒、菜递给马大嫂，对着她疑惑地神态扬了扬手，赶着牛车扬长而去。他将牛车向东头的李学文家赶去，他必须将他们三人的口粮送到李副连长家。

他停了车，李学文正好下工回来，看到黄卫军从营部领回的 90 斤面粉，他一手拍着团部加工厂加工出的精白面袋，一手托着烟锅乐呵呵地说：“你们知青好啊，每人每月的定量就有三十斤，还都是细面呢，这可比我们贫下中农天天啃大麦面饼强呢。”

黄卫军讨好地说：“李副连长，这以后我们和你就是一家人，大家都在一个锅里吃着饭，就不分彼此了。”

“今晚你们仨，就不在俺家吃了，按本地的规矩，你们帮马居正干了一天，他理应管饭的。”

“是的，是的，我马上过去。”黄卫军卸完粮食，就赶着牛车走了。

黄卫军悄悄地回到了宿舍。五婶正在小锅屋就着柴火烧晚饭，那是一锅熬得稠稠的棒子面稀饭，大铁锅上放着蒸屉，蒸屉上搁着黑面饼和萝卜干。

看到伪军进门，五婶打招呼：“小黄，你回来了，吃了吗？”

“没呢。”

“在我这儿吃吗？”

“不了，小顾、小路帮助老马托了一天的土基，他家管饭呢，待会儿去马居正家吃饺子。”

“哟，马家有钱呢，有饺子吃，小路和小顾都去吗?”

“都去了。”

“好，你们去吃好的吧，俺就不留你了。”

“好，你忙吧。”

黄卫军慌慌张张地跑进了西屋，从自己的樟木箱中抽出了一杆小口径气枪，这支由沉甸甸的柚木枪托加上闪着蓝色光泽枪管的小口径气枪，是省体委的王刚主任送给爸爸的。王伯伯是27年参加革命的老红军，当年革命失败后活跃在南通地区的红十四军，化整为零转入了地下，王伯伯去了上海，在中央特科李克农手下工作过，后被国民党当局抓捕关在陆军中央监狱，国共合作才统一释放，去了延安出任过陕甘宁边区保安处治安科科长。中华人民共和国成立后出任上海市首任检察长，不知什么原因，被贬到上海郊区的人民公社降级当了党委副书记。六十年代初，被江苏省委安排到了体委出任主任。可惜去年王伯伯在给毛主席写了一封遗书后，就用在延安锄奸中奖励的勃朗宁手枪对着自己的脑袋开了一枪，自杀身亡。死后被定性为“反党反社会主义反革命分子”。睹物思人，黄卫军想到了被隔离审查的爸爸，心中不觉有几分感伤。

他将气枪斜背在身上，外面穿上了黄呢子大衣。他踏着暮色，跨过屋后的排水沟，钻进了白杨树林。

他像是一个幽灵，手持着气枪瞄准树上栖息的麻雀，一枪一只一枪一只。不知是因为呼呼的北风声，掩盖了枪声，还是寒冬已使麻雀冻得麻木了。总之麻雀竟像是冬眠似的，一只一只从树上落下，不一小会儿就打下了一串，他用细绳串了提溜在手上像是提着一串冰糖葫芦。心中美滋滋地充满着幸福感。他想这一串十几只小麻雀足够做一盆辣椒炒麻雀肉可美美地吃上一顿呢。于是手提着血淋淋的小麻雀钻出白杨树林越过干涸排水渠沟回到宿舍。

他点亮了那盏刚刚从营部的小卖部买来的马灯，小屋中登时亮堂了起来。他小心翼翼地将气枪用布包裹好又藏进了他带来的大樟木箱，然后从樟木箱中取出一个有点生了锈的中华烟铁皮小罐，从罐中掏出了一个小油纸包，打开油纸包里面放着近百粒银光闪烁的气枪子弹，他心头掠过一阵惊喜。他一边数着子弹，一边勾画着心中的打猎计划，麻雀、野鸡、野猫、野兔什么的都可以成为猎物的，可惜，这气枪威力太小，要是小口径步枪该多好呢。不过那些小动物只要打伤打残了，加上人的威力，充分发挥主观能动作用，也能小有所获的。想着不时可以改善改善简陋的伙食不禁口舌生津，涎水就不由自主地流了下来。

黄卫军一手提着血糊糊的小麻雀，一手提着马灯走出了里屋。五婶家的堂屋中的小桌上已摆上了热气腾腾的棒子面粥，焦黄的大麦饼，发出诱人的香气。

五婶的大女儿、二女儿已开始一人捧着一只煮山芋啃了起来，她的宝贝儿子被安置在毛窝窝中，看着两个姐姐啃山芋委屈地咧着小嘴大哭。

小锅屋中传来五婶的叱骂声："挨千刀的，你们又欺负小宝了。"于是大姐小嫚就用匙子，挖出一小匙金黄色的山芋瓤，用口吹了吹，送进小宝咧开的小嘴中，小宝品到了甜味不再啼哭，开始眨巴着小嘴品尝山芋。

五婶端着一小碗鸡蛋羹骂骂咧咧地进了堂屋："小蹄子唉，别给小宝喂山芋了，别噎着他。"话音刚落小宝就张着大嘴，哭不出声来。果然小宝被噎着了。

她一个巴掌打在小嫚的头顶上，"叫你别喂，你耳朵聋了。"小嫚委屈地噙着泪，却不敢哭出声来。

她抱起了小宝，拍着小宝的背，随即迅速地撩开光板棉袄捧出一只肥硕的乳房塞进了小宝的嘴中，小宝贪婪地吮吸着，似乎是缓过了气来。看着小宝安详的笑容，这个三十五六岁的胖女人才对黄卫军露出了笑容。

她说："小黄你别见笑，农村丫头有点蠢，叫她别喂山芋，她偏喂，你看这下倒好，差点把俺家宝贝噎死。"

黄卫军勉强挤着一丝笑容，提溜着马灯离开了五婶家。五婶家的屋子顿时变得晦暗起来。五婶望着黄卫军的背影想，这知青用的马灯硬是贼亮呢。

黄卫军提溜着贼亮的马灯和一串血糊糊的小麻雀到了马家。马家的堂屋里闪烁着煤油灯的光，屋中传来阵阵喧哗的笑语。马居正正手把手地教我和黎星星、顾晓江包饺子，八仙桌上的竹匾中已整齐地摆放着一排排仿佛小船似的精面猪肉大白菜馅水饺。

“你们看，要这样包呢。”马居正粗喉咙大嗓门地笑着说。他长满老茧的手像是小蒲扇那样撑开，将顾晓江擀得薄薄的饺皮摊在掌心，用筷子夹起肉馅放在饺皮正中，将薄薄的饺皮对折起来，然后双手轻轻一捏，一只成型的饺子就出现在掌心中。

神了，我和黎星星开心地笑着效仿，竟也包成了饺子。黄卫军的到来给欢乐的堂屋带来了光明，“咦，马灯！”黎星星欣喜地大叫。她对里屋喊道：“方吟梅，别就着煤油灯练了，马灯下写字多亮堂呀。”

方吟梅探出脑袋，她的大鼻孔下面黑黑的像是长了胡子，于是大家哄堂大笑，那是煤油灯熏的。方吟梅笑不出来，看到是黄卫军提的马灯，立即虎下脸来回到里屋，继续练她的毛笔字去了。

马大嫂在小锅屋中尖声高喊：“水开了，可以下饺子。”

听说水开了，黄卫军兴奋起来：“先别下饺子，让我把手中的麻雀退了毛，开了膛，洗剥干净再下吧。”

“咦，哪来的麻雀？”黎星星问答。

“我从树上打的。”黄卫军得意地说。

黎星星拍了一把黄卫军说：“伪军的枪法蛮准哟。”

“啊，你把枪带到兵团了？”顾晓江惊奇地说。

“嘘，小声点。别让人听见。”伪军将食指贴在口上鬼鬼祟祟地说。

“你还是小心点好，别太张扬了，到时被人当凶器没收了。”我提醒道。

“不是我吹的，我的枪法百步穿杨，我那是一只小口径气枪，体委的王刚伯伯王主任送给我爸的，柚木柄，德国造的呢，当年你养的那些鸽子就是我一只只打下来烧成了美味的龙凤汤，给大家大快朵颐呢。如果是步枪，老子我一枪一个，统统地死了死了地有。”

“谁统统死了死了的？”

“牛鬼蛇神们。”

他看到马居正咧开嘴突然合上了，不再吱声。情知说漏了嘴，黎星星乖巧地转移了话题：“别他妈吹牛吧，伪军还一枪一个呢，这麻雀八成冬眠了，少废话，快把麻雀洗干净了，我们要吃辣椒炒麻雀呢。”

“好咧！肥子帮忙烧一锅开水帮我烫麻雀。”顾晓江阴沉着脸，根本就像是没听见。顾晓江闷闷不乐地想，当年我的那一窝鸽子没准也是这样被伪军击落、拔毛成了他口中的美味佳肴，想到这里他眼睛就发酸，不想理睬这个黄大痞子。

黄卫军只好自己将麻雀放在脸盆里，去了小锅屋，他将开水浇在麻雀身上，熟练地退毛，开膛破肚，洗剥干净。

等他做完这一切，马大嫂已麻利地将煮熟的水饺捞出来，盛在瓦盆中端上了桌。

黄卫军系上围裙，将煮饺子的水舀出，用刷子麻利地将锅刷干净。竟像是大厨那样，在铁锅中倒上油，将麻雀放进去，又吆喝着让马大嫂切姜加葱加酱油，最后他将马大嫂从自留地采来的新鲜青辣椒在案板上切成细丝，从容自如地炒起来，加上红糖后，又情不自禁地用锅铲起汤汁闭着眼睛尝了一口，陶醉地说：“味道不错，可惜没有味精。”

只有我冷冷地看着伪军所做的一切，与他对了一下眼神心领神会地笑了。我眼前突然出现黄家小院，自从黄副厅长被隔离审查后，那里隔三岔五地屠猫杀鸽子的，黄卫军也就在那个无人管束地年头，锤炼了自己的烹调手艺，今天终于露了一手。

当马居正和男女知青在品尝这丰盛的晚餐时，方吟梅一直在煤油灯下，就着微弱的灯光，伏在自己的箱子上临帖练字，她对外间的欢声笑语充耳不闻，尽管她饥肠辘辘，是黎星星盛了一碗大白菜猪肉水饺送进了里屋。这一切一贯大咧咧的黄卫军浑然不知，我有点心酸，马居正只是感觉这方吟梅性格有点怪怪的，不太合群。当然，清高敌不过饥饿感，方吟梅还是不动声色地吃光了那一碗美味的猪肉白菜水饺。

第四章　离奇投毒案

一 她们离去使他感到失落

不久，方吟梅和黎星星就搬出了马居正家。据说营部认为让两个女知青住在一个地主儿子家不太合适，再说知青点的女生宿舍和食堂已经先建造好，她们也必须搬到知青点去住了。

马居正恋恋不舍，甚至是怀着巨大的失落送走了黎星星和方吟梅。因为有知青住在他家，说明党组织还在信任着他，党的阳光还在普照着他，使他这个地主的儿子，在新社会感到无比的温暖，现在知青走了，他的家失去了朗朗的笑声，甚至他连交流的对手都没有了。

平心而论，两个女知青对他正经不错，小黎虽说是军干子弟吧，可一点架子都没有，成天谈笑风生的，马大叔、马大嫂叫得挺亲切，不像是常来玩的黄卫军那般总感到有着某种优越感，和他疏离的远远的。两位女知青和他全家处的就如同一家人，这使他心中有了不少的温暖，像是黑暗的地窖中射进了一缕阳光。

小方则更贴心一点，他们甚至可以无拘束地交流久已生疏的唐诗、宋词，谈谈《红楼梦》中的“四大家族”等等带点文学性的话题。马居正其实肚子里是有点墨水的，只是长期的压抑，使他只能展示生理的优越，也就是身强力壮的庄稼好手，掩盖了他曾经受过的良好教育。他也是读过不少书有文化的农村知识分子，方吟梅、黎星星的到来，使他久已掩藏的那点文化至少有了可以交流的对手，使他久已干枯的心灵，突然来了点雨露，马上阳光和雨露要走了，他的心又将沉浸在黑暗中，他只能成为白天锄地干活的农民，晚上生儿育女的工具这样的角色。这样的角色左邻右舍的农民们都在扮演着。在他看来人和在地里觅食的田鼠也没什么区别，正如小黄说的“龙生龙，凤生凤，老鼠生儿打地洞”。他想到了他的儿子，日复一日年复一年子子孙孙地煎熬，何时是个尽头。他感到了一阵阵地心寒齿冷。

至于马居正女人这人只是他的婆娘，这婆娘与54连李学文副连长眉来眼去，他早就看在心里，恨在心头，但是以自己现在的身份，也只能装聋作哑。他是属鼠的，只能忍气吞声，否则他就可能被姓李的这只猫整死。

另一个感到失落的人就是黄卫军了。黄卫军感到他就很难自由出入去找黎星星吹牛聊天了。女知青点先造好先迁入，而男知青点还在施工过程中。他常常去女知青宿舍串门也有损他一贯的反对知青“早谈恋爱晚结婚”的左派形象，而且在光天化日下去女知青宿舍串门，就更显得自己别有用心了。

在两个女知青要离开的前一天晚上，他一人背着小口径气枪像是游魂那样，在马居正家的门口乱转悠。那天月色正好，明晃晃的月亮挂在树梢，斑驳陆离的树影给大地笼罩了一层冷冷的月亮花。

他沿着这一地月亮花，打着三节大手电走进了杨树林，他想着打一只野鸡或者野兔送给黎星星。至于那个方吟梅仿佛和他有着天大的冤仇似的，连正眼也不看他一眼，他是大咧咧的人，也根本没把这个反动学术权威的女儿放在眼中。

他吹着口哨，斜背着气枪，在一天繁重的体力劳动后，换上黄呢子军服，乌克兰高筒皮靴，披着一方月色，顶着满天繁星，去猎取点小动物小飞禽什么的，隔三岔五地和顾晓江、我打打牙祭，有时也喊上黎星星一起来改善一下伙食。黎星星也是大咧咧的人，一喊就到。

他们基本属于那种同类型的人，优裕的环境导致他们对什么都不大在乎，也不太把别人对他们的感觉放在眼中，他们都自称是我行我素随心所欲的人，但他们并不过分，比如学习和劳动绝不含糊，绝不吝惜体力，任务完成得绝对比别人还好。刚到农村不久，他们挑担、施肥、松土、割麦都锻炼得不错，每回都是不怕脏、不怕苦、不怕累的角色，只是业余时间他们喜欢自己自由支配，在那个政治喜欢支配一切的年代，就是业余时间也容不得丝毫放纵。因此他们的一言一行，一举一动就有点引人注目。但他们不在乎，他们称之为鹤立鸡群，他们认为鹰永远比鸡飞得高。这种言论和这种另类的生存状态自然为大部分知识青年所反感，但是他们无所谓。

五婶对伪军这种做派基本是接受的。一是她也可隔三岔五地将自己和孩子们的伙食改善一下。二是黄卫军绝对有人民解放军的光荣传统，想吃鸡就花钱买，价格上反而比供销社的高出许多。凡烧的柴火，他也会照价给钱。

有几次，她言不由衷地推辞着他递过来的柴草钱。黄卫军却很严肃地告诉她，我们兵团战士要严格遵守人民解放军“三大纪律八项注意，不拿群众一针一线”。她这才笑嘻嘻地将钱掖进了自己的腰里，那神态好像是她成就了黄卫军的高风亮节，那表情仿佛是为了成全他这种遵纪守法的善举才很勉强收下了他的钱。

总之，她知道这几个知青家里都是大干部和大王庄那些知青不同，她常常听到黄卫军和我、顾晓江议论王庄的知青，称他们是小市民。黄卫军告诫我们这两个来自眉山路上的弟兄要清高一些，要讲普通话不要讲南京话，仿佛那样就更高贵一些。

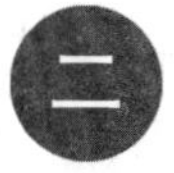

猎物不是动物而是人

黄卫军钻进了杨树林，打着手电乱照了一通却什么也没发现，突然一只大田鼠从田埂头蹿出来，从他脚下窜过，直向田埂那头搭着的那个黑的茅草棚窜去。他紧追不放，当他举枪一枪打过去时，却听到不远的窝棚里突然一声“哎哟”声将他吓了一跳，他像是敏捷的军人那样就地卧倒，关掉了手电。

就着淡淡的月色，他看到了一个黑影突然站了起来，一手捂着屁股，一手提着裤子，那个白圆圆的屁股在他眼前一晃。他看清了那是他们的李副连长，继续使他目瞪口呆的是李副连长脚下还斜躺着一个赤身裸体的女人，那女人也慌慌张张站了起来双手乱摸着找衣服穿。这女人披散着头发，面目他看不清，他认定是秋水花。

黄卫军一下清醒过来，在心中暗暗叫苦，这下撞着鬼了，真叫晦气，他连着暗中呸、呸、呸了几次，再也没了打猎的兴趣。这恐怕是碰到了李副连长和秋指导员正在地瓜地里干着好事呢。

他们的关系在连队几乎是尽人皆知的，因为秋水花的丈夫常老乐在朝鲜战场上被美国鬼子的炸弹炸坏了身体，根本就不能干那事，想到这儿他吓出了一身冷汗。随即一个侧滚翻，翻进了壕沟中，好在沟底全是干涸的松软的落叶。

他悄悄地爬上了壕沟，蹑着手脚做贼似的折回了新庄。在马家的屋山头，他看到了马居正一人蹲在黑暗中龇着一口白牙，抽着旱烟。他像是没事人那样踱过去和马居正搭讪。

马居正瓮声瓮气地答了一句，全没有之前见到他时那样热情。借着月色黄卫军看清了马居正悲伤的脸上堆满着怒容，眼角似乎还挂着泪花。他诧异地问："马大叔，怎么了，你哭了。"

马居正说："没什么，没什么，风吹的，我怕影响小黎、小方她们，我在屋山头抽口烟，她们明天要走了，俺家成分高，留不住两个知青娃呢。唉！"他长叹一声，似有满腹惆怅。

看到马居正那副沮丧的样子，黄卫军反而有些同情这个男人。他安慰道："别伤心了，知青点已建好了，马上都要搬进去住的，这是正常的搬家，你舍不得她们走，我还舍不得她们呢，我进去看看她们。"

"她们已经睡了，明天一早我就赶车送她们去知青点。再过个把月，到时你们就住在一起了。"

"既然睡了，我就不去打扰了，你告诉她们我本想打只野兔什么的送她们上路的，兔子没打着打着鬼了，算我晦气。"他挠了挠头。

没想到的是马居正听了这话反而像是孩子那样越发抽抽噎噎地饮泣起来。黄卫军隐约地听马居正在断断续续地说："哪里是鬼哟，那是人呢，是贵人啊，我才是鬼呢，我活得人不人鬼不鬼呢，活着还有什么意思呢，死了算了。"

黄卫军不敢再和他议论下去，他怕自己嘴上刹不住车，扯出那个敏感的话题来，万一嘴上的岗哨失去了警惕，把那个必须守口如瓶的秘密传了出去，再被传到李学文和秋水花的耳朵中，他就没好日子过了，他默默背着气枪消失在夜色中。

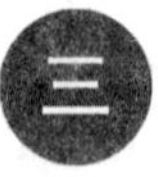

三　投毒案带出了枪击案

早晨，秋水花指导员像往常一样去和副连长李学文商量工作，却发现李副连长叽叽歪歪地躺在床上，脸上充满着痛苦的表情。他说他昨晚摔了一跤，摔得他屁股蛋生疼的。他要请假去团部医院看病。她同意了。不一会儿，马居正就赶着牛车，搀扶着一瘸一拐的李副连长上了牛车，脸色苍白的李副连长一手捂着屁股斜躺在牛车上，随着牛车在凸凹不平的乡间小路上颠簸着，李副连长痛苦地一声一声呻吟着，看样子伤得不轻呢。马居正只顾阴沉着脸赶车，什么话也没敢问。

秋水花皱着眉头，用疑惑地眼光看着马居正赶着牛车，带着李学文痛苦的呻吟声远去，她摇了摇头。

然而，仅仅是这个晌午饭，李学文副连长从场部医院回来，就一瘸一拐又谈笑风生地一如往常。傍晚甚至还去了知青食堂，说是参加食堂的开伙庆祝呢。

在秋水花和李学文副连长、王富贵连长去食堂巡视过不久，就发生了一起蹊跷的投毒案。看着这些男女娃儿吐得七荤八素秋水花感到一阵阵揪心地疼痛，千万别死人，不然54连就将作为破坏知青上山下乡的坏典型在全团，不，在全兵团出名，秋水花这个指导员还想不想当。

秋水花头脑中的第一反应就是赶紧得去营部向营首长报告，她没有多考虑就从大王庄借了一部自行车，跨上去拼着命连夜向营部奔去。

虽是寒气袭人的初春，可是连指导员秋水花那皮松肉耷略显干涩的脸上却冒出星星点点的油汗。她借着月色，在颠簸坎坷的路上飞也似的骑了十来分钟，就有点心慌气喘，贴身的小褂已经透湿，两只布袋式的乳房因上下颠簸而晃动得厉害，已微微感觉到了疼痛，但她全然不顾这些生理上的不适，仍然拼着命向前骑。她一手握着车把，一手解开棉袄扣子，散着热，迎着寒风，继续拼命向前骑去。

赶到营部，喘息片刻，她就推开了教导员虚掩的门。教导员倪国平倒是真正的军人，只是他曾经是国民党的军人，虽是拉壮丁去的，但历史上总是留下了污点的。1947年淮海战役中，被我军解放出来了，就成了中国人民解放军的一员。不过在解放军中他们被称为“解放兵”有点蔑视的意味，这官阶也就老上不去了。

教导员个头不高，肤色黝黑，下巴上留着黑黑的短胡碴子，显出几分老相。他是出身农家的山东汉子，看上去有四十多岁了，在部队也是老教导员。就因为那点历史问题，他从野战部队被打发到建设兵团来了。他是一个淳朴和善的人，对知青也是很和颜悦色嘘寒问暖的。

他常常也是吸着一杆小烟锅和本地农民一样蹲着从烟袋里掏烟丝吸。他对干部却异常严厉，开起会来用他那明显的胶东口音口若悬河不打稿子，记录下来就是一篇逻辑顺畅文通理顺的文章，当然这种文章带有那个时代的特色，领袖语录，豪言壮语，中央指示精神加上团部的要求和本地的思想政治工作加生产安排，还是很头头是道的。

此刻，小老头式的教导员正在油灯下苦读《毛泽东选集》，嘴上叼着小烟锅，看到秋水花指导员披头散发，敞着怀，竟然门也不敲就旋风式地闯了进来。随着这个风风火火、疯疯癫癫女人旋进他的办公室兼卧室的，还有一股扑面的寒风，使得他眼前的小煤油灯的火苗晃动了一下。他用奇怪的眼神打量着这个显然是有些失态的女指导员。

"秋水花同志，你怎么了?"他那眼神仿佛是问秋指导员是不是在家里和常老乐同志发生了什么矛盾，看她丧魂落魄的样子，八成是被常老乐打了，因为他也影影绰绰地听说了这个女人和李副连长之间的那点事。

倪教导员是坚信马列和毛泽东思想的清教徒，因为随他来到兵团的还有他那其貌不扬的农村老婆，如今这裹着小脚的糟糠之妻被安排在营部面粉厂上班。他在本能上对那些男女之间的事非常反感，而这些事在当地农民干部中间又很普遍，只要不过分，他也只能容忍。他很讲政治，虽然疾恶如仇，很有原则性，但面对大面积违反原则的事，他也只能睁一眼闭一眼，便原则性带有了灵活性。凡道听途说的事，他是不会拿出来说的。他只是用疑惑的眼光盯着秋水花。

秋水花哭丧着脸说："教导员……大……大事不好了……。"因心情激动，她说话都有点语无伦次了，越急越说不出囫囵话来。

教导员为她倒了一杯水厉声说："水花同志，有话慢慢说。"

秋水花喝了一口水，起伏的乳胸开始平息下来，她开始理了理散乱的鬓发，红着脸，将自己两只过于突出的丰乳掩进了棉袄中。

“俺连的知青食堂稀粥里发……发现有人放……放毒呢。”她总算把话说完整了。

“咋能会发生这样的事？怎么回事？到底发生了什么事？”教导员撅着下巴上的胡须连珠炮式地发出了疑问。

“俺也不知道。”

“有没有出人命？”

“只是上吐下泻的，王连长和李副连长正在处理这事呢。”

倪教导员很快要通了团部的总机，将这惊人的消息送达团部，值班首长是刘鸣岐副政委。

刘副政委心中一惊，自言自语地嘟哝道：“要死，这些知青娃娃刚来不到三个月，要弄出人命来，这事就闹大了。”他将情况向团长报告了，决定亲自带着调查组去 54 连。

刘鸣岐副政委，长着一脸络腮胡子，身高体胖，剽悍壮实，是一个性格爽直，办事麻利的老军人。他当下带着保卫股梁股长、医院常院长，坐着医院那辆破救护车风风火火地赶到 8 营营部，又捎上了倪教导员和秋指导员。

常院长是当地人，和秋水花很熟，见面第一句话就询问秋水花：“秋指导员，你们 54 连咋弄的？上午李学文副连长来医院，屁股蛋子挨了一枪，啥人嘛胆大，敢打副连长的黑枪，俺不给他做手术取出子弹恐怕就发炎了”。

秋水花心头一震，暗想，这狗日的李学文咋的挨了阶级敌人的黑枪还一声不吭，谁会有枪呢，她的第一感觉告诉她可能是马居正，这个伪乡长的儿子，知青不可能有枪的。

常院长笑着说：“好在是气枪子弹，这寒冬腊月的，难道你们李副连长是脱了棉裤给人打枪玩的，要是穿了棉裤这气枪子弹也打不进肉去呀？”

刘副政委和倪教导员同时瞪着常院长：“有这事？”

“千真万确。”我上午亲自给李学文副连长动的手术。

听了院长的说明，刘、倪两位又将头转向了秋水花。倪教导员问：“秋指导员这是咋会事儿呢？这枪击案的事儿你咋没说呢?”

“早晌俺看李学文脸色不好，他说是昨晚去王庄的路上摔了一跤，没讲挨枪子儿呀。”

“这事也怪了，难道李学文也帮着隐瞒。”这使在场的人都感到了事情的复杂性。

“反正这投毒案和枪击案都得给我查个水落石出。树欲静而风不止呀，还是毛主席他老人席说得好，千万不要忘记阶级斗争呢！倪教导员、秋指导员你们说呢?”刘副政委斩钉截铁地说。

“是，请团首长放心，一定查个水落石出。”倪教导员像是真正的军人那样，敬礼表决心。

团部医院的那辆破救护车风风火火地赶到了 54 连知青点。

54 连由新庄和王庄组成，两庄相距两里多路。新庄一字排开只有十来户人家，大部分是外地迁徙来农场的住户。过去 8 营叫马庄的时候，这儿是马庄 8 组。王庄是一个有几十户人家的大庄，这里是 54 连的经济中心。要区别高低大小新庄也称小新庄，王庄也称大王庄。

1968 年底，这个全省最大的农场从上到下一股脑被编入了中国人民解放军的序列，成了江苏生产建设兵团 1 师 8 团 8 营 54 连，营以上的正职干部一般由部队委派，其实人人心中都有数，这些被打发到兵团来的正式军人，其实也是部队想整肃的对象，在他们看来是一种变相的贬谪流放。

而贫下中农们和原农场的干部从营以上的分场场长，如场部领导都由正职变成了副职。一下子多了一张军队的皮，总比当“走资派”强，连干部其实是由原来的生产队队长、书记摇身一变就成了连长、指导员的，这使那些原来被算为场带队的农民由衷地感到高兴。那时的农业工人的月薪是二十三元，新来知青是十五元一个月，一年后可调为十九元。场带队的贫下中农们则是一个工分二角二分钱，故而这片广袤的白花花的盐碱地上流传的顺口溜就是：“干不干，二十三，苦不苦，两毛五”。营以上的干部是按部队级别划分从排到团和行政级别相对应的。比如刘副政委副团应是行政十六级十七级，相当于地方的副处级。

秋指导员那时在连队是很威风的，最多四十岁吧。穿一身自制土黄色军装，留着齐耳短发，肩披红色腈纶围巾，怀揣--本塑料封皮《毛主席语录》，为的是每天上工、收工时带领全连战士早请示、晚汇报。人虽明显臃肿，走起路来还蛮精神，她最爱摆的姿势是手背在身后，夹着香烟，头低着像是在踱步又像是在思考着国家大事，村民见她总是：“秋主任，早。”她这才缓缓抬头、颔首，脸上挤出一丝微笑，那张满脸横肉的脸上经常保持着政治家应有的威严。

她拿手的是跳“忠”字舞，据庄子上老人说秋水花原来在村秧歌队扭过秧歌，但在“大革文化命”的年头这秧歌也成了“四旧”终于扭不成了。不过前村舞蹈队队员还是有大显身手的时候，每天清晨开工前，晚上收工后，她会带着 54 连三排的全体战士早请示、晚汇报，然后跳上一段“忠字舞”，一招一式虽不够规范，但腾挪跳跃，像猿猴攀援，灵巧多姿，很是合拍。虽模样滑稽，但表情始终严肃神圣，俨然是一忠实的基督教清教徒在虔诚地祷告或做弥撒。凡宗教各有各的仪式，中外古今的都一样，只是中国的更带点中国特色的滑稽。缺少庄严感，就像是跳大神之类的封建玩意儿。

大王庄那个看上去干干瘪瘪的王富贵连长就不爱搞这些他认为是形式主义的玩意儿。这对连队的政治和军事首长仿佛是约定俗成似的对各自掌管的领地各司其职互不干预，你管你的小新庄，我管我的大王庄，井水不犯河水。在王庄人眼中那新庄巴掌大一块土地十来户人家，后到的十多个知青加起来才三十多人，而大王庄几十户人家加上知青百十号人，那是一种大象和老鼠的对垒，大象对老鼠是不屑一顾的。言下之意就是任秋水花再折腾也就这“一对狗男女”带着三十来人，因而显示了大人物对小人物的宽容，宽容的背后仍然有点蔑视的意味，也就是宽容到把你根本不当回事了。

大王庄的王富贵连长，最近正在忙着改变传统的大呼隆男女老少齐上阵的作法，将冬季的兴修水利变成“小段包工”的尝试，这种尝试甫一推行，便得到贫下中农和知青们的热烈欢迎。因而一二排工程进度大大高于小新庄的三排。

而秋水花的鼻子里仿佛嗅到王富贵搞的玩意儿怎么都有点像是刘少奇鼓吹的“包产到户”呢，这不是资本主义复辟又是什么？不过，眼下她什么都没说，以她一贯沉稳的政治家风度，她想引而不发，耐下性子看看这王老头儿到底要搞什么名堂？她的逻辑就是，老虎要彻底暴露了再打，才能打得稳、准、狠，现在不是提倡割资本主义尾巴吗，没准连老王头的连长职务都一块割了去，再把李学文推上连长岗位，这大王庄和小新庄一块统一了起来，她就是54连的武则天了。

现在，秋指导员脑中的弦暂时要向阶级斗争上绷，毛主席他老人家教导我们说：“阶级斗争是纲，纲举目张。”她揣摩着团部领导的心思也在为这投毒案和枪击案着急着呢。

秋水花一反常态地弯下那轻易不屈的脊梁，点头哈腰地将披着军大衣戴着马裤呢军帽，拿着手电筒的刘副政委一行人迎进连部。连长王富贵，副连长李学文、杨全民在连部恭候着。秋水花挑亮了马灯，倒水、递烟、递毛巾把，殷勤周到，笑容可掬。

刘副政委脸色铁青，威严得像是怒目金刚。他挑了挑浓黑的卧蚕眉，大着嗓门说：“秋指导员，王连长，你们知道这是一起嘛性质的事吗？知青们，不，兵团战士们刚来不到三个月就出这种事，这影响……”

秋水花斜了一眼刘副政委，小心翼翼，字斟句酌地回答：“副政委是我失职，一定要严肃追查，认真处理，这是一起严重破坏知识青年上山下乡的大案，说明了阶级敌人，人还在心不死，千方百计地破坏毛主席的伟大战略部署，我们头脑中阶级斗争的弦绷得不紧……”

倪教导员看她唠叨个没完，心中一阵恼火，这个乡下女人到底不懂规矩，首长指示没做完她就滔滔不绝大放厥词。

倪国平不耐烦地打断她：“你少啰嗦几句，听副政委做指示，还是听你唠叨？”

秋水花红着脸支支吾吾：“还是……还是听刘副政委的指示。”

刘副政委端起热茶杯喝了一口继续说："这起投毒案不是孤立的，听说你们李副连长昨晚屁股上还挨了一枪。看来你们54连阶级斗争形势很复杂呢。李学文，哪一位是李学文。"

李学文红着脸站了起来："我就是李学文。"

"噢，你就是李学文。晚上出去干吗了，怎的会屁股上挨了一枪，你是脱了裤子有意让人打的？这气枪子弹能打穿老棉裤威力够猛的？说说到底咋回事？"

"晚上，我屎急，跑地瓜地拉屎去了，就这么挨了一枪。"

"你没看见人。"

"看见了，就一黑影一闪人就没了。"

"完了，就这么简单？你拉屎跑到地瓜地干啥，家里没厕所？"

"俺们农村人，拉屎就是在地里一猫，拉完就用地瓜叶子擦一擦完事的。大粪是个宝，肥田少不了。"李学文尴尬地笑着说。

"新时代的农民嘛，要培养良好的卫生习惯，好，这事以后和投毒案一起查，王连长、秋指导员你说说这投毒案咋回事呢？"

王富贵正了正身板开始汇报："事情是这样的……。"

秋水花在黑暗中用眼角的余光狠狠地剜了一眼沉默不语装着在小本子认真记录刘副政委讲话的李学文。心中想，好个李学文，狗日的花花肠子，不知和什么女人到田头鬼混去了，还说拉屎，拉屎要到田里，跑那么远吗？你家屋后用玉米秆不是搭着一个厕所，备着那么多砖瓦片，你那么大屁股还不够用，还编着谎说是去地瓜地，地瓜地在马居正家那儿，拉泡屎要黑灯瞎火跑那么远？没准是和马居正那马脸婆娘到地瓜地鬼混，被马居正暗中打的吧？不过这马居正哪儿来的枪呢？难道真的是阶级敌人，人还在，心不死。想到这儿她额头渗出一片冷汗。她一边信手在小本上胡乱划着，像是在记录，脑海中却七上八下地波涛翻滚着在那儿胡思乱想。

54连的知青食堂要开伙了。食堂就坐落在大王庄南面的十字路口。十字路口是庄里的一块高地。大老远就能看到一株高高大大的老槐树，槐树枝丫遒劲，树皮斑驳，看来有些年头了。老槐树上挂着一块废角铁，原来的大队长现在的连长每天都会拿着喇叭嘴敲着角铁，呼唤村民们出工。

上工的钟声传遍四面八方，王庄的村民和新来的知青就会全部集中在这儿，等待村里的会计拿着工分薄点名，领取工具然后迎着朝阳稀稀拉拉地排着队去上工。现在工具室改成了知青食堂，也就是掘了一个灶，拉来一些柴，架上一口大锅，打了几个蒸笼屉，搬来一个大水缸，就成了食堂了。

四 食堂的稀饭全变了味

高大壮实的顾晓江，体型微胖，浓眉大眼，长得结实，憨厚。自省级机关医院的顾副院长被打倒后，他就开始冷然寡言起来，仿佛退出了热热闹闹的江湖，隐居家中，闭门读书了，每天在家练练字，画画画，养养鸽子，看看书，过起清贫自在的日子来。

待黄副厅长也被打倒后，他就开始和黄卫军兄弟俩同病相怜起来，于是我和他们三个街坊就一起随着“伪军”来到了兵团。顾晓江练得一手颜体好字，写得一笔好文章，再加上修半导体，搞篆刻，样样能来两下，闲时不时帮贫下中农免费刻章、挑水。因此，人缘好，很受贫下中农欢迎。贫下中农一致评论，小顾是他们三人中最厚道的人。言下之意，那黄卫军确不像样。但很明显连贫下中农都看得出来，这小黄是小新庄三个知青的头，我是三人中年龄最小的，小屁孩一个，只是伪军的随从或听差一类所以都叫我腿子。

下工回来，顾晓江帮着五婶挑满了水缸。我忙着洗手、洗脸、洗碗赶着去王庄吃饭。唯有黄卫军忙着甩掉了脚上的布鞋，换上了皮靴，打开鞋油盒的盖，用毛刷醮着鞋油涂抹着高腰将校靴，用布使劲地来回擦拭着。

顾晓江用奇怪的目光打量着黄卫军：“伪军，你这是干什么？去吃饭，又不是去赶集，还穿什么皮靴，擦得那么亮，天这么黑，别人也看不见呀？”

黄卫军意味深长地一笑：“对大王庄这帮中学里的造反派、小市民，咱们就得摆一摆，要从精神上气质上压倒他们。听说那边五中‘八八’的小头目外号叫‘老鹅’的就是国民党的乡长的王八羔子，你看他们把个王富贵、秋水花巴结得。二排长那个叫花蝴蝶什么来的，是资本家小老婆生的，在大田劳动时就和李学文眉来眼去的，打情骂俏什么的……什么玩意儿！”

顾晓江说：“这李学文就是色眯眯的，吃了碗里的，看着锅里的。”

黄卫军说：“那天老子我非把他给毙了，昨晚我在地瓜地看到他……。”伪军差点脱口而出说出了他心中的秘密。

我好奇地问：“他在地瓜地干什么坏事了？”

“小屁孩子，你懂什么？不说了，不说了。”黄卫军一脸得意的坏笑。

顾晓江说：“伪军你说话可得注意点，你没见他们是向着‘老鹅’那帮人呢，对咱们敬鬼神而远之呢。”

黄卫军说：“毛主席说，严重的问题是教育农民，列宁说小生产每时每刻都在自发地产生着资本主义，这话不错，我们接受贫下中农再教育，教育人者必须先受教育。”说完他眯缝着眼，用手做了一个手枪瞄准的姿势，自言自语道：“一枪命中目标，打在屁股上。”黄卫军其实也就是个性情中人，他心中是藏不住秘密的，说话很是随心所欲地不顾及后果。

“打在谁的屁股上了？”

“小屁孩子，我不是和你说过，今后要讲普通话，不要讲南京话。你们两个鸟人老是忘记。”

顾晓江和我相视而笑，心领神会，但不以为然。那年头南京话和普通话之间是大有讲究的，后者不仅是国家标准语言，听起来流畅高雅，而且简直是身份和地位的象征。有如古代官场上为官一定要讲那半文不白的官话一样。

这年头不仅服装分等级分层次，语言也分层次的，因为社会就是金字塔型的，尽管时下把工人、农民奉为领导阶级，官员自称为公仆，但其实等级是不能颠倒的，纲常是不能紊乱的。塔尖上的语言自然属阳春白雪，上承阳光雨露，下踏百姓肩头自然要丰润一些、高贵些；塔基下的语言属下里巴人，沦落尘泥，自然要土气些、低贱些。

当年伪军和我所在的“毛泽东主义红卫兵”是紧接着清华附中红卫兵诞生的“老红卫兵”，凡参加者出身成分非正统工人、革命干部、革命军人子弟不可，其中的革命军人子弟大部分来自军区子弟小学——卫岗小学，那是一所军干子弟集中的住宿的学校，几乎和北京的“八一”学校齐名，后来被毛泽东指定为“贵族学校”。于1964年与八一学校一起被毛泽东明令解散了。而学生身上的贵族气、优越感依然不减当年，标准流利的京腔实在是他们显示将校地位的标志之一。当然不是唯一的标志，还有着装打扮之类，如黄卫军身上穿的黄呢子军装，高腰苏式将校靴等等，想必出身军人家庭的黄卫军，当年其父黄副厅长还当着军区后勤某部二级部部长时，也将小卫军送到卫岗小学，接受过特殊的熏陶和教育，故而语气和神态绝对是高贵矜持放肆的。虽然不时显得有点刻意地追求和过分的夸张，那实在是因为其父被造反派认为是假党员和阶级异己分子而打倒之后的刻意表现，就显得有点做作和不自然，那叫作建立在自卑基础上的自傲。否则怎么叫“伪军”呢。

黄卫军一路用不锈钢饭勺敲着搪瓷饭碗，哼着小曲儿带着我和顾晓江向王庄走去。远远可以看到建在王庄高坡上食堂的烟囱正在冒着缕缕青烟，显然知青食堂正在忙碌着煮饭。原来的食堂是大王庄的大队工具房。这工具房因常年失修，有点东倒西歪，土坯垒成的墙上顶着麦草絮的顶，门旁开了一个小窗卖饭，累了一天的兵团战士们只好蹲着，站着在屋前的打麦场上就餐，遇到雨雪天气就遭了殃，王庄的知青还可回自己的屋吃饭。但小新庄的知青从二里地外踩着泥泞的小路来就餐，就得在食堂里捧着搪瓷饭盆稀里咕噜地喝粥，就着小咸菜啃着玉米面的大馍。不过开伙那天天气还比较正常。

黄卫军、顾晓江和我踏着沉沉暮霭向大王庄走去，路旁的圩沟边里长着的野刺槐，在寒风中发出沙沙的声响。正前方裸露的树杈丛中的茅草屋里，闪烁着星星点点的灯光，低矮简陋的茅草屋，伴随着白花花一望无际的盐碱地。那夜晚飘忽摇曳的小油灯灯光像是游动在旷野的荧火，幽暗而带点凄凉，这使得我们三人的心情也感觉到分外的压抑的低沉。紧张而又劳累的半军事化生活，彻底击碎了我们脑海中美好的兵团梦。

一户户茅屋顶部的烟囱里冒着的一缕缕炊烟，缓缓地升上高远的天空，向无边无际的旷野飘散，使人顿生空寂、悲凉之感。好在空中还有着几粒寒星和一弯明月发出黯淡的光。

每天吃饭、劳动、睡觉如同机械般的运作，扼杀着年轻人的灵感和生活乐趣，如果不是每晚的读书学习和野地里猎取小动物，那实在使人感到贫乏单调，令人窒息。想到昨晚地瓜地里的那团白花花的肉体和肉体被铅弹击中所发出的痛苦呻吟，使黄卫军心头涌出一阵快感。这是某种悄悄干了坏事，又想检验一下干坏事所带来后果是否达到期望值的心理。

黄卫军一天都未见到李学文副连长的身影，他很想看看李副连长是否负伤在那儿捂着屁股瘸着腿走路，脸上是不是堆满着羞涩痛苦的表情，是否知道昨晚无意中发生的喜剧性场面原来就是他黄卫军无意中导演的一场闹剧，他是一个注重喜剧效果的导演。虽然这只是个无意中酿成的恶作剧，但是超出剧情安排的意外事件却有着惊人的喜剧效果，他期待的就是这种效果。想到这儿，他嘴角竟然浮出一丝微笑，脱口而出："好一对野鸳鸯，狗男女，还一个个人模狗样的。"

我好奇地问："伪军你叽叽咕咕骂什么呢，谁他妈人模狗样的。"

"没什么，没什么，我说的是王庄那些小市民呢。"黄卫军显然不想将自己心中的秘密与他的同伴分享。

顾晓江问道："伪军你昨晚那么迟才回来，干什么勾当去了，又去拍黎星星那婆子去了?"

黄卫军一拳砸在他的胸口："去你妈的顾晓江，你他妈的拍黎星星了，你闭上你的臭嘴，你那口南京土话难听死了要讲普通话，懂吗？那才像是干部子女。你爸是汉奸，叛徒吗？除非你爸自己承认，你爸不是至死都未承认嘛，那咱们就不能在气质上输于人，我他妈的刻意装清高，老子我就是装了，你不是说夜里穿皮靴是锦衣夜行，看不见吗，可是你听到这靴踏在冻土上，'嘎吱、嘎吱'的响声吗？这响声就是苏式将军靴踏在土地上所发出的清亮而高贵的响声，懂吗？空长着一身肥肉的大呆B。"

我和顾晓江不再理睬伪军几乎发怒的奇怪举止，心中有着某种不祥的预兆。黄卫军的优越感是生长在骨子里的天性，这种性格随时都可能在他的一言一行中自然流露出来，而这种非同寻常的感觉，往往会遭到基层大众的鄙夷和唾弃。在这块充满着封建恶水缸臭味的土壤上，黄卫军的故作清高，来源于金字塔式的高度集权和现代造神运动对公众的愚弄，民众就如同刍狗一样被自以为血统高贵的权势者驱使为其政治目的服务。就如同浮动在水面的绿藻，其实是水中细菌繁殖的结果，最终大面积的疯长，看上去绿汪汪的一片覆盖整个水面，导致了水中氧气的缺失，其他生物就可能窒息死亡，流动的水域就失去了生命力，变为一潭死水，最高权力者搅动死水，导致臭水泛滥而沉渣泛起。黄卫军也只不过是自命不凡的鹰犬而已，也很难免兔死狗烹的下场。

在昏黄的煤油灯下，外号叫"小炉匠"的司务长扎着肮脏的围裙，正挥汗如雨地在煮稀饭的大锅中来回搅动着，屋内烟雾缭绕，空气混浊。

黄卫军悄悄地闪到司务长身后，围着锅台转了一圈，就嚷着肚子饿，要开饭。随后冲出食堂，顾晓江和我早已排在前面，顾晓江接过了黄卫军的饭盆。不顾后面人的侧目让他也挤到了前面，我们排队等候打饭。

伪军捣了捣顾晓江和我，眨巴着眼睛说："等会儿让你们看这帮小市民的洋相。”说完诡异地一笑。他接过司务长打来的稀饭，一边吹着滚烫的稀饭，一边大口吞咽着手中的粗面饼，仿佛吃得很舒服的样子。

顾晓江和我相互望了一眼，意思是说这伪军搞什么名堂，伪军将眼睛斜向了就在前方不远处和一帮女知青调笑的副连长李学文。李学文走路有点一瘸一拐的，精神头不错，他抓住“花蝴蝶”华湘君的辫子撕扯着，兴奋地大叫着：“这小辫扎得不错，赶明儿我来帮你扎一个麻花辫，好看的。”

华湘君打掉了他的手，娇嗔地说了声“讨厌”，转身跑了。李学文起身去追，却跑不快。伪军捧着饭盆走到李学文身后用手狠狠地拍了一下李学文的屁股嬉笑着说，李连长好兴致呀。

李学文“哎哟”一声脸上痉挛着，痛得弯下了腰。他捂着屁股，结结巴巴地说：“小黄，你想干什么？”

“没干什么，我看你跑得怪别扭的，想助你一臂之力呢，谁知你稀泥巴糊不上墙呢。”说完“哈哈”大笑着扬长而去。

我分明看到李学文通红的脸上，翻着白眼，那眼神中透出杀气，像刀子式地剜向黄卫军的背影。这眼神稍纵即逝，随即他的表情又恢复了正常，像是什么事也未发生过似的。他爽爽朗朗地笑了起来，对着黄卫军的背影大叫着：“小黄，小黄你别走嘛，不信我和你掰掰手腕，你肯定不是我的对手。”

花蝴蝶打来了稀饭，刚吃第一口便大呼小叫起来：“啊呀，稀饭中有怪味呢。”说着将入口的稀饭吐了一地。先后与她一同打饭的知青个个嚷着稀饭有怪味，于是纷纷围着司务长叫骂：“小炉匠，你捣什么鬼，要药死我们呀？”

小炉匠一时慌了神，想解释什么，又什么也说不清。吵闹声惊动了不远处打麦场上的秋指导员。秋水花背着手，踱步进了食堂，威严地说：“吵啥子，吵啥子，让俺来瞧瞧。”

她表情严肃地分开众人，煞有介事地用勺子捞起稀饭凑近鼻子闻了闻，果然有股药味，再凑近一看，乳白色的大米粥已变成了酱色。

她大呼："不好，有人投毒。"她果断地下令，屋里的知青赶快走开，要保护现场，并吩咐民兵将小炉匠暂时看护起来，听候调查发落。

这时王连长，李副连长、杨副连长等连首长都赶到了现场。在油灯下，连首长们集体决定，秋指导员立即去营部报告情况，李副连长负责看护现场，王连长带司务长调查现场的情况。

杨副连长领着基干民兵负责看好"四类"分子，注意他们的一举一动。哭丧着脸的司务长被民兵押走，暂时看管了起来。

54连的知青们仍然围在食堂周围不肯散去。人们七嘴八舌地议论着，现场一度显得有点乱糟糟的。知青们有的眼神发愣，显得心事重重，有的干呕着，把剩余的稀饭倒了一地，嘴里不干不净嚷着："他妈的，哪个浑小子要药死我们?"

有的则悄悄议论着，将庄上的四类分子一一排队，分析着谁有作案的动机和可能。总之，人们阶级斗争的觉悟通过这一突发事件突然提高了，对新形势下阶级斗争的新动向有了空前的敏感性。

只有黄卫军、顾晓江和我轻松自若地喝完碗中稀饭，因为我们三人是排在头里的，估计打稀饭时药尚未溶解。伪军旁若无人地吃完稀饭，看着一个个干呕出声的兵团战士，忍不住要笑，却终于未笑出声，他的一举一动被维护现场的李学文看在眼中记在心里。

李学文咬着牙，腮帮子抖动着心中默默地发恨诅咒总有一天要报那一枪之仇。这时他声张不得"只能打落牙和血吞"，他想到的是小不忍则乱大谋。

在李学文阴森森恶狠狠的眼光注视下，黄卫军从容镇定地喝完粥，动作优雅地从军裤口袋里掏出一方手帕擦了擦嘴，嘴角浮现出一丝冷笑，昂头挺胸招呼着我们两个同党一起像没事人那样离开了现场。他那双擦得贼亮的苏式皮靴，在月色下闪着寒光，发出动人心弦的欢快节奏，"的笃、的笃"地向小新庄走去，他的嘴里还哼着小曲：

刚气节，

英雄胆，
洒热血，
捍江山，
毛泽东主义红卫兵，
灭资兴无敢造反，
老子英雄儿接班，
不破不立反、反、反
……

不远处，黎星星和方吟梅正迎面向我们走来，看那样子好像是刚刚洗过澡，干净的棉袄罩衣上披散着湿漉漉的秀发，她们有说有笑地向大王庄走去，显然是准备去食堂用餐的。黄卫军大老远地就向她们挥手，意思是请她们往回走，不必再去食堂了。

他说："两位小姐请回吧，食堂的饭不能吃，被人下了人丹了。这回团部营部组织的联合工作组正在往大王庄赶呢，韩司务长已经被民兵看管了起来。"

黎星星睁大了眼睛说："伪军你不是在说瞎话吧，刚刚开伙的食堂怎么会被人下药呢？莫非是你干的恶作剧？要么你怎么会知道稀饭里放的是人丹？"

"怎么可能呢，我会干那种下三烂的事情？稀饭里放人丹是我猜的，在这穷乡僻壤，阶级斗争这么复杂，什么事都有可能发生，你等着看结果吧。"黄卫军显然是在得意中说漏了嘴，好在两个女孩也没当回事。

黎星星说："那我们晚饭还没吃呢。到哪儿去吃？"

"上马居正家去吃啊，你们刚刚不是躲在马居正家小锅屋中洗的澡吗？再去弄点饭吃吃有什么不可以，吃完付钱，我看比食堂吃得好，可以叫老马的婆娘炒个小蒜炒鸡蛋，再来一盘油爆花生米，也花不了多少钱。我看老马巴不得呢。"

"说得倒也是，我们那个女知青宿舍四个人一间屋办什么事不太方便，也没有热水，还不如住在马大叔家呢。"黎星星和方吟梅说。看上去她们似乎对老马家很是留恋呢。

“可是，你们得注意阶级立场，老马可是地主儿子呢。”

“去你的地主儿子，你他妈还是地主孙子呢。”

面对黎星星的抢白，黄卫军无可奈何，夜色掩盖了他尴尬的脸色，他笑着骂了一句：“黎星星你他妈不要在这儿嚼白蛆，满嘴喷粪的。你给我滚一边去。”

黎星星微笑着和我们招招手，和方吟梅一起转身折返回马家去吃晚饭。

黄卫军骄傲、轻松、愉快的皮靴声继续在乡村的冻土地上响着，伴随着顾晓江和我的身影，回到了五婶的小茅屋。他一进屋穿着大皮靴呢子大衣就四仰八叉地躺倒在铺面上，双手抱着脑袋哈哈大笑，连声大呼“痛快、痛快”。

顾晓江不无忧虑地说：“伪军，我看你今天玩得过了。”

我也不满地说：“伪军，你这是何必呢，你不怕引火自焚?”

黄卫军满不在乎地说：“这只是小小的恶心他们一下，没什么大不了的，老子我不怕。”

“你不看他们在大动干戈吗?”

“秋水花已去了营部。”

“去他娘的秋水花，去他娘的营部，说我是伪军，这他娘的挂羊头卖狗肉的兵团才是真正的伪军。”

“你这完全是胡作非为，你要考虑我们的身份。”顾晓江愤怒地反驳。

“你他妈的有完没完，天作孽尚可活，自作孽不可活，你承认你爸是叛徒汉奸，你就是汉奸、叛徒的崽子。反正老子我不是，我是堂堂正正的革命军人的后代，老子我是毛主席忠实的红卫兵我爸爸他忠实的儿子。你他娘少啰唆，来，咱们的天天读雷打不动，学习，学习毛主席他老人家的著作。”

五

学习毛选竟带着国骂

自从那次批斗颜学贤老师，被刘阳旸封了个“老 B 老 D”的绰号后，黄卫军就一直对自称理论家的刘克思表示不满，不满中带有严重的不服气，你刘阳旸被人称为“刘克思”，我一定要成为“黄马列”。此后，他也就十分注意看书学习，尤其是政治理论图书，因为他明白作为领袖不仅仅是带着部队冲锋陷阵，而是要领袖群伦，带领民众坐江山捍江山，作为革命军人子弟当然要成为接班人。因此仅仅是理论家是不够的，他还要成为政治家和思想家。

在昏黄的马灯照耀下，坐在松软的地铺上，他仿佛是当年广州农民运动讲习所的青年革命家，开始组织我们学习毛主席著作。黄卫军带头打开了《毛泽东选集》第一卷中的《湖南农民运动考察报告》，大声朗读着：

> 革命不是请客吃饭，不是做文章，不是绘画绣花，不能那样雅致，那样从容不迫，文质彬彬，那样温良恭俭让革命是暴动，是一个阶级推翻一个阶级的暴烈的行动。

读着读着黄卫军激动起来，他大叫着“他娘的，毛主席他人家的文采就是好，文章美得简直像他妈的诗一样。”

顾晓江偷偷冷笑着和我说：“这个伪军本性难移啊，学习着毛主席著作脏话张口就来。”我不以为然地摇摇头。因为那实在是一个视文明为腐朽的时代，视野蛮为光荣的年头，因此脏话粗话反而更象征着工农兵的革命本色，那些文绉绉的语言反而更像是资产阶级的花拳绣脚，是需要革命的对象，因而那些民间俗语俚语完全被男女之间脏话粗话所替代。

伪军由于心存激动，讲解得有声有色，深入浅出，只是流畅的话语中不时地飞出“国骂”而不自觉。

黄卫军有点得意忘形，他那手舞足蹈的身影，在马灯映照下，显得十分高大，笼罩着全屋。阴影中的顾晓江和我只能瞪大着眼睛看着他的表演。我们谁都没有在意，也不会想到，在五婶的茅屋外的后屋窗下蹲着一个人，这人就是李学文，他几乎记下了黄卫军的每一句话，包括对毛主席他老人家的不敬之词，那些刺耳的“国骂”声，被黄卫军称为“口头语”的大不敬言词。他暂时不想把这层纸捅破，因为这投毒案连着枪击案，如果这黄卫军被抓起来审查，势必要交代枪击案，那他在地瓜地和另一个女人搞腐化的事就会被捅破，他就是腐化堕落分子，而这人还是地主的儿媳妇，上升到阶级斗争的角度就是他卖身投靠，不仅是生活作风问题，而且还可能是政治作风问题，他这个副连长就可能被撤掉，党籍也保不住。因此，他只能将仇恨埋在心底，他要有一个完整的不动声色的复仇计划。他想到的是“君子报仇十年不晚”，由于蹲的时间太长，他的臀部又有一点隐隐作痛，这使他情不自禁地想到那一枪之仇，对隔着一堵墙的黄卫军恨得咬牙切齿却暂时不得发作。他慢慢地站起来，一瘸一拐地向王庄走去，因为他分明听到了远方通往营部的大路上响起了刺耳的救护车的鸣叫声，救护车正加速向 54 连疾驶而来，肯定是团部、营部的首长带着工作组到了，他必须去迎接。

工作组进驻 54 连后，紧张地忙碌了一夜。保卫股梁股长勘查现场，找人谈话；医院常院长提取稀饭样品连夜乘车赶回团部医院进行化验；刘副政委、倪教导员、秋指导员分析案情，排查线索，整整折腾了一宿。

由于事发后，现场去的人太多，根本没发现一点案犯的痕迹。工作组的同志们熬了一宿，徒劳无功，没有理出一丝一毫的头绪，只是苦了小炉匠，被保卫股长反复盘问，也说不出个子丑寅卯来，又冻又饿地被关了一夜。

第二天凌晨医院常院长乘着那辆嘎斯五一改装成的破救护车从团部风尘仆仆地赶回来宣布检验结果，大家心中一块石头才落了地。原来稀饭里面只是被哪个坏小子放了一包人丹，显然是一场恶作剧，或者仅仅是司务长口袋中的人丹无意中掉进了大锅中，才酿成这一场闹剧。这时人们才感到累了，感到了饿。于是秋指导员又命令基干民兵押着小炉匠去生火做饭，她特别关照要弄点鸡蛋什么的给团营首长压惊解乏。

垂头丧气、眼皮浮肿的刘副政委瞪着布满血丝的眼睛，急赤白脸地把秋指导员、王连长和李副连长、杨副连长找来狠狠教训了一顿，早饭也未吃，带着浩浩荡荡的人马坐着救护车走了。

秋水花指导员、王富贵连长看着远去的救护车扬起的尘土，呆站在寒风中，半晌才回过神来。此刻黄卫军、顾晓江和我正慢慢向王庄晃过来。我们美美地睡了一觉后，又来食堂吃早饭，正好目睹这不尴不尬的场景。背过身去黄卫军哈哈大笑。他悄悄对我们说："那稀饭里的人丹是我放的，我就是要让王庄那帮小兔崽子尝尝他红爷爷的厉害。"

小炉匠带着讨好的神态，走来附着秋指导员的耳朵说："指导员，饭菜已摆好，团营首长可以吃早饭了，就在连部，一会儿饭菜要凉了。"

秋指导员猛然回过神来，冲着司务长大发雷霆："吃饭，吃饭，吃你娘个头，以后你少给我惹事，再出事把你先抓起来再说，好个投毒事件，原来是一包人丹，害得老娘我白担了一夜心。"大家瞧，连秋指导员在情急之下国骂也破口而出了。

王富贵连长息事宁人地说："老秋算了，算了，总算没出人命。人家不吃饭，我们也要吃饭，吃完饭，还要上工呢，走。"他拉着秋指导员去了连部。

第五章　夏季风情录

无忧无虑的少年时光

日子就这么一天天过去，天气也一天天热了起来，眼看夏收季节就要到来，阶级斗争的气氛也将被繁忙的夏收夏种的形势所冲淡。毕竟民以食为天，阶级斗争不能当饭吃，农民们拿的是工分，他们必须劳作才能糊口。54连“人丹案”暂时为繁忙繁重的抢收抢种所取代。我们也告别了五婶的小西屋，搬到知青点去住了。

小新庄的知青点由两排大青石垒成黑瓦房所组成，一排是先落成的女知青宿舍，一排是后落成的男知青宿舍。宿舍的外观看上去还是很坚固美观的，至少和当地农民的土基房相比要漂亮得多。再加上房子周围又从场部苗圃移植来了一些小青松的苗苗和向日葵、蓖麻等绿色植物，就显得很有生气的样子。知青点屋后的圩沟上由当地老乡掏了两个用玉米秆扎起来的男女厕所。

离新庄一里左右是54连知青食堂所在地。离食堂一里左右就是王庄

一、二排的男女知青住房了。兵团战士们的吃、喝、拉、撒、睡等一应设施就算是完备了。

只是男战士们撒尿基本是不去厕所，立在墙根就滋，女战士撒尿不能太随便，但是夜里也不方便去厕所，就准备了痰盂、塑料盆一类，早晨天未亮也偷偷倒在墙根边。东山墙脚就臭骚成一片，这颇使每天领着早请示、天天读的秋水花恼火，终于有一天在连队全体大会上上升到对毛主席老人家是否忠诚的角度公开点了这事，情况才略有好转。

还没过几天功夫，又有知青故态复萌。秋指导员终于忍无可忍，派了民兵看守了几夜，抓了两名乱撒尿者，毫不客气，让那两个倒霉蛋在民兵押解下去小新庄和大王庄游街示众后，情况才彻底有了好转。

知青点房间内部的装修就过于简陋了，只是薄薄地在大青石墙面抹上了一层黄泥，搬过去不久，黄泥开始从墙上脱落，就露出了墙里层的大青石。地面仍然是凸凹不平未经夯实的泥土。晴天还好，雨天用苇秆铺成的瓦屋顶还会淅淅沥沥地渗漏着雨水。地下放着脸盆、水杯去接雨水，那滴滴答答的水声，可搅得人一夜难眠。一般是两个人一间。我和黄卫军、顾晓江三人一间是因为我们不愿意被拆散，别人也不愿意接受我们之中的其中一人住进去。这样我们就自成体系地住在一起，也就被孤立在其他知青的圈子之外。

一天劳作下来，知青们一般都要洗洗涮涮的。人们会在去食堂吃饭时，带上水瓶去食堂打热水，一般男生打一瓶也就够了，女生必须打上两瓶热水。冬天则一周可到场部的浴室去洗一次澡。夏天一般女知青自行在宿舍洗洗也就马马虎虎都解决了个人卫生问题。

黄卫军告诉我说：“腿子，咱们大男人，整天打一瓶开水在宿舍洗洗弄弄的多不痛快呀，我听53连的哥们说，营部后面的大梁河里面的水可好呢，咱们可去游泳呀。”

我说：“是呀，住在眉山路的时候，我们都到机关医院疗养院的游泳池去游泳，大家的水性都很好，到大梁河去游泳绝对没问题的。”

说这话时我脑海中出现的是在省城童年的时光，那时我们都有顾晓江他爹顾叔叔办的游泳证。一到暑假，游泳池就会开放五分钱游一场。南京，那时有几个地方可去游泳：省体委的五台山游泳池最大最正规，其次就数西康路的省政府招待所的游泳池了，那里据说是原来美国大使馆的游泳池，宋美龄都在那儿游过泳呢。另外就是中山北路上军人俱乐部的游泳池也很不错。离我们眉山路最近的就是省级机关医院也叫江苏医院疗养院的游泳池了，规模和设施，不能和前面三处比，但这泳池离我们的家近，小巧玲珑，不对外开放，人也就相比要少许多。有时顾晓江带着我还悄悄地带着黎星星、方吟梅去游泳。凑巧是顾叔叔在泳池门口值班，我们就连票都不买就悄悄溜进去了，那年头真是我们少男少女短暂的欢乐时光。

天上繁星在闪烁，地下是冬青树和依依垂柳环绕，铁丝网上点缀着一圈彩灯围着那宝葫芦型的小泳池。当我们在沐浴间冲凉后，换上游泳裤，跳下游泳池，那时姑娘们也陆陆续续换上了游泳衣，亭亭玉立、袅袅娜娜地出现在我们面前，之后就是愉快地戏水笑闹。

不过这种令人愉快的岁月很快因小学时代的结束而一去不复返了。初中仅仅上了一个学期课，“文化大革命”就席卷大地，狂飙惊涛卷去了我们无忧无虑的童年。顾叔叔被隔离了。在那个小小的葫芦状游泳池戏水的场景成了褪色的照片，永远留在了我们的记忆中。

记得后来我再去疗养院时，那个小泳池已彻底荒废了，池壁长满了青苔，间或一些乱石块紊乱地散落在由浅到深的池底。那个火热的“红八月”过去了，黑字兵也作鸟兽教，革命造反派实现了大联合，顾叔叔被整死了。我和黄卫军的爹仍在接受着审查。我们就来到了农场，现在叫作中国人民解放军生产建设兵团的地方。

黄卫军提议去大梁河游泳，无疑带有极大的诱惑力。但是劳累了一天，再来回路上折腾二十里，步行着去大梁河，人还不累得趴下来，但我们决定还是尝试一下。

“当然，仅仅我们三个男生跑个二十多里路去游泳，是不是有点索然寡味呢？是不是动员黎星星他们一块去，腿子要不然你跑一趟，去和黎星星说一说，动员她一块去？”黄卫军率先提出这个问题。

“她肯去吗？再说怎么和她去说呢？”我犹豫着，其实我内心也很希望她和方吟梅一块去的。这促使我回想起当年在眉山路小队之家的一些往事。也是这样的酷暑炎夏，我和顾晓江会带上写生用的画板，捞鱼用的网兜，顾晓江还会用鸟笼子装上两只信鸽。黎星星会带着她的两个如花似玉的妹妹黎月月和黎晖晖，方吟梅会带上一本高尔基的小说，我们坐着1路公交车，去风光优美的东郊风景区进行一番夏季的远游。

在爬满藤萝的明代古城墙边，古木苍翠的林荫深处有一泓碧波荡漾的蓝色湖泊，在阳光下发出诱人的宝石似的光芒。这湖泊有着十分美丽的名字“紫霞湖”。

我和顾晓江就会在紫霞湖畔对着远处的紫金山，依在翠柳边，架着画板打开水彩盒，醮上清水写生作画。黎星星和妹妹月月、晖晖会相互拉起橡皮筋像灵巧的燕子那样上下腾挪着，用少女优美的姿势变换着花样舞蹈似的跳着橡皮筋。黎星星穿着白底碎花的连衣裙，月月穿着浅蓝色小碎花，晖晖穿着浅绿色小碎花背带裙，上着白衬衣，真像是几只美丽的蝴蝶在花丛中飞舞，确实非常迷人，简直像画一样。

当我们打开画夹开始作画时，方吟梅会俯身静静地坐在我们的身旁，观看我们作画，不时她还会非常内行地作些指点。我们先用铅笔在水彩纸上打上浅浅的底稿，然后用浅蓝色将阴影部分分出大致的明暗，用水化开天蓝晕染天空，区分蓝天白云，再由远到近地进行渲染。尤其是远处的紫金山郁郁葱葱的层次及在阳光下的色彩变化难以准确把握。

方吟梅建议先加水，再将绿色中加少许蓝色使绿色变得成黛色渲染远山的阴影部分，逐步加黄色使阳光照耀下明面出现，乘水分未干时再带湿将浅浅的褐色染入绿色中，这样远山的层次和色彩就能区分开来。为了统一画面的色调，湖的绿色和山的绿色，远、中、近三点的色调必须一致，才能形成完整的构图。

我感觉她的建议很有道理，按她指导的方法画，果然一幅色调统一、层次分明的水彩画就出现在眼前。我感觉顾晓江在画面色彩的处理上显得紊乱了些，未注意整体色相的统一，远山林荫丛中的天文台的层次感未展现出来，画面显得过于平淡了。

画完后，几位女伴的评价确实使我感到喜出望外，自我感觉，我比小江画得要好，要传神得多。我意味深长地看了方吟梅一眼，我觉得这是她指导的结果。她只是腼腆地低下了头，浅浅地一笑。

中午时分，我们在树荫下的绿色草坪上，铺上一块塑料布，拿出准备好的干粮，有面包、饼干、鱼、肉和水果罐头、汽水，美美地吃了一顿。吃饱了肚子后，我们斜躺在绿茵茵的草坪上，双手枕着脑袋，在清风的吹拂下，睡上一小觉。午睡醒来，我和顾晓江、黎星星、方吟梅脱下身上的外衣，露出穿在衣服里面的泳衣泳裤，两位女生还戴上了泳帽，在幽静的湖中畅游。

黎月月和黎晖晖则在岸上帮我们看着衣物。我们由浅入深地向湖中心游去，湖水渐渐由温变得凉了。冰凉的湖水，使我们感到紫霞湖的湖水是有深度的，果然试着将脚向湖底站去，已站不到底了。游在我前面的黎星星双手轮番投入水中，双脚扑打着白花花的浪花一路游过去，玉臂上下翻飞着，看得我眼花缭乱，这姿势配上玫瑰色的泳衣就像是蓝色海面上劈风斩浪的美人鱼儿。相比之下方吟梅的游泳技巧要略逊一筹。她和胖胖的顾晓江只能岸边拍着水花、打着水仗，我一路紧跟着黎星星的身姿游过去，我游的蝶泳间或着侧泳仍是赶不上黎星星的速度。

就在我奋力向前追赶时，突然发现黎星星在水面扑腾着上下着，大喊救命。我心中一抖，心想出来郊游，千万不能出人命。我拼命往前游，发现她嘴里喊着，“我脚抽筋了”，不一会人就看不见了。

当我眼看快要接近那团玫瑰色的泳衣时，我的腰却被人拉住了，随即一个水淋淋的戴着泳帽的脑袋浮出了水面，那鹅蛋形的脸上挂着调皮的微笑，“路雨生，我是考量考量你的水性，也考察一下你对我的忠诚度。凭我的水性，玄武湖都横渡过还怕这小浅湖。”她自信地一边用手擦着脸上的水珠，一边在水中对我眨着眼说。

我哭笑不得地说：“黎星星，这种玩笑可是开不得的。我早听说，这紫霞湖水最深处有四米多呢，过去淹死过人的。你死了，你爹、你哥还不把我活活剥了。你刚才呀，没把我吓晕过去。”说完这话，我回头再去找她人时，她已不见了，正当我东张西望时。她在前方三米远处，正水淋淋地向我招手道："唉！雨生我在这儿呢。"原来她一个猛子扎了出去像离弦的箭那样一下飞出很远。我又以最快的速度向她靠拢……

那天的紫霞湖之游，我们一直在东郊待到夕阳西下。在沉沉的暮霭中，黎星星和方吟梅水淋淋地抱着衣服匆匆忙忙地钻进了附近的小丛林中去换衣服了。黎星星的两个妹妹，月月和晖晖却像是忠诚的卫士那样看护在丛林外面，防止我们这些男生走近，我和小江自然也很规矩地站进了另一片树林，尽管我们已对少女黎星星和方吟梅发育得稍显成熟的风韵表现了极大的兴趣，但这种兴趣仅仅是藏在心中的，表面上还是显示出了很大的距离感。

我们匆匆忙忙地换上了干爽的衣服。这时渐渐下沉的太阳已经染红了天际，慢慢向紫金山顶后面滑落，天地和满池湖水都沉浸在一片橘红色的晚霞之中，一阵阵晚风吹拂在我的光滑的肌肤上，感到分外的凉爽，远方传来阵阵蛙鸣。

当天空完全黑下来之后，萤火虫带着它们移动的灯盏开始扑闪着在树丛、草丛中明灭。我们带着诗意的满足和童年男女朦朦胧胧的相互吸引返回眉山路的家，最后一个令人着迷的暑假就这么过去了。我们无忧无虑的学生时代也已翻过去了最后一个充满希望和暖意的一页。我们稚嫩的生命，终于投身到了那场波澜壮阔的浩劫之中。

安谧宁静的夏夜情韵

蓝色的天空上缀满了宝石般闪烁的星星。农村广阔天地的夜晚，天空

特别蓝，特别明净，特别寥廓。远方的蛙鸣蝉唱也特别清晰，耳目鼻息也特别敏感，耳听夏夜的大自然交响曲，目击成片的橙黄色成熟庄稼，鼻中呼吸着晚风吹来的一阵阵麦香和澄澈纯净的空气，使人的眼界特别开阔和舒畅。

我征求方吟梅去不去游泳时，方吟梅明确表示绝不和黄大痞子同流合污。我向黄卫军委婉地转告了方吟梅的意思。黄卫军说："这丫头不去更好，整天绷着个寡妇脸，好像老子我欠她三百吊钱似的。不是看星星的面子，我早就想捶她了，还她妈的假清高。"于是他开始换游泳裤。

我和黄卫军、顾晓江带着黎星星正穿行在这夜色笼罩的大自然之中。我们从老乡家中借了两辆自行车。黄卫军骑了一辆，后架上坐着黎星星，黎星星肩上斜背着一只马桶包，我坐在顾晓江的自行车后架上。自行车载着我们在坎坷不平的乡间公路上穿行。黄卫军仿佛很兴奋的样子。他一边吹奏着《红梅花儿开》的口哨，一边稳稳地扶着车把。晚风习习，大家心情都很舒畅，我们愉快地穿行在白杨夹道的路上，月光下的路洒满银辉蜿蜒曲折向前方伸展，仿佛把一天劳作的疲累也抛弃在脑后。

大梁河在马庄东边。一片开阔的芦苇丛掩盖着静静流淌的大梁河。一到夏季，大梁河就打破了宁静，漫漫白色银辉笼罩下的河流泛着银色的光，像一条银色飘带流向远方。河边已聚集了不少的知青和光着屁股前来游水嬉戏的农民娃子。

疏朗的繁星在广袤的天幕上眨着眼睛。芦苇丛在晚风的吹拂下发出"飒飒"声响，使夏天中的我们感到一阵心凉气爽。我们来到河边，支好自行车匆匆脱去外衣，我们将衣服卷成一卷扔在河滩上。黎星星穿着泳衣率先扑向清清凉凉的河水中，黄卫军紧随其后，我和顾晓江陆续也都跳入水中。在河水淹没胸部的前方黄卫军和黎星星愉快地相互泼水嬉戏，一阵阵欢愉的笑声传来。

我和顾晓江相视而笑。我们俯身扑向水中，向河的中心游去，这使我回想起无忧无虑的童年，想到了省级机关医院的游泳池，想到了故乡钟山脚下美丽的紫霞湖畔的夏游，想到充满着天真愉快笑容的童年一去不返，不禁心中充满伤感。

前方黄卫军和黎星星已经消失了踪影。我们在大梁河中游了两个来回后，略略感到有点疲劳。我对顾晓江说："晓江，咱们回去吧，我有点累了。"

晓江在黑暗中幽幽地说："伪军和星星呢？"

我四处张望，但是星月笼罩下的河面，只看见水中模模糊糊游水的人，根本分辨不出人的面孔。我和晓江分别向不同的方向呼喊："伪军，星星。黄卫军，黎星星。"但是一直没有人回应，耳畔只有风声和隐隐约约传来的河中游泳的兵团战士在水中嬉戏的声音。

我心中感到一只阵莫名的失落，是黄卫军和黎星星的突然失踪，或者是脱离了我们的视线，这单独的活动中孕育了其中说不明道不清的暧昧，这暧昧使我感到由衷的妒忌，虽然我绝不会承认我暗暗地爱着黎星星。但是心中的期待和向往言不由衷地像是心中流动的湖水那样难以抑制地奔涌，我心中泛着酸水。

我恨恨地说："他们可能单溜了，不管他们，咱们回吧。"

顾晓江在黑暗中说："我看黄大痞子是不怀好意呢。"

"可能，这人是拍过婆子的。"

"是吗？"

"是的。"

"你怎么知道？"

"我当然知道。"我说。

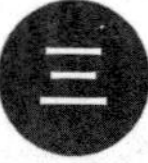

革命斗争中的风流韵事

"拍婆子"这词是从北京干部子弟中传来的一个名词，后来在南京的军干子弟圈中流传过。当年在红卫兵运动刚刚兴起的时候，黄卫军在我们学校仅仅是个爱出风头的小军痞形象，他曾经担任过学校毛泽东主义红卫兵的纠察队队长。

当时的伪军穿着父辈留下的黄呢子军装，军装领子上挂着一只白色口罩，口罩塞进衣服对襟中，只留两根扎眼的白色细带子点缀在胸前。他脚蹬苏制大皮靴很威风的样子，常常出其不意地出现在“牛鬼蛇神”们关的“牛棚”里，也就是那些政治上或者生活作风上有问题的老师劳动改造营。比如当过右派的地理老师，历史上当过修女的外语老师，当过旧军官的语文老师等等。

他会提着那条苏制皮带，看谁不顺眼就会劈头盖脸一阵乱打，直到把人打得头破血流。老师们对黄卫军到来都有点谈虎色变的样子，于是黄卫军就被称为“皇军”。

毛泽东主义红卫兵纠察队的“暴行”不但引起了对立面组织的愤怒，他们指责这是彻头彻尾的违反党的政策的法西斯暴行，也使总部勤务组的几名女性领导欧阳雯子、程晓冰、程晓雪以及政委刘阳旸感到耻辱。对伪军肆无忌惮的打人暴行表示了极大愤怒。

在红卫兵全体成员大会上，黄卫军及其纠察队的行为遭到了严厉的批评。刘阳旸声色俱厉地批评说：“我们毛泽东主义红卫兵纠察队，不是希特勒党卫军的冲锋队，是严格按党的政策办事的毛主席的红卫兵，今后不允许再出现类似对有问题老师的殴打，否则你黄卫军就给我滚蛋，纠察队长另外换人。”

黄卫军却对刘阳旸的警告不屑一顾，他私下里和他的铁杆弟兄说：“到时还不知道谁叫谁滚蛋呢，他爹刘也凡已经被当成三反分子隔离审查，工校保卫处和区公安局已经找过我了解他的反革命言行，我看他是泥菩萨过河自身难保，我看他就是个小反革命，难怪这么右。”

黄卫军在总部开会后的那天下午，他和纠察队的几个铁杆哥们就一人一身黄呢子制服，一人一部自行车去了西郊的菊花台公墓，公墓中埋葬着我军团以上牺牲或中华人民共和国成立后因病去世的团职干部。军阶最高的俗称“三烈士”墓，也即新四军在皖南事变中牺牲的政委项英，政治部主任袁国平，副参谋长周子昆的墓。

其实项英已被批倒批臭而大墓冢却保存得完好无损。五名纠察队员陆续登上项英墓的穹形墓顶，在顶上展开纠察队队旗，摆出姿势，拍下了英姿，照片只取墓冢的顶部。用120海鸥相机全仰视拍摄，就仿佛是五个全副戎装的红卫兵脚踏在地球上。按黄卫军的解释说，这是他们为了显示红卫兵战士为解放全人类而奋斗的决心。其实那次菊花台之行，黄卫军和他的纠察队同伙就制订了对学校毛泽东主义红卫兵总部的夺权计划，时间是在总部的三位女领导离开南京去北京串联的时候，也是刘阳旸一家三兄弟被鼓楼区公安分局拘留审查，主义兵出现权力真空的时刻。

校工宣队弄来了一批《毛泽东选集》四卷本的红宝书，发放给学校的每个教师和学生。工宣队比较倾向由学校较温和及大部分成员由工人、市民的子女组成的红卫兵造反兵团来发。

这批红宝书就放置在造反兵团的总部，准备第二天召开隆重的红宝书发放仪式。黄卫军灵敏地嗅到了这个信息，连夜纠集了二十多名纠察队员踹开了造反兵团的总部大门，将这些红宝书抢进了自己的总部。

二十多名纠察队员连夜通知未外出串联的主义兵战士到总部大楼报到，这一夜“主义兵”总部集中了150多名主义兵战士。黄卫军披着黄呢子大麾像是真正的司令员那样，登高发表了慷慨激昂的演讲，从形势到任务，最后发言落到了总部几位女领导和刘阳旸身上，痛斥他们的右倾投降主义路线，刘阳旸更是反革命本性难改，自称刘克思就是和刘少奇的修正主义投降主义路线一脉相承，他们的行为是丧权辱组织的。

为了表示重振主义兵雄风的决心，他手中的盛着茶水的玻璃杯被他高高举过头顶猛然地摔碎在地上，一声玻璃杯破碎的清脆声响，使全场鸦雀无声，无不为黄卫军的慷慨陈词而动容。

这次玻璃杯事件事后被认为是“主义兵”内部的“啤酒馆事件”，黄卫军率纠察队成员篡权成功。温和的女领导返回学校时，她们的地位全部丧失，原来的队伍已归顺在黄司令的麾下。第二天红色造反兵团的人到总部时，红宝书已全部为“主义兵”所占有，主义兵战士在黄司令的带领下，同仇敌忾，手持水火棍、三角刮刀、九节鞭，严阵以待对方的反击。

他们齐声高唱着毛泽东的《西江月·井冈山》：“山下旌旗在望，山头鼓角相闻。敌军围困万千重，我自岿然不动。……”那气势颇为壮观。为了不发生意外，工宣队只得临时决定，赠书仪式由红色造反兵团和毛泽东主义红卫兵总部共同主持召开。原主义兵纠察队队长黄卫军，第一次以主义兵总指挥的名义登上主席台，坐在领导席上，得意扬扬地捂着茶杯盖子，看着台下黑压压的全校师生微笑。此次兵变，奠定了黄卫军在主义兵中的领导地位，一直到造反派夺权的“一月革命”后。黄卫军作为“黑字兵”的头头，学校头号打砸抢分子，遭到了造反派的通缉。他才由地上转入了地下，由城市转入了农村，这时黄卫军开始了他的第一次“恋爱”。

作为主义兵的秘书长，带着组织的公章和油印机、钢板，跟着黄卫军转移到了郊区一个铁路工人家庭出身的同学葛云飞家里。那里紧挨着铁路线，那个僻静的小院有三间大瓦屋，我和黄卫军住西间。大叔大妈都很朴实，对于儿子组织头头的到来，表示热烈的欢迎。房间不大，放置着一张小床，一张桌子，桌子上放着钢板，蜡纸，我和黄卫军白天就在那间昏暗的小屋子里开着灯刻写蜡纸，印制传单，晚上将刻印好的传单用自行车驮着到城里散发，以示组织在白色恐怖高压下依然存在着，坚持等待着星星之火的燎原之势，这很有点像是地下党组织在国民党统治区开展地下斗争。

我和黄卫军一时自我感觉像是长篇小说《红岩》中的成岗和许云峰。我就是那位《挺进报》的主编成岗，我们办的小报名称叫《火炬战报》，那个偏僻的小院就成了地下印刷所。每当我和黄卫军、葛云飞在黎明前将印好的报纸捆扎起来驮在自行车上，在深邃的夜空下数着天上的繁星，听着远方村落中传来的狗叫声，伴随着不时从身旁轰轰隆隆擦身而过的火车汽笛声和轨道与车轮的摩擦声，穿越铁路线由小市街经中央门进入市区时，我和黄卫军、葛云飞心中都抑制不住狂喜。

我们推着自行车，提着糨糊桶走街串巷地贴我们的《火炬战报》。看到这些小报被一张一张像雪片似的张贴在墙上，我们心中既激动又紧张。

有时我们还要像做贼一样躲避大街上造反派“文攻武卫”队的抓捕。因为那时我们这个“黑字兵”的组织已被造反派宣布为北京红卫兵联合行动委员会似的“保皇派”组织，遭到了取缔。黄卫军作为被学校造反派通缉捉拿的对象，通缉令贴在学校的大门口和我们眉山路上，这就更像是白色恐怖下当年被通缉的成岗和许云峰，也就更加刺激起我们进行地下斗争的决心。

终于一件“桃色事件”的发生，我们从事地下工作的“革命”事业彻底结束了。我也结束了流浪生涯，回到了家中。

事情缘起于有一天晚上，黄卫军敲开葛家的门，自行车的书包架上竟驮着一个嫣嫣婷婷的漂亮妞。小妞扎着羊角辫，穿着一身褪了色的旧军装，军装显然被精心裁剪过，上装腰身束得特别细，小蛮腰上挺立着发育得很丰满的乳峰，那时女孩还不时兴戴胸罩，这两峰小兔子似的玩意儿就会走路时上上下下地跳动着，很晃眼。蛮腰下是发育得过于丰腴的臀部，那时还不时兴称为“性感”只能叫盘子大，下身着的军裤，裤脚特别肥大，以至于走起路来飘飘洒洒的，脚蹬一双方口白底黑面布底鞋，操一口流利的京腔，看样子就是典型的军干子弟。

看到我和葛云飞时，黄卫军和我们神秘地挤了挤眼睛。好在那时葛大叔葛大妈都睡了。黄卫军悄悄地把漂亮妞引进了西屋，漂亮妞一点都不显得拘束，大大方方地坐在小床的床沿上，甚至还自己倒了杯水，说是渴死了，仰头咕咚咕咚就将水倒进了口中。

我悄悄把黄卫军拉到了西屋外问：“伪军这女孩是哪来的?”

他奇怪地斜了我一眼说：“拍婆子，拍来的。”这时京城干部子弟流行的“找女朋友”语言已进入了南京的军干子弟圈子。

我问：“是哪儿的?”

他说：“她是军事学院的，叫王小娜。军事学院那帮家伙，我都认识，‘菜刀帮’的一帮小军痞，没听说过这小妞，我看八成是‘白党营’的不玩白不玩”。

军事学院一帮军干子弟特别能打架，身背的黄色军用挎包中常常藏着一把菜刀，打起架来，操刀就砍，特别凶残，被称为“菜刀帮”。

“白党营”则是“菜刀帮”对原解放军军事学院留用的一帮国军起义的高级将领充当军事教官的蔑称。这些起义军官虽然也算是“革命军人”，但是身上带着国军的烙印，穿着解放军装也就成了二等军人，因为他们身上带着原罪，自然没有老红军、老八路、老新四军们出身的军官硬正。

这些原国军军官集中住的地方被称为和平新村，当年被称为“白党营”。那时我军留用的“白党们”大多数被充军去了遥远地区，所以家里的子女无人管束，也是成帮成伙的。老百姓看不出军事学院那帮军干子弟有什么差别，但他们之间却是壁垒分明、界限明确的。

两帮人之间经常发生斗殴。当然白党营的子弟们在气焰上自然没有红二代子弟来得嚣张，于是常常像老鼠躲着猫那样躲着“菜刀帮”。

葛云飞插了一句：“何以见得？”

黄卫军轻蔑地说：“这个你就不懂了，婆子能不能拍上，看一眼装束就能看出来。否则不但拍不上还得被人当成流氓骂一顿，你们看这小妞的军装，腰身放得很细，身段就显出来了，裤脚改得很肥大，你只要一搭讪，肯定上手。我看她站在鼓楼那儿的路口东张西望的，我就问她是哪儿的。她答是军事学院的。我问了黑皮、泥鳅、蚂蟥、阿布鸡等人的名字，她说她不熟。我想这个妞八成是白党营的，爹妈给发配去了大西北，我说请她吃晚饭，她爽快地答应了。我们就去了市中心的鸡鸣酒家，要了一碗馄饨，一笼小笼包子。吃过饭，天也就黑了下来，我和她躲在树丛里接吻拥抱，她也不反抗。我说你是‘老圈子’了。我急着想上，她指了指鼓楼，那里是造反派的“文攻武卫”总指挥部。她提出上我家，我说不行，到我据点去吧！她问什么据点？我说本司令的据点，她高兴地同意了。我就把她驮来了。”

我说：“伪军你小子，这不成流氓了？”

他厚颜无耻地说：“你小毛孩子，懂什么，你知道女人下面几个洞？”

我茫然地摇了摇头。

“知道了，你就懂了，明白吗？”他放肆地捏了捏我的腮帮子，转身迫不及待地钻进了西屋。

随即他仿佛不放心地又伸出脑袋来吩咐道："今晚我和小娜就住在西屋，你和云飞睡一床挤一挤，帮本司令放放哨站站岗。"他当时就像司令那样吩咐我和葛云飞。

我在心里诅咒着大流氓黄卫军，嘴上却不敢说什么，我毕竟是他秘书长，是他的腿子。葛云飞苦笑着摊摊手，无可奈何地摇了摇头嘴里嘀嘀咕咕地说："这家伙禀性难移。"

我们去洗脸、洗脚上床睡觉。这一夜我听着里屋放肆的调笑声、喘息声、呻吟声……心烦意乱。鼻孔里嗅着葛云飞的臭脚丫味，实在睡不着，竟然想着黄卫军讲的污言秽语，下面竟然有了感觉。

我真想狠狠地扇自己的耳光，怎么自己也成了流氓了。但是那种愉悦又带点犯罪感的感觉像是抑制不住的潮水那样一波一波袭上心头，简直难以抑制，就这样在犯罪感和愉悦感相交织、相交战的过程中，我精疲力尽，直到凌晨才迷迷糊糊睡去。

我想，我应该离开黄卫军了，再当他的腿子，我就真成了狗，不再是人了，昨晚今晨这些肮脏不洁的念头一直腐蚀着纯洁的心灵，我终于当了一回野兽，不过这当野兽的感觉真他娘的比当人爽呢。

我悄悄地起身，捂着粘稠潮湿的裤衩，慌忙套上衣裤，连牙也不刷，脸也不洗，蹑手蹑脚地背上我的军用挎包，离开了葛家。这时早上的寒意尚未褪尽，一弯惨淡的月亮挂在清冷的夜空。

以后的事，我是听葛云飞说的。黄卫军和王小娜是被葛大叔从床上赤条条地抓起来的，差点被作为流氓分子送交派出所，还是葛大妈苦苦哀求，他们才免遭当流氓的噩运。但是黄司令永远失去了他的据点。他去王小娜家和小娜鬼混了一段时间，又被小娜的哥哥轰了出去。以后，我去了中学红画笔，安安心心画了一段时间的画。再到后来又和黄卫军、顾晓江一起扒火车去北京，才和黄卫军又联系上了。

四

西瓜地里的朗朗笑声

我和顾晓江迎着扑面的晚风，他轻松愉快地骑着自行车，我谈论着黄卫军的风流韵事，顾晓江听得津津有味。当我们路过连队的西瓜地时，才确实感到饿了。我和晓江不约而同地想到是不是乘这西瓜地周围没人，弄两个又圆又红的沙瓤大西瓜尝尝，充充饥，解解馋。

我飞身跳下了自行车，顾晓江在路边支起了自行车。

他悄悄地对我说："腿子你看前面那棵白杨树下已支摆着一架自行车了，看样子是伪军和星星已经提前一步到了。"

我说："完全有可能"。

我们蹑手蹑脚地向瓜地走去。当快要接近看瓜人的窝棚时，突然我们听到了一阵轻轻的调笑声，朦胧的月色下那两个熟悉的身影蓦然出现在眼前，正是众里寻他千百度，那人却在灯火阑珊处。黄卫军和黎星星正盘着腿龇着白晃晃的牙，坐在瓜棚里品尝西瓜呢。

我和晓江耳语了一番，决定从两个方向悄悄包抄过去。我们躬着身弯着腰从不同的方向向目标接近。月色朦胧中黄卫军和黎星星仿佛很高兴，一人捧着半个西瓜狼吞虎咽地啃着，他们"咯咯咯"地旁若无人地笑着，根本没发现有人接近他们。黎星星的马桶包内还圆不隆咚地装了一个大西瓜，看来不仅吃了，还准备用包带回去，留到明天享用。

我和顾晓江憋着嗓子，突然大吼一声："举起手来，缴枪不杀。"窝棚内的一对男女，刹那间愣在那儿了。黄卫军赶紧甩掉了手中的西瓜，真的举起了手；黎星星还没回过神，一时吓傻了，手捧着西瓜不知所措。

"举起双手，背对着俺们出来！"顾晓江再次用本地方言拼命吼叫了一声。

黄卫军高举着双手，缓缓站了起来，黎星星这才仿佛梦醒似的甩掉了手中的西瓜，把手举过了头顶，两人真的按我们的要求倒退着从窝棚中走出。我发现黄卫军总想回头反抗，立即大吼一声："老实点，别回头。"

顾晓江看到他们俩的狼狈相，先是忍禁不住地大笑起来。他这一笑露了馅。黄卫军转过身来笑着追上他去扑打，两人在西瓜地里笑闹着真真假假地厮打着。

"原来是你们俩小王八蛋，吓我一跳！"黎星星攥紧着小拳头向我挥来，我笑着讨饶："我投降，我投降。"

"你们怎么知道我俩在瓜地？"黎星星甩了甩湿漉漉地秀发，问道。

"我们跟踪追击的。"我笑着答道。

"好呀，你盯我稍。"黎星星佯怒似的又追打过来。

"我说，怕你们孤男寡女地犯生活错误。"我说，脸上虽是笑嘻嘻的，口风中却带着一股醋的酸味。

黎星星仿佛是听出了点味："你毛孩子懂什么？还吃醋，我是那种人吗？"

我笑着说："星星还是那颗星星，可是痞子还是那个痞子呢。他可是拍婆子的高手呢，我看他不怀好意呢。"

"他那点花花肠子我还看不出来，门儿清，只要自己守身严谨，他是无从下手的，你说呢？"

"我相信，可还是和他拉开点距离好。"

"我看是你要和他拉开点距离呢，别让别人老是叫你腿子、腿子的，等你什么时候不当黄卫军的狗腿子了，我没准就喜欢上你了。"星星笑着说。

说完，她甚至，突然地捧着我的脑袋使劲晃了几下，突然在我的脸颊上吻了一下，她那飘逸的长发，隐隐地透出一股淡淡的香味，那是肥皂的味道。她的这一吻，仿佛电击了我一下，我脑袋突然一阵空白，还未等我缓过神来，她已松开了双手，而我的心却"扑通、扑通"地跳个不停。我惊慌地回顾张望，才发现黄卫军和顾晓江已钻进了瓜地，黄卫军冒充内行地用手指敲打着一个个西瓜，看来他们还想狼狈为奸地当一回贼。

黎星星说："傻小子，别愣在那儿了，仔细想想，姐没骗你，黄卫军他有贼心没贼胆呢。你还未开窍，整天和黄大痞子瞎混什么?"她开始反唇相讥，我一时无言以对。

黄卫军和顾晓江一人捧着一个大西瓜钻出瓜地，复入瓜棚。他们招呼我们去吃西瓜。

我心中仍在琢磨着黎星星的话，心中突然有了一种释然的感觉。我打了一个响指，兴冲冲地跟在黎星星的身后，钻进了瓜棚。那晚我们大快朵颐，饱尝口福。只是西瓜皮啃得狼藉一地，直到吃得饱胀肚圆才踏着月色离开了瓜地。

一路上黄卫军带着黎星星，自行车踩得飞快。黎星星抱着黄的腰，不时将脸蛋贴在他的背上，向我抛来回望的眼风，发出坏笑。黄卫军很幸福地吹着口哨。我坐在晓江的自行车上仿佛很愉快地和着黄卫军的口哨声节奏哼着小调。那晚我有点陶醉在月色中，反反复复地咀嚼着黎星星的话和她的突然一吻，那些留下的诸多悬念让人心跳不已想入非非。

第二天，场部机耕队的联合收割机和营部的小型脱粒机就轰轰隆隆地开进了连队，繁忙的夏收拉开了序幕。是凡机械抢收不了的，都是我们人工去收割、碾场、脱粒，一天工作十多小时，累得贼死。有时田头休息都能昏睡过去，整个夏收期间，人整个脱了一层皮。我也就没工夫再去想黎星星的话了。只是她的模样经常甜甜地出现在我的梦里，像影子样追逐着我……

第六章　池浅王八多

男女组合的政治需要

没过多少日子，我和黄卫军、顾晓江似乎都看出54连的政治势力实际上分为两股：一股是以连长王富贵为首的大王庄，王姓是当地的大姓，大王庄有住户55户基本都姓王。因此，连长和连队的会计都姓王。除李学文外，另一副连长杨志民也是王姓人家的女婿。下属的一排长、二排长都姓王，生产活动基本是自行安排。另一股是以指导员秋水花和副连长李学文为代表的三排，据点就是小新庄。被大王庄的本土贫下中农们称为外来户，都是陆续来此地安居的外姓旁人，且大部分是三年困难时期逃荒要饭来的人家。他们的生产活动基本是由兼任三排长的李学文安排。两庄其实是自成体系，互不统属的。除了大的活动，比如上河工、兴修水利等由连部统一规划安排外，平时的工作互不干涉，这仿佛是约定俗成的事。

这两个庄子组合成的连队像是两股道上跑的车，并行的时候多，交叉的时候少，各自形成默契，井水不犯河水。连长王富贵其实是心满意足地

陶醉于这种划庄而治的政治格局，他没有太大的野心。至于指导员秋水花其实在内心中并不满意这种互不统属的政治格局，极想有所突破。她希望一切以政治挂帅，也就是以自己为中心，以党支部为一体的大一统政治领导来统管连队的生产和经济建设。但是，鉴于历史状况，她知道这事心急吃不了热豆腐，得借势造势来完成这种整合江山的伟业，她希望成为真正的大国君主，而不是小国寡君。

只有大的政治运动来了，党支部就可统一安排学习、生产，其实也就她秋水花安排，不过借支部的名义罢了。因为据秋水花与李学文私下议论时的说法，这王富贵连长是不太关心政治的，他是“唯生产力论”在王庄的代表。当时是政治挂帅的年头，秋水花常常去挂帅，久而久之，就成了54连一言九鼎的人物，有点像是《杨家将》中的佘老太君或者是穆桂英，天天梦想着去收复被辽军占领的燕云十六州。因为她私下说她要收复闹独立王国的大王庄。

黄卫军以天生的政治敏锐性，像是猎狗那样已嗅到浓浓的火药味。此刻即将会有一场“清理阶级队伍”的大斗争，带着“文化大革命”的余威马上要席卷大王庄和小新庄。这时兵团战士们已陆续住进了知青点。秋水花那晦暗的脸上已浮现出了阵阵生动的杀气，一旦她不苟言笑，作沉思状时，往往就是政治大风暴即将来临的预兆，其实她这时内心往往是波涛汹涌的，仿佛随时洪水就会破堤而出，冲决各个领域似的。她在全连干部职工大会上已传达了中央的信息，并一再谈到所谓的“枪击事件”和“人丹事件”“西瓜地事件”，使黄卫军多少有点心惊胆战。

李学文和马居正都带点遗憾地看着两个如花似玉的女知青黎星星和方吟梅将自己的行李搬上了牛车。牛车载着她们缓缓离开了小新庄，她们已在夏天未到来时就住进了知青点。

马居正的失落是政治上的失落，像他这种出身成分有污点的人，是希望借助政治的光环将自己的人生照亮的，两个女知青朗朗的笑声、冰雪般纯洁透明的笑容给他那沉闷的家曾经带来过短暂的欢乐，这种欢乐自解放以后就未曾有过，他低声下气地做人，战战兢兢地办事，低眉顺眼，提心吊胆，从未敢放声笑过乐过。这种欢声笑语是两个女娃儿来之后才有的，像是窒息的黑屋中透出一缕春天的阳光，而这缕光芒瞬间就消失了，现在她们走了，他感到了无限的惆怅。他的心又要沉落于枯井的深处，使他感到深深的悲哀，他已预感到黑暗就要袭来。

李学文的失落有点说不清道不明，就像是蹲在枯井中的蛤蟆，看着蓝天中飞翔的天鹅，眼睁睁地看着天鹅飞向远方，美味的天鹅肉就再也难以吃到了。她们不是因为出身问题整天脸上堆着献媚的微笑的花蝴蝶华湘君。黎星星的我行我素，方吟梅的不卑不亢都显示着某种气质，某种只可远观，不可亵玩的高贵。越是不可接近反而越是激起他征服的欲望。

其实和李学文有着暧昧不清关系的女人不止秋水花一人，这点秋水花心知肚明，只是不点破而已，但她的口风中隐隐地透露出这次清理阶级队伍的重点也包括腐化堕落分子，所谓腐化就是男女关系，所谓堕落就是阶级路线不清，被阶级敌人糖衣炮弹击中的人。这似乎像是一根无形的锁链无时无刻不在提醒着李副连长，你小子的政治生命其实是牢牢掌控在老姐姐我手中的，你如果死心塌地效忠老姐姐我，工作上听从老姐姐的，感情上顺从老姐姐的需要，老姐姐我绝不亏待兄弟你，否则……他们也只是政治上的结盟，而绝非情感上的契合。偶尔的肉体欢愉，也只不过是政治借助情感而结盟，相互利用而已。

借用大王庄人背后讥讽这位至今仍然独身的副连长说的那样，女人对于李副连长来说就像是穿衣吃饭那样脱了旧的，换上新的，舀着锅里的，吃着碗里的，盯着别人手中的。而这个人不是别人，正是地主儿子马居正。虽然李副连长为马居正的媳妇屁股挨了一枪子，但是那种野合的欢愉，瞬间的激情使他终生难忘，“牡丹花下死，做鬼也风流呢”。只是对秋水花感情上的饥渴，他是随叫随到，绝无怨言的，而心中对这位年老色衰且蛮横霸道的老女人到底作如何观，别人也就揣摩不透了。

自从自己的婆娘饿死在逃荒要饭的路上之后，李学文又当爹又当娘地拉扯大了金娃，作为一个独身的男人的确也不容易。自从当上生产小队长后，他身边从来也不缺少婆娘，他的阳刚和威猛，再加上一等的口才，心

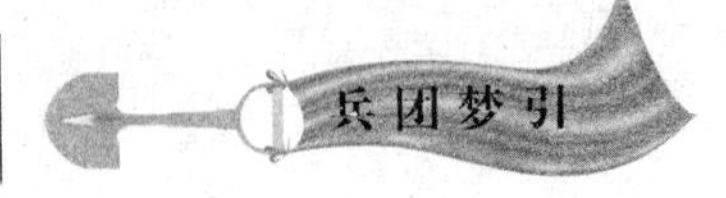

细如发的操持生产和家务的能力，他曾经也是不少婆娘们觊觎的对象。

但是自从和秋水花结成政治联盟来对抗大王庄的那股王姓势力后，他的工作和生活上都受到了这个婆娘的制约。这使他心中有点隐隐的不快，每当他像是面首那样被这个性欲和官欲都很旺盛的老女人呼来唤去的时候，他的心都在流血，但他也有点无可奈何，这个女人将新庄视作她的王国，连参加过抗美援朝的老志愿军王连长都让她三分。

秋水花本人才四十出头，正当虎狼之年，老伴也不到五十，只是农村人皮肤黑，脸上褶子多，看着显老。她和老伴看着就像是五六十岁的人了。按黄卫军口气，这娘们，看上去比我妈还大呢。这个看上去比伪军娘还大的女人情欲却是十分炽烈的，好在高大威猛的李副连长也正当青春鼎盛之年，两人犹如干柴烈火那样一点就燃。情欲燃烧的地点就在李副连长的单身宿舍，他那间收拾得干干净净却很简单朴素的东厢房被称为豹房。这在54连已是公开的秘密。连指导员的老爱人常老乐心中也清清楚楚，但怯于指导员秋水花的权威，这位从抗美援朝前线归来的老兵，乐得装着什么也不知道的样子，坏事丑事都闷着葫芦摇，相互都不点破。

秋指导员的爱人是出名的老实人，干活的好把式，政治上没有什么野心，乐得躲在秋指导员的政治光环中享受着平和、平静的晚年生活。

常老乐从朝鲜归来时部队医院给评的是甲等二级残废军人，曾被授予三等功臣奖章。从朝鲜归来，成为农场最可爱的人，被场领导请到场部礼堂去做报告。在无数双崇敬的眼睛里，有一双含情脉脉的丹凤眼目不转睛地看着他那高大的身影。他讲他在朝鲜三大战役中的英雄事迹，在坑道中坚守七天七夜的故事，断水绝粮，化雪水吞咽压缩饼干，等待大部队反攻的故事。

这些英雄事迹开始打动了回乡知识青年秋水花的心，秋水花嫁给了常老乐。直到新婚之夜她才发现，常老乐那些辉煌的英雄史是用男人那最宝贵的玩意儿换来的。在野战医院整整昏迷了七天七夜，待到他醒来，军医告诉他，他裤裆里的那玩意儿被美国鬼子的炸弹炸得踪影全无了，他欲哭无泪。伤愈归国后，常老乐带着满胸奖章，一身创疼，复员回到了东方东场马庄分场。几场报告，一番风光后，他被选为中共东方农场马庄分场的党委委员，这委员是不拿工资拿工分的，只是荣誉性的，好在男人那玩意儿没了并不影响他的生产劳动技能，他仍然是生产能手，只是从此脸上没了胡须，额上多了皱纹，头上多了白发，有点像是秋指导员他爸。

和这个长得像爸、说话像妈的战斗英雄结婚，使秋水花白天显得生动活泼，夜晚却变得了无情趣，她因此而成为分场妇委会委员，王庄大队的妇女主任。农场成建制转为兵团后，老伴降为连队党支部生产委员，她却升任连队指导员，这使她生动活泼的白天又抹上了一层鲜明光亮的油彩。她就有点像是54连的女王。王连长和她家老常是战友，也是一个生性宽厚的老战士。老战士总是遵循兢兢业业、一丝不苟、埋头生产的老作风，仿佛是不言自明的官场潜规则，王连长只问生产而且权力范围仅划分到大王庄，至于政治上的事他一概不问，也懒得问，全仰仗指导员一人打理。

在这个政治挂帅的年头，政治是可以指挥生产的，而且村民的政治生命就掌控在这个女人掌心中。村民们对这个女人自然是敬畏有加，不敢得罪。这使秋指导员政治上的荣誉感得到极大的满足，政治上荣誉感的满足并不能填补生理上的需求，出于政治家的矜持和女性的羞涩，她不可能厚颜无耻地像一个淫荡的村妇那样直白地表达自己的诉求，但她的眼神及种种巧妙的暗示，都说明她是一个有着正常生理需要的正当虎狼之年的女人，于是一切对权力有着狂热崇拜和追求的男人都会不动声色的投其所好，在满足其生理需要的同时也完成了政治上的结盟。这就是外来户中的佼佼者李学文所扮演的角色，一个类似于唐代武则天女皇面首张易之、张宗昌那样的角色。

一向自视甚高、自命出身高贵的黄卫军在分析了政治形势后，开始有点忐忑了，因为老爹的政治前程仍是灰蒙蒙的，这灰色的前景像梦魇一样压抑着他奔放的个性。因此，他常喜欢做政治上的猜想。他是善于对连队目前的形势在政治上进行分析的，因为本质上他也是个政治人物。就像红卫兵时期他也洋洋洒洒写过《目前的形势和我们的任务》这类皇皇雄文，那都是带着强烈的领袖欲望和风格，都是些充满革命激情气贯长虹的文章。他自然也不敢轻易得罪指导员，反而也要千方百计地拍她的马屁，尽管他对这个女人印象极差。但这女人到底对他是什么看法，在她晦暗的脸色上黄卫军实在又看不出什么名堂来。

遇到黄卫军和我们，秋指导那黄皱的脸上仍会挤出一丝笑容：“小黄，你们吃了？”农村人的相互问候永远是吃没吃饭，这使黄卫军感到好笑，好像是永远都吃不饱似的，久而久之，他也习惯了，看到秋指导也是“秋指导，你吃了？”这就叫入乡随俗。

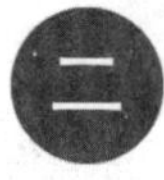

借助酒肉的诉求表达

那天是中秋，黄卫军提着猎到的一只野兔，又花了二元九角钱高价从五婶手中买得一只母鸡，五婶认为占了便宜，又搭上五只鸡蛋和一斤小蒜。于是计划做炒鸡杂、土豆炖鸡块、鸡蛋炒小蒜、花生米、红烧鱼、豆芽毛豆汤，这就组成了一桌在农村人看来是无比丰盛的酒席。黄卫军专门去营部跑了一趟，打了三斤地瓜干酒，买了十个月饼。

一切准备就绪，他出面请秋水花夫妇和李学文副连长来五婶家小酌，共度中秋。因为中秋过后，我们就要投入轰轰烈烈的清理阶级队伍的斗争中去了，黄卫军已嗅到了火药味。摆酒设宴就算作是对几个月来连队领导对我们关心照顾的感谢吧，宴请的地点自然不能放在知青点，那只有我们的房东五婶家。

那晚，秋水花和常老乐特地换了身干净的衣服兴冲冲前来赴中秋宴。秋水花夫妇能够前来赴宴，使黄卫军暗自高兴。

五婶这时自然是不能上桌的，她带着她的子女们猫在灶屋，烟熏火燎地烧火，黄卫军系着白围裙在油烟中炒菜。接待任务全交给了顾晓江和我。

应该说伪军的菜炒得不错，油盐作料齐全口感好。虽然油用多了，五婶感到有些心疼，但小黄油票给得也多。自然他炒的菜会很细心地为五婶家留一份，五婶就把她的家宴设在了屋前的空场上，小矮桌围小矮凳坐着她的一家子。堂屋中的八仙桌上坐着干部和知青，她在外边奶着孩子，一边还骄傲地和路过他家门前的老乡搭话，她一边喝着小酒，一边用筷子头戳戳堂屋亮着的马灯，语气中透着无比的自豪，那意思是，你们看看村里的干部都在俺家喝酒呢，使得平常这个在家族中根本没人瞧上眼的张家老五媳妇似乎也变得高贵起来。乡亲们伸伸舌头，扮着鬼脸一一离去。于是她们全家喝酒、赏月，分食着小黄给的月饼，全家团圆，其乐融融，唯独缺了丈夫张老五，就有点不太像团圆的样子。

堂屋内的气氛也很热烈，五男一女抽烟、喝酒、谈笑风生。先是黄卫军、顾晓江和我轮流敬三位连首长，三位首长都很能喝，然后三位首长再敬我们三位兵团战士，席间气氛和谐融洽，酒过三巡，菜也下得差不多了，双方的话也多了起来。我和顾晓江是陪客，自然都由着黄卫军出面代表大家和连首长们周旋。

黄卫军站了起来，先是给连首长们一人发了一支飞马香烟，自从家中带来的中华、牡丹烟抽完了，他就改抽飞马了，下面他就只能抽一毛八一包的红梅了，再后来他只能掐枯丝瓜藤点着了抽。

他拱拱手像江湖上的人似的说："各位领导，我们知青响应毛主席他老人家的号召，来到兵团接受贫下中农的再教育，得到了领导和贫下中农的关心照顾，我们非常感谢，我代表我们知青向诸位连首长敬一杯。"于是带头喝下了手中的酒。

秋水花、常老乐、李学文各自端杯，干完了杯中的酒。

秋水花，左手翘着粗短的小拇指，食指、中指夹着烟，右手端着杯，仰头喝光了杯中的酒："小黄、小顾、小路你们都表现很好嘛，劳动肯吃苦，学习又抓得紧，以后连队要选拔知青干部，会优先考虑你们的。只是你们说话不能太随便，尤其是你小黄要谦虚谨慎呢，毛主席怎么说来着‘谦虚使人进步，骄傲使人落后呢’！”

李学文双手抓住一只鸡腿，拼命用牙撕咬着，一边含混不清地说：“秋指导员说得对，说得对，要谦虚谨慎，谨慎，来农村是接受贫下中农再教育的，不是你们教育我们，人不能太张狂了。你呀，这张嘴有毛病……”他竖出大拇指摇着头说：“要记住你不是当这个的。”又换上小拇指说，“是当这个的。”随后，张开大嘴，肆无忌惮地狂笑了一阵，喷出一股酒气来。

一句话把黄卫军的话给噎回去了，顾晓江和我相视而笑，常老乐打着哈哈：“李连长来喝酒，喝酒，知青娃，刚来不习惯农村的生活，慢慢就会好的，会好的。贫下中农心眼实诚，说话直来直去，不用介意，不用介意。”他端起杯来和黄卫军碰了碰，仰起脖子，一饮而尽。用筷子夹起一块兔子肉送进口中，慢慢咀嚼着。

秋水花像男人那样豪爽地大笑：“哈哈，李副连长说得意思直白了点，但理是这个理，话糙理不糙呢。人不能太骄狂了。毛主席那个接班人五条标准怎么说来着的，要团结一切可以团结的人嘛，包括犯过错误的同志，黄卫军同志今天的态度就很好嘛，过去的事，就让他过去吧，有错误改了就好，来，秋阿姨敬你们一杯。”她仰头把酒喝干净，用双手将杯底亮开展示给众人看。

黄卫军心中骂着秋水花，这“阿姨”两字也配你自称，那是我们干部子弟称呼革命前辈的话。嘴上却也会应付着秋水花：“那就请秋阿姨多照应我们哥三个啰！”

“不……不是哥三个，是兵团战士，在俺们兵……兵……兵团是不允许搞小……团……伙的，老……老兵你说对……对不?”李学文显然有点醉了，他斜了常老乐一眼。

“对……对。”常老乐附和着。

秋水花瞪了他们一眼，仿佛是语重心长地对我们说：“小黄，你们人聪明，工作有热情，但还是要多锻炼呢，我们小新庄是池浅王八多，庙小妖风大，兵团政治部已传达了中央'文革'的通知，要开始清理阶级队伍了，你们给我把眼睛都睁大点，要经风雨见世面，在这场严肃的阶级斗争面前要站稳立场，当好党支部的助手，党指到哪里就打到哪里。我代表支部给你透点底，那个马居正可不是好人，是伪乡长的儿子，这次是重点审查的对象，我看你们经常往他家跑，关系不错，听说你们上次去大梁河游水，就是借的马居正的自行车结伴而行的。而那晚正好西瓜地的西瓜被人偷了，这案子现在未破呢。"

听了这话，我们心中一沉，黄卫军尴尬地笑着连连点头说："指导员提醒得对，我们一定和马居正划清界限，积极投入到阶级斗争中去，经风雨见世面，把自己锻炼成真正的无产阶级革命事业的接班人。"

秋水花宽厚地笑道："亲不亲，阶级分呢，一个人出身是不能选择的，但是重在政治表现嘛。你们三个人的父亲过去都是当权派，现在也还在接受组织审查，毛主席他老人家说你们是可以教育好的子女，也不是一棍子把你们打死。你们要发挥各自的特长，等党支部动员后，先把那个大批判专栏搞起来。小路你不是会画嘛，小顾的字写得不错，支部是会给你们提供条件大显身手的。马居正的事现在暂时要保密噢，不要打草惊蛇，一切听从党召唤，这只是暂时给你们透透的，希望你们做好思想准备"。

黄卫军赔着笑脸连声道："是的，是的。"心想，这顿饭请得还是值得的。

我们充当打鬼的钟馗

东方破晓，刚刚落成的知青小屋，沐浴在初升的朝阳之中。知青点的

小屋一字排开，全部是石头砌成的，屋前甚至还栽上了一排茁壮的小青松，那是团部苗圃特地送来装饰知青点的。小屋上覆盖着黑瓦，和其他村民的茅草土基垒成的小屋相比显得有点奢侈和豪华，也显得十分突兀。

知青点小屋的东山头已聚集了全村的壮劳力和全体知青战士，那墙是用凸凹不平的大青石加水泥勾缝胶合而成，因而显得坚固美观。现在靠在墙上的木牌上贴着的一张毛主席标准像，毛主席正微笑着慈祥地看着他那些虔诚的民众对他表示最忠诚的心愿。

小新庄三排的全体战士，又在秋水花指导员的带领下，开始了早请示的仪式。在悠扬动听的乐曲声中，全体指战员手持着红宝书，高高在头顶上挥动着，三呼万岁，再手舞足蹈一番之后，一脸严肃的秋指导员代表 54 连党支部，宣布了一个重要的决定："54 连为了配合清理阶级队伍这场严肃的政治斗争的需要，成立大批判组，大批判组直接接受党支部的领导，组长由黄卫军同志担任，组员路雨生，顾晓江，三人全脱产结合政治斗争需要，不失时机地开展大批判，办好大批判专栏，这个专栏就是连党支部的宣传阵地，相当于我大王庄和小新庄的《人民日报》。"秋水花第一次以两庄政治领导人的身份，发布了这项任命。

我和黄卫军当时觉得心头一热，眼睛一润，党组织的关爱简直来得太突然，太使人意外，我们感到受宠若惊。这不仅使我们三人从此可以摆脱繁重的体力劳动，而且还能完全展示自己的卓越才干，在这帮土头土脑的农民和文化程度不高的知青中，我们简直是鹤立鸡群呢。在这个贫瘠的大地上大显身手，毛主席他老人家说得太好了，农村是个广阔天地，知识青年到那儿是可以大有作为的。我们开始摩拳擦掌，跃跃欲试。

当时，我们的得意之色溢于言表。尤其是黄卫军立即捋起了袖子，高举拳头猛呼口号："坚决响应党支部号召，紧跟毛主席干革命，做革命的排头兵。"

"希望黄卫军等三名同志，不辜负党组织的殷切希望，在 54 连党组织的领导下，高举毛主席思想的伟大旗帜，把 54 连的文化大革命进行到底，在广阔天地滚一身泥巴，炼一颗红心，在大风大浪中把自已锻炼成为无产阶级革命事业的接班人。”秋指导员仍是那样的庄严肃穆，含威不露，表现出了一个党的基层政治工作领导者的良好素质。

原来我们对她的不快，对她的不满，很快一扫而空。她那身黄屎布一样的自制军装，很快变得光灿夺目起来。她那枯草般的齐耳短发在阳光的照耀下变得油光水滑，像是智慧的瀑布在流淌，她那张臃肿着横肉的脸顷刻变得圆润生光，布满着母亲般的慈祥，黄卫军开始浮想联翩……。我们开始构思大批判小组如何开展活动的规划。

“黄卫军，你代表大批判小组表个态。”秋水花开始点名了。

这使得黄卫军先是一愣，很快回过神来，他双手握拳，正步向前两步，双腿并拢，皮靴后跟紧紧靠拢着，像是宣誓那样，慷慨陈词：“我们54连毛泽东思想大批判小组，绝不辜负党组织对我们的信任，坚决响应党支部的号召，把无产阶级文化大革命推向深入，头可断，血可流，革命意志不可丢，革命战士心向党，永远跟党闹革命，在大风大浪中锻炼成长，让毛泽东思想的光芒照亮54连的每一个角落。”

黄卫军语气激动，心潮起伏，满目含泪，泪光莹莹。他的豪言壮语在秋水花的鼓动下赢得了一片热烈的掌声。

其实秋水花已经听出了黄卫军开头的语病，什么“毛泽东思想的大批判小组”，可以做多种方式的联想，“毛泽东思想统帅下的大批判组”，还是“批判毛泽东思想的组”，不同人可以作不同的联想，不过她暂时还不想点破。我们像水泊梁山的宋江，被秋水花代表的党组织招了安，等待着命运就是今后的蓼儿洼。我们三人就像被秋水花套了笼头的野马，被收了缰，任由秋水花牵着跑了。我们仿佛又找到了当年在红卫兵组织的感觉，浑身热血沸腾，聪明才智就像是喷发出的热浪，汹涌澎湃而至。

大批判小组第一天展示的业绩，就是将党支部关于“阶级斗争”的一些口号刷满了王庄、小新庄各家各户的墙壁。

清晨顾晓江和我抬着热水冲泡的石灰浆，走东家串西家，用大排刷把那些“阶级斗争一抓就灵”“阶级斗争是个纲，纲举目张”“清理阶级队伍，深挖‘五·一六’分子”“打倒地主阶级的残渣余孽”等革命口号，用美术字刷在每家每户的墙上。黄色的土墙，白色的字倒也十分醒目，一时小新庄、大王庄已表现出浓浓的火药味。

几天下来，我们的战绩辉煌，小新庄、大王庄的几十户人家的墙都实现了革命化，人累得半死，体力消耗着实不比上工差。不过我们的心情特别愉快，看着累累成果，我们仿佛再次找到了当年参加红卫兵闹革命的感觉。

贫下中农和知青战士们都用十分羡慕的眼光看着我们，称赞我们，使我们感到了自己存在的人生价值。刷到哪家哪家的男女主人都会热情地端茶倒水，因为光秃秃的土墙上刷上大白字，本身也是某种装饰，有的还会请上我在他家的灶头画上鱼呀、荷啊的花花草草、鸟兽虫鱼，请顾晓江写些春联什么的，那中午两人就能吃到一顿带着肉和鱼、鸡蛋的美餐。这种类似干着玩着，玩着干着的游戏竟使我们心头充满着对农村对淳朴的乡亲们十分美好的感觉。

这时的黄卫军却整天猫在知青点的宿舍中写大字报，他认真地筹划着预备着第一期大批判专栏的稿件。他走笔如风，饱蘸墨汁，仿佛在炮制一发一发炮弹去瞄准狡猾残忍的阶级敌人的心脏，那矛头几乎就是对准那个国民党的儿子，地主阶级的残渣余孽马居正的，只不过未点名，因为党支部未点名，他必须和党组织保持一致。这名字自然只能隐藏在用文字装填的炮弹之中。说阶级敌人善于伪装，表面老实，实质狡猾，磨刀霍霍，盼望老蒋反攻大陆，他还特别提到了马居正那杆装有翡翠烟嘴的竹制烟锅，显然是地主阶级的遗物，被这个地主儿子天天叼在嘴上，那是对地主阶级骄奢淫侈生活的怀念，时时刻刻梦想着变天，向无产阶级贫下中农反攻倒算云云。

当我和顾晓江带着喜悦和疲惫，哼着革命歌曲归来时，黄卫军已写完一张大字报，正得意扬扬地用带点京腔的普通话摇头晃脑地读给秋水花听。秋水花脸上堆着满意的微笑，她亲热地拍着黄卫军的肩头说："小黄干得好，这第一场战役要打得稳准狠，打他个措手不及。明晚召开全连干部职工大会，马居正即将被点名批判，这批大字报，明天早晨上工前必须贴出去。"

“秋支书，你尽管放心，明天凌晨肯定出。现在知青屋的东山头墙上，还差一个刊头画，雨生回来就能画好，全齐了。”

秋水花仿佛十分信任地拍了拍黄卫军的肩头，转身对我亲热地说：“雨生、晓江你们回来了，你们写的标语我都看了，很好。现在还是一潭死水的小新庄、大王庄已经充满了革命的火药味，马上就要动起来了，希望你们发扬红卫兵小将的革命精神，按毛主席的教导，把文化大革命进行到底。好，你们休息、休息，吃过饭再干。”她踏着暮色，满怀喜悦地背着手向王庄走去。

马居正成了整肃对象

第二天凌晨，一批醒目的大字报出现在知青点东山头的墙上。54 连的大批判专栏第一期《号角》带着火辣辣的火药味问世。刊头画是我连夜创作完成的，是粗胳膊壮腰的工农兵拿起笔做刀枪画面，笔锋所向之处是刘少奇抱着头瑟瑟发抖的样子，刘少奇旁边那个人的面目，小新庄的人似曾相识，小平头，国字脸，牛眼睛，厚嘴唇。那无疑是马居正。

首篇就是黄卫军的文章《致读者》，署名“本刊编辑部”，那是动员全连干部职工积极参加清理阶级队伍斗争的动员令，写得像是一篇文采斐然的檄文。最后竟模仿骆宾王《讨武曌文》中的语气：“试看今日之域中，竟为谁家之天下，我们，我们，我们贫下中农，我们全体兵团战士。”紧接着的是一篇题为《剥去画皮，揭开真相》的评论，文章未点名，但是认字的人都清楚那是针对地主儿子马居正而来的。

当天晚上，收工后，劳累了一天的54连全体战士和贫下中农们，再一次被大槐树下的钟声唤起，去参加连党支部在大王庄的牛棚召开的动员大会，这会儿是连指导员兼党支部书记秋水花亲自敲响了那块悬挂着的角铁，钟声传遍四方。两个村庄的村民和全体知青夹着小板凳，有的带着鞋底，夹着未打完的毛线衣，有的捻着线的纺锤，知青们则夹着书，男人们都夹着烟锅烟袋，陆续来到了大牛棚。

说是牛棚，其实早就不养牛了，只是一个较大的茅草屋，从此就成了54连召开村民大会的会场。在混杂着烟味、牛粪味、麦草味等说不清、道不明的异味的会场中央的大梁上悬挂着一盏马灯，这灯是我们无偿提供连队使用的。

王富贵连长威严地手持土喇叭筒，声嘶力竭地吼叫着："请村民和兵团战士们安静，请连队党支部书记、指导员秋水花传达党中央、国务院、中央军委关于清理阶级队伍的通知。"秋水花款款地站了起来，用她那阴沉沉的目光扫视了一圈会场，使劲地清了清嗓子，全场一百多号人终于安静了下来。

她先讲了一通全国、全省、全兵团、全八团、全八营，全54连革命和生产的大好形势。话锋一转，开始联系本连队的阶级斗争实际，她概括为"树欲静而风不止"，最后猛然大喝一声："马居正你给我站起来。"

马居正仿佛有准备似的哆哆嗦嗦地站了起来。这时不知谁在黑暗中带头喊起了口号："打倒地主富农分子马居正，马居正不投降，就叫他灭亡。"马居正立即淹没在革命口号声中，他被推着搡着站在了会场中央，低着脑袋，一块墨迹未干的糊着白纸写着"地主阶级残渣余孽马居正"的牌子，穿着铁丝挂在马居正的脖子上。

在马灯照耀下恍惚可以看到这个只有36岁的男人头顶上竟然夹杂着丝丝白发。他紧咬着的牙，腮帮子上的咬肌上下抖动着。这时一个披头散发、脸上长满雀斑的女人推开身边的孩子，疯狂地蹿到会场中央。令全场人员想不到的是这人竟是马居正的妻子冯翠花，这女人冲上台去狠命抽了马居正几个大嘴巴，马居正嘴角一丝鲜血缓缓流淌下来。他用袖子抹去嘴角的鲜血，依然垂着脑袋一声不吭。这景象使全场人员目瞪口呆。

这时，一直在旁冷眼相看脸上毫无表情的连长王富贵上来阻止了："翠花，有冤诉冤，有苦诉苦，有问题摆问题，别动手动脚，要文斗，不要武斗。"

冯翠花开始哭天抹泪地揭发问题，冯翠花的举动连大批判小组的黄卫军都感到不可思议。转而一想，他开始深深地敬佩起秋水花来了。看来这场清理阶级队伍的斗争，秋水花早就策划了，连睡在马居正身边的女人都被争取了过来。这个女人真是厉害呢。

冯翠花揭露的问题确实触目惊心："俺 7 岁，因为家里穷就卖到了大地主伪乡长马仁斋家当童养媳，从此就受尽了他们马家父子的侮辱。1948 年马庄解放时（注，那时苏北农村有的解放都是在建国前夕，有的甚至更早在 47/48 年我军开打淮海战役之前，故不宜用新中国成立），马仁斋知道作恶太多，活不长久，就把他在海州城里念书的儿子马居正叫了回来，他们父子在老地主的书房内鬼鬼祟祟地说话。老地主把伪乡长大印交给马居正，要他去乡政府主动地检举揭发他。意思是叫他隐藏下来，假装积极。老地主说：'正儿，改朝换代了，马家不能绝后，你去投共产党吧，就把我当见面礼，送给人家吧，这样你好好活下来和翠花成婚安生过日子吧。你爹我是不想活了，我也活不了。'马居正当时跪在地上，泣不成声，不肯去呢，后来他爹用文明棍硬把他赶出书房。马居正走后，他爹就服鸦片烟膏子自杀了。马居正带着民兵来的时候，那个老地主，死老头子已死绝了，没气了。乡干部和民兵走后，马居正还偷偷哭了一场。他爹的骨灰被他埋在了屋后，每逢清明他会偷偷烧纸拜祭，至今他还留着老地主遗物，那个翡翠烟嘴，一抽烟他就泪水汪汪地想他地主的爹呢。三年后，我们结婚了。从此，他就天天压迫我，要我给他生娃，要继马家的香火。后来家里来了两个女知青，他癞蛤蟆想吃天鹅肉，整天地讨好她们呢，又是拓土基搭床的，又是包饺子割肉的，请她们吃饭其实是打她们俩人的鬼主意呢。前几天，他还唆使人打干部的冷枪，他还磨了一把刀，要杀干部呢……。"呜……呜……冯翠花泣不成声了。

冯翠花的血泪控诉被秋水花打断了，秋水花怕这个女人扯得太多，转移了目标，打乱了她的战略部署，至少眼下她不想别人把话题扯到别人身上，再说此人与自己有着十分密切的关系，是属于政治上的同盟，至少目前此人是尚可利用的。于是她坚决地阻止了马居正女人的哭诉。

黑暗中黄卫军恰到好处地领头呼起了口号："马居正要老实交代，敌人不投降就叫他灭亡。"一时会场上群情激愤，有一老妇女竟举着手中的鞋底抽上来，把马居正抽得嘴角又流出了不少鲜血。

随后，会场顿时乱了起来，不少贫下中农围上来对马居正拳打脚踢，再不制止怕要出人命呢，秋水花和王富贵一番耳语后就命令黄卫军带着民兵去马家查罪证。就这么乱哄哄的，马居正挂着牌子，像游街那样被带着去了他家。

黄卫军很激动地带着我们和几个民兵跟着去了马居正家，他仿佛又回到了"红八月"那激动人心的岁月。在冯翠花指点下果然挖出了马仁斋的骨灰盆。在坑洞中抄出了一把杀猪刀，竟意外地还搜出了一面小日本旗。一批黄色小说，如《红楼梦》《西游记》《三国演义》《水浒》，其中央杂着一本"三家村"的大毒草《燕山夜话》。农村人对这个大毒草根本不清楚，黄卫军和我是再熟悉不过了。原来这个地主儿子貌似忠厚，却包藏着狼子野心，要颠覆无产阶级专政呢，于是人们又是一阵拳打脚踢。我静静观察着马居正，他一声不吭，只是带着仇恨的眼光盯着这些疯狂的人群。

黄卫军瞪了马居正一眼，看到了一双阴森森的眼睛，心想这家伙竟然还敢盯着革命群众看，这是刻骨仇恨呀，可见阶级敌人确实是人还在心不死呢，于是抬起穿着皮靴的脚对着马居正当胸踢去，当即把马居正仰面朝天踢晕在地上，马居正双手扒在冰冷的地面，一动不动了。他又揪着马居正的衣襟狠狠摇晃着，看马居正确是晕了过去，就指着马居正伤痕累累的脸，大声说："你他妈的装死。"随即把他甩在了冰冷的地上。指挥着民兵和贫下中农带着抄出的战利品，撤出了马家。人群中有一双眼睛冷冷地看着这一切，一声不吭，心中却在暗暗冷笑，那人就是李学文。

地主儿子马居正之死

抄家的人群像潮水一样退却了，喧闹的场面开始冷却了下来。跳跃着的煤油灯光照耀着满地狼藉的屋子。这其实是个简陋得不能再简陋的家，只剩下睡觉的炕，吃饭的桌子，其他一无所有，碗被砸了，米缸内的米面也被翻搅了好几遍，屋后的自留地被挖地三尺，挖出了他爹的骨灰坛子。

屋里只剩下嘤嘤啜泣的冯翠花搂着马居正不满周岁的小儿子。冷冰冰的泥地上，衣衫褴褛满身伤痕，腮帮子红肿的马居正仰面朝天地躺着，喘着粗气。惨白的月光透过窗棂，照在他那满脸血痕的脸上，他的眼角挂着泪花，他双目紧闭，胸膛上下起伏，嘴角歙动着，仿佛有无限的心事需要倾吐，而又难以诉说的样子，于是脸上呈现出痛苦而复杂的表情。

冯翠花含泪倒了一碗热水将马居正轻轻扶起，将他的脑袋放在自己的大腿上，带着哭腔道："孩子他爹，你醒醒，你醒醒，喝口水。"

她将大瓷碗的口对着马居正肿胀的嘴唇，将水倒入他的口中，马居正喝光了碗中的水，缓缓地睁开了眼睛，眼中涌出了一股热泪。他终于说话了，"孩子他妈，你跟着我受苦了，我对不起你们娘仨个，我死了之后，你就跟着李学文吧，老天爷容不得我呢。"

"是我对不起你呀，居正，我也是没法子呢。"冯翠花将头紧紧埋在马居正的胸口号啕大哭，怀里的小儿子也跟着一起哭。

马居正用粗糙的大手抚摸着自己婆娘油亮亮的黑发说："快完了，快完了，一切都结束了，你不打我，自会有人来打我的。你做的一切都是对的，你是要和我划清界限呢，否则你也不得活，我们都不得活，可儿子要活呢，儿子没有爹可以，可不能没有娘，大儿子呢？"

“早晨，小黄的大字报一贴出来，我就知道大事不好，就打发儿子去了他姨家，住几天再说吧。”冯翠花噙着泪说。

“这次运动我是在劫难逃呢，有人要整死我，不如我自己走，我是不能活在这个世上的，你跟了我十来年，吃了十来年的苦。我对不起你呀，你的心思我知道，我不怪你，但愿我们的两个伢儿能好呢，但愿你带着儿子跟了那个成分好的人，能过得好呢。”

“居正呀，你别说了，我也是没法子呢，那些人狠着呢！人心都让狗吃了。呜……呜……”凄凉的哭声在空荡荡的屋中盘旋着。

冯翠花将马居正扶上了炕躺了下来，她将小儿子哄睡着后，独自一人去了灶房，燃起了柴火，默默地烧了一锅热水，又将水打在搪瓷脸盆里，绞上一把热毛巾轻轻地为马居正洗去了脸上的血污。女人又为马居正擀了一盆切面，在翻滚着热汤的水中特地打了两个鸡蛋，加上猪油，将热腾腾的汤面喂进了马居正的口中，帮助他宽衣解带，为他掖好被角。然后，自己默默地捂暖了身子，将自己浑身的衣服脱去，脱得一丝不挂，掀开厚厚的被褥，默默地躺在马居正身旁。

她吹灭了油灯，将自己温暖的乳房紧紧贴在了马居正的胸膛上，感受着他微弱的心跳。她在黑暗中饮泣着，她的心在滴血。摸着良心说，地主儿子马居正对她是不错的，他知书达礼，心灵手巧，庄稼活又是行家里手，这几年他们家日子过得不错。就因为成分问题，马居正做人一向小心翼翼，从不得罪人，今晚的批判会，她说的完全是瞎掰，但她有什么法子呢。不知什么时候，这对苦难的夫妇，带着心灵的巨大创痛，沉沉地睡去。

冯翠花醒了，她揉了揉惺忪的睡眼，却发现丈夫已不在自己的身旁。她慌忙中穿上衣服，趿着鞋，借着一缕曙色，屋前屋后地寻找着马居正。她知道预感的事情终于发生了，但是她希望这不是事实，又觉得与其让丈夫在这世上活着受罪，不如早点解脱得好，他的解脱，实际也就是她和儿子的解脱，但这种隐隐滋生的念头，她只能藏在心里，因为她的心里实在是非常矛盾的，她也只能顺其自然地按照生活的轨迹一步一步走下去。

她终于透过微弱的曙光看到了马居正，那个挂在槐树上的尸体，这尸体穿着一身打着补丁摞着补丁的破旧夹袄夹裤，秋风吹着他茅草似的乱发，毫无血色的脸上麻木得失去了痛苦，只是他那粗短的舌头白瘆瘆地堵塞了口腔，伸出了唇外。

冯翠花解下了身体僵硬的马居正，伏在自己的男人身上痛哭流涕。他是用自己捆在腰间的布带吊在大槐树上自尽的。冯翠花的眼泪夺眶而出，像是山洪暴发那样号啕大哭起来，哭声传得很远很远，惊醒了周围的邻居。早起的村民开始围观，昨天还显得心情激动的人们，今天心情反而变得有点凄切了。

我和黄卫军、顾晓江都没有听到深秋里女人的哭声，我们睡得很沉很沉。昨晚没完没了的革命行动委实使我们累了，我们甚至是带着幸福的笑脸睡去的。因为我们终于圆满地完成了党组织交给的一项光荣任务，揪出了隐藏得很深的阶级敌人，那人不仅为自己死去的老子招魂，而且还怀念着小日本私藏着日本小旗和杀人的刀。至于那些黄色图书，黄卫军他知道，这不可能是马居正的，显而易见，是那个反动学术权威的女儿方吟梅的。

他曾通过我向方吟梅借过高尔基的《童年》《在人间》《我的大学》，他偷偷地翻过这三本书，三本书中某些内容被方吟梅划着一道一道的红杠，仔细看那红杠所标示的内容，全是作者对沙皇俄国那个黑暗年代令人压抑的环境的细致描绘。可见阅读者与作者相通的心理状态，就是对现实的不满，可现在毕竟是社会主义新中国，怎么能与沙皇俄国相提并论呢。不知出于什么样的心态，他偷偷地抄下了那些段落，他很想借这本书中的段落写一篇杂文，批判批判这个反动学术权威女儿的阴暗心理，举一反三地对知青之中流行的对上山下乡不满情绪也作一番抨击。他头脑中就是带着这些乱七八糟的想法，进入梦乡的。他甚至还做了一个十分幸福的梦，梦见自己穿着一身军装，戴着黑字“红卫兵”袖章，身背军挎包，手捧毛主席语录，随着激动的人群，被人群挟着行进在天安门广场上。他是毛主席的红卫兵，正等待着红司令的接见，耳畔全是“毛主席万岁，毛主席万岁，万万岁”的口号声。他想喊，但怎么也喊不出来，耳畔突然响起了尖厉的哨声，一声接一声，他想，那一定是毛主席乘着敞篷吉普车巡视过来了。他激动得热泪盈眶，可踮起脚尖，高呼口号，可还是喊不出来，他醒了，用手揉了揉眼睛，他发现自己竟然激动得哭了起来，而眼前却是高高的黑黝黝的榆树屋梁，屋梁上铺着密密匝匝的芦苇秆，苇秆上面是黑瓦片，哪里来毛主席他老人家的影子呢。毛主席正在侧面的墙上，向他微笑呢。那只是一张标准像。

他耳畔响起的哨子声，是秋水花催他们起床，他们没有来得及梳洗，就被李学文副连长吆喝起来。王庄和小新庄的知青们被连队带到了马居正的屋前，马居正僵硬的尸体被四仰八叉地摆放在冰凉的土地上，秋天惨白的阳光照在他那张毫无血色，却显得异常平静的脸上。54 连的现场批判会，在秋指导员的指导下召开了。

乡亲们开始声讨地主分子马居正反党反社会主义的滔天罪行，开始满脸同情的人们，又变得义正词严起来。而马居正是无法为自己辩解了，他灰白的舌头堵塞着他的口，脸上毫无血色。我和黄卫军再也没有胆量去打量马居正那张毫无生气的脸，我们甚至已没有力气去举拳头呼口号了。

六 大批判继续深入进行

不久，马居正畏罪自杀案报到团部。团部流传的版本却是黄卫军等三人不仅带人抄了马居正的家，而且还残酷毒打了马居正，把马打得鼻青脸肿，牙都打落了一颗，黄卫军还抬起一脚踹在马居正的胸口上，要知道那是穿着苏制将校靴的一脚，这一脚是最致命的一脚，马这才走上了绝路。但是，谁都未对这个地主儿子的死表什么态。军人首长们仿佛都很无动于衷。马居正那 36 年的生命也就像是蝼蚁那样降落在世上，又匆匆消失了。

民间流传的版本却是，马居正家的所谓杀人刀，其实就是一把杀猪的刀，确切地说是一把阉猪卵子的刀，公猪的卵子阉掉了，这畜生才能心无旁骛地吃食生长，免得这畜生遇到异性猪还要发情什么的，影响到猪肉的质量。马居正是这马庄方圆数十里远近闻名的杀猪阉猪高手，老乡家里的猪要阉要杀都是找他下手，他为人和善，有求必应，不取报酬，如果是杀猪，能得到的就是一副猪下水。那把刀其实就是用来阉猪、杀猪的，都锈成这样了还能杀人？今后再找马居正这样的杀猪、阉猪高手恐怕就难啰，乡亲们私下不无遗憾地对马居正的匆匆离去而叹息，但是这叹息只能是埋在心底。

马居正私藏的那面小日本旗，其实是儿子在学校被迫参加《抗日小英雄王二小》歌剧演出时，被指定出演日本小队长用的道具。儿子当时死活不肯演这样一个角色，老师却不容置疑地甚至是很严厉地说，像你这样的地主伪乡长的孙子，只能演日本鬼子，别看你人长得蛮俊秀的。随后硬是把一面自制的日本旗塞到了儿子手中。老师叮嘱，这面小旗要保管好，以后参加全团红小兵文艺会演还要用上的。这旗其实就是白纸上用红墨水涂了一个圈而已，哪里是什么真的日本旗。

那些“黄书”，是马居正向那两个女知青借的，其实都是方吟梅带来的，而黎星星大包大揽全承担了下来，谁敢对这个老红军的女儿动手呢，连兵团司令都是她爹的老部下呢。

马居正唯一能立得住的罪证，就是他埋在屋后的骨灰坛。那坛子是我和黄卫军挖到的，被伪军当着马居正的面摔碎，就砸在了马居正的眼前，据目击者说马居正当时眼中噙着泪，腮帮子上下抖动着，显然是咬牙切齿呢，这时黄卫军才飞起了一脚，踢在他的胸口上。

团部刘副政委是黄卫军他爹在淮海战役时的警卫员，听了汇报后说了一句话：“黄惟俭对儿子太宠了，养成黄卫军这小子的衙内恶习。”

有次星期天，黄卫军跑到刘副政委家混吃混喝，这是伪军自己的话，连队伙食太差，去团部刘鸣岐家改善改善伙食。那天他是和我一块去的场部。我跑到了父亲在抗战时期的战友，后来农场的政治部主任，现在兵团的政治处副主任陈颖阿姨家混饭吃，他去了刘副政委家。

刘副政委准备了不少菜，甚至还备了一瓶洋河酒，吃饭间不无教训地对他说："你们这些干部子弟呀，自己头上没有毛，还说别人是秃子。卫军哪，你在连队的言行要检点呀，要记住'别看今日闹得欢，要防以后拉清单'。"

黄卫军当时眨巴着眼，无言以对，不知道刘叔叔酒后说的什么意思。他以为他的所作所为都是在党支部领导下，至少是秋水花默许下干的，是天经地义的革命行动，哪会有什么错呢。革命不是请客吃饭，怎么在饭桌上刘老头说这话呢，是不是酒喝多了。他心里很不以为然。于是吃完饭，抹抹嘴告辞，也未往心里去。

黄卫军携着批判马居正的余威，继续革命，向大批判的顶峰攀登。他主持的大批判专栏《号角》办得红红火火，形式上图文并茂，内容上丰富多彩，文章有棱有角，文风如匕首投枪，杀伤力很强。批判的锋芒从知青中流行的"早谈恋爱，晚结婚"到肃清"黄色小说""黄色歌曲"的流毒等等。

发展到后来，他竟不指名地开始批判王富贵连长的"小段包工"论，将之和列宁教导中的"农民每时每刻都在自发地产生资本主义"的论述相挂钩，和刘少奇的"三自一包""包产到户"并论，文章写得尖锐泼辣，毫不留情，明眼一看就知道，矛头所指何人。大字报在大批判专栏一出现，秋水花就看到了。

听说秋指导员看完了大字报，面带喜色，却什么话也没说，默许了黄卫军出人意料的大胆做法。大字报贴出不到一个小时，有好事之徒，就将大字报的内容添油加醋地报告了王富贵连长。

王富贵自己识字不多，却指使上中学的儿子，将大字报全文抄了下来。王连长连夜赶去营部向倪教导员报告，教导员看完大字报抄件，沉默半晌只说了三个字“乱弹琴”就打发走了王富贵。

黄卫军开始被领导惦记

此后，黄卫军的一言一行开始引起了营部的注意，他的一举一动都不断传到营部。俗语说，不怕贼偷，就怕贼惦记，解释成现代语言就是“不怕领导批评，就怕领导‘惦记’”，黄卫军现在成了领导“惦记”的对象，不但连领导“惦记”他，营部首长也开始“惦记”他。

刘副政委的预言开始兑现。在连、营领导的“惦记”下，刘副政委自然也不能不“惦记”这个黄惟俭惹事生非的小兔崽子，副政委也怕引火烧身呢。黄卫军却蒙在鼓里，浑然不觉，依然我行我素，依然张扬地八面威风，四面树敌。而上上下下的许多双眼睛都盯着他，准备要好好收拾他了。

时间已到了秋叶飘落的季节，麦穗澄黄，棉苗茁壮，连队又要开始秋收秋种。兵团上下的运动也搞得红红火火，不时有揪出反革命集团、反革命分子、打砸抢分子和“五·一六”分子的消息传来。

54连的领导核心，正在大王庄的连部召开支部委员会，研究清理阶级队伍的斗争如何深入开展下去的问题。马居正已经死了，运动失去了对象和目标，斗争形势难于深入发展，支委尤其是支部书记秋水花同志难免有点焦急。这会是她提出要开的，王连长甚至还发了句牢骚：“生产任务这么重，开什么鸟会呢，尽搞形式主义，把个54连搞得乱糟糟的。”被秋水花不点名地批评为“阶级斗争熄灭论”。被秋指导员这上纲上线地一批，王连长从此噤声，任秋水花折腾去了。

晚饭后，秋水花、李学文来到连部。李学文面带喜色，拿出一包飞马烟发给秋水花一支。他刚刚和冯翠花结了婚，独身一人，苦了七八年，刚刚创建了一个家，心情当然十分愉快。因为是二婚，自然不便太张扬，再加上如今提倡节约办婚事，有此借口酒席也未办，只是把自己的铺盖搬到了冯翠花家，与新媳妇圆了房也就算了，他的房子名正言顺地给了自己的儿子金娃。搬到马家前，他暗中请了庄上的王三婆子来跳大神驱邪驱鬼忙乎了一阵，内心却是害怕这马居正的冤魂来找他索命的，他毕竟有点心虚呢。

李学文将一根喜烟和几粒喜糖送到秋水花手中时，秋指导员冷冷地看了他一眼，不阴不阳地说了一句："恭喜你呢，这马居正刚死了没几天，他的娘子就跟了你，你不怕别人说是你们合谋把他逼上绝路？听姐一句劝，还是别太张扬的好。"

李学文尴尬地笑了笑，找了一张板凳坐了下来，抽出旱烟袋，抽了一口，定了定神，不慌不忙地说："那就要靠书记你主持公道，为小弟说句明白话了。马居正他明明是被小黄他们几个知青整死的，也是他自己心中有鬼呢。俺和翠花的结婚是合情、合理、合法的事，指导员大姐您说是吗?"说完，他暧昧地向秋水花抛了一个眼色。

秋水花仿佛没看见似的，阴森森地说："恐怕是先奸后娶的吧?"

"这话怎么说的呢？我李学文你还不了解吗?"

"俺看不透呢，人心隔着肚皮呢。"

看他们像是赌气似的你一言我一语地拌嘴，常老乐打岔道："还是少说两句吧。马上王富贵、杨志民、王延寿他们要到了。"

这时大王庄的三名党支部委员跨进了连部。王富贵阴沉着脸，想着心事，嘴上叼着大烟杆"吓滋吓滋"吸着烟。

杨志明进门就抱拳对着李学文笑道："恭喜呀，新郎官，还没请我们喝喜酒呢？李副连长。"王延寿是王富贵的本家侄子，看叔父的脸色阴沉，他就不能有太高兴的样子，他只能陪着杨志民干笑笑，赶紧找位置坐了下来。

李学文一一散烟、发糖。李学文的喜烟被王富贵粗暴地扔在桌上，只是冷冷地说："俺抽不惯这种洋烟，还是这土造的烟味浓，提神。"他对李学文的做派一向看不惯，平时也并不太把这种花痴似的男人放在眼中。

支委会开始的气氛就不够和谐。未等到秋指导员宣布开会，王连长就拍着桌子"嚯"地一下跳了起来，他瞪着眼睛大发雷霆："你们小新庄那个叫'伪军'的小兔崽子，简直是一条疯狗，也不知道受什么人唆使，逮谁咬谁，简直是没了王法，不知道天高地厚，搞批判竟搞到老子头上来了，他懂什么是革命，老子参加革命在朝鲜打美国鬼子时，他还穿开裆裤、玩泥巴球呢！"

秋指导员不动声色，仿佛是很欣赏似的听他发火。等他骂完黄卫军后坐下时，她才吸着烟，鼻孔中喷出两道烟柱，屋内弥漫的烟雾，遮盖了她那张略显臃肿的胖脸。

她慢条斯理地说道："阶级敌人，只有让他充分表演，才能充分暴露嘛，心急吃不了热豆腐呢，猪养肥了，才能杀。黄卫军跳得越高，摔得才越重，毛主席他老人家不是说'引蛇出洞'吗？俺看这黄卫军已表演得差不多了，是该收拾收拾他了，今天就是研究这清理阶级队伍的斗争如何深入的问题。"说到这儿，她像是卖关子似的停顿了一下，打量了一下支部委员们，发现大家都在聚精会神地看着她，听她继续说下去。

秋水花清了清喉咙，继续说："根据我们接到转来的揭发材料，并查明，黄卫军这条小毒蛇就是隐藏得很深的打、砸、抢分子，他还是一个反对'中央文革'的联动分子，联动就是"五·一六"，前一阶段就是给他一个舞台，让他充分表演，让他坏事做绝，人心丧尽，再来彻底收拾他。"说这话时，她恶狠狠的，眼中闪着冷酷的光。

听了秋水花这话，王富贵当时就愣在那儿。在他心目中，像黄卫军这样的高干子弟只是狂妄了点，言行偏激了点，给他点教训也就可以了。没想到咱们的秋指导员是想把他往死里整呢。他盯着面目不清的秋水花问："你说这些话有根据吗？"王富贵甚至觉得这个秋水花太阴险，那张臃肿的

脸实在像极了《白毛女》中的黄世仁他娘。

“老王，你以为我这十来天是放纵了他，我天天都在盯着他的一言一行、一举一动，从他来到小新庄起，我就看他不像是好人，至于和他一伙的顾晓江是可以争取的，路雨生单纯幼稚也是可以争取的。我最近已暗中派人去了55连，那里一帮知青原来和他都是一个学校的同学，是他的对头，对他的底细在学校的表现都清清楚楚。他和北京的‘联动’分子有密切的联系，这‘联动’就是反对中央‘文革’、反对我们敬爱的江青同志的‘五·一六’分子。”秋水花越说越来劲。

王富贵听得一头雾水，什么“联动”“五·一六”的他根本就不知道，他文化不高，对“中央文革”也还不熟悉，只看秋水花满口黄牙一张一阖，就有点摸不着头脑。“啥子联动，五·一六的？俺听不明白呢？”

“老王，我不是说你，不能光埋头拉车，不抬头看路。所谓‘联动’就是首都红卫兵联合行动委员会，都是那帮类似黄卫军这样的走资派、黑帮分子的小兔崽子，他们反对中央文革，反对江青同志，反对‘文化大革命’，发展到后来就成立了反动组织‘五·一六’造反兵团。这次清理整治的重点就是‘五· 一六’，就是像黄卫军这样穷凶极恶的‘五·一六’分子。”

王富贵只能莫名其妙地点了点头，又开始吧嗒吧嗒地吸他的旱烟。摆出一副搞不懂的政治问题就不去搞懂了的样子，这些整人的事，就让秋水花这老娘们折腾去吧。

根据秋水花的提议，支部一致做出决议，次日晚召开全连职工大会对清理阶级队伍的斗争进行再动员。重点揭批“五·一六”分子黄卫军，要广泛动员群众参与，重点帮教的对象是黄卫军的同伙黎星星、顾晓江和路雨生等人，只要反戈一击就可既往不咎。会议仍由连长王富贵主持，由秋水花进行动员。

支委会散了之后，大家都陆续离去。常老乐披着夹袄，仿佛默契似的独自先行离开。

秋水花和李学文蹚着一天月色，肩并着肩缓缓由王庄向小新庄走去。

两人一时沉默无语，闷头走了一会儿。秋水花首先打破了沉默："学文，你总算了遂了心愿，老婆也讨了。还凭白弄了两个儿子，三间大屋。若干年后马居正的两个儿子可是两个壮劳力呢。"

李学文道："那得谢谢大姐你的理解呢！"

"你说，明儿咱们准备把黄卫军那小东西揪出来，'投毒案'是一定要和他算账的，但是要不要清算他那枪击案呢？"秋水花哪壶不开提哪壶，她在敲打李学文。

"秋指导员，成人之美的大恩大德，学文俺铭记在心，绝不敢忘。帮人帮到底吧，那案就别提了好不好，省得外姓旁人嚼舌根子，俺俩可是穿着连裆裤的。俺看偷西瓜案倒是可以查一查的，十有八九就是黄卫军这帮小兔崽子干的。俺调查过，那晚就是黄卫军、黎星星、顾晓江、路雨生他们四人借了自行车去的大梁河洗澡，去大梁河必经连队西瓜地。作案时间、地点都对呢。"李学文这话似乎有反击的意思，虽然表述得很巧妙，但是秋水花听出了弦外之音。

"你别转移话题，那个偷西瓜案俺可比你了解得还多。那晚俺亲眼看到他们四人嘻嘻哈哈骑着车回来的，黎星星那妮子马桶包里鼓鼓囊囊的一看就是装了一个大西瓜。而俺说你这枪击案疑点甚多呢，时间、地点、枪击的部位不对呢，听说你是在深夜十点多钟被击中的。这么晚你跑到地瓜地干啥子去了？捉黄鼠狼？逮野鸡？该不是抱着什么狐仙了吧？大冬天的穿着棉袄棉裤，那气枪的铅弹也钻不进肉里去呢。咋的就打在你那肥腚上呢？大冷天的你不穿裤子光屁股啷当地瞎逛啥子呢？又不是解放前逛窑子。俺告诉你，你那点花花肠子，清清楚楚，我明镜似的什么都知道。你的事瞒不过俺，黄卫军的事也瞒不过俺，马居正到底咋死的。黄卫军只是被俺们当枪使了而已，他少不更事，咎由自取，你老谋深算，谋财害命，夺人妻子煽惑勾引冯翠花逼死马居正，你才是真正的罪魁祸首，俺顺水推舟，成全了你们这对狗男女。"秋水花冷笑着一句一顿地说完。说得李学文浑身起鸡皮疙瘩，出了一身冷汗。

他软下口气说："好姐姐，你真是明察秋毫呢，这枪击案就回避了吧，

要不这马居正的阴魂追着俺呢。”说完就一把抱住了秋水花，做出要亲热的样子。秋水花警惕地看了看四周，好在四周空寂无人，唯能听到远方一声声的狗吠，使乡村的原野显得格外宁静。耳畔一阵阵凉爽的秋风吹来，带来远处桂花的清香。空气中弥漫着醉人的气味，足能勾起人的情思。月亮高高地挂在树梢，坎坷不平的泥土路上，投下了他们两人并肩前行的影子，不能不惹起秋水花的某种欲望。

她伸手在李学文的腮帮子上拧了一把，带点情调地说：“小李子哎，别娶了媳妇忘了娘呀。”那口气就像是《清宫秘史》中慈禧老太后对太监李莲英。

“水花大姐，你就是俺的亲娘哎，老佛爷呢。”他也学着反动电影《清宫秘史》中大太监李莲英的语调说。把手搂在了秋水花凸起的胸脯上。秋水花一把打掉了他的手，笑着说，带俺去勘察勘察枪击案的现场吧。

他搀扶着秋水花，俩人跳过大路旁的排水渠，跑进了槐树林中……

第七章　螳螂捕秋蝉

悲剧的浓雾开始笼罩

凌晨，知青宿舍中还弥漫着某种说不清道不明的晦暗和朦胧，朦胧中的小书桌上堆着凌乱的大字报，空气充斥着墨汁的浓烈气味，说不清是香还是臭。自从我们三人组合成大批判小组后，这种气味就一直弥漫在我们宿舍，开始还觉得有点不适应，久而久之习惯之后，也就有如久入鲍鱼之肆，不觉其臭，没有了这种香臭未明的气味反而不习惯了。现在我们已很习惯在这种类似浓浓的火药味中起卧仰坐、学习工作了，也就是说习惯成自然了。

当我和顾晓江还沉沉地在睡梦中时，黄卫军就开始小心翼翼、窸窸窣窣地从暖暖的被窝中坐了起来，他仍然沉浸在大战前的兴奋和激动中，他甚至兴奋得感觉不到正向他渐渐逼近的寒气，一股寒流正在暗中向他袭来，他却像是一个沉睡在童话世界里的儿童浑然不知，一厢情愿地做着党支部秋指导员宠儿兼 54 连白马王子的美梦。

人的命运有时和这晚秋的天气那样冷暖不定，令人捉摸不透，无法预测。仿佛是冥冥中上苍安排好的那样“祸兮，福之所倚”，物极必反的原理主导着的噩运即将笼罩我们，尤其是黄卫军。黄卫军命运的演变，其实也就在一夜之间。而这场风暴到来之前一切都是平静的，阳光是那么明媚，秋风是那么温馨，天空是那么碧蓝高爽，秋天的景象是那么的赏心悦目。

黄卫军套上衣裤，匆匆洗漱。然后带着奋战了大半宿的兴奋一一检视着那些飘逸着墨香的大字报时，他心中美滋滋的，那是一批重磅大炸弹，他就是弹药装填手。根据党支部的指示，他开始将自己的炮口瞄准了知青中的对前程失去希望的灰暗情绪，以无比昂扬的斗志，揭批知青中的小资产阶级颓废情调，如《评早谈恋爱晚结婚》《黄书的危害》等等。

前者是针对“花蝴蝶”“老鹅”等男女知青，一到散工就和自己的相好躲进槐树林中卿卿我我搂搂抱抱地谈情说爱去了。这“花蝴蝶”是资本家小老婆生的，天生就带着资产阶级的烙印，这烙印呢就是对兵团的前程失望借肉体的放纵来发泄对现实的不满。她的恋爱对象则是一个长得瘦瘦高高、脖子细细长长、外号叫“老鹅”的知青。黄卫军仿佛细菌化验员那样，用阶级分析的显微镜观察着每个人，从头发丝到每个毛孔，像小猎狗那样用灵魂的鼻孔嗅着每个人的身体而发现阶级斗争的新苗头，然后再扑上去咬一口。他因此而被知青们背后称为“黄疯狗”。他查这“老鹅”的出身也非寻常之辈，父亲是国民党的伪区长，这不“老鹅”和“蝴蝶”是“王八对绿豆——对上眼了”。这就叫“鱼找鱼、虾找虾，乌龟找王八”。听说“老鹅”还私自藏了不少“黄书”，在知青中暗暗传播，如宣扬资产阶级个人奋斗精神的《约翰·克利斯朵夫》《红与黑》等等。这使黄卫军联想到方吟梅带的高尔基写的《童年》《在人间》《我的大学》三部曲，虽然是无产阶级革命作家、大文豪写的。但是，这些资产阶级的小王八羔子从字里行间读出的都是那些晦暗的，对现实不满的字字句句，这些字句都被这些别有用心的人用红笔划上了杠杠，做了记号，可见内心中对无产阶级专政下的社会主义制度是极为不满的，要不怎么将高尔基书中对沙皇俄国的批判，用红笔划下与当今制度相类比呢？其中包藏着极大的祸心呢！

他是极富联想力的，他就这样由表及里、由此及彼地分析批判，他的洞察力顺着阶级斗争的想象力像天马行空那样在渺渺茫茫的空间腾云驾雾，就像吸足了鸦片的瘾君子那样自由舒适地在自己的脑海中进行一次惬意舒心的漫游。当然那是政治的驱动力，使他的想象列车一路长鸣进入广阔的原野一马平川之后，他那疯狂的列车即将驶入隧道而遭遇伏击，将把他和乘着他驾驶列车的我们一起炸个人仰车翻。

那时知青中林林总总的怪现象，都能使黄卫军思潮翻滚，浮想联翩。于是这种被称为革命激情的灵感都化成了千钧笔力，使他夜不能寐地奋笔疾书着那些充满着火药味的大字报。他的这种革命激情也充分影响着我们。我不得不千方百计地为他的大字报专栏配刊头画、写标题美术字。而这该死的农村竟然难以找到一块平坦的墙壁可以充当画板，于是只好在宿舍的桌子上请村中木匠将桌面刨刨光，再铺上白报纸、提笔蘸墨，创作大批判专栏的报头。

黄卫军和顾晓江不得不将铺盖卷卷起来，腾出木板床，在木板上铺纸挥毫走笔如飞般地炮制一张张大字报。我们为了表示不脱离生产抓革命，白天照样去参加劳动。于是搞得我们几乎每天都挑灯夜战，疲惫不堪，这样一来下半夜就睡得特别香。

当黄卫军大蒜头鼻子下面两个粗大如猎狗似的鼻孔嗅着那些散发出墨汁的芳香的气味时，他心中会油然生出阵阵狂喜。他想乘尚未开饭前，就将这些大字报贴在知青点的屋山头上。待一会儿，知青们陆陆续续地前来吃饭就能一睹他的文采，他那心态很有点类似舞台上扮俏的戏子打扮得花枝招展，目的当然是获取观众的喝彩，不过这是政治舞台，内心渴望的是某种政治上的资本。但是其心态与娼优戏子又有什么区别呢？因为在兵团战士，尤其是那几个来自革命干部、革命军人家庭出身的兵团女战士用赞叹的眼光看着他时，他心中就会生出阵阵的喜悦来。他那眼神顾盼生辉，他那心中翻滚着阵阵春潮，有时这春潮其实是政治欲望和性欲望的混合体，来得特别汹涌，特别猛烈。

在连队开展清理阶级队伍的斗争以来，黄卫军一天都未闲着。一边批着“早谈恋爱晚结婚”等奇谈怪论，一边他也不断地壮大自己的队伍，把那些类似的“红五类”子女团结在自己周围，竟然也很有成就。尤其与长得亭亭玉立、玉树临风，扎着两根麻花长辫、清秀脸庞、大大眼睛、白白皮肤的黎星星成为同类盟友。

星星也不知哪根筋搭错，竟也不顾及流言蜚语和黄大痞子打得火热。嗯，星星普通话讲得特溜。果然他和她在槐树林中谈了几次心，在小梁河游了几次泳，经过那些看似充满着阶级感情，不带任何个人欲望色彩的谈话后，星星就为他的革命激情所感动，当即答应当大批判小组的广播员。

每天天尚未亮时，当小半导体收音机中中央人民广播电台《东方红》的音乐声刚刚播完，星星那清丽的嗓音就会在村口响起。那是黎星星带着草帽，手持着洋铁皮土喇叭，用纯正的普通话广播着黄卫军写的文章，这文章气势磅礴，如匕首，如投枪，声声击中阶级敌人的心脏。这时黄卫军心中就会有某种没来由的幸福感，他想这黎星星的嗓音就是好，这普通话赛过中央人民广播电台的播音员呢，比团部那个广播员小崔要好听得多。

这种心中没来由的激动，会使他情不自禁地联想到，他在月光下与黎星星的同河共泳，当黎星星大大方方地脱掉身上的纺绸衬衫和黑绸长裤露出她那曲线分明凸凹有致的少女身体时，他就情不自禁地想扑上去将她拥在怀中，他克制着自己的冲动，使体内这股冲动保持到返回宿舍，在黑夜中他闭着双眼，那想象如潮水般汹涌直到迷迷糊糊进入梦乡，他希望在梦中见到星星。

当他在每天清晨听到黎星星的土广播声音时，他就会联想到团部的广播员小崔。这人他在刘副政委家里见过，皮肤是白，但身形臃肿，要盘子没盘子，要模子没模子。那普通话中夹杂着南京的口音。不知道什么原因，这个南京小市民的女儿竟被刘副政委看中弄到了团部。

不过他以自己当年在南京“拍婆子”时与王小娜鬼混时养成的犀利目光，看出这崔小妮子那大大的眼睛中漂浮出的那泓秋水，不断地悄无声息地与刘副政委那大牛眼中流出的目光勾兑交流着，这不就成了醇香扑鼻的浓酒了，这肯定是老少两人费尽心机共同酿就的女儿红酒。当他终于像是精明的品酒师那样破解了这女儿红是如此酿造的秘密时，他恍然大悟了。原来刘鸣岐这老家伙和崔小妮有一腿呢，他想一定是这样的。

后来他和他们在一个饭桌上吃饭时，发现刘鸣岐不断地像是父亲那样呵护着这长得像是小白猪一样丰腴性感的崔小妮。崔小妮背身去盛饭时，刘鸣岐这老不正经地竟然偷偷用手轻轻地拍了一下她丰腴的臀部。

他暗暗发笑。他释然了，他只是轻轻地在大蒜头鼻子中喷着气，仿佛是对这对狗男女的流氓行径很不屑一顾似的。

这时他的耳际仍然响着黎星星那动人心魂如催魂剂般亮丽，流利如银铃铛那样的嗓音。星星广播完了他写的《评小段包工的实质》，正在广播《婊子论》，这文章来自于一段故事，当“花蝴蝶”华湘君和“老鹅”徐少春在槐树林中拥抱接吻的好事传出来之后。有一次在知青食堂打饭，他迎面撞见了华湘君，华湘君用一方花手帕托着铝合金饭盒盛着的热乎乎的玉米糊，饭盒盖上放着一块大麦饼和几根大头菜。她一边用小嘴吹着玉米糊糊上的热气，一边和身后的徐少春打招呼。那招呼打得真恶心，黄卫军后来学着她的腔调说给我和顾晓江听，“少春，来来帮帮我，这糊糊太烫，帮我拿着，哟，你怎么这么木古（木古是南京土话，意为呆板的意思）呢？”

黄卫军大鼻孔不满地喷着气用宽宽的肩膀有意识地向华湘君耸了一下，嘴里还不干不净地低声骂了句“臭婊子”。华湘君手中的饼子、玉米糊泼洒了一地。但她毫不示弱地用她那双好看的杏仁红眼瞪着黄卫军，回敬了一句“臭流氓”。这时正巧徐少春过来一把揪住黄卫军的副领：“你骂谁婊子呢，你个臭流氓是欠揍呢。”

哟呵，这两个狗崽子还敢回骂，真他娘吃了豹子胆了。政治上风头正健的黄卫军，正想把手中的玉米糊扣在徐少春的头上，但是看看周围，几乎全是愤怒的目光，他的心有点发怵了，口气就软了下来，“我……我谁都没骂，我……我骂的是空气。”他指着蓝蓝的天空说。

眼看着徐少春的拳头就要砸过来，看着比自己高出一脑袋的徐少春，黄卫军有点心虚气短，但是他还是壮着胆子捏紧了拳头准备迎战，这时顾

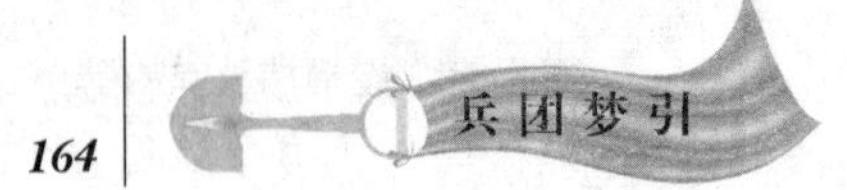

晓江和我过来一人一边拉住了徐少春。这显然是拉了偏架。这时，黄卫军胆又开始壮了起来。正当他要无情反击时，他的后脑勺突然感觉一阵灼热，一股黏糊糊稠嗒嗒的热流从头上落进了他的衣领。原来是华湘君奋起反击将饭盒中剩余的玉米糊糊倒在了他的脑袋上。他正想发作，来收拾这个“狐狸精”时被人拉住了，拉他的人是秋指导员秋水花。

晚上黄卫军就带着一股怒气，他以鲁迅先生“指英雄为英雄，指娼妓为婊子，不叫捧与骂”的著名论断写了一篇小杂文，就是刚才黎星星手持土喇叭广播的那篇《婊子论》。

黄卫军想乘着旭日当升时，把连夜赶制的大字报贴出去，造成更大的冲击力。于是他唤醒了正在沉睡的顾晓江和我。我揉了揉了睡眼，翻了个身继续头朝墙睡了过去。却被黄卫军揪着耳朵从床上了起来。黄卫军嚷嚷道:“雨生、雨生别再睡了，太阳晒屁股了，我刚才去池塘边洗脸，看到秋指导员夹着香烟正向知青点走来。肯定是朝我们屋来的。”

我穿上衣服，套上裤子，穿上袜子，就看秋水花背着双手慢慢踱进屋来，她脸上带着一丝捉摸不透的微笑主动和黄卫军打招呼：“卫军，吃早饭了吗?”

黄卫军仿佛是下属向领导汇报似的说：“还未顾得上吃早饭呢，昨晚忙大批判稿，睡得迟了些，早上也就起晚了。秋指导员，向你汇报一下，昨晚我们仨人，一起忙到后半夜。你瞧，一堆大批判稿已誊抄完毕，马上准备贴出去，请多多批评指导。”

“好哩，好哩，小黄你们很辛苦，革命积极性空前高涨啊，好，好，好！不过呢，今晚连党支部要召开全连大会，就54连清理阶级队伍斗争的深入开展进行再动员。马居正死了之后，运动仿佛停摆了，失去了靶子，没了目标，有人一门心思抓生产，置革命工作于不顾呢。你们要领会连领导的战略意图。这大字报呢，先缓一缓，一定要配合形势，打得稳、准、狠。”说完这些话秋水花甚至还对着我们亲切地微微笑了一下。

有时领导一个微笑的眼神对部下就是一种极大的鼓励，我看黄卫军脸上浮现出得意的微笑，他双腿并拢，嬉笑着将左手举到帽檐上又飞快地向空中飞去。敬了一个国军式的军礼响亮地说："是！指导员。"秋指导脸上毫无表情，手却仿佛很亲切地拍了拍他的肩膀说："你们辛苦了，今天休息一天吧。"她又背着手迈着八字步踱出了我们的房间。

黄卫军仿佛从指导员的话中听了点意思，打着响指，对顾晓江和我说："走，咱们吃早饭去，晚上等着好戏看。"

黄卫军没有看到华湘君和徐少春的好戏，而悲剧却像浓雾那般向他扑来，但他浑然不觉，依然沉浸在大战前的兴奋和激动中，一场针对他的围剿之战正在紧锣密鼓地筹划，等待开场。一张无形的大网正像是温柔的秋雨那样包围着他，温柔后面藏着的是锋利的刀。

揪出"五·一六"分子

傍晚，凉风吹拂着静静的村落，喧闹了一天的白昼终于安静下来。疲惫了一天的贫下中农和兵团战士们终于有了休闲的时间。然而，大王庄工具房门前的钟声又响了起来，这是54连指导员秋水花敲的钟，王富贵连长手持着土喇叭转前转后地动员着去开会。

小新庄则由李学文副连长挨家挨户地吆喝着人去参加这个十分重要的会议。于是人们三三两两地夹带着小板凳，知识青年们则携着小马扎三五成群地向牛棚集中。

惨淡的月亮在云层中穿行，显得忽明忽暗，空气是透明的、温馨的，回黄的树梢缀满枯叶在秋风中摇曳着，林间叽叽喳喳的小麻雀，活泼轻盈地在杨树林中间穿行。

黄卫军带点激动的心情期盼着傍晚的到来，秋指导员特批他和我、顾晓江休息了一天，所以大家的精神头养得十分充足。他头戴马裤呢军帽，穿着褪了色的月白色军便服、藏青色马裤，足蹬乌黑发亮的皮靴。开会前他特地将皮靴打上油，试着走了两步，在坚硬的土地上，皮靴发出“嘎吱嘎吱”的声响，仿佛是动人的音乐那样令他陶醉。

他像指挥员那样一挥手，气壮山河般朗声道：“咱们走。”

于是我和顾晓江追随着他那铮铮作响的皮靴声从知青点走向汽灯贼亮的牛圈。黄卫军此去显得如此气壮如牛，实际却如同将自己牛一样的躯体送进了虎口。老虎正睁着小铃铛般的双眼眈眈注视着徐徐而至的牛，牛全然不知晓老虎的意图。老虎在微笑，这是某种饕餮前的瘆人的微笑。

宽畅的牛圈正中央的大梁上吊着一盏雪亮的汽灯，这汽灯是秋指导员专程从营部倪教导员那儿借来的，将昏暗的牛圈照得亮如白昼。牛圈里的人都已坐定，但大家仍然心怀忐忑地窃窃私语，使这带点牛粪气味，又显得拥挤窒息的空间升腾着某种不安的气息。

手持着土喇叭的王富贵连长高声吆喝着：“请同志们安静。”他那狭长的脸庞上充满着红润的色彩，显然他内心并不平静，大家似乎还未看到王连长那么激奋和富有热情。对于政治他一项是比较淡薄的，但今晚他那洪亮的嗓门和富有激情的手势，却使他显得分外充满着活力。

只有秋水花那平静如秋水般的脸上仍然是那样严肃，那样含威而不露。她静静地坐在全场中央，那个像是主席台的一张方桌旁，跷着二朗腿，发黄的手指不乏优雅地夹着一枝牡丹牌香烟，吞云吐雾中使人们对她那暧昧不清的脸色有点捉摸不定。一些成分不太好的人就担心从她那张开阖的嘴中不知又要点什么人的名字，作为清理阶级队伍的靶子。

我看那吸烟的姿势就联想到《英雄虎胆》中那个女特务阿兰，不过她没有阿兰那么漂亮。女人吸烟本来就少见，少见自然多怪，指导员吸烟就显得不太正派。不过这时，她在我们心目中仍然是正面的形象。因为她在政治上是支持我们的，这是一个政治挂帅的年头，指导员就是连队政治的核心，像是天空中的月亮，我们只是围着月亮的几颗小星星。

黄卫军轻松自如地在左顾右盼。他像是贫下中农那样用白纸卷起了一枝土造烟叼在嘴角，悠悠然然地抽着，让燃烧着的烟雾加入了混浊的牛棚空气中。我默默地观察着徐少春和华湘君的脸色，发现这对狗男女，竟然亲密无间地坐在一起，华湘君还恬不知耻地将她毛茸茸的狗脑袋靠在徐少春宽阔的鹅肩膀上。

我继续用那双探照灯似的眼睛向主席台那张大方桌逡巡过去时，竟破天荒地发现一向神气活现的李学文副连长并未坐在他惯常坐的交椅上，长条板凳上只坐着秋指导、王连长、杨副连长。王会计在埋头记录着什么，于是我转过脑袋向身后扫射过去。我的视线却突然与李学文大睁着的鹰眼相遇，那目光竟像刀锋那样冷飕飕地，我想这家伙一定失势了，是不是秋指导要追查他的生活作风问题了呢？否则为什么他从主席台上滚了下来，混迹在老百姓中间呢？

一瞬间的对视我发现李学文和儿子李金娃坐在一起，口中叼着那杆原来显然是马居正常使的翡翠烟嘴。李学文与我的目光相遇，那眼光中充满着怨愤，不过那怨愤似乎瞬息即逝，当即李学文眼角挤出一缕阴阴的微笑。我断定这微笑是假笑，是无可奈何花落去般的微笑，我笑着移开了自己的目光。这小子因为娶了地主儿子婆娘遭到冷遇了，肯定是秋水花吃醋了，他随时会被撸去副连长职务。否则，他怎么不坐在大方桌前，而和职工、知青们挤在一堆呢？我像是梦游了吧，继续在头脑中盘着自己的推断，我相信自己推断的准确性，于是将自己的想法与坐在他附近的黄卫军和顾晓江交流，我甚至还打趣了黄卫军一番。

我说：“伪军，我看李学文这回副连长的位置恐怕保不住，这缺谁来补呢？一定非你莫属。”

听了这话黄卫军笑着说：“有可能，待大哥我当了连队的司令，弟兄们一人一个师长、旅长地干干。”说完嘻嘻一笑，又偷偷回头瞄了一眼身后的李学文。

李学文迎着他的眼光，安详地也回报了一个微笑。黄卫军和顾晓江都认为我的判断是合理的，否则这头狼怎么可能会给我们发出微笑呢，那一

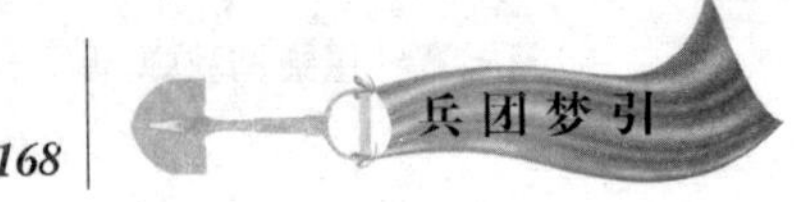

定是遇到老虎了。而我们此刻无疑是老虎的翅膀。

可是后来形势的发展完全出乎我们想象，其实我们哪里是什么老虎的翅膀，充其量仅仅是老虎口中待宰的羊羔，古时候祭天拜神的牺牲贡品而已。而李学文父子才是老虎真正的爪牙。

牛圈开始安静下来，王连长宣布开会，请秋水花指导员传达中央、省和兵团部的文件。

秋水花扔掉了手中吸剩下的烟蒂，威严地站了起来。全场的目光一下集中到她挺立着有如江姐般的身姿上，会场霎时安静了下来，唯闻她头顶上悬挂着的汽灯发出的“吱吱”声。

秋水花不紧不慢地开始了她的演讲：“四海翻滕云水怒，五洲震荡风雷激。阶级斗争的形势一片大好不是小好，毛主席教导我们说：‘要横扫一切牛鬼蛇神，全无敌。’前一阶段我们54连全体指战员在营、团党委的正确领导下，揪出了反动地主分子马居正，马居正畏罪自杀后，有人以为从此天下太平了。其实是树欲静而风不止，就像我们最最亲爱的江青同志指出的那样，还有一部分坏人在背后捣乱，以极左面貌出现，同志们要提高警惕，江青同志讲的一个重要问题是以极右或极左的方式动摇毛主席为首的党中央，把矛头对准军队，对准革命委员会，企图使我们乱套。‘五·一六’就是这样一个反革命组织。要警惕，‘五·一六’的出现不是偶然的，它要从极右的和极左两方面动摇毛主席的司令部。他们人数不多，表面上也是青年人，有些青年我看是上当的，青年人思想不稳定，被利用了。少数是资产阶级反动分子，对我们是有刻骨仇恨的，真正的幕后者是坏人，这个坏人现在还披着革命的外衣，以极左的面目出现，今天揪这个，明天轰那个，他的目的就是搞乱54连，搞乱我们连队一片大好的革命形势和生产形势。”

讲到这儿，秋水花再次停顿下来，清了清嗓子，干咳了两下，喝了口水，因为台下开始窃窃私语起来，尤其是比较敏感的知识青年不由自主地将目光集中到黄卫军、我和顾晓江三人身上，看得我们三人怪不自在的。

黄卫军感觉到了秋水花的矛头所向，感觉到了她言语中的腾腾杀气，但是他还是不敢相信早晨还显得和蔼可亲的秋水花会将他当成“五·一六”分子来揪。

秋水花继续着她的发言：“请同志们安静。我们千万不可被‘五·一六’分子虚伪的假象所迷惑。他们今天打这个明天轰那个，说这个是婊子那个是流氓，他们自己才是真正婊子立牌坊——假正经，是政治上的大流氓。我们有确凿证据证明，有一个走资本主义道路当权派、假党员的儿子，就是一个对党对人民有刻骨仇恨的‘联动’分子，‘联动’懂吗？首都红卫兵联合行动委员会，一帮跟着刘少奇走资本主义道路当权派黑帮分子的子女组成的反动组织。他们冲砸中央文革，和以毛主席为首的党中央为敌。攻击谩骂我们亲爱的江青同志，‘联动’就是‘五·一六’，‘五·一六’就是反革命，现在这个穷凶极恶的联动分子、专搞打砸抢的坏分子竟然混到了我们革命队伍中来了，摇身一变，成了革命左派了。伪装应当剥去，斗争没有穷尽，我们不吃饭，不睡觉，也要把‘五·一六’分子彻底揪出来。我们54连党支部早就开始注意到这个坏人了，没有动他，就是因为还要让他彻底暴露，让他尽情表演，让他坏事做绝、做尽。并不是我们党支部软弱，而是革命的策略问题，也就是毛主席他老人家说的天下大乱，达到天下大治。黄卫军你站起来，让大家看看你的丑恶嘴脸。”

秋水花的话越说越露骨，坐在小马扎上的黄卫军和我开始如坐针毡，但是我和黄卫军怎么也没有想到秋水花能够当众点伪军的名。当时的我如五雷轰顶，头脑中一片空白，会场更是静得只能听到喘息之声，黄卫军和顾晓江也面面相觑，我面如死灰，心如擂鼓，如有地缝，我恨不得一头钻了进去。

王富贵这个被伪军指责为“唯生产力”论在连队的代表，这时怒不可遏地跳了出来。他从坐着的凳子上站起来，厉声说：“黄卫军听到没有，叫你站起来，站起来！”

黄卫军低着头，双手垂地，脸色灰白，充耳不闻地歪着脑袋斜着眼继续着他企图的对抗。但是时间已不容他继续对抗。他那戴着黄呢子军帽的脑袋突然被人从背后重重地敲了一记，这是用铜烟锅敲的，容不得他感觉到疼痛，随即一只铁钳似的大手，从背后把他的脖领揪了起来。

他挣扎着，奋力摆脱着，但是他无论如何也摆脱不了，因为李金娃和另一个身强力壮的基干民兵像是饿虎扑食那样，架起了他的左膀右臂，向会场中心推过去。这时安静的会场突然像是开了锅似的响起了震耳欲聋的口号声："打倒'五·一六'分子黄卫军""黄卫军必须老实交待""黄卫军不投降就叫他灭亡"。

黄卫军就这样被架着双臂，头被按得几乎着了地，揪到了会场中央。他像是一头发了疯的狮子，拼命想昂起头，挺起胸，像电影《烈火中永生》的地下共产党员许云峰那样显得浩然正气的样子。但他完全没有能力像样板戏中的李玉和那样面对鸠山，他只能用穿着皮靴的脚倒勾着对准李学文的裤裆部位狠命蹬过去。

李学文一声惨叫，情不自禁地捂着裆部仰面朝天摔在身后的大方桌上，大方桌上的热水瓶摇晃了一下掉在地下摔成了碎片。会场一时显得十分混乱。

金娃和几个膀大腰圆的基干民兵扑上来把这个负隅顽抗的反革命分子捺倒在地上，脱去了他那双贼亮的皮靴。恼羞成怒的李学文，发疯般地拿着烟杆在黄卫军的头上脸上狂乱地抽打着，黄卫军嘴角渗出了鲜血，而仇恨的目光却毫不示弱地瞪着这个发了疯的男人。

秋水花眼看场面乱得不可收拾，所谓的揭批大会再也开不下去了。她声色俱厉地吩咐把"反革命'五·一六'分子黄卫军押下去"，会场上口号声再次响起。人们自动闪开一条路，让金娃和民兵押着光着脚的黄卫军出了会场，暂时把他关进了工具仓库中，也就是已经废弃不用的老知青食堂中。

丢了面子的李学文仿佛不甘心似的，他穿上黄卫军的大皮靴，追出门去对准黄卫军厚实的屁股猛踹了一脚，黄卫军没有倒下，因为他被民兵们牢牢地拽住了胳膊。痛苦和仇恨的交织，使他的脸部肌肉变得更加狰狞恐怖。他一路"土匪、法西斯"地骂骂咧咧着被带走了。他是在全体知青和贫下中农们仇恨的目光注视下被带走的。因为几个月的大批判生涯，让他风头出足，也使他人心丧尽，大家对他的被隔离审查，丝毫不给予同情，反而大部分人都认为这黄卫军是罪有应得。

喧闹的会场，终于因为黄卫军的被带走而安静了下来。于是继续开会，秋水花指导员继续做动员报告。

她义正词严地宣读了连党支部对黄卫军进行隔离审查的决定，并动员全连干部战士揭露黄卫军反党、反社会主义、反人民的滔天罪行，尤其是那些黄卫军的男女同伙，不要抱有侥幸心理，争取早日竹筒倒豆子，脱裤子割尾巴，痛下决心重新做人，回到人民的怀抱中来。

她在讲到男女同伙时，那略带浮肿的眼皮眨巴着，狠狠剜了一眼满脸通红垂头丧气坐着的黎星星，在“女”字的吐音上特地加重了语气。她用眼角余光冷冰冰地扫过顾晓江和我的脸。她读到了我们脸上的恐怖、害怕和一脸的茫然。最后她请王富贵连长做指示。

王富贵连长手中持着土喇叭，使足了气喊道，我们在揭批黄卫军为首的反革命“五·一六”团伙时，不要忘记他们团伙中还有一位上跳下蹿每天早上张着巴斗大的嘴在那儿信口雌黄胡说八道的女将，反革命宣传的急先锋，希望她能主动坦白交待她和黄卫军的关系，否则无产阶级专政的铁拳绝不是吃素的。他显然指的是黎星星，因为这个姑娘广播了黄卫军写的那篇批判唯生产力的“小段包工”的文章，矛头就是针对他的。

王连长当时就扬言要撕烂这个小臭丫头的嘴，只是被秋指导员给制止了。秋水花只是阴笑着说了这么一句暗藏杀机的话就平息了王连长的怒气。“让他们跳吧，跳吧，跳得越高摔得越惨，天下大乱，才可能达到天下大治，这是毛主席老人家说的，要不然怎能知道谁是谁非，谁好谁坏呢!”回想起秋水花的话，王富贵对秋水花佩服得五体投地，这个女人心计很深呢，其实他哪里知道，黄卫军写的批“小段包工”的文章是她授意写的。

散会后，我和顾晓江都像霜打的茄子那样耷拉着脑袋，沉默不语，我们开始感觉到人们敌视的眼光，当贫下中农和知青们三五成群地离开后，我们俩像是两个孤魂那样，慢慢踏着月色，向小新庄的知青点走去，一路上没有一个人理睬我们。我们看到了形单影只的黎星星，姑娘仿佛刚刚哭过，她显然对这种场面从来没经历过，没有预计到斗争的复杂性和严酷性。

和她形影不离的同室好友方吟梅不见了踪影，显然她被秋指导员留下谈话去了。她感到了彻骨的寒冷。她谁也不理睬，匆匆和我们擦肩而过。我们似乎和她也没什么话说，因为我们也为今晚形势的逆转感到十分突然。昨天神气活现，仿佛是革命左派的黄卫军，也只一瞬间就成了反革命集团的头目了，“五·一六”的骨干分子，我们全部脱不了干系了。现在我们是一根绳上的蚂蚱了，是同病相怜等待被人宰割的羔羊。我是想追过去安慰一下黎星星，但是星星黑着脸，像是躲避麻风病人那样掉头就跑，很快她那单薄的身影就湮没在黑暗中。

三 决心和伪军划清界限

时间已是午夜 23 点，四周空旷冷寂，惨淡的月色笼罩着远方的小新庄，大路上惨白惨白的，将我们的影子拉得很长很长，我想我们这一夜一定是难以成眠的。

这一夜，我脑海中乱糟糟的，像是塞了一团乱麻。当我和顾晓江唉声叹气和衣躺在铺上盯着屋梁发呆时，李学文就带着民兵前来抄家了。

他穿着黄卫军的大黑皮靴，带着金娃和两个民兵，翻箱倒柜的，昏暗的马灯灯光下，他龇着一口瘆人的白牙，脸上尽量装出一副和蔼可亲的样子。他把我和顾晓江带到了屋外。我看到屋外月色正好，月色下男女知青围着我们住的屋，大部分人的脸上是幸灾乐祸的笑容，只有黎星星等少数几个平时与我们关系较好的知青，紧闭着门，他们心灵显然是受到了震动，正在面壁思过。说不准会后一直未露面的秋指导员正在她的屋内和她促膝谈心。

我和顾晓江淡然地跟着李学文走出小屋，在知青们嘲笑的目光下，向屋后的灌溉渠田埂上走去。此刻我们真想有一个地缝一头钻进去。

李学文粗声大气地把围观的知青轰进了屋，只留下了徐少春和华湘君，嘱咐他们帮助民兵们抄检黄卫军的东西时要细心点，不要漏掉了什么重要的罪证，包括书籍什么的。

他和我们坐下来，在月色笼罩的沟渠上，他脚上的将校靴发出刺目的光。他阴沉着脸不说话，只是默默地将烟锅伸进烟袋中，弄着烟丝。然后将翡翠烟嘴送到牙齿边叼上，不慌不忙地点上了火，鼓起腮帮子，猛吸着烟。于是他那燃着星星点点火光的烟锅像是磷火那样闪闪烁烁地随着他的呼吸有节奏地明灭着。

午夜的风吹在我和顾晓江身上，令人感到了丝丝凉意，偏偏不争气的我上牙咬着下牙，就打起哆嗦来，我感觉到顾晓江的身体也在颤抖着。

李学文沉默着吸着烟，只有那双紧藏在眉毛下面的两道阴鸷的目光不时打量着瑟瑟发抖的我们。我们不时用眼角的余光和黑暗中发出贼光的那双鹰眼相遇、碰撞后，又迅速地回避。

李学文过足了烟瘾，将烟锅在贼亮的大皮靴底上狠狠地敲了两下，将烟锅中的残渣敲出，接着开始了他的谈心活动。

“今晚上的阶级斗争动员大会，你们有什么感想?”

“我们感到很突然。”我实话实说。

“顾晓江，你呢?”

“我没有想到会这样。”顾晓江嗫嚅着说。

“刚才秋指导员找方吟梅谈了话了，她也说的和你们一样，但是经过秋指导员耐心细致地做思想政治工作，她已觉悟了，她表示要帮助黎星星转变立场和黄卫军划清界限，求得组织上宽恕呢。秋指导员明确说，对她，包括对你们俩在与对黄卫军的态度上都是有区别的，只要你们和小黄划清界限，揭发他的一言一行，也就是反党反社会主义的言论和行为，组织上是能够从宽处理的，我们党的一贯政策是坦白从宽，抗拒从严，首恶必办，胁从不问。当然组织上并不指望你们一夜之间就由鬼变成人。我们给你们机会，让你们思考，让你们从魔鬼的阴影中摆脱出来，成为真正的人，和俺们贫下中农站在一起。尤其是你们和黄卫军都是走资派、叛徒、汉奸的儿子，父亲的问题还在审查中，本身对文化大革命就是有抵触情绪的，贫下中农们是按毛主席他老人家的教导，对待你们这些人是有成分论，不唯成分论，重在政治表现的。只有穷凶极恶的'五·一六'分子黄卫军这样的人才是'唯成分论'、反动血统论的坚持者。他口口声声自己是'红五类''革命军人'子弟，实践证明他的父亲不是好人，据我们调查他父亲最近已被南京警备区逮捕关押。你们和黄卫军要划清界限，今天他的下场你们已经看见，现在他正在接受审查，他还是那么疯狂，竟然还行凶打人，等问题审查清楚，他很可能被送上兵团军事法庭审判的，要知道我们是列入解放军序列的建设兵团，他投毒、放枪、偷西瓜、偷鸡、攻击和咒骂中央文革领导。他的反革命言行你们都是清楚的，组织上也是清楚的，现在就看你们的态度了，是跟着黄卫军这个反革命分子，为'五·一六'分子殉葬呢，还是反戈一击和广大贫下中农站在一起，洗心革面，改过自新。"

李学文这席话听得我俩心惊肉跳，顾晓江立即反应过来，他表态说："我坚决响应党支部的号召，坚决和反革命流氓分子黄卫军划清界限，我坚决检举揭发他的滔天罪行。"

"小顾你的态度很好，很积极，我会和组织上反映的。路雨生，你呢？"李学文那鹰鹫似的眼睛紧紧盯着我。

我可怜地抬起了脑袋："黄卫军这个人确有缺点，也有问题，我一定配合组织把他的问题说清楚，我现在头脑乱极了，我要想想，想想……。"我几乎是带着哭腔说这些话。

"路雨生，我要告诉你，黄卫军不是什么缺点错误的问题，而是罪行，反党反社会主义的滔天罪行。不是人民内部矛盾，而是敌我矛盾，是怀着对无产阶级文化大革命的刻骨仇恨，破坏毛主席伟大战略部署罪行累累的

‘五·一六’反革命分子。路雨生，你要考虑你的立场问题，要坚定立场不要到现在还执迷不悟，在错误的道路上越滑越远，到时谁都救不了你。”

我干脆就像孩子那样“呜呜……呜……”地坐在沟沿上哭了起来。这时抄家的民兵向李学文汇报，他们抄走了黄卫军的笔记本，半导体收音机、大字报的底稿、往来的信件。虎子身上还斜背了一枝德国造的小口径气枪。

李学文接过气枪掂了掂“嘿嘿”地冷笑着说：“好呀，这个反革命分子，还私藏着武器。”

李学文对我们说：“你们好好考虑考虑吧，现在回头还来得及，明天必须把检举揭发材料交到连部来，不要藏藏掩掩的，要竹筒倒豆子。”说完，他带着民兵和抄来的罪证材料扬长而去了。

“雨生，别哭了，走吧，走吧，完了，完了，彻底地完了。”顾晓江说完，自己也号啕大哭起来，我们相拥而哭，哭完了，我们相约要和黄卫军划清界限。

这一夜，我失眠了，脑海中转动着搜索着黄卫军的“反革命罪行”。过去那段尘封的记忆，在大脑机器的缜密转动中逐步浮现了出来。慢慢回忆起那充满着某种冒险刺激扒火车去北京告状的经历。这段历程在过去，可以绘声绘色地在小伙伴中吹嘘。而今晚的回忆却着实使我感到不寒而栗。

四　伪军对领袖的不敬之词

轰轰烈烈的“文化大革命”进入了第二个年头，当年在省委江书记，市委刘书记亲自关怀下组建起来的毛泽东主义红卫兵在“破四旧，立四新”运动中一度风光后和“工人赤卫队”一起被新崛起的造反派宣布为“保皇派”，被勒令解散了。

我和顾晓江开始逍遥起来，顾晓江在家养鸽子、画画、练字，继续当逍遥派。我则被中学时期几个爱画画的哥们拖到“中学红画笔”（注：此为中学生美术爱好者的群众组织）去画画了，混迹于中学时代的画友之中，在那儿游戏笔墨，一时也自得其乐。只有黄卫军不知整天在瞎忙些什么，见到他时，他仍是一身黄军装，一部半新的永久牌自行车，在眉山路上推上滑下地吹着口哨神出鬼没，像是从事什么地下工作似的，他自称和“主义兵”的一帮铁杆哥们还在与那些造反派坚持着地下斗争，有时书包架的后座上还驮着王小娜，他嬉笑地称小娜为“娜娜”。

那天我和顾晓江约好去美术馆拜访一位画家，顺便帮晓江去中学红画笔报个名。我们两人走在眉山路口就看见黄卫军穿一身呢子军装骑着自行车也不打刹，飞一样从坡上向坡下滑下来，口中还吹着《鬼见愁》的口哨。

组织被打散了，伪军还是那么神气。看到我们俩，他飞身下车，打招呼：“腿子、肥子，干啥去呢？”

“到美术馆去看看，晓江要参加‘中学红画笔’呢，我帮他介绍介绍。”

“我和你们一块去，来，上车我带你们去，走小路，穿过丹凤街到珠江路，再过鱼市街就到长江路，左拐不就是美术馆吗？那一路没警察呢。”

我体重轻，坐在永久车的前杠上。顾晓江身体重，等黄卫军骑上车后，飞身跳上他的书包架。我们就这么一路嘻嘻哈哈地抄小路来到了美术馆。

省美术馆原来是民国政府的国立美术馆，四层楼的花岗岩建筑里正在筹备一个什么“无产阶级文化大革命胜利万岁”的美术展览，那是为了迎接即将到来的国庆节而准备的。中学红画笔招兵买马的地点就在二楼展厅旁边的办公室里。

办公室里两个比我们年龄稍大点的女生接待了我们，她们两人原来也是四女中主义兵的，交谈得知也是老干部的孩子。两位大姐一听我们要来报名参加“中学红画笔”，看了我们的习作立即表示欢迎，发了两张表格给我们填。手续办得格外顺利。

在我们填表那当儿，黄卫军就消失了。

展览大厅的地上，凌乱地堆着不少画作，有的已被挂上了墙，有的被几个画家围着在评评点点。我和顾晓江仔细欣赏着地上和墙上的画，都是以“文化大革命”为题材的作品。宣传画、国画、版画，反正那些反映封建遗老遗少闲情逸致的山水画、花鸟画、仕女画已在这个充满着革命火药味的展览馆消失了，取而代之的是工农兵与伟大领袖的人物形象，少量的山水画也是反映领袖诗词意境的作品，什么井冈山、娄山关、战地黄花、梅花松树等等。我和顾晓江一张一张浏览着，不时还附庸风雅故作内行般地评评点点着。突然黄卫军慌慌张张地跑来，挽着我们的胳膊，要悄悄离开展览馆，看他那鬼鬼祟祟的样子像是一个做了亏心事的小偷。

我惊讶地问：“伪军干啥呢，这么慌张。”

他屏住气说：“腿子，什么也别问，咱们回家再说。”

顾晓江说：“我们没看完呢，只看了一小部分，要走你先走。”

黄卫军说：“别管他，咱们先走，回去你就知道了，我弄到一张好东西。”他显得既紧张又有点兴奋。

我一时被他的神态弄得不知所措，任由他拉着跑，我们像是贼那样匆匆忙忙离开了展览馆。

回到家，我随着伪军一头钻进了他爹黄惟俭的书房，关上房门，他小心翼翼地从黄呢子大衣中掏出了一幅画。那是一张画工极细的工笔年画。是毛主席接见红卫兵的场景，画面是穿军装的毛泽东、林彪、周恩来在金水桥上席地而坐，周围簇拥着一群手举语录，高呼万岁的红卫兵小将。那画是托裱好的，背面有铅笔署名是著名的军旅画家文元的作品。

我只是惊奇地睁大了眼睛说：“伪军，你小子好大胆，敢情你跑到美术馆偷画来着。”

他像老大哥那样拍了拍我的肩膀说："雨生兄弟，话不能说得这么难听，我是顺来的，顺带不为偷嘛，书画同源都是文化，这幅画反映的是毛主席他老人家接见我们老红卫兵的情形，我来收藏是最合适不过的。你看这画画得多好，毛老爷子头上的每根头发丝都画得一清二楚呢。这使我想起了当年，毛主席他老人家给清华附中红卫兵的那封信。可我们现在给那帮乌龟王八蛋的造反派弄惨了，我们何不上北京告状去，凭什么说我们是'保皇派'，我们才是毛主席他老人家的红卫兵呢。"说完他竟然两眼有点湿润了，像是欲哭无泪的样子。

"好呀，原来这幅画是你们两人偷的，美术馆里乱成一锅粥呢，公检法军管会的人都来了，公安局也已立案了，原来小偷在这儿呢！"

闻声伪军浑身一抖，赶紧想把画卷起来。我回头一看，是肥子顾晓江推门而入。

我说："你捣什么乱呢，吓人一跳。"

"腿子、伪军，我说的可是真话，公安正在立案侦查说是有人竟敢在光天化日之下，明目张胆窃取伟大领袖毛主席的光辉形象，那是公然破坏无产阶级文化大革命的行为呢！"

黄卫军紧张地卷起了画："肥子你别瞎说，这是我在地上捡的，你敢去举报，我就说是你带我去偷的，反正我不懂画，你们两人说是要去参加什么'中学红画笔'，我才跟着你们去的，你们是同谋。只要你们不说，他们是查不着的。"

听了黄卫军这席话，我们面面相觑："那怎么办？"

"我们走，上北京告御状去，告个狗日的造反派，对我们毛泽东主义红卫兵的迫害。"

"可现在大串联已结束了，坐火车要花钱的，哪来的钱上北京呀？"

"扒火车去。"

"可怎么和老爷子说呢？你们俩人老爷子都被隔离了，我老爷子可天天回家呢。"我说。

"最近润州不是死了一个造反派吗？这家伙是救火时被烧死的，追认革命烈士了，搞了一个事迹展览，你就说学校组织上润州参观这个人的事迹展览，问你老子要点钱，咱们过江去浦口火车站扒火车去。”黄卫军出主意说。

我想，成呢，趁机再到北京去转转，自去年 9 月份去了一趟北京，这又有近一年了，首都北京太有吸引力了，况且是扒火车上京告状，既吸引人又蛮刺激的，脑中陡然升出一股想冒冒险的勇气来。

我回家见到了已从科长岗位上被撵下来的老爷子，老爷子已成了器材仓库的保管员兼着搬运工，一边劳动一边接受造反派的审查。我说：“工宣队组织我们去润州，看那个烈士的展览。”

老爷子喝着稀饭说：“什么时间？”

我说：“明天早晨。”

“去多久？”

“一天。”

“要钱是吗？”

“是的。”

“要多少？”

“十元。”

“去一天五元足够了，再给你一斤粮票。”

我藏起了老爷子给的五元钱人民币和一斤全国粮票。晚饭后乘着老爹不注意就溜出了家门。

1967 年 9 月，那个星月黯淡的秋夜。我和黄卫军、顾晓江三个踏上了北去的旅途。回想一年前的今天，我们感慨无比，毛泽东主席在 8 月 18 日接见了红卫兵，对红卫兵大表赞赏，红卫兵们正处于巅峰和半癫狂状态呢，正是伪军等人大出风头的年头。抄家、打人、骂人司空见惯，大言不惭地高呼“红色恐怖万岁”的口号。如今不要说万岁，仅仅一年后已完全今非昔比。

回想当年，我们几个打着红卫兵的战旗，唱着红卫兵战歌，雄赳赳气昂昂地搭上了北去的列车，虽然车厢内拥挤不堪，但大家激情飞扬，一路高歌进了北京，而一批所谓的富反坏右的家属正被赶出北京。记得我们那时就住在东四南大街的灯市口小学，校园中有一棵生长茂盛的大枣树，我们睡着地铺吃着火烧，喝着酸辣汤，很是艰苦朴素，还没敢去游山逛水。

9月15日的凌晨2时，天还蒙蒙亮就被喊起集合在大枣树下去了长安街，随着潮水似的人流向天安门涌动，怀着无比激动和兴奋的心情一遍一遍地高呼着“毛主席万岁”“毛主席万万岁”的口号，焦急地等待着毛主席的接见。

等到东方发白，才听到那激动人心的《大海航行靠舵手》的旋律，于是此起彼伏的口号声重又响起。不一会儿大喇叭中响起林彪元帅那声嘶力竭，拖腔拖调的声音，这湖北黄冈的乡音至今我还能模仿得唯妙唯肖：

同学们、同志们、红卫兵小将们：你们好……。你们不远万里来到了伟大的祖国首都北京，来到毛主席身边，你们辛苦了……。我代表毛主席、党中央向你们问好……

循着林彪元帅的声音，队伍像潮水样向前涌动，我们心在跳跃着，喊哑了嗓子，望穿了双眼，寻找毛主席他老人家的高大身影，却什么也没看见。在经过天安门城楼时，还挤掉了我一根苏制牛皮军腰带。只看见天安门城楼上一个个模模糊糊的影子，根本就不知道谁是毛主席，谁是后来被打倒的刘主席。反正我连毛主席的影子都没见到，不知其他人有没有看见。

只有黄卫军绘声绘色地一口咬定他看见了毛老人家，毛主席一身戎装，戴着黑字红卫兵袖章，向我们频频招手，连他老人家下巴上的那颗黑痣都看得一清二楚呢。

回到南京，大家也只好异口同声地说见到了他老人家，他老人家正站在天安门城楼上向我们招手呢。我们的首次进北京，就这样带着遗憾结束。但是京城的气派、长安街的宽阔、北海的美丽给我们留下深刻而美好的印象。

第二次去北京却是有点悲壮的。我欺骗老爸说是去润州，骗得五元钱零用钱。我们像老鼠那样，用五分钱坐 1 路公共汽车去了中山码头，又花了一角钱坐轮渡去了浦口火车站，沿车站围墙走到尽头，摸进了火车站又寻找北去的货车。

瞄准了去北京方向的一列装木材的车，这车是往德州方向去的。我们像是猫一样悄悄地爬上了车厢。半夜时分，货车长啸一声启笛远行了。

秋风扑面而来，我们猫在车厢里，仰望着满天不甚明亮的星月。黄卫军不禁悲从中来，突然潸然泪下。我想他一定回想起自己像是丧家之犬那样被造反派赶来赶去，他的父亲被端着枪的警备区战士押走。于是仰望着满天闪烁的星星，唱起了大型舞蹈史诗《东方红》中的《红军战士想念毛泽东》，只不过他把歌词改成了“红卫兵战士想念毛主席”，这一唱，就搞得有点苦大仇深的样子。

兔死狐悲，顾晓江也想起自己被隔离审查的父亲，我父亲虽然没被隔离审查，却也因为历史上的被捕问题，正被怀疑成叛徒。于是大放悲声，悲悲泣泣地高歌着这首仿佛是第五次反围剿失败后被迫远走二万五千里的红军老前辈。不知道什么时候唱够了，唱累了，我们相依而眠进入梦乡……

火车继续有节奏地轰鸣着向北京飞奔。直到次日凌晨太阳出来了，列车车轮才停止了滚动，四周才显得温暖而又安静。我们感觉到耳畔的铿锵声消失了，仿佛催眠曲那般的曲调也终止了。我们醒了过来，我们满脸全是黑乎乎的，于是大家相视而笑，原来是火车向前飞驰时不时飘出的浓烟，浓烟中降下一片片的煤屑雨，把我们的嘴脸都熏黑了。

我们跳下车厢找到自来水龙头，双手掬着水将脸洗干净，从挎包中掏出饼干、面包开始分享着早餐，勉强充饥。安抚了一下饥肠辘辘的肚皮后，我们又到处打听去北京的列车。一个好心的铁路工人告诉我们，前面有一列车是去丰台的，你们到丰台下车，离北京就不远了。再去车站买一张去北京的客车票就可以堂堂正正地进北京去。

我们从火车肚子底下钻过几条轨道。在钻火车肚时，顾晓江那庞大的身躯虽然佝偻着，仍显得十分壮硕，稍不留神，头被火车下的某个零件擦

碰了一下，竟撞出了血来，他“啊哟”一声，捂着脑袋钻出了火车肚子，鲜血沿着指缝慢慢流下来。

黄卫军赶紧拿出随身携带的红药水为他涂抹，用纱布为他包扎，一番手忙脚乱的抢救措施后，顾晓江像是裹着纱布的伤病员。我们继续小心翼翼地寻找去北京的货车，几番打听寻找后，才找到了那辆去丰台的货车，那车装的是煤，不管三七二十一先爬上去再说。

下午两点左右，煤车载着我们再次呼啸着向前。中午时分，火车再次停了下来，丰台车站到了。我们洗了脸，拍了拍身上的尘土，去了一家小面馆，一人花了一角三分钱买了一碗阳春面，总算填饱了肚子，又去售票窗前买了三张去北京的硬座车票，风风光光地坐车进入首都。

五 和联动分子挂上了钩

当列车缓缓驶进北京站的时候，首都北京已是夕阳西下了。我们三人穿着旧军装，背着军挎包，走出了车厢，随着人流涌向出口处。阔别一年多的首都，依然有着某种陌生的亲切感。那里的政治气氛仍然显得有点热辣辣的。

我和顾晓江穿着褪了色的旧军装，唯有黄卫军头上戴着东方呢军帽，身着褐色柞蚕丝将校夏服，很气派的样子，因那军装色深，脏一点也看不出来。我的那身军装是我反复求助老爹，老爹从他的部队战友那儿要来的，被我穿得已经发白了。估计顾晓江那身也好不到哪儿去。与黄卫军相比我们的军装皱巴巴、脏兮兮地套在身上，就像是电影《南征北战》中的国军残兵败将，加上顾晓江额头上涂抹着红药水，又包上了一层纱布，更像是一个伤病员了。一路风尘，浑身先是染上了一层火车喷出的烟雾，后是在煤车上滚出了一身煤黑，衣衫褴褛，走在首都的大街上着实自己都感觉非常狼狈。

我们走出北京站，踏着夕阳沿着长安街（当时已改名东方红大街）向天安门方向走去，虽是仲秋季节，但首都的气候仍然蕴藏着某种狂热，躁动着夏天的气氛。

大街上不时有解放牌或跃进牌卡车装着一车一车穿着军装、打着红旗的造反派，有的喊着口号，有的唱着战歌，有的还敲着锣打着鼓，倒像是锣鼓伴奏下盛装出演的一帮演员在街头演出闹剧。隐隐约约地听出有首都红卫兵一司、二司、三司的又分成什么“四 · 三”派，“四·四”派，两派吵吵嚷嚷，互相指责。

有一辆跃进牌卡车在飞驶过东方红大街时，突然翻车起火，一车的造反派被抛出车外，摔得龇牙咧嘴、哼哼唧唧的。驾驶员被消防队员拖出驾驶室时，浑身上下烧得一丝不挂，像是木炭那样焦黑，只剩下一根孤零零的皮带捆在腰间。

事故现场引得许多人观看，一群骑着永久、凤凰牌自行车穿着军装，有的戴着军帽，有的人光着剃得铁青脑壳的飞车党，呼啸着围上来。他们人人臂上戴着尺把长的黑字“红卫兵”袖章，那袖章是红色丝绒的质地，显得非常与众不同。飞车党们聚拢过来。他们嬉笑着明显是围上来看笑话的，围着那些摔得鼻青脸肿的男女造反派战士，拍着手，笑得腰都直不起来，嘴巴里还念念有词地说：“纸船明烛照天烧，活该，活该。”

“你们也有今天，你看闹得太欢了，摔大跤了吧，翻车了吧，没摔死你们这些狗日的……”

“哎，哥们快看那驾驶员，烧得只剩腰带了。”一个穿呢子军服的光头指着冒青烟的驾驶员尸体说。

我们顺着那光头指的方向看去，人已烧得发黑了，像是墓中出土的木乃伊呢。

黄卫军像是遇到了知音似的与这帮“飞车党”搭讪起来。

“哥们是老红卫兵?”

“是呀。”

“是联动?”

“是呀!”

“哎呀，总算遇见你们了。”说着伪军就想伸出双手去紧握北京哥们的手。

“你是干吗的?”那哥却斜眼看着他，脸上露出不屑的神色。

“我们是南京老红卫兵呀，是‘主义兵’又叫黑字兵，毛主席8·18第一次接见时红卫兵给戴的就是黑字‘红卫兵’袖章，都是革军、革干‘红五类’子弟。”伪军热情地说。

“你们到北京来干吗呀?”光头仍是一脸冷漠。

“来告状呀，哥们被造反派冲散了，压垮了，哥们不服呢!”

“哎，别提了，都是‘中央文革’这帮王八羔子干的。”

“你爹是干嘛的?”

“过去是革命军人，现在是革命干部，是三野的，你呢?”

“哎，也是三野的，现在在总参作战训练部，是作训部大院的。”

“原来是南京来的哥们，那都是自己弟兄啦，还都是三野的，新四军的。”

“我爹他是新四军一师的，后来三野五纵的。”

“我爹是三野六纵的，你爹叫什么名字?”

“黄惟俭。”

“噢，听我爹说过，他们是五五年第一批授的上校衔呢，他们是南京军事学院团级以上干部进修班的同学。”

“你是?”

“我是肖可，肖大铭的大儿子呀!”

“你是肖叔叔家的老大，小可。”

“你是黄叔叔家的老大，卫军。”

黄卫军和那个叫肖可的“联动”分子抱成一团，相互打量着喜笑颜开。

“既然是老爹老战友的儿子，就和哥们一块走，咱们去老莫（注：北京展览馆的莫斯科餐厅，当年北京军干子弟的聚会之处。）撮一顿怎样？”肖可开始和其他联动分子咬了一会儿耳朵。

黄卫军看着我们：“还有两个兄弟一块来的。”

肖可看看我们那残兵败将的模样，我们在他脸上读出的是冷淡的不屑，自惭地低下了头。

黄卫军对我们说：“腿子，肥子，我遇到我爹老战友的儿子小可啦，你们在天安门城门洞子里等我一会儿，我和小可先走了。”

我说：“你晚上回来不？咱们住哪儿？”

“你们俩先在天安门等我，我一准回来带哥们找一个好地方歇一歇。明天咱们去中央文革接待站告状去。”

黄卫军扔下了我们，飞身跳上了联动分子肖可的自行车书包架，那个姓肖的光头使劲蹬着自行车随着那队联动分子飞快消失在霭霭暮色之中。

我和顾晓江像是被人抛弃的流浪儿那样在昏黄的路灯下踌躇徘徊却不知道要到哪儿去，顿时生出某种凄凉陌生沦落异乡的感觉。这时肚子已饿得咕咕叫，先解决吃饭问题吧。我们找了一个小饭店一人吃了一碗炸酱面算是对付过了肚子。

“没办法咱们只有去天安门，等黄卫军吧。”顾晓江说。

“他会不会不回来了？”我担心地问。

“大概不会吧，伪军还不是那种背信弃义的人，他只是觉得我们和他不是一个层次的人。”顾晓江安慰我说。

吃饱了，喝足了，我和顾晓江去了天安门，天安门城楼的门洞里铺着青石板的地上躺着不少外地来的红卫兵，我们也找了两张牛皮纸和衣躺了下来。不一会就沉沉睡去，天也完全黑了下来。过了不知多久，有人轻轻地推着我的身子叫：“腿子，肥子，起来，起来。”

我睁开眼睛一看，是满面红光、满嘴酒气的黄卫军回来了。他像是找到了组织的地下党那样兴奋地说："你们猜，我今天到哪儿去了？"

"我们哪知道你到哪儿去了，瞧你吃得醉醺醺的样子猫尿灌了不少吧?"顾晓江说。

"我和联动的哥们去了老莫，小可他们请我吃了西餐。"黄卫军一脸幸福，得意之情溢于言表。

"什么老莫、小莫的，我们听不懂。"我说道。

"外了吧，那是北京有名的莫斯科餐厅，现在改名展览馆餐厅了。北京十大建筑知道吗?"黄卫军继续眉飞色舞地说。

"不知道。"

"北京展览馆，就是建得像苏联莫斯科克里姆林宫的那座建筑，尖顶上有红五星的那幢白色大理石大厦，那就是北京展览馆。"

"照片上见过。"

"你猜我们今天吃了什么？猪排、牛排、油焖鸡、杂拌、鱼子酱、红茶汤，哎呀，歹着哪，北京城还有那么洋派地方去吃喝。"黄卫军如数家珍般报了一长串我和顾晓江从未听过的食谱，听得我们口水都要流了出来。

说着说着，黄卫军像是变戏法似的从军用挎包中竟摸出了一套银制的刀叉，在我们眼前晃动着，像是一道黑暗中炫目的流星滑过眼前。

"你偷的?"我吃惊地问。

"联动的哥们顺来送我的，你摸摸沉甸甸的呢，比不锈钢的强多了。"黄卫军得意地炫耀着。

"咱们今晚住哪儿？不能就住在天安门城洞里吧?"顾晓江有点不满地反问。

"哥们，马上就带你去呀，咱们到纺织工业部招待所去住呀!"他报了一地名。我们把地上的牛皮纸卷巴卷巴随着黄卫军向金水桥走去。果然黄卫军一声口哨，暗中又窜出三个剃着光头推着自行车的汉子，我们跳上他们的自行车后架，去了纺织工业部的招待所。

当晚我们在那个隐藏在纺织工业部大楼后面的小四合院里的大客房的地铺上，找到了自己落脚的地方。几天来第一次洗了一个热水澡，美美的睡上一觉。

晨曦穿透窗棂的玻璃，照在我的脸上。我醒了，浑身感觉到了轻松。四周仍然沉浸在朦朦胧胧的浑浊中，整个20多平方米的堂屋地铺上躺着十多位进京串联或者上访的红卫兵和造反派战士，他们大多数还在睡梦中。

我感觉室内混杂着怪怪的气味，也许太累，嗅觉麻木了，这些气味昨天愣是没感觉出来。待睡了一觉后，身上的各种功能都变得敏锐头脑也清醒起来，才感觉到人仿佛被这种气体所包围。像是身下压着的稻草味加上汗酸和臭脚丫味混合在一起，交融着十几条汉子一夜呼吸喷吐出的气息，组合成了一个流浪男人的浑浊世界。鼻黏膜怪不舒服的。耳畔是此起彼伏的鼾声，这个大房间就像是一个封闭的牢房。

我打开了窗户，一股秋天的清新气息传来，我伸了一个舒服的懒腰，做了一个深深的呼吸，鼻腔中的异味才被清新的空气所驱赶替代，浑身感觉舒服多了。

黄卫军还在熟睡中，嘴角甚至还流淌着涎水，是否在睡梦中还继续享用着苏式大餐，我不得而知。他的嘴角蠕动了一下，不知嘟囔着什么话，翻了一个身，复又沉沉睡去。

顾晓江头上缠着绷带，四仰八叉，仅在小肚子上搭上一角薄被，支棱着的肥腿伸在被子外面，双手抚在凸起的肚腹上，胸膛起伏着鼾声如雷，仿佛是鼾声合唱中的花腔男高音。

我悄悄地穿上外衣，套上解放鞋，蹑手蹑脚地抓上我的军用挎包，打开门，走到院中。院子里很安静，也很凉爽，干干净净的，给人一种沁人肺腑的舒适感。

我来到老槐树下的盥洗池边，打开自来水龙头，用手掬着一捧清幽幽、凉飕飕的水扑打着我懵懵懂懂的脑袋。脑子顿时感到清醒了许多，眼睛也明亮了许多。

西边的厢房门开了，我看到门房的大爷一手提着一个包袱，一手提着网兜，网兜里装着脸盆、茶杯、水瓶等日常生活用品，从那仿佛是黑牢似的房间中走出。在晨曦初露的院中他将包袱打开，里面有几件女式的换洗衣服，一套红彤彤的《毛泽东选集》和毛主席纪念章、语录和一带相框的照片等零碎用品。

我和他打招呼，他冲我和蔼地点点头，仍自顾自地嘟囔着："作孽啊！多好的人，就这么走了。"

老人将这些物品放在地上，复又转身回到黑暗的小屋内收拾整理。屋内光线昏暗，电线被剪了，并有一股潮气、霉味扑鼻而来。四周门窗全用大字报糊住，大字报的人名还打着红叉叉，隐约可见"反党反社会主义反毛泽东思想""张国焘分裂党、分裂中央的黑干将"等等吓人的字眼分外醒目。显然这是一个关押人的地方。

大爷从里屋出来锁上门。我好奇地问他："这里关的是什么人？"

他说："是我们部里的张副部长，好人哪！"说完，大爷随手拿起了地上的相框给我看，我打量着相框里的照片，齐耳短发，清癯的脸上浮现出和蔼的笑容，简朴的列宁装。这位副部长我仿佛在哪里见过。

我仔细在记忆深处搜寻着，我终于想起来了。在黎星星家的客厅墙壁上，在一堆将校中间，她是唯一的女性，没挂军衔，却被黎伯伯尊称为红军第四方面军的高级将领，她是四方面军政治部副主任兼组织部长张琴秋。还有一位不挂军衔的就是第四方面军政委、当年西路军的总前委书记陈昌浩。听黎伯伯讲他们当时是夫妻，她是带着身孕突破马家军重围的，后来又被俘，在敌人面前始终坚贞不屈，被押解到南京，关押在国民党陆军监狱，直到国共合作，才随一批政治犯被释放。

门房大爷告诉我，她死了，死于非命，她是被逼自杀的。随后，老人自言自语说："鬼知道是自杀，还是被造反派推下楼摔死的。那么严密的看押监视着，能自杀成吗？说是跳楼时，她的周围有四条壮汉手持水火棍冷眼虎视眈眈的呢。我看十有八九是被他们折磨致死后又伪造了跳楼自杀现场，我看她的遗体伤痕累累，惨不忍睹。反正现在是一笔糊涂账，算也算不清楚。"

大爷摇了摇头长叹一声道："这世道容不得好人哪，张部长是好人啊！平时那么平易近人的……"

老人默默将遗物捆扎在薄被中，背在肩上，提着网兜走了。望着他佝偻的背影，我的眼眶不禁有些湿润。

冲击“中央文革”接待站

在招待所周围的小店吃过简单的早点，在黄卫军的“联动”哥们肖可的带领下，我们就跟着伪军去了劳动人民文化宫的“中央文革”接待站。

这里原来是明清两代皇帝老儿祭祀祖宗的太庙，现在已成了北京劳动人民文化宫。不过自“文化大革命”以来这里已失去了往日的宁静肃穆，红色高墙内琉璃瓦重檐大屋顶享殿三层台阶下挤满了熙熙攘攘的人流，虽然红色高墙上张贴了党中央关于停止革命大串联的通告，但是找各种借口到北京来的人群仍然络绎不绝，有告状的，有以告状为名借机到京观光旅游的……。中央文革小组在这儿设立了接待站，专门接待上京来访的各路人马。

人们鱼贯进入那幢类似帝王宫殿的大屋顶建筑。排到我们已将近中午了，我们饿得饥肠辘辘，眼冒金星头发昏，眼看快要轮到我们进入那幢大屋顶大厦的大殿内了，但见那用三合板围得严严实实的西厢房的窗口一个年轻的女军人露出半个脑袋来，脸上毫无表情地说：“工作人员要吃午饭了，下午一点半再来吧。”说完“咣啷”一声关上了那扇小窗。

气得脸色发紫的黄卫军一拳砸了上去，把那堵着小窗的木板打掉了，他嘴里还骂骂咧咧地说：“什么玩意儿，就这态度对待上访的革命群众和红卫兵小将吗?”

那女军人探出脑袋说："你什么人，敢在中央文革接待站撒野?"

"老子我是你红爷爷。"黄卫军毫不在乎地嚷道。

肖可和几个联动分子鼓动着："好，骂得好，骂这些婊子养的。"

顾晓江这时有点害怕了，他拉了拉黄卫军的衣角说："伪军，算了算了，咱们先吃饭，吃饱了下午再来。"

我拉着黄卫军的膀子说："走吧走吧，先吃饭要紧，哥们肚子闹革命了呢。"

肖可和那几个光头联动分子一声呼哨，就匆匆消失在来来往往的人流中，顷刻没了踪影。

伪军恐怕也知是闯了祸，他也就就坡下驴似的说："你红爷爷今天饿了，否则非把这中央文革的接待站给砸了再说。"他仿佛愤愤不平地说完却猛然转过身想和我们开溜。这时，西厢房的门开了，那个柳眉倒竖的女军人身后闪出两个荷枪实弹的解放军战士。

"谁在这儿捣乱哪?"一个穿军装的中年军人走出门来。

门里那女军人指着黄卫军说："那个戴黄呢子军帽柿饼脸来砸中央文革接待站，嘴里还不干不净，看那样像是'联动'分子呢。"

"给我拿下。"中年军人话音没落，两个年轻的军人一个箭步，冲上来一左一右架起黄卫军就往屋里拖。

黄卫军这时哭丧着脸开始大叫大嚷："不是我，不是我，是肖可他们，我是南京来的，不是北京人呀。"他一边喊一边被两个军人往门内架。

看这架势，我和顾晓江掉头撒腿就跑，没跑几步就听后面的女军人叫道："这家伙还有两个同伙呢，头上缠着绷带的胖子和另一小子别让他们跑了。"

我们刚跑到大殿门口就被大殿门口的卫兵拦住了。

我暗想："糟了，今天我们看来是跑不了，要被抓到号子里面去了。"我和顾晓江也被带进了西厢房里，只见房间摆着好几张办公桌，办公桌后面坐着那个瘦长脸的中年军官。看那军官脸上甚至还带着嘲弄的微笑。

他问我们："你们到北京干嘛来了?"

“我们来串联的，在天安门遇到了那几个光头，是一伙联动分子，他们鼓动我们到这儿来领返程的火车票的。”黄卫军抢先回答。

“现在中央已决定停止大串联，你们也该返校复课闹革命了，不要受坏人蒙蔽到这儿来胡闹，刚才那几个‘联动’分子叫什么名字，哪个学校的?”

“我只知道其中一人叫肖可，是总参作训部大院的，肖大铭处长的儿子。”那人一边在小本子上记录着一边问：“刚才是谁说要砸门窗骂人来着?”

“都是肖可那王八羔子。”伪军一脸无辜地辩解道。

那个军人听完咧开嘴笑了，他和蔼地向我们解释道：“中央文革已决定停止革命大串联了，大部分的省市已成立了革命大联合委员会，你们也该回学校复课闹革命了，不要再到北京来跟着联动分子瞎胡闹，你们是南京来的，晚上 8：30 分有一趟列车到南京去的。”

说完他头都未抬，仍在一个小本子上用圆珠笔写写画画的。接着他吩咐旁边的战士：“打点饭给这三个小家伙充充饥，下午送他们去火车站。”

他撕下了一张纸，那纸是写给北京火车站售票处免费领票的单子，单子上盖着中央文革接待站的红印。我们三人风卷残云般地吃完各自眼前的猪肉炖粉条和白面大馒头，连盆里的鸡蛋西红柿汤也喝得一干二净，抹抹油晃晃的嘴，拍拍吃得圆溜溜的肚子，对中央文革接待站的解放军叔叔、阿姨表示了感谢。

我们被释放了，走出劳动人民文化宫，我们沿天安门红墙瞎转悠，又去了北京百货大楼转了转，拍拍空瘪瘪的口袋，看着食品柜中的土特产和新鲜水果，口水只能往肚子里咽。

我们去了北京火车站售票处，掏出了中央文革接待站的取票单，果然顺利领到了 3 张回南京的硬座票，还是对号入座的，这比起我们五天前扒火车进京来实在是奢侈得多了。

想想上午的奇遇，我们心中油然升起了一股因祸得福的狂喜，真正是歪打正着，否则回南京的路费还成问题呢。

晚上，我们三人凑了凑，才拿出二角五分钱和半斤粮票。于是在小饭店买了五只火烧，要了一壶开水，每人在大瓷碗中倒上开水，掺上酱油，这样酱油汤就火烧半饥半饱地凑合着吃完了在首都北京的最后一顿晚餐。

我们相互对望了一眼，眼中透出一丝无奈，流浪的游子是该回家了，否则就要倒毙在北京街头了，荒唐的北京告状之旅结束了，我们身上已空无一文。

22：10，我们踏上了南去的列车，经过22个小时的颠簸，我们终于回到了南京的浦口火车站，已是蓬头垢面，一夜一天粒米未进，仅靠火车上的免费开水度过了难熬的一整天。

走出浦口车站赶到了江边码头，已没钱买轮渡的票了。我们是乘售票员不备像是要饭的乞丐那样，混进了轮渡才勉强回到了对岸的市区，但是我们已经身无分文，又不敢去混公共汽车，只能发扬红军长征的艰苦奋斗精神，相互搀扶着步行回到了眉山路的家中。

推门走进家门，已累得筋疲力尽，连爸爸的大声叱骂声也听不见，饿得晕了过去。这几天爸爸、妈妈、黄卫军家的老阿姨、顾晓江的老姨妈到处打听我们的行踪，正想去公安局报案，我们三人又奇迹般地像是要饭的那样回来了。

时隔一年以后，我和顾晓江在苏北农场的知青小屋中回忆起这段残留在记忆中的往事，仍然感到一阵阵的毛骨悚然，脊梁骨一阵寒气袭上头，脑袋瓜子清醒了不少。因为我们随着黄卫军在北京的种种奇遇，恰好与秋水花指导员点明的什么“冲砸中央文革”“联动分子”等等对上号。又联想到伪军竟然把我们心中的红太阳说成是“鬼影子”，更是感到一阵一阵的后怕。我仿佛听到睡在我对面铺位上的顾晓江长吁短叹，辗转反侧的声响，我想他一定也是一夜难眠。这时窗外朦朦胧胧传来华湘君那嘹亮的嗓音，她已取代黎星星成了连队的广播员。那声音杀气腾腾，声色俱厉，那明明是对着我们来的：

“你们已到了山穷水尽的地步，在广大群众的层层包围和重重打击之下，你们的阵地已大大缩小了，你们只有缴械投降，争取宽大处理，否则顽抗到底只有死路一条……”听得我心口一阵阵发跳。

这些类似“最后通牒”的话语，像钢针一样猛扎着我们的心头。我和顾晓江几乎是同时翻身从床上猛然坐起，我们也几乎同时在心中共同决定彻底向党组织缴械投降，因为我们已陷入了人民战争的汪洋大海，只能和危险的“联动”兼“五·一六”反动分子黄卫军划清界限，彻底地揭发批判这个反革命“联动”分子，我们自己才能解脱出来，获得新生。

这时一缕阳光透进窗玻璃，我和顾晓江在晨曦中相互打量，相互镜子般的瞳仁中出现的竟是对方惨白的脸色，乌黑的眼圈，我们欲哭无泪，唯有无边的沮丧和悲哀，我们成了落水的无助野狗。

第八章　黄雀藏在后

和我们截然不同的黎星星

十月份正是仲秋季节，气候开始变得凉爽。黄卫军的专案估计也搞出了点眉目。以秋水花为首的党支部觉得运动已取得了阶段性的成果，遂决定在小新庄知青点的西山头树荫下召开揭发批判“五·一六”反革命分子黄卫军的群众大会。

我和顾晓江经过痛苦的思想斗争决定彻底与伪军划清界限，和全连广大革命群众站在一起，与党支部在政治上、思想上、行动上保持一致。

牛棚的动员大会后，黄卫军就被拘留审查了。身边添了两个日夜相随的“贴身警卫”一人手持一杆不带子弹的枪。一杆是抗战时期汉阳兵工厂造的老套筒，一杆就是从黄卫军那儿收缴的德国造小口径气枪，那是由金娃日夜扛着的。

这两个人天天像是押解犯人那样押着面容憔悴的伪军去漱洗、出工、收工。其中有半个月时间党支部的专案组都没有理睬黄卫军。只是一些人神神秘秘地穿梭往来于连部、营部、团部之间，在悄悄地内查外调，收集证据，准备一举将他打倒后，押送师部的军事法庭审判。

我们为党支部这次批斗会提供了不少的炮弹，这些炮弹足以将伪军在政治上宣判死刑。那段难熬的岁月，我们仍可不时与伪军碰上面，那就是每天早晨在知青点前面的清水塘边洗漱时。伪军已完全没有了往日的气派，但精神头好像还挺足，看见我们还会神气地眨眼微笑、招手，仿佛是满不在乎似的。

他头顶上的呢子军帽已换成了布军帽，上穿洗得发白的军便服，下套藏青色空军蓝裤，常常像是学习红军老前辈那样，光脚穿着一双草鞋。自从那晚被强行脱去了苏式将校靴后，这靴子已成了李学文副连长的战利品。

当李副连长威武地踏着擦得贼亮的长筒皮靴“嘎吱、嘎吱”昂首挺胸奔走于王庄、小新庄指挥革命生产时，“狗窝钻得，老莫吃得”的黄卫军，已完全调整好了心态，做好了长期坐牢的准备。他在关押期间除了努力学习马列主义和毛泽东思想外，竟然学会了打草鞋。闲着没事时就在隔离室也就是那间旧工具棚里，用铺下的稻草打了一双又一双的草鞋放着备用。

伪军那样的举止，在我们看来丝毫也不觉得奇怪。在我们所处的那个十分革命的时代，官场就流行穿草鞋，那时的官场是以部队司令员为首的各级大小官员，他们确实带来了红军的好传统，从司令员开始一个个都脚穿草鞋，坐着北京越野车出入官场军界。只是司令员的草鞋是白布条打成的。鞋头上还带着装饰性地点缀了一朵大红色的绒线花。于是上行下效，很有点“司令好草鞋，官场多简朴”的意味。不过不是真正的稻草编织的鞋，而是较高档的细布或军用布搓成条编织的细布草鞋。我估计当兵出身的黄惟俭也仿效发扬了司令员的优良传统，把将校靴、黄呢子军服传给了儿子，让儿子出入学校、社会乃至到了兵团也威风凛凛，与众不同，彰显老子当年的风采。在老子们千方百计展示艰苦朴素风貌时，儿子们却继承了老子的衣钵，竭尽所能地展示显赫的家世和与众不同的新贵子弟的风貌。就像前清八旗子弟在展示祖辈穿戴过的顶戴花翎和黄马褂。这种演绎

俨然成了官场一道风景线。如今的黄卫军在穷途末路的时候，也就只好洗尽铅华，脱却豪华，真正地迫不得已地去艰苦朴素了。

见到黄卫军时，他满不在乎似的和我们打招呼。他隔着池塘，大老远地高喊"腿子，肥子"。我和顾晓江不约而同地像是躲避瘟疫那样回避着黄卫军在池塘对面抛过来的热情目光。我们半是逃避，半是羞愧，眼中的泪只能在心中流淌，羞羞答答像是一个失节的女人在回避着丈夫愤怒的目光，猥猥琐琐像是一个当了叛徒的党员，回避着党组织审视的目光。

我们的确如党支部所期待的那样，把我们所知道的黄卫军的一切都竹筒倒豆子般地向组织进行了交代，不但作了笔录，捺了鲜红的手印，而且还亲笔写了交代材料。然而，我们换回了有限的自由，却丧失了尊严和自信。

和我与顾晓江对待黄案完全不同的是我们的同学黎星星，专案组到黎星星那儿调查黄卫军所谓的"联动"罪行时，却遭到了黎星星的痛斥。这个军人的女儿保持了做人的风骨是因为她爹是老红军。我曾无意中听她说起，她爹曾经是张国焘、陈昌浩、徐向前领导下的红四方面军的机要室机要员和报务员。一、四方面军在毛儿盖会师后，他爹作为机要骨干随毛泽东主席的中央红军与张国焘分手，北上抗日去了。根据中央军委的命令陈昌浩政委和徐向前总指挥组成西路军西渡黄河去了河西走廊企图按党中央的要求打通中国与苏联的边界，方便接受苏联的军事援助，遭到马步芳匪徒的围剿，最终全军覆灭，这是中国党史军史上一段充满迷雾的历史。而恰巧黎星星的父亲就处在这迷雾的中央，因为后来党中央论定这是西路军执行了张国焘的错误路线导致的必然结果。虽然黎老头儿天天记日记，事实和日记上记载的情况与后来党中央公布的情况大相径庭。然而，其中的是是非非是要在若干年后才能真相大白的，他实际处于真相的核心，连当年的西路军徐向前元帅都不得不长时间地保持沉默。黎老头只能将真相封存在自己的日记中。作为后来国民革命军第八路军总部的机要科长，他是第一时间得到西路军全军覆灭的消息的。他震惊了，他悄悄将这消息告诉了当时的师长后来的司令员，司令员当时和四方面军的师以上干部都被集中在延安的中央党校学习，闻讯一片哭声。司令员带领着30多员战将准备冲出戒备森严的延安去打游击，被中央社会部的人五花大绑捉了回来，原准备交军事法庭审判，后来被毛主席他老人家保了下来。从此，司令员对救星毛泽东忠心耿耿说一不二，也就和张国焘、陈昌浩划清了界限。

而此刻执掌全省政治经济命运的军区司令员就是当年红四方面军的一员虎将，他和黎星星她爹挺熟。有这样家庭背景的她，自然不把兵团最最基层，原属场带队的农民李学文这样的“土鳖”放在眼里。因为，连兵团的首长见到黎星星都是客客气气、恭恭敬敬的。

54连黄卫军专案组组长李学文副连长并不了解这些军方高层纵横复杂的人际关系。这就有如地洞里的小土拨鼠偶尔爬出洞晒晒太阳，又如何了解在天空里云游翱翔的龙凤是如何穿云破雾呼风唤雨的呢？这就是当年鲁迅先生所说的那样“穷人决无开交易所折本的懊恼，煤油大王那会知道北京捡煤渣老婆子身受的辛酸”，处于不同层次的人们，在观察问题和处理问题时的方法是不同的。各自以自己的思维或行为方式观察和处理问题，在发生碰撞时，弱势的一方难免不闹笑话，其实背后是权势与权势的较量。看似无权的黎星星其实是附着于权势一荣俱荣的；看似有权势的李学文其实就是偶然地附着于权势的末端在蜗牛角上抖着肌肉炫耀了一番健美的身姿，蜗牛只要一个翻身，他就会摔下来，跌个狗吃屎。

李学文又哪里看得透官场人际关系运行的潜规则呢？虽然从正统的阶级划分理论上来说，革命干部、革命军人与贫下中农都属同一阵营，甚至后者在理论上的地位还更高些，是真正的主人，前者则是主人的仆人，而这些仆人是这块土地扎扎实实的掌握者，主人只是被高高地举在云端里在空中做着一些花拳绣脚的表演，在地上他们仍然只是脸朝黄土背朝天的泥腿子。泥腿子李学文虽穿上了将校靴却仍然是泥腿子，决然成不了将校军官的。

当李学文副连长带着三分之一农村政治家的威严，三分之一政治暴发户的得意，三分之一得意男人旺盛的情欲踏进女知青黎星星、方吟梅住的那间被收拾得干干净净、清清爽爽，甚至还带点女性芳香的知青小屋时，正躺在床上看书的方吟梅，立即堆着笑脸迎了上去。而坐在窗前记日记的黎星星却纹丝不动地继续着她的书写，并未把李学文副连长的光临当回事。

当方吟梅端着板凳请李副连长入座，返身去倒水时，李副连长却并不入座，而是耀武扬威地穿着大皮靴在方砖地上手抚着下巴故作沉思状地走了两圈，脚底的皮靴发出音乐般美妙的“嘎吱嘎吱”的声响。他这半是斟酌着如何开始和黎星星、方吟梅谈话的内容，半是某种小人得志般的浅薄炫耀。他知道对付方吟梅这位反动学术权威的女儿要方便些，而对付黎星星这个老红军的女儿却要麻烦得多。这小妮子平时就傲滋滋地并不把他这个贫下中农的杰出代表放在眼里。这会儿又像是老佛爷似的端坐着纹丝不动呢。这使他眼前不禁浮现出这小妮子与马居正一家谈笑风生无拘无束的场面，一种难以抑制的嫉妒和激愤就有点溢于言表。用当时流行的俗语来形容李副连长的心态“是可忍而孰不可忍也”。

当李副连长尚未想好说词来对付眼前傲慢的小女子时，黎星星就用她那标准的普通话再配上银铃铛似的嗓音不慌不忙地、语带嘲讽地、轻轻地，却异常清晰地开始了她的进攻：“李副连长，我记得这双苏制将校皮靴是黄卫军的爱物，现在怎么成了你脚下炫耀的东西呢?”

李学文“嗯”了一声，坐下来抽出腰间的旱烟杆，放在嘴里面，用牙齿咬着，点火打着，正准备在尼古丁的刺激下，启发智慧，开始自己和这个小臭骚蹄子的谈话时，却被黎星星又抢白了一句：“本宿舍禁止吸烟，请你自爱。”

他尴尬地收起了烟杆，习惯地在皮靴底部磕了磕。接着他威严地咳嗽了一声，慢条斯理地说道：“黄卫军现在成了反革命‘五·一六’分子。‘五·一六’分子穿得，我贫下中农难道穿不得?”这就颇有点阿Q当年投身造反后，得意地抚摸小尼姑光头那种和尚摸得，我如何摸不得的心态。虽然这种心态持续时间不长便被假洋鬼子的文明棍给打得没影子了，他是断然不可能到秀才娘子的床上去滚两下子的，他只能寄生于土谷祠去幻想他的造反发财梦。如今的学文同志已经不是当年的阿Q，而是实实在在权倾小新庄的掌门人，自然不会有阿Q的悲哀，但是面对黎星星这种隐含的强势人物，他就免不了小人得势的尴尬。

黎星星面带微笑，眯缝着丹凤眼像是嘲弄似的说道："你当然穿不得，你知道这是五五年我军第一批授衔将校级军官配发的，而且这是标准苏联制的，一般都是低腰的，黄卫军他爹是管后勤的才弄了一双苏式高腰将校靴，你没看过《攻克柏林》的电影你不会知道，当年朱可夫元帅穿的就是这种，你说你是哪一级干部？你充其量是一个农民而已，副连长还是不拿工资的，一个不入档案的破官，连弼马温都不是的保甲长一类的吏目而已，还恬不知耻地在这儿穷摆活，是真正的沐猴而冠。"

李学文没有听明白其中的一些词汇，但意思他明白了，这分明是瞧不起俺贫下中农嘛。他一时抓耳搔腮，想着合适的词儿对付眼前这个厉害的小娘们，正当他无言以对时，黎星星又发起了凌厉的攻势。

黎星星柳眉倒竖、凤眼圆睁开始斥责起他："即便你是从黄卫军那儿缴获的，按照我军'三大纪律八项注意，一切缴获要归公'的原则，也不能由你窃为已有呀，况且这皮靴最多也只能算是私人用品，穿在你脚下就是一种明目张胆的抢劫。"

黎星星的一席话，像火药味十足的连珠炮，一时轰得李学文哑口无言，他只好嬉笑着脸转移话题。他竟转到黎星星身后，轻薄地用手拍着黎星星的肩膀说："黎星星小姐，请你不要用这种语气跟俺说话，你要放明白，黄卫军现在作为反革命分子已被隔离审查，你和黄卫军是一伙的，关系还有点不清不白。你只有划清界限，彻底检举揭发，才能有出路，才能求得俺贫下中农的谅解。"这就有点无耻地放肆了，话中有话地想暗示黎星星与黄卫军之间不清不白的关系，显然就是阿Q先生"和尚摸得，我如何摸不得"的翻版，话中潜藏着某种淫亵的意味。黎星星当然是听明白了的。

李学文的轻狂举止，伴随着他的那一嘴烟味加口臭实在使黎星星忍无可忍，她涨红着脸，猛然站立起身来，反手一记脆生生的耳光向李学文的

脸上煽过去，使得李学文同志猝不及防趔趄着倒退了两步。

他捂着发红的腮帮子指着黎星星破口大骂："好个小骚狐狸黎星星你和黄伪军狼狈为奸，你还敢打老子……"话音未落，就被黎星星操起鸡毛掸子劈头盖脸地打将过去。黎星星就这样连轰带打地将我们的学文副连长赶将出了门。

看来找黎星星这个死党去揭发黄卫军是不太可能了，这小妮子是一意孤行，一条道走到黑了。退而求其次去找方吟梅调查黄卫军的罪行，在知青屋也是无法进行的。李学文只好将她带到了连部，苦口婆心地做了长时间的政治思想工作，方吟梅所谈的也只是些"破四旧"中抄家、打人的破事。

这些事在那个革命造反的年头不是司空见惯的正义行为吗？看来反动学术权威的女儿的揭发，实在有点给黄卫军脸上贴金的意味，反而把这个穷凶极恶的联动分子美化成立场坚定的革命左派了。专案组认为没有多少实质性内容。伪军的抄家打人行径是"破四旧，立四新"中普遍采用的革命方法，这种方法李学文同志使用起来更加娴熟而又富有经验。况且党中央、毛主席并未否定"破四旧"，就难以从政治上揭露黄卫军。至于反动血统论的"自来红"思想，想俺李学文作为三代贫农自也不比黄卫军少多少，否则俺能这么坚定地干革命吗？李学文如此这般一想，自也不对方吟梅的揭发抱太大希望。但相比较而言这小妮子至少在表面上是恭顺的，对自己是尊重的，这多少满足了自己的虚荣，使李学文在面子上很受用，他也就对方吟梅印象不差。

这样几番内查外调下来，只有我和顾晓江的揭发材料所说的过硬，如与联动分子勾结冲砸"中央文革"，破坏"无产阶级文化大革命胜利万岁"画展，天安门城楼上的"鬼影子"等等，才是足以致黄卫军政治上死刑的重磅炮弹。至于偷西瓜、顺带偷刀叉、偷鸡摸狗之类的劣行只是退而其次的小问题了。

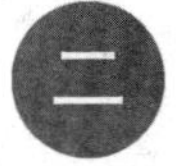

重弹出击伪军屁滚尿流

不久，黎星星就接到了兵团部的调令，去了淮州市的兵团纺织厂，后来又入伍去了部队医院。

在离开连队之前，她特地像是示威似的去王庄的工具屋看了黄卫军。李学文破天荒地特许他们见了面。因为，此刻李学文通过黎星星如此顺利地调动，一叶而知秋般地看到了这个女孩身后的政治背景。这种背景是他这个贫下中农难以撼动的，与其徒劳无功地阻拦，不如顺水推舟地送个人情。

黎星星和黄卫军的见面当然是在严密监视下进行的。他们见面倒也没说什么体己话，她只是转交了一包饼干、一袋肉松、一罐水果罐头、一瓶汽水，算是对黄卫军请她吃喝的回报。就这些馈赠就已使黄卫军感动得泪流满面。提到顾晓江和我，他破口大骂我们是没良心的小兔崽子，竟然一次也未来看过他，不禁由衷长叹，还是红颜知己好呀。

他请求黎星星回去一定要抽空去看看他的爸爸黄惟俭，把他在兵团的遭遇转告他爹，设法救他出去。因为这时黄副厅长已被警备区放回在家等待分配工作。其实那时官员政治生涯沉浮之间，也就在权势人物的一句话，便可朝为座上客，暮成阶下囚，或者是其相反。

黄惟俭的出狱那也只是司令员的一句话：“这黄惟俭，一直在我军后勤战线工作，怎么成了假党员呢？即便是假党员几十年革命生涯，也已历练成了真党员了。据我所知，这人政治上一直是可靠的，虽然生活上不够俭点，但那是小节问题嘛，不足为奇的。”这话是黎星星告诉黄卫军的，显然是黎星星在营部和家里联系后才得知的。

黎星星走后，她的身后响起了一阵幽幽的口哨声，那是大型革命史诗《东方红》中《带镣长街行》的旋律，被黄卫军吹得有点催人泪下：

带镣长街行，
告别众乡亲。
杀了我一个，
自有后来人。
……

老槐树下已聚集着54连的全体人员，凉爽的秋风伴着不远处稻麦成熟的清香将丰收的信息传来，不过人们更感兴趣的是即将召开的揭批大会。

人们交头接耳地议论着一个响亮的名字“黄卫军”，黄卫军已成了邪恶的象征。经过党支部秋水花、李学文等人不断地似有似无地宣传灌输，伪军的丑恶形象已在村民和兵团战士中渐渐树立起来，这也导致了参会的贫下中农和兵团知青对他的仇恨。我和顾晓江只能像是缩头乌龟那样，低头坐在树荫里，尽量将自己的脑袋隐藏起来。

那天天气似乎还有点秋后的炎热，多半是这会场的热烈火爆渲染造就的特殊感觉。脸色苍白的黄卫军衣衫有点褴褛，头发有点蓬乱，原本光滑滑的下巴上和厚厚的嘴唇上方甚至冒出了短短的黑黑的髭须，脸上显得有点憔悴。这一年他正好18岁，全无了往日神气和玩世不恭。他仍然光脚穿着草鞋，神志倒还镇定。他的出现使会场一阵骚动，已经提拔成三排长的华湘君带头呼起了口号，他是在口号声中被带进会场的。

伪军是被金娃和另一个民兵持枪押解进会场的。他被穿着大皮靴、戴着黄呢子军帽的李学文副连长喝令站在了会场中央。伪军耷拉着脑袋垂着双手站在人圈中央，摆出了一副死猪不怕开水烫的架势，他不时用眼角的余光扫视着周围，在和我目光对接时甚至还眨巴了一下眼睛，当然我这个胆小鬼只能迅速地回避着他送过来的目光。

秋水花指导员从裤子口袋中掏出了一个小红本子，她威严地摆了摆手，会场立即安静了下来。她声色俱厉地阐述完清查“五·一六”的重大意义后，随即宣布本连队在这次清理阶级队伍中所取得的伟大成果就是挖出了隐藏很深，以极左面目出现的穷凶极恶的反革命“联动”分子，反动组织“五·一六”集团最最凶恶别动队的顽固分子，这个人就是眼前的黄卫军。现在我们要让他的丑恶嘴脸暴露在光天化日之下，要揭开他的画皮，看清他的真相。在一番慷慨激昂的动员后，她让参会同志一起来揭发黄卫军反党反社会主义，反毛泽东思想的滔天罪行。这时的黄卫军干脆闭上了双眼，像是在养神，像是在老僧入定。

突然一声异响，一阵恶臭在会场像是爆雷那样响起，严肃地批判大会传来一片嘻笑声。原来是伪军他有意憋足了气，突然硬是挣了一个响屁出来。

这种恶作剧似的公然挑衅，使得秋水花越发恼羞成怒起来。她大喝一声：“黄卫军你老实一点，不然就让你尝尝无产阶级专政铁拳的滋味。”

这时金娃和另一个民兵上前架起了黄卫军的胳膊，将他的头拼命向下按，他却拼着命地向上抬，这样来回五六个回合，双方都弄得有点筋疲力尽，眼看着批判会有点开不下去了。

李学文猛然站起来，抬起穿着大皮靴的脚对准伪军臀部狠狠一脚踹过去，黄卫军一声惨叫，双腿一软却不能跪下，因为胳膊被架着，头发被揪着，他只能嚎叫着大骂：“法西斯，希特勒，日本鬼子，国民党……”

秋水花这时再也沉不住气了：“把他这张臭嘴给我堵上。”这时“老鹅”徐少春脱下脚上的臭袜子一把塞进了伪军的口中，伪军这才“呜噜、呜噜”地停止了叫骂。

按照支部的战略部署，我们的前房东五婶开始站起来，她手挥毛主席语录“蹬蹬蹬”地三步并着两步冲到了人圈中央开始揭发伪军的罪行。

她用手指着伪军的鼻尖说：“他外号叫伪军，他就是盼望日本鬼子来他好当伪军，好叫我们贫下中农吃二遍苦，受二茬罪。那次食堂稀饭里的药就是他放的，俺亲眼看见他们三人那晚笑眯眯地在一起说话，当时我还不知道知青食堂被下了药，心想这小黄怎么了，这么兴奋，第二天才知道是被下了老鼠药，伪军告诉小路和小顾说就是他干的。哟！你们瞧他高兴的，花大钱买了俺的一只老母鸡用脸盆炖着吃，就在俺家屋后挖了一个坑，找几块石头架起来，盆下烧了火就这把我家那只下蛋的花鸡给生生杀了烧着吃了，说是庆祝胜利呢。俺再揭发一件事，他们三人还偷听敌台，一早一晚的声音放得老高，匣子里咕噜叽里说着外国话，俺可听不懂，他还骂三排长小华是婊子，过去日本人才污辱俺妇女，现在他竟敢污辱中国妇女，他是个大流氓呀……”

说着说着五婶竟哭了起来，眼泪一把、鼻涕一把地仿佛苦大仇深似的，引来一阵愤怒的口号声：“黄卫军必须老实交待”，“黄卫军必须低头认罪”。

口号声落，五婶继续检举揭发：“我再揭发一件事，这个日本鬼子养的小伪军还私藏了一支枪。有天晚上鬼鬼祟祟地回来，我看见他黄呢子军大衣中背着枪，一进里屋，他就‘哈哈哈’地大笑，他压低了嗓子和路雨生、顾晓江说悄悄话，说是什么用枪子打了李学文这淫贼的屁股，这淫贼在地瓜地和秋指导员在干好事呢……。他那是在污蔑俺连焦裕禄式的好干部呢……这个天杀的淫贼呀！”

五婶又要开始嚎哭，却被紫涨着脸的秋水花一声断喝：“张家老五媳妇，你瞎说啥呢，你是揭发还是帮着黄卫军放毒！”

被秋指导员这么一喝，嚎哭着的五婶突然止住了哭声，一时站在人圈中央不知所措了。她突然用手开始扇自己的耳光：“瞧我这张臭嘴，怎么帮着黄卫军放毒呢。”她在群众的一阵哄笑声中狼狈地回到了自己的座位上。

这时底下乱哄哄地开始议论，眼瞧着批判大会有点走题了，场面有点控制不住了，秋水花有点气急败坏，李学文有点恼羞成怒。

这时被揪着头发、坐着飞机的黄卫军口中虽被塞上了臭袜子不能言语，然而他的眼角却分明是荡起了一丝嘲讽的微笑，他内心感到无比快意，看到坐在前排的王富贵连长手持旱烟，张着豁着牙的嘴，也笑得前仰后合的。只有秋指导员红着脸，李学文黑着脸。

正当伪军眯缝着眼睛做着喜悦的畅想时，一个蒲扇似的大巴掌脆生生地扇在他的脸颊上，好在口中塞着袜子，否则这大牙非被敲掉不可，名门闺秀黎星星赏给李学文副连长的大巴掌终于还给了她的同伙黄卫军。前一脚报了臀部的一枪之仇，后一大嘴巴，解了黎星星对他的心头之辱。伪军的右脸颊终于肿胀了起来，嘴角也流出了鲜血。

李学文由于用力过猛地劈打黄卫军的脸颊，伪军的脸皮也确实够厚，就连李副连长那长满老茧的手掌都被劈得生疼，他不得不反复甩动手掌，对着手掌呵气。

明眼人都可以看到伪军眼角仍然挂着微笑的泪花，那是笑出的泪，而不是疼出的泪。因为五婶的批判揭发无意中透露出了一个人人都知道，而人人都不敢讲的公开秘密。这个秘密的披露，一定使有的人心花怒放，比如王庄的那些父老乡亲们，像王富贵连长那类人，不善掩饰的王连长竟也笑得眼泪直流，不时用手背擦拭着。

秋水花不得不再次带头高呼口号："黄卫军不投降，就叫他灭亡！黄卫军不缴械，就让他进阎王殿！"用震天的口号来掩饰着自己的尴尬，用响亮的口号来冲淡人们心中对她与李学文那类桃色事件的有趣联想。

三通口号之后，我知道我和顾晓江是在劫难逃了。秋水花书记一定是要我们充当钟馗去打鬼。而这鬼又是我们昔日密友，现在成了难兄难弟。难兄落难，小弟不能施之于援手，却要倒打一耙，使伪军雪上加霜，实在不够厚道。

当我在那里进行着灵魂忏悔式的胡思乱想时，耳畔突然如炸雷一般响起一声断喝："路雨生，该你上场揭批黄卫军了。"我看到那双阴沉的鹰隼般的眼睛像钩子似的紧紧盯着我。随之全场的目光投向了畏畏缩缩的我。

我想安排好的场面就要开始了。我心中一阵紧张，浑身开始颤抖起来，我哆哆嗦嗦地从裤子口袋中摸出了那几张早已皱皱巴巴的白纸开始上去结结巴巴地念起来："黄卫军他在学校就追求低级趣味，就在字典上……专……专门寻找那些下流字眼……调……调戏漂亮女生，被人称为……"

"路雨生，你声音大点，你那蚊子似的声音是念给鬼听的呀！说话不

要吞吞吐吐遮遮掩掩的。”

我只好羞羞答答地说：“我实在不好意思说。”

“有什么不好意思说，你要大胆说，不要怕。”

我只好说：“同学们都喊他‘老逼老吊。”

周围传来一阵哄笑声。秋水花再次提高了嗓门：“这是严肃的阶级斗争有什么好笑的，大家安静点，小路你继续揭发，不要怕。”

我努力想提高嗓音，却总是提不高，我有点不敢去看黄卫军，更不敢和满场愤怒的目光相对接。我知道我和顾晓江提供的炮弹才是实打实的足以致黄卫军以死命的武器。我提到了“人丹案”和扒火车去北京告状的事，自然不能回避黄卫军和“联动”分子的亲密关系以及类似“冲砸中央文革”的行为，甚至和“联动”分子相勾结偷盗莫斯科餐厅银制餐具的事也被抖落了出来。我感觉到身后被堵着嘴巴的黄卫军再也笑不起来了。我就这么仿佛是做梦般地又像是大白天梦游般地念完了我手中的稿子，感觉到自己后脊背一阵透心凉，原来是出了一身冷汗。

第三个被推上台的是面色惨白的顾晓江。他的心理素质明显比我要好，他不慌不怕地将手中早已准备好的稿子展开，用高八度的普通话开始朗声读起来。除了上北京之类与我揭发的一致以外，他又新加了许多足以致黄卫军毙命的罪证，那些打鸽子、抄家屠狗杀猫、偷西瓜之类鸡毛蒜皮的事不算外，重点是他的反动言论，比如他有时直呼我们的伟大领袖为“毛老头子”，还常常在学习《毛泽东选集》时“国骂”之声不断，最可恨的是他竟丧心病狂地恶毒攻击我们心中最红最红的红太阳毛主席是“鬼的影子”，那是对毛主席他老人家最大不恭敬。石破天惊的是他竟然说毛主席的夫人无产阶级“文化大革命”的伟大旗手江青同志是什么上海滩的三流演员，原来名字叫蓝苹。这些对江青同志的攻击也是十足的反动言论。

顾晓江声色俱厉地继续揭发。随着他抑扬顿挫的话音，黄卫军脸色越来越苍白，豆大的汗珠顺着额头开始流淌。顾晓江继续滔滔不绝，穷凶极恶的黄卫军还恶毒攻击我们敬爱的康生同志，说他是党内的希姆莱，希姆莱是什么人，是法西斯德国党卫军秘密警察的头子，搞的所谓延安整风运动，无非是为了帮毛老头子排斥异己，抢救运动误伤了许多党内同志，搞得毛老头子不得不在大会上向受害的同志鞠躬道歉……是可忍孰不可忍。“打倒反革命分子黄卫军!”顾晓江带头呼起了口号。

我突然想起来了，这是黄卫军带来的一本德国纳粹情报官《舒伦堡回忆录》中提到的名字。那是一本内部出版的灰皮书，在谈到书中描写的希特勒的特务头子希姆莱时，黄卫军开始口无遮拦地对康生同志大发了一通议论，此话我怎就没记住呢？偏偏顾晓江记住了，这次作为炮弹轰了出来。而“鬼影子”之类的议论，我也在场，我反复斟酌思考后认为这只是一句口头禅，并没有把这话与毛主席的伟大形象联系在一起，而顾晓江却敏感地意识到黄卫军话中无意透露的卑鄙目的。

这时黄卫军再也支撑不住了，他双腿一软，乘着两个民兵高举一只手臂高呼口号，另一只手架不住他时，竟吓得晕倒在地。但见得，黄卫军的大腿根部一股热泉不受控制地喷了出来。他身上喷发出一阵恶臭，他大小便失禁了。他是真正地被斗倒斗臭了。当他被两个民兵像是死狗一样拖走后，秋指导员面对激奋的群众，当众表扬顾晓江。顾晓江此刻只是害羞地低垂着脑袋，脸上浮现出一丝不易察觉的但却是心满意足的微笑。

54连党支部揭批“五·一六”分子黄卫军反动言行的材料上报到团部保卫股，同时还附有在这次揭批中知青积极分子顾晓江的先进事迹材料。晓江终于被作为“可以教育好的子女”典型树了起来，先是光荣地加入了党组织，3个月后他上调营部成了八营的书记算是提了干部，虽然工资和我们一样还是每月19元，只是工作要轻松悠闲许多，还处处受到人们的尊重。

只有我仍然每天日出日落地干着修理地球的行当，像是在茫茫苦海中挣扎，不知何处是岸。黄卫军仍然被看押着，像是一个等待判决的死囚那样苦挨着岁月，听说他的材料被报到了保卫股，保卫股又报到了师部保卫科。保卫科压着未向兵团部的所谓军事法庭报呢。似乎是原军区后勤部器材部的黄惟俭部长的人际关系网在起作用，他的一位老部下正在师部政治部当主任。

后来我才知道，其实那应当归功于黎星星那次冒险带信给黄叔叔的义举。当然是等待着东山再起的黄惟俭，其实更像是一匹战场鏖战受伤的骏马，卧倒在政治战场伺机而起时，向昔日的部下发出了为儿子求救的信号，这信号得到了应有的回应。

我内心实在觉得黎星星的形象比我要高大得多，至少在朋友落难的时候没有落井下石，而是仗义执言。难怪清代文学大家曹雪芹说“女儿是水做的骨肉，男人是泥做的骨肉”。女儿冰清玉洁的灵魂真的是比男人自私而污浊的腑脏要高洁得多，两相比较天壤之别呢。黎星星在我心目中不仅美好靓丽，而且高尚纯洁，真正成了我崇拜的偶像，梦中的情人。

黎星星调兵团纺织厂不久，方吟梅也被抽调去了师部农业大学当中文老师。在连队的就剩我一个人，心中不禁有点孤单落寂，唯有梦中常常出现黎星星的影子，才给我灰色的灵魂带来一丝丝希望。

三 黄卫军乘机负案潜逃

时间已到了冬天，知青们和贫下中农们一起去了河工工地。黄卫军也去了工地，我见到他时，他已和当地民工没什么两样了，穿了一件旧军棉袄，像当地农民一样腰间扎了一根草绳，只是头顶上的马裤呢栽绒棉帽还留下了一点仿佛破落贵族的痕迹。此时的他，戴着这顶高贵的帽子已不是炫耀，而只是遮寒。

他早已由高贵的公子，落难成了乞儿，甚至连乞儿都不如的准囚徒。天寒地冻的，他既无皮靴可穿，也不能再穿草鞋，脚上套上了一双破解放鞋。自从隔离审查后，他就再也没有心思去讲普通话，而是将本地土话讲得十分地道了。

他每天在民兵监视下，推着一车车的河泥，时不时地还会吹吹口哨，这口哨低沉而凄凉，仿佛夹杂着万般的无奈和忧郁，那时他最爱吹的是瞎子阿炳的《江河水》，我听到口哨声就知道他来出工了。他已经非常娴熟地和当地农民一样抽烟，那种用纸包着烟末卷起来用唾沫星一粘的土造子烟。

他在经过短暂的嚣张和顽抗之后，终于在暴力和心理的双重镇压下，最主要的是精神上分化瓦解和强大的政治压力下写下了一张认罪书。承认了他世界观改造不力，对伟大领袖毛主席的战略部署理解不透，对“文化大革命”有抵触情绪，对中央文革小组的成员有看法，再加上根深蒂固的“自来红”思想，而导致了说话不谨慎信口开河毛病的总暴发，尤其是他受反动血统论的影响较深，对连队的同志说了些不该说的话，他向所有受到他伤害的同志表示真诚的歉意，并愿意在广阔天地的劳动中改造自己的灵魂。至于学毛选时的“国骂”，完全是口头语随嘴说惯了的，稀饭里投放“人丹”本是开开玩笑的恶作剧，所谓偷听“敌台”其实是中央人民广播电台的英语广播，只是为了学习外语的，而说毛主席是“鬼影子”一类语言，他压根就不承认。

显然党支部书记秋水花对他的认罪书是非常不满意的，指责他是避重就轻，仅触及皮肉，未触及灵魂，想蒙混过关。虽然表面上对他放松了警惕，暗地里却加紧了对他那些所谓反动言行的材料的整理工作。

有一段时间甚至还把营部书记顾晓江同志也抽到专案组帮助整理材料。我每每想从顾同志脸上读出点什么来，他那张变得不苟言笑的脸总是很严肃很组织化很原则，仿佛戴着某种拒人于千里之外的面具来保持自己尊贵的威严。他严格地遵守着保密原则，变得很官化起来，因为他已是营部的书记官了。

倪教导员看中了肥子的字和文章，所以肥子只能和我们拉开距离，才能和领导拉近距离。他已涉足官场，就要开始说官话、套话、虚话，和普

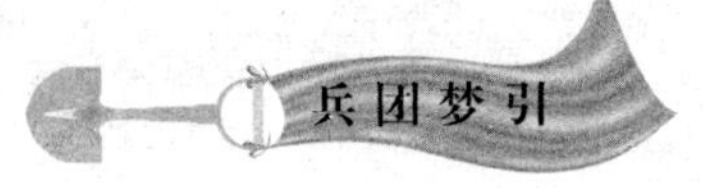

通人就难以贴心贴肺地交流，只有在背着人的时候，他才像是个人了。有一次我在水塘边洗脸遇见他时，他紧张地向左右张望了一下，确信周围没有人时，才悄悄地和我说："伪军这回恐怕要判刑。"然后匆匆地又戴上了无形的面具迅速离开了水塘。

日子就这么一天天过去了，我在繁重的体力劳动中苦挨着日子，屈指算着春节放假的时间。眼看元旦快到了，兵团临时军事法庭要宣判一批犯罪分子。据说是一个1966年下放的苏州知青组织了一个马列主义毛泽东思想研究小组对马列主义、毛思想做了别有用心的研究，在那里打着红旗反红旗。看来就是毛泽东思想马列主义也是只能按照上面的要求学习领会，而不能随随便便地研究的。研究如果偏离了上面的口径，就成为反革命。所以这几位民间思想家很快被打成了反革命集团，就要在元旦前宣判了。于是团部组织全体战士去参加公判大会，意思大约是为了杀一儆百，教育一大片呢。

三师八团八营离师部所在地五团有50多里路，我们必须徒步走到师部去参加公判大会。河工暂停了，54连的队伍，在晨曦中拉上了去师部的大路。

在营部集合后，队伍浩浩荡荡地三五成群地慢慢向师部靠拢。我们是徒步走去的，只有黄卫军一人享受了坐牛车的待遇。为了防止他逃跑，他被反绑着双手，像是一个真正的囚犯那样，我看他脸上写满悲愤，却又无可奈何。

李学文穿着黄呢子大麾，脚蹬高筒皮靴，神气活现地坐在牛车前，抱鞭当了车老大，虎子和另一个民兵端枪押解着伪军，他坐在牛车中央，大棉帽压着额头，他想尽量将悲愤和耻辱掩盖起来，让人看不清他的面目。

在寒风呼啸中，我们走了不到十里地就浑身冒汗，敞开怀来，而伪军浑身被捆扎得像粽子似的，反而是冻得瑟瑟发抖，上牙切着下牙直打哆嗦。李学文驾着"咿咿呀呀"的牛车，口中哼着小调，看着伪军冻得那个熊样，脸上露出快意的微笑，看得出来，他很得意，得意之情溢于言表。因为他觉得在这场与伪军的战斗中，他是真正的胜利者。于是他成了八路军或者新四军在新时期的代表，李副连长得意地哼起《小寡妇上坟》的曲子：

人家成双咱成单，
好像孤雁落沙滩，
一对枕头两条毡，
一个人睡觉实在难。
你要攒来尽你攒，
我要攒来也要攒，
今天攒来明天攒，
攒上二百铜钱街上串。
手拿个铜钱街上串，
扯上二尺红洋缎，
我说缝上个肚兜穿
……

听着这类似哭丧调调的曲子，看着寒风冰冻的大地，光秃秃的树木裹在阴沉沉的雾中，白花花的盐碱地一望无际，连片土地的沟渠边排列着瑟瑟发抖的芦苇在寒风中，发出“沙沙沙沙”的声响，使眼前景象更加阴冷而肃杀，整个大地笼罩在朦朦胧胧的阴霾之中。

这使我想起了两年前的冬天，我和伪军、肥子也是坐着牛车来到农场的。两年后，我们各自都有了自己的归宿。顾晓江去了营部陪着营首长成了干部，我依然还是我，一个一文不名号称是兵团战士的小知青。黄卫军正在前方的牛车上被捆得结结实实去刑场观看一场血腥的杀戮。不知道这个苏州知青的命运如何？可谓前程茫茫，空气肃杀呢。显然请全体知青和贫下中农去观看判刑是首长们精心安排的。

上午九点多钟，弥天的大雾慢慢散去，太阳出来了，周围的景物变得十分清晰。经过 3 个多小时的长途跋涉，大家精疲力尽地来到了师部所在地，也就是 5 团云海农场的场部。这已离海州市很近了。一个宽阔的广场，广场正中央搭建了青砖垒成的主席台，主席台下已坐满了3个团汇聚来的群众，显得很热闹。人声鼎沸加上广播喇叭里播送的毛主席语录歌曲，无产阶级专政的气氛烘托得十分浓烈了，场面也很壮观。

毛竹搭起的临时架子上绑着深蓝色底白字横幅分外显眼，看惯红底白字，再看蓝底白字恍惚是回到了解放前的青天白日时代。公判大会的蓝色横幅用白色的长方形美术字标明是中国人民解放军某省生产建设兵团三师公判大会。主席台上也是蓝色的台布，台上摆放着话筒。9：30分，公判大会在庄严的《东方红》音乐声中拉开了序幕，全体起立。坐下后，会场已是一片寂静。

一个中年军人吭声宣布："把反革命分子×××带出来。"一个五花大绑穿着深蓝色棉袄，剃着光头，瘦瘦高高，面色苍白的年轻男子被两个持枪的解放军战士押了上来。囚犯大约二十三四岁的样子，脖子上缠着两三道粗绳索。各团带来的地、富、反、坏、右分子被集中看押反剪着双手坐在第一排。黄卫军也低垂着脑袋坐在中间，四周全是穿着军装不带领章帽徽的民兵威武地警卫着，我想大约是师部直属武装营的哥们。

主席台坐着一排面容严肃的老军人，大约就是师部的首长了。那个吭声宣读着判决书的中年军人大约就是师政治部的保卫科科长兼临时军事法庭庭长。那个面色苍白的年轻囚犯到底为什么犯了反革命死罪，据说是组织了一个马列毛的读书小组，经过认真研究认为"文化大革命"背离了马列主义毛泽东思想。他所说的马列主义毛泽东思想到底是什么大家也未听明白，大概是原教旨主义，打着红旗反红旗，用马列毛来批马列毛，而证实现实的荒谬和反动。案发后这个家伙又坚持自己的观点拒不认罪，冥顽不化，死不改悔，所以被判了死刑，今天就要送他上阎王殿。当中年军官那带山东口音的"立即执行"刚落声，小反革命的身后就被插上了一个白色的死刑勾魂牌，他的名字上被打了一个红红的大勾，意味着这个人即刻在人间消失。于是这个人被两个穿军装的公安人员飞快地推着押下了舞台。那个等待被处决的人，虽然脸色惨白，但神情似乎还镇定。

十分钟后，一声清脆的枪响，这个鲜活的曾经还在独立思想着的生命就倒在了血泊之中，变成了一堆毫无生气的血肉。当全场人员被要求按连队排着队，去执刑现场观看时，现场出现了混乱。一些连队的贫下中农和知青战士不听招呼，“呼啦”一下围了过去。在那个高高的云海山脚下，一片沙土上侧卧着一个五花大绑的人。

这人的脑袋被枪子打得开了花，被子弹炸开了一个大大的血洞，窟窿中汩汩地向外流着鲜红的血，白白的脑浆像是飞散的棉絮那样沾着鲜血，白白红红的惨不忍睹。

有的女战士忍不住呕吐起来。这使我想到了鲁迅小说《坟》中的夏瑜，夏瑜是个革命者，而这个人却是一个反革命者，我不敢往下想，这是一个禁止人们思考的年代，再想下去就危险了，我可能也会成小反革命分子了。于是我不再想，我只是麻木地移动自己的步子，随着麻木的人流默默离开刑场。

就在那混乱的一瞬间，黄卫军失踪了。他用随身暗藏的刀片，割断了手腕上的绳索，趁着虎子和民兵押着他去看那死人时，挤进了人群，也只几秒钟就没有了踪影。虎子和那个民兵慌慌张张地各自在人堆里乱找了一气，没找着，又不敢声张。他们悄悄地拉着李学文，找到秋指导员。秋指导员气得横眉倒竖，逮着李学文父子就是一顿臭骂，限令就是找到天涯海角也得将这个顽固不化的小“五·一六”分子抓捕归案，否则撤了李学文副连长的职务。

发火归发火，人还得去找。师部后面方圆数十里云海山脉，海州城濒临大海，跨海就是日本国，火车通北京、南京，汽车通南京、上海，交通便利，逃逸路线也多，实在是大海捞针呢。秋指导思前想后，感到害怕，不得不将反革命分子黄卫军趁乱逃逸的事向在现场的团保卫股股长罗树林报告。

罗股长立马从五团民兵营借调了两个连的民兵，一个连封锁所有去省城和各城市或交通要道的路，一个连去云海山搜山。李学文自己参加了搜山。罗股长指示务必不能让反革命分子黄卫军逃逸，特别是通过港口潜入外轮去了日本国。

反革命分子黄卫军逃跑的案子终于被罗股长报到了团部。团党委连夜开会决定由团保卫股和54连共同派员去省城追捕黄卫军，因为黄卫军十有八九是潜回南京家中了。“去南京挖地三尺也得把黄卫军这个小兔崽子给我挖出来。”据说说这个话的人就是被黄卫军尊为刘叔叔的刘副政委，刘鸣岐同志。

四

李副连长的省城之行

54连要派一个人随保卫股股长罗树林去省城抓黄卫军，这人当然是副连长李学文莫属。我想他一定是激动得一宿未睡。次日凌晨我到水塘边挑水，大老远就看见李学文穿着黄呢子大麾，足蹬着擦得贼亮的苏联乌克兰军用皮靴，很威武地在冻土地上迎着朝阳向知青点走来。

随着知青们羡慕的目光，他得意地和问候的人打着招呼，高声地宣布这次去省城的任务，就是抓黄卫军这个小兔崽子。

他站在小新庄的庄口，口叼着长杆烟袋，不时向营部的方向眺望。一辆北京吉普车从前方的大路疾驶过来。车在小新庄停下之后，跳下了一个魁梧的中年军人，他就是团部保卫股的罗股长了。

他们握手寒暄后，双双又钻进了吉普车。我在罗股长转身的一刹那间，看到了保卫股长屁股后面挂着一副镀着镍的闪亮手铐，于是一阵心惊肉跳，我想伪军这回一定是凶多吉少了。

一个星期后，李学文从省城空着手归来，脸上的神气一扫而光，脸色甚至还带点晦暗。这回没有吉普车送他回来，而是光脚穿着一双草鞋，徒步十多公里从海州城走回来的。身上的黄呢子大麾不见了，脚下的高腰皮靴消失了，代之的是一身补丁摞着补丁的破旧棉袄，惟有脚下的细布草鞋颇别致，鞋头竟缀着一朵红色绒线花，像是《杜鹃山》中的女主角脚上蹬的那种。

黄卫军并没有被押解回来。别人问他去省城的情况他只是灰着脸，沉默着。问得多了他会非常不耐烦地挥挥手中的烟杆说：“城里人全不是人。”他瞪着那对鹰隼似的眼睛木呆呆地看着前方，不愿意再谈起这次倒霉的省城之行。仿佛那是一次滑铁卢，他那种披着呢大麾、足蹬大皮靴的拿破仑气概已荡然无存。他虽然是到省城见了世面，也触了霉头。他终于弄明白了知青们常玩的锤子、剪子、包子的游戏，其中潜藏着“一物降一物”的哲理，或者叫作“螳螂捕蝉黄雀在后”的世像。后来从顾晓江那儿传来的故事颇具传奇色彩。

知青中传说李副连长和保卫股罗股长是坐着团部的吉普车去的海州城，在海州城搭乘长途班车去的省城，途经淮州还在兵团部招待所住了一晚，第二天随班车直到傍晚才到了省城。

李副连长和罗树林股长在军区第三招待所住了一晚，颇费了一番周折才打听到眉山路。他们只能坐着公共汽车，因为那时省城还没有出租汽车。从军区三招，去找眉山路，无论是走在马路上，还是挤在公共汽车里，路人和乘客都以奇怪的目光打量着李副连长，这个穿着黄呢子大麾、足蹬乌克兰皮靴的中年汉子看着就是个乡下人，怎么穿得像是个校级军官呢？

城里人的目光像是锥子呢。李学文感觉不到，而保卫股罗股长却非常敏感，几次欲言又止，看着满脸得意还悠然自得地抽着旱烟的李副连长，罗树林直皱眉头。

上午九点多钟，他们几经打听找到了那个花木葱郁的大院，大院中的小院，小院中的青砖小楼。他们端足了威严敲开了院门，一个老保姆模样的女人开了门。

老保姆问：“你们找谁？”

“我们找黄卫军。”罗树林冷着脸说。

“他已上山下乡去了兵团，不在家。”老保姆不屑一顾地回答道。

李学文补充道：“他是‘五·一六’分子，他逃跑了。”

老保姆反问道：“他跑哪儿去了？”

李学文气不打一处来：“我们问你呢，你装什么蒜？”

老保姆摊开双手：“人在你们那儿，你们都不知道他跑哪儿去了，我又怎么知道他跑哪儿去了？”无锡话说得像是绕口令。

李学文和罗股长交换了一下眼神，觉得不能和这个老婆子再这么胡扯下去了，就问道：“黄惟俭呢？我们找黄卫军的家长。”

“你们问黄局长，他不在家，他去上班去了。”

“什么？他去上班去了，他不是被警备区关押了吗？”

“你们不要瞎三话四的，我们家老黄可是革命领导干部，被结合了。”

“被谁结合了？”

“省革命委员会呀，他是革命领导干部，上班好几天了，每天上午七时半省革委会的小汽车准点来接他上班的。”

罗树林与李学文顿时有点傻眼。他们商量了一下，还是应当去省革委会去会一会黄惟俭，尽管他是革命领导干部，可儿子还是证据确凿的反革命分子呢，他总不能包庇这个反革命儿子吧。明知找到黄卫军的把握不大，但黄惟俭那儿还得硬着头皮去跑一趟的，否则他们回去无法向团党委交差呢。

他们连黄家的门都未进，就显得有点灰溜溜的走了。等到打听着公共汽车站，搭上13路汽车到北京西路站下时已快中午了。两人找了一家小面馆，花六两粮票，二角六分钱一人吃了一碗阳春面。显然李学文根本未吃饱，但他身上没带什么钱，专案费全部在保卫股长身上。罗股长美滋滋地吃完一碗阳春面，从裤子口袋掏出手帕擦了擦油汪汪的嘴，舒服地打出一个饱嗝。看那心满意足的样子，老罗似乎没有再加一碗的意思，李学文也只能用手背抹了抹嘴。

罗股长脸上毫无表情，他提醒李学文说：“李副连长，你进省革命委员会大院，把你那杆旱烟枪给我收起来，另外，你那皮靴的裤管给我放下来，别像是电影里的日本鬼子似的。进机关大院子要讲规矩，不要太张扬，而且这身行头显然是黄卫军的，你在人家爹面前言行举止要得当，说话要谨慎一些。”

李学文只能唯唯照办，红着脸放下了裤管。

罗树林、李学文去了那个威严而壮观的大院。时间正是中午时分，这片花木扶疏的大院显得分外安静。尽管是冬天，但是柏油路黑色坡道两侧的冬青树，以及冬青树后面挺拔的松柏依然是那样郁郁葱葱，显得春意盎然的样子。

山坡的顶端一幢五层的苏式咖啡色耐火砖大楼在寒风中巍然矗立。过去这幢建筑被称为书记楼，也即省委书记们办公的大楼，现在已成了省革委会主任、副主任办公的大楼了。他们怀着忐忑不安的心情试图轻轻松松地走进这片大院戒备森严的门。因为保卫股长与门口站岗的军人都穿着解放军的军装，只是门口的哨兵是两个口袋，而他是四只口袋，也就是他是干部。他身旁那位甚至更牛，身着黄呢子大麾，足蹬贼亮的皮靴，虽然那皮肤，那行态更像是个农民，但很难说他不是农民出身的首长，也许那四个口袋的红脸山东汉子仅仅是这位首长的参谋也说不准。

在进门时，他们还是被毫不客气的警卫拦了下来，示意他们在门口的值班室登记。无奈中的他们只能返身去了值班传达室。一名年轻的军官接待了他们，冷冰冰地告之，现在首长都在午休，下午两点才上班。

李学文只能在肚子里面咒骂：“日妈妈的，还为人民服务呢，连大门都进不去。”他们只能在值班室的长条木靠椅上闭目养神，等着时钟慢慢爬向 14 点钟。这时李学文中午吃的三两阳春面已被他巨大的胃全部消化，他感到饥肠辘辘，只能从呢子大麾口袋中掏出烟袋想抽烟，却被玻璃窗内的年轻军官厉声喝止，无奈之中他只能闭目养神，不一会竟呼声大起，遭到周围等待上班进去办事的人员的侧目。他又被保卫股长轻轻拍醒，就这样眯缝着迷迷瞪瞪的睡眼到了两点整。年轻的值班军官忙不迭地打电话进去，隔着玻璃窗年轻军官一边斜着眼看着他们，一边在电话中解释着什么。

放下电话，军官推开玻璃对他们说："首长请你们进去，他在二楼205房间。"他们这才被要求交上外调介绍信，出示工作证填写会客单。持会客单，卫兵让他们进了省革委会大院。

李学文像是刘姥姥初进大观园那样打量着这个全省政治、经济、文化的指挥中心，他们并不知道黄卫军的父亲黄惟俭这位当年司令员的老部下已被司令员一句话不仅解放了出来，而且还官升了一级，实际恢复了他正师级的待遇。由副厅已变成了正厅级的相当于"文革"前的省委副秘书长了。

当他们穿过绿树夹道的柏油路，缓缓爬上高坡，越是接近那幢威严的咖啡色大楼时，越是有点心虚气喘了。令他们没有想到的是，一个月前还是走资派，被警备区关押的假党员、阶级异已分子已成了这个权力中枢指挥全省经济发展和后勤保障工作的一方主帅，虽然是副的，却是实实在在掌握着权力的一方主管呢，那职责相当于"大革命"前计划经济委员会和财经委员会的主管。

他们走进那幢戒备森严的大楼再次受到楼门口卫兵的盘查，之后将会客的条子递到一楼大厅内值班桌后面的值班员手中，接待他们的那位穿着黄军装不戴领章帽徽的年轻姑娘态度相对比较和蔼。她一个电话拨到了二楼205办公室。随后她彬彬有礼地对他们说："黄总指挥请你们去他办公室。"这时他们才知道，黄卫军的父亲黄惟俭同志已经成了省革命委员会财经指挥组的副组长，组长是省革委会副主任，一位野战军的军长兼的，他实际就是全省经济和财贸保障的总指挥。

他们先前那种专案人员不可一世的心态已经消失殆尽，心情也变得诚惶诚恐起来，仿佛小鬼要去见阎王了，他们已经预感到这次追捕任务，命中注定要无功而返了。既然走进了阎王殿，还是先见了阎王爷再说，事到如今，只能死马当成活马医，但愿黄首长是能够坚持党的原则、大义灭亲的好领导。

他们小心翼翼地踏着红地毯，慢慢地挪动自己的脚步，李学文甚至不敢将自己脚下穿的那双皮靴弄出丝毫的声响，因为他们身边擦肩而过的年轻的或年纪大的军官、战士或是地方干部走路都是静悄悄的，说话都是细声细气的，一概保持着大衙门里肃穆和宁静的气氛。这座森严的大楼象征着权威、等级和秩序，使他们感到了自己的渺小、猥琐和胆怯。他们连大气也不敢出了。

他们蹑手蹑脚来到205办公室，罗股长轻轻地叩响厚重的橡木门。门内传来一个威严的声音“请进”。罗股长还是不敢贸然推门而进，继续轻轻地有节奏地叩门，房内再次传来一声威严的声音“请进”，那声音提高了八度，明显带着不满。

罗股长推开大门侧身挤进了门，李学文紧跟着踅进了门，出现在他们眼前的是一个五十开外戴着黄呢子军帽，穿一身洗得发白的军便服的首长，没有戴领章和帽徽却不威自重。

然而，黄惟俭只是埋头在文件上写写画画的，并不抬头看他们。他们能够感觉到首长是凭直觉已知道农场或者说建设兵团这两个公差进了他办公室的门。但是他还是矜持地该干嘛干嘛。

罗股长下意识地双腿并拢，行了一个标准的军礼：“首长好。”黄惟俭头还是未抬，连正眼都未瞧他们。只是轻轻地摆着手示意他们在沙发上坐一会儿。

罗股长明白了领导表示的意思，他率先坐了下来。他上身仍挺得笔直，双手放在膝盖上，保持下级对上级应有的敬畏。只有屁股后面挂的手铐仍在不时地提醒着这次到省城来的任务。

李学文已有点手足无措了，他呆呆地站在那儿脑袋瓜子一片空白，仿佛是在梦中。罗股长用穿了皮鞋的脚轻轻地碰了他一下，他才如梦初醒般地笨拙地挪动双脚，坐进了沙发中。但是他们也只敢屁股牙子稍稍靠在沙发上，身体还是绷直着，这种坐姿实在有点不舒服。

这时门外一阵清脆的“咚咚”声，一名战士托着两只瓷杯进来为他们斟上了两杯热茶。罗股长揭开杯盖，熟练地吹着杯中的浮茶，开始品茶，他觉得这是一杯上好的碧螺春。

李学文不懂品茶，只是急着把滚烫的热茶倒进渴得冒烟的喉咙，先是烫得龇牙咧嘴，后又将茶水喷在了松软的地毯上。

批着文件的黄惟俭嘴角微微地浮出一丝不易察觉的微笑。罗股长狠狠地瞪了李学文一眼。李学文尴尬地笑着，只好将茶杯放在茶几上，手脚一时不知放哪儿好了。

黄惟俭办公室里不时有年轻的军官、干部出入汇报请示着问题、送文件签署，那神态毕恭毕敬，一口一个黄总指挥，他们也分不清这种总指挥是正的还是副的，因为地方干部的称呼往往是不分正副的。黄惟俭总是简洁果断地下达着命令，宽大的办公桌上的电话铃声此起彼伏。

有一次红机子响起，黄惟俭甚至还立马从皮转椅上站了起来，立正着，压低了嗓门，那神态颇为谦恭。罗股长大致听出来了，那是当时威名赫赫的司令员打来的电话。黄惟俭上身挺直，两腿并拢作立正状，一口一个“是，司令员”的，看得罗股长和李学文目瞪口呆，原来在路上想好的追捕黄卫军的说辞，一下全部吓得缩回肚子里去了，一副不知如何完成团党委交办任务的尴尬神态。

黄惟俭终于从繁忙的公务中回过神来，他神清气闲的双手握着茶杯，脸上堆着笑容好像刚刚记起这两位十分钟前还呆坐在沙发中的不速之客，明知故问道：“不知两位大老远从海州，跑到省城找我有何公干?”

罗股长立即从沙发中又站了起来，作立正状，被黄惟俭用双手阻止了，意思是请他坐下，有什么事慢慢说。

罗股长仿佛斟酌着与首长汇报的说辞：“我向首长汇报一下，我们这次来省城是来找黄卫军的。”

“他怎么了?”

“他三天前失踪了。”

“怎么，失踪了?”黄惟俭似乎很吃惊。

“是的，首长，在参加一个大会后不知了去向。”

“那你们要好好的找一找，我们已 3 个月没有接到他的信了，不知出了什么事，正要问你们呢。”

李学文嗫嚅着想说什么，被保卫股长用眼神制止了。

“孩子年龄小，我呢又疏于管理，你们也瞧见了，工作很忙，我就把这孩子交给你们了，他是响应毛主席的号召扎根农村干革命的，你们政治上要严格要求，多批评多帮助，让他多吃苦，李学文副连长你说呢?”

李学文听到黄惟俭点他的名，浑身一哆嗦，忙不迭地点头说：“是的，是的，小黄他很聪明，工作也能吃苦，党支部对他一直是培养的，只是……”

未等他说完黄惟俭就打断他的话说：“是的，这孩子，从小娇生惯养，身上有骄娇二气，被他妈宠坏了。有‘自来红’思想，受反动血统的影响，自高自大，自以为是，说话不够谦虚谨慎，这就需要你们这些解放军同志、贫下中农严格要求，多批评多帮助，政治上多关心他，不能对他放任自流，那只能害了他。”说完这些，黄惟俭站了起来，端着茶杯踱到了他们面前，他们这才能够充分打量着眼前的这位首长。

这位首长长着国字形的四方脸，下巴刮得铁青，倒背着的包头，夹杂着丝丝白发，炯炯有神的大眼如刀子般直逼着李学文，使李学文不敢直视他的目光，只能像是做贼心虚般地低下了头。他的个头魁梧，肩膀很宽，虽然军装洗得发白，但穿在身上很合体，封领扣扣得很严整，俨然军人的风范。

他走到了李学文面前，双目炯炯地瞪着李学文身上的黄呢子大麾和脚上的乌克兰高腰靴说：“咦，李副连长这身行头怎的和我配发的黄呢子大衣，和我在新四军一师去东北野战军工作时，在大连军管会工作期间，苏军马利诺夫斯基元帅送的军靴一模一样呢？这两件东西都是黄卫军偷偷带走的。”这时李学文脸涨得通红，恨不得地上有条缝钻进去，他想解释什么，一时想不到合适的理由。

还是保卫股长脑子管用，他说：“这是小黄失踪前，丢在宿舍的，我们在寻找过程中怕他衣着单薄，李副连长将这些物品带着的，昨天到省城气候转冷，李副连长带的衣服少，也就临时穿上了。这不，还是还给首长吧。”说完他连忙递眼色给李学文。

李学文只得手忙脚乱地解开黄呢子大麾的扣子，脱下大衣，露出了一身补丁摞着补丁的破棉袄，棉袄腰间还扎着一根草绳，中间斜插那根带翡翠烟嘴的烟杆。他又慌慌忙忙地脱那双高腰皮靴，由于神精紧绷着，心情紧张，手足不灵便，怎么也脱不下来，他只好坐在沙发中，由罗股长帮忙才拉了下来。罗股长一蹲下来，那镀着镍的手铐亮亮闪闪地出现在黄惟俭的眼底。他笑嘻嘻地居高临下地看着这两个人的拙劣表演，一边悠闲地喝着茶。

黄惟俭显然知道他们在编着谎言，但他并不戳穿，只是慢慢地到自己的办公桌后面打开抽屉，拿出了一件用细布条编织的草鞋递给了红头涨脸、光着脚丫站在地毯上不知所措的李学文。

他和蔼地说："李副连长，这靴子是文物，我是要捐给革命历史博物馆的。你呢，不能在这个大冬天的光着脚走路，这鞋你先穿着，这是司令员送我的，我送给你。你毕竟是我们家卫军的领导呢。"他的眉眼里全是笑意，李学文慌慌张张地说："谢谢首长，谢谢首长。"

黄惟俭突然脸色严肃起来："我们家卫军是响应毛主席他老人家号召去兵团上山下乡干革命的。你们转告你们团的刘鸣岐副政委，卫军去时是健健康康的，他要是有个闪失，拿你们的刘副政委是问，我是要找他要人的。"

"是的，是的。"罗股长连声答应道，他知道他们这次到省城追捕逃犯黄卫军的使命到此已经终结，他们根本无法去完成了。他敬礼，转身走人，李学文哭丧着脸紧随其身后，剥去了本不属于他的黄呢子大麾和苏制元帅靴，就恍若丧家之犬那样夹着尾巴、穿着草鞋离开了那幢神圣的大楼。在楼下还差点被警卫连扣住，以为是混进书记大楼来搞破坏的坏分子，任罗股长一再解释，警卫打电话请示了黄惟俭，才被放了出去。

走出省革命委员会大院，中国人民解放军江苏生产建设兵团 5 师 8 团 8 营 54 连的李学文副连长贴身的小褂全部被冷汗浸透，虽然是寒冬季节。

李学文并不知道，他和保卫股长刚转身离开，黄惟俭就操起桌上的电话机给刘副政委挂了电话，只一句话就解决了李学文的政治命运："小刘，我是黄惟俭。你们54连的那个农民副连长李学文，我看他就不是个好人。”随即不等刘某人解释就挂断了电话。

刚出省革委会大院，罗股长就劈头盖脸地将李学文大骂一顿说：“李学文，你说你们54连党支部怎么弄的，这‘五·一六’分子再揪，也不能揪到首长的儿子头上，你看这下弄巧成拙了吧。你和秋水花搞的什么鸟事，整一个瞎忙。我要去看我一个战友，你自己回去吧!”说完他扔下仍在寒风中发愣的李学文。

李学文是拿工分的副连长，根本就没有工资收入，此刻身上分文没有，连住店的钱都没有，他对着保卫股长的背影喊道：“俺身上一分钱都没有，咋回去呢?”这一喊提醒了保卫股长，他回转身，从皮夹中抽出了一张拾元面值的人民币递给李学文，“找个旅馆住一夜，买张明早去淮州的票，再转道去海州。”

“粮票呢？没粮票俺吃啥呢?”

“真烦，给你二斤全国粮票，记住凭发票到团部报销。”罗股长那神态像是给一个要饭的施舍。

这时天渐渐黑了下来，寒风吹动着满街的法国梧桐的枯萎落叶，发出“瑟瑟”的声响。李学文欲哭无泪，欲诉无声，他被撕裂的灵魂不仅感到了痛苦，而且还因官场那种居高临下的目光和被无比优越的城里人的歧视而感到屈辱。这个繁华喧嚣的城市并不属于他，而属于黄卫军这些人。他是属于那块广袤而贫瘠的土地的，那里的乡亲贫困但是淳朴，只有在那儿他才能有当家做主的感觉。天高皇帝远，他是那块土地的土皇帝、土司、土财主，他咬着腮帮子的肌肉，恶狠狠地在心中赌咒着，当时就应当把黄卫军那小杂种给整死，怎的让他逃跑了呢。

他感到了肚皮中的饥饿，走进一家面馆，又差点被人当成要饭的赶出来，说他是什么“五湖四海”的人，愣是不卖饭给他。他只能在街上流浪。他心中感到分外凄凉，这大城市不是俺农村人呆的，俺还是趁早回去吧。他就这么一边想着心事，一边想找一个旅馆住下来，他突然想起来，他身上根本就没有任何可以证明他身份的证件和介绍信，那封追捕黄卫军的介绍信被保卫股长带走了，也就是说他今晚将无处容身，将露宿街头。

他慢慢向长途汽车站走去，准备在那儿打发一夜，再买一张第二天早上去海州的长途汽车票。

当李学文胡子拉碴地足蹬黄惟俭赠送的将军草鞋，穿着破棉袄棉裤踯躅在省城的街头，啼饥号寒，满腹心思地穿行在法国梧桐的阴影中时，他被两个当街巡逻的戴着“文攻武卫”红袖章的民兵拦住了。

他们发现这个盲流奇怪的装束，大冬天地光脚穿着一双编织十分精致甚至在脚指头前缀着一朵大红绒线花草鞋，破棉袄腰间扎了一根草绳，腰间别着一根长长的紫红竹节烟锅，那翡翠烟嘴绿得诱人，这家伙双手拢在袖中实在像是一个形迹可疑的盲流，或者行为不轨的农民。

那时省城正在闹“五湖四海”，说是一个外省流入省城的乞丐团伙专杀城里人，抢城里人财物。是一帮杀人越货类似土匪的团伙。城里人看见农民模样的人就敲畚箕，敲脸盆，于是居民们扛着棍棒开始自卫性的攻击，有的农村人就这样被活活打死在街头，而凶手却不知是谁。凶手是谁？是被流言和身份歧视鼓动起来的城里人。该死的城里人哟，流浪的李学文并不知道这个背景，不知道城里人对农村人的极端戒备和仇视心理。他还在为刚才的脱衣脱靴的羞辱而咬牙切齿，想到激愤之处，不禁热泪盈眶。

他终于被当街拦住了，两个年轻的戴着柳条帽的持枪民兵喝问道：“你是干什么的?”

“俺是中国人民解放军的副连长……”他解释着，但是却什么像样的证明也拿不出来。

“就你这样，还副连长，莫非是‘五湖四海’的。”

“我们是来自五湖四海，为了一个共同的革命目标走到一起来了……”他开始熟练的背诵毛主席语录。

“果然是个五湖四海的，走。”

民兵押解着他向不远处的指挥部走去，为了怕他逃跑，一个民兵解下自己的鞋带，将他两只手的大拇指捆扎在一起，捆得很紧很紧，这使他感到了疼痛，他“哎哟”地叫出了声。

“这还叫痛，你是落在咱哥们手中，要是给革命群众抓住，没准就把你给专政了。”两个小伙子嘻嘻哈哈地嘲弄着这个弱势的乡下人。

省城的民兵指挥部不远，沿北京西路向东走到头的山坡上有一座明代的鼓楼，那里现在已经改成了临时监狱，工人民兵纠察队在那儿审人，打人，行使着无产阶级专政的职责，李学文被捆着拇指带进了这座阴森森的充满着毛骨悚然惨叫声的指挥部。

他被带到了顶楼的办公室，一个自称为副总指挥的中年人披着军大衣叼着烟负责审问他。押解他的民兵，对着这人的耳朵说了几句，就开始了姓名、年龄、籍贯的查检。询问到身份时，李学文再次申明自己是“中国人民解放军……”话音未落，两记火辣辣的耳光劈面打来。

他开始杀猪式的嚎叫：“你们怎么打人！要文斗，不要武斗！”

“打的就是你这种人，再胡说八道，先把你吊一夜再说。”小头目威胁着说。

他不敢再吱声，凭嘴角的血从口头淌下来。

“老实说干什么的？”

他说是东方农场马庄分场的贫下中农。那人才笑了起来，这才老实了嘛。“不过，现在已改成了解放军建设兵团 5 师 8 团 8 营了，俺是 54 连副连长，李学文，俺没瞎说呢。”他的眼神里流露出可怜巴巴的无奈。

“我警告你，你再胡说八道，先打断你的狗腿再说。”

眼瞧着两个押解他的民兵又要用枪托劈头盖脸打过来，他哀求着说：“别打，别打，我说的都是实话。”那头目用眼神制止了他们。

“那你到省城干啥来了？”

“来外调的。”

“就你一人？”

“还有一个是我们团政治处保卫股的罗股长。”

“他人呢？”

“他去会战友了，叫我一个人先回团里，不，是场里。”

“你的身份证明呢?”

“都在股长身上呢。”

“他住哪儿?”

“昨天我和他一起住在军区三所的。”

“你们找谁外调的?”

“找省革委会经贸指挥组的黄惟俭副总指挥。”

“好了，先将这个人带下去。”

他被两个民兵关进了城楼的门洞里，那里装上了铁栅栏，关满了人。他混杂在这些小偷、强盗、流氓中被要求靠墙蹲下老老实实呆着别动。他又累又饿，眼泪鼻涕止不住地流。

他带着疲惫的身躯慢慢睡着了，他梦到了大雪纷飞的那个凌晨，他和怀孕的妻子带着金娃和弟弟学斌在逃荒的路上。那是三年困难时期，他们四人相搀着深一脚浅一脚地走着，媳妇要生产了。他将媳妇领到了一个桥洞下，媳妇呻吟着躺在冰冷的地下，喘着粗气，嚷着口渴，要喝水，他吩咐金娃看好娘，他和学斌去为媳妇讨口水，讨点食物。等他们父子俩端着半碗稀饭回来时，他媳妇和血泊中的孩子已断了气，只有 10 岁的金娃在“唔唔”地哭着……他想到了在家山东临沂乡下刚刚因饥荒而饿死的父亲、母亲，不禁悲从中来，嚎啕大哭，但是怎么也哭不出声来。

他醒了，原来他身旁的一个农村孩子在哭，这孩子是山东来要饭的，被当成五湖四海抓到了这儿。他再也睡不着了，他想这次省城之行其实就是一个荒诞的梦。这时已经是凌晨六时，天开始放亮了，有人在叫他“李学文”，他站了起来，昨晚押他的民兵对他说：“你出来，你们的保卫股长来接你了。”

他眯缝着肿胀的双眼向鼓楼的山坡下看。果然那个瘦瘦的长得尖嘴猴腮的家伙，这个没良心的军人微笑着向他招手。那人就是团保卫股的罗树林股长，昨晚去会战友时将他一人遗弃在街上的人。这家伙的身旁停着一辆挂着军用牌照的北京吉普车。他的双腿感到像是踩在棉花上深一脚浅一脚的，军人向前扶住了他。

他几乎是哭泣着用拳头捶打着没良心的家伙："你怎么现在才来呢？你不知道俺遭的罪有多大呢。"是的，军人看到了他鼻青脸肿，嘴角渗出的血痕。本想训斥说，这完全是你自找的。但军人什么话也没说，也许是动了恻隐之心。也就任由着他捶打着自己，任由他伏在自己肩头像孩子似的痛哭。

军人拍着他的肩膀说："李副连长别哭、别哭，我这不是来接你了吗？咱们今天就一起回团部。昨晚我喝多了，没接到民兵指挥部打来的电话。今天上午是黄惟俭从省革委会打来的电话，我才知道你被关押在这儿，这不就赶来了吗？"

军人搀扶着李学文上了军用吉普车。军人和民兵指挥部的人握手道别，感谢他们对李副连长的特殊关照。否则就有可能被警惕的革命群众当成"五湖四海"匪徒，打死在街头。吉普车渐行渐远，穿过城区的林荫大道，向中央门汽车站驶去。

李学文的省城之行悲剧性地结束了，他仿佛是经历了一场噩梦。梦醒之后，回到他的生活中，他似乎在经历了这场心灵和肉体的炼狱之后变了一个人似的，他不再是那个穿着黄呢子大麾耀武扬威的副连长了，他恢复了原来的角色，一个不拿工资，苦着工分的农民。反而将官场的一切看得平淡了许多。回过头来再看秋水花，他感觉这个女人骨子里俗不可耐，尤其是她对权势的热衷几乎到了丧心病狂的地步，让人瞧不起。他也是曾经沧海，见过世面的人了。这年冬天快结束的时候，他在全村人的敲锣打鼓声中将自己年满 18 岁的儿子李金娃送去了部队。

他紧紧拉住儿子的手，满含着热泪谆谆嘱咐儿子道："娃子，你爹就这么大能耐，将你送去部队大熔炉，你如果在部队不混出个人样来，就别回来见我，要知道吃得苦中苦，方为人上人呢。"当时他脑海中出现的却是穿着黄呢子大麾，足蹬马林诺夫斯基元帅靴的黄卫军的形象，幻想着儿子将来也能像黄卫军那样……。

李学文回来之后，党支部再也不关心黄卫军的去向，秋水花对我的态度也有了很大的转变。有消息说，黄卫军被他爹改了名字，开后门送去了

部队，没人知道他去了哪个部队，据说是藏在大别山深山老林的测绘部队中，销声匿迹了。

那年冬天我也去了部队。因为我老爹的所谓“叛徒”问题也已查明，组织上维持了1954年审干时的结论。他被捕后，党组织未遭破坏，新四军驻地未遭袭击，在日本人的严刑拷打面前表现是好的，坚持了民族气节，他被重新分配了工作，去了省革委会的工作组，派驻于台县，负责政法工作。我接到父亲的电报去了于台县，就再也没回建设兵团那个所谓的连队。

第九章　穿上绿军装

形势逆转后的命运转折

半个月之前，我还戴着破棉帽，穿着破棉袄，蹬着破解放鞋，腰中缠着一根稻草绳形容枯槁、衣衫褴褛地推着独轮车和贫下中农们奋战在河工工地上。

冬天是农场的农闲季节，妇女们都躲在家中纺线、纳鞋底，或者侍弄家禽，攒几个鸡蛋什么的，在集市上换些针头线脑补贴家用。

寒风呼啸着吹过荒芜的田地，铺满寒霜的盐碱地割过小麦的麦茬仍然残存在土地上，在风霜中等待开春时的深翻作为来年的肥田养料。田埂上长满着枯黄的野草在寒风中摇曳，灌溉渠边光秃秃的树木伸展着的枝丫仿佛向灰蒙蒙天空伸出的手臂呼唤着春天的到来。

村里的青壮男丁都去了河工工地，我们知识青年所谓的兵团战士当然是最廉价的劳动力，男青年几乎都去了工地。每天双手推着独轮车，脖子上挂着根辕绳和老牛一样，将一车车码得小山一样高的淤泥，吃力地从河底推上河堤，独轮车辗过用竹片编成的车道，每推向前一步都要使出吃奶的劲，沿坡道直到堤堰上弄不好就可能造成人仰车翻的事故，上坡时专门有一人肩膀上斜挂着一付绳索，小车到来，这人将绳索挂在车头在前面帮着拉，才能到达堤堰上，将一方方干淤泥卸下。

有时我们和当地农民一样在寒风彻骨中穿着单薄的衣衫赤着脚站在结着薄冰的河中央，将稀薄的淤泥一锹一锹甩上河沿。到晚间被辕绳磨肿的肩膀隐隐作痛，酸疼的胳膊吃饭都疼痛得龇牙咧嘴。

那时李学文副连长在去省城追捕“反革命联动分子”黄卫军，被卫军他爹，省革委会经贸指挥组副总指挥黄惟俭定性为“坏人”后，就被54连党支部逐出了政治层，虽然仍然顶着副连长的帽子，但是营部的专案组正在秘密收集他腐化堕落的罪证材料，他随时都有可能被摘掉官帽子，遭遇政治上的灭顶之灾难。

李学文是农民，文化程度不高，最多初小，但是他并不蠢笨，他有着中国农民的精明和狡诈。他无师自通地了解中国农村权力运作的模式，尤其是从省城回新庄后，他更加理解了中国农民在政治生活中所处的位置，以及政治宣传的微妙之处，在于自己所扮演的角色要不温不火，当好鹰犬也必须把握分寸，鹰犬追逐撕咬的对象必须要根据主人的眼色和绳索抖动的力度去选择，因为自己始终是被人所牵引着把控着的，是不能自由奔驰随心所欲地追逐撕咬对象的，没准撕咬的对象是一只老虎的崽子，他就很可能被藏在身后更大的老虎所吞噬。到那个时候牵着他的那个人只要一松手，他就只能任人宰割，这就是小人物的命运了。只有到了省城的大衙门，他才知道在权力的等级上，自己只是一粒极不起眼的微尘，一粒连小抹布都能轻易掸落的尘土，实在连苍蝇、蚊子都算不上。

李学文吸着旱烟眯缝着眼睛蹲在河工工地上，望着蝼蚁似的人群在寒风呼啸的寒冬腊月站在冻土或者冰水里一锹一锹地挖河泥，想着这几个月的变化，他是很沮丧的。现在秋水花似乎也和自己刻意保持距离了，但是他想老秋毕竟和自己还是打断骨头连着筋的利益共同体，她并不希望自己瞬间的垮台，说到底老子的垮台，将牵连到她自己岌岌可危的地位，听说王富贵连长正在积极努力谋求党支部书记兼指导员的位置，他那个本家侄子王会计正死死地盯着他那个副连长的地位呢。官帽子没了，我的那个家也散了，马居正的那个婆娘冯翠华还不跑了，她跑了那三开间的大瓦房也就没了。最近那婆娘经常摔锅砸碗的给自己脸色看，扬言要揭发他害死了马居正，可以说是屋漏偏逢连夜雨，他是走了噩运了。现在他是没办法，只有死死拽着秋水花力保自己副连长的帽子。

曾经沧海难为水，总结经验教训是自己跟着秋水花瞎折腾，得罪的人太多，别人抬举你是主人，就自以为是主人了，其实还是家奴和门臣，自己所处位置所应当演好的角色，越位的出演，也只能是政治舞台上的小丑。他仿佛就变了一个人似的，表面上干脆破罐子破摔了。实际他变得深沉和韬晦了，他不想再去与连长、指导员争什么权力了。他现在更多考虑的是自己儿子李金娃的前程，只有改变了农民身份，将来才能光宗耀祖，他必须寻找机会，让金娃去参军提干，这是一条唯一可以改变自己卑微身份的路子，没准以后就成了黄惟俭，即使转业也可以完全改变农民的身份成为国家干部。想到这儿，他甩掉了身上的棉袄，赤脚跳下了结着薄冰的河底，甩开膀子干了起来。

干庄稼活和水利工程李学文毕竟是行家里手，他一边在河底挥动双臂轻松地甩着淤泥，一边用淮海戏的腔调悠闲地哼唱着《小寡妇上坟》的曲调，似乎很自得其乐的样子。有时他还会肆无忌惮地讲些诸如小寡妇思春之类的淫秽色情故事，在公众眼中他似乎已经完全沉溺于声色犬马，完全没有了政治上的野心，完全地和群众打成了一片，开始和光同尘。

他在捞淤泥时，竟然十分轻蔑地问我：“小把戏，你还没有尝过女人的滋味吧？还是小黄活得滋润啊，一边批着别人的“早谈恋爱晚结婚”的言论，一边和自己的老相好卿卿我我的扯不清。你啊，太幼稚了。”我不知道他指的是什么，也许是伪军当年给王小娜的信被他偷拆过，也许指的是他和黎星星的关系。

我红着脸顶回去了，我骂了他一句“无聊”，他却哈哈大笑着说：“告诉你，别说无聊，是男人都是喜欢女人的，是女人也是想着男人的，你们也别在那儿假装清高。女人和女人表面上看都一样，其实各有各的味道，以后你会懂的。”周围的知青和农民听了开怀大笑。

我的脸更红，头埋得更低了。那时我特别孤独，黄卫军跑了，不知去向，顾晓江被抽调到营部去当了书记。天天饥肠辘辘地听着李学文的口头腐化，真有点受不了，我真的很气很气。我们总是急切地等待着收工的哨子声，然后饥肠辘辘蜂拥着涌向河堤上那间用芦席临时搭起的窝棚，那里是我们每天向往的食堂，窝棚里的蒸笼屉中正飘来蒸熟的粗面馒头和玉米粥的阵阵香味，中午和晚上还会享受着每天两餐都一样的大白菜盐水汤。

为了发泄我的怒气，收工哨一响，我立即冲向筑在大堤上的临时用芦席搭起来的食堂。食堂里正飘飞出阵阵玉米粥和蒸熟了的粗面馒头的香味。煮饭的常老乐正掀开蒸笼屉，未等他那双迎风流泪的老眼看清雾气弥漫的食堂锅灶前咋回事时，我已经伸出我沾满淤泥的双手一手抓住一个大馒头回头就跑，扎着白围裙的常老乐拼着老命追赶我，我拼着小命疯狂地跑，眼看他要追上了我，我干脆一屁股坐在河堤上在两个馒头上各咬了一口，那时好像也不感觉到烫嘴，只感觉到十分地痛快。他看着我穷凶极恶的样子，无奈地摇摇头走了。

不一会儿他又端了一瓷缸热乎乎的玉米粥向我走来，橙黄的玉米粥上还飘浮着油汪汪的碧绿的青葱小蒜。只见他那迎风流泪的烂眼中闪烁着慈爱的光，他说：“孩子，吃吧，吃吧，慢点吃，别噎着。”他摇摇头走了。那时我们的河工早晚都是玉米粥、大麦饼，最多加点炒咸菜，中午是一锅清汤寡水的煮大白菜，最多滴几滴蓖麻油，我们吃得就很香。其实当时的老百姓生活很苦，作为知识青年的生活比起当地农民的生活还是要好得多的，主要是从城市到农村生活的转换感觉落差特别大。

傍晚时分，知青们三五成群地仰望着寥落寒星，唱着思乡的歌曲。一曲《流浪的人归来》，可以唱得人热泪盈眶，不能自已：

流浪的人归来青春已不再，
少年时代的朋友啊你如今在不在，
我愿把我全部爱，

全部献出来呀我的小妹呀。

流浪的人归来头发也花白，
回想当年的往事啊悲从心头来，
走在大街无睬，
我孤寂难耐呀我的小妹呀。

流浪的人归来荷花水中开，
我那爱情的花朵啊它无水花不开，
不是我呀不爱你，
实在是没办法呀我的小妹呀。

流浪的人归来雪花把地盖，
雪花洁白冰上开纯洁人人爱，
多想唤回你的爱，
痴情永不改呀我的小妹呀。

听着那略带凄凉的歌声，我独自一人坐在河堤上，看着一轮残月，想念着远方的亲人，我没有小妹，心中不断浮现的却是黎星星和方吟梅的影子……远方黑森森的树林中，闪出一个人影。顾晓江特地从营部骑车十多里送来了爸爸从于台发来的电报。电报很简单就几个字："家迁于台，速归。"我看了电报，心中明白是怎么回事。

顾晓江似乎也猜透了电报实质性的内容，他和我说："路伯伯解放了，祝贺你，你要走了？"我默默地点点头，看着晓江，一时不知道说什么好。

他说："电报上我已请倪教导员签字同意你请假回去了，你去和李学文打个招呼，今晚就和我走。"他特别强调了是他请教导员签的字，我千恩万谢感谢晓江的帮忙。

我和晓江踏着月色去了李学文住的窝棚。李学文是副连长，他一个人住在工具棚，正在油灯下默默地抽着旱烟，嘴里吞云吐雾，似乎在想着什

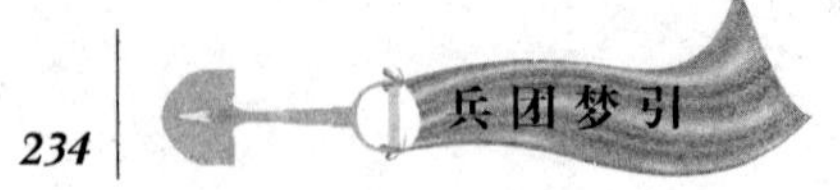

么。工具棚的壁上投放出他的巨大阴影，他一人埋身在阴影中。看见顾晓江和我钻进窝棚，李学文没有任何反应。

还是顾晓江先和他打招呼："李副连长，雨生爸爸解放了随省委调查组进驻于台县城，很快接管县委、县革委会，他家要搬到县城去，他爸爸来电报，要请假回省城帮忙搬家呢。团部政治处程颖程副主任，专门打了电话给倪教导员，教导员已经签字同意了。"他特地强调了是省委的调查组，心想这李学文刚刚在省委被经贸指挥组副组长黄惟俭整得灰头土脸，此刻应当识相。

他微笑着将有营教导员签字同意的电报纸递了过去。李学文看都未看电报，甚至连眼睛珠子都未转过来，只是老僧入定似的淡淡地说："回去吧，回去吧，你们迟早都要走的，你们不是啃泥巴的命呢，和我们绝对不是一路人，说是扎根农村，那是糊弄俺庄稼人的，还是小黄唱得对，龙生龙，凤生凤，我们农民的儿子只有打地洞呢。别的话我不想多说了，我这人毛病很多，尤其对你们是不够厚道，希望你们不要记恨我。我老了，也不指望什么了……"他幽幽地吐出一口烟来，语带凄凉地说。他眼看着头顶的芦席棚凄然泪下，"我那时是鬼迷心窍呢，跟着秋水花去到处整人，报应啊。谁知是三十年河东，三十年河西呢，风水轮流转，这就是命啊，而现在还不到三十年，仅仅是半年时间命运就轮转了回来。"

李学文突然回过头来对着顾晓江说："小顾，马上冬季征兵开始了，我想送金娃去当兵，希望你大人大量，不计前嫌，放我家金娃一马，我这一辈子都会感谢你。"

顾晓江开始带点官腔地笑着说："学文同志你放心，只要你家金娃符合征兵条件，我一定不会打坝。"他甚至不自觉地像是领导那样居高临下地拍了拍李学文的肩膀说："学文同志别想太多，早点休息，还是要多注意身体啊。"说完，我们闪出了门。顾晓江骑车驮着我连夜将我送到了村里，我简单收拾了一下，就又和晓江踏着星月去了场部程颖阿姨家。

令我难忘的程颖阿姨

自从出了黄卫军潜逃事件，李学文副连长追捕无果后，连队开展阶级斗争的热情锐减下来，王富贵连长又开始大抓生产，开始了冬季的兴修水利工程，东干河工地离我们住的小新庄大约有六七里地的样子，我们吃住都在工地上。小梁河两岸搭了一溜用芦席盖的窝棚，我们就住在窝棚里。

顾晓江是连夜从马庄营部骑着自行车将电报送到东干河工地的。在这个滴水成冰的严寒冬季，也是我人生最艰苦、最痛苦的时期，这无疑是雪中送炭，晓江在关键时刻还是帮了我一把。

如果电报落在秋指导员或李学文手中，只要压下一个星期，我人生转折的时机也就在一瞬间消逝了，我的人生可能又会是另外一番景象。当我从顾晓江手中接到电报起，就已经猜想到要发生的事情。我将面临我人生路上的一次重大的机遇，机不可失，时不再来，我必须抓住机遇，顺势而上。

顾晓江骑车搭着我，匆匆回到小新庄知青点，我匆匆地收拾了简单的行李，带着一个旅行包装了几件换洗衣服，挑了几幅较满意的风景和人像写生，那个破柳条箱里只剩两床破棉絮和一批哲学、文学书籍，连“文革”前的一批老版连环画和两册集邮本都未舍得带走，就锁好箱子，像是逃跑那样连夜踏上了去场部的路。

我提着行李袋，一个鱼跃跳上了顾晓江骑着的自行车后座上，在颠簸的农村乡间小路上，我背着军用书包怀抱旅行袋，怅望着灰白的天空，满目萧瑟的景象，寒风中摇曳的芦苇，光秃秃的树桠像无数枯瘦的手臂伸向天空，白花花的盐碱地，我回忆起在兵团连队的往事，不禁感慨万千。

两年前的早春季节，我刚满 15 岁，因为父亲在 1944 年 7 月从事抗日民运工作被日本人抓捕，遭到严刑拷打，终没有屈服，15 个小时后机智脱逃。造反派怀疑他是叛徒，他遭到审查，我因此不能升入高中，踏上了去建设兵团的路。

我所在的团是原来省内最大的国营农场。那天凌晨 6 点，我顶着满天寒星，踏着一路月色，提着简单的行李和爸爸配发的一批马克思、列宁、毛泽东著作和当时中苏论战的图书去了集合的地点南京八中，随南京市的 100 多名知青，分乘 4 辆长途班车经过一天的长途跋涉来到了苏北濒临黄海边的东方农场。

爸爸在临别时和我说："东方农场我去过，那儿条件不错，青砖瓦房，有电灯电话。去了好好改造思想，接受贫下中农再教育，在战天斗地中练一颗红心。实在有什么困难可以去找我的老战友程颖同志，她是农场的政治部主任，一个非常好的女同志。"

我们是当晚九点多钟到达东方农场场部的，一辆吱吱呀呀的牛车将我们连人带行李拉到了远离场部的连队。所谓连队，实际就是原来农场的场带队。那里的田野是白茫茫一大片广袤无垠的盐碱地，早春的寒风在空旷的田野呼号而过，触目所见是一片荒芜和凄凉。

老百姓的生活还很贫困，他们住的是土基垒成的茅草房，所谓电灯仅在厂部及加工厂有限的范围内闪烁着昏黄的光，大片的农村依然摇曳着如豆的煤油灯。电话仅仅通到营部也即过去的分场，是最原始的手摇电话机。尽管此刻的农场加上了中国人民解放军的名称，但是骨子里还是贫穷落后的乡村，只是换上了一个时髦的招牌，换汤不换药似的转变，其实是为了适应军事管制的需要。

将近两年时间，农场中发生的一切，终将成为过眼烟云，顾晓江踏着自行车载着我穿过条条田埂，在一弯寒月的照耀下通向场部的大道像是一条白练那般恍恍惚惚地向前方延伸，两旁的茅草民居渐渐被甩在身后，高大的白杨树出现在眼前，白杨丛中矗立的电线杆和工厂的烟囱朦朦胧胧，仿佛一抹剪影衬托着一片青砖黑瓦房，隐约进入我们视线。我们终于到了场部。

我敲响了程颖阿姨家的门。灯光中闪出了程阿姨的身影，她显然知道我的到来，我想父亲一定打电话告诉了她我的情况，她见到我和顾晓江到来高兴地连声说："当兵去，这是好事，这是好事，明天一早就在场部坐去淮州的班车走，票我已经替你买好了，从淮州到于台县就很方便了。"

她说："还没有吃饭吧？我这儿给你们准备了。"

我说："在工地吃了，身上太脏就是想洗个澡。"

她说："可以，就在小锅屋去洗，那里有现成的热水。"

顾晓江告辞而去，我们紧紧握手，我说："晓江，我走了，你一人好自为之。"

晓江憨厚地笑笑说："没什么问题，我现在的情况比较好，以后总有机会的，听说马上大学要恢复招生了，我是可以作为工农兵学员被推荐入学的。"他告辞了程颖阿姨，匆匆消失在夜幕之中。

程颖阿姨为我准备了热水，当我一个人关上小锅屋的门，在昏黄的灯光下，坐在木桶中，手握毛巾用热水洗去浑身的污垢和疲乏，脑海中不禁波涛汹涌，和程颖阿姨相处的日子一幕幕浮上心头，眼泪止不住夺眶而出。程颖阿姨不仅是父亲的战友，她还像是母亲一样关心着我们，因为来到农场的南京知青中，不仅仅有我，还有其他一些老同事和老战友的儿子，我们这些少不更事的学生娃时不时地来往于她家混吃混喝地解解馋，她总是热情接待，从不嫌麻烦。我们有时还经常在连队给她找些不必要的麻烦，比如我们新庄清查"五·一六"时也牵扯到我，她在党委会上仗义执言，和军人领导针锋相对地为我们辩护，认为黄卫军的问题只是认识问题，属于人民内部矛盾是完全可以教育的问题，而不能上升到敌我矛盾，把人往死里整。

经常是在午饭后，在那片灰蒙蒙的场部宿舍区低矮的平房里，程颖阿姨坐在藤椅里，我坐在板凳上，和我进行交流。她告诉我说："其实这个所谓的建设兵团并未列入解放军的序列，连派到这里来接管地方政权的军人都从原部队编制中划出来单独列编了，这是过去农垦系统地方管理干部和军事管理人员的混合编制，非驴非马四不像。"四不像的编制使得部队干部感觉是被部队完全地边缘化了，军人们的情绪不高；地方干部有的被打成了走资派，靠了边，更多的是全部降级使用，更是有着某种屈辱感。这些人物组合成的管理班子和贫穷落后的农民及从城市下放的知识青年又怎么能够激发出生产积极性呢？名称虽变得无比神圣、光荣、伟大而本质上那里还是贫困落后的农村。贫瘠的土地和一群落后的农民，不仅难以生长出茂盛的庄稼，而且还导致精神的荒芜，愚昧的横行，农场的一切都显得非常原始、落后，而管理却是高度军事化的，这使大部分的管理干部和知识青年感觉到压抑和苦闷。

想想那个时候最最幸福的时光莫过于换上干净的衣服去场部程阿姨家，那里是一个温馨的家，那里是贫瘠土地上一片安谧的绿洲。那里有着慈祥的婆婆，那里有一个宽厚的母亲，那里还有一个聪明美丽的小妹妹。

程阿姨和她的母亲带着小女儿卫平是1966年“文化大革命”开始前迁到农场的，她是从启东县县委常委组织部长任上调任农场政治部主任。其时毛叔叔从启东县县长任上调任省农垦局党委副书记，那时省农垦局就设在东方农场。

他们夫妇调农场不久就爆发了“文化大革命”，他们双双受到冲击被无休止地游街、批斗，从事繁重的体力劳动，身心受到极大的摧残。直到成立建设兵团农垦局撤销，他们的厄运才暂告结束。程颖阿姨出任团政治处副主任，毛叔叔调到了淮州的兵团部担任了后勤部副部长。

每当我带着精神上的创伤、生活上的重负和满腹的疑问，跨进那座青砖三开间的小平房时，一种亲切之感油然而生。他们一家三口那熟悉的海启乡音唤起了我对家的认同感。程阿姨如同慈祥的母亲那般嘘寒问暖无微不至，有如温暖的春风掠过心灵的湖面，心中顷刻会漾起一圈一圈幸福的涟漪，仿佛回到母亲温馨的怀抱。

我们会一边品尝着海启的家乡菜一边谈起她和我父母的关系。那都是我小时候十分爱吃的菜，茄丝烧毛豆、咸菜烧豆瓣、红烧小鲫鱼等等。知道我喜欢吃鱼，老婆婆总是在我去的时候买几尾味道极鲜美的小鱼红烧着吃。

谈到父亲的遭遇时程阿姨说："我和老路在抗日战争时期就认识了，新四军主力北撤后他和我都是可以随主力部队转移的。但是中共东南县委决定必须留下一批骨干在敌后坚持斗争，我们留了下来。其实留下的同志处境更加艰难，等于在敌人的心脏坚持武装斗争，随时都有生命危险。你父亲在通海地区被誉为坚持地下斗争的'四大金刚'，你的爷爷就是 1947 年还乡团反攻时被杀害的。解放后你父亲出任海门县第一任专职法院院长，我担任县妇联主任，相互非常了解。至于历史上的被俘问题，你父亲在省高级法院任职期间省委政法委有过正式结论，在日寇面前面对严刑拷打，坚贞不屈，是坚持了民族气节的。否则不会调省委十人小组去搞审干工作，审查别人者，自己先受到审查，这几乎是组织部门的铁律。一定要相信组织相信党，你父亲的问题迟早会解决。"她这些话像和煦的春风那样温暖着我受伤的心，使我看到人生的希望。

果然不出程颖阿姨所料，我到农场仅仅一年多一点父亲的被俘问题就彻底解决，仍然维持了 1954 年审干时的结论，父亲复出，恢复工作。后来听父亲说过，所谓的"四大金刚"，其实在解放战争中就已经牺牲了两位，烈士的英名永远地镌刻在那块血与火的土地上。如今南通川港镇的志浩村就是以烈士陆志浩的英名命名的。季瑞祥烈士的英名已经成为海门市瑞祥乡，永远铭记在通海革命老根据地人民的心中。因而，父亲身前常常说的一句话是，同已经牺牲的同志相比，我们是幸存者，党和人民给我的已经够多的了，我不应该再有其他的要求。当时父亲和程颖阿姨他们这一代老一辈共产党人对待名利地位大体都是这样的磊落情怀。

当时我在那个所谓"五·一六"分子黄卫军和所谓反革命分子刘阳旸的影响下，也养成了读书的习惯，已经初步接触了一些马列书籍，读了不少的文学、历史、哲学书。记得读得最多钻的较深的是艾思奇的《辩证唯物主义和历史唯物主义》和马克思的《共产党宣言》等。

我和程阿姨也会经常就农村和农民问题进行探讨。她总是耐心地听我谈农村的情况，并从历史和哲学的高度诲人不倦地做出令人信服深入浅出的解答。她对中国农村的问题和对农民教育问题的阐述，总是很精辟，有

独到的见解。她的娓娓而谈，绝无当时流行的套话、空话、假话，都是非常平实建立在农村客观事实基础上的概括和令人信服的剖析。

记得有一个星期天，赶到场部时，我因身体的虚弱，晕倒在地。当我睁开双眼醒来时却发现自己正躺在她家小屋中的藤躺椅上，身上和衣盖着一床棉被，额头上敷着热毛巾。老婆婆正坐在我的身旁，那胖胖的脸上浮现出慈祥的笑意，深情地注视着我。她用小调羹一勺一勺将糖开水送入我干涸的嘴唇，那水真的很甜很甜，直入肺腑，滋润全身。我不知道我是如何晕倒的，也许是饥寒和疲累的原因。而那时候也是我情绪最最低落的时期，我们一起去兵团的黄卫军被弄成了“五·一六”分子，我和顾晓江成了他的同伙，受到批判，也许是身心疲惫，加上繁重的体力劳动而导致了意外的虚脱。

我也不知道年老体弱的婆婆是如何把我从团部办公的场所弄到家属院这座温暖的小屋中的。反正看到老婆婆微笑的面容，我想到我远在南京的老奶奶，她们讲的都是一样的方言，她们那样疼我爱我，使我恍若就在亲人的身边。想到这儿我的眼眶湿润了，当时就哽咽着说不出话来，只是喊了一声“婆婆”，万语千言，尽在异乡这一声对亲人的呼唤之中，我远离亲人，然而亲人就在眼前。

那天，程颖阿姨下乡蹲点去了，家中只剩老婆婆和上初中的卫平。中午我在程阿姨家和她们婆孙俩品尝了一顿丰盛的海启风味的午餐，餐桌上有我特别爱吃的红烧小鲫鱼。下午我在这躺椅上一觉睡到薄暮时分，养足了精神，才恋恋不舍地告别了这栋简朴的青砖小屋。那就是我的家，那里有慈祥的妈妈和婆婆。

因黄卫军案件的牵连，我和顾晓江作为他的同伙也遭到怀疑，虽未隔离，行动则受到限制。我有两个星期未到程颖阿姨家去了。当我踏进她家门时，程阿姨和蔼地问我到底发生了什么事？我沮丧地说，我们差点成了反革命。她沉思片刻，问清了事件的来龙去脉，说了许多宽慰我的话。后来听说为这件事，她在团党委会上慷慨陈词，对所谓清查“五·一六”的运动提出了质疑。

她说，这些知青上山下乡都是响应毛主席的号召，到农村这个广阔天地滚一身泥巴，练一颗红心，把自己锻炼成为无产阶级革命事业的接班人。我们要从政治上爱护他们，生活上关心他们。他们都是十五六岁的孩子，政治上还很幼稚，工作中可能存在这样那样的缺点和错误，我们应当满腔热情地帮助他们，不要动辄把他们推到对立面去。我们要在政治上对他们的前途负责，对他们的家长负责。

洗过澡，面目焕然一新的我当晚就住宿在程阿姨家。她在堂屋专门为我搭了一个小床，铺上了新洗的被褥，叮嘱我早点休息，好好睡上一觉，明天早晨她会叫醒我。我脱去衣服就沉沉睡去。

凌晨五点就恍惚听见窸窸窣窣的轻微响动，那是程阿姨穿着毛线衣裤为我准备早点。吃了她专为我下的那碗鸡蛋面条后，她送我去了长途汽车站。天尚未亮，高远的天空上缀着寥落的寒星和一弯明月，在昏黄的灯光下程阿姨送我踏上远去的班车，隔着车窗的玻璃我和她相互挥手道别，她长久地站在寒风中，风吹拂着她的齐耳短发，这种送别仿佛使我回想起两年前的那个寒夜，妈妈也是这样送我踏上远去兵团的班车。

程颖阿姨站在寒风中的身影渐渐模糊变小，我眼眶中饱含的热泪潸然而下。坐落在绿荫丛中的兵团团部随着班车的远去也越来越模糊，班车驶过冻土颠簸着将我带到一个远离这块盐碱地的地方，此刻，前方广袤土地晨曦迷漫的地平线上冉冉升起一轮旭日照亮了道路，生活将翻开崭新的一页，使我又产生了新的幻想。告别了兵团，我的短暂知青岁月。

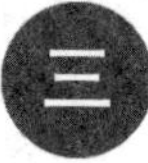

淮州车站巧遇赵明明

我坐了一天的长途班车，终于在傍晚时分到了专区所在地淮州市，那里已经是万家灯火了。寒风卷着风沙扫过人影寥落的街道，给人满目萧疏的感觉。但是，当我想到即将要实现的梦想，心中仍然涌起一波一波激动的心潮。这潮水仿佛是冲上沙滩的春潮使我的头脑充满着青春期的梦想，我提着旅行包饥肠辘辘在空旷的街上乱串，有点像是在梦境中行走。

疲惫的身心希望能够找到一片栖息的净土，能够吃上一碗热热乎乎的阳春面。那时的面条只有一毛三分钱一碗，但是要支付三两粮票。我终于找到了一个馄饨摊子。昏黄的煤油灯下，摊主用黑乎乎的手熟练地用小棒沾上肉馅粘在薄薄的馄饨皮上，再用手掌一捏，一小会沾满面粉的案板上已摊满了新鲜的小馄饨。

热气氤氲中的肉骨头汤翻滚着发出诱人喷香，使我有点垂涎欲滴，饥饿感更是一阵一阵袭来，我情不自禁地将手伸进了棉袄的内里口袋中，数出了一毛三分钱，一两粮票，递给了摊主。

摊主熟练地摊开一只只粗瓷碗，用小调羹迅速在碗中点放着酱油，再放上一点点猪油，撒上绿油油的细葱花，浇上肉骨头汤，用铁筛子捞上馄饨，一碗碗放过去，动作之娴熟，投放数量之准确，使我看得眼花缭乱，口水拚命往肚子里咽，期待着享用一碗香喷喷热腾腾味道鲜美的鲜肉小馄饨。

我就着热汤小馄饨，又从挎包中掏出了早晨程颖阿姨为我准备的冷馒头，将馒头慢慢掰碎了泡入热汤内，然后狼吞虎咽风卷残云般将馄饨和馒头划拉进了空空如也的肚子。摊主看我吃得香，又给我添了一碗肉骨头汤，我也顾不得烫，用嘴吹了吹，龇牙咧嘴地又倒进了肚子，才像农民那样用手背擦了擦油乎乎的嘴，拍拍圆滚滚的肚子，心满意足地提着旅行袋，背着挎包，向灯光迷离闪烁的淮州汽车站走去。

一碗馄饨加馒头，另加一碗鲜美无比的骨头汤下肚，肚子里就有了油水，浑身又增加了热量，经街上的寒风一吹，头脑开始清醒起来。摸摸口袋里的钱，所剩无几，实在舍不得再掏钱去住旅馆。就想着干脆在地区汽车站将就一夜算了，明天凌晨再搭乘早班车去那个偏僻的小县城。

车站里乱哄哄的。挤满了南来北往的旅客，大部分的旅客是农民和知青模样的人。吊在屋梁上的日光灯发出惨淡的光，旅客们懒散地坐在各自的行李上昏昏欲睡。

一个穿着草绿色制服的老警察手持五四式手枪押着一个形象猥琐的瘦小男子来到旅客中间，旅客们迅速闪出一块空地。老警察像是表演节目那样将那位男子推到了人堆的中心，他手中的小手枪仍然警惕地指着那个耷拉着脑袋神情沮丧的男子。

老警察提高嗓门用手点着那名男子的额头，开始了他慷慨激昂地演讲："我们伟大的领袖毛主席教导我们说，千万不要忘记阶级斗争。各位旅客同志们大家醒醒，醒醒。不能光顾睡觉，要谨防扒手。现在站在我们面前的这个家伙就是一个小偷。他乘你们打瞌睡的时候，就将罪恶的手伸向你们口袋，窃取你们的财物。"

老警察说着说着，就像是变戏法似的从口袋里摸出了一个黑色的皮夹，继续说："大家睁大眼睛瞧一瞧，这就是这个家伙窃取的赃物，你们各自检查一下自己的东西，有没有丢失钱包的?"

老警察的提醒引起了现场的一阵骚动，躺着、坐着休息的旅客开始振作起精神，检查自己的钱包有没有丢失。

这时一个穿灰色大衣的小伙子从坐着的旅行袋上站立了起来，他高声对老警察说："警察同志，这钱包是我的。"

"说说看这钱包中，都有些什么东西?"

小伙子想了想说："这钱包中有十五元人民币，十斤全国粮票。"

他停顿了一下又补充说："还有一张全家的合影，有我妈、我两个妹妹、一个弟弟。就这些了。"

老警察笑着说："你说的很准确，这皮夹还给你了，以后睡觉要小心点，随时都要提高警惕。现在阶级敌人很狡猾的，别看这人表面老实，其实是个惯偷，今天把他带到现场就是让大家认识认识他的真实面目。"那个小伙子千恩万谢警察叔叔为他追回钱包，否则他将无钱在第二天购买车票回南京了。

老警察慈祥地笑着说："不谢不谢，人民警察为人民，你今后小心就是。"说完这些，老警察还摸了摸小伙子蓬乱的头发。随后他严厉地命令小偷解下自己解放鞋上的鞋带。

老警察接过小偷递上的鞋带熟练地将那小偷的双手反剪在背后，像是个动作熟练的魔术师迅速将小偷左右两手的大拇指用鞋带捆扎一紧，用手枪将小偷押出了人群。

老警察这一系列类似表演的举动，使昏昏欲睡的旅客精神为之一振，坐着或躺着的人群开始窃窃私语起来。老警察的一系列动作看得我眼花缭乱，目瞪口呆。我想竟还有用一根鞋带就能够捆扎犯罪分子的奇事，真好玩，想那李学文也是被民兵这样捆扎着带到民兵指挥部的，我就一个人偷偷着乐了。

望着老警察穿着绿军装押着小偷远去的背影发呆，我想我什么时候也能穿上这身崭新的军装，戴上栽绒的棉军帽。那时候的警察服装只是帽徽与解放军不同，其他都一样，公检法都被军管了。

我揉了揉眼睛仔细打量着那位被偷了钱包的小伙子，分辨着他那在昏暗灯光下似曾相识的身影。原来这位被小偷偷了钱包的马大哈也是我们南京的知青，而且和我很熟。他是我们团55连的知青，只是满脸的倦容和一头乱草样的头发，使他变得有点憔悴，一副未老先衰的模样，使人不敢相认了。他有一个很怪的名字叫赵明明。

和赵明明在淮州市汽车站的意外相逢，使我回忆起我和他相识的一些往事。

我们54连和55连只隔一条河，记得在团部办墙报展览评比时我和赵明明见过面，他也喜欢画画，我画的报头和他画的报头，同时都在团部展出，展出期间我们有过交流。后来，我和黄卫军、顾晓江还去他们连做客，和他相熟的一伙知青也来我们连做客。

我们相互在知青屋杀鸡割肉喝酒，招待对方。在星光闪烁月色照耀的田埂旁，共同高唱知青们熟悉的歌曲，记得他的口琴吹得特别好，深情中隐藏着一丝忧郁。他吹的曲调有些悲伤，歌的名字我已经记不得，但是那熟悉的旋律却牢牢地刻烙在青春时代的记忆中，终生难忘。

那时我们的聚会就是在知青屋后的田埂上挖一坑，点上柴火，用脸盆炖上一盆鸡汤，再打上一斤山芋干酒，一边用碗把着白酒向嘴里倒，一边手持鸡腿用牙撕咬着向肚子里吞，那感觉就像是威虎山上的绿林好汉在享用百鸡宴，很酣畅淋漓的样子。酒精燃烧着肠胃，刺激着喉咙，于是引吭高歌，那歌词有点悲壮，尤其是在星光闪烁月色迷离的春夜，会传得很远很远：

亲爱的朋友，
莫要把泪水流。
生活从来就是这样，
不要难受。
世上有苦水，
也有美酒，
就看你如何去追求。
只要你能昂起头，
苦水也能变美酒。
不要愁，
愁一愁就会白了头。
不要忧，
忧伤会使你更消瘦。
眼睛要朝前瞅，
心里要能行舟。

我们唱着唱着就会想到父母在运动中的遭遇，热泪就会潸然而下。

性格内向的赵明明爸爸叫赵湛题是原省体委主持工作的副主任，“文革”初期自杀身亡。

赵湛题在“文革”前，可谓春风得意，二十七岁就当上了厅局级干部，带着省体育代表团跑过许多国家，当年的本省体育在全国是绝对领先的。后来我回南京过春节，去过他家，那时原体委副主任的家已被赶出了五台山体育馆旁边百步坡上的那栋很有来头的小别墅。那别墅是民国时期末代行政院长翁同灏的官邸。明明和他的弟弟妹妹在那里度过了愉快的童年，“文革”烽烟陡起后，他们全家被赶出了那栋精致的小楼，住进了师范学院幼儿园的大教室，后来又去了他妈妈单位分的单元房。

我去他家的时候，他家已经住在南京师范学院的宿舍楼了，因为妈妈还是美术系的革命领导干部。他拿出一本厚厚的画册给我看，那是一本当年由国家体委副主任和他父亲带团去印度尼西亚参加新兴力量运动会的画册，江苏的跳高名将郑凤荣就是在那次运动会上打破了世界纪录。他指着一个坐在主席台上的国家体委副主任说，这是团长荣高棠，旁边那位就是我爸爸。说这话时他的表情沉重，语气充满着自豪，极富感情色彩。赵明明皮肤黑黑的，神情有点忧郁。和站在我们身后静静观赏的他两个妹妹赵盈盈、赵晶晶反差极大，这两姊妹面带笑容，相互依偎着，身着白底碎花布面罩衣，乌黑的头发用红色橡皮筋扎着两根麻花小辫，衬托着白皙的皮肤，仿佛无忧无虑的样子。

我问明明，他妈妈呢？他说，带着弟弟去了五七干校。他还出示了一枚精致的带狮子钮的铜雕小印章，这是他爸爸唯一的遗物。至于原来家中父亲收藏的字画全部为造反派抄家抄走了。我们都爱好美术，我们都知道这些艺术品的价值，而现如今唯有叹息，为明明父亲的悲剧叹息，为明明爸爸的收藏遭受的噩运叹息。

此刻在淮州汽车站巧遇，我问他：“明明，你怎么也这时离开兵团?”言下之意是现在离春节还有一段时间，还不是知青大量返程的时间。

他神秘地一笑，并不正面回答我，反问道：“你呢?”

我得意地说：“去当兵。”

他神秘地微笑道：“和你一样。”

我们俩顿时开心地拥抱成一团。

我说：“我老爹的问题解决了。你呢?”

他眉头一皱，略显沉重地说："没有。"

"那你能当兵吗？"

"是妈妈部队老战友帮忙办的。24 军是新四军的老部队，妈妈写了封信给军务处长唐叔叔，唐叔叔就帮我和妹妹办了入伍手续。"

我想起了他那两个如花似玉的妹妹。大妹妹赵盈盈活泼一些，小妹妹赵晶晶内向一些。我问道，是哪个妹妹？他说，是大妹妹盈盈，她在于台农村插队。小妹妹晶晶已分配在石膏矿了，她也吵着要去，妈妈意思让在农村插队姐姐先去，妹妹毕竟是城市户口，再说妈妈身边也必须有人照顾。

我又问他："你怎么搞得和农二（注：南京话，过去称工人老大哥，农民老二哥，简称农二，有些蔑视的意思。）一样，看上去很狼狈呢。"

他说："我是从河工工地直接走的，行李都甩在连里了。你呢？"

我说："我也是从河工上走的，不过我回连队后，又去了爸爸战友家，略做了形象上的修整，至少洗了个热水澡，今晨才由场部搭车上路的。"

我们就这样坐在旅行袋上聊着笑着，告别不堪回首的过去，憧憬着无限光明的未来，带着幸福的感觉不知不觉中进入梦乡，那梦肯定和红帽徽、红领章、绿军装有关。

没有想到的是十多年后，这位赵明明成了我的大舅子，他的小妹妹赵晶晶成了我的老婆。当赵晶晶终于躺进了我的被窝后，我无意中翻看了她少女时期的日记，那上面充满着革命豪情，比《雷锋日记》还要《雷锋日记》，第一句话竟然是"我出生在一个走资派的家庭……"下面我不忍心再引用了，至少在那个时代她比我和明明都要革命得多，可见当时的政治家们统一思想工作做得多么深入、细致、扎实，连涉世未深的小姑娘都学着报纸领袖的腔调成了大政治家、理论家，甚至要斩断亲情，全心全意跟党走。

四

走进部队大熔炉

天尚未亮，我还在睡梦中，就被人轻轻拍醒，我揉了揉惺忪的睡眼，头缩在温暖的被窝中，赖着就是不肯伸出来，我仿佛还是在建设兵团的知青小屋，两天一夜的长途奔波，实在太累了，总想多睡一会儿。

我迷迷糊糊含含糊糊地嘴里嘟嘟囔囔："人家正睡得香，天还没亮呢。"

"起来，起来，到点了，该起床了。"

这声音怎么这么熟！哟，这是老爷子的声音，他正催促我起床上学呢，再不起来他要来掀被窝，揪耳朵了。我猛然想到这是我所熟悉的爸爸的声音，我已两年未见到他了，在我的脑海中爸爸是严肃的严厉的，赖床弄不好是要挨揍的。

我一个翻身坐了起来，我的眼中果然出现了父亲的形象，圆圆的脑袋，常年留着的小平头，黑发中已滋出星星点点的白发，他正咧着大嘴对我和蔼的微笑，已完全没有了过去的严厉，眼睛中放射出慈祥的光。自从我在这个苏北小县见到父亲，他似乎情绪一直很好。

那天，我是凌晨和赵明明分手的，他去了省城，我踏上去县城的长途车。直到下午四点多钟，我踏着夕阳，从县汽车站一路问过来，终于找到了县委、县革命委员会（注：那时候已经没有了县政府，只是重组的县委、县革命委员会取代旧的县委、县政府）的所在地。那座略显陈旧的衙门坐落在被宋代大书法家米芾称为东南第一山的半山腰上。

这座山曾经在历史上非常有名，满山绿树，绿荫丛中隐藏着诸多古代书法家的摩崖石刻。第一山雄踞淮水南岸，原名南山，因盛产都梁香草，故又名都梁，这也成了古县于台的别称。北宋哲宗绍圣四年（1097年），书画家米芾赴任涟水知军，由国都汴京（今开封）经汴水南下就任，一路平川。入淮时忽见奇秀的南山，诗兴勃发："京洛风尘千里还，船头出汴翠屏间。莫论横霍撞星斗，且是东南第一山。"并大书"第一山"三个大字。从此南山易名"第一山"。过去的第一山还保留着孔庙建筑群和明清童生考秀才的县试学宫——明伦堂等等，当年大诗人苏轼被贬黄州因泗水结冰滞留于台四天，后人建有东坡草堂等亭台楼阁，现在统统成了县革委会的大院组成部分。

我沿着光溜溜沾满冰花的青石路，沿着逼狭的街道，穿过两旁尽显低矮简陋的民房，看到了就山势而建的那一片青砖黑瓦平房，高低错落的树枝光秃秃地伸向灰白色的天空。这很像是著名木刻家彦涵所刻的版画《延安枣园》的景象，冬天的枣园一片肃杀，灰蒙蒙的天空伸展着交叉的树枝，树下是一片窑洞。我想，如果现在是春天这片古县衙一定是笼罩在葱葱郁郁的绿荫之中，那景色也是极美的。县衙背山临水坐西面东，山下一条纵贯全县城的公路，公路下面是缓缓从南向北流动的滚滚淮河。

进了月亮门，就看见一排平房，平房中间开着一个走廊，走廊两侧各挂一块县委、县革委会的招牌。透过廊轩可以隐约看见县委、县革委会里面的景致。

我对门房大爷说："我要找路征。"

门房大爷警觉地问我："你找路组长有什么事？"

我说："我是他儿子。"

老人拿起了桌上的黑色电话机，左手按着电话，右手摇动把手，接通了总机，将电话接到了爸爸的办公室。向爸爸通报我来的情况。他用手指着左手山坡上的那排平房告诉我县委政法组就在山坡上的那排平房里。我这才有机会打量县委大院，这大院其实还是清代县衙的格局，古色古香的亭台楼阁中夹杂着一排排的平房，倒像是个有点破败的古典园林加办公院。

我敲开了爸爸的办公室，路征同志正在同一个和他年龄相仿的军人说话。那人身材矮胖披着一件军大衣，背对着大门，说话中气很足，听口音也是我们老家的。见我进门，他转过身来，我才看清这位军人圆圆的脸膛，大大的眼睛，厚厚的嘴唇，秃秃的头顶，整个人显得圆滚滚的。我感觉这位军人仿佛似曾相识。爸爸叫我喊他沈叔叔。沈叔叔打量了我一眼说，你就是雨生。我点点头 。他说，好多年不见，都成大小伙子了，是来当兵的？我说是。他笑着说，到部队好好干。随即推开办公室的门，出去了。

我记起来了，这位沈叔叔是父亲的老战友。只是原来一头茂密的黑发，变得有点稀疏了。原来油亮的大背头，现在中心地带只剩三两撮，被仔细梳理后的头发耷拉在光溜溜的头顶上。和爸爸说话的口气变得很严肃，不像过去那么随便了。沈叔叔是1945年爸爸当交通站长期间送到新四军去的，1946年新四军北撤时，离开了家乡，父亲被当时的东南县委指定留下坚持敌后斗争，就未随大部队走。

在“文革”中，父亲看到他送出去的一帮战友，个个神气活现地在地方接管政权，耀武扬威地指手画脚，而他一直靠边站，不时造反派还要来审查他的历史问题。他曾颇带悔意地说，当时要和大部队走就好了。新中国成立后，父亲出任县法院院长期间，沈叔叔曾来找过父亲，那是为了和家乡的小脚女人离婚，后来听说找了部队医院的一个军医。我在三岁那年，随奶奶刚刚从苏中那个小县城来到南京和早在两年前就已经调到省高级人民法院的父亲团聚。我家住在中山北路上的凤仪邨。据说那里原来是国府教育部长朱家骅的公馆。现在已住了一批刚刚从苏南、苏北调来的省委干部，那时候苏南苏北行署刚刚撤销。江苏省刚刚组建，爸爸在去北京中央政法干校学习一年后，正式调省，参与江苏省高级人民法院的组建工作。

有一天下午，家里来了一位领挂少校军衔的解放军军官，这军官浑身着笔挺的苏制黄呢子校官服，足蹬擦得锃亮的黑色皮鞋，胖胖的圆脸上很是器宇轩昂。爸爸也是这样要我喊他沈叔叔。沈叔叔要请爸爸去AB大楼吃饭。AB大楼是原国府专为美军顾问团盖的两栋楼，现在成了南京军区的招待所，沈叔叔到南京出差就住在那儿。

从我家到 AB 大楼走路去也只三十分钟。爸爸说：“我们走去吧？”沈叔叔用肥厚的大手一挥，很气派地说：“老路，走什么路！我们坐三轮车去。”我知道爸爸出身农家，12 岁即去上海麻将作坊给资本家当学徒，从小节俭惯了。他面有难色，却被沈叔叔连拽带拉地拖上了三轮车。我目睹着他们两个沉甸甸的身子压在三轮车上，车夫吃力地踏着，两个胖子的背影消失在法国梧桐遮盖的林荫道的尽头。

晚上十点多钟，喝得满脸通红的爸爸被军用吉普车送回了家。爸爸告诉妈妈说，都是给沈岳这家伙闹得，他们两个胖子坐在三轮车上，被人指指戳戳骂成是老地主呢，搞得他无地自容。爸爸还告诉妈妈说：“沈岳这小子还夸我家雨生人长得漂亮，小嘴挺会说，他还要招他当女婿呢。”妈妈说：“你别听他胡说。”当时我问爸爸，什么叫女婿？他说，也就是和她女儿结婚，他当你的老丈人。果然以后沈叔叔再来我家，我叫他沈叔叔，他就假装生气，要我叫他老丈人。我就似懂非懂地叫他老丈人，沈岳哈哈大笑，爸爸妈妈也跟着笑，笑得我有点莫名其妙。

爸爸告诉我荣任野战军师政治部副主任的沈叔叔现在已是这儿的县委书记了。

爸爸亲热地接过我手中的旅行袋，陪我去县委招待所他住的房间。看得出来他情绪很好，他问我，画稿带了嘛？我说，带了。他高兴地说，好，好，送你当兵去。我说，好！好！

我们爷俩一路说着话，穿过县革委会大院的边门就到了县政府招待所的小院了。招待所依山而建，环境极其幽雅，鹅卵石铺成的甬道前栽种着冬青树，冬青树围着的花圃中青松翠柏沐浴在一片晚霞之中。紧靠客房山脚下的腊梅花送出一阵阵馨香。梅树旁建有一座依山而筑的小亭，亭中有一口四四方方的古井，古井边沿用青石垒成，井沿青苔斑驳，山的缝隙中伸出一雕琢精美的龙头，龙头不断地吐出清清的泉水。这就是当地闻名的“玻璃泉”，宋代书画家米芾有咏《玻璃泉浸月》诗云：“半山亭下老苔钱，凿破玻璃引碧泉。一片玉蟾留不住，夜深飞入镜中天。”表现了每当月到中天，清泓倩影，疑是天上人间的美丽情景。从宋代开始至今绵延不绝潺潺流淌，据说此水清凉甘冽，含多种微量元素，有益身体健康。县府大院的人，不喝县自来水厂的水，全喝这玻璃泉的水。玻璃泉边还矗立着一块残破的石碑，据说是宋代大书法家黄庭坚亲笔所书，上写宋代开国皇帝宋太祖圣谕名为《戒石碑》："尔俸尔禄，民膏民脂，下民易虐，上天难欺"。显然是封建帝王告诫群官不得欺压百姓的训条，我想这个看似破旧的小县城竟然历史悠久藏龙卧虎，有这一等的人文自然景观，可惜在"文化大革命"的岁月中这些都被当成"四旧"铲除了，这里成了全县的权力中心。

玻璃泉边站着两个农民样的人和一个穿制服配枪的公安。爸爸嘱咐我不要搭理那两人，他们是犯人。只见那两个犯人，一个正在从井中汲水装入水桶，一个挑水向食堂送。那个公安看爸爸走来，立即笑着打招呼。父亲威严地说，送一桶水到我房间。公安又命令那个挑水的犯人，你提一桶水到路组长房间。

看着父亲那小人得志的模样，我就想到沈叔叔对父亲说话的口吻，父亲对公安，公安对犯人，我又想到我们小时候和黎星星、顾晓江、方吟梅经常玩的剪刀、石头、布或者叫包、剪子、锤的游戏，一物降一物，循环往复，胜败之间全靠运气，带有某种赌博意思。儿童的游戏竟然贯穿着人生的深刻哲理，谁都未能免俗呢。

老爷子此刻得意地告诉我："我现在是县委的政法组副组长，相当于文革前的政法委副书记，我还兼着县征兵办的副主任。我已和来接兵的张副参谋长说了，送你和一批当年省级机关的干部子弟去当兵，他们部队非常需要你这样的绘画人才。"

我们进了房间，犯人把水也送了进来。爸爸的临时住所有点乱，两张床，一张他睡，一张堆放杂物，我来了，他收拾出那张空床让我睡。在电炉上放上水壶，他就夹着饭盒去食堂打饭菜。

饭后，他吩咐我好好洗个热水澡就睡觉，解除疲劳，养足精神，明天去江苏医院体检。体检不用怕，原来的省级机关医院对外称为江苏医院，已经作为战备后方医院疏散到县里了，从院长、书记到医生全熟悉。这使我想到刘阳旸的母亲柳洁民，我问爸爸柳阿姨的情况，爸爸很警惕地看着我说：“你和刘阳旸不要再接触了，他妈妈现在正在江苏医院洗衣房被看押劳动，刘政委的问题牵扯到她，搞得全家受株连，可怜啊老大姐，她拖着残废的腿，拄着拐杖天天去洗衣房洗那些病员换下的脏衣服脏床单。”我又问道顾晓江已死去的父亲顾伯伯的问题有没有解决？他长叹一口气说：“难呀，老顾受苏南地下党委派打入日伪内部的事，当时是单线联系的，没人证明这事，他那事就只有悬挂着。过去我在十人小组审干时他这事就没有结论，他就从省委行政处副处长的位置调到江苏医院当了管行政的副院长。这次造反派又把老账翻了出来，老顾的历史问题和我不一样，要麻烦得多。我逃出据点时，敌人鸣枪追捕，我连扑两条壕沟，动静很大，周围老百姓都知道，为我砍断绳索使我能够安然地钻进他家那片玉米地脱逃的老乡还健在，那老乡为了保护我将绳索放在灶膛里烧了。鬼子追捕过来追问时，他掩护我骗鬼子去了相反的方向，为此还挨了伪军两个耳光。那老乡姓杨。”说完这些，爸爸仿佛急于办他的大事，匆匆忙忙夹着我交给他的几张画稿，消失在漆黑的夜幕中。

一年前，爸爸终于走出了省“五七”干校的大门，结束了漫长的因为历史上的所谓被捕问题的审查生涯，拿到了那一纸审查结论。那结论其实只是维持了 1954 年省委政法委结论肯定了他在被日寇逮捕期间，面对严刑拷打，坚持民族气节，后机智逃脱的表现。父亲被重新分配去了省委调查组，调查组调查调查就成了政权接管组了，于是这个以某师政治部副主任为组长，以原省外办副主任为副组长的军地混合的庞大调查组干脆接管了原县委、县革委会。正副组长一位成了县委书记，一位成了县革委会主任。于是省委调查组的军地两方人员将县委、县革委会的职务瓜分一空，那些各个组织的正副职位均按照军队正职，地方副职的原则配置。原县委、县革委会，据说是彻底烂光了，这个结论其实早在调查组组建前，省革委会负责人就已定下的结论。调查组进驻也就是形式而已。于是爸爸被分配当了政法组的副组长，因为他过去长期在政法战线任职，组长是一位部队的团保卫股股长。和爸爸同去的叔叔阿姨，有的成了办事组副组长，有的成了生产指挥组副组长，有的成了组织组副组长，总之这些长期闲置的省级机关各部委办厅局的处级干部都有了一官半职，虽然都是降职使用着，但毕竟仍在一线岗位上，大家都还心安理得。看上去老父亲情绪显得十分振奋，因为这个岗位相当于原县委政法委副书记。虽然他这个所谓的副组长未干多少时间又被罢免隔离审查了，当然他还是要感谢他的领导和战友沈岳同志。

沈岳自从当了县委书记变得趾高气扬起来，他那原本亲切和蔼的口音因为地位的变化已明显变得傲慢而充满着气势，但是爸爸还是非常感谢他，在他任上他睁一只眼闭一只眼，使我和原省级机关的一批县委、县革委会的子女去了部队。只是在我去了部队不久，父亲又被揪了出来，这回不是历史问题，而是现实问题，据传他原来所在的机关有人揭发了他，他就又成了反革命“五·一六”分子。在审查期间他也只是被隔离失去了自由，并没有受到皮肉之苦。因为爸爸的问题是原单位的造反派指控的，而爸爸在原机关基本就是一个逍遥派，一直在审查之中靠边站，去器材仓库当了几年保管员，这反而避免了许多是是非非。

沈岳领导的县委在县里根据上面的要求揪了许多“五·一六”分子，父亲如果还在那个班子里干政法工作肯定是他的打手和爪牙。五年后，省委调查组全线撤离县城时已是声名狼藉民怨沸腾了，他们是趁着夜色偷偷溜走的，已不再是当年进驻时那般气势威风了。但是还是被当地老百姓发现后追上来，沈岳叔叔被人从头到脚浇了一瓶开水，烫得嗷嗷直叫，但也无话可说。原来被打倒的县委、县政府、县人武部那帮人又官复原职了，而沈岳的后台军区司令员被调到广州军区去了。留下的那些领导，都靠了边，成了林彪、“四人帮”在江苏的代理人。老省委、省政府的领导被称为“还乡团”又杀回了省委大院重掌了大权，借助批林批孔开始了清算。好在部队干部可以回部队，地方干部可以回省委，省委也已因林彪倒台而全面改组，省里原来主持工作的常务副主任成了林彪集团在江苏的代理人正在受到审查。这些都是我当兵进入部队以后的事了。

历史又一次轮回，风水又转了回来，面对的是清算人者遭人清算的命运。调查组的省级机关干部全部重新分配工作。父亲去了省委专案组审查原来审查他的那些人，后来又去了省委的落实政策办公室成了苏北组负责人，命运使他再次与于台县那些在军管期间打成各类分子的人员甄别平反，政治架构几乎又回到了过去的常态。

历史往往就是如此吊诡，像是开玩笑似的玩弄着政治家和老百姓，谁都摆脱不了命运的折腾，就像孙悟空摆脱不了如来佛的掌心一样。官场也在不停地玩弄着我们童年时期常玩的包、剪子、锤的游戏，谁胜谁负似乎由天而定，全靠撞大运，全无规则可循，人的生命就在这些政治漩涡的翻滚中渐渐变得衰老乃至进入死亡依然无法逆转，比如顾晓江的父亲。

五　我的同期战友和老乡

爸爸告诉我，时间到了，要到县中学去集合了，新兵们今天将出发去部队。我匆匆忙忙地穿上未及浆洗的新军装，从内衣到内裤再到棉毛衫和棉袄罩衣，从头到脚焕然一新，匆匆忙忙地梳洗刷牙。

爸爸端上早已下好的一碗热气腾腾的鸡蛋面条，他是什么时候起来的我不知道。我呼呼噜噜将面条连汤带水送进了肚子，感到浑身热乎乎的。

我戴上厚厚的栽绒大棉帽，扎上腰带背上军用挎包，这样从里到外地武装，就有点像一个军人的样子了。穿戴整齐后，我像是山鸡舞镜那般对着镜子照了一番，发现除了没有领章帽徽外，一切都像是个年轻英俊的小战士了，于是一个人对着镜子得意地笑了。

我在爸爸的催促下，将铺上凌乱的被褥迅速地用背包带打成四四方方

的豆腐干形状背上了肩膀，爸爸送给我一套红彤彤的四卷本《毛泽东选集》。他嘱咐我说，到部队好好干，要读毛主席的书，听毛主席的话，做毛主席的好战士。我点头称是。

披着晨星，踏着一路早春的冰霜，我随着爸爸的脚步去县中学集中。

县中学的操场上已经插上了红旗，朦朦胧胧中挤满了入伍的新兵和来送行的人。在人群中我又看到了那几个前几天刚刚熟悉的南京老乡，这些老乡，其实昨天在江苏医院体检时都照过面。有几个省委调查组的原省级机关干部的孩子和农村插队南京知青，他们一个个喜气洋洋的和自己的家长依依话别。

在黎明的晨曦中，我看见了部队来接兵的张副参谋长。张副参谋长那时四十多岁的样子，身材彪悍足有一米八以上，宽阔的圆脸凸凹不平的，皮肤红红的仿佛橘子皮那样，浓眉大眼很有神采，这其实就是一副典型的军人形象，他的山东话有着浓重的胶东口音，带着梁山好汉的气质。

张副参谋长果然豪爽，他看了我的写生作品当即拍板决定要把我带到部队，好像连去部队什么单位都决定了。当晚爸爸就带回了体检表，第二天我去江苏医院体检爸爸又去县委组织组办妥了政审手续。

张副参谋长看见我和爸爸到来立即热情地迎上来和爸爸打招呼。随后他把我们这批原省级机关的子弟召集在一起，语重心长地对我们说："你们这批南京兵昨天在医院我见过了。你们档案材料我都看了，条件都不错，几乎都有一技之长，到部队好好干。你们这批人其实就是原来省级机关的干部子弟，家庭条件好，千万不要有'自来红'思想，要打破骄娇二气，多向工农子弟学习，要发扬艰苦奋斗的精神，就像毛主席他老人家说的那样，干革命，要吃苦，要坚决。"我仔细搜肠刮肚未想起来，未记得毛主席在什么地方说过这几句话。旁边来接兵的班长时奋斗告诉我，我们团红一连是毛主席在安源煤矿组建的我军第一个工兵连，这是当时的毛委员在建连时的讲话。

"钱敏敏。"张副参谋长开始点名。

"到"一个洪亮的声音答道，随即敬了一个不太标准的军礼。我打量着这个敬礼的家伙。发现这家伙瘦长的鹅蛋脸，大大的眼睛却没有多少神采，厚厚嘴唇上和下巴刮得铁青，看年龄至少二十三四岁，简直一个胡子兵嘛。昏暗中我们也没注意到他戴的棉军帽到底有什么问题。

张副参谋长则严肃地说：“当了兵，你就是战士，要注意军容风纪，你瞧你，这帽子怎么戴的?”

这才引起了大家的关注，待仔细一打量，我们忍俊不禁哄堂大笑。原来这个看上去稀大流刚（注：南京话意为稀稀拉拉，马虎随便的意思）的胡子兵竟将棉军帽戴反了。

钱敏敏用手前后摸摸帽子道：“报告参谋长挺好呀，棉帽戴在头上，没穿在脚下呀。”

“你再仔细检查检查，看看问题出在什么地方?”

钱敏敏这才手忙脚乱地将帽子戴正了，引得大家一阵哄堂大笑。

钱敏敏又一个立正敬礼：“报告参谋长，早晨起得早，农村条件差，新建的宿舍未通电，我又懒得点煤油灯，昏暗中就这么摸索着穿戴了匆匆忙忙赶来了。”说完，他嘻嘻地笑了。

“你妈妈呢?”

“报告参谋长，昨夜龙山公社一老乡家媳妇难产，连夜被人用手扶拖拉机拉去公社接生了，到现在还未回来。”

“这批新兵中你的年龄最大，一定要带个好头。”

“是!”钱敏敏又是一个立正敬礼。

“周宏光!”张副参谋长洪亮的嗓音在晨曦中回荡，很长时间没有人回应。

“怎么回事?孙副连长，周宏光还未到?”

“报告副参谋长，红光插队的淮河公社在河西离县上比较远，可能会来得迟一些。”

“这是倪副政委指名要带走的，请征兵办的同志去公社催一催。”

“是!”新兵连副连长孙军伟敬礼转身离开。

这时我见到了我们眉山路上另一个街坊，家住20号的苏阳。苏阳比我大一岁，但是身材苗条，皮肤白皙，一张娃娃脸似乎未长开，看上去就像一个孩子。他是卫生厅苏处长的小儿子，平时在街上不怎么言语，说话甚至还有点腼腆。他有一个哥哥、一个妹妹都比他神气，哥哥苏强在街上是和黄卫军齐名的孩子，在学校时体育运动经常拿名次，单双杠、乒乓球、足球都很出趟（注：南京话出色的意思）。他的妹妹苏琳长得比他高比他壮，性格也比他开朗。所以街上的孩子包括我经常把苏琳当成了他的姐姐。直到我们在这个苏北小县城碰巧又走在了一起，仍然将他妹妹当成了他姐姐，于是他再一次严肃地纠正我苏琳是他妹妹，乳名就叫“小妹”。

我打着哈哈说：“小妹呢？”

苏阳说：“高中毕业分配去了工厂。”

“你哥呢？”

“去年当兵去了青海。”

我说：“阳子你从啥地方来？”

他说：“你看你贵人多忘事吧，我和你是一批去的兵团，也就是东方农场。你在 54 连，我在 53 连。你只顾和我们眉山路上的一枝花黎星星打得火热，哪里顾得上瞧我们一眼。不过半年前，我妈他们医院从省城迁到县城，她就将我的户口办到了县里的前进农场。”

说完，苏阳从口袋中摸出一包前门香烟抽出一支叼在嘴上，开始吞云吐雾。他抽出一支给我。我摇了摇头，表示不会。他笑了笑拍了拍我的肩头说，好孩子。他又甩出一支给钱敏敏。大老钱不客气地夹在手指上，熟练地从口袋中摸出打火机，将烟叼在嘴上，用手掩着蓝色的火苗，凑上嘴唇点着了口中衔着的烟，美美地抽了起来。我看着他们俩的样子笑了。

苏阳好奇地问：“腿子，你笑什么？”我说，“我看你俩那神态，像是父子俩呢。”

苏阳笑着捶打着我的胸口骂道：“去你的，你才像他的儿子呢。”

老钱得意地说：“干脆你们俩都当我的儿子得了。”

苏阳说：“你看你美的，小心我妈听见，腿子他爸也在呢。”

老钱眯缝着眼睛看了一眼黑暗中正和张副参谋长说笑聊天的朱阿姨和

我爸，吐了吐舌头，摸摸脑袋说："我没看见。"

苏阳说："你他妈的是近视眼。"

老钱警觉地用眼神环顾左右，然后用食指竖在嘴唇中央，仿佛很神秘地表示噤声的意思。苏阳不再说话。

老钱娴熟地将香烟夹在两只手指中，很是舒服地吐了一口烟。他说："你小子怎么什么都知道?"

苏阳嘴里叼着烟，却并不影响说话："你们的体检都是在江苏医院进行的，全是我妈一手张罗的，我什么不知道。那个周宏光也是个猫子近视眼。你腿子还是大卵泡小肠气。"苏阳继续不客气地揭露说。搞得我满脸通红，仿佛被扒光了衣服站在众人面前似的。

我环顾左右，好在学校的高音喇叭放着雄壮的《中国人民解放军进行曲》，这曲子将苏阳的话冲散得像是小猫叫，别人听不见。

我结结巴巴地解释说："都是在兵团上河工落下的，你不知我们那个李副连长，真不是人，将河泥码在我的独轮车上像小山一样，我一使劲，那玩意就下来了。"

老钱和苏阳得意地笑了。

苏阳继续说："这周宏光到现在还没到，这小子很牛呀，他爹和倪副政委是红军时期的老战友，听说张副参谋长是拿着倪副政委的条子特地点名要带他走的。"

老钱问："你怎么知道的?"

"张副参谋长亲口和我妈说的，要我妈在体检时特别安排一下。副政委的指示是一定要落实的。他爸1964年转业后就出任铁道部浦镇车辆厂副厂长，现在还作为走资派在审查。听说是张国焘四方面军的，参加过西路军西征的，给他爹安的罪名就是张国焘分裂主义路线的忠实追随者。简直是欲加之罪，何患无辞。部队干部和地方干部就是不同，同是老红军，一个当政委，一个当走资派。我爹一个堂堂的省级机关十四级的老处长竟弄到公社当党委副书记，老头还乐得什么似的，说是农奴翻身得解放了。我妈所在的江苏医院的黄院长原来新四军一师卫生部长，被打倒了。顾副院

长，打入敌伪做地下工作，竟成了汉奸特务。原来的总支书记柳洁民，1938年的老八路十四级老干部，就是因为她丈夫是那个工程兵学校的政委，写了一封信给江书记说林副统帅要搞政变。全家株连，被打成反革命。老太现在在医院洗衣房，拖着战争中被打残的腿，天天和那些染着污血病菌的东西打交道。你看你那个相好的老女人她爹还是张国焘的机要室主任，长期在家小病大养，穿着军装就没事。脱了军装的就是走资派，这什么世道！”苏阳越说越来气了。

我说：“苏阳你说谁是老女人？”

“还用问吗？你能不知道？整条街都知道，就你装蒜！”

“你是说黎星星？”

“当然。”

“你不能这么说她。”我有点替黎星星打抱不平。

“腿子，你别用这种眼神看着我，你是她小学同学，她是我南师附中的中学同学，同学们都这么说她。她在我们那条街上和1号马老大谈恋爱，谁人不晓，谁人不知。老红军的女儿要谈也找个档次高点的，那个小市民整一个下三烂的瘪三。那女人在兵团和我们很疏远，和你、黄卫军走得很近，她现在怎么样了？”没想到苏阳看上去少不更事的样子，骂起人来那么刻薄、恶毒。

“黄卫军出事后，她先调到兵团纺织厂，后来听说也当兵去医院了。”

“你看，还是部队干部子女有办法，想到哪，就到哪，这就是特权啊！我们的父母就是案板上的肉，人为刀俎，我为鱼肉啊！当年一起打江山，革命胜利了，现在一个个人模狗样的，整起当年并肩战斗的战友来是一点都不含糊的。我看那个沈岳就不是好东西。你爹屁颠屁颠像哈巴狗似的围着他转。我就看不惯。”苏阳仿佛满腹牢骚似的，像是祥林嫂那样叨叨个没完。

我发现这小子越说越没谱了，再说下去就快成反革命了，赶紧转移话题。

江苏医院的“反革命”

县人民医院现在改名叫江苏医院，成了省里的战备医院，原来就是省级机关医院，机关医院的宿舍就在眉山路上。顾晓江所住的眉山路15号大院里就住着不少医院的医生。苏阳所说的原黄院长和总支书记柳洁民，我都熟悉。黄院长的女儿、柳书记的小儿子和我都是中学同学。黄院长是新四军的老人，军部首长的不少子女都是当年黄院长接生的，黄院长运动初期被打倒，很快就解放结合。柳洁民一家的命运就很悲惨。

原因就在于柳书记的丈夫是一名军内有思想，又不太安分的知识分子领导干部。人一有思想就爱琢磨事，领导干部琢磨的都是国家大事，政治方面的大事，很有点像是明代的东林党和清代的清流党人是中国儒家知识分子“武死战、文死谏”一类信条的忠实执行者。柳书记原本是山东聊城地区一大户人家的千金，抗战烽烟陡起，在1938年就参加了八路军在团里当了卫生队队长，偏偏遇见了从延安抗大充实鲁南前线的大才子团政治处的刘主任。刘主任才思敏捷理论上有一套，因他当过抗大老师，当年炙手可热的领袖夫人就是刘才子的学生。老师对学生的底细自然了如指掌，偏偏老师本身也是书生，那张关不住风的嘴就对领袖夫人本人讳莫如深在上海滩的一些风流往事，在老婆、子女面前当成了闲谈的话题。偏偏小儿子颇有乃父之风，既关心国家大事，又好指点江山。于是这些知识分子以天下为己任，好议论国家大事，发发“处士横议，抨击时政”的疯，“以武死战、文死谏”的气魄，刘老头竟然斗胆上书省委书记揭发当年一人之下、亿万人之上的林副统帅要搞政变、要篡党夺权，要以“四野整一、

二、三野”等等大逆不道的言论。看来也身经过不少战役的刘老头在战争年代没有圆成“武死战”的梦，在和平年代却要去“文死谏”了。他要去找死，死自然要找上他，刘老头被打成反革命，全家无一漏网，统统株连。看来不知不觉地秉承了儒家的“以天下为已任”的美好品质，给这个政治上不甘寂寞的父子及家庭带来了巨大的灾难。

刘才子在战争年代和社会主义建设时期，凭借自己卓越的才华由团到旅到师直至副军，可谓仕途一帆风顺。1955 年已经官拜解放军上校军区政治部宣传部长。随后反右差点吓出一身冷汗，军区机关对刘部长的右派言论大字报不少。好在军区副司令、副政委、政治部主任和刘部长并列军区四大才子。才子之间，自然惺惺相惜，刘才子才被保了下来。要在地方上早就成了右派分子，没准早就身家性命难保。1959 年又升了大校，不久即将被提拔到某军当副政委兼政治部主任。刘大才子 1936 在地方搞学运工作时就是安徽砀山的中学老师，1938 年地下党被破坏后，带着十八名学员去了延安，到延安就成了抗大的教员，后来抗大一分校随罗荣桓去了山东，老刘成了教务处长。刘也凡一生就是有当教员的瘾，恰好另一位被分配去学校的老兄想到野战军，刘才子与之互换才被提拔到了军委工程兵的南京工程兵学校担任副军级政治委员，那所军校虽然是正师单位，但是校领导却是高配副军的，校长还是一位少将。刘政委还常常给学员上上课，讲讲马列主义古典诗词什么的，很是如鱼得水，有着某种又回到当年抗日军政大学当教员的良好感觉。

平时刘政委一切安好，和政治相安无事。但在 1966 年 9 月那个山雨欲来风满楼的日子里，他的政治思维特别活跃。在那个炎热未曾消退的秋老虎之夜，他竟然彻夜难眠，欣然命笔，写下了那封置全家人于政治绝境的匿名信。结果除大女儿下放山东老家，被老解放区的父老乡亲们保护了下来，三个儿子全部判刑，唯小儿子刘阳旸判得最重，年仅十四岁判了四年刑。柳书记就随医院到了小县城。刘才子被军事法庭判刑为五年，期间遭受毒打、死刑陪绑等折磨。才子倒也有书生风骨，拒不屈服，差点被军区军事法院判处死刑，只是军以上干部死刑执行要报中央军委审批，才未立即执行。拖到林彪事件爆发，军委工程兵欲为他平反，而某些人认为此信不仅反林彪，而且反江青，一直争议不休，才拖下来，草草判了五年。其实关押在部队农场早已超过五年，判刑之日，也就是释放之时，刘大才子才在军区二所监护下，继续学习着，思考着，填词作诗，过了几天舒心的日子，一直挺到“文革”结束，全家平反，他成了反林彪的英雄。

爸爸和他们全家的熟悉，全赖我那好心的老奶奶，在刘家几个男孩刑满出狱无家可归时，经常收留他们，粗茶淡饭地接待他们。政治上靠了边的路征同志，也乐得政治上眼开眼闭。父亲后来调回省委为刘家尤其是柳洁民阿姨的平反落实政策出过不少力。“文化大革命”中毛泽东提出要砸烂城市老爷卫生院，医疗要为工农兵服务。江苏医院就随同省委调查组一起作为战备医院迁到了这个苏北小县城。省城的一批一流医疗专家就在这个偏僻的山城安家落户。由于原来省城条件最好的医院迁来，县城破天荒地大兴土木，在原来县人民医院的基础上扩建了，并在医院对面的山洼里新建了好几栋宿舍楼来安置这些省城下放的一流医疗专家。现在担任医院的党总支书记的朱阿姨是原卫生厅医疗处苏处长现公社党委副书记的夫人。这些人和爸爸本来都是很熟的人，现在一起出现在这个苏北小县城彼此就颇有某种同是天涯沦落人的感觉，互相也就格外照顾起来。

七　周宏光和小白脸杨万龙

一阵锣鼓铿锵的声响伴随着手扶拖拉机的轰鸣声越来越近，打破了黎明前的寂静，也打破了我纷乱的思绪，将我从往事的回忆拉回到现实生活中来。喜气洋洋的鼓乐声送来了满面红光的周宏光。周宏光穿着崭新的棉军装，胸口还被挂上了大红花，一路这么招摇而来就有点像是打虎英雄武二爷骑着高头大马披红挂彩巡街而来，他是被乡亲们簇拥着跨下手扶拖拉机的。和他一起被送下拖拉机的还有钱敏敏的妈妈周阿姨。周阿姨斜背着医药箱，头上严严实实地裹着羊毛围巾。看到老妈到来，钱敏敏慌忙掐灭手中的烟头，整整新军装，恭恭敬敬地趋前搀扶老妈。

周阿姨一见张副参谋长的面就抢着介绍宏光同志的先进事迹："昨夜河西公社红卫大队龙二家媳妇难产，先是请了本村一个产婆来接生的，弄了两个时辰产道口还是打不开，见势不妙，产婆溜了，是宏光开着手扶拖拉机将我从二十多里路的县城接到村里，才抢救了产妇母女的生命。再迟到半个时辰，产妇就会因为失血过多而有生命危险。在接生过程中他一直帮着我，直忙到凌晨四点孩子顺利诞生，母女平安，他才匆匆忙忙到县里来集中。这不乡亲们舍不得他走呢。"

张副参谋长好奇地问："宏光，你当过赤脚医生？"

宏光不好意思地低下了头红着脸说："没有，我当……当的是兽医。"

"那你给人接过生？"

"没有，我只给老……老母猪、老母牛，接……接过猪仔、牛……牛仔。"

"好家伙，你胆子不小，敢给人接生？"

"那……那是站在蚊帐外面，给……周医生递递止血钳、纱布、手术针什么的。"周宏光有点结巴地说。

周医生说："亏得小周的配和，他还提供了当地的一种中草药给孕妇止血，很灵的。叫什么来着？"

宏光说："龙舌兰和凤尾草嚼碎了敷在伤口上，我给母猪和母牛试……试过，很……很灵的。就想到人是不是可以试试。"

"果然很灵。"周医生补充说。

这时我们都用肃然起敬的目光看着周宏光，看得他很不好意思地低着头，脸上充斥着羞涩的红晕，反而更显得红光满面的样子了。

旁边一个穿着新军装的小伙子说："周宏光是我们公社的知识青年上

山下乡积极分子，学习毛主席著作的标兵。”

循声望去，这是一个长得白白净净、清清秀秀的农村后生，这后生看见人们注意他甚至还有些不好意思，细白的皮肤的长脸上甚至于浮现了一片红晕，他怯懦地说：“宏光是住在我们家的知青，我对他的情况最了解。他不仅人厚道，诗也写得可好呢。”

“后生仔，你叫啥名字？”张副参谋长粗喉咙、大嗓门地问道。

后生怯生生地答道：“杨万龙，小名狗乖。”

“哟，大名不错，小名不怎么样。”钱敏敏怪声怪气地叫了起来。

“人家从小就像小狗那样听话嘛，俺爹就给取了个小名叫狗乖。当兵时俺爹嘱咐俺在家听爹的，在队听支书的，在部队听首长的。”

“好一个听话的好孩子，难怪长得像娘们似的！哈哈……”说完钱敏敏兀自大笑起来。

“钱敏敏，你少说两句好不好？你要学学人家农村孩子，你瞧人家杨万龙多朴实。周宏光写的诗呢？拿出来瞧瞧。”

“是，首长！”杨万龙答得很干脆，他立正着敬了一个不太标准的军礼。

钱敏敏模仿他的于台方言嬉笑着重复着杨万龙的话，最后还意味深长地加了一句：“杨万龙，狗乖，有意思，像小狗一样乖。”

张副参谋长狠狠瞪了他一眼，他才伸伸舌头闭了嘴。

张副参谋长接过杨万龙递过的纸，就着昏黄的路灯光，用胶东口音念了起来：

离农村有感

务农事桑记犹新，
当年泊港骨肉分。
劲手双双留不住，
热泪渠渠湿衣襟。
只道学子扎根久，
谁想尔辈竟投戎。

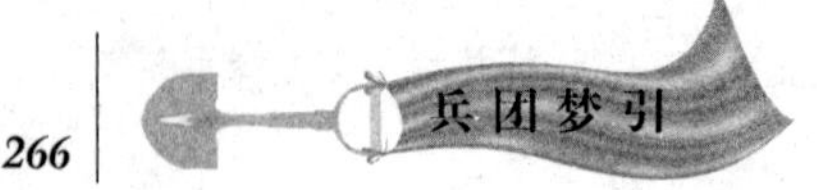

大鹏展翅凌云志，

莫忘郑里众乡亲。

“好诗，好诗。”张副参谋长竟自夸奖道。他自言自语说：“这批兵当中，确有一批才子，在部队都是可用之才啊。”他很满意他这次带的这批于台兵。他拍了拍杨万龙的肩膀说：“宏光的诗我留着，回去带给夏政委看看。”

杨万龙点了点头。张副参谋长心想这孩子好乖巧，到团部警卫排不错。

这使我们更对宏光兄刮目相看起来。唯有钱敏敏很不以为然地说，这诗写得不这么样，徒作大言，又不合平仄，整个一打油诗。他不屑地小声嘟哝着，我却听得真切。

张副参谋长走到宏光面前，亲切地用大手拍着他的肩头说：“倪副政委眼光没错，宏光确实是个好同志，你们都要像宏光同志学习，发扬红军艰苦奋斗的光荣传统，在革命军队的大熔炉里练一颗红心，练一身硬骨，把无产阶级文化大革命进行到底!”

这时孙副连长吹响了集合哨。我知道我们和父母告别的时刻到了。我们提着网兜或旅行袋，背好行装一一和父亲、母亲挥手告别。唯有周宏光和他的生产队长双手相握依依惜别。

老人用衣袖擦着眼泪说：“宏光去部队好好干，给咱乡亲争口气”

宏光不住地点头说：“大爷放心，放……放心我不会辜负你老人家的希望。”

大爷向宏光挥了挥手。宏光转身向集合的队伍跑去。

250名新兵翻身跨上跃进牌卡车的车厢，车队在晨曦朦胧中伴随着铿锵激越的锣鼓声缓缓开动，亲人们的身影渐渐远去，卡车打着大灯，冲进黎明前的黑暗，向前方疾驶，仿佛将我们带进了一条新的人生之路，兴奋之余，我们开始感觉到了疲倦，坐在散发出新被褥气息的背包上，在汽车的颠簸中，渐渐进入梦乡……

于台小县城，我的人生之梦重新开始的地方。

离部队越来越近了

跃进牌军用大卡车一路冒着初春的寒风，带着满车的新兵穿越于台县郊区成片的白花花铺满寒霜的农田，前方呈现出连绵逶迤的小丘陵，这才有了一片绿色，东方渐渐呈现出一片鱼肚白，一轮旭日终于冲破冻云喷薄而出，给这些薄雾缭绕的绿色山丘镀上了一层淡淡的金晖。

车厢里穿着薄薄棉袄的新兵蛋子也只是昏昏欲睡，并没有沉睡过去，因为车开起来冷风飕飕的。随着欢送的锣鼓声渐渐远去后，刚刚加入解放军的热情在初冬的寒风中渐渐冷却，冷风透过车棚帆布的缝隙直灌进车厢，寒冷迅速传遍周身，我们感觉到了冷，大家尽量挤成一团，相互依偎着取暖。

在农村的土路上颠簸着，有人开始晕车，有人开始呕吐，有人开始骂娘，有人开始呵斥，到底是新兵，心理素质差一些，车厢里骚动起来。

“他娘的，哪一个龟儿子吐了老子一身，老子刚刚换上的新军装，是谁呀?”这显然是南京口音，那是苏阳小子在肆无忌惮脏话连篇地骂着。

一个怯懦的声音，一边继续翻肠倒肚呕吐，一边解释着：“苏阳老……老弟，是俺晕车呢对……对不起呢。”听那于台口音分明是杨万龙。

一股夹着酒腥和酸臭的味道直冲我的鼻腔。弄得我也禁不住喉咙一阵痉挛，腑脏内昨晚未及消化的食品正在蠢蠢欲动，仿佛要喷薄而出的感觉，我赶紧向车的后挡板冲过去，一股酸腐的食物像瀑布一样流泻而出，好在未吐在别人的新军装上。

这时苏老兄嘴里仍然在骂骂咧咧地指责着杨万龙。杨万龙不断装笑脸、赔不是，苏阳不依不饶。

周宏光插话了：“苏阳我看，算了，人家万龙也不是有意的，已经赔不是了，你别没完没了，大家都是革命战友嘛。”

苏阳撇了撇嘴很不屑地说：“我说你周宏光怎么不分好歹，去帮二哥兵说话，是他吐了我一身，你他妈还来指责我。你是他什么人?”

这“二哥”两字是当年南京城里人对农村人的称呼，因为当时称工人是“老大哥”，农民就成了二哥。这称呼实际含有轻蔑歧视的意思。

这话说得宏光有点脸红了。这时钱敏敏插话了：“大家别闹了，你苏阳也别得理不让人，杨万龙晕车，也不是他想晕就晕的，那也是没法子，你说是吗？城里人说话也别太损人呢。”

宏光说：“农村人怎么了，当年我老爹他们参加红军时都是农村人。”

苏阳嘴嘟囔着，再也不说话了。他父母虽然是新四军却都是上海大户人家读过医科大学的大学生，后来被地下党送到了苏北根据地，参加了新四军，此刻作为地主儿子的爹虽然是省卫生厅的资深处长，行政十四级，却下放到了于台龙山公社当了党委副书记。他心中充满着对父母在“文革”中不公平待遇的愤愤不平，一方面有着对运动中浮出水面的接管地方政权的部队新权贵的满腹怨气，另一方面对依然处于贫困落后水平的农村父老乡亲有着某种贵族似的傲慢。面对同是落难干部子弟、老乡、战友的指责，他显然不敢呵气，只能选择沉默。

我自己肚子正难受呢，也懒得插话，昨晚的饭菜吐光了，干呕了几下，吐了几口酸水，脑袋昏沉沉的就想倚着车厢睡一会儿。我把头埋进臂弯闭着眼睛开始假寐。

“同志们、新战友们，我们大家是不是唱个歌，打打岔，也许会好一些，来我起一个头。我们唱《中国人民解放军进行曲》，穿上了军装大家都是战士了，振作起来，别病恹恹的。”

朦胧中，我感觉着这是钱敏敏的声音，看来这老钱，不仅年龄大我们好几岁，且还很有组织领导才能，身上文艺细胞还不少，而且似乎比我们老成，有追求得多。

“向前、向前……一二三，唱!”老钱起了头。

大家睡意全消，全车新兵直着嗓子放大喉咙跟着钱敏敏唱了起来。这时太阳出来了，眼前豁然开朗，公路两旁青山连绵，松树成林，景致优美，早晨的空气在阳光的照耀下，格外清新，再加上雄壮的歌声伴随着心中的激情，于是浑身竟然暖和起来，肚子也不感觉难受了。

大约是受我们这辆车的影响，前后的几辆车的歌声此起彼伏，竟然形成大合唱的格局，乐得坐在前面开道的北京吉普上的张副参谋长咧开大嘴笑了，他想这批于台兵不错，革命热情很高涨呢。

车队已经进入了安徽省。张副参谋长命令车队停下，大家都下车放松一下。

大家一窝蜂地跳下卡车，又蹦又跳地在温暖的阳光下放松着几乎麻木的手脚。张副参谋长带头面对青山开始滋尿，于是上行下效沿路边一溜站满新战士个个“钢枪”出笼，银光闪烁，“哗哗”地响成一片，反正是空山鸟鸣无人迹，大家略脱形迹，干脆放肆了一把。

张副参谋长一边抖动着那活儿，将残余的尿液抖动干净。一边大声吆喝着：“孙副连长!”

孙副连长赶紧着收起“钢枪”，裤扣还未及扣就双手握拳小跑着来到副参谋长面前，立正敬礼朗声问道：“报告副参谋长，一营一连副连长孙军伟前来报到，请指示。”

张副参谋长一边随意将他大前门扣上，一边挥挥手，有点不耐烦地说：“稍息、稍息。我说小孙子哎，现在是休息时间，别搞得那么假正经，我最讨厌假正经。我说，刚才我听到二号车首先唱起歌，谁先领的头?”

孙军伟看着副参谋长那张十分严肃的脸，琢磨着副参谋长话中的意思到底是赞许呢，还是反对，一时也琢磨不透。不过他确实也闹不清二号车的歌声是咋回事，正在犹豫着。

我插嘴说：“是我们车大老钱起的头。大伙儿就跟着唱了起来，以后其他车就跟着一起唱了起来。”

“就你们南京那位胡子兵钱敏敏?”

我说：“对呀，那时我们大家在车上，又冷又难受的，有人还晕车。经他这么一鼓动，睡意、寒意全消，那股想吐的难受劲，全随着歌声飞到九霄云外去了。”

张副参谋长笑着说：“好啊，好啊，这个钱敏敏还真有些组织能力。嗯，不错！不错!”

我和孙副连长看着副参谋长笑，也跟着笑了起来。但是我们并不知道副参谋长那笑声中到底蕴含着什么意思。我想这满意的微笑对大老钱未必不是好事。

张副参谋长大手一挥对着孙副连长大声命令道：“上车，出发！争取八点半开到明光火车站，准时开饭。”

孙副连长立正敬礼，转身吹起哨子大声传达副参谋长的命令：“请同志们上车，八点半赶到明光火车站开早饭。”

这样，我们又乱哄哄地涌上卡车。

跃进牌大卡车鸣笛启程，继续前进。这时整个车队已是迎着初春的朝阳一路高歌猛进了。

我们这批新兵准时到达安徽省的明光火车站，显然这里不是客运站，而是货运站。站台上停着一列闷罐子运兵车，这是运我们去部队的。车身黑乎乎的，每节车厢只有一个出气孔，我们把这种运兵车叫作大棚车。

当年我和黄卫军、顾晓江扒火车去北京串联时在浦口火车站的货场见过这种棚车，那是运送生猪的。不过我们这时已经是中国人民解放军战士了，当年志愿军战士就是坐着这种闷罐子车雄赳赳、气昂昂跨过鸭绿江去打美国鬼子的，现在我们将坐着前辈乘过的列车，跨进革命的大熔炉，炼一颗红心，铸一幅铁胆，练一身过硬的本领，去抵抗帝修反的侵略，解放受苦受难的台湾同胞，最终解放全人类，将共产主义的红旗插向全世界呢！我们骄傲还来不及，怎么可能去讲条件，我们正准备一不怕苦、二不怕死去踏上人生新的征程呢。

我胡思乱想地憧憬着未来。新兵们一个个翻身跳下汽车，有的为了缓解一下手脚的麻木，在站台上跳着、蹦着，有的迫不及待站在月台口，解开裤扣就要对着铁轨开始滋尿，但是被孙军伟和时奋斗厉声喝止，这里是公共场所，除了我们这些新入伍的战士外，站台上人来人往，上班的铁路工人来回走动着，新战士们要注重形象。我们只有忍着尿急蜂拥着去了车站的公共厕所，排队撒尿。不急于撒尿的新兵背着背包搓着手、呵着气、跳着脚，冻得麻木的身体开始暖和起来，在冬天温暖阳光的照耀下，思维开始活跃，于是又想着新花样取乐。

我看到苏阳新军装上被吐得斑斑点点的痕迹，已经风干，酸臭味已经挥发。他开始神气活现地将左腿的脚搁在右腿膝盖上跟人玩起了斗鸡的游戏，他像一只好斗的公鸡，虽然个头不高，但身板灵活，人极机智，已将几个人斗败，依然不依不饶向周围围观的新兵们挑战。语气傲慢地嚷嚷着："有种的一个个上，看老子怎么收拾你们。"颇有睨视天下，傲视群雄的味道，因为他知道围着他看的全是他心目中的高粱花子兵，那种城市兵、干部子弟的优越感全写在脸上，在他那双尽量睁得大大的小细眼中喷出炯炯有神的光。

钱敏敏似乎很看不惯苏阳那副牛逼哄哄的样子，他盘腿上膝，笑盈盈地蹦跳着前来迎战。他们一蹦一跳地慢慢接近，一个回合下来，双方不分胜负又向后退去，钱敏敏睁圆双眼，以逸待劳，苏阳摆开架势红着小眼睛冲了上来，钱敏敏避其锋芒，待他冲上时，一个躲闪，对着他的屁股猛然一顶，又很快退后，苏阳一个趔趄，仰面朝天地跌下月台，翻到了铁轨上，好在穿着棉袄棉裤，未伤着筋骨，但是也跌得他龇牙咧嘴，半天爬不起来。

他身后的棚车后面，像是猫那样轻盈地闪出面色苍白的杨万龙，将他从铁轨上搀扶了起来。月台上围观的人群哄堂大笑。这时也在看热闹的孙军伟，突然发现有点鬼鬼祟祟的杨万龙。

"杨万龙你怎么跑到铁轨上去的，躲在火车后面干什么勾当去了？"

杨万龙红着脸结结巴巴地说："报告首……首长，我……，我……"

"你到底干什么去了？"

“我……我拉屎去了。”

“不是告诉过你们，解手要去公共厕所，随地大小便不仅是违反群众纪律，而且还很不卫生，很不卫生！懂吗？”

“俺懂呢，只是……”

“只是什么？只是农村人的坏习惯总也改不了是不是？”

孙军伟保持着老兵的威严，显然他出生于军人世家，对于军容和风纪特别注意，尽管他老爹也是出生在安徽大别山的六安穷山沟里，而他则是北京总参训练部王府大院长大的大院子弟 。

“不是呢。是俺拉稀，厕所人太多，小便都要排队，我憋不住，差点要拉在裤子上，才躲在火车后面拉的。”大家又是一阵哄笑。

“好了，好了，大家别笑了。你们俩上来吧，马上要开饭了。把拉空的肚子填补上，攮足了精神好赶路。”孙军伟说。

站台上的人，伸出援助之手把他们两人拉上来。

时奋斗吹响集合哨。

时奋斗在团里虽然是老班长，但是到新兵连就提拔成排长了，据说时奋斗是团里的大才子。不！他是整个工程兵系统的大才子，会画画、会作曲、会写文章，人也长得英俊，只是自古才大难为用，几次想要提拔他，但是一到关键时刻不是被抽调到兵部政治部美术组去搞创作，就是抽调到宣传队去搞创作，这次大约团里又准备提拔他了，所以将他抽到新兵连先当一个见习排长，有机会再充当正式排长。他勉强把队伍集合整齐，报数点名，发现人数不少，才一一向孙军伟进行了报告。

孙军伟再握拳，跑步向威武的、披着军大衣的张副参谋长报告请示。张副参谋长指示开饭。

月台上已经摆着用白棉被捂得严严实实的箩筐和保温桶，我想那里一定是热气腾腾的白面大馒头和大米稀饭，这是部队后勤部门打前站的同志为我们准备的。

想到这些，我的口腔开始湿润起来，早已被吐得空空荡荡的肚子也是饥肠响如鼓了。我看我周围的战友们也一个个瞪着已经饿得发绿的眼睛，像是饿狼那般紧盯着棉被底下的白面大馒头，使劲地向喉咙口咽着口水。

随着张副参谋长一声令下，刚刚集合好的队伍一哄而散，大家拿着茶缸，迅速地围着粥桶、馒头筐，闹嚷嚷地等着开饭。后勤炊事班先期到达的老兵穿着白围裙，手提大舀勺一一在茶缸中注满稀饭，一人还发了一小撮四川榨菜，两个大白馒头。热乎乎的大米稀饭喝着，两个白面馒头下肚，新兵们的精气神又上来了。

我看见苏阳垂头丧气地坐在他的背包上默默地喝着稀饭，灰着脸一声不吭。只有杨万龙讨好地递上了自己省下的一只白面馒头给苏阳，苏阳并不客气，抓起就迫不及待地塞进了口中。

钱敏敏和周宏光高兴地笑着，交头接耳着。显然是老钱正眉飞色舞地介绍他和苏阳交战的经过。我听见钱敏敏和宏光说，我最看不惯苏阳那副纨绔子弟的嘴脸。苏阳狠狠地用他那双眯缝如同钢针似的眼睛剜了老钱一眼，鼻孔里哼哼着，很不服气的样子。老钱和宏光却开怀大笑。

孙副连长一声令下，要派两个公差和后勤炊事班的老兵去街上购买面包和榨菜等干粮，为大家准备路上吃的干粮。新兵们争先恐后去出公差。不一会儿供饮水用的保温桶和供方便用的大木桶被抬上了闷罐子棚车。我们又出发了。

伴着汽笛的鸣叫声，列车开始轰隆、轰隆地启动。棚车车厢的门也訇然关闭，阳光被阻隔在头顶上方那扇窄小的车窗之外。车厢内的光线显得有点昏暗。

我和衣躺在地铺上，由于刚刚吃饱了肚子，浑身热量得到补充，思维反而十分活跃。我不知道部队在何方，也不知道列车开向何方，这一切仿佛都是军事机密，作为新兵是不便打听的。仅仅从我们在明光车站所吃的早餐就使我隐隐感觉到部队的生活条件是远远优越于我刚刚离开的建设兵团的。

我感觉到列车正向江苏的南方呼啸着疾驶。车厢上方的窗户里射出一缕亮光，我们趴在那方窄小的窗户前，仿佛是欣赏着像是过电影似的美丽风光，尽管眼下仅仅是一片寒风萧瑟的初冬景致，但是和煦阳光笼罩的车站、农舍、农田、远处连绵起伏的青山、蜿蜒流淌的亮晶晶的河湾……，仿佛是移步换景似的都使我对未来的军旅生涯充满着憧憬和希望。

同样的气候，不同的心境，都因为人的生存状态发生了变化，而这些似乎都和笼罩在人尤其是中国人头上的政治命运有关。

也许是热腾腾喷香的大米稀饭填饱了饥肠，也许是松软软的白面馒头补充了热量，我的心情特别好，思维特别活跃，犹如这冬天暖洋洋天空透明而纯净，犹如冬天里冬眠复活的小蛇在阳光下睁开眼睛在畅想。虽然仅仅行进列车车厢里那一方天窗透着蓝天，也足以引发我对人生诗意的联想。人在美好的心境中特别容易引发对往事的回想，尤其是今昔对比两重天，仅仅是在半个月之间人生的命运就发生了戏剧性的逆转，隐藏在其中的玄机颇使人感慨。

我躺在闷罐子车的地铺上，像是做白日梦那样神游在往事的回忆里。躺在我旁边的杨万龙，也大睁着他那双好看的丹凤眼，辗转反侧睡不着，于是我们在地铺上各自叙述着自己的往事。

我说："万龙，你生长在农村，怎么长得细皮嫩肉的，皮肤这么白，这么细，说话还细声细气像是女孩呢?"

"实话告诉你，我虽出生在农村，但是从小到大一直在读书，从小学到高中，我的成绩都很好的。只是我的皮肤过去并不好，小学时吃过一次我和小伙伴套来的獐子肉，浑身长脓溃烂，很长时间不得好，不知染了什么毒，俺爹俺娘找了很多医生都治不好。后来俺的小学同桌周芳她娘，也就是乡里卫生院的周医生用一种中医偏方，中草药泡水洗了几次，皮肤病竟奇迹般好了，用那种药水擦洗的皮肤竟特别细嫩。"他像是抚摸羽毛似的轻抚着自己白皙的瓜子脸笑着说。

我看他的手指也是细细长长的，像是兰花手指实在不像干过农活的农村孩子的手。我伸出我的手掌掌心竟然也结了腿子，薄薄的一层老茧布满着手掌。我笑着说："看你手掌皮肤那么细白，肯定没干过农活。"

"其实地里的庄稼活，我都会干的，寒暑假俺是经常回家帮着干活的，只是干得少而已。育种、插秧、收割、扬场、脱粒俺样样会。俺爹是生产队长，但是近几年身体不好，脊椎开过刀，常要打针吃药，干不了重活。

就靠俺娘和俺姐去干，甚至你刚才说的上河工都是她们去，俺家乡妇女们也是要上河工的，和你们那儿不同。只是你们农场，对，现在改叫兵团的，是用车推河泥，俺于台县这儿是用肩膀挑河泥，力气小点的是两人用筐抬河泥，是这儿劳动量最大的体力活。看俺姐俺娘干得苦，工分挣得少，俺几次提出要辍学回家务农挣工分，补贴家用。俺爹、俺娘都不同意呢。升高中那阵，俺爹刚动了手术，起不了床天天要打针换药，俺是死活不去县里上一中了，那是省重点中学呢，我成绩好，班里没几个考上一中的，可是我拿到了录取通知书。家里这样，我高兴不起来，看着俺爹病恹恹的样子，看着俺娘、俺姐上河工冻得开裂的手脚，俺心中难过呢，俺是发誓开春不去上学了。俺爹躺在床上动弹不得，怕他伤心，我也没敢告诉他。晚上俺娘回来，俺悄悄和娘说了俺的想法。谁知俺娘气得将手中的饭碗都摔了，她顺手抄起笤帚把，劈头盖脸挥了过来，一边打一边哭一边骂：'你个小兔崽子，俺娘俩拼死拼活地干，还不指望你学出个人样来，谁知你竟不想去学堂念书，你爹要是知道非气死不可。文章念到狗肚子里去了。'说完她就哭，她抱着俺泣诉着：'俺是不怕吃苦的，俺习惯，你要读书上大学，古人说，万般皆下品，唯有读书高啊。'我说：'读书有啥用，人家周芳她娘，省城中医学院毕业的还不下放到俺这穷山沟子里当赤脚医生。再说现在大学都不办了，到哪儿去找大学上呀？'周芳她娘也就是周宏光他婶子，宏光是随他婶婶到俺公社插队的。说来俺妹还是他婶婶培养的赤脚医生呢。看俺娘哭得声泪俱下的样子，俺答应俺娘继续读书，不过高中读完俺还是当了回乡知青，不过还未怎么劳动，就当兵来了。唉！这辈子不知能否上大学，实现俺娘的愿望呢。"说完了这些，他双手搁在脑后，仰面朝天看着车厢的顶棚，若有所思。

我们一时无言，我也无法回答杨万龙的问题，我是只读了一个学期初中以后就跟着黄卫军混到了毕业，连高中都未上的所谓知识青年，文化上真的比杨万龙还差劲呢。我们这批兵论文化最高应当是钱敏敏了，他是南师附中老高二的。其次应该就数杨万龙了，他是老初一，新高三的。据他自己说，也没学到什么文化，倒是学工学农占用了不少学时。

在我们躺在地铺上胡乱议论着什么的时候，我们新兵连临时排长时奋斗却悄悄地从军装上衣口袋里摸出黑框眼镜戴在鼻梁上，原来他是近视眼。紧接着从裤兜里掏出一个小本本用弯头钢笔飞快地画着什么。我跑过去飞快地瞥了一眼，原来他在画速写，寥寥几笔就将我们这些新兵姿态嘴脸一一落在纸面。他说这是他的习惯，以后和他接触时间长了，才发现他不仅有画速写的爱好，还有着随时写笔记的习惯。这真是一个勤奋而多才多艺的老兵。

列车依然在淮北大地上飞驰着，从车厢窗户向外望，可以感觉到时间的变化，天空慢慢变黑，月亮渐渐升上中天，车厢顶上昏黄的灯亮了，列车正向南方飞奔着。我和钱敏敏、周宏光包括苏阳在内都恍惚感觉正在慢慢接近省城。过了滁县站就是浦口站，这里就是当年我和黄卫军、顾晓江扒火车去北京的地方。

我太熟悉了。心中一阵雀跃，我们回家了，过了著名的南京长江大桥，就是我们可爱的家乡南京古城了。列车也只是在浦口稍事停留，就呼啸着穿越长江大桥继续向南开去。在尧化门站，我们下了火车，在站台简单地就着开水，吃了两个大肉包子，就整队出发。

我们背着背包，徒步绕过南京城，经句容县继续向南，向润州方向前进。这是我进入部队后的第一次拉练，走了八十多公里。

在一片银晖笼罩的月色下，队伍仿佛在梦中行进……

目标渐渐接近，公路两侧全是起伏连绵的小丘陵，我们的部队就驻扎在绿荫覆盖的丘陵之间。宽阔平坦的国道南侧是一片丘陵，面南靠北的地方建着一片精心规划的青砖黑瓦苏式营房依山坡整齐排列，营房的北面依然紧靠着一片青山。营房两侧栽种着高大的悬铃木，悬铃木在夜风中发出飒飒的声响，踏着脚下的青石路，我仿佛又回到童年时期生活过的南京眉山路，心中一阵狂喜。

我们250名新兵暂住在隔着一个山头的山坳里的教导队，教导队也是团级建制的兵部直属队，专门短期培训南京军区工程兵种系统连以上干部。我们开始了新兵连的生活。

第十章　初踏军营路

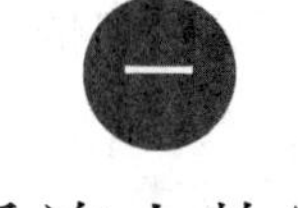

新兵连人物写真

两个月的新兵连生活很快要结束了。等我们稍微像个兵样的时候，我们的领章帽徽发下来了。三块红色一一缀在绿色军装的固定位置上，确实能够显出与众不同的风采来。

全国大学停办，工厂停工，全员投入“文化大革命”的情况下，青少年却在一天一天长大，不断从学校进入社会，在一切学习和就业门道都不通的时候，可以选择的就只能去农村或者部队，相比较当然还是去部队比去农村要实惠许多，至少无柴米之忧，无饥寒之苦，部队还给有一技之长者提供了充分施展才华的空间。那时的部队一年一度的体育比赛、文艺会演、美术摄影作品展览都为有特长的战士提供了充分展示才艺的空间。

而且全社会实施军管期间，部队社会政治地位空前提高。这就是那个时代对解放军羡慕的原因，因为全国就像是一个乱哄哄的兵营，兵营反而相对平静。一切按部就班地运作着，很有秩序，也很吸引人。

我发现新兵连农村来的弟兄们都爱照小镜子，仿佛很注意自己的形象。杨万龙时不时地从上衣小口袋中掏出小镜子对着阳光将自己秀气白皙的脸庞装在水银镀的镜面里左看右看的，有时偶尔发现一两粒无碍观瞻的青春痘，还要千方百计予以驱除，不挤出清秀的脸庞绝不罢休。这时，苏阳就会猛然地对着杨万龙背后一拍，杨万龙一个激灵，肩膀一抖，小圆镜摔在地下裂成了两半。苏阳吹着《我是一个兵》的口哨，扬长而去。

此刻的杨万龙竟像姑娘那样眼中充盈着泪水，看他那梨花带雨的可怜样，越发显得楚楚动人了。这使我想起小时候在小人书摊上看过的《红楼梦》中的林黛玉，心中不禁生出几分怜悯。

新兵连的生活就是每天早晨出操、队列训练，天天读，上午的政治学习，学习《毛主席语录》，背诵《为人民服务》《纪念白求恩》《愚公移山》老三篇，进行形势教育，熟悉队列条例、内务条例、枪械条例，学会射击、投弹等基本要领，每晚还有一次“斗私批修”班务会，狠斗“私”字一闪念，树立大公无私的正确人生观。

夜间有时突然还会有紧急集合等等。连队的连长、指导员、排长、班长都是部队的副职，每人提升一级成了新兵连的临时领导。

我们排的排长名叫时奋斗，是Z省庆州人，人长得白白净净，说话斯斯文文，在我们面前一站，根本不像是个当兵的，不是说他的样子不像，个头倒是有着一米七八的样子，只是浑身透出一股说不出的儒雅之气，有着玉树临风的感觉。他随身带着一个小本子，有空就掏出来画上几笔，寥寥数笔就能将人的神态描摹的八九不离十，我喜爱美术，我知道这叫速写。

时排长看人的时候，眼睛眯缝着，看上去是近视眼，平时不戴眼镜，需要时他会在上衣口袋掏出一副黑塑料框的近视眼镜，看那眼镜片厚度可知近视眼的度数不低。

时排长是1969年的老兵，也就是说是68年底当的兵，我们到部队前3个月才提了副排长，提副排长的目的也是为了将来提正排长做准备，提正排长也就是提干部了。时奋斗这个副排长不是官而是兵头官尾的尴尬角色。这不，在新兵连他就成了一名不入档案的临时正排级干部。

时副排长来自五营，五营是机械化营，凡大型掘土机、压路机都在五营，他所在的三连是舟桥连。他之所以一直未提干原因在于至今还未入党，据说是因为才气过人，反而影响了他在部队的进步，他一年有半年被抽调在外，不是搞宣传队就是参加美术创作组搞作品创作，至于文学创作又是他的另一项爱好了。他是 67 年毕业的老高二，会作曲、写作、画画，最近刚刚仿照钢琴协奏曲《黄河》的形式，编出了一首大型器乐协奏曲《工程兵之歌》准备代表工程兵参加军区会演，现在协奏曲正待进一步修订完善。团里将这套协奏曲送到附近的润州文工团请老师修改，老师说论时奋斗的音乐水准，他这个师院音乐系毕业的乐队指挥已无能力指导，只说了一句："时奋斗，大才，其曲大有贝多芬之风，想象力丰富，磅礴大气，行云流水，还是请他的老师师院音乐系二级教授盛洪老师指导吧。"

总之，时奋斗是才貌双全的军中才子，两个月新兵连一结束，他就神龙见首不见尾地消失了踪影，游走四方去了，他这一游走，大家估计提干的事情也就泡汤了，其实连队是并没有副排长这一编制的。

我们这批兵当中唯有钱敏敏被指定当了副班长，于是钱敏敏就比我们优越了许多，因为其他班的副班长都是回连队就提拔为班长的老兵担任，而他还是个和我们一样的新兵蛋子，就显得很鹤立鸡群。至少他可以安排每天的内务值日，当我们出操时值日的兵就在营房干些打扫卫生、打开水、打饭之类的杂活。有时班长去连部开会，副班长就主持班务会，对每人的学习体会进行点评，很像那么回事。

按周宏光和我私下里议论的那样："这老钱也开始人模狗样起来了。"

我说："是的，老钱诗写得好，出操、走正步也规范标准。"那天下午，我们立正稍息，四面八方地转着，向左向右转，经常是搞不清方向，头转得稀昏。开始练正步，我动作比较笨拙，脚绷不直，腿抬不高，老是被代理排长时奋斗提溜出来搞单兵训练。

代理排长在讲评中批评说："有的同志动作老是做不好，不是做不好，而是不用心，看上去蛮聪明的小伙子，就是没把基本动作训练当一回事。

做动作，也要像绘画绣花那样认真、细心，把写诗画画的功夫用在军事操练上，包你动作过关。”我知道这是批评我呢。因为，这几天我和宏光闲下来就向钱敏敏讨教诗艺。

队列中苏阳在小声嘀咕着什么。

“苏阳，出列。你在说什么熊话，大声给大家说说。”

“报告排长，不是熊话，是最高指示。毛主席他老人家教导我们说，革命不是请客吃饭，不是绘画绣花，革命是……”

“好了，不要再说了，我毛主席著作没你学得好，你给走走正步看看。”时排长显然有点恼羞成怒了，一声断喝制止了苏阳的辩解，苏阳愤愤不平走出队列。

苏阳开始在全排面前表演正步走。

他边走，时排长边点评：“苏阳，收腹！挺肚子干什么，收进去，要挺胸，两眼正视前方，要目不斜视。”

“苏阳，你那屁股撅那么高干嘛？呈你那朝阳沟呀，屁股夹紧。好了，你下去，干部子弟，以后要谦虚谨慎一点，不要事事逞能。钱敏敏，出列，你给他们示范示范。”

老钱一步一步跨出列，一招一式都很标准。

“你们都瞧见了吧，人家钱敏敏也是干部子弟就没那么多傲气、娇气。”随后，钱敏敏当场被宣布为新兵连一排三班副班长了，好像这临时的排长还挺有权力似的，竟然可以任命班以下干部了。

晚上老兵时奋斗代理排长去连部开会，照例由副班长钱敏敏主持班务会，我们先是学习《为人民服务》，后来就是结合思想实际狠斗“私”字一闪念，大家必须触及灵魂地开展批评与自我批评。于是我绞尽脑汁地找自己身上的毛病和问题，否则大家都在自己批斗自己，我就显得有些特殊例外，这种孤芳自赏本身就是毛病。

我说：“我身上小资产阶级怕苦怕累的思想很浓很重，我朝思暮想就希望钱副班长能够天天派我当值日生，表面上是为了大家服务，思想深处是怕出操，因为我正步老走不好，老挨排长批评，紧急集合老出洋相，丢我们班的脸。我就想干点轻松的活，我这是怕苦怕累，贪图享乐，缺乏无产阶级一不怕苦，二不怕死的大无畏精神，平时怕苦，战时就会怕死……”我开始上纲上线，胡说八道，因为只有这样才显得检讨得深刻，才能说明态度的诚恳。因为我确实怕出操，正步老是走不标准，就老挨批评，老没面子。更怕紧急集合，新兵连紧急集合多，我洋相就多。睡得梦沉沉的突然响起号声就有点心惊肉跳，手忙脚乱的。偏偏我的动作又比较笨拙，从小家人就说我大脑发达，小脑反应迟缓，而我又被安排睡在上铺，上半夜似睡非睡，不停地翻身，有点风吹草动就一惊一乍的神经过敏，以为是紧急结合，半夜坐起，其实只是睡梦中听到军号声响，其实是战友在打呼噜。下半夜睡得死气沉沉，听到号响，又以为是在做梦，沉睡不起。等稀里哗啦响成一片，翻身坐起，穿好内衣，却在黑暗中朦朦胧胧摸摸索索找不到棉袄、棉裤，无奈只好穿着裤头衬衣，披上军大衣跳下高低床，黑暗中再套上鞋，偏偏一只鞋套不上，只好穿着一只鞋，趿拉着一只鞋，跑步去了门外。

全连战士全部集合完毕，连长正在点评，看到我这怪模样，自己先是捂着嘴笑，然后全连哄堂大笑，这一笑再严肃起来，批评的口气就不够严肃了。好在这只是一次紧急集合演练。

我发现我的棉袄竟宽宽松松套在了杨万龙身上，他穿的一只鞋大，一只鞋小，那一只大的就是我的。

我问：“我的棉衣怎会穿在你的身上?”他答：“你的棉衣被你自己整掉地下了，排长查哨，顺手盖在我身上了。”我们相视苦笑。

苏阳告诉我一个好办法，我照着试了一下，果然管用。以后，我睡觉就穿着棉衣棉裤和新解放鞋，盖着被子睡，军号一响戴上帽子，扎上腰带，迅速打好背包，翻身下床，果然稳稳当当站在队列中。结果是部队一跑步背包带就松了，被子散了一地，没法子只好夹着被子跑。好在整个队伍里跑散了背包的不是我一个人。于是我就盼着做小值日。

这个一直盼望着的小值日，钱副班长老也没在紧急集合的时候派过我，因为他也不知道什么时候会紧急集合，后来才弄明白，钱敏敏他爹是南京大学人民武装部部长，他过去在中学时就跟着他爹参加过大学生的军训，难怪军事素质这么好。

这会儿轮到杨万龙开始斗私批修了，他说：“我资产阶级革命思想也很严重呢，上小学时就喜欢看漂亮的女同学，我的同桌周芳是大城市下放到我们村的，我看她长得漂亮，就很想和她在一起。有一次放学我们一起回家，我还大着胆子牵过她的手，一直不肯松开，后来她和她娘随军去了四川，我还老想着她。真的做梦都想。我想这就是资产阶级思想作祟，是修正主义思想害的。人家毛主席从年轻时期就一门心思干革命，不谈女人，不谈钱，我是做梦都想女人。”

听了他的话，周宏光偷偷抿着嘴笑。苏阳说：“宏光，你笑啥？”

宏光说：“没啥没啥。革命军人也有崇高的爱情呢，保尔还想过资产阶级小姐林务官的女儿冬妮娅呢。毛主席还君失骄杨我失柳呢。”

钱敏敏纠正他说：“是我失骄杨君失柳。”

“对，对！我失骄杨君失柳，杨柳轻飏直上重霄九，人家周文雍和陈铁军还举行刑场上的婚礼呢。想漂亮女人是人之本性，没什么了不起，古今中外歌颂爱情的文学作品汗牛充栋，只是要分清是革命浪漫主义，还是反革命浪漫主义。”周宏光笑着说。意思是杨万龙没话找话，小题大做，多此一举。

说得杨万龙脸红到脖子根。这时，苏阳跳起来对杨万龙进行批评了，他说：“这杨万龙小资情调确实严重，家里是农村人，却向往资产阶级生活方式，口袋里藏着一面小镜子，动不动就掏出来照照，像是《霓虹灯下哨兵》里的那个排长，进了大上海就被资产阶级香风毒气熏染，一边照一边还将脸上的粉刺挤掉，将冒出胡须拔去。这么爱美不是小资情调是什么？和贫下中农艰苦朴素的光荣传统相去甚远，作为贫农子弟，你这是忘本。”

听了这话，杨万龙的头埋得更低了。还是钱敏敏解了围，他说：“小苏这话说得过了，爱美之心人皆有之，只是无产阶级追求美的价值和资产阶级是有区别的，无产阶级追求外在美和内在美的统一，更注重内在美，也就是公而忘私的品质，为理想而献身为人类解放去奋斗的情操，如马克思和燕妮，列宁和克鲁普斯卡亚，毛主席和江青同志。”

我补充了一句：“杨开慧还没牺牲，毛主席和贺子珍已在井冈山结成了革命伴侣，贺子珍还在苏联，毛主席又和江青同志结成了革命伴侣。”我这是听我的同学刘阳旸说的，刘阳旸又听他爹刘也凡说的，刘也凡当年是抗大的教员，和江青同志很熟，我没说这段话的来源，因为身为南京工程兵学校政委的刘也凡正作为混进军内的走资派受到审查呢。

这时钱敏敏说：“那是伟大领袖革命现实主义和革命浪漫主义伟大情怀的体现。毛主席的伟大情怀非常人可比，可谓海水不可斗量，那刘阳旸是‘三反分子’刘也凡的儿子，中他那反革命爹的毒太深，你不要听他胡说八道。”我突然想起来了，钱敏敏他妈就在江苏医院当医生，刘阳旸他妈柳洁民就是江苏医院的总支书记。这家伙明明是在打着马虎眼，省得新兵们对伟大领袖瞎联想。

钱敏敏狠狠瞪了我一眼恶狠狠地说：“以后对伟大领袖那些革命浪漫主义的事的谣言，不许乱说，小心脑袋。”我浑身出了一身冷汗。

正在我十分尴尬时，钱敏敏突然大喝一声：“全体起立。”我们站起来才发现，我们的新兵连连长带着排长、班长正陪着一高一矮两个胖子走进我们的房间。

高个那位穿着崭新的绿军装，脸上笑吟吟的。矮个那位穿着洗得发白的旧军装，脸上很严肃。两人头上都顶着马裤呢的军帽。

只见钱敏敏大喝一声“立正”，自己双手握拳平放腰部，跑步向前双手垂直放下，再将五指并拢齐刷刷地举到帽檐，来了一个标准的军礼：“报告团长、政委，新兵连一排三班正在开班务会，请首长指示。”

个子矮一点的胖子漫不经心地回了一个礼：“稍息、稍息，我和政委来看看大家。”

这一切使我们看得眼花缭乱，不知这钱敏敏怎么将这部队的一切摸得这么清楚，执行得这么驾轻就熟的。

团长这时脸上浮现出一丝笑容，他亲切地拍了拍钱敏敏的肩膀说：

“小钱，好样的。素质很好嘛，简直训练有素，训练有素啊。”

我想，才这一会儿，团长竟知道钱敏敏的大名了，团长似乎是自言自语又似乎是对陪同的军官说：“好，好。这批兵不错。”

陪同的张副参谋长介绍说：“小钱不仅军事素质好，而且很有组织才干，很会做思想政治工作，文章也写得好，他是南京南师附中老高二的。”

团长又连声说了几个“好”字，最后落在“是棵好苗子”5个字上。

这时政委发话了：“那个会画画的兵呢?”

张副参谋长将我拉到政委面前道：“这就是路雨生，画画得不错。”

我红着脸给政委敬了一个理，政委和我亲切握手。

此刻，团长正和宏光亲切交流。听团长口音是苏北人，政委是山东胶东人。以后，苏阳、杨万龙又被张副参谋长一一介绍给了两位团首长。团长和政委又转到其他班去了。

团长、政委走后，时奋斗回来，班务会就在一排长的主持下重新开始。最后传达连长指示：“明天下午三点整，全团在大礼堂举行‘欢迎新战友’大会，由钱敏敏代表我们新战友发言、表决心，要好好准备。”

我看钱敏敏的心情有点激动，他甚至从小马扎上站起来立正敬礼说：“是，一定不辜负连领导的期望。”

班长将脸转向我道：“路雨生，你明天好好准备，团政治处来电话，你明天早饭后就去电影组出公差。”我也学着钱敏敏立正敬礼答道：“是。”时奋斗笑笑拍拍我的肩膀说：“雨生，好事呀，好好表现。”

时奋斗说：“大家都坐下，不要搞得那么正儿八经的，你们起立、敬礼，我还得站起来还礼。简单点，你们俩明天给我好好表现，给我们一排争口气就成，我们在一起没几天了，新兵连马上就解散了，我也回舟桥连当我的挂名副排长去了，你们不管到哪儿，只要记着我时奋斗就行了。”我想时排长人真好，称呼我是只称名，不称姓，那就是别有一番亲切滋味在心头了。

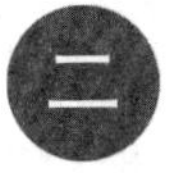

去电影组初显身手

第二天清晨，早饭后，太阳露出了笑脸，给冬天的大地送来丝丝温暖，我的心里也暖洋洋的。地上的霜花开始融化，山坡上枯黄的蒿草显得湿漉漉的，唯有一丛丛的青松布满整个山岗，显得那样的生气勃勃郁郁葱葱。使萧瑟的冬季增加了一抹生动的绿色。

我想，我此刻就应当是扎根军营的一株青松，昂首向阳沐浴着党的阳光雨露，兵团的往事顷刻溶化在远逝的黑暗中，眼前已然是一片光明。

阳光温暖地抚摸着我的脸蛋，抚摸着我的绿军装，此刻领章帽徽正散发出红彤彤、暖洋洋的光芒，使我浑身感到热乎乎的。我一蹦一跳地行走在山间的羊肠小道上，走完这条小道就是国道，再向另一条沙石路走上去，就可看见山坡上我们的团部。满山坡的法国梧桐掩映着一栋栋依山而建的营房，光滑平整的水泥路连接着每一个连队，连队的营房是按照一二三营的次序从山脚排列到山腰，山腰中心是平整的大操场，顺操场台阶上去是特务连，右侧是一栋司、政、后机关办公大楼和三栋干部宿舍楼。特务连左侧是团部大礼堂。特务连延续到山顶依次排列着机械化连、舟桥连、运输连、修理连、后勤仓库、油料库、卫生队。

新兵连所在的教导队离我们的营房只有十几分钟的路程，我像是进京赶考的学生那样既感到高兴又有一点紧张，总体上我对我的能力还是很有信心的。

在大操场台阶上，我看到身材魁梧的李政委，他正在背着双手和一个下巴刮得铁青的矮个子老军人笑嘻嘻地看着篮球场上来回奔跑着的队员打篮球。球场上有几个拍着球奔跑着的傻大个子，正是我所眼熟的几个新兵连一块入伍的战士，只是个头都在一米八以上。看来首长们在挑选体育人才呢。

李政委看到我走过来笑嘻嘻地说："小路，你来了？"

我赶紧立正敬礼："首长好。"

"来、来、来，先见见你们解股长。宣教股长解长河。"

我立即又向解股长敬了一个礼。

解股长问："你是去电影组帮忙的吧？"

"报告首长，是的。"

解股长穿一身洗得发白的军装，长得慈眉善目的，显得十分和蔼可亲。年龄在 40 岁上下，山东口音。

"来，我带你去见你们柴组长。"

我跟着解股长向大礼堂方向走去。

我和解长河是从礼堂的后门进去的。推门就进入了垂挂着幕布的大舞台，舞台后面是一排化妆室，平常就是电影组的办公室。解股长高声叫喊着："小柴、小柴……"这时一个瘦瘦高高的年轻干部应声开门出来，笑着和老股长打招呼。解股长把我介绍给这个浑身上下收拾得干干净净散发出雪花膏香味的电影组长柴静林。

"柴大个子，这是新兵连路雨生，今天到你们电影组帮忙，你安排一下。"我连忙敬礼。

柴静林很亲切地笑着还礼："欢迎欢迎，是不是分配到我们电影组？"

"还是先到连队锻炼一段时间吧。"解股长笑着说。

"哦，明白、明白。"

柴静林目送着解股长离去。我发现他的颧骨特别高，颧骨上还常年浮现出一陀红晕，眼球特别大，将好看的双眼皮眼眶撑得大大的，仿佛很凸出的金鱼眼，那游移不定的神采就溢出了眼眶外。他的嘴特别大，大嘴薄嘴唇，像是为洁白整齐的牙齿镶了一个红色的镜框，防止过于突出，影响了光辉形象。

柴静林嗓音洪亮，普通话中掺杂着的地方口音特别浓，就像是飒飒秋风吹过芳林，其中夹杂着几声猫头鹰的叫声，声音有点变调，怪怪的。大老柴梳理得一丝不苟地的大背头像是染了色抹了油的面条，倒背在头上，增添了几分年轻军官的神气和威武。

在他动作很夸张地抬腕看表时，进口的英纳格手表亮闪闪的有点眩目。他身着崭新的四个兜新军装，脚蹬松紧口黑布鞋，浑身显得干净利落，显然柴静林组长是注重仪表和打扮的人。听他口音是安徽颍上人，他和我们新兵连的一排长时奋斗是一批兵，69 年入伍的，那批兵来自浙江庆州和安徽颍上。庆州兵对颍上兵有点瞧不起，是因为庆州富，颍上穷。

大老柴高声喊着：“小张、小张，张含瑛、张含瑛。”在空旷的礼堂中发出回响，倒像是进了寥无人迹的深山老林，平时礼堂总是空空荡荡的。

礼堂后台二楼的湖绿色帷幕从中打开了一条缝隙，一张类似女孩的鸭蛋脸露出来应答：“到。”声音也是尖尖细细的像是京剧舞台上旦角的腔调。张含瑛一蹦一跳地像个小女孩那样从二楼蹦下来，突然站在我面前，伸出他那只秀气的小手，我和他握了一下觉着特别绵软。

我瞧他个头不高，身材苗条，长相秀气，举止也有点男人女相，连名字也有点女性化。说起话来却是一口胶东话，笑起来，脸上还有俩酒窝，书上叫笑靥，很可爱的样子。他是山东牟平人，1970 年兵。

“路雨生，新来的，你带他熟悉熟悉环境，你们负责把今晚欢迎新战友的会场布置一下。”

随着张含瑛轻盈的步子我们走下大舞台，在大礼堂绕场一周，礼堂正中间在一排靠椅中安放着两台 35 毫米的解放牌放映机，两台放映机中间是条桌，条桌上放着扩音机、幻灯机等等。礼堂入口处左侧是部队的图书馆，图书馆书的品种不多，大部分是马恩列斯毛的著作，还有些时下流行的小说《艳阳天》《金光大道》《欧阳海之歌》《牛田洋》等等。右侧是男女厕所。

楼上两大间空着。张晗英说，解股长准备组织力量搞一个“工兵红一连连史”展览。舞台一层有三大间化妆室，一间扩音室。其中一间是电影组工作室。还有两间平时空着，兵部要文艺会演时，这儿就成了团部文艺宣传队的宿舍兼排练室。楼上一排三大间，一间是电影组播音员值班室，现在由张含瑛住着，另两间成了电影组的仓库。左侧一小间就是播音室，平时很少播音，只负责按时放放起床号、熄灯号，每天早晨的《东方红》乐曲，转播中央人民广播电台的每日新闻，功能虽简单却是不能出任何差错的地方。张含瑛如是介绍着。

解长河是河南南阳的才子，1947 年高中未毕业就投身军队，参加过淮海战役、渡江战役，因出身地主家庭，在军界官场走得不是很顺，他为人谦虚谨慎，待人真诚坦率，是一个大好人。他常年抽调在军区创作组搞报告文学创作，现在正在撰写一部工兵红一连在“文化大革命”中如何支左，按照司令员的指示和走资派做斗争、开发苏南煤田的长篇报告文学《再立新功》。这次回部队是根据李政委的指示撰写工兵红一连展览解说词，筹备展览。股里真正主持工作的是丁爱国副股长，丁副股长是 1960 年的山西大同兵，也是团里的笔杆子。股里还有一位宣传干事谭亚洲、一位新闻干事游新民、一位文化干事郭爱华。部队缺的就是绘画人才。一旦展览脚本拿出就靠你们这些画家去落实政委的意图了。所以团党委决定你先去红一连锻炼两个月，也是体验生活为展览积累素材，今天算是入门的考试。

听了张含瑛的介绍，我发现这位长得小巧玲珑的老兵能量很大，消息很灵通嘛。通过他的介绍我对政治处宣教股的情况基本熟悉了。

我说：“你怎么对我的情况了解这么详细？连我自己都不知道自己的去向呢。”

张含瑛莞尔一笑轻轻对我说：“你只当什么都不知道，我这消息是绝对可靠的。”

“不会一来就到机关吧？”

“去连队只是形式，没准不到两个月你就会回机关的。不信你等着瞧。张副参谋长是我老乡，你的情况都是听他说的。他娘的，天天和这个大老柴在一起，我憋闷得慌，正盼望有个伴呢。那银（人）特无聊。”文绉绉的张含瑛突然骂了一句粗口，和他那女性儿的形象很不相称，说到这儿张含瑛的话戛然而止。显然他和大老柴的关系很不融洽。

张含瑛那一口浓烈的胶东口音提醒了我，对呀！张副参谋也是胶东人，而且一笔写不出两个张呢，是不是亲戚很难说。我下意识地摸了摸脑袋，恍然大悟，原来如此。

我和张含瑛去了工作间。

工作间三张办公桌一字排开，两张上堆放着笔墨纸张。一张还空着，我猜是为我准备的。壁橱中堆放着图书、角尺、各色纸张、瓶装广告颜料。

屋中央摆着一张大乒乓球桌。柴静林正在执笔挥毫蘸着黄色广告色在大红色纸上写着大标语，他写的是"热烈欢迎新战友!"，字体遒劲，标准的舒同体。应该说写得不错。

"小张你也来一张。"

小张腼腆地一笑说："我写不好。"却提笔一挥而就，他写的是行书"团结、紧张、严肃、活泼"，看不出是什么体，但笔画清秀，如行云流水，算是手写体的书法化。

我知道他们露过两手后就要看我的了。果然张含瑛将毛笔递到我手中，笑微微地看着我。

我问："写什么体?"

"看来小路还会好几种体?"

我很自信地说："美术体字，基本都会，黑体、宋体、仿宋体随便哪一种。"

"看不出来，我们的新同志多才多艺啊。那就随便吧。"柴静林搓着双手说。

"好，那就随便，写隶体吧。"我其实真实文化程度就是小学毕业，初中上了一个学期"文化大革命"就开始了。字还没写好就投入到火热的斗争生活中去了。只是在红卫兵运动需要的时候，我仗着有几分画画的爱好，学会了刷标语，写横幅、画巨幅宣传画、刻钢板蜡纸，因此，等线体字是难不倒我的。隶书是抽空临过几天张迁碑、邓石如隶书字帖，写得不

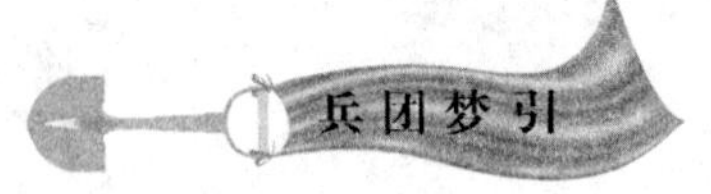

好，却很熟练。于是我提笔唰唰几下，就蘸着黄色广告色写就了林彪副统帅的几句话“读毛主席的书，听毛主席的话，做毛主席的好战士！”他们两人面带喜色地看着我写完，笑着说：“不错不错！”我心中得意扬扬，嘴上还故做谦虚状：“写得不好，请两位老同志多指教。”

他们异口同声地说：“小路谦虚，隶书我们都不会。”

柴静林去壁橱拿出几张幻灯片，也就玻璃上刷上一层广告色。再用骨笔刻上字，另一镜头的幻灯片衬上红玻璃纸就成了红底白字的幻灯宣传口号了。我用等线体和仿宋体刻制了两张。看得出来，他们很满意。我用宋体美术字写就了当晚舞台上悬挂的横幅会标，并用左手（我是左撇子，仅限于使用剪子）灵巧地将字剪好，就轻轻松松地结束了初踏电影组的考试。时间已是中午，柴静林吩咐张含瑛带我去后勤机关的战士食堂用中餐。

三 巧遇老同学倪民

小张一路带着我去后勤处的士兵食堂吃饭，我意外地发现凡当兵的遇见我们电影组的兵都很客气，眼神中流露出巴结和羡慕的目光。

张含瑛热情地和来来往往的干部、战士打招呼，热情地将我隆重推出介绍给他所打招呼的每一个人。别人问他是不是新分配到电影组的放映员，他也不置可否，在别人看来就是默认了，我内心很得意，嘴上还得言不由衷地谦虚着说是去电影组帮忙的，关系还在新兵连呢。

路过司令部宿舍楼时，但见得一个似乎穿着随意、有点不修边幅的干部迎面走来，他的棉军帽戴得不够周正，棉衣的风纪扣也未扣，棉罩衣的袖口甚至有点油光光的，面颊和下巴上的络腮胡子也未认真修理，有点胡子拉杂的。一边走一边还敲着搪瓷饭盆，口中念念有词地用无锡话唱着，“一个小和尚泪汪汪，上庙去烧香，想起了爹和娘……”

看见张含瑛走来，他老远就招手，旁若无人地喊道：“小张，你过来一下。”他的普通话很标准，嗓音绵软动听，不看面容，就像是一个大娘在亲热地和儿子打招呼。

小张跑过去很恭敬地问道：“倪参谋，你有什么事?”

那个姓倪的大胡子参谋压低了嗓门问道：“最近图书室又进了些什么书？有什么好看的借几本看看。”那样子颇神秘。

“马列全集你看不看?”

“主要著作不是都发了吗?《共产党宣言》《国家与革命》《哥达纲领批判》我都有了，早就深入研究过了，不看不看。”他摇着他那硕大的脑袋说。

“鲁迅的书出了几个单行本《呐喊》《彷徨》《准风月谈》。”

“那都是公开出版的，我在新华书店都能买到。”

“还有一本《柳文指要》是一个老先生写的。”

“听说过，这是毛老爷子老师章士钊写的，介绍唐代大诗人思想家柳宗元文章的书，可以一阅。内部书有吗?”

“安娜·路易斯·斯特朗《斯大林时代》和斯诺的《西行漫记》。”

“这两本书借我看看?”

“可以，你吃过饭去图书室。”

张含瑛把我介绍给倪参谋。

我仔细打量着倪参谋这张似曾相识的嘴脸，我们热情地伸开双臂相互拥抱，几乎不约而同地高呼着说：“原来是你这孩子!”

我说：“倪老二，你小子不是1968年去了装甲兵，怎的又混到工兵团来了，倪利民就倪利民还装神弄鬼改成倪民。”

他不好意思地笑笑说：“老拐子，我这不是开后门去当兵的吗！老爷子让改名就改了，这不更好，鄙姓倪，人民儿子的倪，小小老百大大良民的民。”

“那你装甲兵当得好好的，怎么又来当工程兵了？”

倪老二脸红了：“老弟不瞒你说，出了点事，差点被复员，老爷子运作了一下，就到二团来了，以后慢慢和你交代。”他偷眼看了一眼我身边的张含瑛，然后大声笑着，仿佛掩饰般大声说：“我就爱看书，在这小山沟里，没有书看，真要把人给逼死，让你见笑了。早就听宏光介绍过说是团里来了个小才子，没想到是你。”他和小张说：“小路是我老同学、中学时期红卫兵时期的战友，你对他要多关照。”

小张笑着敬了一个军礼说：“是！倪参谋。”

“小路子有空到我宿舍坐坐，我们慢慢聊。”他用拿着的饭勺指了指司令部的宿舍楼说。

我们告别了倪参谋后，张含瑛带点神秘地悄悄和我说：“这小子在装甲师出了点风流韵事，差点被复员，因为是我们兵部倪梁健副政委的儿子就调到了我们团，刚提了司令部的机要参谋。”

想这倪民原本就是挺熟悉的老同学，当年和刘家老四在我面前都信誓旦旦地像是毛主席他老人家年轻时的表示那样，干革命不谈女人的。怎么到了部队就犯风流韵事的错？1968 年他悄无声息地当了兵，我和黄卫军、顾晓江去了建设兵团。在兵团还收到过他的来信，满信纸的豪言壮语，说是正在研究德国军事家克劳塞维茨的《战争论》，瞧那劲头恨不得马上就要开着坦克踏平克里姆林宫和白宫，去实现解放全人类的伟大理想。当我们回信稍稍流露出对上山下乡的灰色情绪，他立即回信批评我们对扎根农村的抵触，仿佛他就是毛主席的亲密战友那样，很有点居高临下的传教士模样。

黄卫军说：“倪民这小子简直就是小法西斯，他是站着拉屎不腰痛，扎根农村，倪梁健咋不送他上山下乡？甭理他。”以后我们就失去了联系。

钱敏敏崭露头角

吃过中饭，我一路像是孩子那样又蹦又跳地再次踏上那条山间小道赶回新兵连。正午温暖的阳光照耀着山岗，再看那些枯黄的小草就联想到白居易那首脍炙人口的小诗“离离原上草，一岁一枯荣，野火烧不尽，春风吹又生”，我想到一个月前在建设兵团的日子，也是满目枯黄的蒿草。这不，过了春节春风就已光临，不是又勃发出盎然的生机吗。见眼前挺立于野草丛中一株株洒满阳光的小青松，经霜而不凋，将来肯定会长成参天的栋梁之材的。于是我想起一首歌，在嘴里轻轻地哼起来，“我们是共产主义接班人，继承革命前辈的光荣传统，爱国家、爱人民……”

回到连队，营房前的空地上全连正在队列训练，口号声喊得震天响。走进宿舍，空荡荡的，只有一个人坐在小马扎上，聚精会神地用圆珠笔在床铺上写稿，他还不时地抬起头，仰望着天花板，在沉思默想，他是我们的副班长钱敏敏。

我悄悄绕到他身后，冷不丁拍了他一下肩膀，他猛地一个激灵，显然是吓了一跳。他转过头来说：“原来是你，看你笑眯眯的莫非是吃了欢喜汤团。怎么样?”

我知道他想问的是什么，我有点得意地说：“味道好极了，一句话，美。晚上你就会看到礼堂的横幅全是出自我的手笔，标语中隶体写的，也是我的杰作。”我的得意之情溢于言表。

“你弄得如何?”

“差不多了，我也是绞尽脑汁呢，晚上自然见分晓。你赶快去操练，马上要练歌，和老兵们有一比呢。”

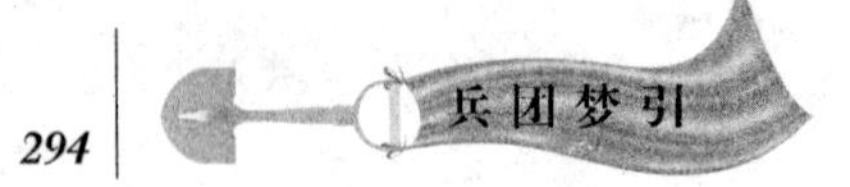

我立正敬礼朗声答道："是。"

扎上武装带，跑步去了操场，此刻我看见苏阳正在神气活现地指挥新兵连全体练习大合唱。我站进了队列，跟着大伙唱了起来：

我是一个兵，来自老百姓……

读毛主席的书，听毛主席的话……

学习雷锋好榜样，忠于革命、忠于党……

向前、向前，我们的队伍向太阳……

一口气准备了四首歌。

傍晚时分，新兵连全体战士着装齐整，一色的新军装、红领章、红帽徽，显得特别精神抖擞，经过短期的队列训练，在一二一、一二一的口令声中，也仿佛像是训练有素的军队了，再加上雄赳赳、气昂昂的整齐歌声，在空旷的山地上也仿佛气冲霄汉的样子。队伍进入营区，耳闻老兵们行进中的歌声，大家仿佛遇见了对手似的，愈加热血沸腾，气冲霄汉，于是喉咙中的歌声越发激昂。

我们就是这么一路高歌去了大礼堂。礼堂里灯火通明，歌声更是此起彼伏，连队之间相互拉着歌。所有的连队唱的军旅歌曲，都是专门经过训练的，和军事训练一样，充满着激情和斗志，歌声反映着人民军队的风貌，因此，个个都不甘落后。

自然我们这些新兵们也是要一展歌喉的。舞台上的灯光聚集在团部首长身上，首长们一溜排坐在铺着台布的条桌后面。舞台的上方，红色横幅上挂着我写的会标，舞台的墙壁四周张贴着红色的宣传标语，其中用隶书、黑体字写的，就是我的杰作，我心中默默欣赏着自己的作品，忍不住对我身边的周宏光、杨万龙介绍着自己上午在电影组的经历。

他们也四顾张望着称赞我的字写得好，我心中美滋滋的。苏阳满脸油汗地上下挥动手臂，指挥着我们连队，用整齐激昂的歌声展示我们这些部队新鲜血液的崭新风采，显然在明亮的灯光照耀下、在火热的气氛烘托下，他显得格外兴奋、格外张扬，我们不断地向周围的老同志主动发起挑战。

掌声、笑声、歌声交织成我们的豪情，显示着大家庭气氛的活跃。思维活跃的我们谁也未注意，今晚我们新战士中的佼佼者，代表我们行将登台演出的主角钱敏敏，他那高大魁梧的身影似乎并未出现在我们的行列中。经周宏光的指点，我才猛然发现，钱敏敏的身影出现在主席台上，他混迹于团首长中间，在聚光灯下似乎显得有点拘谨，满脸潮红，显然他的心情格外激动，今晚出现在主席台上，这似乎预示着他将来在部队的前景将会是一片光明。

值班参谋开始向参谋长报告参会人数，除在外执行“三支两军”任务的连队外，几乎所有在营区的连队都来参加今晚的欢迎会了。

主持大会的副政委首先请李政委致欢迎辞，然后是老战士代表发言。老战士是全军学习毛主席著作积极分子、工兵红一连的孙副指导员，也即是我们新兵连的指导员。孙副指导员身材适中，一口标准的京腔普通话，人显得精神勃发，从气质上踹度像是军干子弟。果然台下议论纷纷说是部队解放战争时期老团长的儿子，高中毕业后到部队当兵的，1968 年兵，其实 1968 年根本没招兵，那又是当年军区司令员特令招的那批干部子弟。无疑孙副指导员是干部子弟中的佼佼者。入伍第二年就是排长，由于活学活用毛主席著作，在“三支两军”即支工、支农、支持革命左派中成绩突出成为典型，今年刚提了红一连副指导员。孙副指导员讲完话，就轮到钱敏敏代表新兵们讲话了。

钱敏敏有点紧张，当副政委报到他名字时，他好像还没感觉到该是他登台发言了，坐在他身边的政治处主任碰了碰他的膀子，他才猛然醒悟过来。于是涨红着脸起立敬礼，激动得甚至有点颤抖的手从上衣口袋中掏出了发言稿。

钱敏敏的父母是从北京调到南京的，父亲是参加过“一二・九”学生运动的知识分子老干部，听说是在 1959 年前后，讲了一些和党内右倾机会主义分子相类似的什么出格的言论，档案里被记了一笔，于是就从教育部的副司长下到了南京大学当了人民武装部的部长，虽是县处级部长，但是副局级的行政级别却保留着。时下也算是行政十三级的党内高干。因而他那略带北京口音的普通话极为动听悦耳。周宏光父亲原是部队的上校师参谋长，从小也在部队子弟学校念书，普通话也标准，但是他口吃，这言语就不怎么顺溜，没有钱敏敏来得流畅洪亮。因而推荐钱敏敏代表新兵连发言，真是最佳人选。再加上他是真正的老高中生，人也长得牛高马大的，外表看极为魁梧，在明亮的灯光下，下巴壳刮得铁青，反而更透出一分军人的英武。

他开始慷慨激昂地念发言稿。在一番东风劲吹红旗飘，革命战士斗志高以后，他以字正腔圆的普通话朗诵了他新写的一首抒情诗，将他的发言推向了高潮：

红星红旗颂

手捧着红色的帽徽、领章，
沸腾的心呀，
快要跳出胸腔。
多少年的愿望实现了，
滚滚热泪腮边淌。
凝视着这鲜红鲜红的
帽徽、领章，
浑身热血沸衷肠，
这灿烂的红旗，
曾记录了多少光辉的篇章，
这鲜艳的五星。
闪烁着老前辈创业的光芒。

多少战士
头顶红星，
手擎红旗，
含笑牺牲在疆场。

多少烈士，
为了捍卫红旗的尊严，
横眉怒斥蒋匪帮；
浩气永存雨花岗。
这颗炽热的帽徽，
无数英雄碧血染缀。
这面鲜艳的红旗，
迎着枪林弹雨，
冒着惊涛骇浪，
换来全中国的胜利曙光，
是毛主席亲手把第一面五星红旗，
升起在世界东方。

今天我们工农的子弟，
走进了人民军队
这座毛泽东思想大课堂，
缅怀先烈，
斗志昂扬。
怒视帝、修、反，
仇恨记心上，
扛着先辈的旗，
接过革命的枪，
一颗红星头上戴，
照耀我们前进的方向。
两面红旗领上佩，
革命宗旨永不忘。
在这庄严的时刻，
我们向党宣誓：

定将这面红旗，
插在世界的四面八方；
用自己的青春和生命，
增添这红星
更加灿烂的光芒！

他的诗朗诵获得了满堂的喝彩。我看到李明清政委带头鼓起掌来，在政委的带动下全场发出雷鸣般的掌声。钱敏敏再次敬礼，台下再次鼓掌。欢迎新战士的仪式在掌声中结束了。舞台上灯光转暗，红色的大幕徐徐拉上，首长和钱敏敏一起退居了幕后。白色的银幕从上缓缓降下，今晚将放映电影《英雄儿女》。我们期待着那首早已耳熟能详的《英雄赞歌》旋律的出现，我们仿佛就应当是新时代的王成或是王芳。不过我们这个工兵团全是清一色的王成式战士，王芳是不会有的。这时我想到了黎星星，这会儿她也应该成了王芳了吧？不过她在哪里呢？

我正在那儿胡思乱想时，周宏光在黑暗中悄悄和我说："我……我写……写了一首诗：东……东风劲吹……吹雪消融，革……革命战士立营中，豪情满怀心……心向党，志在世界一片……片红。"他说话有点结巴，我就得耐心听。

我说："写得挺好呀，合辙、押韵，意思也好。"

"我……我也感觉不错。我问……问老钱，还行吧？你……你猜他怎么说？"

"他肯定夸你写得好。"

"狗……狗屁，还夸呢，将……将我的诗批得狗……狗屎滥臭，我……我说要在五七年他……他将我这革……革命诗歌这……么污蔑肯定成右……右派。"

"要是真的，我看也是够反动的。怎么可能呢？"

"怎么不可能？他就是在闷罐子车厢里，闲……闲聊时和……和我说的。他还……还问我要听真话……还是……是假话。我说，当然听真话。他说那……那我就直说，你别生气，我说你直说无妨。你猜……猜他说什么?”

“我咋知道他说什么?”

“他说，要说真话嘛，送你八个字：屁——狗——死——烂——，乡——洼——盐碱!”

“这是什么意思？不明白。”

“你慢慢听……听我给你说。老钱说这第一个字，屁。你……你这个诗呀，只能算是个屁。第二个字，狗。人放屁……屁都不是这个味儿，狗放的。第……第三个字，死。死……死狗放的。第四个字，烂。死了臭了烂了的狗放的屁。”

“这老钱还够损的。但是这乡、洼、盐碱又是什么意思?”

“乡、洼、盐碱说屁在哪儿放的——是死……死在穷乡僻壤、洼地、盐碱地烂了的狗放的屁。”

“天哪，这老钱骂起人来真是刻毒，一点面子都不给，这不是绕着圈子骂人吗？简直不可思议呢?”

“唉，你别……别说，他写的诗就……就是与众不同，但当下这个革命年代是上不得台面的。什么用典故啊、平仄啊都……那种旧体诗词的写作方法都……都是封建主义的呢。你看他写的词《清平乐・下围棋》：玄盔缟帽，鏖战英姿俏。蟹将虾兵齐踊跃，何须自谦见笑。寒冬暖日当头，布局思考研究，不管风吹浪打，小楼一统悠悠。是不是有点那个意思?”

说这话的时候，宏光的小眼睛眨巴得灼灼生光，仿佛对钱敏敏很崇拜的样子。我们在影片的放映过程中说着悄悄话，因为《英雄儿女》这片子不知看过多少遍了，很快就要到王成那段“向我开炮，向我开炮了”，再后来王芳就要唱“烽烟滚滚唱英雄，四面青山侧耳听……”所有的细节我们都耳熟能详，太熟了，就失去了新鲜感。

宏光从上衣口袋中掏出了一张小纸片轻声对我说：“我……我抽……抽空和……和了他一首，你给斧……斧正、斧正。”他那神态似乎是炫耀的，希望我表扬的，但是所用的语句却是典雅的文言用词。其实我们当时都是初中尚未毕业的所谓68届毕业生，论实际文化小学而已，只是平时爱读书，所有古典文学常识都是靠兴趣自学得来的，仿佛是伊甸园中的亚当和夏娃在蛇的引诱下偷吃智慧果。对《红楼梦》《水浒传》《三国演义》《西游记》四大名著的兴趣来自于我和顾晓江每天放学后去小人书摊一分钱两本地日积月累，所谓集腋成裘，竟然对故事也能娓娓道来。有一年暑假去我的小学同学方吟梅家做作业。在院中的葡萄架下看到方吟梅的爷爷方湖谷教授赤膊穿一条大裤衩横躺在竹榻上，一边手摇着蒲扇，一边在兴味悠然地看着一本民国时期商务印书馆出版的《水浒传》，那书是竖排的繁体字版的，字特别小，看起来特别吃力，但老人家戴着花镜阅读得很认真，不过那书特别薄，大约是分了12册，每册10回。这种120回的《水浒全传》版本在当时简直罕见。我当时提出要借回去看看，老人竟然同意了。于是我一本一本地借了又还，还了又借，竟然在一个暑假内借助《新华字典》看完了全书，这才弄明白小人书中的水浒故事原来是被金圣叹腰斩过的半截本，宋江最后还是归顺了朝廷，并且奉命去攻打了和自己一起造反的弟兄方腊。功成名就之后，梁山上的弟兄一个一个被鸟尽弓藏、兔死狗烹了。

那一册册发黄的薄本书中还配有一幅幅精美的木刻版插图，每回目和章节末的诗词歌赋给我留下深刻的印象。暑假期间方老爷子还专门和我讲过诗词中的平仄关系，不知是老教授浓烈的江西口音我听不太懂，还是因为学问太深奥，根本就是对牛弹琴，所以对于诗词的平仄关系直到现在我都是懵懵懂懂的知其然不知其所以然，但是押韵和对仗我还是听懂了。

我对宏光所说的平仄不太感兴趣，总觉得毛老人家对古典诗词的见解是深刻的，他给诗刊主编臧克家的信中所言“旧体诗词束缚思想，又不易学”并不主张年轻人学，说是“谬种遗传呢”，我对宏光如是说。宏光倒是在黑暗中点头称是，他催促我看看他学写的词，我当时应付地答应他，回营房一定拜读。

五

我和周宏光厕所论诗

电影结束了，我们伴随冒着寒气的月光，回到了教导队营房，早已过了熄灯时间。时奋斗排长要求我们早点睡觉，他说：“明天晚上吃过最后一顿团圆饭，新兵连的生活就要结束，我们将各奔东西了，我的临时排长生涯也结束了。”说这话的腔调竟有点淡淡的惜别之意。

我打着手电去营房边上的厕所，推开男厕所的门，漆黑一团的前方闪烁着一明一灭的火光，见我进去，那火光移动了一下，竟然咳嗽出声响来，把我吓得一激灵，冷汗都冒出来。

只听一个结结巴巴的声音在黑暗中发问：“是小……小路吧？”我这才听出是宏光的声音。我答：“是的。”他问：“给你的词……词看了吗？”我说：“没来得及呢，这不正准备躲在这里欣赏呢。没想到碰见你。”

“你拉肚子？”

“没……没……拉肚，只……是想过……过烟瘾。嗯，真舒服。”宏光在黑暗中喷着烟，烟头一闪一闪的。“怎么，你也来一支？”

我说：“我不会抽烟，只是找地方拜读你的大作，这不就躲到厕所来了，看来我们英雄所见略同啊。”我们不约而同地大笑起来。

于是我解开皮带，脱下老棉裤，从上衣口袋掏出了小纸条打着手电开始振振有词地念道：

一

师长、军长、司令，

铁道、山界、行营。
诸葛共摆八卦阵，
伺机发起进攻。
虽则杀声四起，
不见狼烟弥腾。
竹兵木将一空城，
原是纸上交兵。

我大叫一声："好，很形象呢，朗朗上口，用典也用得恰到好处。嗯，不错。"

"你……你继续往……往下念。精彩的还在后面呢。"

二

军长驱先士卒，
师长奋不顾身。
休看工兵爵不显，
一子却定乾坤。
司令拍马陷阵，
不幸碰炸成仁。
一失足成千古恨，
拔旗犹刀剜心。

"不错，不错，比喻得恰到好处，一看就明白，不比老钱那首差呢。老钱那首太文绉绉了，什么玄盔缟帽的，那才是狗屎滥臭的，咱工农兵看不懂，宏光就按你这路子写。等我到了电影组，没准给你在全团广播广播、宣传宣传，这种诗词才是革命浪漫主义和现实主义相结合的产物。好，好，很好。"我人还未到电影组就在厕所里吹开了大牛。

周宏光听我夸奖，不禁得意起来："赶……赶明儿我……我多写几首，我们切磋切磋。"

我说，好！

不过他显然蹲得时间太长，腿脚发麻有点站不起来了，一支烟抽完，正撅着屁股找手纸，摸遍全身未见有纸，急得抓耳搔腮。

他这一动作提醒了我，我本来也不是来大便的，只是想借厕所的微光欣赏一下宏光的大作，就没准备带手纸。但是既是脱了裤子蹲着就顺便解了大便，这屁股不擦还真不好办。正在我们为手纸问题着急的时候，一柱明晃晃的灯光射在我脸上，很快又移动到了宏光脸上，宏光连忙用手挡住眼睛叫道："别……别照了，我……我撑不住了，要掉茅坑里去了，快给我找草纸擦……擦腚。"

"好小子，我到处找你们两人，却躲在厕所搞阴谋诡计，我以为是苏修特务呢。走，给我提着裤子赶紧站起来，回去上床睡觉。"

听那一口北京腔的普通话，我们就猜到是代理副班长钱敏敏，他正背着步枪和子弹带在站岗。周宏光说："老钱，别……别开玩笑，给哥……哥们找几张草纸来，我他妈的腿都蹲麻了。"

钱敏敏笑着说："你们俩别急，再蹲一小会儿，我去为你们找去。"

一会儿，钱敏敏再返回厕所时手中果然拿着一摞东西。他将那一摞东西一分为二，递到我们手中说："一下子找不到，你们就将就着用用，比农村时用砖瓦擦腚强。"说完竟自己在黑暗中笑了起来。我接过那些黑乎乎的东西就骂起来了："老钱，你个狗东西想捉弄咱哥们，这枯树叶也能擦屁股?"

老钱哈哈大笑道："你们那腚上哪来的屎，就将就着意思意思算了。狗屎滥臭的是宏光的诗。"说完他伸手从宏光的上衣口袋中抢过宏光藏着的那包飞马牌香烟，悉数将剩下的烟全部倒在手中，并且迫不及待地将一支香烟叼在嘴上，点上火，贪婪地抽起来。然后将烟壳扔给宏光说："烟壳皮你拿着擦腚，里面的包装纸给小路擦，烟就全部归我所有了，谁叫你们在黑暗中说我坏话来着。"说完扬长而去。我们也只好按照老钱所说的用香烟壳解决了手纸问题。

我们那次厕所相会后的第二天，就告别了新兵连的生活，各奔前程了。

第十一章　红一连记事

分配去了红一连

各连的指导员或者连长来领人了。我们整整齐齐站成队列，尽量地挺起胸、昂起脑袋，显得很精神的样子，崭新的绿军装和鲜红的领章帽徽，衬托着我们青春的脸庞，个个脸上显得红扑扑的，焕发出光彩。

新兵连连长报到一个人的名字，那人就迈着正步出列，大声答应着“到”，一副气吞山河的样子跟着所在连队的首长走了。我和钱敏敏是最先报到名字的新兵，我们荣幸地被分在全军挂上号的模范连队“工兵红一连”。苏阳和杨万龙被分在特务连。宏光被分在了修理连。总之省级机关这批干部子弟分得都算不错，有的分在机关当了打字员，有的去了运输连当了驾驶员。杨万龙去的是特务连警卫班，他那俊俏的仿佛姑娘一般的面庞特别讨喜，说话细声细气的，一笑两边腮上还会浮现两个浅浅的小酒窝，首长问话时有时还会害羞脸红，仿佛很扭捏的样子，小模样就特别招人疼爱。他是被政委李明清特别点名去当自己警卫员的。

我和钱敏敏跟着孙军伟副指导员去了“红一连”。孙副指导员很是和蔼可亲，他是全军学习毛主席著作的典型，那时我对伟大领袖就像对神一样的无限崇拜，对学习毛主席著作的积极分子就像是信徒对菩萨一样虔诚地膜拜。而菩萨却尽量地做到平易近人，身上的光环也就越发璀璨。

孙副指导员从我们手中接过网兜，一边用那好听的京腔普通话和我们闲话家常，听孙副指导员和新兵钱敏敏的对话就像是听相声。这才知道这钱敏敏父亲原来也是从部队转业到教育部的老干部，后来不知什么原因从北边的京城被打发到南边来了，有点像是从前皇帝身边的官儿，被皇上不待见后被打发到留都南京出任闲差。钱敏敏谈到他父亲的事时有点吞吞吐吐的。而我们从孙副指导员的口中隐约知道他父亲原是总部军训部的处长，现在外放去了湖南二炮基地当了副司令员。

孙副指导员领着我们穿过教导队的那片小松林，进入我们自己的营区。沿着法国梧桐夹道的水泥大路，穿过一排排整齐营房，在营区最顶头的山坡下就是一连的营房，依次排上去二连、三连，顶头就是一营营部。

新战士到连队的第一件事，就是放下行李，参观连队的荣誉室。在挂满奖旗、奖状的红色海洋中激荡着革命战争年代到和平建设时期的澎湃浪花，浪花在红太阳的照耀下发出绚丽夺目的光彩，我军就是由这些闪烁着革命光彩的连队集合成的人民军队。现在这支英雄的连队又奋斗在“三支两军”的第一线，在家留守的只有三排。

一排、二排分别去了苏南的两个煤矿，支持革命左派顺带去贯彻军区司令员的指示，开发苏南小煤田，扭转北煤南调的被动局面，苏南要坚决挖出煤来。

此刻，杨连长和陈指导员正各带一个排奋斗在挖煤和支左第一线。1968 年入伍的孙副指导员刚从北京参加学习毛主席著作经验交流会回来，正好遇到我们这批新兵到部队，就担任了新兵连的指导员。

时奋斗副排长待新兵连一结束，又被抽调到兵部去参加组建宣传队了，听说他写的《工程兵之歌》被政治部首长看中，准备进行修改后，投入排练呢。

当年孙副指导员二十岁上下的样子，一米八零的个头很是魁梧，样子很朴实，身材挺拔壮实，凸凹不平的脸上，留下了青春期的明显痕迹，反而增添了几分男性的英武之气。孙副指导员浓眉大眼四方脸，鼻孔有点朝天，嘴唇较厚，因此显得敦厚和带有几分幽默感，说话中气很足，嗓音浑厚很有磁性。腰间的武装带扎在洗得发白的棉袄罩衣上，显得既精神英武，又带有因深厚资历而产生的成熟感。好在那是一个以土为美的时代，干部都没什么架子，出身资深军门，带点平民的随意，反而在战士们中间很有威信。

干部子弟带点不修边幅的随意，那就是发扬老一辈艰苦朴素光荣传统的象征。当年的孙副指导员和我们电影组的组长大老柴应该同属安徽老乡，只不过一个是祖籍安徽，出生在北京，一个直接来自安徽农村。但在外形上相比不啻天壤之别，来自京城的孙军伟反而有着农村战士的土，来自乡村的大老柴反而刻意将自己装扮得更加城市化一些。

他操着明显带北京口音的普通话娓娓述说着红一连的光荣历史。通过他热情洋溢的介绍，我们了解到红一连是当年伟大领袖毛主席在安源煤矿以矿工为基础创建的工农红军红一方面军工兵连，是我军的第一支工兵连，这支英雄的部队参加过两万五千里长征，参加过平型关大捷，参加过辽沈战役、平津战役，参加过抗美援朝，可以说是一支历经百战，屡建功勋的红军连队。目前，这支英雄的连队正活跃在“三支两军”的第一线，战斗在开发苏南煤田的最前线，争取再创新功。

当时我们都牢牢记住了通过孙副指导员口中传达的伟大领袖毛主席在建连时的谆谆教导“干革命，要吃苦，要坚决”。但是伟大领袖最高指示，我终究也未在我军建军史中查到出处，用现代的语言来说只能算是流传在我们团内部的一段山寨版佳话。

钱敏敏被分到了一排，我被分到了三排。一排此刻正在离部队不远的一家煤矿支左。三排留守老营，搞副业，种地、养猪、军事训练。

在一连我最出风头的事是代表一连出了一期黑板报，在全团黑板报比赛中夺得第一名。

那一天，初冬的太阳照得营房的周围暖洋洋的，我被孙副指导员点名叫到连部。连部的屋中央放着一盆烧得很旺的炭火，孙副指导员穿着对襟棉毛衫，头上还热得冒着油汗。他交给我和文书一摞黑板报稿，郑重其事地交代，这周周五团政治处宣教股要举办全团黑板报比赛，我们红一连绝不能落在后面，你们两人一个要当好美术编辑，一个要当好文字编辑，再到连队抽几个字写得好的同志，一定要将这一期黑板报出好，出得漂亮。

听了副指导员的话，我心中乐了，这出黑板报是我的拿手活，当年我在班上就是中队墙报委，干了一个学期，“文化大革命”就轰轰烈烈地展开，我在大革命中经风雨见世面，先是红卫兵中画宣传画，后来那个被称为“保皇派”的红卫兵组织被造反派冲垮后，我又去“中学红画笔”混了一段时间，期间绘画、写大标语从未中断过。这出黑板报绝对是我的拿手绝活。

冬天的阳光有点懒洋洋的，北风将阳光的温暖吹得无影无踪。我和连队文书在连部的东山头整面墙的大黑板上用粉袋拉上线，轻轻地弹送着，一行一行的像是五线谱，我们就是技艺娴熟的乐手，要赋最新最嘹亮的赞歌，这一个个的字就是音符。此刻虽是寒冬季节，北风吹得我们瑟瑟发抖，但是我们心中的红太阳正烘烤着我们，我们的红心在薄薄的军棉袄内噗噗跳动。

我们在桌子上架着板凳，不断地爬上爬下挪动着身躯，运动着冻得发抖的手脚，身体也就渐渐地不冷了，慢慢地暖和起来。此刻，孙军伟副指导员披着军大衣穿着棉皮鞋来回地欣赏着我们的杰作，不时用热情洋溢的语言和赞赏的眼神鼓励着我们，和我们交流着，寒冷就像是被打败的蒋匪军那样龟缩到台湾岛上等待我们去解放了。

我们用粉笔字将一篇篇稿件连缀成充满豪言壮语的诗歌、学习体会、决心书等等豆腐干一样大小的文章，由一条条富有特色的花边将豆腐干分隔开，远看就是一桌色彩丰富的革命大餐。

黑板上方是用扁体美术字书写的毛主席对“红一连”的谆谆教导：牢记伟大领袖毛主席教导“干革命，要吃苦，要坚决”。正中间用五颜六色

的彩色粉笔画上一个战士的侧面像，战士身背冲锋枪，手持《毛泽东选集》，挺拔的身姿衬托着一株吐翠的青松，战士身后是一轮光芒万丈的红日。刊头下方再用林彪副主席那龙飞凤舞的手写体行书书写“大海航行靠舵手，干革命靠毛泽东思想”，通栏标题的毛主席教导使版面显得磅礴大气，刊头色彩丰富，手写体为整个版面带来了生气。

孙副指导员大声叫好，他用那京腔普通话抑扬顿挫地念着一首诗：“桃花盛开笑春风，革命战士立军中，豪情满怀心向党，志在世界一片红。”我听着这诗特耳熟，一时想不起来这诗在哪里听到过。

“这诗写得好啊，朗朗上口的，谁写的？”孙副指导员问道。

“俺连一排一班新战士钱敏敏写的稿。”山东牟平兵连部文书说。

“好！好！气魄大，意境美。李文书，马上送到团部电影组请你那个小老乡张含瑛晚上播一播呀！”

我坐在桌子上架的板凳上用粉笔描画着花边，听着指导员和连部文书的对话差点笑出声来。这不是周宏光写的红色打油诗吗？被钱敏敏耻笑为“屁、狗、屎、烂、乡、洼、盐碱……”的东西，这会儿却被钱敏敏一字不改地剽窃过来，移植到连队的黑板报中来，成了肥田草还是独秀苗？我想应当是独秀苗吧。

晚饭后，天完全黑下来之后，张含瑛用那略带女性加山东口音的山寨普通话声情并茂地再次朗诵着“红一连一排一班新战士钱敏敏的一首革命诗歌”，我不禁又想到钱敏敏的名言“屁、狗、烂、乡、洼、盐碱”心中暗暗发笑。正在晚汇报交流学习体会的全班战士看着我独自痴笑发呆。

班长问我：“路雨生，你笑什么？”

我说：“没笑什么，我只是觉得张含瑛的山东腔普通话好玩。”

班长说：“小路说得不错，这张含瑛当广播员确不够格，‘营’‘人’不分的，我看小路的普通话不错，以后你回电影组这团广播员的角色就应该是你。”

我表面上谦虚地笑着说：“钱敏敏的普通话比我更好，他是北京人。”心中还是美滋滋的。不过我后来到了电影组真的就取代了张含瑛成了广播员，这是后话。第二天我们“红一连”的黑板报被评为全团第一名。

一个月后周宏光被钱敏敏“剽窃”的革命诗歌上了军区小报，两个月后，我去省城兵部报到在军报副刊看到了署名“钱敏敏”的革命诗歌。

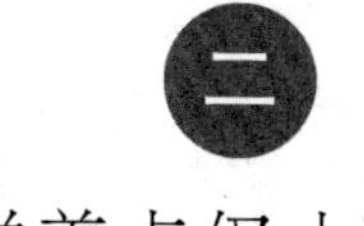

弹着点仅十五米

连队班排长都不太把我当成他们手下的兵，他们似乎都知道我是机关电影组短期下来锻炼的，原定时间是两个月。

从连首长到战士对我既客气又照顾，我就仿佛是到连队来短期做客一般，虽然我也努力把自己当成一个真正的战士，专心地苦练三点成一线的射击技术，在月光下，脱去厚重的冬装，穿着对襟绒衣，在老兵的帮助下满头大汗地练习投弹，虽不得要领，态度却是十分虔诚，有好几个晚上因胳膊练得红肿疼痛，整宿失眠。我从小在动作上就显得十分笨拙，家人就说我大脑发达，小脑反应迟钝，所以从小学到中学体育课的成绩都不好，使我比别的新兵在军事训练上要下更多的功夫。

那个阳光和煦的下午，虽是冬天却不显得寒冷，风和日丽，天空显得很高很蓝，蓝天上还飘着白云，一切都使人感觉心旷神怡。

全排在孙副指导员的带领下穿着整齐的军装，腰间扎着武装带，个个显得英姿勃发，雄赳赳气昂昂的，我们唱着豪迈的《中国人民解放军进行曲》迈着整齐的步伐，“向前，向前，我们的队伍向太阳”穿越过营房前的 302 国道就上了那座叫石头岗的小丘陵，攀越过那座小山岗我浑身就开始冒汗，棉帽内沿和内衣已经汗湿。展现在眼前的是一片长满蒿草的开阔地，满目在冬日阳光里泛着寒光的草，在我的眼底摇曳，显得荒凉而空旷。

孙副指导员命令在四周安置好安全哨，插上警戒用的小红旗，实弹演练就这样开始了。于是战友们一个个摆出投弹的架势，跃跃欲试。战士趴在早已挖好的堑壕里，一个一个地鱼贯跟进着跳上壕沟助跑、飞身、兴奋地甩开膀子，然后等听那一声巨响，仿佛在欣赏美妙动听的音乐，接着就是高兴地大声议论。

轮到我时，我有点紧张，手不知道往哪儿搁，孙副指导员在我耳畔轻轻说，别紧张，后退 5 米，助跑、身子向后仰，沉住气借助甩手的力气，用力投出去。

我提着沉甸甸的手榴弹，后退、跑步、举过头顶，鼓足劲闭着眼睛狠命将手榴弹甩了出去。只听见孙军伟轻声说，趴下、趴下、快趴下。我和他双双趴在地下，我们似乎都在听那一声震耳欲聋令人振奋的巨响。

在紧张地等待了五秒钟后，我和孙副指导员始终未听到手榴弹的爆炸声。我想冲过去看一看是不是我遇见了哑弹，却被副指导员强行按倒，他说再等等、再等等。于是我们继续趴着等待听响，遗憾的是听到的只是我紧张的心跳声。我准备冲上去看看我扔出去的那颗未爆炸的手榴弹到底是怎么回事，被孙副连长用眼神制止了。

只见他匍匐着慢慢向我的投弹点靠拢，在经过一番紧张的观察确定没有安全隐患后，他伸手抓起了未爆炸的手榴弹。随即他站了起来，哈哈笑着对我说："你怎么回事？手榴弹盖子未打开，弦未拉，又怎么会爆炸呢？来，重投一次。"

我尴尬地笑笑，心想也许是平常练习时的手榴弹都是假的木制手榴弹，压根就没有想到要把盖子打开套上弦，但是我什么也没说。

孙军伟对我又讲了一遍投弹要领，等我打开弹盖将小铜环套在中指上，紧紧握住手榴弹后退跑步用力甩出了手榴弹后，他说："趴下、趴下。"手榴弹终于引爆，震耳的巨响和飞溅的泥土像是巨浪扑向趴着的我们，孙副指导员扑在我身上。

响声过后，我下意识地问投了多远。孙军伟头都未抬漫不经心地说，15 米。弹着点太近，肯定是非常危险的。但是孙副指导员什么也没说，他只是宽厚地拍拍我的肩膀笑笑说："你还是专心搞你的美术好。"他那和蔼的笑容定格在我永久的记忆中。几天后，我将永远离开红一连去军区工程兵政治部报到参加美术培训班。

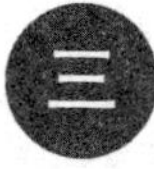

常青指路双人舞

离开红一连之前，孙副指导员特地带我去了一趟一排支左的煤矿。在煤矿我见到杨连长、陈指导员，也见到了分别将近一个月的钱敏敏，我们拥抱着，相互调笑着，显然他知道我投弹 15 米的洋相。

他揶揄着取笑说："老弟现在知名度很高啊，投手榴弹不拉弦，弹着点仅 15 米，简直闻所未闻，老弟真有你的，拿命开玩笑。"

我红着脸说："惭愧惭愧。简直他妈的屁……狗……死……烂……乡洼……盐碱，三月桃花笑春风，革命战士立营中。"我不怀好意，话中有话。

老钱说："你小子取笑我，孙副指导员说团部搞黑板报比赛，催我写稿，我就将宏光的那首现成的随手给了文书。谁知那小子当回事弄到团里广播，宣教股的新闻干事又给鼓捣到军区小报上发了，算是我团发稿的指标。"

"所以你在团里的知名度也很高。"

"哈哈，彼此，彼此。我是欺世盗名，你是投弹不拉弦名扬全团，可是货真价实的书生投弹不拉弦。”老钱打着哈哈说。

“臭名远扬，臭名远扬。”

“不见得，香臭是杂糅在一起传播的。人生很辩证呢。毛主席说，司令员是厚重少文（注：厚重少文，是当年毛泽东对南京军区司令员许世友的评价），你是文重少武，此长彼短。这才真实。”

老钱瘦了，由于脸上的胡茬子未刮干净，白净的皮肤上还沾着煤屑，一副很老成、很威武的样子，人也显得十分精神。我见到他时，他戴着矿工帽，穿着矿工服，脚上套着高筒胶靴，他从矿井中刚刚上来，热情地要陪我下井去体验一下矿工的生活。

于是我去更衣室换上矿工的装束，随着老钱去了电梯，所谓电梯也就是下深井的闷罐子。在地层下看到了一排的战友戴着矿工帽、头上顶着灯，脖子围着白毛巾和矿工们并肩劳作，有的用风镐在煤层中轰轰隆隆地转着，有的用铲子将煤块铲上矿车，有的吃力地将装满煤的矿车推出矿井。总之给我感觉劳动强度蛮大。

老钱告诉我说：“晚上有个军民联欢会，所以副指导员把你这个团部大才子、投弹不拉弦的家伙，请来帮忙布置会场，一会儿，我们去食堂。”

我淡淡一笑：“那是理所当然的事情，虽然在连队只有一个多月，毕竟也是红一连出去的兵，我感到自豪呢。”

他仿佛很诡秘地告诉我：“你明天就要离开红一连了，听说兵部政治部调令已到，副指导员临时抓你差，帮我们连布置一下军民联欢会。”

我点点头说：“有这么回事，调令已在我口袋了，虽然调走了，我会永远记着我是红一连出去的战士，一定不会给一连丢脸，这一点，请大哥你放心。”

老钱会意地点点头说：“这我相信，老兄我托你一件事，你回省城帮我带两瓶酒给我爸，我已三年未见他了。”我当即点头答应了。

我说：“这你放心，就交给我办。”因为我对这位从京城外放省城的钱大叔也很感兴趣，特殊的来历熏陶了钱敏敏特殊的秉性。说着说着我们就搭乘升降机到了坑道口。

在更衣室换下矿工装，我随着老钱在淋浴室美美地洗了个澡，再换上军装，就显得很是精神焕发。

我们去了大食堂，晚上的军民联欢会就在大食堂举行。我只是帮助写了联欢会的大红横幅和几幅类似“军民团结如一人，试看天下谁能敌”之类的毛主席语录等大标语。

天空高高地挂着一轮寒月，夜幕笼罩着大地，整个矿山显得静寂无声。依山而建的一座座工棚闪烁着朦胧的灯光，仿佛就像是天上寥落的寒星和地上璀璨的繁星相互辉映形成美丽的夜色。

矿山的大饭厅装点得如同节日的景象：五颜六色的纸花悬吊在顶棚，日光灯的光芒不够明亮，但是惨淡的灯光下，军人和矿工们却笑语喧哗，就显得气氛非常热烈。因为红一连已经接到命令，即将撤出矿山，去苏北海州的燕尾港参加多兵种合成演习。军民之间就有着某种亲密无间恋恋不舍的感觉。

联欢晚会开始，《东方红》乐曲声起，军民高歌人民救星毛泽东。矿山的革委会主任讲话，我们连的陈指导员致辞。随后演出开始，跳出一个新军装严整生辉、身材高大魁梧的年轻战士，他化着满面浓妆，一张四方脸两腮染得艳如桃花，一对剑眉描得浓黑高扬，两只眼睛眶的上下都加着黛黑的眼线，眉眼就显得特别神采奕奕，引人注目。他操一口京腔普通话，和在座的操着各色方言的官兵相比就显得更加鹤立鸡群。我仔细打量舞台上聚光灯下的这位战士竟是我的老乡钱敏敏。

老钱的身后紧跟着一个穿着一身军装，打着一对麻花小辫的小美人。小美人当年只是十六七岁的样子也是浓妆淡抹，有着窈窕靓丽的身材，鹅蛋脸白皙微红状如梨花带雨，杏仁眼瞳仁如漆，美艳传情，上身着洗得发了白的苏式旧军装，宽牛皮苏式武装带紧束着小蛮腰，使得发育良好的乳胸特别凸出，下身着东方呢黄色军裤，军裤下沿隐约露出小巧玲珑的方口黑布鞋。小美女身材高挑，足有一米七零，美女登台在年轻的军人中引起一片骚动。矿工老大哥和战士们热烈鼓掌，八成是对着美人而来，钱敏敏只是沾了美人光，两人都显得有几分激动。

美女启唇微笑，两腮盈现小酒窝蕴藏着无限春意，那字正腔圆的普通话，是比较标准的不带任何地方口音的，脆生生的，像是中央人民广播电台的播音员吕大渝的声音。年轻英俊的战士再加身姿轻盈的姑娘，就像是金童玉女在主持今晚的联欢晚会。

我坐在陈指导员旁边，只听得矿山革委会主任悄悄和我们指导员说："这姑娘是矿上广播室的播音员，名叫邝丽娟，是润州军分区邝参谋长的小女儿，可惜邝参谋长在文革前不幸身亡，军区也没给个结论，就这么不明不白的。传说是和打倒的罗瑞卿有关，分区正在批他的单纯军事观点，他想不通就……"革委会主任用手指做了一个手枪的姿势，对准了脑门，继续说："小邝就当不成兵了，只好招工来到了煤矿。前几天市文工团来招演员，她考中了，过几天就去报到。"

我在想，小邝的家庭悲剧倒是很像我兵团朋友赵明明的父亲体委副主任赵湛题，和体委主任王刚伯伯的下场一样，都是用手枪结束了自己的生命。

当前大学停办，最好的出路无非是当兵，其次是招工进工厂，最后才是下乡当农民。这位邝丽娟小姐当兵去不成，当然选择去工厂，相比较而言矿山收入比较高，离家又近，这回借文工团招演员，名正言顺可以回城市了。我看这邝丽娟脸蛋长得不错，不知道是不是有文艺天赋。钱敏敏朗声的报幕，打断了我的思绪。

第一个节目就是军分区前参谋长千金的女声独唱《看见你们格外亲》，当邝丽娟声情并茂地唱完这首高难度的歌曲时，我想这邝丽娟确是个人物，真是有点本事的人，她去市文工团发展可以发挥自己的才华。

紧接着就是钱敏敏的京剧清唱，唱的是《智取威虎山》中杨子荣的《打虎上山》的一段，钱敏敏的一招一式还真有点做、念、唱、打的京剧味，也许是他从小在北京长大的缘故。我看到邝丽娟坐在舞台边的长凳上目不转睛地紧盯着钱敏敏在舞台上的一招一式，尤其是杨子荣挥着马鞭穿林海、过雪原时，戴着栽绒军帽的钱敏敏边唱边随着京胡的伴奏声边挥舞着手中的苏制宽皮带满台转悠，他手中晃动自如的皮带刚才还扎在邝丽娟的小蛮腰上，这时已变成了钱敏敏手中的马鞭。突然间钱敏敏来了一个腾身大跨，瞬间的高难度动作，使全场目瞪口呆，让邝丽娟情不自禁地鼓掌叫好，在邝丽娟的带动下全场响起雷鸣般的掌声。钱敏敏又来了一个经典的杨子荣似的亮相，掌声再次响起。

全场观众还未在刚才的震惊中清醒过来，悠扬的《红色娘子军》舞曲已在全场观众耳际回荡。此刻，满面春风的吴琼花踮着脚尖款款旋舞到舞台中间，我定睛仔细打量梳着大辫子的吴琼花却是邝丽娟，只不过邝丽娟脱去了厚重的冬装，上身穿洁白的衬衫，衬衫扎在军裤内身材更显窈窕，跳着跳着，洪长青出场了，也是一袭白衬衫，一件薄军裤，两人双手相接，不停地变换着舞姿，竟然落落大方，毫不忸怩，动作配合得默契而协调，显然曾经私下排练过。尤其是两人四目相对时还常有只可意会不可言传的眼神交流。

我想，这老钱真是老江湖，看得台下的弟兄们眼馋得冒血，嫉妒得心中隐隐作痒，这个新兵蛋子竟然挂钩挂上了前军分区参谋长的千金。当老钱扶着小邝的细腰，小邝单腿独立旋转时，台下发出一阵嬉笑声。严肃的军旅生涯从来没有这么轻松过。

我听宏光说，老钱在附中红卫兵毛泽东思想宣传队出演过样板戏中的多个角色，难怪在我们从于台到部队的途中，领着大家唱歌是如此的老练。我听陈指导员高兴地对煤矿革委会高主任说：“小钱和小邝为了跳这段双人舞练了好几个下午和晚上，正好前几天市文工团舞蹈队的老师在矿里挑演员，顺便辅导了一下，就跳出了水平。”只听文工团田老师说，两人都很有舞蹈演员的潜质，只是老钱年龄偏大了些，长久不练功，老胳膊老腿的肌肉韧带紧了些，有些拉不开，基本舞蹈动作还是蛮内行的。最后吴琼花倚在洪长青的肩膀上，一足立地，一条腿 90 度飞起稳稳立在舞台中央，老钱一个常青指路的标准造型，结束了这段别开生面的双人舞。我们在台下看得目瞪口呆，还是在高主任和陈指导员的带领下掌声再次响起。

以后的节目就有点乏善可陈了，矿山女职工的女声小合唱、我们连的对口词、三句半、男声小合唱。演到最后干脆就点着名拉领导们上台出节目。先是矿山高主任，来了一段五音不全的《社会主义好》，后是杨连长来了一小段山东快书《景阳冈武松打虎》，接下去陈指导员的山西晋剧《朝阳沟》，孙副指导员的安徽黄梅戏《天仙配》，我想大家一高兴就忘了政治忌讳了，这些带点封资修色彩的方言小戏大家都听得兴味盎然。谁也没听出有什么不妥的地方，军民双方仿佛都很喜闻乐见似的。

我正坐在条凳上欣赏着孙副指导员一会儿扮男声董永，一会儿扮女声七仙女的唱腔，头脑中却满是老钱和小邝眉目传情的洪长青和吴琼花的扮相。突然不知是谁起哄，点着名要我表演节目，我当时就愣在那儿，不知所措了，因为我实在缺乏表演天赋。容不得我推脱，掌声再次催促我上台。

钱敏敏拉着我的手，将我像是牵羊那样，强行牵上场子中央。

我手足无措，面红耳赤，抓耳搔腮，慌乱得不知如何应对，只能半是推脱，半是恳求地对老钱说："我真的不会演节目。"

老钱说："样板戏怎么样?"

"样板戏我只会唱胡传魁的'老子的队伍才开张'，这行吗?"

老钱说："不行！这是反派的。唱李玉和的'临行喝妈一碗酒'怎样?"

我说："那就试试，你和我一起唱吧，否则我记不得词。"

"行。"他答应得很干脆，我心中有了底，也就摆开了架势。

我拿话筒的手还是抖个不停。老钱从我身后伸出手来帮我拿稳了话筒。这样我就像是一个弱小的弟弟依偎在强悍的哥哥怀中。他在我耳畔轻轻说："一、二，'临行喝妈一碗酒'，开始。"

我像蚊子一样开始哼哼，他像喇叭那样向全场广播着他的唱腔，我们双方合作，响彻行云的腔调基本是老钱的，我只是附庸风雅般逐步放开嗓门，跟上老钱的唱腔：

临行喝妈一碗酒，
浑身是胆雄赳赳。
鸠山设宴和我交朋友，
千杯万盏会应酬。
……

唱到高音处，我直着喉咙怎么也吼不上去了。老钱若无其事地利用假嗓子婉转轻吟地将自己的调门提高八度，唱出了李玉和的英雄气概，唱出了京剧的传统韵味。台下一片叫好声，希望再来一个。我知道这热烈的掌声，并非献给我的，而是献给老钱的，我乘老钱故作谦虚的当口儿，红着脸偷偷溜下台去。

老钱请出了邝丽娟，他们出演《沙家浜》中的智斗，他一人身兼二职，一会儿胡传魁，一会儿刁德一，和靓丽出众的“阿庆嫂”继续眉目传情，周旋应酬。此刻，他出演胡传魁：

想当初，老子的队伍才开张，

拢共只有十几个人来七八条枪

……

第十二章　司令部忆往

烟雨朦胧湖南路

天空飘荡着零星的雨丝，入夜时分，省城湖南路口的孔雀台宾馆已是灯火辉煌、宾客盈门了。

我手提着一瓶法国干红匆匆忙忙地去宾馆，本来我一定是要准备几瓶白酒的，准备和当年的哥们一醉方休。我确切地知道我们中的几个家伙是十分能喝酒、能抽烟的。

在他们的心目中男人一定是能大碗喝酒、大口抽烟的。否则又怎能被称为爷们、好汉、战士，那只能算是娘们因为酒量就是胆量，酒品就是人品。

我当年算是能喝酒的，只是中年以后查出糖尿病，再加上在前几年因胆结石切除了胆囊，从此也就戒了酒。

烟我是无论如何都不抽的。就算是老钱、宏光、倪民、金山五支烟枪冲着我开火，我也绝不为其所动。而酒则不成，逢战友聚会必开怀畅饮，这就叫舍命陪君子。

今天的聚会之所以未准备白酒，实在是因为早上刚上班就接到万龙从淮州市打来电话，晚上要到省城来会会战友们。

他在电话里大声嚷嚷着："小路，你约一约倪大胡子、周宏光、钱敏敏、金山他们，另外你的那位红颜知已叫什么黎星星来着的，也一起请来，咱们战友聚聚。饭局你准备，不要太贵，实惠就成。酒我背过来，你就别管了。"

这样我就在我们局的定点宾馆孔雀台宾馆预定了一桌，早早地站在宾馆台阶上翘首等待迎接曾经朝夕相处的那一批战友。

回首往事，大家从相识到相聚又是将近四十个年头了，从不谙世事的少年到阅尽人世沧桑的老年，其间也有有限的几次相聚，总之战友们人数较齐地相聚在一起时间并不多。大多数时间是各自忙各自的，为事业、为谋生而奔走，直到人至暮年再回首往事的时候才想起自己的青春岁月，回望那无忧无虑，充满青春幻想和梦想的岁月，有一种欲说还休的无限感慨。

当我站在孔雀台宾馆的台阶上，回眸向街对面看去时，我们当年的军区工程兵司令部那栋米黄色的巴洛克式的法国宫殿般建筑在灯火阑珊处依然精致、美丽而壮观，夜色中的司令部大院，仿佛童话世界那般，在夜雨中闪烁着璀璨的光芒，倒映在被雨丝打湿的地面，就恰似历史的折光在雨夜反射进入我的记忆。

这里曾经是中国许多重大历史事件的发生之地。也是我少年时期几个同学所住的地方，我多次光顾过这个大院，及至我当兵期间多次参与当年军区工程兵政治部美术组的创作活动，美术组的创作室就在这栋建筑内。

建筑四周如今已成回廊，回廊中间空地被后来接管我们司令部的另一司令部的人们弄成了一片草坪。有如被扒去心脏的华丽躯壳，已难以再去聆听当年纷至沓来的历史脚步声，品味这栋当年民国建筑内曾经发生的诸多惊心动魄的事件，历史的厚重变得浅薄。显然这栋巴洛克式建筑已在时代的变迁中经过了脱胎换骨的改造。

这里曾经是民国临时政府参议院和中国国民党中央党部的大礼堂，过去这里杂沓纷纭的脚步演绎着中国近代史的风云变幻。

1971 年初春，我怀揣画家梦进入这栋建筑时，凉爽静谧的回廊中间是一中型大礼堂，美术组和电影组在一起，就设在礼堂边上的宽敞大办公室里。在这间大画室我们度过五年多欢乐而愉快、自由而宽松的军旅画家生涯。我入伍当年参加军区美展的第一张作品《放映之前》就在这栋建筑中完成。

围绕这栋建筑所展开的历史风云也相当惊心动魄，堪称中国近代史的浓缩。这里曾经是清政府的江苏咨议局，民国政府的参议院、国民党中央党部。这栋建筑是在晚清政府江苏咨议局议长南通实业家张謇主持下吸取西方议会建筑特色设计而成，是中国近代史上最早由中国建筑师设计建造的新型建筑之一。现在是全国重点文物保护单位。

1911 年 10 月孙中山在这里被选举为中华民国临时政府大总统。1927 年 4 月国民政府定都南京大典在这里隆重举行。1929 年 6 月孙中山灵柩奉安大典在这里举行。1935 年 11 月爱国志士孙凤鸣刺杀汪精卫案发生在这里。

伴随着雄心和野心的襟怀，显示着英雄和枭雄你方唱罢我登场的雄浑和悲壮，现在纷纷化为一片荒芜的芳草，我的青春岁月也已融进了寥然空廓的蓝天，随风远去，而我的记忆却在今晚定格在那段岁月……

今晚，参与聚会的战友中至少有两人的父辈曾经主宰过这栋建筑和与建筑相关联的大院。当年我们美术组组长金山大哥的父亲金达龙少将曾经是军区副司令兼工程兵司令；当年我们团机要参谋倪民的父亲倪梁健，先是军区工程兵副政委，后去新疆军区北疆军区和苏联社会帝国主义周旋了几年后，在金达龙司令去大军区专任副司令后，又返任了这个大院的司令；工程兵司令部撤销后，省军区由润州市迁至此地，他们已经离休了。他们两位均为开国少将，金达龙前几年去世，唯一健在的将军是倪梁健，已经是 93 岁高龄了。我们说什么时候去看望看望老人家。他的二公子，我的同学兼战友倪民说，老人家已经糊里糊涂，老年痴呆得不认识人了，就用不着去看了。

我在傍晚六点准时到达孔雀台宾馆。

当我乘坐电梯，直达三楼时，周宏光已在三楼走廊的地毯上来回踱步。看见我到了，他叼着香烟，笑嘻嘻地迎上来，我问他："为什么不进包间?"

他说："我等一等钱敏敏和杨万龙，他们马上就到了。"

说着说着，钱敏敏就到了，我和他亲热地挽着手步入包间。包间内灯火通明，已传出朗朗的笑声，听声音就是倪大胡子。只见倪大胡子正敞着怀，手夹着香烟在朗声大笑。他的夫人吴大姐早已发福，满头的银发，竟有点像是电影演员田华，只是默默坐在靠椅上温和地微笑地看着他们不吱声。他和黎星星聊得正痛快，不知道他们在聊着什么话题，反正那神情很愉快。

钱敏敏推门进来："哟，倪大胡子什么事这么高兴?"

"你问星星和吴大姐，正在谈到当年我和三五九医院王小不点合伙到润州图书馆偷书的故事呢。"

"你呀，不仅偷书，还偷人呢。"吴大姐笑着打趣道。

倪大胡子红着脸笑着偷看了一眼吴大姐，两人眼神交流着不说话。

我会意地笑着说："是啊，我明白了，当年洪常青和山野村姑吴琼花被拆散了，后来南霸天女儿嫁给了洪常青。"

"要死，小路子你别胡说八道啊，那可是大胡子甩了人家山野村姑，又追求的我呢。"吴大姐只是宽宏大量地笑笑。

"你们别冤枉好人哪，我和你们吴大姐可是自由恋爱的，只是被你们这帮家伙编排着坏了我名声。"倪民晃着他那颗在灯光下越发显得光亮的秃头，这大光头倒是确实像南霸天。这吴大姐和倪大律师确实有夫妻相呢。

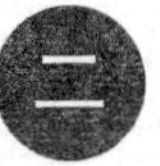

秋雨淅淅忆当年

透过孔雀台多丽厅落地玻璃的窗户流淌着雨水，可以感觉到秋雨依然淅淅沥沥地下着，顺着玻璃窗流下的雨滴将窗外闪烁的灯光幻化得迷离恍惚，烟雨迷蒙使窗外的夜景显得如同海市蜃楼那般缥缈而遥远。

我们所在的多丽厅正好朝西，窗口正对着我们的司令部大院，俯瞰那个当年十分神秘的军事大院，如今随着孔雀台的拔地而起，已经一览无余。只是这绵绵秋雨将原本清晰的景观蒙上了一层轻纱，使景物显得既朦胧又带有诗意的想象空间，那些绿树葱郁中掩映着的一栋栋近代和现代建筑看上去就有点模糊不清。

其实晴朗的季节在我们的眼底像是图画那样清晰可辨，又有哪一片戒备森严的军事重地能够遮蔽40层大楼的鸟瞰呢？于是终于原本神秘的大院不再神秘，原本隐藏在记忆深处的往事一一在战友们的回顾中，有如春风吹散阴霾浮出脑海，本来的面目就越来越清晰。

30多年前的那个春天，我穿着崭新的军装怀揣兵部政治部的调令和我们团的文化干事吴敬才登上润州市去省城的火车。吴敬才干事是1961年的山西兵，长得瘦瘦高高，斯斯文文，白白净净，可以说是一表人才，唯眉宇间和白色塑料框眼镜片后面的双目中流露出丝丝忧郁。和他同年当兵的山西老乡很多都是营级干部了，他如果再提不上去就可能面临转业回山西老家了，而他已经在省城娶了媳妇安了家，还有了一个活泼可爱的小女儿。他像一个没有根的浮萍那般在润州和省城之间漂泊着，这样漂泊下去很可能就要漂回老家去了，他正在为自己的前程担忧呢。

一路上吴干事话不多，只是不停地抽烟，他那细长白皙的手指已被烟草熏得焦黄，就是整齐好看的牙齿间也留下烟熏的痕迹。偶尔说话也是唉声叹气的。我是踌躇满志，他是心事重重。

谈到自己的未来，他眼睛空洞而迷茫，仿佛瞳仁中满是无奈。我在团里不怎么看到他，他常年借调在军区政治部文化部的美术组搞创作。偶尔在团里见到他，总是孤独地在梧桐树下夹着香烟心事重重地漫步，一轮寒月将他瘦长的身影拉得很长很长，愈加显得十分孤独。他和我们团的解长河股长都是这种类似神龙见首不见尾的才子。他是在外搞美术创作，解股长是搞文学创作，但是这些军中才子在军中的仕途似乎都比较坎坷、困顿，和他同批的战友有的提了股长，有的提了营长，有的提了副参谋长，可他还是正连级的文化干事。而我们宣教股新近又提了一个 1969 年的溧阳兵当了文化干事，小伙子拉得一手好二胡，吴敬才这个挂名文化干事，如果再不能上一个台阶，就有可能被打发回原籍了，所以他成天满腹心事，十分郁闷。

吴敬才和我一路闲谈："那些资历很老的军中著名画家总政的某某、某某是抗美援朝的老兵，莫名其妙被打成了右派，12 军的某某也是抗美援朝的老兵也是右派，军区创作组的某某至今还不是党员……这些军旅画家都是当代画坛上的翘楚，然而都有一部不为外人所知的秘辛。但是军内的右派似乎比地方的要幸运许多，他们还是穿着军装，拿着画笔继续从事他们所喜欢和擅长的绘画事业，不像地方的右派改行的改行，发配的发配，流放的流放，有的还被整得家破人亡。"

吴干事带点忧郁地说："就拿我们团解股长来说吧，1947 年入伍，参加过淮海战役、渡江战役，1955 年授衔，官拜上尉，人活得小心谨慎，工作上如履薄冰，兢兢业业，现在还是正营级，因为他家庭出身是地主。而我正经八百的贫下中农子弟，和我同时期的兵都是正营了，我才是正连，再不提拔，就要转业回山西老家了。但愿，你的命运会比我好。"我只是满怀同情地听他倾诉，不时地点点头，表示对他的理解。

他狠狠地抽了一口烟接着说："不过你是省城的兵，又是干部子弟，肯定不会和我一样落魄的。"说这话时他空洞的双眼望着车窗外倏忽飞逝而去的景物，仿佛若有所思。

“年轻时这是某种潇洒、自由、愉悦和率性，部队确是一座大熔炉，有时人才发挥的空间确实比地方要大，提供的空间也很大，小路你要好好干，你来了，团里后继有人，我就要解甲归田了。铁打的营盘流水的兵，不进则退啊！”吴干事从自己的军用挎包中掏出了一只旅行用的玻璃杯和一罐碧螺春茶，用他那女人样细长白皙的手指捻上一小撮茶叶放在杯内，我忙不迭地为他到供水处续上开水，他已经将一支大前门香烟叼在嘴上了。他开始眯缝着双眼，懒散地斜靠在座位上，享受着清香的碧螺春，嘴里吐着烟雾，忧心忡忡地以过来人的口气和我说，心情似乎有些落寂，也有点悲哀，完全是古人“鸟尽弓藏，兔死狗烹”的意思。对于我这个刚刚从兵团战士到军旅画家角色变换的新兵来说，这两类人对于正规军人来说都显得有些另类，但是角色的变换，就有着某种从糠箩跳进米箩的幸福感。我当时其实并不理解这位部队老画家所说的一切，只认为这仅是一位怀才不遇的老兵的牢骚。只是后来我重复着吴敬才干事所走过的人生之路，才对眼前的潇洒和随意以及后来的落寂有所领悟，才深刻理解话中所蕴含的微言大义。

吴敬才松松垮垮地提着简单的旅行包，无精打采地和我走进兵部大院，卫兵向我们敬礼。他漫不经心地挥手还礼。我昂首阔步地走进这座神秘的大院，尽量标准地还礼，显得很是神气活现，充满着朝气。

那时的兵部在湖南路上是标准的深宅大院，独一无二的军事机关。法国梧桐掩映下的高墙外只露出一栋栋西洋式的屋顶，大围墙纵横面积占领了4条街区。南面湖南路，北对童家巷，东接丁家桥，西连中央路。周围是一栋栋低矮的居民住宅区，白墙黑瓦的民房中矗立着的小洋楼是民国蒋委员长提倡新生活运动时期，为高级官员、将领和社会贤达、文化名人所修建的官邸或者寓所。这种打着各个国家印记的小楼已遍布南京的一些街区，最有名的是宁海路、颐和路一带的公馆区，零星的当然还有傅厚岗和我们家所在的眉山路以及市委大院那一带军区和军事学院的等。现在都成了省市、军区高级干部的住宅和中层干部的宿舍区。面积大一点的成了省市机关的大院或者小院。比如我所任职的那个正厅级的机关就是原法兰西共和国驻民国政府的大使馆。

在改革开放的城市大改造时期，这些带有前朝印记的小洋楼被一栋栋推倒，然后夷为平地，现代化的摩天大厦拔地而起，总领时代潮流。比如我们现在战友聚会的孔雀台大饭店，出入其中的红男绿女非官即商象征着权力和金钱的新一轮结合，成为时代的两轮，推动社会的发展。而我们的司令部虽几经易主，依然矗立在时代风雨中显示着它永久不变的风采和魅力，包括院内的民国建筑群都被国务院作为全国重点文物单位严格保护起来，就是中央大礼堂被掏空，外表依然完好无损，威严恍如从前。

当年我抬手敬礼走进这座庄严的大院时，那颗巨大的雪松历经时代风霜依然亭亭如盖地挺立在威武哨兵的身后。雪松和法国梧桐树掩映中的当年国府议会大厦其实就是兵部的大礼堂，只是在后来部队机关的人员和家属不断增加的情况下，偌大的礼堂再也装不下迅速膨胀的人口，才在大院的西侧招待所和家属院新盖了一栋大礼堂。国府议会大厦的礼堂被称为小礼堂有时放放内部电影，仅供兵部的处以上干部欣赏，比如日本的军国主义影片《山本五十六》《啊，海军》之类，再比如苏联的卫国战争影片《解放》《攻克柏林》一类，我们混迹其中得以观赏，完全是因为兵部电影组与我们美术组几乎都是朝夕相处的哥们儿，驳不过面子悄悄把我们放进门。后来这个小礼堂干脆就彻底地拆去了，那罗马式的拱形盖顶成为一片空地，空地上长满了绿茵茵的小草，这样回廊里的办公室就显得更加明亮了。那时的电影组和美术组就在回廊中的两间大办公室中。

报到那天，我和团里宣传股的吴敬才干事去的是政治部宣传处。政治部是在主楼东侧的一栋两层小楼内，楼上是组织处、干部处和政治部主任、副主任的办公室，楼下是保卫处、宣传处。宣传处一位带着深度近视眼镜的中年人接待了我们。

吴干事称他为万副处长。万副处长操浓重的宜兴口音，团团的脸镶嵌着朝天鼻孔，就是人们常说的狮子狗似的鼻子。老万鼻梁上架着一圈一圈的深度近视眼镜，镜片厚若啤酒瓶底，后面眼睛就小得看不清楚瞳仁了，嘴唇薄薄的，人长得滑稽，说话就显得随意而很风趣。再加上他扣在略微

秃顶的头颅上的军帽总是像是部队女兵那样尽量地向脑后压，还时不时地下意识地用手掌向脑后抚摸，不断地调整帽子的角度，使之永久性地总是保持向后倾斜的女兵式戴帽态势，前脑门就显得特别突出。

万副处长身后闪出一位文化干事，个子不到一米六，显得小巧玲珑，洗得发白的小号干部服又特地改小了才更加合身，脚蹬一双显然是后跟加厚的三节头黑皮鞋。

我们团的吴干事是长得白白净净的细挑高个子，和兵部的文化干事在身材上恰成反比例。万副处长向我介绍这是齐超干事，齐超操一口南京话，似乎就是南京人。吴干事是山西人，两人均是 1961 年的兵，资历相当，又都是搞美术的，在后来的相处中发现他们似乎有点文人相轻的意味。虽然在我的印象中他们都是人品很好的军内艺术家，可是文人相轻的习惯是不分时代和区域的。

吴干事说齐干事是矮子矮一肚子坏，齐干事说吴干事是志大才疏。总体感觉吴干事要深沉些、内敛些，他大约是看兵部的文化干事位置与之无缘，对齐干事就有点嫉妒，因此显得很不屑一顾的样子。齐干事更随和、更本色、更率性一些，因此，齐干事直说吴干事画技不如自己，画风完全模仿总政美术组董辰生和军报的美术编辑陈玉先，缺少自己的风格和独创性。

吴干事将我引荐到兵部报到，带我去了东大院的招待所住下后就去军区美术学习班报到了。再见到他时他已在军人俱乐部的美术组了。那时他正在为自己的调动而四处奔波，忧心忡忡的话不多，因为再不提拔，他在团里就面临转业回山西的尴尬境遇，但是他在南京已经找了一位女工做自己的妻子。他的这位妻子被齐干事称为大洋马，看来个头肯定和吴干事是不相上下的。所以吴干事必须调到南京，兵部机关文化干事已有齐干事，那他就得设法去军区机关。再说这兵部美术组一山容不得二虎，齐干事当组长，吴干事就得走人，吴干事把我带到兵部招待所他就提着旅行袋回南京家中了，以后他再也没有在我们美术组出现过。

再后来我见到吴干事，他已经调到军区大院政治部群工部的一个民兵杂志社当美术编辑了。后来我们的司令部大约在1982年大裁军时被裁撤成了军区司令部下属的工程兵部，齐干事被分流到了军区高级步校继续当干事，最终齐干事以正团转业去了皖省的合肥市精神文明办公室出任主任。吴干事那时已经官拜正师级大校，永久性地留在了部队。当然这是后话。

我在部队五年半期间，几乎有一半时间是在齐超干事领导下进行美术创作。当年我们工程兵政治部美术组在军区美术界是属力量最雄厚的美术创作组，只是到了1976年之后全部骨干作鸟兽散，才一蹶不振，使军区美术组领导对于在他们不知情的情况下人才的一一流失大为惋惜。

在兵部招待所住下后，我沿着大院转了一圈，这个大院朝北的后院其实我十分熟悉。早在“文革”初期红卫兵运动初起之时，我就到过北院的家属院，我们学校的毛泽东主义红卫兵中有一批工程兵的子女加入其中。一位活跃分子就是兵部倪副政委的儿子倪利民。倪副政委四川巴中人是1933年的老红军，参加过两万五千里长征。听说倪家家教极严，尤其是对倪老大、倪老二。倪家育有6个子女，只有倪老三、倪老四是女的，老五、老六又是男丁。那时学习苏联老大哥干部家属以多生子女争当英雄妈妈为荣，于是新中国成立后的高干家庭一般都育有一群子女，外人以姓加排行从老大开始依次称下去。这倪老二长得虎头豹眼，面团脸，络腮胡子、暴突嘴、厚嘴唇，颈脖子上还有一道明显的烫伤伤痕，穿上一身旧军装显得虎虎生威的样子和倪副政委极其相像。倪家老太太不太待见他，再加上家中男孩多，女孩就显得十分金贵，男孩就无足轻重了。两个女孩倒是长得水灵水灵的，很有大家闺秀的韵味。这时倪老大、倪老二都已是主义兵的骨干了，在学校里闹腾得天翻地覆。

记得那天是1966年的9月12日，虽然中秋已过，但气候依然炎热 。这天下午全市的毛泽东主义红卫兵几乎全部集合在中山东路体育馆召开成立大会。此刻省委的江书记、市委的刘书记一个个都穿着军装端坐在主席台上被称为江政委、刘政委的，因为他们确实都兼着军区和军分区的政委。

省委韩秘书长的儿子韩老大主持大会，宣读《毛泽东主义红卫兵成立宣言》，紧接着江书记、刘书记给各个中学的红卫兵组织授旗。那面旗帜做得和中国工农红军的战旗差不多，中间是黄色五角星，五星中绣着黑色镰刀斧头，靠旗杆一边是五指宽的白绸布条上绣着黑色毛泽东主义红卫兵xx中学纵队字样，很是气派。只是庄严的授旗仪式进行了一半的时候，突然闯进一帮穿着军装的毛泽东思想红卫兵进入会场中间的篮球场，这样主义兵和思想兵之间就开始对骂着干了起来。

思想兵的弟兄大部分人手持红宝书口中念念有词席地而坐，不时还唱着造反有理的歌，以壮声势。另一部分戴着纠察队袖标的人出其不意冲上主席台，瞬间强行霸占了话筒，这样主义兵和思想兵的纠察队就在会场中央扭打成一团。那位领头南师附中思想兵头目就开始吐沫飞溅地演讲起来。这位高个子红卫兵用纯正的京腔普通话大声嚷嚷着："天下者，我们的天下，国家者，我们的国家。我们不说谁说，我们不干谁干？我们要说，省委、市委就是有问题。我们要干，舍得一身剐，要把皇帝拉下马！"然后高呼口号"打倒走资派""打倒保皇派"。领头的红卫兵还起头唱起了："拿起笔做刀枪，集中火力打黑帮，革命师生齐造反，文化革命当闯将……。"台上一起头，台下一片吼。

看台周围的红卫兵战友们看得眼花缭乱。但见得一团屎黄色的军装纠缠在一起，推推搡搡的一时难解难分，谁是谁非，一时也难见分晓。两派红卫兵纠察队扭打成一团，会场一片混乱。省委、市委的领导也是目瞪口呆，等反应过来，纷纷趁乱在主义兵纠察队的护卫下离开了会场，这时思想兵就开始主导了会场，于是成立大会就改成了揭批大会。

这时的大会已经完全按照思想兵的意图在开。一个中年妇女自称人民大会堂的工作人员跳上主席台揭露问题，说是原国民政府大会堂也就是现在的长江路人民大会堂的仓库里还藏着国民党的狗牙旗和蒋光头的戎装巨幅油画像，是可忍孰不可忍。我一看台上这个讲着一口山东口音的中年妇女十分眼熟，这不是我们院子黄卫军他妈常阿姨吗？常阿姨似乎也是参加革命很早的老革命，好像是担任着人民大会堂管理处的副主任。这会儿戴着红袖章也起来造反了。看台下的篮球场中又响起排山倒海的口号声，思想兵已占领了比赛中心场地。眼见会议已变味，我们主义兵全部陆续撤出体育馆，让思想兵的弟兄自拉自唱去吧。

各路大军依然雄赳赳气昂昂地打着新发下的战旗行进在古都的大马路上招摇过市，我们学校打着大旗的就是倪家老二。

我们排着队，打着大旗回到学校已经傍晚时分，大家仿佛意犹未尽的样子。红卫兵战友们还是很兴奋地议论着下午的会议和第二天去首都北京串联，接受伟大领袖毛主席接见的事，大家都想去，于是投票选举推举出十二名同志去北京，其中就有我和主义兵保卫部长倪利民、纠察队长黄卫军。这两位同志，据说在这次体育馆风波中保卫省委、市委首长有功，作为特别代表被提名去了北京。欧阳雯子和刘阳旸因为要参照总部形式筹备学校主义兵成立大会，将作为第二批代表进京去见毛主席。

于是去北京的同志商量了明天出发的事情，保卫部长倪利民提出由工程兵部派大卡车送大家去下关火车站坐车去北京，地点就定在工程兵家属院后院童家巷的路口。随后大家就各自回家了。

三　跳跃的艺术火苗

当我和钱敏敏走进多丽厅包间后，钱敏敏和倪民相对坐下开始抽烟聊天，但见得钱大胡子口若悬河和倪大胡子正在聊着当年红卫兵时代的往事，一副关云长过五关斩六将那般的得意。钱敏敏谈起那次冲砸授旗大会会场事件。钱敏敏对倪民说：“你知道那次冲会场领头的是谁?”倪大胡子说：“不知道。”钱大胡子用手指指着自己的鼻尖说：“就是鄙人。”

我这才恍然大悟，原来南师附中老高二学生钱敏敏也非等闲之辈。我仔细打量着老钱，他那副尊容唤起了我的回忆，的确不错，那位跳上主席台高喊“革命无罪，造反有理”的思想兵头目正是眼前的钱敏敏同志。红一连和我同期入伍的新兵，现在的长江文化开发公司董事长。

杨万龙是专门从淮州驾车3个小时沿淮宁高速冒雨到达省城孔雀台宾馆的。他一人吭哧吭哧地扛着两箱捆扎在一起的今世缘酒从一楼乘电梯到达三楼，正巧遇见周宏光在包厢门口独自抽烟、徘徊、想心事，以至于没发现他的到来。

还是杨万龙眼尖：“喂，你这位同志，怎的也不搭一把手帮帮忙。”

宏光眯缝起他那近视眼，扶了扶眼镜，脑海中怎么也回忆不起这个脸盘有点臃肿，身材有点发福，嘴角还有点歪斜的家伙，而且竟还扛着两箱酒，龇牙咧嘴显得非常吃力。

宏光还以为是酒店的酒水推销员呢，所以仍然想他的心思，抽他的烟。他当年在市物资局当办公室主任管接待时，对这种烟酒推销员见得多了，就不太当回事。

杨万龙大声呵斥起来：“周宏光，你个小兔崽子连我老杨都不认识了。”

宏光愣在那儿，哪个老杨？这个酒贩子我好像在哪儿见过……等他定了定神睁大眼睛仔细打量了面前这个穿着夹克衫，打着领带，头上抹着摩斯，将头发梳理得一丝不苟的老家伙，他才如梦初醒般拍拍脑袋笑了：“原来是万龙老兄啊，你瞧你这原来的美男坯子，啥事发福成这样，显然是被官场的酒肉文化给孵化（腐化）出来的。怎么你个老小子，变大老板了？”

杨万龙笑着说：“我还是当我的风尘俗吏，只是一直保留着舞文弄墨的习惯，刚刚帮市里烟酒公司写了一本《酒文化的传说》的书，烟酒公司一分钱稿费也没支付，送了我十箱老白酒，这不带两箱给哥们儿尝尝。”

宏光帮着他把酒从肩膀上卸下，两人抬着酒进了包间。杨万龙转业后在淮州文化广电新闻出版局出任新闻出版处处长，也算是我的同行兼下级了。

不一会儿金山大哥也到了，我们就嘻嘻哈哈围坐一桌，开始推杯换盏，进行战友间的餐叙。

这种餐叙其实就是回忆过去，在人生将进入老年时对青春岁月的一种体味，一种回顾。时光倒流进岁月的河道，掬取一捧过去的浪花，洗洗人生路上的风尘，感受年轻时的风光，展示各自人生的风采。像是《红楼梦》中的癞头和尚赠送给贾瑞的“风月宝鉴”中品尝青春理想的美好和现实生活的苦涩，人生的美好总是伴随着苦涩而行，而这些只有在人生有了阅历后才值得回味，入胃绵长，融进血脉，最后归于永久的寂静，也就是归宿到坟墓中去永久地安息了。

此刻，风霜全刻在战友的脸上。记得黎星星在经历半生的情感挫折后，曾送给我一首《咏石头》的诗并附了她的一张当护士长时的军官照，我也和了她一首，附的却是一张士兵照。想起来我们过去写过一些诗，而相互赠送照片还是第一次，而且还是竟然带一点怀旧情调的青春照，这照片说明了当年我们在部队时期身份上的差别，差别导致情感上的落差。而且人至暮年时的忆旧，证明我们确实是老了。

今世前缘

黎星星

你原是遥远雪山上
一块冥顽的望天石，
日月星辉蕴育你的魂魄，
你是山的灵异。
山脉将你交给河流，于是你
沉在河床，
一任冰雪雨水冲刷，
剥脱你的浮躁你的脆弱，
你凝聚水的精华。

前世今生

路雨生

是女娲补天遗落下
一方五彩的晶莹玉，
精卫衔石般坚毅铸赤胆，
你有海的气魄。
沧海将眼泪凝聚成珠，你却将
忧患入心，
即使苦难磨砺浸淫，
雕琢你的肌肤你的肉体
你依然形心不改。

你饱经辗转，寻觅光阴飞梭，
而我
是拥有你的幸运。
捧在手心的
这一粒天地间的尘埃，问你可是
前世的我啊！
轻轻抚触你温润的肌肤，
倾听着你
来自千万年前的呼唤——我多想是
转世的你，和你一同
寂寞如斯，无语漂泊。

随斗转星移　仰望星月黎明，
是的
你是神瑛的绛珠
潇湘馆里的
那一摞诗词里的纯情，熔铸你的
水晶般魂灵
灼灼燃烧的是你的圣洁
犹如冰山
融化于璀璨的阳光——你将化为
今生明月，天际银河
与星相伴，朗照山川。

那其实是若干年后，她刚刚和黄卫军离婚，独自带着女儿艰难度日，在一次相聚时送给我的，但是我已经和赵晶晶结婚并有了一个女儿，我们所有的接触也只能限于发乎于情，止乎于礼的相敬如宾了。

如今我见到这些当年的战友，其实我们中间真正见过战火的只有倪利民、周宏光、钱敏敏、黎星星和杨万龙，他们在二十世纪七十年代末参加了那场自卫反击战，各有一段生死考验，而且表现都堪称英勇，我们一起入伍的战友苏阳已经长眠在那方浸满战火的土地，成为战友们心目中永久追忆的人。

其他称为战友的只是部队一起当过兵的习惯叫法而已，尤其是我本质上根本不是一个合格的战士，只是个有些另类的画画士兵而已。

那晚的孔雀台聚会我们几乎都喝得有点醉，杨万龙当晚就住在了孔雀台，邀请我和周宏光去五楼的茶座喝茶。唯一滴酒未沾的是钱敏敏，他自称要开车，于是他开着车载着半醉半醒的倪民、吴大姐、金山，把他们一一送回家。黎星星说，要赶着回公司，她主管的那个市旅游公司的培训中心开办了一个模特培训班，她组织了一个“夕阳红”老年模特队，晚上要排练，她得赶回去参加排练，说是应庆州市文广新局局长时奋斗之约要去参加庆州时装节的演出，她匆匆忙忙开着她的那辆国产标致车走了。

黎星星已经和黄卫军离婚，他们的女儿远嫁去了广州，席间我曾经私下问起黄卫军的情况，她似乎不太想说到这位老街坊老邻居，只是含糊其词地说不出具体的子丑寅卯来，只知道黄卫军去了云南丽江，经营着一家旅游酒店。离婚后她和伪军完全失去了联系，黄卫军就像是断了线的风筝那样自由自在地在自己世界中天马行空着。她说，她和这个男人已经没有任何关系了，虽然他曾经是她的丈夫，现在仍然还是她女儿的父亲，“人啊，有时还是难得糊涂好啊，比如我和黄卫军的关系我就不去想，甚至都懒得提到他。”她在孔雀台宾馆门口的廊檐下幽幽地说，转身消失在雨幕中，她的蓝色标致小车闪烁着尾灯汇入车流，顷刻消失在茫茫细雨中。

人的感觉最好的时候，应该在半醉半醒之间，太清醒则太敏感，太敏感则看得太透，看得太透的人，水至清则无鱼，人至察则无朋。还有一种所谓的聪明人是将社会捉摸得太透，干脆就卷入社会的混浊去浑水摸鱼，这种人往往在社会中如鱼得水。这两种人分别被鲁迅称为“傻瓜”和“聪明人”，如春秋战国时期的孔夫子、孟夫子属大愚若智的“傻瓜”一类，这类傻瓜智者在秦始皇统治时代，几乎被杀光，因为专制君主统治下需要的只是臣民，并不需要智者，好“处士横议，干预朝政”的儒生就被杀光了，诸子百家的图书也就被焚烧殆尽，儒家的学术也被整合成了统治者治国的理念，到了汉代也被定于一尊而罢黜百家，成为御用工具，其他学术均成为异端而遭到绞杀。到了宋代更有程朱理学成为统摄人心的标尺来规范人心，衍化出了“三纲五常”，从此人的独立意识，主体精神完全在封建王权的政治同构体中被碾压成完全格式化的产品，或成羔羊猪狗，或成鹰犬豺狼。战国时周游列国的纵横家苏秦、张仪就是聪明人，揣摩帝王心理投其所好，所以可佩六国相印，衣锦还乡。而半醉半醒之间虽同流而不合污者，却可全身而退如阮籍、郑板桥、唐伯虎等人，完全清醒的反抗邪恶如嵇康、金圣叹只能喋血刑场了。

在孔雀台多丽厅我们在半醉半醒之间开始作阮籍或者郑板桥、唐伯虎似的回想。那时我和杨万龙都已经醉眼蒙眬了，互相拍打着肩膀，“宏光、小路、小杨、大胡子”地相互称呼着，傻笑着回首往事。烟雨朦胧中孔雀

台对面的那个军区工程兵大院就会隐隐约约浮现在我们的脑海，那里是我们梦开始的地方。

我们半开玩笑、半当真地回忆工程兵司令部的岁月。那个时代虽然被称为动乱年头，是我们思想的蒙昧时代。思想上的单纯，导致现代迷信的盛行，浩劫裹着神圣的光环掏空了人的精神世界，满脑子都是红色的图腾，唯有艺术带着丰富的色彩在红色中穿行，带着某些人性的闪光，仿佛火苗在严酷的冬夜里闪烁、跳跃。美术组是严肃军旅行列中另类的艺术群体 。

参加这次兵部美术学习班的一共有二十二人，全部来自军区工程兵系统各个部队。按照万副处长的说法，我们这批人都是从部队挑选出的人才，经短期培训后，将进行美术创作，草图送军区草图观摩会，有可能入选者将组成兵部美术组专事美术创作。

我们的美术学习班班长就是小矮个子齐超齐干事。和我一起来的大高个吴干事已经不知去向，大约是去了军区美术学习班。

齐超调侃着说："吴大洋马正在活动往南京调，他老婆也是大洋马，两匹马要合在一个马槽才能共奔前程，否则公马只能回山西去了，母马是南京人显然是不会跟着去山西的。"

说这话时，心直口快的齐超显然对吴干事很不以为然，他们像是两股道上跑的车，很难拧成一股绳，同辕并驾，只好分道扬镳。以后我在部队的五年中一直在齐干事的领导下从事美术创作。

一年后，我去军区政治部办事，在《民兵杂志》见到了被称为大洋马的吴干事，吴干事已经变得春风满面，他和吴大嫂热情地接待了我。可能齐干事自己身材矮小，看吴干事夫妇需要仰视，所以才称吴干事夫妇是大洋马，其实他们夫妇还是郎才女貌的。两人个头都比较高挑，皮肤都比较白净，显然吴敬才干事是属于艺术型的厚道人，齐超干事也是属于性格透明直爽多才多艺专家型艺术干部。用现代审美眼光看，齐干事夫妇是玲珑袖珍型的一对才子佳人；吴干事夫妇是亭亭玉立，玉树临风般的伉俪。不过齐干事初次和我们见面时还是钻石王老五，正在积极寻找袖珍美女齐大嫂。

在美术学习班，我再次碰见了时奋斗副排长，不过此时他已经“降职”为班长，美术学习班顾名思义只能设班长，故而原本不是干部的时排副降职当班长他也无怨无悔，不过这一身兼兵部美术学习班班长和宣传队队长，他的干部提拔问题再次搁浅，一搁就搁得没有了着落。最终他提出复员时，团里一再挽留提出的条件就是提干，但是这时条件似乎已经完全成了鸡肋，没有任何吸引力了。

新兵连结束后，时奋斗就被抽调去兵部文艺创作组，修改他的那部气势宏伟的协奏曲《工程兵之歌》。音乐作品还未修改润色完，他就被齐干事点名继续留下参加兵部政治部的首届美术培训班担任班长。这里的班长一任，团里的提拔排长就被耽搁了，这一耽搁不仅提排长的希望一路耽搁下去，那么入党的希望也就一路渺茫下去。今后我们兵部美术组弟兄的命运基本也是如此。

我们全体学员住在西院的招待所，四人一间房，吃饭也在招待所大食堂。除了上班时间按部就班，业余时间，星期天基本是没有什么约束的，齐干事忙着和后来成为齐大嫂的漂亮姑娘谈恋爱，大家完全无拘无束地自由活动。

开头几天，清晨军号声起，我们就会习惯性地翻身起床，整齐地叠好被子像是部队一样，洗脸刷牙，然后排队去招待所就餐；排队去画室接受培训；按时熄灯睡觉。几天一过，发现竟然根本就没有人来检查我们的所谓内务，于是人的懒散本性也就暴露无遗。尤其是基础培训的时间一过，进入创作时期，时间观念就越发松弛下来。

经常构草图可以弄到深更半夜的，早晨自然起不来，这种情况不是仅仅发生在战士身上，就连我们的美术组组长齐超齐干事，也是熬夜的高手和睡懒觉的常客。其实齐超作为部队老美术工作者本身就是艺术家气质多于军人气质的人，在兵部时他的宿舍就在那幢民国议会大厦走廊的电影组旁边，常常睡懒觉睡得早晨不吃早饭，到上午九点多钟才眼角带着眼屎出现在画室。但是在晚上他却是很少十点前睡觉的。

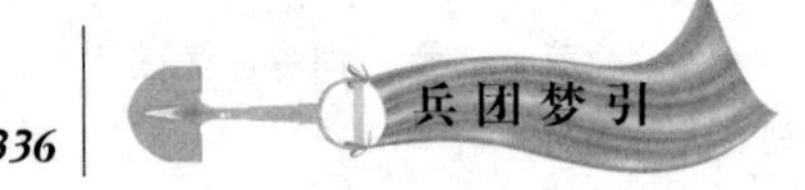

在兵部机关里这种充满艺术家气质的生活方式似乎也被一贯严谨的政治部领导和宣传处的同事们所默认，当然前提是我军区工程兵必须有更多的作品出现在每年一次的南京军区美术作品展览上，最好有作品能够入选全军美展。至于生活上散漫一些，军纪松弛一些，领导和同志们是完全可以理解的，只是不能犯生活腐化的错误，也就是男女关系的界限不能逾越，只要不犯这方面的错误就是好同志。

兵部宣传处对这次首期学习班是高度重视的。我们的万副处长专门请来了他在南京师范学院美术系的弟弟万老师来为我们讲基础素描课。开课第一天长得有几分相像的万氏兄弟出现在画室门口，当然万老师要比万副处长英俊潇洒得多，如果说万副处长说话和长相都比较滑稽，万老师则显得温文尔雅、平易近人。

万氏兄弟出现在画室门口，我们的班长时奋斗同志立即高呼“起立”。在画架前坐着的我们立即站起来，时班长煞有介事地立正、报告、稍息一番请万副处长做指示。万副处长照例扶一扶像是啤酒瓶底一样厚的眼镜，正一正趴在后脑勺上的军帽，然后用宜兴话和我们讲了一番举办学习班的意义、目标、任务，勉励大家好好学习毛泽东文艺思想，深入生活，挖掘题材，提高技艺，争取创作出更多的好作品为部队建设服务。于是大家鼓掌、坐下。万副处长再把他的老弟万讲师郑重其事地介绍给我们，于是万讲师开讲素描课。

时奋斗身材匀称，皮肤白皙，只是镶嵌在鸭蛋形好看脸庞上的眼睛有点眯虚着，画起画来，他是要佩戴黑框眼镜的，他是近视眼，戴上眼镜的他显得十分儒雅。只不过他这个宣传队长一直是战士，直到五年以后退伍都未混上四个兜，原因据说是他的未婚妻苏珊大姐是资本家的女儿，直系亲属又有海外关系，大约是跟着当年的国军去了台湾。那时候有海外关系的人，入党提干就是一道坎。时奋斗如果舍弃青梅竹马的娇美对象，在部队找一个首长女儿，今后在部队的仕途可能就是另一番天地，因为那时候倪梁建副政委的女儿小四子正疯狂地追求他。但是最终他还是斩断情丝，选择了回归家乡成婚。

这时的时奋斗同志还俨然是一个称职的班长，因为他刚刚履行职责第一天，像是新官上任烧第一把火，态度特别认真。然而在风姿儒雅的万家老弟开讲素描课时，万副处长突然发现我们的队长齐干事不在现场。万副处长命令我立即去把他找来。

我去了齐干事的宿舍，轻轻敲门，无人应答，门外听到一阵低沉的鼾声，显然我们的组长阁下正在床上蒙头大睡。直到我在门外立正高呼“报告”，才听到一个仿佛是蒙着头嗡嗡嗡蚊子般哼哼的声音：“谁啊?”

我大声说：“报告齐干事，万副处长命令你去画室。”门内一阵窸窸窣窣的声音，一会儿厚重的橡木门被隙开一条缝，我分明看到一条白皙的光腿露出被窝的一角，他那瘦小的身躯仅穿一条三角裤衩在仓促地穿衣套裤，显得有点手忙脚乱的。显然他匆忙钻出被窝有些睡眼朦胧的。

他用南京话问道：“什么事，这么火急火燎，咋咋呼呼的。”

我说：“今天学习班开学，万副处长他弟弟来讲素描课，请你去呢。”

“要死、要死，睡过了，睡过了，你先去，我马上就来，昨晚备课，睡迟了。”他解释着。

我的鼻腔里满是齐干事身上发出的气味，那是从被窝里散发出的弥漫在寝室中的一股青年男人的气息。他的房间，我只是匆忙地一瞥，就发现他枕头下的秘密。几本“黄书”漏了出来，首先映入眼帘的是一本上海新文艺出版社出版的张爱玲的《十八春》，这是我第一次知道张爱玲这个名字。齐干事枕头底下垫着的还有七八本厚厚的其他“黄书”。看他那眼屎巴巴的样子，我想他昨晚一定是看“黄书”看得入了神，才迟睡不醒的。在我这个新兵面前，他的神态略显尴尬。他匆匆把我打发走，匆匆洗漱，匆匆赶到画室去见万副处长。

万副处长是个忠厚的人，当着大家的面他只是态度温和地说：“以后晚上十点半必须睡觉，早上九点必须到画室搞创作，我们必须完成军区下达的美术作品创作任务。这次培训是对我们兵种创作力量的一次检阅，尤其是老兵老同志要给新兵新同志带个好头，培养好新生力量，带好队伍，关键是要在今年八一建军节军区美术作品展览上拿出好作品。”说话的口气很温和，却是绵里藏针的。就是这样的作息时间，也都比部队机关的时间宽容了一个小时。这次在兵部办学习班就是齐干事领着我们执行创作任务的开始，当然那些管理上具体琐碎的事物，一切均由时奋斗打理了，他也就乐得小事糊涂大事把关当他的美术组组长，而不是班长。班长实在就是个兵头，组长却是没有大小的。比如军区美术组组长郑琦同志就是正团级，他这个兵种美术组组长至少副营，不是比大洋马吴敬才还要高上一级，此刻是不是很有点山中无老虎猴子称大王的架势。

应当说齐干事是个十分宽厚、非常有人情味且极具艺术才华的部队美术家，虽然作风上有些文化人的散漫。由于过去在我们面前当猴子王当惯了，请他充当老虎的角色，他本人就不太适应，因此扮演起来颇困难，他在今后的岁月中，和我们是亦师亦友的关系，这样的关系其实一点都不影响我们对他的尊重。

齐干事也并非科班出身，部队的美术工作者基本都是靠天赋和勤奋自学成才，长处在于不受学院派条条框框的束缚，有极强的生活感应能力和创作能力，对于绘画的种类具有极广泛的适应能力，国画、油画、粉画、版画甚至剪纸、幻灯几乎都能耍弄一番，就像是美术万金油，部队需要什么就画什么。只是在技巧的深入方面不如学院派基本功那么扎实。

文质彬彬的师院美术系万讲师正在给我们讲素描技法。他首先挑中我为他当模特，说我长得英俊，有着一张娃娃脸，且脸部轮廓分明。说得我心中喜滋滋的。我就在众目睽睽之下，端端正正地坐在工作室的中央，这样万讲师一边画一边讲，先从头部的解剖结构讲起，再讲轮廓的勾勒，明暗、阴影、高光的处理。坐在一边旁听的万副处长显然对于老弟的授课感觉很好，脸上始终带着笑容。穿着一身洗得发白的军装的齐干事则跷着二郎腿，修剪着指甲，嘴角露出很不屑一顾的微笑。显然在这个自信满满的军旅画家眼中，这些学院派的老师讲起基础课是头头是道，要说创作能力他实在有些不以为然。

果然在第二天他给我们讲创作课的时候，就公开说那些学院派的教授所传授的所谓素描技巧在实际创作作品中，几乎是用不上的。他讲的主要是由对部队生活的感受和领悟能力上升到艺术的高度反映部队干部战士的精神风貌，至于技巧是第二位的。师院美术系有位当年留学苏联列宾美术学院格拉西莫夫工作室的教授，只会画油画写生，人体结构搞得很准，搞起创作来就不行。部队是个大家庭，在这个大家庭中大家是可以相互帮助的。

今后的实践说明了，在部队你只要有了好点子，在技巧上那些经验丰富老美术工作者都会全心全意地帮助你、指导你，为集体的荣誉贡献自己的才华智慧，传道授业从来就是不讲名利的。齐干事给我们讲创作，先从刻剪纸的蜡盘、刻刀制作讲起，然后亲自示范实际操作，对于我们在短时间内提高实际创作能力很有好处。讲版画，先从版画的选材、刻刀的选择制作、打磨开始，版画草图的勾勒、修改他一一演示，果然非常实用，而且在短期内就能立竿见影。

美术学习班的后期，是学员们根据自己在部队的生活创作了一批草图，当然这批草图都是经过齐干事的精心指导修改后完成的，基本与万老师所讲的素描基础无关。

齐干事领着我们兴冲冲地去了军区美术组的驻地军人俱乐部。南京军人俱乐部是我童年非常向往的地方，仿佛冥冥中命运的安排，我和这里深深结缘，有幸风雨相伴到如今。在我成长的经历中，从懵懂无知的童年到初谙人事的少年，从涉足政世的青年到历经悲欢的中年，有如贯穿我一生的足迹，许多在我身上发生的重大事件，都与军人俱乐部有相当关系。乃至我后来复员到地方从官场一步步爬上来担任省“扫黄打非”办的常务副主任和后来的版权处处长，这里已经成了全省乃至华东最大的图书批发市场，在业务上直接归我所在的那个掌握全省书报刊市场打击非法出版和侵权盗版物品的机关管理。这里所发生的一切，都给我留下了深刻的印象，乃至在晚年回首往事时，久久萦怀，挥之不去。

第十三章　浮沉人间事

军人俱乐部往事

在我的印象中作为军事单位的俱乐部从来就是对社会公众开放的。我原来的家就住在马路对面的凤颐郁，传说中的凤颐郁原来是国府教育部长朱家骅的公馆。这个昔日党国要员的官邸，当时居住着一批来自苏南苏北的中共江苏省的省级机关干部。因为中山北路南面十字路口那个被称为外交大楼的国府外交部咖啡色六层办公楼就是新中国江苏省人民委员会的办公楼，简称省人委，似乎那时省委和省政府是合署办公统称省人委的。直到二十世纪六十年代末迁去了北京西路那座小山坡上，山坡的顶端就是那座被称为书记楼的耐火砖咖啡色大楼。

后来在凤颐郁和省人委进进出出的这些干部，又随着工作调动或者政治际遇的起落星散到了各地。那时的家长们整天忙忙碌碌不着家，孩子们都被送进了凤颐郁隔壁的省委幼儿园，那里也是一座民国官邸，传说曾为江西省政府主席后来的东北行营主任熊式辉将军的公馆。

省委幼儿园有两栋小别墅，院子里是大片的草坪，从 3 岁到 6 岁我就在这里无忧无虑的生活。尽管我们家离幼儿园只有咫尺之遥，一墙之隔，但也只有星期六才能等待爸爸妈妈把我接回家。急切地盼望回家，其实内心是希望星期六或星期天的晚上去军人俱乐部的露天电影院看一场电影。那时候去俱乐部看电影是一次十分难得的文化大餐。在童年的记忆中这样饕餮的精神享受唯有在隐藏在街道犄角旮旯里的小人书摊和敞开在军人俱乐部中的露天电影院。然而，这样两种享受一直延续到小学毕业“文化大革命”开始，这种类似连环画般普通和类似看电影般奢侈的享受，几乎全部被“文化大革命”的喧嚣而挤压，直至彻底淡出我们的视野。我们的青少年时期几乎在文化荒漠中隔绝了文明。因为那时几乎所有的中外名著、电影都被宣布为封、资、修大毒草而被驱逐出社会主义乐园，一概成为被批判的对象。

那个时候，齐干事领着我们军区工程兵美术学习班的成员去军人俱乐部的军区美术组参加草图观摩会时，走进这个展览馆他是胸有成竹的。尽管他个头不高，但是走起路来依然是昂首阔步、精神抖擞，仿佛充满着军人必胜的信心。他率领的是他的美术创作军团，手中的武器就是画笔，胸中的勇气来自于我们的实力和成果。

当我阔别军人俱乐部若干年后，随齐干事雄赳赳气昂昂地穿过那栋曾经是民国政府司法部大楼的大屋顶建筑时那种似曾相识的感觉，触动我对童年往事的回忆和遐想。“文化大革命”开始后，大家都忙于干革命，我们就和军人俱乐部无缘了。如今穿着军装重返军人俱乐部已然充满着主人的自豪感。在激情满怀的齐干事后面跟着时奋斗和一帮战士，各自携带着自己绘画作品的草图。

童年记忆中的军人俱乐部，除了重檐歇顶中西合璧式建筑外，沿东西两侧林荫覆盖的水泥路向里走，走到长长的玻璃橱窗尽头西边有溜冰场、游泳池，东侧还设有一小巧精致的礼堂。主建筑内还建有理发室、照相馆。每到国庆节、建军节、劳动节，俱乐部彩旗飘扬，霓虹灯闪烁，乐曲声中男女青年在露天翩翩起舞，跳起欢快的交谊舞，一派太平盛世，歌舞升平的景象。

现在我和齐干事行进在童年时期曾经无数次走过的军人俱乐部水泥路，从东侧绕过大楼穿过长长的玻璃宣传橱窗，就可看到大楼后宽阔的溜冰场兼舞场，想当年每到节假日在轻盈的乐曲声中头顶的彩旗在夜风中飘扬，彩灯在树丛中闪烁，穿着简朴整洁脸上洋溢着青春气息的年轻叔叔、阿姨们勾肩搭背地随着乐曲翩翩起舞，听爸爸说，这叫交谊舞。显然从县城刚刚调到城市的爸爸妈妈并不善于此种交谊方式，他们只是带着我和弟妹围坐在铁栏杆外的葡萄架下的石圆桌旁，在小卖部要上几瓶汽水，几根冰棒一边喝着、吃着，一边欣赏着青年男女们的优美舞姿。

夏天的傍晚，爸爸妈妈挽着我们兄弟姐妹的手，一家人踏着夜色，高高兴兴地去军人俱乐部露天电影院看电影，一场电影五分钱，去得早，总能抢到好位子。我们在水泥凳子上垫上报纸，静静地等候电影的开场。在我印象中看过的国产电影有《鲁班》《画中人》《桃花扇》《宋景诗》《羊城暗哨》《小铃铛》《秘密图纸》《宝葫芦的秘密》等，至于看过的外国影片能够记得的也只有苏联的《运虎记》《复活》和波兰影片《风筝》、意大利影片《偷自行车的人》了。

至于这个美好的童年世界外所发生的政治运动，那是多少年以后才弄明白的事情。比如反右、审干、大跃进、三年困难时期、中苏交恶等等在我们无忧无虑的童年岁月中不知不觉像是日历那样一页一页翻过去了，写满的全是漫不经心的愉快。

在我幼小的眼中能看到的是住在凤颐邨的一些叔叔阿姨全家被打发去了农村，“文革”后他们又回到了省级机关，才知道他们有的被打成了右派，男女离婚，全家离散了；有的成了右倾分子贬谪去了农村。儿时的玩伴、幼儿园的同学从此消失了踪影，直到“文革”以后，十一届三中全会的召开，再次相遇，彼此都成了二十好几的小伙子、大姑娘了，就有了某种形同陌路的感觉。

而这些阶级斗争的社会风暴，在我们这个小小的家庭中所掀起的微澜，也就是夜深人静之际父母亲躺在床上的被窝里，不停地小声争吵着，母亲微微的啜泣声。这种冷战的现象一直持续到改革开放时期，我们听到最多的词汇就是父母亲争吵时，常常提到的母亲的“娘家人”问题，其中隐藏着两个家族在家庭背景和生活习惯上的巨大差距所带来的思想上碰撞。

父亲出生在贫苦农民的家庭，参加新四军后，在1946年大军北撤后，被留在当地坚持敌后斗争。这时候国府任命的那些区长、乡长们随着中央军打了回来，身后带领着在土改中被分了田地的地主老财又重返了家乡，这部分人被称为“还乡团”。还乡团到处追杀新四军在当年苏中根据地遗留的干部，父亲带领着他的游击队白天东躲西藏，深夜里偶尔出来放几枪，以示组织的存在。然而，还乡团的枪口却对准了爷爷、奶奶。爷爷本来带着全家已经跑反躲在了外乡避难，而终于放心不下田地里返青的麦苗，悄悄潜回庄上，去了自家的麦田除草松土。还乡团布置的眼线还是发现了他，爷爷被国府海门县三星、天补、麒麟三乡乡长沈继祖击毙在村庄东头，随后一把火烧毁了我家的祖屋，那是1947年春天，正是桃花盛开的季节。

三个月后，父亲带领着新四军游击队打回家乡，在天补乡乡政府找到了正在聚众赌博的沈继祖，亲手击毙了这个杀害爷爷的凶手 。父亲这个家族可以说与国民党不共戴天，因为有着杀父之仇。

母亲却出身于一个地主兼工商业资本家的家庭，外公在海门、南通县的三个镇上都开有连锁的一家名为“黄道升”的染布店，以价格公道、诚信经营、染布色泽均匀，不易褪色而闻名四乡，生意做得很是红火，我的外公去世得早，产业由我的大舅继承。大舅在抗日战争和解放战争期间在根据地也算是开明士绅，即使解放以后也还出任了县政协委员和商会会长。问题出在全国工商业改造期间，大舅的染坊被公私合营后，大舅当着税务人员的面大发牢骚，被税务局税警当场扭进了县政府大牢，大舅妈找到父亲希望能够为大舅舅开脱一下。此时，父亲担任着海门县法院的首任专职院长（过去法院院长是由县委书记兼任的），但是阶级斗争观念极强的父亲冷冷拒绝了大舅妈的恳求。我母亲是黄家最小的女儿，四岁时外公

去世，大舅支撑着全家，黄家育有五女和一头一尾两男，共计七个男女，其中我的大姨到四姨因出嫁早，妈妈和小舅舅其实是一直由大舅抚养成人的，从上学、读书、工作、结婚，与她大哥相差二十多岁，但是两人感情极深。大舅在狱中得了肝癌，托人带信，希望他心爱的小妹能够为他提供一瓶鱼肝油，然而鱼肝油带进狱中时，大舅已经去世。为此事母亲在暗中不知抹了多少眼泪。

阶级斗争的烈火一路延烧下去，直到大火燎原，烧红了全中国的天，父母亲这对来自不同阶级，有着截然不同生活习惯的夫妻也在阶级斗争的熊熊烈火中不断地冷战着，摩擦着。无疑我大舅惨死狱中成为母亲心头永久的梦魇，直到“文革”之后大舅平反，返还了部分家产，也不能解脱，反而觉得更加有愧于娘家人。因而，是凡她的娘家人来，她总要亲自部署接待事宜，也总要和父亲发生争吵，这样我和弟妹对于“娘家人”这个词汇就烂熟于心，几乎成了爆发家庭纠纷的代名词。

我后来在翻检父亲遗物时发现一枚手写体的木质大印章。我想，这枚大印显然是盖在判决通告书上的，那时中国刚刚解放，“镇压反革命”“三反、五反”县法院院长路征同志这枚大印一定未少使用过，至少在处决人的公告上应该是使用过的，想想这枚大印我有点不寒而栗，是不是有冤假错案，我不敢想象下去。

父亲在去世之前和我讲过一件事，使我记忆犹新。他说，我恐怕再也回不去家乡了，因为年纪大了，身体情况也不允许。他那时已经患了糖尿病，不久又查出了胆管癌，还有一点不得不说是自己也觉得早年在当院长期间也确实错杀过人，现在这些人的后代都还在，他有点愧对他们的后人。在新四军北撤后，他和他的同志们东躲西藏，精神长期处于紧张状态，有一次夕阳西下的时候偶遇一穿中山装戴礼帽拄着文明棍的国民党士绅，他和他的同志想都未多想，拔出手枪，“乒乒”就两枪，就将此人击毙在壕沟中。待此人毫无声息地倒在血泊中时，他们才发现此人在抗战中曾经暗中掩护过新四军游击队，即使国军打过来，手上也并未沾过我军民的血迹，是一位命不该绝的开明士绅。现在回头想想是杀错人了，父亲带着忏悔的口气对我说。这时他已经被诊断出患有癌症，胆管中装有一根支架，医生给出的生命期限不过一年。这似乎是他临终前的真实心理状态，也算是对那段血腥历史的某种反思和忏悔。

父亲 1954 年在北京中央政法干校学习一年后，在 1955 年江苏省人民委员会主席谭震林签发的一纸委任状将他从县城调到了省城高级人民法院，那时省高院就是民国政府的高等法院旧址，就在军人俱乐部紧隔壁，是原国民党政府的司法部旧址。

现在，我和工程兵美术组的弟兄走进当年的军人俱乐部，也算是故地重游了。这儿的露天剧场、溜冰场、游泳池因为“文化大革命”风暴的荡涤，已经作为封资修的玩意儿被彻底扫荡进了历史的垃圾箱。我们走过的只是一片空空荡荡的在寒风中翻滚着枯萎落叶的水泥场地。我们随着齐干事步履继续向前行进，我刻意去寻找童年记忆中的痕迹，很有点像流放归来的唐朝大诗人刘禹锡在多少年以后再去长安城中玄都观寻觅过去的景物，已经完全物是人非了。可谓“玄都观里桃千树，尽是刘郎去后栽”了。

我再想去寻找童年时期的露天剧场已经完全没有了踪影，不知什么时候那栋两层楼的水泥建筑拔地而起，这里成了展览馆。那是为了纪念毛主席“五七”指示而展示成果的地方，后来我们的美术作品年年就在这个展览馆展出，再后来这里成了歌舞厅、销售家用电器的大型超市了，童年印象中的露天电影院成为一段令人回味的历史。

因为在 1966 年 5 月 7 日“文革”烽烟陡起之时伟大领袖毛泽东主席给他亲密战友林彪副主席写了一封信，信中说：“军队应该是一个大学校。”“学生也是这样，以学为主，兼学别样，即不但学文，也要学工、学农、学军，也要批判资产阶级。学制要缩短，教育要革命，资产阶级知识分子统治我们学校的现象，再也不能继续下去了。”这些语录就成了著名的“五·七”指示。9 天之后中共中央正式下发“五·一六”通知，“无产阶级文化大革命”正式揭开序幕。

当个头矮小的齐超干事带着我们踏入这栋为展示“五·七”指示成果

而专盖的展览馆，馆内的展板尚未撤走，那些部队干部、战士学工、学农、批判资产阶级的照片、那些丰硕的农副产品实物都还保存完好。全军区各军兵种美术创作的几百幅草图被图钉钉在展板上，一时显得琳琅满目、丰富多彩。那些戴眼镜或者不戴眼镜的军区美术组和各军兵种的专家们在浏览草图，不时指指点点，相互议论着，最后确定这些草图是否能加工成美术作品参展的命运掌握在这些军旅画家的手中。齐干事矮小的身影昂首挺胸十分自信地穿行在这些看上去资深的美术家之间，他不时地和熟人点头、微笑、握手，带点矜持地谦虚地推荐着他的部下们创作的作品。

齐干事一一为我们介绍军区美术组的首长和老师。我们腼腆地一一立正敬礼，他们却不像其他军人那么严谨正规，只是随意地微笑、点头，军中艺术家更流行的不是相互的敬礼而是更加社会化世俗化的握手。在他们身上更多的是艺术家的率性和自然，有的甚至于衣冠不够整洁，洗得发白的军装上沾着星星点点的油彩和墨迹。唯有军区美术组组长郑琦同志显得相对严肃和着装整洁些，一顶马裤呢栽绒军帽显示他授衔应当是少校，当我听到这个熟悉的名字时，记忆的屏幕迅速地开启。六十年代的全军美展展出的一幅油画《回岛》当时的署名就是少校美术创作组组长郑琦，曙光中的上等兵满面笑容地肩背手提着大包小包，显然是探亲归来，最突出的是手提着的小树苗是不是点题的道具？暗喻着什么，总之给我们的理解应当是扎根海岛或者是绿化海岛的意思，寓意丰富，启人联想。这幅画发表在当时的《美术》杂志上。郑组长人虽严肃但是布满皱纹的脸上盈满着笑意，显得和蔼可亲。

齐干事说郑琦组长是15岁就参加革命的小新四军，当过文工团员、军区创作室副主任兼美术创作组组长已经十多年，因而虽被称为组长，级别却相当于野战部队的团长或者政委。目前他正在领衔创作大型革命军事史诗油画《淮海大战》。《淮海大战》素描草图也被钉在整面的展板上展示着战争场面的宏大，至于他的创作完成，那是在几年以后的事情了。曹光干事给人感觉就是一位穿着军装的艺术家，这位艺术家和总政美术创作组的何孔德都是参加过抗美援朝的四川籍老战士，区别在于何画家在一九五七年反右时不知怎的突然成了右派。只是部队对待这些艺术家右派显然比地方要宽容得多，他们照样可以从事艺术创作，作品还可以发表。如何画家反映抗美援朝志愿军战士的油画《出击之前》就发表在《美术》杂志上。据齐干事介绍，曹光同志离右派也就是一步之遥，只是言论有点出格，最终虽未定成右派，但是可能档案中也塞进了一些可疑的纸条之类，这些档案就是伴随着人生步履的黑匣子，说不准那天就会被引爆，而将你炸个人仰马翻，所以那时人人都显得小心谨慎。曹光就更加显得不拘小节，衣着随意，在军容风纪上不太讲究，从外表看更像是穿着军装的老农民，棉帽歪戴着经常是前后不分，发白的军装油彩斑斑，衣袖上甚至是油汪汪的，就是清水鼻涕流下来时，手抓着衣袖就擦。他操一口十分好听的四川话，一边用四川腔哼着川剧《红灯记》中李玉和的唱段，一边手持油画板，手挥画笔正在帮助一位小女战士修改油画，那油画是反映女通讯班在战备坑道中出大批判黑板报稿的名叫《阵地》的作品。

在部队搞创作只要有好的题材，所谓好题材也就是反映部队生活，又有思想性，技巧倒是其次的。那时候还没有版权的概念，提倡的是无私奉献，因而部队的绘画骨干一般都承担着指导创作，帮助完善草图，修改加工作品的职责。因此作为绘画领域里的多面手油画、粉画、国画、版画都有两手的曹光老师任务十分繁重。经他修改过的作品大部分都能看出痕迹，尤其是作品中的女性也就是那张面如满月的脸庞，据说这张脸庞，和曹光夫人庞老师有几分相像。庞老师也是南京师院美术系毕业的专业美术工作者，当年在区文化馆从事美术创作，曹光老师经常去指导，一来二去两位画家就喜结了连理，他们的画作也就有点不分彼此了。看来曹太太也完全是艺术家型的，并不善于操持家务，相夫教子，所以曹光就只有在窝窝囊囊不修边幅的艺术家境界中幸福的生活着。好在他们伉俪情深，始终志同道合。

齐干事还为我们介绍了版画家余晖老师、国画家叶锦绣先生。锦绣先生看上去不苟言笑，性格比较内向，操一口广东口音的普通话，给人的感觉总是郁郁寡欢、心事重重的样子，当时的年龄应当在五十上下，但是头发却花白了，他是解放战争时期参军的老战士，年龄当和曹光不相上下，但是我们都称他叶老。我至今认为叶老的水墨人物画是一流的，文化修养之醇厚，水墨技巧之扎实，人物造型之准确在本省画坛无与伦比。他之所以没有某些画家那么有名，在于他的低调为人，不善炒作有关，这是一位技艺精湛、品德高尚的老画家。

我所认识的军区美术组那些和蔼可亲的前辈艺术家郑琦、曹光、叶锦绣、余晖等人不仅有着高深精湛的艺术素养，而且在道德情操上也是异常优秀的。绝无时下某些书画家那种牺牲人格急功近利地奔走钻营于权势，无视艺品艺格地追逐金钱地位，几近丧心病狂。在他们身上更多体现的是为艺术钻研献身的精神，是为提携后进甘为人梯的无私奉献的高尚品格。凡军区走出的军旅画家几乎没有一个没有接受过他们在人品艺品上的言传身教。唯有那种不带任何功利色彩的艺术家气质，似乎不谙尘世仕途经济的书卷气，才更加使人们在这个物欲横流纸醉金迷的世界感到弥足珍贵，留下刻骨铭心的记忆。

当然这次草图观摩会，我的实在不成样子的所谓作品《放映之前》因为充满着政治挂帅的含义入选军区美展。我将和时奋斗等其他几位学习班骨干留下来搞所谓的创作。而所谓《放映之前》也就是凭我在团电影组十分短暂的经历，提炼出深刻的主题，典型环境就放在农村，电影组的战士在为贫下中农放映电影之前，宣传毛泽东思想，贯彻“五·七”指示，体现军民鱼水情等等政治方面的主题。时奋斗的版画作品《天堑横渡》也入选，在八一建军节那天军区美展开幕之后不久，他反映我工兵舟桥战士生活的版画《天堑横渡》还被选入参加全军美展，他又被抽调到军区甚至北京参加作品修改。看来他在部队的提干问题又因为对于艺术道路的选择被无限期地耽搁了下来，但是他沉浸在艺术的大海中遨游，仿佛是桃花源中人，无论魏晋了，我们当时大概都是这种心态。

动乱年头桃花源

这次军区草图观摩展结束后，兵部的美术学习班就要结束，留下来加工草图的同志就是工程兵美术组的成员，也就是以齐干事为首的五六个人。除舟桥连的时奋斗和我以外，还有工程兵电影组的柳成林和工程团的李亚平。学习班的全体成员会了餐，最终集体在那栋著名的民国建筑前合了影。在那栋仿欧式巴洛克建筑的台阶前孙中山、蒋介石、于右任、汪精卫等几乎所有中国近代史上的民国名流多次留下了他们的身影，那里的背景或是象征五族共和的五色旗或是象征青天白日满地红的中华民国国旗。

不过这些匆匆的历史过客都作风流云散了，现在是轮到我们这些新中国年轻军人在这座充满历史烟云的建筑中叱咤风云纵横走笔了。我们身后是花岗石门柱，支撑着大厦的门柱上悬挂着伟大领袖毛主席的语录，我们列队站在大门的台阶上合完影，就将各奔前程作鸟兽散。战士们打起背包就回各自的连队了。留下继续加工作品的战士组成美术创作组，工程兵政治部美术创作组也就正式开张了。以后每年的春节后，这些创作骨干就会在齐干事的召集下集中一段时间，六月份参加军区的草图观摩会，入选草图再加工成作品，一般都是在“八一”建军节前完成创作任务，八一以后再各自回到自己的部队。

每天九点钟之前在招待所食堂就餐，三三两两地跨过生活区和办公区相隔的月亮门，穿过政治部大楼，进入主建筑钟楼，那里有一个宽大的画室，一人拥有了一块大画板，画板搁在画架上就有点像是大画家的样子了。此外宣传处还为我们一人配了一张办公桌，看那桌子的造型应当是民国时期的宽大、精致，实木打造，一切创作活动都按部就班。

除创作之外，我们就是走访师范学院美术系的教授、讲师们和出版社的美术编辑，学习专业知识。创作中的时间显得很轻松、自如，时间也过得飞快，转眼春天已过，夏天到来，屋顶悬挂的老式木板吊扇开始呼呼啦啦地旋转起来，使得本来阴凉的底层画室更加凉爽。再加上我们组的组员柳成林又接管了政治部的图书馆，于是我们在他悄悄地带领下悄悄地潜入这个“文革”的禁地，在书山学海中漫游。这时的柳成林同志将自己隐藏在高大书架的阴影中，身体依靠着堆满书的书橱，借着落地长窗拉开窗帘的一缕微光一边画速写，一边用带有江西口音的普通话催促着我们：“快点、快点，一人借两本，好借好还，再借不难。”

于是我们屏住气，怀揣着忐忑跳动的心，开始手忙脚乱地挑选自己喜欢的书。江西口音的普通话不断地提醒：“书挑完，赶紧走人，别让人看见，你们挑的这些书全是‘黄书’，不让外借的。”于是我们一人挑选了厚厚两大本，几乎全是竖排本的托尔斯泰、屠格涅夫、普希金等俄罗斯批判现实主义作家的文学作品和介绍列宾、苏里科夫等俄罗斯巡回展览派等画家的图书。这样白天我们在画室搞创作，晚上在招待所宿舍的蚊帐里就着明亮的日光灯偷看禁书，因为招待所是不受熄灯号的时间限制的。有时我们还常常为书中塑造的人物形象争论、探讨。

比如在爱情方面，时奋斗就很崇尚开明地主列文和罗斯托夫伯爵小姐吉蒂之间的爱情，那是一种真正的爱情，是以建立和谐幸福的家庭为基础的传统爱情。而柳成林则更欣赏安娜·卡列尼娜和沃伦斯基的爱情，认为这种带有反传统的爱情才带有批判意义和浪漫主义色彩，因为安娜面对的是一个一心往上爬毫无感情可言的小官僚卡列宁，她有她自己追求幸福的自由，只是遇人不淑，上了花花公子沃伦斯基的当，铸成人生悲剧，只有悲剧才更加激动人心。

我则更主张将爱情置放在沙俄专制社会中去考查，去领会托翁通过爱情理想和悲剧的描述观察他对黑暗现实、社会的揭露和批判。我们经常各抒己见，各执己见，争论得不可开交，谁也说服不了谁。现在看来，这儿简直是“十年浩劫”时期的一方世外桃源。

当然还有许多的引人入胜的故事在图书室的柳成林同志和兵部医务室漂亮小卫生员之间以借书还书的名义在暗中编织中，这种温馨的流通终于将我们可爱的小柳黯然地流出了部队这个大熔炉。不过当时这些就犹如冰河中的暗潮在涌动，表面上波澜不惊，似乎一切太平，大家都是毛主席的好战士，都是油盐不进，荤腥不粘的正人君子柳下惠。

有一天，美术创作组终于飘进了一个特殊的成员，在清一色的军人中掺进了一缕杂色，于是创作生活显得更加丰富多彩起来。

这人报到那天是齐干事领着他像神仙那样飘进创作室来的。看他的长相和我年龄相仿，也就十七八岁上下的样子，梳着整齐的分头，上身着白色纺绸短袖衬衫，下着藏青色府绸长裤，脚蹬松紧口黑色布面白底布鞋，走进门那一瞬间，使全室战友眼睛为之一亮，这人颇使我们联想到中古时期生活在江南六朝古都的名士，浑身透着飘飘飒飒的逸然之气。乍一看这人绝对是一白面书生，皮肤白皙净洁，鹅蛋脸镶嵌着的眼睛黑白分明，可以说是五官端正，眉目疏朗，薄薄的嘴唇右上方有一颗明显的黑痣，在女性可称为美人痣，在男性就显得有点娇嫩的公子气。唯嘴唇亲启露出一口焦黄的牙齿，伸出白皙的手来和我们相握时，手指也被烟熏得发黄，口中哈出的气息一股烟味。

齐干事和我们介绍此公乃本省画坛掌门人叶明之之子，人称叶公子叶灵君。不过此刻的掌门人叶明之先生身在五七干校，接受革命群众的审查，“掌门人”前面加上了一个“黑”字就成了“黑掌门人”。

我在中学红画笔混的时候，曾经在工人文化宫亲眼所见美术界的造反派是如何批斗这位掌门人的。说是掌门人其实是指实际掌握美术界的实权而言，叶明之虽然是省美协的副主席却兼了党组书记，因为叶先生15岁即参加新四军，新中国成立后组建省美术家协会，请来一批专家成立了省国画院，院长傅先生是大师级的自然是行政上的一把手，而他是老党员、老革命党，常务副院长党内一把手的位置非他莫属，所以他和几位党内美协副主席、秘书长之类被押上台批斗是毫不奇怪的事情。

那天美术家们的批斗手段丝毫不比社会上的造反派差。除了坐飞机揪头发以外，掌门人和他的黑干将还被命令跪在台前接受批判，不时有义愤填膺的造反派有的也自称曾经是他的学生、徒弟一类，在涕泪横流一番后，为了表达对黑掌门人的义愤还有施加拳脚，甚至直扑上去有如恶狼般扇耳光的。当然台上呼啸着“叶明之不投降，就叫他灭亡”的口号声，大有将叶明之湮没在汹汹口水中的气势。

未等批斗会结束，我们就悄悄离开了会场，因为叶明之已经晕倒在批斗的台前，口号声依然此起彼伏。有人说，这是走资派在装死狗，于是有人端来一盆凉水兜头倾倒下去，叶明之复又苏醒过来继续被命令跪在地上接受革命群众的揭发批斗。那天叶明之穿的就是那种颜色发黄的纺绸短袖衬衫，面色苍白，浑身水淋淋的，被革命造反派称之为“痛打落水狗”。

后来这些当年参与批斗叶明之的一些人有的随时间的推移也成了省美术界的知名人士，有的还成了大师级的画家、鉴定家一类，但是也从来未听到他们对“文革”中的暴行有丝毫的忏悔和道歉之行为。在二十一世纪初，明之先生去世后，那些当年的造反者依然大言不惭地以明之先生的学生高足之名义，向明之先生微笑的遗像下跪磕头。看来中华民族确实是一个缺少忏悔意识的民族，在儒家慎独的修身“吾日三省吾身”精神随着刘少奇的《论共产党员的修养》被批倒批臭后，大家好像都变得和游方和尚一样无法无天了。而那时直到现在基督教的忏悔文化都作为西方文化侵略的代名词被视为禁地无人敢于涉足，于是“文革”作恶者们都变成了新时代的隐匿者，他们所示人的和整个时代的角色一样，随色彩的变化而变化，道德底线被视而不见地像是一条烂草绳被丢弃在垃圾箱中。于是伪君子就成了君子。孔夫子说，知耻而后勇，批倒了孔家店后就变成了“无耻而后勇”了。

齐干事悄悄和我们说：“叶公子是我们工程兵部直属炸药厂的职工，叶老爷子托了军区美术组的郑琦组长才将叶大公子塞进了我们美术组的。”

其实，叶公子的脾气十分随和，成天笑嘻嘻的，笑起来嘴一咧开，在露出一口焦黄的牙齿时，口腔内喷出一股烟草味。他几乎一天要抽两包南京牌香烟。我们的画室又增加了一张办公室，办公桌上一只竹壳水瓶，一把布满茶垢的宜兴紫砂壶，叶公子品茶也是好手，什么祁门红茶、西湖龙井、乌龙茶、六安瓜片他都能说得头头是道，而他最爱喝的是福建的安溪铁观音，他说他爹也爱喝铁观音。总之，他所有的习惯和嗜好似乎都继承了叶大师的传统。

不画画时叶公子经常是捧着茶壶喝茶，夹着香烟抽烟，于是我们的画室开始弥漫起烟草的味儿，我们几位军人都是不抽烟的，但那时候讲究军民团结，大家都习以为常地吸着叶公子吞吐的烟雾构图画画，似乎也没什么意见。但见叶公子铺开画毡，抖开宣纸，每天开始泼墨走笔，画开了山水画。他画画从来不用墨汁，全部自己动手在他那方圆形的漆砂紫金砚中极有耐心地一圈一圈地细心研磨着胡开文精制的墨，直到一汪清水被墨磨得又稠又浓，才开始挥毫舔墨。他埋首在墨香、茶香、烟香的混合气味中，在宣纸上旁若无人地纵横浓淡地走笔驰骋，遇有使用枯笔处，直接用嘴舔笔吸尽笔尖墨汁，画面倒也浓淡相宜，满纸生辉。只是他经常是吃墨吃得满嘴墨黑。

叶公子的这番画法确实新奇，看得我们目瞪口呆，而他却很不以为然地笑着说："我们家老爷子就是这么个画法。他也是用舌尖舔干笔底余墨，以焦墨皴擦出枯笔线条的。"那个时代是讲究塑造工农兵光辉形象的，因此人物画十分吃香，像叶公子画的水墨山水只能叫黑山黑水是对社会主义锦绣河山的抹黑。

好在齐干事是比较宽容的，只当叶公子来美术学习班是度假休闲，并不指望他创作什么作品。于是叶公子白天上班就自由自在地抹他的黑山黑水，下班就满嘴墨黑地晃悠出戒备森严的兵部大院回家休息，这比在郊区山洼中的炸药厂制造炸药要舒服得多悠闲得多。

叶公子每天笑嘻嘻地上班，脏兮兮地下班，很是逍遥得意。唯一使他感到烦恼的是他穿着便服，进出兵部大院着实不太方便，有几次被门岗挡在大院门外的接待室，那时他留着蓬乱乌黑的头发，垂头丧气地坐在长条椅上埋头抽烟，等待我们把他领进门来。我们商量着要为他置办一套军装，让他彻底地改头换面像一个真正军人的样子，昂首挺胸地出入部队大院。老兵时奋斗同志慷慨解囊，拿出了一套旧军装为他换上，穿上军装那天，他特地在礼堂前的大镜子边左照右照，还装模作样地举手行着军礼，因为出入兵部大院，哨兵敬礼是必须还礼的，要不显得很没有素质很不懂规矩，就可能被怀疑为冒充军人的坏分子。

不过他的敬礼方式实在不像我军的敬礼方式，将左手举上帽檐再用力地挥出去，我们看了捧腹大笑，似乎在什么地方见过。时奋斗说那是《南征北战》电影中国军官的敬礼方式，这种方式似乎来自于德国或者美国，因为当时国军的装备和礼仪学的先是德国后是美国。于是大家再帮他纠正动作，使他略显得像是一个中国人民解放军军人的模样，才放过他。

当晚，他就跑到照相馆照了一张军装像。这样被我们称为“公子”的叶灵君同志就穿着一身旧军装，有时干脆名字也改成了叶灵军，配上了领章帽徽每天笑嘻嘻地混迹于我们这帮军人中继续画他的黑山黑水。尽管他的山水画，始终没有入选过军区的美展，但是他却如鱼得水般在美术组混了半年，才回到他的炸药厂，继续当他的包装工，第二年复又回到美术组继续画他的黑山黑水。

在这期间，我们多次利用星期天出入叶明之大师的家。他家那时在珠江路一条偏僻的小巷里，那是一栋旧式石库门样的两层红砖小楼，小楼外表很陈旧，似乎室内光线也不太明亮，给人感觉就像是民国作家张爱玲笔下的前朝破落贵族的家。

当年在运动中被批为修正主义的百壶斋书房里的百把宜兴紫砂壶也不知了去向。楼下是会客室和岳父岳母的卧室，楼上是大师夫妇的卧室和书房兼画室，宽大的画案上铺着画毡，摆放着文房四宝，博古架上凌乱地堆着画册。

我们星期天去的时候，叶家的会客室经常是高朋满座，却不是老爷子的客人，而是公子的狐朋狗友，我们去他家时叶公子显得十分热情，他已经恢复了公子的行头，他向他的朋友介绍，我们都是他的战友。

由于叶公子慷慨热情的接待，使我们有机会去大师的书房见识了大师的许多真迹墨宝。我们偶尔也能见到叶大师，作为在五七干校等待分配的叶大师看到我们这帮小战士也显得分外高兴，不厌其烦地为我们展示他了得的水墨功夫和他学习绘画的心得体会。

在挥毫走笔之间，我们并未发现大师有吃墨染嘴的习惯。他那些随心所欲所画的画稿，常常为我们所瓜分。时奋斗过生日那天还得到叶公子馈赠的其父画的《姑苏春色》的小品，满纸水色荡漾，烟雨蒙蒙，水中船娘摇橹驾轻舟穿行在姑苏美景之中，加上堤岸上的点点桃花，一派诗情画意。

那时候索取大师的小品是较容易的，叶公子为人仗义，豪爽，颇有当年战国四公子春申君、信陵君之风。今非昔比的是，如今的叶灵君完全是一个精明的画商了，这也是与时俱进，怨不得叶公子小气吝啬的。如今大师的作品就是金钱，就是财富，商品经济是讲究交换的，你没有任何资源去和别人交换，就变着法子去获取大师真迹，那就无异于巧取豪夺。

首长警卫杨万龙

春天的夜晚，暖风习习，仿佛一池春水冲洗过的夜空，晶莹剔透犹如宝石般的蓝。天穹悬挂着明镜般的月亮，璀璨的群星闪闪烁烁，衬托得蓝天更加纯净，一切充斥着诗情画意。

兵部大院充满着静谧，偶有司、政、后机关的楼内透着一盏盏亮着的灯，那是参谋、干事、助理员或各部首长在加班，尽管熄灯号已经响过，那些不灭的灯和天上的星星一样在夜晚长明着。那时候天是那么的明净，人的心灵也是相对的单纯，单纯得像是一块白坯布，时代天空漂浮的色彩就是布的色彩，那时漂浮的就是红色，而且是大红色，其他的色彩也就是杂色了，而杂色是必须清除的。相对于红色就是我们军营的绿色和社会中各色人等的服饰颜色藏青色，构成了整个社会和国家的三原色。我们美术组的哥们却在三原色中各自调配着自己绚丽多姿的人生色彩。

我们的画室灯火通明，在原来两盏40瓦的日光灯基础上又增加了两盏100瓦的电灯，使得画室亮若白昼，因为离八一建军节越来越近了，军区美展即将开幕，我们必须在六月份之前拿出加工完成的画，于是一贯松散稀拉的美术兵们也开始紧张起来，作息时间完全打乱，夜深人静的时候，往往是灵感火花迸发的时刻，常常深夜加班到凌晨再去睡觉，一觉睡到中午是很正常的事情。

我们经常回到招待所的房间已经是深夜两三点钟，然后又各自躲在蚊帐里看书看到晨曦初露。等到《东方红》的音乐声起，大院的起床号响起，我们往往都在梦乡中。这种时候，宣传处的万副处长再也不来抓我们的军容风纪了，他只是时不时地到画室来转一转，关心着每一幅作品的进度。

经常到我们画室来转悠的还有倪梁建副政委家小四子，从她嘴里我得到不少消息。倪梁建副政委已经调到新疆北疆军区当司令员了，听说社会帝国主义已经在北边挑起了战端，一个小岛上正打得厉害。中央军委才想起了这位四方面军的虎将请他驻守北疆去了，家里只剩龙老太带着小四、小五、小六。小四子还告诉我说，刘阳旸一家都成了反革命，只剩一个姐姐去了柳阿姨山东老家插队，其他全关进牢里了。老大、老二分别判了一年和两年全放出来了，在省城也是无家可归，四处流浪。老三刘阳旸原准备作为可以教育好的子女当庭释放的，结果在公检法军管会预审中竟和解放军辩论起来，军人们说不过他，恼羞成怒以反革命罪被重判五年徒刑。

老头子刘也凡更是狗胆包天，竟敢写匿名信恶毒攻击林副主席已被军区法院判处死刑，因为是副军级干部要报中央军委批准，估计秋后就要问斩了。真正是山中方七日，世上已千年，在我们这些军旅画家观景小楼成一统，游戏笔墨的时候，外界的阶级斗争依然十分激烈血腥，甚至可以说是残酷无情。

小四子的这些消息听得我毛骨悚然，一身冷汗。叶公子每天还是在画室悠闲自在地涂抹他的黑山黑水，烟雾不停地向我袭来。我想着小四子下午给我透露的刘家的信息，怎么也想不明白当年被铺时不过是十五岁的刘阳旸只是牛逼哄哄自以为是一点，他怎么会是反革命呢？我过去所见到的刘也凡伯伯很是和蔼可亲，去他家玩时给他看过我写过的一些顺口溜，他非常耐心地给我讲古典诗词的平仄关系，我当时听得云里雾里的，就是到现在也未弄明白。

“文革”中，这位解放军大校就被军校造反派隔离审查了，现在又被逮捕了。柳洁民阿姨多好的一个老太太啊，战争年代腿部负伤，平时上班她总是拖着一条残废的腿，拄着一根拐杖穿过北京西路、鼓楼来到中央路步行着去百字亭的机关医院上班。

最后一次见到柳阿姨是在省级机关医院的洗衣房，那时的江苏医院是全省医疗条件最好的医院，已经作为城市老爷卫生院，迁到了于台县和县医院合二为一改名为县人民医院。

我和钱敏敏去体检的时候，看到穿着白色工作服的柳阿姨正拖着那条战争年代伤残的腿在洗衣房中将一团团沾满血污和细菌的病号服塞进庞大的滚筒洗衣机。我没有好意思和她打招呼，就偷偷溜走了，因为我是去体检的，马上就要去当兵了。

在这个春风沉醉的夜晚，我在亮如白昼的画室里沉入黑暗，黑暗的脑海中浪潮汹涌，拍击着我的每一根神经，心在黑暗中震颤着，变幻着不同的画面，我手中的画笔变得异样的沉重。窗外遥遥地响起了熄灯号，仿佛撕裂着脑海的黑暗，仿佛像是远古刑场上肃杀的悲怆的广陵散，披头散发的嵇康慷慨悲壮地弹奏着五根丝弦，突然戛然而止，琴裂而弦断，广陵散从此成为绝唱。

这时门被推开了，一个颀长瘦削的身影挤进门来，他出现在明亮的灯光下，他着装齐整甚至于还背着子弹袋和冲锋枪，在灯光下脸色有点苍白，瘦长的脸颊有着姑娘般的清秀。他细声细气地问我们：“怎么你们还不休息？熄灯号已经响了！”在五合板上正一刀一刀精心雕刻他的版画作品的齐干事头都未抬地说：“小家伙新来的吧？没看我们正忙着呢，加班加点突击完成任务呢。”

“我今天刚到警卫连报到，就轮到我值巡逻岗，看到你们这儿灯特别亮，就过来看看。”

听那带点女性特点夹杂着于台口音的话语，我突然有一种似曾相识的感觉，我下意识地抬起头来，看到的是一张满带着姑娘似的羞涩有着女性肤色细腻白净的脸。我情不自禁地叫起来：“是杨万龙，你调兵部警卫营了？”

几乎同时，杨万龙也惊呼道：“路雨生，听说你在兵部搞创作，这儿就是美术组？”

我说：“是啊！”

“我今天刚来报到，明天就要到政治部报到，听说我是给政治部甄主任当警卫员兼公务员的。”

我说：“好啊，以后我们在一个部工作了，你可以经常来玩玩。”

“俺和你们不一样，你们是画画的才子，俺是打开水、拎包打杂搞勤务的。”说着他的粉脸又红了。

“什么一样不一样的，我们是老乡一个团的战友，都是干革命工作，只有分工不同，没有高低贵贱之别。”我心中暗自高兴，看来人还是爱听奉承的话的，但是我表面上还是说着时下流行的一些套话，以示我和杨万龙的亲切。

我特地为他端过一把椅子，全副武装的他却不肯坐，他说他要去巡逻，说明天来找我聊聊。我离开部队快半年了，也想和他聊聊部队战友的情况，比如钱敏敏、周宏光、苏阳还包括倪民、张含瑛、孙军伟等人的情况我都想知道。

时奋斗此刻从画板后面探出那张小白脸说：“杨美人来了？”

杨万龙兴奋地大叫：“哟，老排长也在这儿。”

“是啊，你来啦我们团又多了一个熟人，以后常来玩。不过，以后别叫我排长了，叫我时班长就很好。”

“只要你们欢迎，我会常来的，不过你永远是我们心目中的老排长，嘻嘻。”说完他腼腆地笑了。

我们异口同声地说：“欢迎、欢迎、热烈欢迎。”

杨万龙背着枪走了，我和时奋斗将他送出画室，看着他的背影消逝在长长走廊的尽头。时奋斗说：“这个杨万龙长得挺俊俏的。”在昏黄的灯光下杨万龙的背影拉得很长，时奋斗若有所思。

柳成林望着他的背影说：“这个小战士长得很俊俏，像个小姑娘似的。”

时奋斗说：“可不是嘛，我这儿正缺一个战士的形象，可请他来当当模特儿的。”

齐干事说：“这个建议很好，赶明儿把他请到我们画室来，我们为他画素描。”

李亚平说：“我举双手赞成。”

唯有叶灵君没吭气。他卷起画毡洗尽毛笔，下意识整理了一下皱巴巴的军装，戴上军帽说：“本人要回家了，过了十点恐怕乘不上公交车了。出门时哨兵盘问也说不清楚了。”

第二天上午约莫十点钟的光景，我和时奋斗、李亚平相伴着从招待所的东院穿越边门来到西院，经过政治部大楼时，值班室一个细巧的声音在召唤我。当我回眸看过去时，却是昨晚刚刚见到的杨万龙。他把脑袋探出窗口，向我招手。

时奋斗说：“那个杨万龙在叫你，你和他说说，晚上请他到我们画室来，我们给他画张像如何？”

我说：“我试试看吧，应该没问题。”

我去了政治部值班室。杨万龙热情地迎出来，把我拉进了屋。

他告诉我，他分配给政治部甄主任当公务员了。我心中正纳闷呢，团警卫排这么多战士，怎么偏偏挑上了杨万龙到兵部机关呢。

我和他说：“我们美术组的哥们都夸你长得漂亮，特别英俊，很想以你为模特给你画张像。”

他问："什么是模特？"

"就是照着你的形象给咱哥们画，没准你的形象就像雷锋同志那样出现在我们的画中，你作为我们工程兵的代表进入我们的作品，参加军区美展，全军美展。"

听了我神采飞扬胡侃乱吹，他显得特别兴奋，他那白皙细腻的脸上飞上了一朵姑娘似的红晕，细声细气地问道，真的？我说，当然。他说什么时候。我笑着说，马上就可以。他说，那他得和甄主任请个假。我说，甄主任人咋样？他说："挺好，和蔼可亲，没什么架子，我想你们要给我画像，他一定会同意的。"我又好奇地问："警卫排这许多战士，怎么会抽中你到兵部，而且恰巧又分到首长身边？"听我这句话，他的脸又红了，他有点支支吾吾地说，他也不知道，这是组织决定的呗，党教干啥就干啥呗。说的是时下流行的大话、套话，绝不像是真话，所以说这话时似乎底气不够足。当时我并不在意也没有追问，只当杨万龙这小子说话就是娘娘腔，像个女人似的，扭扭捏捏。说完，杨万龙拔腿就转身上楼去了。我想他大概是找主任请假了。

我打量着这间小值班室：一张蒙着浅灰色咔叽布的旧三人长沙发，显然是首长会议室淘汰下来的，估计是政治部首长加班时警卫兼公务员杨万龙同志临时休息的地方。扶手和坐垫都有点油光光地泛着污迹，肯定很长时间没洗了，是那个时代艰苦朴素的象征。靠窗放置着一张学校学生用的那种课桌，课桌上放了一本翻开的书，是浩然的长篇小说《艳阳天》。桌角整齐地码放着毛泽东选集四卷，毛选下面是《唐诗三百首》和《宋词一百首》，看来杨万龙同志读书兴趣很广泛。墙上挂着一张毛主席像，一副林副主席的题词："读毛主席的书，听毛主席的话，照毛主席的指示办事，做毛主席的好战士。"听说要给我们当模特他显得特别高兴 。

战友杨万龙和我共同钻进时光的隧道，从青年时代的晨曦初露到朝霞升起，一直相伴着随晚风吹送走进黄昏，机缘遇合仿佛是命运在冥冥中的巧妙安排，人生几经蹉跎转折我们却一直走在一个系统里。年轻时在工程兵政治部我在团电影组，他后来被十分宠爱他的政治部甄主任安排进了兵部电影组，又送进了大学的新闻系深造，转业后他被分配进了淮州市的新闻出版系统，我在省里的新闻出版系统。在部队我们是上下机关的战友，到地方我们又是下上机关的同事。命运就是如此严丝合缝地起承转合，促使我们共同蹚进岁月的河流，在这条河流里认真而又执着地思索、穿行，追求着，掬取岁月的流光碎影组合成人生的一叶小舟，不知不觉中青丝黑发慢慢地飞上霜雪，岁月的风帆飘进了落日晚照之中。

现在的杨万龙和我，在落日中显示出满脸沧桑，他当年白皙细腻仿佛姑娘样的皮肤渐渐布上了沟壑，苗条匀称的身材变得水桶一样臃肿而大腹便便，各种老年疾病，如糖尿病、高血压也开始浸淫我们日渐衰老的肌体，于是我开始称他老杨，就像他称我老路一样，当年在部队他是称我小路的。

直到我们带着满身伤痕和对生活的沉重叹息，走出那条该死的将我们渐渐送向人生终点的隧道，步入晚年时，仿佛日渐消失的日子在回光返照，那就是对青春岁月地回顾了，只有沉浸在往事中我们才是那样的欢乐，那样地充满着对于少年时期的怀念。时光倒流，使我们洋溢着对青春的留恋。老杨说，一个人只要他在回忆往事就证明他老了，我们都在回忆往事，我们都在岁月的河流中变得苍老。

是凡南京军区工程兵的战友聚会，来自淮州酒乡的老杨特地会背来一箱今世缘酒，今世缘就是在晦暗的老年思念金色年华的源泉啊，那是勾引大家一醉方休的魔障，于是战友们开怀畅饮，一气喝掉四瓶，剩余的酒基本被周宏光全部打包带走。

据宏光说，他老婆林娜对他已经下达禁酒令，而且监督甚严，但是宏光只要说是小杨和小路送的酒，小老太的禁酒令就会适当有所松动，尤其是宏光将那本老杨写的《酒的传说》推荐给小老太阅读。小老太林娜也是我们的战友，当年曾经在兵部宣传队扮演过《沙家浜》中的沙老太，小老太竟然将老杨书中写的适量饮酒对身体健康有益的那些段落，统统用红笔划下，与此同时禁酒令也适当有所松动，一天只限制两小杯，而且是夫妻对酌。因为当年的沙老太婆对于杨万龙给甄主任治疗皮肤病的故事是很熟

悉的，那肯定是主任夫人到处宣传的结果。因此在宏光夫人心目中，杨万龙小杨几乎就是战士中的一个神医，神医著述宣传适量饮酒对于治疗心血管病、高血压、糖尿病等常见病的好处，她是深信不疑的。是凡战友聚会，谁都不能推脱不喝酒，于是一向以糖尿病病号自居的我，竟也被他们灌得晕晕乎乎，手脚几乎已经有点麻木，老眼也显得有些昏花了，这就是典型血糖升高的标志。

老杨贴着我的耳朵根喷着酒气说："小路，我马上要出版一本三十万字的长篇小说《雪域》，请你写序，老战友、老领导非你莫属。"口气坚定而不容置疑。我乘着酒劲看着我对面那张满脸红光的胖脸，开始拍胸脯打保票说："小杨，你放心，凭咱哥们几十年的交情这序包在我身上。"

第二天一觉醒来，我早把那写序的事忘到爪哇国里去了。不过老杨却紧追不放了，电话里不断提醒，不断催促，于是记忆中小杨那张俊俏腼腆像小媳妇的小白脸不断地浮现在我的脑海中，终于构成了一个比较完整的形象，往事历历像是钻出隧道的列车迎着温暖的晚风咣当咣当地在我心头隆隆开过，小杨就像是月光下现身的俊小伙子骑着白马从于台农村那片广袤的乡野迎面奔驰而来。

在新兵连集训的日子，小杨长着一张瓜子脸，细皮嫩肉的，加上身材又很小巧，说话时细声细气，那张粉脸还会涨满潮红，就有点像是人见人爱的漂亮小姑娘。

难怪李明清政委一眼就看中了小杨，把他安排在身边当自己的警卫员。兵部政治部的甄主任带着调查组来调查我团政治思想挂帅促进拥军爱民工作的经验，李政委专门将自己的警卫员推荐去照顾甄主任，后来听说是小杨献出了祖传的秘方，自己跑到山中去采草药治愈了甄主任的几十年的皮肤病顽疾，使甄主任类似曾国藩那样的银屑病一朝痊愈，甄主任点名将小杨要到自己身边当警卫员。

战友中隐隐约约传说，他对甄主任的照顾是全方位的，除了甄主任外，连带甄主任夫人也被他哄得服服帖帖。那段时间他几乎就成了甄主任家的编外成员。后来他自己说主任夫妇将他几乎视若已出，甚至提出要招他当上门女婿。到了那个火烧眉毛的时候，杨万龙同志才感觉到了惶恐。

政治部全是干部，没有几个兵，也就是电影组、美术组几个兵。美术组还是个拼凑的临时机构，但是每年几乎都要拼凑一下，我们几个老面孔就经常出现在兵部大院懒懒散散地晃荡着，晨昏颠倒地工作着、生活着。而那些繁琐的百无聊赖的政治学习竟然从来都没有来找过我们，那里实在是军旅艺术家的天堂，完全得益于我们敬爱的齐干事和时班长的英明领导。

那时小杨经常到我们美术组来流窜着转悠转悠。他轻手轻脚地推门进来，只是像个羞涩的姑娘那样静静地站在我们的画架前用羡慕的眼光看我们画画。然后，又轻手轻脚悄无声息地离开。后来警卫员小杨调到了电影组。几年后，我再次到兵部美术组从事创作时，可爱的小杨在我们的视野中消失了。电影组的弟兄告诉我说，小杨被甄主任推荐上了南京大学新闻系。

几十年以后，杨万龙再次遇见我时说："小路，说实话那时候，我真的非常羡慕你们这些美术兵，一个个自由自在、旁若无人，才华横溢的军中才子样。"我笑着说："我也很羡慕你呢，整天在首长跟前，腰中别着小手枪，很威风的样子。听说你当年差点被甄主任招了女婿呢，有这事吗?"

这时的老杨身材已经完全发福，变得臃肿起来，脸颊也变得肥胖了许多，听了我打趣他的话，他并没有生气。他脸上又浮现出当年的羞涩，甚至还有点得意地说："不瞒你说，确有其事，是甄主任夫人看上我的。"

我继续不怀好意地说："那你一定是把甄主任全家都伺候得舒舒服服，那你就没有顺水推舟，乘势当了主任的乘龙快婿？没准你现在就成了杨主任或者杨政委了，就不会是少校正营转业，而可能是少将副军不转业呢。"

老杨说："是我没有同意。"

"为什么呀？多好的事呀。"周宏光说。

"主要是感觉双方悬殊太大，我一个农村的孩子，高攀不上人家主任千金呢。为首长当公务员，全心全意照顾好首长，这是应尽的职责，是职业道德使然，经常出入首长家庭，顺带着为首长家属做些油盐酱醋的家务琐事也是举手之劳，但是要真正地融入这个家庭，就得从实际出发。我不能牺牲自己的独立人格去迁就任何人。更不能不顾及父母的尊严去依附或者投靠任何人，人只有平等地相处，才能保持应有的尊严和自由，我不想改变我的秉性去顺应任何人。我想人家甄主任的千金也不会改变自己去适应我，看那小女子挺清高的，不一定能看上我这个农村娃子，那就是没有缘分。”

“这有啥呀，人家主任夫妇都没有这种封建门第观念，愿意招你当东床快婿呢，你怕啥呢?”

“我不怕啥，可我要顾忌我老妈妈的感觉呢。你想啊，她一个一辈子没有走出乡镇的农村妇女，大字不识一个，到镇上去买东西，付钱也是靠分辨人民币颜色才知道价值的农村大娘到人家首长家里会是什么感觉，战战兢兢，手足无措，会被人家瞧不起的。再说甄主任夫妇能做他女儿的主吗？我看那些部队女兵一个个傲滋傲滋的，一副拒人千里之外的样子。甄主任家女儿甄明娜我倒也很熟悉，她正在重庆第三军医大学习，寒暑假回家我们有过接触，人倒是蛮随和，但是举手投足之间，总有一种贵族小姐的味道，经常以主人的架势命令我干这干那的。她可能随心所欲惯了，我可是心中有感觉的，只是嘴上不说罢了，可能是我过于敏感了，人家那才是一种本色和自然。给我的直觉就是我们不是一路人，她也绝对不会爱上我这样一个原生状态农民的儿子，我们农村的苦孩子还是实际一些好，否则自讨没趣。我婉转地说我在农村有对象了，就拒绝了甄家老太太的美意。”见老杨回答得很实际，当下大家无言。

老杨感慨万千地说：“说实在话，甄主任对我确实情同父子。他说，小杨，你不能一辈子跟我当警卫员，趁年纪轻，还是去学文化学技术吧。他先把我安排到了电影组学放电影，后来大学招生，我就被送去南京大学上了新闻系，我是最后一批工农兵学员，是被部队保送的。毕业后，我又被分到工兵团当了宣传干事。听说是李明清政委要我回去的。回团里报到那天，我刚在润州火车站下车，第一个遇到的就是已经在作训股当参谋的苏阳，他是来接他们股长方林的。他看到我非常高兴，还开了一句玩笑，他喊我‘杨美人’，我喊他‘苏毛驴’，我是和苏阳、方林一起回的团部。他们作训股和我们宣教股办公室楼上楼下的，一个食堂吃饭，可以说是朝夕相处。后来我和苏阳、倪大胡子、周宏光都去了前线，没想到方林股长和作训参谋苏阳都牺牲在那场自卫反击战战场。倪大胡子和周宏光多次说要去广西凭祥看看方林和苏阳的。”

说到这儿全场黯然。我们军区工程兵的战友都知道方林和苏阳烈士，他们是我们这支部队牺牲在那次战争的同志。2008 年我和老杨去广西考察，我们特地去了凭祥匠止营烈士陵园祭奠了两位烈士。

当年男儿战边关

那天我和杨万龙到达边关小城已是万家灯火时分，不夜的小城霓虹闪烁，轻歌飘出饭店、舞厅，街上车水马龙，一派和平安详的太平盛世景象。当地陪同的同志说，这儿打工的人中来自那一边的人不少，尤其是歌厅里的一些歌女被称为“越女”的就是那一边来的女孩。

显然生活在这里的人们早已安享和平，对那场三十多年前的战争已淡漠甚至忘却。我和老杨徘徊在灯火阑珊的街头，共同回顾着当年发生在这里那场征战，不胜唏嘘慨叹。我们选择了街头一家僻静雅致的傣家小茶馆，要了一壶当地产的傣妹牌普洱茶，品尝着这种窖藏很久，茶色深沉，余味回甘的茶水，开始聊起了我们这代人唯一碰到的这次局部的战争和战争中牺牲的那些战友们。

冷气充盈的空调房内灯光幽暗，氛围有些暧昧。在优美的轻音乐声中

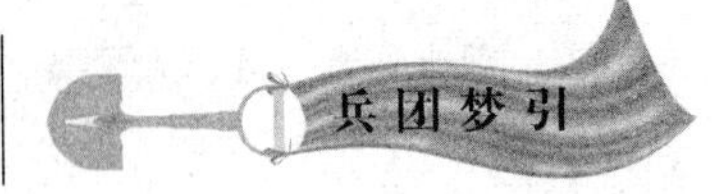

安享宁静和安谧的人们在茶社品茶、聊天，年轻的男女在情侣桌前相拥而坐，品着咖啡窃窃私语，不时传来亲密的笑声。一切都证明这个三十年前战云密布的小城现在已经安享了和平。而与冷气隔绝的街衢依然是翻腾着潮湿的闷热，道路比当年宽阔了许多，现代化的高楼也拔地而起，比起当年隐落在热带雨林中的小县城繁华了许多。街上霓虹灯闪闪烁烁眨着夜的眼睛，县城在改革开放现代化建设的高潮中崛起，沉醉于暖风徐来和隐约歌声中的人们又有多少人能够记起当年的那场惊心动魄的残酷厮杀呢？战争显然已经完全隐没在和平繁荣的温馨背后，随着一起隐没的还有那些在战争中牺牲的战士和曾经参加过战争，付出青春和鲜血的老兵们。和平年代还需要英雄主义吗？这样的诘问随着往事的回顾不断地叩问着我们的灵魂。

杨万龙打开了话匣子，嘴有点收不拢话，这可能是当晚在凭祥宾馆吃饭时我们多加了几个菜，上了几瓶酒，在酒精刺激下产生的作用。这种酒也就是当地产的那种普通白酒，杨万龙硬是没有舍得拿出他悄悄带来的那两瓶家乡的洋河特曲，那是带给牺牲在广西前线的战友方林和苏阳的，要到明天的匠止营烈士陵园祭奠战友时用的。杨万龙平时不是那种话多的人，只是在酒喝多了以后，才显得滔滔不绝，旁若无人。

想到牺牲在前线的战友，他心情有些激动，也就乘机多喝了几口，喝到最后，竟然手提着酒瓶，挨个敬酒，一桌十几个人敬下来，喝着喝着就显得有些醉意朦胧了，说话舌头也大了，但是大舌头搅动的话语却像是滔滔洪水那般刹也刹不住了。我们在傣家茶馆喝茶时，在朦朦胧胧的灯光照耀下他那略显发福的脸上依然红潮不退，往事的回忆也使他完全沉醉在消逝的岁月中，把我们带进了过去的年代。

他说，说起我们团上前线的事，就必然要谈到你我都耳熟能详的一个人，那就是全国大名鼎鼎的司令员，他那时是广西前线的总指挥。我们团是毛主席在安源煤矿创建的“工兵红一连”所在团，也有称工兵红二团的，在军委工程兵所属的工兵团中也算是战斗力比较强的一个团。这不，一打仗首先想到我们这个团的就是前军区的司令员，当时广州军区的司令员，广西前线总指挥。我们团就这样被点名上了前线，虽然是配属野战军，但是修桥、铺路、排雷哪样也缺不了我工兵啊。这里要推出一位当年司令员特别欣赏的“牛人”，也就是我工程兵部队最牛的推土机手牛劲强。说道牛劲强，他的憨厚笑容和国字形大脸浮出我的脑海。似乎是一位非常朴实的农家子弟，文化程度不高，只有小学文化，字也写得歪七扭八的。但是他个头魁梧，身材壮实，为人豪爽，说话声若洪钟，很有点《三国》中的张飞、《水浒》中的李逵和岳家军里牛皋的憨直仗义，但也绝不缺少智慧的那种标准壮汉的形象。

想当年，“文化大革命”在省城乱哄哄闹开的时候，堂堂大军区司令员被军地造反派追逐得只能躲进皖北大别山区忍气吞声，当然也是总理遵照毛主席指示对司令员采取的一种保护措施。当年的大别山区既是司令员起家参加红军的根据地，也是军区的三线战备后方，十万大山风景秀丽，又是打猎抓野兔的好场所。司令员干脆疗养加打猎悠闲韬晦了一段时间。

南京军区工程兵工区在大山里修了许多战备工事，工区机关就坐落在六安的独山镇，牛人牛劲强那时只是工区五营的推土机操作手。司令员乘坐的嘎斯六九车开不上山，他硬是受命在长满荆棘野树荒草的山上，推出了一条路，司令员夸他比坦克还厉害。从此，牛劲强就开始牛哄哄地在人前背后叨念着司令员的好处。时间一长，我们工程兵系统就称他为“牛人”。后来司令员东山再起，在全省成为炙手可热，手握重兵、威权，说一不二的强势人物。如果说毛主席是全国人民心中的红太阳，司令员就是全省或者全军区的“小太阳”，这种说法虽然遭到毛主席的批评，认为有着多中心论的嫌疑，但是在当时当地“小太阳”笼罩下“牛人”也继续红光高照天灵起来。司令员不仅抓军事还要抓革命、促生产，成了全省的太阳，自然要军事、行政、经济工作一把抓，于是又兼了省革命委员会主任、省委书记、苏南煤矿开发总指挥。为了扭转北煤南运的困局，司令员那时拄着手杖在南京周边丘陵地区到处转悠，听说手杖点到哪里，哪里就是煤矿，确实创造了当年点石成金的奇迹。也确有几处挖出一点点鸡屎一样的煤来，于是敲锣打鼓像是老母鸡下了金蛋似的去省城报喜，说是创造了奇迹。所以那时候军区的工兵部队大部分都被安排到了煤矿去“支左”。我们团宣教股的解长河股长常年被抽调在军区创作组就是创作那本“红一连”大战苏南媒田的长篇报告文学《冲锋在前》。牛劲强走到哪里都不忘记司令员，当然司令员调到那里也都牵挂着牛劲强，他们就像是父子那样始终相互牵挂着。

司令员的嘎斯-69车开到了宝华山，手中的拄杖在脚下一点，这里就成了苏南煤矿的一个点，要放一个煤建团。有人说那山陡，汽车开不上去。司令员说，那就上机械。有人说机械也上不去。司令员说那就上坦克。有人说，坦克开不到山脚。司令说，叫你们那个牛人来，他就能开得上去，当年大别山比这宝华山要高得多，那个牛人叫什么名字来着？有人说，他叫牛劲强。对！就那个牛劲强开着推土机左趟右突地硬是在荒山野岭中开出了一条路来，把那个什么的牛劲强调来。司令员一句话牛人就调到了我们团，本来听说老牛要复员了，就司令员的一句话，这种技术骨干怎么能够让他复员，他要再立新功。红光再次高照牛劲强天灵。

但见得，牛劲强的推土机开到了宝华山脚下，司令员大手一挥，牛劲强发动了推土机，像是一头野牛那样吼叫着就冲了出去，背后一阵尘土。老司令目送着牛劲强驾驶推土机的背影，用手搭起凉篷，仔细观察，看见那牛人驾驶的推土机左右摇晃着一路披荆斩棘攀爬到了山顶，像是老牛那样喘着粗气，歇火了。巧的是，歇火与登山同步。司令员十分高兴，他狠狠地将拄杖一戳脚下，恶狠狠地盯了左右一眼说，今后谁再说，推土机开不上山，我枪毙了他。并用手威武地拍了拍随时别在腰间的勃朗宁小手枪，把个我军区工程兵副主任蔡树林少将吓得脸色煞白，不敢再吱声。因为蔡将军当时兼着苏南煤矿建设的副总指挥。牛劲强的“牛人”绰号再次叫响，他被提拔当了排长。

1979年南边那场战争打响，我们团去了广西前线，司令员那时已经调到广州军区当司令，被邓小平点将当了西线总指挥。还特地问到牛人牛劲强。牛劲强已经当了连长。按道理照牛人那个脾气秉性当到连长也就到顶了，他应当脱军装转业回家享受老婆孩子热炕头的小康生活了。但是那场战争再一次创造了他和司令员的机缘，再一次给他的建功立业成为全军典型创造了条件。

部队准备开赴前线打仗，装备人员补充，齐装满员，呼呼啦啦一下子来了许多新装备，技术干部缺口大，调入、提升了一大批。那一夜，我们团新提干部 44 人，管理股的理发员都提到修理连当排长，战士叫他牡丹（摸蛋）排长——机关理发员不是经常摸首长的头吗。牛劲强提升副营长。技术干部缺口大，大便急了临时挖坑，他就是那个坑，虽然没个官像，但牛人“赛坦克”这是司令员当年赐封的，没人可比。部队连装备带人都上了前线，团主力是预备队，在 42 军后边待命，派出两个连配属步兵道路保障。1 连配属 129 师，从那花入境，开辟通路，上 4 号公路，切断谅山高平之间的联系。5 连配属 164 师，从北山开辟通路，在同登东边向西攻击。

牛劲强带着 5 连到了北山。敌方境内有一条与国境线平行的公路，5 连的任务是开辟一条通路与越方公路沟通，保障坦克车辆火炮前出。一打响，5 连就忙开了。己方通道好办，推土机一拱，平路机一刮，先保证通，部队前出后再维护，再搞排水什么的。进入敌境，情况复杂了，敌情由步兵负责，几辆装甲车警戒，时不时地打上一阵。开始顺利，进度不慢。突然，发现地雷，响了一个，是压发雷，没伤人，跳雷就危险了。装药 75 克 TNT 胶壳防步兵地雷对推土机履带无效。推土机停了下来，仔细一观察，前边还有一个拌发雷。

牛劲强抓头皮了。怎么办？5 连是道路机械连，地雷爆破是地爆连的事情。如果在团里，这事好办，步话机地瓜土豆的一叫，地爆连来几个弟兄，开辟雷场通路，那是他们的专业。现在距团前指起码 50 公里，怎么办？步兵的联络参谋也急得一头汗，战前的敌境侦察是他们组织的，路线也是他们定的，这里怎么会有个雷场？电话打到团前指。

这不，作训股方股长听说有敌情，立即就带着参谋苏阳和地爆连的五个战士分乘两辆北京吉普往前沿赶过来。说起苏阳，他和钱敏敏一样，也是我们这批兵中的牛人，虽然人比较傲气，但是人家业务上有一手啊。他是第一个被分到特务连不久就提了班长，送到工程兵教导队去培训回来后就提了排长，后来又专门送到南京工程兵学校去进行工兵布雷排雷的学习，成为团里有名的工兵排雷方面的专家。窝在松山小学前线指挥部的方林和苏阳听说能够去前线当然心中很高兴，而且是按照5连事先打通的公路，沿着我陆军兄弟胜利的道路前进，他们谁也没有考虑到途中会有什么风险，只是带着站前的紧张与兴奋，登上北京吉普车想尽快赶到前线，帮助5连的弟兄们解决眼前的雷场排雷的问题。他们带着排爆连的五人小组，分乘两辆吉普车架着一路秋风就上路了。

面对眼前的雷场，如果换了其他人，一般会等待专家，把情况搞清楚，提出方案，该排雷的排雷，该引爆的引爆。因为作训股长已经亲自带着专家正向前沿赶，领导也没有下达死命令限时打通公路，联络参谋就说等方股长他们到了再说吧。牛劲强说，那也没办法，既然方股长和苏参谋已经带人往前沿赶，那就再等等吧。他耐心地抽烟等待，等了一个时辰，按照前指赶到前沿应该人也到了，但是望眼欲穿，不见方股长和老苏影子。牛劲强的牛脾气上来了，他甩掉了手中的烟蒂说，不等了，咱们上了再说。这是战时，只要炮一响就得玩命，还没有俺老牛完不成任务呢。说着说着，他就准备自己开着推土机去蹚雷场了。

联络参谋都快急哭了，但是他无法阻止牛劲强舍命蹚雷场的决心。因为牛劲强不在乎。牛劲强是谁呀？赛坦克！新提的副营长！他先看了看履带的炸痕，把操作手喊出驾驶室，把两辆推土机的铲刀调成斜角，跳上推土机，又指定一个老兵，“跟着我，注意推深一点，小心大家伙，反坦克的。”轰隆轰隆轰隆，牛劲强驾驶推土机轰鸣着冲了过去。怪了，一路畅通无阻，连个地雷的影子也没看到，再没有地雷爆炸。

然而，就在牛劲强带着他的推土机一路顺利地向前推进时，在他的身后大约十公里处响起一阵密集的榴弹炮声，当时大家也没有感觉会出什么意外。自从广西前线一路打出国境，敌我两方的炮火经常此起彼伏，已经司空见惯了，毕竟我方的炮火要强烈些，压倒了敌方的炮火，我步兵连都突进了敌方境内，有啥好担忧。

后来听后续跟进的164师的同志反映是工兵团派出的排雷小组在途中

遇到敌军炮火的袭击，开在前面车上的两名干部遇难，后面车的五名战士受伤。牛劲强赶到现场，看到的是两具炸得面目全非的尸体，他抱着战友的尸体嚎啕大哭，他认为方林和苏强的牺牲，是他们报告了敌情后才导致的结果。他和方股长、苏参谋都很熟悉，和方股长还是老乡，又是同年入伍的战友。早知道排雷这么顺利，也用不着要求团前指派人前来，方林和苏阳就不会牺牲。为此，他内心自责了很长时间，好像方林、苏阳的牺牲和自己的汇报有关似的。

为打通这条道路付出了我们两名干部的生命，牛劲强感觉有点对不起这两名战友，两名战友的死成了他心中永久的痛，尤其是方林烈士是他同龄同年入伍的战友。以后他就仿佛带着仇恨一般，天天把机械派出去，提前打通了这条路。这条通路成了 164 师主要通路，后来总攻谅山时，四川调来的一个师也是从这条路通过的。牛劲强后边的事就好办了，修修排水，整整边坡，雨天垫垫路，帮助拖拖打滑、抛锚的车，天天和护路的步兵吹吹牛，喝喝酒。战后总结，5 连集体三等功，牛劲强记二等功。

30 年后，我和杨万龙来到凭祥，我们在傣妹茶楼，品着茶，嗑着瓜子，回忆着往事，心中也是无限感慨。茶水稀释着肚内的酒精，使我们的头脑变得清醒，老杨大着的舌头也变得柔软起来，说话开始流畅。

他告诉我说："战后我奉命整理牛劲强的英雄事迹材料，准备老牛英模事迹的讲稿。那段日子，几乎天天和老牛泡在一起，我们时而朗声大笑，时而相对流泪，就这么在悲欣交集的情绪中我完成了他的讲稿。临别时他送了我不少菠萝罐头，两瓶三花酒，几张越南纸币和硬币。纸币上居然还有汉字，硬币是铝的，中间有孔。

"牛劲强作为我们团的英模参加了汇报团到南京演讲，这让他为难了。实话说，牛劲强的口才不错，但邪得不上正路。让他发牢骚说怪话，生动极了，如果营里的会议都在酒桌上开，听他的酒话，营部书记做好记录，那也是好文章。我和政治处副主任解长河（那时候地主儿子解长河已经久经考验提拔为政治处副主任）商量帮他写个稿。按照老解给出的思路，讲稿要源于生活高于生活，要把生活真实上升到政治真实的高度就需要艺术

加工，我们决定把开辟通路的重点放在推土机排雷上，从头到尾虽然没有讲发现几个雷和炸了几个雷，不说谎话，但给人的感觉是密密麻麻遍地是地雷，轰轰隆隆爆炸声不绝于耳。牛劲强硬是在爆炸声中开出一条我军前进的大道。

“当然是我先拿了初稿，又由我团和我工程兵著名大才子解长河副主任润色了后作为政治任务交给牛劲强去演讲。牛劲强出去讲了一次，外行感动得流泪，团里熟知内情的弟兄都笑话他在吹大牛，于是牛劲强就不肯再外出演讲了。后来我见到他，他还一个劲地批评我不实事求是，当时一个毛雷也没排着，给你的生花妙笔一描绘仿佛步步惊雷似的。

“显然，他个土包子并不懂得政治挂帅的理。一切只要和政治挂上钩，无中也能生有，宣扬革命英雄主义，以政治效果为第一，只要能打动人感染人教育人也就达到了目的。你说你当时断然决定不再等待团里派出的排雷专家，决定自己带领着一名老兵去探探虚实是不是就是抱定牺牲的念头，为大军开辟通道？他倒一时被我问得无话可说。我说，那不就结了，这不就是大无畏的牺牲精神？

“我问他演讲的效果如何，他只说人家招待的烤鸭，味道不错，用饼包着吃，蘸酱。以后再有请他出去演讲的场合，他照样去，听说有意省略了那些雷场绘声绘色的描述，简略了自己的事迹，以自己生动的语言描绘了方林和苏阳烈士如何慷慨请命主动要求为兄弟部队大踏步前进去雷区排雷。在带领排爆小组前往危险重重前线时，穿越越军炮火，身先士卒，冲锋在前，最终为了保护五名战士主动引开敌方炮火，两名作训股我军优秀排雷专家却慷慨捐躯的英雄事迹。

“尤其是他接待方林烈士白发苍苍的老母亲，带着新婚不久的妻子和刚刚出生的遗腹子来祭扫方林烈士墓时，他跪倒在老人脚下先是叩着响头，后是声泪齐下，泣泪请求当老人的儿子，以后每年他都会在清明节给方林老母亲寄上五百块钱。他是以自己的朴实语言再现了当时两位烈士牺牲的场景。那种场合他自己都被自己充满悲情的演讲感动得流泪，就不要说是现场的观众了。当然，他对战友英雄事迹的临场发挥得到了军区政治部首长的肯定，认为他的现身说法，完全是突出政治的，很有着《高山下的花环》中梁连长的朴实。

“战后，他要求转业。我说，你战斗骨干，二等功臣，前程远大，别走。他说，我不是当官的命，班长排长连长营长都当过了，咂咂滋味，大头兵最自在，不烦。后来他转业当了县保险公司老总。最近见到他，还是那个样子，一点不显老。问他青春秘诀，‘不烦’他说。

“我问他方林烈士的老妈妈现在的情况，他说老人家活到八十九岁刚刚去世不久，方林的妻子在老妈妈的一再要求下已经带着儿子改嫁了他人，儿子现在已经参加了工作，就在我保险公司工作。后来，我给方妈妈办了养老疾病保险，一次性缴了 3 万元，至少每年可以领到 3 千块钱的保险费，你说我们的烈士抚恤金才多少钱？这也就是利用了我那一点点保险公司经理的特权吧！我听后无言。”

那天在凭祥傣妹茶馆，我们的一壶普洱茶一直喝到茶水已经淡到了无味，聊到茶馆打烊，直到穿着傣族盛装的小妹来催促我们，我们才结了账。我们带着酒醉醺醺的头脑进到茶馆，在茶水的浸泡下洗去酒精，又在战火的洗礼中使自己的头脑彻底地清醒了起来。我们推开茶馆的玻璃旋转大门，走进灯火阑珊的夜色。沿着寂静的街衢一路讨论着那场战争中的一些问题，回到了宾馆，但愿一夜无梦到明晨。

老杨是抽烟的。他说，都是南京军区的弟兄，过去大家习惯抽南京烟，他有金南京，就带上两包南京烟给他们抽吧。我说，这样甚好，最好是江苏的洋河酒。他说他准备，我的酒全是不要钱的，都是酒厂抵稿费送的好酒。飞机上不能带酒，就打包托运。

我们在宾馆详细打听了去匠止营烈士陵园的路，为了不影响全团的行程，相约凌晨 5 点前去祭扫。

第二天凌晨，我还在睡梦中就被电话铃声惊醒，老杨约我上路了。店铺的霓虹灯招牌和惨白的路灯在夜幕中闪烁，小城沉浸在睡梦之中。天际闪烁着寥落的晨星，柏油马路湿漉漉的显然夜间下过一场秋雨。我们拦了一辆夜行的的士去了凭祥南郊的烈士陵园。

烈士陵园安卧在黎明前的晨曦中，天空一轮惨淡的寒月高悬在天空，四周静谧无声，耳畔唯闻秋风摇动竹林的“飒飒”之声。青山怀抱着烈士陵园，前方是一尊矗立的解放军战士的塑像，瞻仰塑像，刹那间就将我们的思绪带入那个战火纷飞的年月，和我们有着同样青春年华的战士奔赴前线，捐躯疆场。这是我们这一代人唯一经历的战争，不管历史对这场局部战争如何评价，作为军人的慷慨赴难实际是无可选择的。

我们祭奠的只是在战争中牺牲的年轻的生命。此刻面对牺牲了的生命，再来争论战争的价值是毫无意义的，也是十分残忍的。这些年轻的生命用鲜血证明他们在国家召唤的时候能够和他们的红军、八路军、志愿军前辈一样舍生忘死，其义薄云天的风采，一样与山河同在，与日月同辉。

我和老杨在晨曦中沿着一排排生命的墓碑中仔细辨认烈士的姓名、烈士的部队番号。此刻，太阳慢慢从东方冉冉升起，血红的太阳像是一枚巨大的勋章挂在连绵起伏的青山上，瞬间射出万道光芒，温暖地将一缕缕慈和的祥光普照在青松和朱槿花簇拥的陵园。

在接近山顶的那排墓碑中我们找到了江苏籍牺牲的二十八位烈士墓碑。其中就有着我和老杨昔日在南京军区工兵团的两位战友，司令部作训股长三十岁的方林、二十七岁的参谋苏阳，他们是去前线协助排雷时，被对方榴弹炮击中身亡的。

方林刚刚结婚，告别了新婚的妻子，来到前线。苏阳则刚刚结识了女朋友，甚至还未能领略爱情的欢愉，就毅然奔赴了前线。

老杨先是双膝跪地，继而匍匐在战友墓前，热泪潸然而下，他泣不成声地说：“战友我们来看你们了。”

我们向烈士墓碑鞠躬、酹酒，老杨将带来的南京牌香烟，一支一支点上，排列在战友墓前，随后举瓶酹酒，将洋河酒全部抛洒在两位烈士的墓前。酒香飘逸烟云弥漫中我仿佛看见我们的战友在战火硝烟中向我们微笑……

此刻，我感慨万千，回忆起 2004 年那个深秋去俄罗斯访问。最后一天离开莫斯科时，我们去了新圣母公墓，那里埋葬着前苏联的政要、文学、艺术、科技界菁英和各界社会名流。最震撼人心的是苏联人民英雄卓娅的墓碑，青铜的雕塑，敞开的襟怀，薄如蝉翼的素衣春衫，裹着少女妙曼的躯体在天国的花园里婆娑起舞。最使人难忘的是战士作家奥斯特洛夫斯基的墓碑上镌刻着的名言：

人生最宝贵的是生命。生命每人只有一次。人的一生应当这样度过：回首往事，不因虚度年华而悔恨，也不因碌碌无为而羞愧。这样临死的时候他能够说：我整个生命和全部精力都献给了世界上最壮丽的事业——为人类解放的斗争。

我和老杨都是普通人，都在平凡的岗位上从事着平凡的工作。我们不能徒作大言地将自己的人生价值无限放大，去攫取虚名。显然我们不可能去解放人类。因此，也不可能将自己的生命和全部精力都献给世界上最壮丽的事业。但至少我们应当将自己的有限的生命活出价值，而不是在一些庸俗无聊的人生趣味中获取可怜而自私的欢乐。无端地空耗宝贵的生命无异于自杀，那生理年龄再长也是毫无意义的。我们在利用生命的点点滴滴兢兢业业地工作，工作之余勤勤恳恳地写作，即使功不成，名不就，我们努力过，拼搏过，我们在回首往事时绝不会为虚度年华而悔恨，也不因碌碌无为而羞愧。因为我们的人生是充实的，在整个生命的过程中填充着我们奋斗的汗水，倾注着我们劳动的心血，我们的足迹将伴随着人生坚定的步伐迈向生命的终点，而无以为憾。

第十四章　红色浪漫曲

时班长的桃花运

记得我和时奋斗、柳成林、李亚平在齐超干事的带领下完成了作品送交军区参加美展后，我们就应该返回团里电影组了。叶灵君公子在兵部美术组混了半年，一张作品也未完成，只是在画了撕，撕了又画的反复中继续着他的黑山黑水生涯，他很黯然地回了他那个山沟里的炸药厂。

但是我们没有回去，被兵部留下了，因为司令部的作训处要搞一个反坦克展览，说是专门对付北极熊的新型坦克的。我们这些人对于军事都比较生疏，什么炸药包、集束手榴弹等炸坦克等等也不是太明白。

但是，我们需要按照作训处提供的文字配图。于是齐超干事又带领着我们对着坦克模型、照片大画坦克。画完坦克又写说明，在此期间，齐超干事教会了我们裱褙展板、图片、照片等。时奋斗带着我们画的示范图，去汤山靶场接触过一些战士演练打坦克的实际情况。战士们对我们说，在实战情况下步兵根本是无法接近坦克的，我们想着按照上级要求拿着炸药包去冲向坦克，高速驶过的坦克带起的隆隆烟尘使得战士根本无法实施打坦克的计划，除了你诚心去送死，在无法完成战斗任务时，去充当烈士。我们听了只能笑笑。军人以服从命令为天职，我们只是按照命令去画图。

搞完反坦克展览，政治部似乎还不想放我们走，新的任务下达，竟是让我们美术组将司令部大院里里外外都写满《毛主席语录》。这既是一项体力活，也是一项技术活，一般战士还真的难以操作。齐干事是不屑于参加的，我们在时奋斗带领下搬一张桌子几张板凳，带着米尺、红漆、黄漆满大院乱跑。凡是墙壁上有空隙处必刷上红漆，用油画笔蘸上黄油漆直接在墙上用美术字再写上毛主席语录。我们的工程兵司令部大院很快就成了红色海洋，红海洋在阳光的照耀下泛着金黄色的光芒。光芒中一个亭亭玉立的少女缓缓向时奋斗走来，那就是倪梁建司令家的小四子倪琳琳。

因为那个时候我们新疆的老邻居被称为新沙皇的国家依然对我国熊视眈眈，闹得边疆不太安宁，倪副政委恢复军事指挥职务，提拔去了北疆军区担任了司令员，远离了家人。

记得那天天特别热，虽已过了立秋，但是素有火炉之称的省城依然像是生活在蒸笼里，司令部大院内的悬铃木、白杨树的树叶纹丝不动地蔫在树枝上，只有秋天的蝉在树上做着秋后最后的嘶叫。

我和时奋斗正戴着草帽在午后三点的骄阳下提笔奋战，在红海洋中一笔一笔书写着最高指示，汗水顺着帽檐不停地滴下来，沿着额头流向眼睛，模糊着我的双眼，又淌向鼻尖，浑身被大汗湿透。我看时奋斗也是大汗淋漓，和尚领的汗衫已是汗流浃背。

我建议是否休息一下，弄些水喝喝。我的建议立即得到奋斗班长的赞成，随手摘下头上的草帽，耸起肩膀用汗衫擦了擦脸上的汗水，手中的草帽来回煽动着，这种苦活、累活、脏活和军旅画家斯文创作就有了区别。特别是老兵时奋斗，如果提了干部恐怕就不会来干这活儿了，就会如同齐超干事一样穿着纺绸衬衫，摇着折扇，在办公室看看报纸、喝喝茶打发一天。但作为兵头他还必须率先垂范带着新兵，满院子跑着刷红漆，涂写着语录，实在很是累人。

他问我："你们南京这鬼天气是热呢，可是到哪儿弄水去喝呢?"

我指了指院子里的小洋楼说："这是兵部倪副政委家，他家老二和我是同学，倪老二倪民又是我们团机要参谋，我和他家熟。"

我敲开了神秘小院的门。门内探出了一个小战士的脑袋，他严肃地问我们："你们找谁?"

我说："找龙阿姨。"

战士说："你是谁?"

"你就说是小路子来了，她和她家老大、老二、老三、老四、老五我都认识。"

小战士转身去通报了。

不一会儿，一个风姿绰约的少女出现在我们眼前，使我眼睛一亮，在我印象中倪家老四原来就是个貌不出众的柴火妞，原来那张瘦削的长脸，已变得丰满起来，古代小说中形容美女的所谓面如满月，配上白皙细腻的肤色，真的恍如夜色中的一轮明月，两枚黑葡萄似的大眼睛熠熠生辉，就像是夜空里闪烁的星星。

这还是倪家的小四子吗？我有点不敢相信。小四子穿着一件月白色小碎蓝花短袖衬衫，下身着柞蚕丝褐色军裤，黑色平底方口布鞋。显然衣服裤子都经过精心裁剪，腰身收得很细，三围就很明显，尤其是胸部很丰满，晃得我不敢乱打量，裤管宽宽大大的走起路来显得玉树临风的样子，那时的干部子女时兴宽大的裤管，像是六朝时的名士时兴宽袍大袖似的。

我赶紧收回目光，看着她的好看的大眼睛说："小四子，几年不见长成大姑娘了，真正是女别三日，自当青眼相看了，丑小鸭变成白天鹅了，现在成了美人坯子了。"我后来感觉少女时代的小四子有点像是少女林徽因，也是梳着两条大辫子一条垂在高高耸起的乳胸上，一条垂在曲线起伏的后背。当然我是看着她长大的，年龄也相仿说话就比较随意。

"路拐子，什么风把你给吹来了？你也混进部队当兵了?"

"你这什么话，我是部队特招的，你哥没跟你说，我和他一个团呢。现在抽调在兵部美术组，你瞧正在奉命为你家装潢院墙，这鬼天气热得嗓子冒烟，你也不弄点水慰问慰问子弟兵。真是天如火来，水似银，怎么不见亲人送水来解渴呢。”

“别废话了，我们怎么知道你们在门外，快进屋凉快凉快去，我妈在客厅等你们。”

我把老班长时奋斗介绍给了小四子。时奋斗腼腆地笑了笑，竟有点脸红，没敢把手伸给小四子和她相握。

倪家的客厅果然阴凉，台式电风扇开得呼呼啦啦的凉风徐来。龙老太太还给我们每人递了一把芭蕉扇，又吩咐小四子去打凉水给我们俩递毛巾把擦汗。待到浑身舒坦了，凉透了，我们又吃到了绿皮黄瓤沙甜沙甜的哈密瓜和圆滚滚的马奶子葡萄。我这才知道倪梁建副政委调到新疆的北疆军区去当司令员了，难怪有这么多新疆的时鲜货。反正这一个下午我和时奋斗过得十分愉快，又吃又喝的，聊天也聊得开心随意。

不知不觉一个下午就过去了，我们要告辞，龙阿姨拉住我们的手，硬要挽留我们吃晚饭。我看看时奋斗的脸色，从内心讲我很想不客气地留下来饱餐一顿，我想倪家来自新疆的牛羊肉一定不会少，而且味道肯定比招待所的大锅饭要强许多。但是，时班长委婉而坚决地予以谢绝了，我只好跟和蔼多话的龙阿姨和娇小可人的倪小四子告别。龙老太一再嘱咐我们有空常去她家，我一口答应了。

第二天一早我们吃过早饭继续到倪家上班，完成围墙外毛主席语录的书写，只是怕麻烦倪家人，时奋斗特意嘱咐我带上了行军水壶。

中午午饭后，我和时班长稍事休息继续到倪家上班。大约三四点钟的样子，倪小四子端着一盘切好的哈密瓜前来慰问我们。我一边愉快地哼着《长征组歌》中的曲调：“亲人哪送水来解渴呀，军民鱼水一家亲呀，军民鱼水一家亲哟活嘿。”一边伸手毫不客气地抓起哈密瓜就啃起来。时奋斗还显得扭扭捏捏地不好意思下手。小四子笑着将哈密瓜送到了他面前，甜甜地说：“时班长，吃块瓜，休息一下。”

我说：“班长，别客气，小四子叫吃你就吃，不吃白不吃。”说完，我又抓起了第二块瓜啃起来。

吃完瓜，小四子打了一盆水，让我们洗了脸，我们才又开始在墙上写起字来。小四子并不离开，只是在一旁默默地看我们挥着油画笔在墙上一笔一画地用美术字写完毛主席语录，不时地夸奖我们的字写得好。

我就谆谆教导她，写好字首先要练好书法，还推荐她练褚遂良、欧阳询的帖。直到下班时间，她才恋恋不舍地独自离去。时奋斗看着她的背影若有所思。他说，你那种把书法艺术和美术字混为一谈纯属是瞎扯，美术字和书法是两码事，书法讲究神韵是来自内心的文化素养，体现个人的感情和风格，美术字是按照程式去书写，相当于过去考秀才、举人、状元馆阁体。我哈哈一笑，我就是瞎扯的，赶明儿你好好教教她书法。

我拍了拍他的肩膀说："班长，看美女看愣神了吧？别拔不出眼了，咱们走吧。"我一脸坏笑地说。

时奋斗说："你别话中有话地胡说八道。我在想吃了人家的哈密瓜，我们也应当有所表示啊。否则不是白吃了。"

我说："白吃就白吃，有什么了不起的。当年她家老二和刘家老四经常到我家白吃白喝的，吃她家几个破瓜，你就别往心里去了。"

"你是你，我是我。我可不能白吃人家首长家的东西，得有所表示。"时奋斗说。

忙完大院里的红海洋，我们就要回部队去了。团里的宣传队要成立，政治部点名要排时奋斗创作的大型协奏曲《工程兵之歌》，离国庆也只有一个半月了，听说我们兵部的会演在明年的春天举行，再不定稿排练就有些来不及了，兵部汇演后要参加军区的选拔，争取能够在明年八一建军节参加全军的汇演。

我也准备着要回电影组了，离开兵部之前，时奋斗一定要拉着我去倪梁建家。他手中托着一幅用报纸卷着的画，说要送到倪司令员家去。他说他利用晚上时间画了一幅六尺整张的毛主席《卜算子·咏梅》词意图，送去倪家补壁。原来时奋斗班长是有心人，他去倪家看见人家会客室内的正面墙上挂的是毛主席诗词手书《卜算子·咏梅》的印刷品，于是就想着画了一幅大幅水墨画梅花送给倪府补壁。这是我和小四子及龙阿姨都未想到的。当然在小四子羡慕和赞赏的目光中这幅大画被装成镜框挂在了倪府会客室的正面墙上。于是我们再次品尝了哈密瓜和马奶子葡萄才告别倪家母女。所谓书画结缘，时奋斗后来和小四子就有了一段以书画结成的缘分，只不过这缘分还是烟消云散了。因为，过了这个星期天，下周一我们就要返回团里了。

各自心中有秘密

星期六晚上，我向时奋斗请假回家去看看老奶奶。时奋斗非常豪爽地说："去吧，去吧，今晚你熄灯号之前回来就成，明天放你一天假，星期一我们回团里去。"

我沿着湖南路那布满梧桐树的林荫大道，穿过中央路沿百子亭直走进入高楼门再插入眉山路，黑暗中我穿越偌大的院子，来到机关宿舍大楼。我知道父亲已经随着省委调查组去了于台县，家中只剩妈妈、奶奶、弟弟、妹妹，我敲开了家门。

妈妈开的门，妹妹高兴地围着我转，看着我身穿绿军装的样子，眼中流出羡慕的眼神。妹妹高中毕业已经进了工厂，虽是大集体的小工厂，但总算是留在了城里。弟弟高中毕业被推荐去上了大学。妈妈告诉我说，他在化工学院化工机械系，平常住校，明天星期天可能会回来的。

回到家里奶奶喜笑颜开地看着我归来，上下左右地打量我，看着我长高、长胖、皮肤由黑变白的样子，眼中溢出泪花。她含着眼泪说："真像你爹年轻的时候，他那时候穿着新四军军装也是这么神气。1946 年那会儿新四军北撤时要是跟着大部队走就好了，那时却被东南县委留下坚持敌后斗争，九死一生，连累得老头子也被还乡团杀了，房子也被烧光。”奶奶谈起往事黯然神伤，眼泪止不住地流下来。

听奶奶的口气似乎喜悦中难掩悲伤。我问妈妈怎么回事？妈妈把我拉到房间内悄悄说：“你爸爸被怀疑为‘五·一六’分子，又被隔离审查了。”

我回想八个月之前，我在于台县委见到他时还是神气活现的，那时刚刚结束了对他历史上被捕问题的审查，维持了五四年审干时的结论，怎的又冒出了“五·一六”反革命集团的问题，这时我头脑中蓦然冒出在建设兵团时黄卫军被打成“五·一六”分子隔离审查的情景。

我说：“会不会弄错了？”

妈妈说：“肯定弄错了，你爸爸‘文革’因为历史问题遭受审查，根本就未加入任何组织的，长期靠边站，管理着几个器材仓库，后来去了‘五七’干校，才算审查做了结论。听说是机关里的造反派头头被审查时咬了他，他才被隔离的。”

妈妈反应比奶奶要冷静得多，似乎显得有点不以为然：“你爸爸的好多战友都打成了‘五·一六’呢，现在是‘五·一六’家家有，不是亲，就是友。波及面这么广，难免没有冤情。你安心当你的兵，别管家里的事。隔壁6号院你同学黎星星他妈也是‘五·一六’，长期躲在家里，以为是部队家属院没事。他男人还是老红军和司令员是四方面军的上下级，没人敢来招惹老头子，就把老太抓走了。”

妹妹补充说：“那晚，我们就听到她家的那条黑背大狼狗叫个不歇。听说造反派先是想从正门直接进入的，敲门后狼狗就叫了起来，从门缝里看门内一老两少三个男军人带着两个女兵五个军人个个虎视眈眈，怒目相向。老头一身军装，扎着武装带，手握五四式小手枪在门内怒吼，谁敢进门，就是冲击军队家属院，老子见一个毙一个。他的两个军人儿子都是牛高马大的，小儿子手提小口径气枪，大儿子手提德国造猎枪，手牵大狼狗，仿佛眼中都冒着火。造反派一看这架势，一下子都吓傻了，后来还是躲在人堆里的军代表在背后出主意。造反派兵分两路，一路继续正面佯攻，手中拿着大喇叭，不停地播送着毛主席语录，要下定决心，不怕牺牲，排除万难，去争取胜利，不揪出反革命‘五·一六’分子李梅绝不罢休，李梅不投降，就叫她灭亡。那一晚啊，口号声此起彼伏，狗吠声高低错落，几乎惊动一条街，6 号小院门口围满着人，街坊邻居都出来看热闹了。从傍晚一直闹到次日凌晨，整条街沸腾了半夜，在凌晨四点时分，披散着头发的李梅像是被捕的江姐那样被从小院中押出来了，手中还拿着一个搪瓷盆，一把笤帚，造反派逼她喊自己污蔑自己的口号，被她拒绝。李阿姨只是镇静地对丈夫和子女说，我不是我绝不是‘五·一六’，我是堂堂正正的烈士子女，我的父亲和哥哥都是早期共产党员，在 1927 年‘四·一二’反革命政变中，被国民党反动派杀害的，我 1941 年参加新四军。然后她像是敲着锣鼓那样敲响了搪瓷盆，大着喉咙说，街坊邻居们，我李梅十五岁参加新四军，长期跟着毛主席跟着党干革命，绝对不是反革命，我是经得起组织审查和考验的共产党员。为我的事惊扰街坊邻居，我很抱歉……她的话被打断了。她回身向丈夫和子女招招手，然后抱拳告别邻居。李阿姨随后就被押上卡车被游着街带走了。”

妈妈告诉我说，黎星星他爸是湖北红安县人，1927 年就在鄂豫皖边区参加红军，长期在四方面军机要室任主任，毛尔盖一四方面军会师后他去了八路军总部担任机要室副主任，四方面军主力组织西路军过黄河后，全军在祁连山下被数倍的马步芳匪军剿灭。仅仅在青海和新疆交界处李先念部跑出了二百多人。清算张国焘路线时，上面认为西路军是执行了张国焘路线，才导致全军覆灭的。原拟升任冀中军区参谋长的黎伯伯只身逃去湖北老家红安拉起了手枪队，后来手枪队投了新四军五师李先念部，遇见机要员李梅，他们结了婚。中原突围时，李阿姨被国民党地方武装抓获关押，是黎伯伯率手枪队骑兵抓获了一批国民党地方党政官员将李阿姨交换出来的，他们的感情可以说是在战火中生死凝聚的。解放后你黎伯伯从北京二炮部队调南京炮兵学校，其实他也是带着四方面军覆灭的秘密，被长期赋闲。李梅阿姨却转业去了市餐饮旅游公司担任党委副书记。连他这个老红军都是眼睁睁地看着他的爱妻被绑走，徒叹无奈。我们也只有相信组织了。

我又想到了黄卫军和我们在建设兵团被打成“五·一六”分子的命运。我问到黄卫军近况时。妈妈告诉我说：“伪军回来过，依然是那么神气，他穿着崭新的军装，那双他爹的乌克兰大皮靴依然嘎吱嘎吱地穿在他的脚下，他来问过你的情况，我没告诉他，生怕他到兵部找你。我们都不太喜欢他。他也去隔壁 6 号院找过黎星星，黎星星也当兵走了，他没见着。他一人悻悻不乐地待了几天，每天也只是和他弟弟拿着气枪打打麻雀，去玄武湖游游泳，百无聊赖地就又回了大别山，他似乎是去了军区的测绘大队。”

妹妹悄悄告诉我说：“那天晚上造反派来抓星星她妈时就是敲开了省革委会经贸指挥组黄副总指挥黄惟俭家的门，从黄副总指挥家翻墙进了黎家小院。外面传说是黄惟俭亲自将自己家的梯子搬到围墙根，造反派才悄无声息地翻墙潜入小院在黎家的书房将李梅阿姨一举擒获后押走的，他们人多势众，里应外合，黎家三条汉子眼睁睁地就看着李阿姨像是江姐那样被特务押走了。”

听了妹妹的话，我黯然无语。陷于良久的沉默中，我深深感到在社会大变动时期的潮流中人心的险恶。过去黄惟俭和黎伯伯关系还是不错的，在军界两人还常有往来，况且在黄惟俭父子倒霉期间是黎伯伯挺身而出在司令员面前仗义执言，才使落难的黄惟俭重出江湖，身居高位，是黎星星传递信息才使得黄卫军脱离险境去了部队，没想到黄惟俭会在此刻落井下石。

妹妹还告诉我说：“黎星星来找过你，她是在军人俱乐部的八一画展上看了你的年画《放映之前》后来打听你的消息的。妈妈和奶奶不想让她去干扰你，没告诉她你仍然留在南京的兵部美术组，而是说你回部队去了，他们希望你和她别有什么感情上的纠葛，只希望你安安心心当个好兵，为爸爸争口气，再说妈说那丫头过去年纪轻轻就和人家早恋，不好。”我听明白了，妈妈是指星星过去与眉山路 1 号那个工人的关系，那时在我们那条不长的小街上传得几乎家喻户晓。我听了点点头，表示明白了，我不想说什么，只是感到心中有少许说不出来的遗憾，到底遗憾什么，我也说不清。其实，我的作品在军区美展上展出，还是她第一个告诉我的。只是我赶到她家时，她们家已经搬到合肥干休所去了。之所以没有全部搬走，可能还有两个妹妹留守在老宅，需要等待她们被造反派带去审查的妈妈归来。

奶奶告诉我说："刘阳旸和伊拉两个阿哥全来过，伊拉的爷娘全都打成反革命了。小倌蛮可怜的，每次来都是穿得破破烂烂的，人呀，长得又黑又瘦。有辰光没地方去，就住在我尼屋里厢了，好在你们全不在屋里头，你的爷也不在南京。你的娘啰哩八嗦的，我也不睬她，人家小倌头子有啥罪过。"奶奶说起刘家兄弟的事就开始流眼泪。

奶奶她不懂政治，只是从劳动人民对弱者的同情心出发，经常对已经被打成现行"反革命"的刘氏三兄弟抱有同情的心态，在他们最困难的时候，尽可能地接待了他们，这使得刘家在三中全会平反后对我奶奶一直怀念着。她是从战争年代过来的人，她不明白现代这个世道到底怎么了，刘家父母都是老革命，怎么都成反革命了，大人反革命了，怎么小孩子也成反革命了，大人吃官司，怎么小孩子也吃官司？她不懂，她又怎么能懂？

我离开家，来到了院子中，九月初的天气已经有着几分凉意。明朗的月色洒满整个院落，院子西边挨着围墙的几株高大的白杨树发出婆娑的声响，伴随着蛐蛐的鸣叫声显出浓浓的秋意。我下意识地向西边墙头隐隐露出一角的黎家小院的楼房望了一眼，那栋青砖小楼朝东的房间原来是星星和她的几个妹妹住的房间，过去月夜经常能够隐隐看到纱窗上窗帘映着的倩影，不时还能听到她们叽叽喳喳的说笑声，那其实就是一个女生宿舍，我其实就是一个徘徊在女生宿舍树荫下隐藏在角落里的害羞的小男生。

这些回想，唤醒了我少年时期的美好记忆，那时我时常悄悄躲在围墙下，静静等待那漆黑的纱窗亮起灯来，在明亮的灯光下我能够看到黎家姐妹的身影，听到她们的笑声……，现在已经是人去楼空了。我有一种说不清楚的惆怅。望着深秋天穹上闪烁的星星，耳畔传来轻盈的风声，我似乎

听见远处飘来黎星星的声音，这声音使我的心跳加速，使我情不自禁地回想起在建设兵团那个暖风醉人的夏天，那一片月影朦胧的西瓜地，那一个使人心醉的飞吻。我承认黎星星比我敢爱敢恨，她比我爽朗而透明，而我心中想的和嘴上说的常常对不上号，尤其是对少男少女的情感问题，总是要装出一副无动于衷的假清高样。

不像她敢于承认她在少女时期就曾经陷入过一个比她大七八岁的工人的情网，她觉得坐在他的自行车后座上，揽着一个成年男人的后腰有一种令人心悸的快感。看来我的另一个街坊，也就是眉山路20号苏阳的说法是对的，只是他对于她的指责，在她坦率承认之后，反而显得轻得如同鹅毛一样没有了一丝分量，至少在我的心目中显得有点矫情似的假惺惺。

我就是这样踏着一路月色，顶着漫天繁星，带着满脑子的胡思乱想，返回兵部的。在路过玄武湖公园大门时，那座明代城墙的门楼下的拱门里涌出了人流，我想一定是玄武湖露天电影院的晚场电影散了，或者是梁州的溜冰场溜冰的人散场了。这又使我想起春节后我和黎星星、顾晓江、方吟梅那次在玄武湖公园的聚会。沿着法国梧桐覆盖的湖南路我踏着悬铃木枝叶密密匝匝画下的一地月亮花花，我寻找着幸福童年往事的轨迹做着梦中诗意的畅想。

我恍惚看见两个熟悉的身影在树影摇曳的朦胧梦境中穿行，他们走得很慢，靠得很近，两人像是恋人那样依偎得很近，什么像是恋人，其实那架势就是恋人，按照黄卫军的说法，肯定是“拍婆子”的。但这两个恋人从他们走路的架势看我怎么这么熟呢？这对男女一定是熟人，他们上身都穿着白色衬衣，在秋夜的月色下在树影斑驳迷离的夜色中格外醒目，下身恍惚是军装的制式裤，因为裤脚特别的宽大，走起路来飘飘洒洒的尤其是那男的身材特别匀称颀长，很像是兵部电影组现在借调在政治部美术组的柳成林，那个女子身材娇小丰腴我仿佛在哪里见到过，双方的面目都看不大清楚。

我迅速在记忆中搜索着这位女兵是哪里的，我猛然想起了在兵部政治部图书室，也就是那间暂时被封闭充斥着某种陈旧的纸张气味和昏昧气息的房间，我和时奋斗、李亚平像贼一样在阴暗中睁大着眼睛在一堆苏俄大画册和世界名著的黄色纸堆中，像是觅宝那般寻找着各自需要的图书。那些二十世纪三十年代中国作家茅盾、巴金、萧红、萧军、张爱玲等的作品，法国司汤达、罗曼·罗兰、莫泊桑，德国歌德、海涅，西班牙塞万提斯，俄罗斯高尔基、托尔斯泰、涅克拉索福、屠格涅夫的作品把我们眼睛都挑花了。还有俄罗斯巡回展览派大师列宾、苏里科夫、列维坦，法国古典派大师安格尔和现实主义大师德拉克洛瓦等等，实在美不胜收。柳成林倚着门嘴里叼着香烟，手里拿着速写本和弯头钢笔心不在焉地画着男女人体解剖结构图。耳朵似乎还警惕地听着门外的动静，不停地手指竖在嘴上做着安静的示意。

这种时候大家最怕万副处长此刻敲门。对齐干事大家反而不怎么放在心上，自从我那次偶尔在他宿舍的枕头底下发现了他私藏‘黄书’的秘密后，大家看‘黄书’议论‘黄书’也就不再回避他了，他也就眼开眼闭地视而不见听而不闻了。

一阵清脆的敲门声传来，使大家心情一阵紧张，停止了手中翻动图书的动作，开始屏气噤声起来。柳成林示意大家不要出声，他随即问道："谁呀?"门外传来一阵娇小的仿佛银铃一样的姑娘声音："小柳，我是小马啊!"

柳成林仿佛很熟悉这个声音似的，他悄悄地打开四部灵锁，将门隙开一条缝轻轻说道："你稍等等，我马上拿给你。"也就那么一瞬间在那道晃眼的一线阳光中，我们在图书室书架间看到了美丽的小女兵，小女兵最多十六七岁，长着一张团团的苹果脸，明眸皓齿，笑起来脸上有两个酒窝，阳光下皮肤细腻白皙，脸上透出一丝稚气。

合身的绿色军装衬托着她妙曼的身材凸凹有致的，很有着某种巧笑盼兮般感觉。那种印象深刻得妙不可言。小女兵的到来使得柳成林有些慌乱，他悄悄地从借书处的书桌抽屉中掏出了一个纸包，估摸着是几本"黄书"，顺手带上门，两人在门外叽叽咕咕地说了一阵话。看那神气很有点暧昧和神秘。

时奋斗告诉我，那是兵部卫生所的卫生员小马，小马在兵部宣传队曾经出演《红灯记》中的李铁梅。小马的形象就在我脑海中烙下了深刻的印象，此刻眼前柳成林身边的那个小女孩进入我的眼帘，印证了脑海中我的印象，我的心中一激灵，不禁打了一个寒颤，这可是犯大忌的事儿啊，两个战士像是两个恋人那样勾肩搭背地压马路，可是了不得啊。

我下意识地眨了眨眼睛，为了证明我的感觉不错。是的她确实是卫生所的卫生员小马马晖，她穿了一件月白色的粉红碎花衬衫，腰身特窄正好衬托出她那小蛮腰和丰腴性感的臀部，两条麻花长辫随着脚步的移动左右晃动着，她穿着一条裤脚肥大的军裤，白色尼龙袜黑色灯芯绒方口咖啡色胶底懒汉鞋，当时典型的军干子女打扮。她正在将她的脑袋斜靠在柳成林肩膀上做出亲昵状。

我再次眨巴了下眼睛，我看到了那个穿着军装的青年军人脸的侧面，那是一张白净的脸庞，眉穹高耸和眼睛间隙很窄，细长的眼睛灼灼生光，很有点外国小伙子的英俊 。那真是和我朝夕相处的柳成林同志。当我确认是柳成林时，我顿时惊得倒吸了一口凉气，这股气从口腔凉到心房再到肠道仿佛沁入我的每一根血管直到脚心。

我下意识地放慢了脚步，与他们拉开了距离，免得让他们发现，以为是我在跟踪偷窥似的。

他们停下了脚步，将自己的身影隐在一棵树干粗壮的法国梧桐后面，但是被昏黄路灯拉长的身影映在米黄色围墙上的影子明白无误地告诉我，他们的身体紧紧地拥抱在一起，随后那娇小的女子踮起了脚尖，那个英俊颀长的军人俯下头来，他们开始热烈相吻……

他们在家属院的大门挥手告别。姑娘月白色的身影轻盈地像是一片云彩那样飘进了黑暗中，瞬间消失得没了踪影，因为兵部卫生所就设在家属院。我听见柳成林吹起了《红莓花儿开》（注：红莓花儿开是俄罗斯民歌）的曲调，走进了司令部的大门，卫兵敬礼，他潇洒熟练地回敬着军礼。

我没敢紧跟着他走进司令部大院。我继续沿着围墙向前走，直到湖北路口再向右拐从丁家桥后门溜进了招待所的大院。

待我推开我们招待所的客房门时，老班长时奋斗已经梳洗完毕，斜躺在床上靠着枕头正在翻看托尔斯泰的长篇小说《安娜·卡列尼娜》。看到我推门进来，他说："回来了，这么早？"我说："不早了，已经快十一点了。我还是坐三路车从鼓楼到丁家桥下的。"

我说："这么迟了，你还没睡？"

"睡不着，看看书。"他放下手中的书本打了一个哈欠说。

"看什么书？这么废寝忘食的。"我明知故问道。

"托尔斯泰的《安娜·卡列尼娜》。"

"哪弄来的？这可是禁书啊！"

"是从兵部图书馆借的，柳成林偷偷借给我的。狗屁，什么禁书？这是俄国批判现实主义大作家托尔斯泰的名著。"

我随手抓起这本书页已经完全泛黄，竖排本的长篇小说，书的封面上盖的是润州市图书馆的章。兵部政治部图书馆的书柳成林也曾经悄悄借给我看过，一般都盖有部队图书馆的章。而这本书明明是地方图书馆偷偷借出来的。肯定是小四子借给时奋斗的，他说了谎，但是我不想点破他。

我忍不住把我在湖南路上悄悄看到柳成林和马晖手拉手肩并肩一起散步和在梧桐树下接吻的事告诉了时奋斗。

时奋斗却漫不经心地说："我知道了，柳成林早就和我说过，是小马主动的。"

"小马主动的？她还像是个未成年的小女孩，这可能吗？"我明显地表示不相信。我心中想，八成是柳成林以'黄书'勾引，我看她最近老是看柳成林在画那些男女人体解剖图。

"不要忘了，小马可是在卫生所的，系统地学习过生理卫生课，这方面开窍早。听小柳说，她打着去图书室借书的幌子一天一本书的速度又借又还的，是为了多和小柳接触，她肯定是没有认真看这些书，我看这丫头鬼得很。哦，对了，小马是我们团马副参谋长的掌上明珠，马副参谋长是1947年的老兵，山东人，文化程度差些，参加过抗美援朝，战争结束后从朝鲜归来，好容易才找到对象，夫人是话剧团演员，比老刘小了十七八岁呢，小马是五五年的也只是比小柳小两岁嘛。”时奋斗说这些时，仿佛很轻描淡写，看来柳成林八成向时班长倾诉和分享过他心中的秘密，难怪时奋斗这么淡定，原来他们是有默契的。

我说：“这可是违反部队规定的事，我看这事有点悬。”

“哪个青年男子不善钟情，哪个妙龄少女不善怀春。歌德所言，至理名言哪，关关雎鸠在河之洲，窈窕淑女君子好逑，我看他们也是郎才女貌呢，只是好好为他们保密就成了，别做那棒打鸳鸯的事。”时奋斗说话的口气还是那么淡然。

我去盥洗间，匆匆地洗了洗，就熄灯睡觉了。不一会儿时奋斗就发出轻微的打鼾声，他带着甜蜜的微笑，进入梦乡。我却失眠了。

我恍惚觉得奋斗在家乡也是有女朋友的，仿佛是庆丰县南塘镇上的女子，长得非常清秀，民国时期应当也是大家闺秀，只是解放后的林氏家族的纺织企业被公私合营后，家道中落，但他们是初中和高中的同学。一次老班长时奋斗晃着皮夹中照片给我们看，那个女子有着一个十分洋气的名字叫“苏珊”。而他和倪小四子究竟是怎么回事？看来班长他也有自己的秘密，怀春和钟情多了，也有烦恼呢，他和柳成林是同病相怜啊。

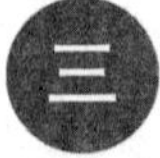

三 情感蹉跎费抉择

一缕银白色的月光透过窗帘洒在我的脸上，我闭着眼睛，眼底仿佛是一副宽大的银幕，银幕上出现的镜头全是我似曾熟悉的人物和场景。一幕一幕像是过电影那样，反反复复在我的脑海中涌动着，仿佛是月色下澎湃着海潮，被海风剪碎着的月影波光潋滟不成形状地向我扑过来，我就是随着汹涌海潮跌宕起落的小船，船上载满月光。月光中一会儿徐徐起落着黎星星婆娑起舞临空蹈步的倩影，一会儿闪现出爸爸那张慈祥的脸庞，他向我微笑，悄悄对我说，生儿你爸爸从来就是坚持革命气节的英雄，不是叛徒，历史不是给出了正确的回答吗？相信爸爸，绝不会是“五·一六”分子的。

我听到我对面床上的时奋斗也只是睡着了一小会儿，小鼾即止，也是辗转反侧地在床上唉声叹气，似乎难以入眠。一会儿他又悄悄下床，穿着汗背心拉开桌上的台灯，开始写信。

我掀开蚊帐问他：“班长你也睡不着？”

他说：“嗯。明天就要回团里去了，我想给家里写封信。另外我想托你给团里宣传股解股长带封信，帮我请两天假，我想去省城师范学院音乐系找音乐老师帮我修改一下我写的协奏曲《工程兵之歌》，你那儿有什么关系吗？”

我想了想说：“我在兵团有一个同学叫赵明明，他妈妈是美术系总支书记，他家对面那栋楼里住着的一位教授就是音乐系的，据说还是留学维也纳皇家音乐学院的呢。”

“可不可以带我去认识认识你那位同学的妈妈，听润州市文工团刘老师说师院音乐系的盛洪教授就是留学维也纳皇家音乐学院的。”

“好像那个教授就是姓盛吧，我和你一块去请我同学她妈妈领你去，不过就得迟一点回团里去了。”

“不碍事的，《工程兵之歌》的创作也是大事，准备参加军区明年的八一汇演呢。我会和团里去说的。你快睡吧，明天一早我们去你同学家，我把几封信写完就睡。”

等我一觉醒来，迷迷糊糊去上厕所撒尿时，我看到时奋斗已经又在床上呼呼大睡了。

我估计时间大概已经是凌晨四五点钟的样子了，借着一缕透过窗帘的路灯灯光，我依稀看到桌上放着四封信，信已经全部装进牛皮纸的兵部公用信封中了。我怀着几分好奇，借着灯光发现时奋斗班长当晚匆匆挥就的信有两封是寄给家乡的，一封是给母亲的，一封写着一个名字叫作“林苏珊”的，这个名字简直太熟悉了，是班长经常引以为骄傲的他的恋爱对象，被他称为“灰姑娘”的年轻姑娘，却是一位标准的古典美人，不仅外表有着林黛玉似的纤弱袅娜文静，而且骨子里的才学也有着李清照似的内涵和学识，我们背后议论我们老班长和苏珊大姐都是才貌双全的才子佳人，是天下无双的绝配。唯一的缺陷是家庭背景过于复杂，简直和这个追求清一色红色革命色彩的社会格格不入。

如果时班长要和林大姐结合，那么班长在红色革命熔炉里很可能就会被当成另类清除出去。如今这个姑娘的美好形象正静静地躺在他的皮夹子里，时班长时不时地像是欣赏圣母像那样掏出来欣赏陶醉一下，出于他艺术家的坦率也时常像是展示自己心爱的宝石那般炫耀着，当然炫耀的是她那女性的美丽和佳人的才情，至于那糟糕的家庭背景他是从来三缄其口的，那背景我是影影绰绰听柳成林说的，柳成林又是听齐干事说的。

在新兵连他曾多次向我们展示过林苏珊的玉照，那是一张 120 海鸥相机拍摄的黑白小照。清清的小河边柳丝垂进荷塘，一个面容姣好皮肤白皙的姑娘正在池塘边洗衣服，此刻她对着镜头回眸一笑，河的两旁是典型的江南民居白墙黑瓦，那照片很有诗情画意，颇使人有一种唐诗里写的“回眸一笑百媚生”的感觉。照片的背面还用娟秀的钟王体小楷写着一首小诗：“岁月倥偬又经年，往事历历恍如烟。漫空诗雨南北飞，千缕情丝昼夜牵。”这就是老班长的未婚妻，一个家庭出身不好，却和时奋斗从小学到高中青梅竹马的同学。

而眼前的这封信却使我想到我昨晚在兵部大门口的法国梧桐林荫里看到的柳成林和马晖相依相偎相互接吻的一幕，又联想到小四子对时奋斗脉脉含情那双大眼睛。我想难道老班长面对出身高贵如花似玉的副政委现在已经是司令员的女儿动心了，对苏珊大姐变心了？要舍弃出身不好的女朋友另攀高枝了？带着多重疑问，我继续翻看最下面的一封信，我发现那封信是写给小四子的，信还没有封口，抽出来看看再放回去想必不会露出马脚。听着床上传来的均匀鼾声，我带着偷窥班长秘密的忐忑心态，匆匆忙忙地将最下面那封信掖起来顺手带进了走廊的盥洗间内，在男厕所关上门，脱下裤子装着大便的样子，就着昏黄的灯光开始津津有味地欣赏起老班长的情书来。

老班长大我 5 岁，应该是 23 岁了，小四子小我 2 岁应该是 16 岁。听柳成林说小四子正在狂热地追着军中大才子时奋斗，时奋斗却在家乡的灰姑娘和眼前的白雪公主之间进行着艰难而又痛苦的抉择。

选择前者意味着他将脱下军装成全爱情，选择后者将意味着他舍弃爱情，追逐名利地位，今后借助倪司令员的政治资源，很可能乘上火箭在部队飞快地入党提干长期留在部队得到一个辉煌耀眼的前程。现在展现在我面前的信有可能就是他选择的结果。我开始津津有味地欣赏时奋斗那一笔流畅清秀的钢笔体书法“情书”。

小四子：你好！

首先非常感谢你对我的信任。但是我可能要辜负你的一片真心和挚情。因为涉足情感的河流我无法也不能将自己的灵魂和肉体一分为二放在两艘船上，去人生的长河漂流。否则我的灵魂将永生不得安宁，不得安宁的灵魂追求肉体的结合，那意味着欺骗。

一个虚伪的情感骗子躺在一位高贵美丽不失优雅的公主身边寻求肉体的欢愉或者其他一些政治上的飞黄腾达的远景是卑鄙下流无耻的。有点像是德国大诗人《浮士德》中描绘的浮士德将自己的肉体灵魂抵押给魔鬼米菲斯特，寻求美色、仕途最终却以悲剧而告终。

这里的魔鬼主要指内心的贪欲和奢求，而不能清心寡欲地宁静致远地去追求人生诗意的艺术栖息和贫寒中的道德坚守，我和苏珊有过承诺，这种承诺应该说是有爱情基础的，那就应该坚持，不论遇到何等的艰难曲折和惊涛骇浪都应当义无反顾地将情感的小舟划向既定的目标。

对于你的真情告白，从内心讲我是非常感激甚至有点受宠若惊，以一介平民布衣得到你这样有着显赫身份的少女眷顾，我深感惶恐，经深思熟虑，全面权衡，我自惭形秽，觉得我们之间在社会角色上差距太大，即使今后结合，双方以父母为代表的家庭都会尴尬，因此你的真情我不敢愧领，希望你谅解。

你是蕙心兰质的淑女，以你艺术之禀赋和良好的家庭背景无论是情感和艺术事业的追求都会有一个较为圆满的结果。

过几天我就要回部队去了，在此告别之际，我觉得我不能再隐瞒自己的真实想法，让任何心存侥幸的拖延切割我和苏珊的爱情之链，雀占凤巢一般潜入你的灵魂，扰乱你纯洁的思绪，亵渎你神圣的情感。

当然，我会永远地记着你，带着一个美好少女的深秋祝愿启动我灵感的闸门创作出更多的好作品，回报革命熔炉的培养，回报一切关心爱护我的人们对我所寄予的厚望。

祝革命友谊长存！敬礼！

你永远的兄长时奋斗

我怀着窥测别人隐私的快感，躲在厕所的隔间内插上门销，边看边一个人偷着乐。其实最近小四子与时班长的所谓恋爱在美术组已经传得有鼻子有眼纷纷扬扬了，大家都在为苏珊大姐的遭遇在背后谴责时奋斗，简直把他比成考上状元抛弃糟糠之妻成为驸马爷的陈世美，这在部队中提了干的农村兵中比较多。

有次我们团的电影组张含瑛到军区电影站拿电影片，中午我请他在兵部招待所吃中饭。小张就和我说，那个流氓组长柴静林在家里已经娶了媳妇，还在外面到处沾花惹草地以谈恋爱为名为自己张罗着找媳妇，最近又和润州市省军区医院的护士谈上了。那护士，人长得一般化，不过也算是大家闺秀，父亲也算是军区政治部所属军事检察院检察长一类，只是本军区的司令员对政工干部向来有偏见，那位检察长和政治部的 200 多干部以“三支两军”为名被打发到浙江一贫苦山区当军分区政委。言谈话语中张含瑛对电影组长的为人极其鄙视，他一边夹着菜，一边一口一口喝着酒，彤红的脸上浮现出不屑一顾的表情说："和那个安徽地瓜兵我一天都不想呆下去，压抑啊……我盼着你早点回去，你不回去我连说话的伴都没有，和那个流氓我是无话可说。"

我不想掺和他们的矛盾，也只是劝他多喝酒、多吃菜。那天我和时奋斗特地用饭票为他多点了几个菜，我还从家里带来了一瓶洋河大曲。我知道张含瑛是山东牟平人，他的家乡在山东是属于富庶地区。那天张含瑛是有点醉了，但是他必须提着两铁皮电影片搭乘下午三点的长途班车返回团里，因为晚上团里要放电影，我记得他在电影站提的影片是《南征北战》。

饭后，我从杨万龙处借了一辆自行车将提着沉重影片的张含瑛送到了中央门汽车站。临别小张还是骂骂咧咧的："这么重的家伙也不为俺派个车，还叫俺六点之前赶回团。"

满腹牢骚的小张走了，柴组长的陈世美形象在我脑海中烙下了不可磨灭的印象。

长时间的蹲坑我的脚开始发麻，再蹲下去我恐怕要站不起来了。当我艰难地扶着隔间板壁勉强站了起来，双脚麻木得几乎挪不动步子了。但是我心中依然十分喜悦，为窥见时班长的隐私而高兴。

其实我高兴的是我所尊重的时班长终于有了一个正确的选择，他没有因为公主的诱惑当陈世美。于是我一边双脚上下跳着缓解一下麻木的肢体和脚板，一边提着裤子蹑手蹑脚地推开客房的门悄悄踅回房间，将那封信原样放好，复又在我的铺上躺好，这时天已经快亮了。

时奋斗依然睡得很香，嘴里还不停地嘟哝着什么，嘴角流着口水，我想他在梦中不是梦见了苏珊就是梦见了小四子。我反正是睡不着了，随手捡起时班长丢在地板上的《安娜·卡列尼娜》的小说津津有味地看起来，只等到兵部大院的起床号响起 ……

四

阳光灿烂的日子

时光再次像是一阵轻轻盈盈的风穿越隧道，回到了40年前的昨天。昨天我们英姿勃发，充满着朝气，充满着对未来的喜剧似畅想，但是对于青春岁月的我来说，借用著名作家王朔先生的一句话来说是阳光灿烂的日子。

尽管现在看来，那时是一个喜剧和悲剧交替上演的时代。那缕充斥我们生活的灿烂阳光有时也幻化成一团烈火，将人的灵魂和尊严都炙烤得如同一摊血水那般顺长江东流而去，成为一段令人刻骨铭心的往事，永远挥之不去。

而这一段历史对于我的岳母骆老太太则意味着对丈夫刻骨铭心的爱以及难以忘却的创痛。他们夫妇在抗日战争时期种下的情感种子，历经战火的考验，在和平年代开花结果，终于长成犹如雪松那般高耸入云，却被后来的大革命风暴摧毁夭折。骆明霞老太太对赵湛题的怀念永远定格在那个惨绝人寰的春天。

那天春暖花开，阳光明媚，东郊梅花山的春梅绽放得如同我五彩缤纷的画面一样美丽。在离梅花山不远的南京体育学院中赵湛题39岁还差11天的生命，丢下四个未成年的子女，毅然决然永远地走进了血色的梅花丛，完成了所谓“芳魂一缕向天涯，天涯有泪青天洒”的悲壮人生。这一天成为骆老太太心灵挥之不去的阴影。

不过，那时我还没有在人前人后称她为我家老太太，当面称她为妈妈。那时当兵部美术组的战友称她为骆老师时，我却称她为骆阿姨，已经凸显出和她之间有着某种特殊的联系，因为我和她的大儿子是建设兵团的战友，或者叫插友。她那时候就称我小路，直至40年以后我已成为半大老头时，她依然称我为小路。

我和时奋斗的睡梦是被招待所的小喇叭吵醒的，时间是在上午的九点，早就过了起床号的点，我们还是朦朦胧胧地睡在梦中。

那时的客房还没有电话，凡有宾客电话，小喇叭就会响起“某某同志有电话”的声响，这样全所楼上楼下的住客均能明白无误地听到接电话的声音。这回招待所的小战士特意在喇叭里不怀好意地嚷道：“106 室的时奋斗同志，一位女同志来电话找你。”这“一位女同志”的定语充满着不怀好意的暧昧。

时奋斗揉了揉惺忪地睡眼懵懵懂懂地说：“肯定是小四子的，雨生你去接就说我不在。”

我说：“你干嘛不去？”

奋斗说：“我有点心烦，你就说我去师院音乐系了。”

如果是平时我是断然不肯去接这样的电话的，但是我昨晚已经偷偷摸摸看过他给小四子的信了，明白了时奋斗的本意，也就没有再推辞。

于是我匆匆忙忙套上衣裤去了招待所的值班室。

电话搁在柜台前，小战士脸上浮出诡谲的微笑说：“倪副政委家的闺女找小时的，怎么你跑来接呀？”因为我们天天出入，彼此熟悉。我也诡诡地用手指挡在嘴唇中央作禁声状。

我拿起听筒，只听到小四子柔声问：“奋斗，怎么才来接呀？”

我学着她的腔调，捏着嗓子说：“奋斗，怎么才来接呀？”

“哎哟，要死，你是路腿子，你坏，你坏。时奋斗呢，到哪去了？”

“小四子，你不得了啊，人小鬼大的。才这么短时间，就和我们班长勾搭上了，看我不告诉你哥，骂死你。”

“你敢，我和时奋斗同志的关系完全是革命友谊，我才不怕呢。你快告诉人家他到哪里去了？”

“告诉你吧，他一大早就去师范学院音乐系找人辅导去了，他搞了一个协奏曲《工程兵之歌》想找老师指导呢，你和他这么好，没告诉你。再说人家在家有女朋友你一个小屁孩老来找他，不怕别人说闲话？”

“腿子，我可警告你，你再说我是小屁孩，小心我下次遇见你捶死你，再说一遍，我和时奋斗同志的关系可是超越性别界限的革命友谊，是纯洁的，不是你们想象的那样。我才不管他家里又没有女朋友呢。”

我知道小四子的性格，她是一贯我行我素的角色，凡喜欢做的事是下决心不达目的决不罢休的，她是绝对敢想敢干的狠角色。我不禁为时班长捏一把汗，只好继续哄着她。

“我可管不了你和我们班长怎么样。我只知道班长这会儿不在。”

“那他啥时在？”

“下午我们就要回团里去了。”

“哦，明白了！”她猛然挂断了电话，我耳畔一片“嗡嗡”声。

当我回到宿舍，时奋斗已经穿戴完毕，他正在用糨糊将桌上的信一封封封好口。听到我推门进来，仿佛是漫不经心地问道：“怎么样？”

“什么怎么样？”

“小四子怎么说？”

“听她口气，你们的革命友谊发展得很快呢。是不是安娜已经和风流倜傥的沃伦斯基伯爵搭上了？”

“瞧你说的，没有的事，只是她喜欢画画，来请教过我几次，我教了她。”

“她可不是这么说的。”

“她怎么说的？”

“她说她才不管你家里有没有对象，不达目的，绝不罢休。”

“她真这么说的？”

“是呀！”

时奋斗半晌无语，沉默了一会，他说：“对天发誓。我和小四子真的没什么，不信你问柳成林。”

“柳成林可对我说，他再也不当你们的电灯泡了，什么是电灯泡？我年少无知，不明白，要问你呢。可小四子说，你抱过她，吻过她。”

“什么？她真这么说的？”我是有意添油加醋诈诈时奋斗，谁知他真的慌了神有点坐不住地站了起来忙不迭地解释说："是她抱我吻我的，不不……"他有点语无伦次了，我暗自好笑。

"时班长，时老大哥，你就听我一句话，我和小四子家老二可是老同学，对小四子从黄毛丫头看到长成亭亭玉立的大姑娘，这可是个烈性女子，所谓烈性也即是说一不二的，你激起她的情感浪花，她就可能掀起滔天巨浪，没准给你带来灭顶之灾。处理这类感情问题你要慎重呢！"我极其严肃地郑重其事地和时奋斗说。

"其实为这事我也挺苦恼的，我已经下决心尽快和她切割干净，争取不留尾巴。"

"我想你老时班长可是家乡有恋人的人，说句不客气的话，也算是情场老手了，人家小四子可是初恋，凡初恋一般都是非常认真非常执着的，处理不好会伤害了小四子，对你老兄也不会有什么好处的。你好好考虑考虑，妥善处理吧。你到电影组去借辆自行车，我去小四子家借一辆自行车，顺便探探她的口风。一会儿我们去师院找骆阿姨，请她帮你找音乐系的人看你的协奏曲去。"

时奋斗点点头表示认可，不过看他的情绪不高，他转身去了收发室，我想可能去寄信了，给小四子的信只要放在他家的邮箱内，每天自会有公务员来拿的。

我去小四子家借自行车。小四子倒是比时奋斗来得干脆，在我有意识的暗示诱导下，她一五一十地向我袒露她对时奋斗的爱慕之情，她和时奋斗的秘密交往也基本水落石出。

原来他们是通过柳成林传递信息，穿针引线，避开齐干事和美术组其他弟兄的视线，往往是在星期天或者晚上，悄悄在图书室幽会，谈理想、谈艺术、谈人生的。

我已经完全可以想象出当时的场景：开始的交往没有什么稀奇，时奋斗画画约美丽大方的小四子当他的模特，小四子穿着她姐姐的军装扮成女兵的模样自觉自愿地为我们美术组当模特。还别说小四子穿上军装，加上她那军人世家的气质确还像那么回事，可以说是惊艳美术组，她和杨万龙被称为美术组编外的金童玉女，我还为这对金童玉女各自刻制了一枚印章。这枚印章后来小四子成名后还一直使用着。

我们把这一对少年少女当成我们美术组的宠物，从齐干事到每一位创作人员都在为我们有这样的免费模特而高兴。有几次甚至久未露面的吴敬才干事还特地赶回兵部来画小四子的速写和素描头像。这个穿着军装的头像后来移植进了他那幅叫作《送医下乡》的年画中去了，那形象确实是画中美人。而我们的齐干事正在创作一幅叫作《新书到连队》的画，也有一个电影队女兵的形象，见到牛高马大的吴干事来到创作室，脸色立即阴沉下来，显得很不高兴。

在背后将时班长狠狠批评了一顿，背后我们议论说，这一高一矮两个干事在为小美女吃醋。其实他们都是在为他们作品中的角色争风吃醋。那时反正小四子高中毕业，也不想下乡，整天就泡在美术组，开始培养自己的美术兴趣，她的老师很多，最后走得最近的自然是时奋斗班长。

开始她还一口一个时班长叫得挺欢，来往也正常，她来当模特，我们大家画。杨力龙有时晚上来当模特，她也来画，时班长就在一旁指指点点的，时班长到底是参加过军区第一批美术培训班的老兵，深得军区老画家的指点，他再特别精心地指点小四子，小四子素描功夫长进就非常神速了。小四子天性聪颖跟着叶灵君学习“黑山黑水”的画法，竟然也画得像那么回事，这为她后来拜灵君他爹叶大师叶明之为师学画山水奠定了基础。

就这么学着画着，随着小四子画技的提高，她和时奋斗的关系也发生了微妙的变化，变化是从称呼的改变开始的，不知不觉中“时班长”开始变化为“时大哥”。等到“时大哥”开始变化为“奋斗哥”时，我们的领导齐干事已经以过来人的敏感嗅到他的两位高足身上异样的气味，也就是男女之间异性相吸的特殊气味。

这种气味中弥漫着的情感因素，任其泛滥足以导致时奋斗班长在部队不是飞黄腾达就是卷入漩涡堕入深渊万劫不复，这两个极端中间横陈着的钢丝绳，没有极高的平衡技巧，就会走得很吃力很危险。

以齐干事过来人的经验认为这种政治地位极其悬殊的恋爱，幼儿园小朋友之间做做“办家家”游戏还成，要是弄假成真，倪家家长贫农出身的倪司令员一般不会太在意，但是从1955年就退出现役长期扮演家庭主妇角色的龙老太太肯定是要以“门当户对”为理由棒打鸳鸯的。结果一定是以牺牲时奋斗来保全小四子的名节。想到这儿矮小精干的齐干事大冬天吓出一身冷汗。

出于对时奋斗的爱护，也出于对整个美术组的声誉的维护，齐干事能够对于柳成林和马晖的事眼开眼闭，对于时班长和小四子的事却不能无动于衷。

他略略摆脱了军中文人的随意和潇洒，终于摆出了政治部干事的嘴脸和沉浸在爱情游戏里的时奋斗进行了一次推心置腹的密谈，密谈是在我们兵部大院对面洪湖饭店进行的。听说只是点了一盘水煮花生，一盘猪头肉，一盘韭菜炒鸡蛋，一瓶简装洋河酒。待到酒水喝尽，冷热菜盘空，两人已经面红耳赤，都有了酒意。

齐干事从小四子的家庭情况到少女的感情脉络发展以及他们两人的情感走向，一路引经据典，循循善诱，反正马克思、恩格斯、列宁的爱情哲学到托尔斯泰、司汤达、曹雪芹乃至张爱玲的爱情观杂糅在一起，像是捧在时奋斗面前的杂烩汤，加上酒精的作用，使时奋斗很是受用。

他动之以情，晓之以理，在酒壶底空的时候，齐干事终于觉得他深入细致的思想工作起作用了，时奋斗承诺将和倪琳琳姑娘保持距离，如何保持距离法他还得考虑考虑。

离开小饭店后，他们两人还去了不远处的和平澡堂，在温水泡了一把澡，相互赤裸着身子搓了背，齐干事承诺先派他去军区三所参加军区美术学习班创作他的版画《天堑横渡》，回避一下小四子，让他们火热的情感冷却一下，逐步了断。

时奋斗似乎是洗心革面，要和过去的朦胧情感进行切割了。但是情感的问题决非一次谈话可以了断的。可谓“天下事了犹未了”，其中的波澜起伏还要延续一段时间。

小四子是不来美术组了，但是时奋斗眼前不时地交替地晃动着林苏珊和小四子的影子乃至夜不能寐，尤其是小四子那晶亮的杏仁眼像是一潭闪动着粼粼波光的深潭扑闪扑闪地撩动得他心神不定，小四子爽朗的笑声从她那性感的厚嘴唇中飘出就像是口中吐出的娇艳欲滴的出水芙蓉，搞得实在有点情难自抑了……尤其是月圆之夜，这种情感越是像潮水那般袭来。他突然想到王实甫《西厢记》中张君瑞吟给崔莺莺的诗——“月色溶溶夜，花荫寂寂春，如何临皓月，不见月中人”，于是情不自禁地写道：“秋夜广寒月色明，嫦娥忬袖弄倩影。天净晖澄碧空远，谷静山谧足声静。遥观无秽脱俗尘，近观有意存雅情。银汉迢迢千万里，鹊桥云路传知音。”偏偏这首充满着小资产阶级情调的小诗，被和时奋斗有着同样罗曼蒂克情感，又同样在三所培训的同宿舍战友柳成林悄悄捡到了草稿，于是悄悄复制了一份传到了兵部卫生所的小女兵马晖手中，偏偏这个长得像是瓷娃娃一样的16岁小女兵又将这首情意绵绵的小诗传到了她的闺中密友倪小四子手中。

这仿佛就像是一条红线在诸多热心人的联结下将两个在情感中煎熬着的相思男女又链接在一起。不过这回已经由地上开始转入地下。

转入地下的情感越来越炽热就像是地下的岩浆在地心涌动，总有一天要在地表喷发，形成火山，不过现在已经成为火山的岩石，火山的坑中长满了蒿草，成为历史的痕迹而使人去平静地观赏了。

火山的岩浆还在地底奔突时是并不可能预知将来的后果的，痴情的男女往往不计后果地品尝着禁果的甘怡而不知收敛。当小四子心怀幽怨赶到三所创作组找到时奋斗时，时奋斗那被齐干事垒砌的礼教堤坝顷刻在小四子泪水的浇注下开始崩溃了，他们在人迹罕至的九华山密林里继续着情感的拉锯战。

时奋斗坦言自己家里已经有了未婚妻，而且自己是来自外省农村的，和她家门第相差太大。

小四子说：“我不管你家里有没有未婚妻，不是未婚吗？在你未结婚之前我有选择的权力。人家陇西大族崔相国的女儿崔莺莺还非穷书生张君瑞不嫁呢！”

时奋斗长叹一声：“唉，傻丫头，中封资修的毒太深，哪里看的这些才子佳人的故事。”

“小时候看过王叔晖的《西厢记》，你不也说这本连环画是获得全国连环画一等奖的吗？一本小人书都给我临烂了，你不是也称赞我那个红娘和崔莺莺临摹得很像那么回事吗？还有《天仙配》《柳毅传书》不是都打破封建礼教的门第观念，况且我们是无产阶级专政的国家，什么门当户对纯属胡说八道。我就偏当一回小龙女、崔莺莺、七仙女。”

“哎哟，那都是书上编出来，你还真信啊？”

“毛主席还说要和传统观念彻底决裂，你和我好，我能够改变你的命运，你信不？”

“我信！凭你家在兵部的政治实力完全能够得心应手地做到。但是我家中有青梅竹马的女朋友，我们感情很深，我不能当陈世美。”

“又来了，你又未中状元，你又未和你家秦香莲结婚，怎么是陈世美呢？你说你爱不爱我？干脆点！”

“我 ……我……”时奋斗一时语塞。

“我什么？你不爱我，写什么‘夏夜广寒月色明’那些令人肉麻的诗。我不是也回了你一首，柳成林没交给你？我背给你听听，‘兰闺深寂寞，无计度芳春，料得高吟者，应怜长叹人’。你们这些男人啊，将自己的真实情感隐藏起来，有贼心，无贼胆，活得累不累？又虚伪又矫情。真他妈窝囊！”小四子情不自禁骂了句脏话。

什么乱七八糟的，又是《西厢记》中的诗文，这小四子真把自己当成崔莺莺，把我当成张君瑞了。看来她倒是一片真情呢。时奋斗心中不禁感动就有点忘情。

他们肩并着肩就这么缓缓地一边仿佛是谈着心，一边仿佛是在就双方的关系坦诚地交换着意见。时奋斗支支吾吾犹犹豫豫，一副当断不断的样子，那口气就不由自主地将齐干事在酒桌上和澡堂里推心置腹的意见当成党组织的意见和盘托出了，这一半是不愿意伤小四子的心，一半是为自己脚踏两只船的情感游戏在推卸责任，想在道德上占领制高点，不动声色地撤出战斗又不至于在道德上有愧于或在情感上有负于小四子。

而这种在情感上首鼠两端的做法首先在道义就输了一截。他一开始还有意识地和小四子保持一段距离，两人之间虽然肩并着肩但始终有着两个拳头的间隔。当小四子柳眉倒竖着开始追问这个“组织”到底是什么人来代表时？她一定要找这个代表“组织”的恶棍算账，这个“组织”算是什么东西？竟然用封建的门当户对的陈旧观念阻拦两个新中国的经过无产阶级“文化大革命”洗礼的革命青年的自由恋爱。

小四子用了几个颇带革命气息的定语来加重语气。最后竟还模仿文艺革命旗手江青同志语气说：“老娘我一定要造这个混账组织的反。”

听了这些言论着实把来自乡镇、出身教师家庭的时奋斗吓得不轻，他明白眼前这个出身于军队高级干部家的千金是敢想敢说敢干的，他没敢把这个代表组织的齐干事供出来。

小四子一再逼问：“你自己对这件事情怎么看？

时奋斗已经是浑身冷汗淋漓，他只能实话实说：“当然是有感情的，但是我也不能辜负苏珊对我的爱呀！我现在是风箱里的老鼠两头受气呢，你叫我怎么办呢，小姑奶奶?”他装出一副可怜又无奈的样子。

看着自己的心上人一脸无奈几乎流泪的表情，小四子终于心生恻隐，她掏出了小花手帕帮他擦去眼角的泪说：“奋斗，别难过，我给你时间，我可以等待你妥善地处理完你和林苏珊的感情问题，再说我们的事。至于所谓组织上的意见只是参考，关键在于你自己拿定主意。”

说着说着她的小手就开始主动牵着时奋斗的大手，时奋斗开始还企图将手向后缩，只是小四子的手紧紧握住他的手，容不得他有半点的犹豫和彷徨。

握着握着时奋斗只能半推半就地顺其自然随她去了。随着被小四子兰花细指紧紧攥着的指尖，一股暖流从掌心顺着胳膊缓缓涌上心头，他的心脏开始砰砰跳动，顿时就升华出一种只可意会不可言传的陶醉感。心头掠过一阵柔风，手也就下意识地情不自禁地握住了她那柔若无骨的绵软小手。

他们就这么手牵着手享受着相互的甜蜜在风声中走过小松林。这很使时奋斗想起少年时代的一首歌，不过手牵着手的不是他们两人，而是他和林苏珊两个人。歌是这样唱的：

穿过小山岗，走过青草地，烈士墓前来了红领巾，举手来宣誓，献上花圈表表心。想起当年风雨夜，山岗铁镣响叮叮，不是你们洒鲜血，哪来今天的好光景！我们踏着烈士的足迹，永远前进，向前进！

那时苏珊是大队长，他是中队旗手，他们戴着红领巾并肩走在队伍的最前列去祭扫新四军烈士墓，那里也要穿过一片小松林。当苏珊的形象像是闪电那样出现在他脑海时，他的神经立即绷紧了起来，他突然像是触电那般松开了自己的手。

“怎么了？”小四子忽闪着她那双迷人的杏仁眼带着疑惑问他。

他红着脸说：“没什么，我眼睛有点痒痒。”随后他抬起胳膊用右手摘掉眼镜，用左手揉了揉眼睛言不由衷地说。

小四子用手再次牵起他的手。他缩回了手说：“我是军人，这样卿卿我我地被人看见不好。”他抱歉地打量着小四子。

他眼中的小四子今天很端庄、很美。她穿着一身的确良女式军装，敞开的领口内露出洁白的衬衫，军裤的裤脚遮盖着方口布鞋的鞋面，只是头上未戴军帽，这大约也是那个年代最时髦的打扮了，细巧的颈脖以下流畅的线条勾勒出窄窄的肩膀，丰满的乳胸高耸着，那个时代的女性还不适应穿戴那种吊带似的胸罩，所谓文胸也就是汗背心的那种，因而走起路来胸口就有着某种不受拘束自由跳动的感觉，那两座高耸的山峰很使得时奋斗有点心猿意马的恍惚感。他揉了揉眼睛，仿佛使自己头脑清醒起来。

“这儿山空人静，哪儿来的人影，别自己吓唬自己了。”说完，小四子竟然双手紧紧抱住了时奋斗。

时奋斗环顾左右，确实是冥无人迹，耳畔唯闻山风摇动松林的飒飒之声，他拥抱着小四子，可以明显感觉到她丰满的胸脯上下起伏着，甚至仿佛听到了她心脏跳动的节拍。她幽幽地说："不，奋斗哥，我就是喜欢你，我一定要和你在一起。"

他轻轻地企图摆脱她的拥抱，但是两条手臂就仿佛像不听指挥似的反而将小四子身躯搂得更紧了，他怀抱着小四子用手轻轻地拍着小四子丰满的臀部，可以真切地感觉到薄薄衣衫下的肉体，心情就难免有点激动。他嘴里却喃喃地说道："不能这样，四子，不能这样……"

"嗯，就要这样！就要这样！我爱你嘛！"小四子有点娇嗔地说。

时奋斗松开了他的手臂，却用手揽住她的细腰似乎比刚才的牵手又进了一步。他们就这么亲亲密密地继续向山顶攀登，他没有答小四子的腔，但是他感觉到小四子的表白渗透着她少女的一片真情，他似乎又是难以拒绝的。此时无声胜有声，他们就这么静静地依偎着穿过了这片幽静的黑森林到达了顶峰，顶峰上矗立着一座青砖垒成的宝塔，宝塔的底层供奉着唐三藏的舍利子。

宝塔在晚风夕照中静静伫立着，眼底可以清晰地看到波光潋滟的玄武湖，分别被命名为翠洲、梁洲、环洲、樱洲、菱洲（注：南京市玄武湖公园的五个与陆地相连的湖中小洲。）的五个小洲纵横勾连绿树成荫卧波湖面，仿佛是五个风姿绰约的美人凌波起舞在秋天的湖面，眼底美景迷人，自然也使他们浮想联翩。

她想到了唐僧去西天取经战胜九九八十一难，终究到达极乐世界，她在寻求自己情感幸福的路上也是要攻坚克难，才能到达爱情的彼岸，想到这儿她将自己的脑袋紧紧地靠在时奋斗的肩头，用迷离的目光注视着他。

他却并不接受她投过来的目光，只是神情凝重地注目远方，远方的紫金山顶峰正笼罩着一抹乌云，正在慢慢向九华山飘来，他心头蓦然生出些许悲凉。他想到了唐僧情陷女儿国，猪八戒情迷高老庄，此刻他肯定不是唐僧而是天蓬元帅先是迷上嫦娥被贬人间投胎猪腹成了猪八戒，后是失足盘丝洞差点被妖精活剥了猪皮……

想到这儿他不寒而栗，但是可以肯定的是小四子绝对不是妖精，而是一个纯情少女，但我是猪八戒吗，似乎也不是，我只是徘徊于欲望和理性之间的浮士德，经不过心魔的诱惑而堕入情网，不是我浮士德花心，实在是海伦太美丽太迷人了。他耳畔再次响起齐干事和他在饭店、澡堂那次严肃的谈话。

他喃喃地说了一句："看来猪悟能还是回高老庄的好。"

他慢慢松开他紧紧揽着小四子蛮腰的手，指着远方高天中飘浮的那缕乌云说："要下雨了，咱们下山吧。"

小四子默默点头，口中却自言自语地说："这唐三藏去西天取经还要历经九九八十一难呢，猪八戒怎能回家?"他们就这么仿佛打哑谜似的南辕北辙胡扯了一通，走下山去。

天空开始飘洒着星星点点的雨丝，他们去了九华山脚下的小饭店各怀着心思点了几个菜，一人要了一瓶啤酒，持瓶相碰对饮，仿佛都有满腹话说，又欲言又止吞吞吐吐。

进完晚餐，他们都有了几分小酒微醺感觉。时奋斗因着酒劲，已经将齐干事的忠告忘在了九霄云外。小四子满脸潮红仿佛是酒醉得有点趔趔趄趄的样子就这么斜倚在时奋斗的肩膀上，时奋斗就手揽着小四子的细腰，两人就像是恋人那样走进了风景如画的玄武湖公园。柏油马路路面被刚才的那一番小雨打湿，仿佛明镜一般倒映着月光，月光中的男女陶醉在如诗如画的忘我境界中，已经全然忘记了外界的风风雨雨。

马路两边的梧桐树在凉爽的秋风里摇曳着发出飒飒的声响，此刻月亮从云层里探出笑脸，他们就这么一路甜甜蜜蜜地在月色迷离中漫步着，在露天影院他们甚至还在石凳上并排相依相偎着看了一场电影。那场电影名字叫《英雄儿女》，这场电影成了他们终生难忘的一次刻骨铭心的甜蜜回忆，后来我回电影组经常放映的为数不多的影片中就包含《英雄儿女》。

看完电影时奋斗陪着小四子回兵部的家。躺在床上，时奋斗睡不瓷实，思前想后最终他还是委婉地给小四子写下了那封信。这一委婉自然也就流泻出更多的情感色彩给小四子留下了更多想象的空间。

时奋斗没有想那么多，他有着他的创作计划。第二天他要去师范学院拜访盛洪教授。

星期天，空气中萦绕着初秋的透明和清爽，没有起床号的顾忌，可以睡到自然醒。早晨起来，满目的明媚阳光，夏天的暑热被清晨阵阵秋风和昨夜阵阵细雨吹得荡然无存。仿佛像是神奇的画笔勾勒成的蓝天和白云，将满城的绿树洗涤一新，绿树成荫的悬铃木，装点着依然是民国时期留下的众多中西合璧的建筑，和当代许多了无新意火柴盒似的砖瓦房屋，形成鲜明的对比。主干道笼罩在成排的法国梧桐林荫中，微微泛黄的树叶在秋风中摇曳，整个古南都城就是一幅赏心悦目的画。

上午九点多钟，清冷的街道似乎也喧闹了起来。尽管政治运动依然按照各级军、党领导的意志，如火如荼地进行着。这一切仿佛与我们这些军中的画家无缘，我们依然陶醉在艺术的境界中，虽然这种陶醉难免不带政治的痕迹，不过毕竟是以画笔为政治现状勾勒出一派美好祥和的景致，一切都湮没在红色的海洋里，深深浸染着红色的印记，灿发出炙烤人心的火热。

我们在艺术天地中，挥舞着画笔却感到自由自在轻松自如，尽管难免不带有那个时代的色彩，却依然比直接卷入政治漩涡，遭受灭顶之灾的家庭和个人，来得超脱和幸福。所以我非常理解大院子弟王朔，把那段浩劫岁月称之为“阳光灿烂的日子”的另类心态，因为他们本身就是浩劫中幸福的另类，是权力刀柄上镶嵌的幸运之星，我们也只是附骥于幸运之星周围的一片云彩而已，虽然幸运的背后各自家庭仍有各自的不幸。

不是尾声：相聚玄武湖

当我们这些自我感觉良好的军中绘画爱好者被集中在军区工程兵司令部大院进行创作时，我其实就是在家门口当兵。除了在学习绘画技巧训练基本功，就是在齐干事的带领下进行创作，这种军旅画家的生活宽松而自由，惬意而随性，因为我们的领导齐干事、时班长本身就是不拘小节之人，对我们的要求也并不像连队那样严格，我们就像鱼儿那样自由自在地徜徉在温馨的春水之中。星期天还可以请假回家，那时穿着崭新的绿军装在眉山路上招摇，就如同衣锦还乡的感觉，那个年代的绿军装本身就是某种荣耀，阔别家乡两年后，我以军人身份回到了眉山路，心中的喜悦之情难以言表。

那天是星期天，在街上我见到了黎星星，她也穿着一身崭新的军装，从她家那幢花园般的小院中走出来，她身后跟着一群如花似玉的姑娘，那是她的四个妹妹，五姐妹就是小妹妹因年龄太小未入伍外，其余四人个个穿着军装，像是一个娘子军班昂首挺胸走在眉山路上，很让街坊们羡慕。

她告诉我，黄卫军确实被他爹送到了部队，那是军区测绘大队，那部队隐藏在安徽的大别山区。顾晓江也回来了，他被兵团推荐为工农兵学员上了省城师范学院美术系。方吟梅是春节回来过年的，还未返回兵团。方吟梅还在师部的农业大学教中文。通过她对黄卫军的叙述，令我想不到的是黄卫军的出逃竟然与这两个女同学有关。

在我的记忆中方吟梅似乎还和黄卫军有一段解不开的心结，那就是抄家之痛。竟能在黄落难的时候施以援手，这似乎与我和顾晓江这两个泥做的男人落井下石相比形象要高大许多。虽然我们也是不得已，但其中夹杂着许多自私的念头那是肯定的。

黎星星在去兵团纺织厂前借探视之机，在饼干中夹着一把刀片，黄卫军用刀片割断了绳索乘机脱逃。在全团搜捕黄卫军时，他无意中窜入师部农大玉米试验田中潜伏到深夜才出，被方吟梅发现后救出，将他送到海州火车站，他才悄悄潜回了省城的家。

我和黎星星相约星期天在玄武湖划船，请她约上顾晓江和方吟梅一块去，中午去玄武湖梁洲的小白楼餐厅撮一顿。她爽快地答应了。

寒冬已过，春天又来临。星期天我和黎星星、顾晓江、方吟梅沿着玄武湖宽阔的湖滨大道，呼吸着温馨的空气，仰望着高高蓝天，遥看着前方烟波浩渺的一池春水和远方起伏连绵的紫金山脉，真正有着一种全身心放松、自由、畅快的感觉。

这时湖畔的柳丝已抽绿，繁茂的鹅黄色迎春花在绿叶丛中发出娇媚的微笑，我们四人并肩行走在春意盎然的湖滨大道上。此时，马头牌冰棍的吆喝声，已在春天的气候中响了起来。黎星星买了四支马头牌冰棍，那种久违了的儿时感觉蜂涌而至。

我和黎星星身着崭新的军装，红色的领章映着黎星星春光明媚的脸，显得分外妩媚，路人用羡慕的目光看着我和她这对年轻的男兵和女兵，使我们心头涌现出一种莫名的虚荣。这时我们并不懂得炫耀的浅薄，就像黄卫军当年穿着黄呢子大麾和乌克兰皮靴在冻土地上行走一样，是某种超越于众生凡俗的优越使人变得无知愚昧。我想黄卫军经过这次兵团的仿佛地震般“高岸为谷，山谷为陵”似的沉重打击后，是否会更加清醒地面对自己那种充满着陈腐和无知的对于地位身份的炫耀而略知收敛，那他恐怕就会历经大悲大痛后走向成熟了。

顾晓江穿着洁白的衬衫和兰咔叽布裤，松紧口布鞋，高耸的鼻梁上斯文地戴着一副眼镜，使团团的圆脸上平添了一股斯文之气。只是我感觉他那高深莫测的脸庞由于戴了一副眼镜，好像变得更加扑朔迷离起来，他脸上永远漾着令人捉摸不定的微笑，和善的深沉使他显得成熟。

方吟梅剪着齐耳短发，仍穿着月白色小碎花的布拉吉长袖连衣裙，足蹬带绊的黑色皮鞋，显得腼腆而又斯文。黎星星问她："怎想起来在关键时刻救黄大痞子的?"

她抿嘴一笑："冤冤相报，何时了呢？以德报怨，以恕报直，是中国人'仁者爱人'的传统美德也是基督教博爱普世情怀的一种，和马克思人道主义哲学并不矛盾。"

这位农大中文老师如是说："这个社会制造的仇恨太多了，还是化干戈为玉帛吧。况且那时的黄大痞子，已形同丧家之犬了，从巅峰落到了深谷，我再踏上一只脚，他非死不可了。因为团部已请示师部，师部同意了，如果这个穷凶极恶的'五·一六'分子胆敢叛国投敌，格杀勿论。从人性的怜悯之心来说，我觉得黄卫军就像是一种社会现象，他的堕落也是佛教所说的'类堕'，人性的堕落也就是马克思讲的人性的异化，和禽兽在一起久了如果缺少自觉，划不清界限就和禽兽一样了，我相信他在苦海中流转沉浮一番后会大彻大悟进入自己清静的涅槃境界，'火中凤凰，浴火重生'嘛，对他来讲也就善莫大也，是否这样，就看他今后的造化了。当然这是我的愿望，黄卫军能否经过九九八十一难修成正果还难说。"说完这些，她那娴静的脸上淡然一笑，明静如秋水般的黑色眸子中宁静得看不出喜怒哀乐。

谈到如何将黄卫军救出时，她说到了这么一段故事：

那天晚上农校党支部召集所有教职员工开一个会，会上正式传达了师部的通知，说是上午开公判会时八团八营54连跑掉了一个反革命分子，有叛国投敌的嫌疑，现在四处已布了哨卡，命令一旦发现黄卫军一律逮捕，如向港口方向逃窜，阻击无效则可采取一切手段阻止他的叛逃。我听到这个传达就知道跑掉的人就是黄卫军，心中不禁一沉，黄卫军这个人确有毛病，我很讨厌他这种架势，浑身旧贵族气加上小痞子味道，使他灵性蒙垢，妄自尊大，他有错但并不至于死，他之错有一半是时风使然。我是打着手电从校部返回宿舍的。在经过玉米试验田时，我看到了那个熟悉的黑影。当我用手电照着那个黑影时，首先看到的是那顶马裤呢军帽，我的直觉这人就是黄卫军。于是我喊“黄卫军别跑”。黄卫军如惊弓之鸟又一次躲进了玉米地。我的眼前是一片疏朗的寒星和月光照耀下的茫茫青纱帐，四周静谧无声，耳畔唯有呼呼的风声。我只能轻轻喊道：“黄卫军，你出来，我有话说。”我连呼三遍，还是没有动静。此刻，我像是警察向犯罪分子喊话那样，尽量放低声音：“黄卫军，我没有恶意，你出来，我有话说，师部通往海州城全部设卡在捉拿你，你已无路可走，明天白天，这块玉米地一包围，你也无路可走，只能束手就擒。”我知道他没跑远，因为整个玉米地静悄悄的。想必他正在玉米叶的缝隙中近距离地观察着我。我说，“我走了，马上还会回来，你好好想想。”我掉头走了，我回到宿舍带着饼干和军用水壶又转到了玉米地。轻轻地说：“黄卫军，你出来，我不会害你的。”他真的出来了，戴着那顶呢子军帽，穿着补丁摞着补丁的破棉袄。可以叫作“形容枯槁”，十八九岁的人胡子拉碴的，浑身冻得瑟瑟发抖，看到我手中的饼干，他一把夺过去，狼吞虎咽，他说他早上只吃了一碗玉米糊，一只大麦饼，中午、晚上粒米未进。饼干塞了一嘴，差点没噎着。他又连忙灌水，一包饼干，一壶热水下肚，他仿佛才回过神。他像是水浒中的英雄好汉那样双手抱拳发誓般说道：“方吟梅，你此次的大恩大德，我有机会定会报答。”

我问他：“你准备去哪儿?”

“这个你就别问了，我准备去港口。听说东边不错，我有个哥们在警备师当兵，可请他帮我送上外轮。”

我说：“你这是找死，除了叛国就没有其他路可走了?”

他说：“没了，我身上没有分文，连买票的钱都没有了，老爹关在警备区，想帮也帮不上，这个国家我无法呆了。我只有这条路可走，冒死偷渡一次，或许死里逃生呢，反正死活都是死，不如赌一把。”

说完他抱着头“呜呜”地像孩子般哭了起来。

我说：“你坚决不能走这条路，师部已下令，如在港口发现你，阻击无效，可采取一切办法，包括开枪击毙，格杀勿论。”

他无助地两眼噙着泪看着我说：“那怎么办？我不能在这儿等死，更不能连累你。”

我对他说：“看你平时挺机灵，挺像个爷们的，现在这么怂，活人还能被尿憋死。黎星星给我来信说，她爸爸已经找过司令员，司令员已下令解放你爸爸，他已在家等待分配工作，很快将要委以重任，你偷渡出国，不仅生命难保，没准还会影响你爸爸的政治前途。在我们这个政治挂帅的国家，你爸政治生命的延续就是你政治生命的延续，你政治生命的终结会株连到你爸政治生命终结，一损俱损，一荣俱荣你懂吗？你爸的政治生命已笼罩着新的曙光，这曙光一定会照亮你的前程。你相信我的话。套用一句你耳熟能详的普希金的诗：‘假如生活欺骗了你，不要忧郁，不要悲伤，沮丧的日子要学会感恩，相信吧，欢乐的时刻定会来临。心总是憧憬着未来，尽管现实让人感到不安；一切转瞬即逝，成为过去，而过去的一切，却会显得美好。’”

黄卫军睁开迷离的泪眼，略带疑惑地望着我不解地说：“方吟梅，你为什么要这样对我，我伤害过你和你的家人。”

我说：“事涉宗教信仰，你不理解，中国没有完整意义上的宗教，因而缺少自赎和忏悔意识，希望你经过这番磨难更好地尊敬人，爱护人，上帝造人，本无高低贵贱之分，人生而平等，人人都有追求自由幸福的权利。你慢慢地理解吧。”

说完这些，我嘱他：“脱下身上的旧棉袄，换上我给你的军大衣，在玉米地好好睡一觉，天亮前我接你出去。”

他看着我的脸，眼眶中滚动着泪水。也许是我的真诚打动了他，他不再怀疑我的善意。等他乖乖地返回了玉米地，我才转身离去，脑中谋划着如何将他安全地带离兵团这个是非之地。

我回到宿舍，手忙脚乱地将枕头塞进了我的棉袄，皮带紧紧地扎在我的腰间，我的腹部明显像是孕妇那样凸出来，我再扎上头巾，就成了当地的农妇。

清晨，天蒙蒙亮，穿着军大衣，脸上胡子拉碴的黄卫军操着一口标准的当地土话，就成了我的丈夫。我们相搀着走出农大，在通向海州的大路上拦下了一部手扶拖拉机。

黄卫军指着挺着大肚子的我对拖拉机手说，俺媳妇要养娃子了，俺们去海州妇产医院去生养，烦大哥带上一段。拖拉机手二话未说，将我们搀上车，又“突突突”地发动起拖拉机上路了。拖拉机拉着我们顺利地闯过几道关口。在上午九点多钟到达海州医院，我们下了车。在僻静处，我扯出了塞在肚子上的枕头。我陪着黄卫军去了海州的火车站。我为他买了一张去省城的火车票，又给了他10元钱和五斤全国粮票。他千恩万谢地转身离去，顷刻间就消失在茫茫人海。看着他消失的背影，我才松了一口气，头脑中不断盘旋着黄卫军的悲剧，他刚下乡时孤傲、张狂到如今落魄潦倒的形象交替在我眼前出现，我不禁联想到了《红楼梦》中的好了歌注：“金满箱，银满箱，转眼乞丐人皆谤。”世事难料，人的崛起和落魄也就在转瞬之间呢。我感到了身心疲惫，拖着沉重的步子，脑袋瓜子昏昏沉沉的，我去了长途汽车站，我必须搭上午的班车返回农校。

方吟梅讲完了她帮助黄卫军脱离险境的故事，平静的脸上始终挂着浅浅的微笑。我和顾晓江却笑不起来，我盯着顾晓江，发现他脸上涨满了潮红，仿佛很羞涩的样子。对于方吟梅以德报怨的义举我们敬佩不已，在内心中感觉自己在人格上比起方吟梅和黎星星要差上一大截。两个堂堂男子汉，在灾难袭来时，首先想到的是自己的生存，甚至于出卖朋友，献媚于权势者。这使我想到了歌德在《浮士德》那句的名言：“永恒之女性，引我们上升。”

我们四个儿时的同伴，就这么在经过了一段人生风雨的历程后，再来谈经历过的往事，显得格外畅快。在和煦的春风和春天的阳光伴随下，品尝着口中带点凉意的奶油冰棍的香草味，我们一路向公园深处走去。进入我们眼帘的是一片太湖石组成的假山林。我们不约而同地发现了当年耸立在我们眉山路 2 号大院里那座太湖石假山，她的玲珑奇巧，瘦漏透皱，(注：是对太湖石四大特点的形象描绘。)宛如从前，在一片山林中显得格外风姿绰约。可惜当年立在顶端的比利时撒尿男孩的塑像，在“文革”初期作为“四旧”被黄卫军带着红卫兵砸得身首异处，不知了去向。

想当年，我、顾晓江和其他孩子在这座假山周围的洞中钻来钻去地演绎着“官兵捉强盗”或者玩着“警察与小偷”的游戏。黎星星、方吟梅和一帮天真无邪的小女孩在花园般的草坪上，玩着跳橡皮筋、跳房子、过家家的游戏，这一切都随着岁月风雨的流逝带着童年的欢乐远去了，只剩下这块高耸着的太湖石昂然挺立在时代的风雨中昭示着顽强的生命力。它矗立在公园的中央，簇拥着她的是春天艳红姹紫的鲜花，那盛开着的红色太阳花，黄色迎春花，紫色蝴蝶花在阳光的映照下分外妖娆。我们四人手挽着手摆开姿势，请游人帮我们在这块特殊意义的太湖石前摄下了那张青春的留影，记录着我们风风雨雨的青春投影，承载着一段令人难忘的岁月和并不如烟的往事。

不善言辞的顾晓江打开了话匣子。他谈到了我和黎星星、方吟梅离开8营54连后的情况。尤其是前任副连长李学文命运的变化。其实李学文的命运变化是从那次省城之行回来后就开始的。省革命委员会经贸指挥组副总指挥黄惟俭那句“李学文是个坏人”的断语就使李副连长命运的天平发生了倾斜乃至万劫不复。

黄副总指挥的指示变成刘副政委的批示传给了倪教导员，又通过倪教导员的口，传达给了秋指导员。秋指导员是何等精明的农村政治家，她不仅心领神会，而且不遗余力地竭诚贯彻兵团领导的批示精神，李学文不是坏人也成了坏人，从原来的贫下中农变成了腐化堕落混进党内的坏人，成了一个女人精心策划的政治谋略下的试验品。当然这也是李学文作恶多端的必然。

随着顾晓江同志的娓娓诉说，使我们追溯到李学文副连长的案源是不能不涉及他的风流本性的。情欲的泛滥，最终像点燃了干柴烈火那样吞噬了李副连长的灵魂和他的政治前程。他从省城受辱归来不久，他的政治热情显著减退。按党支部秋水花书记后来总结时提到说法是，李学文的堕落是因为其革命意志急剧衰退，乃至彻底堕落。他似乎已经看透了人世沧桑，不再慷慨激昂，满口政治术语，变得沉默起来，而在行为上反而越发放荡了自己。他已不再是连队辛勤的蜜蜂，去采花酿蜜，而像蜻蜓点水那样在女人身上乱点雨露，最终到了不顾及影响，不分白天黑夜，不分对象的地步。这使得一向以革命为重任强调“政治来挂帅”的秋指导员对他大为不满。

她知道在54连她的同盟军只有李学文，李学文的堕落使她有着切肤之痛。这不仅像是情夫背叛了感情那样使她伤心，他毕竟是一个雄壮如狮子般的男人，少了这个男人的关爱和这个男人三心二意的应付式的施予，使她内心深处感到了巨大的失常和失落。而且李学文的背叛还是政治的背叛，是一个亲密的政治上盟友的背叛，这种政治上的背叛是难以容忍的。

李学文后来的目标锁定了自己兄弟李学斌的老婆，那小娘子长得娇娇小小，黑黑俏俏的，有一个一岁半的小男孩。不知道什么时候大伯子看上了弟媳妇，两人就有点眉目传情的意思。李家老二则经常被他哥指派到四十多里地外的海边去割芦苇。李老大便在老二不在家时乘虚而入，这事在整个连队传得风风雨雨，只瞒住了李家老二一人。

一天凌晨，天麻麻亮，李家老二赶着牛车去海边，刚走出两三里地不远，看到背着手的秋指导员叼着烟卷踱着方步走过来。李学斌嬉笑着脸说：“指导员吃过饭了？”

秋水花脸上挤出一丝微笑说：“二兄弟，还没呢！你这么早去打柴草去?”

“嗯呢，俺哥说这活辛苦，可苦的工分多呢。”

“这一来一去，七八十里路，赶早去，下晚才回来，门要关严了，防着野狗蹿到家里来偷食呢。”说完她暧昧一笑。

李学斌心头一震，这秋指导员说的什么意思嘛，啥子野狗，偷食什么的，莫非……他越想越觉得不对劲，于是，吆喝着牛车往回赶。

李老二来到自家门口，他家的黄狗看到他，就闷着声咬着他的裤管往门口扯。他敲门，门从里面拴得死死的，只听到屋内有男女小声说话的声音，窸窸窣窣一阵异响过后，顿时安静下来。他把门拍得山响，门里就是不应，他喊着老婆的名字，老婆答应着但是不开门，他顿起疑惑，于是用柴刀撬开门闩，破门而入。他发现赤裸着身体的媳妇，头发凌乱，两腮发红，浑身筛糠，身子不由自主地发抖，想套衣服，可就是套不上身。

他看到了一套男人袄裤堆在凳子上，一双解放鞋扔在炕边上。于是他像是被红布激怒的公牛那样鼓足勇气手握大砍刀，大吼一声："你给老子出来。"

这时李学文精赤条条，战战兢兢地爬出来，对着自己兄弟磕头作揖，全无平时大哥的威风。李老二万万没想到是自己的大哥和自己的媳妇苟且，气得浑身发抖，气急之下，已顾不得平日的兄弟之情，一不做二不休，找了根绳索将仅穿着裤衩的李副连长捆扎一紧像牵牛一样牵到了营部。一路走还一路骂骂咧咧地大声数落着李学文这个人面兽心，强奸自家兄弟媳妇的畜生的"光荣事迹"。李学文当即被隔离审查，由于受不了群众专政的厉害，他又交代了与其他女知青的不正当关系。在取证时，那些女知青个个一把鼻涕一把眼泪地控诉了李副连长利用入党、招工或者上大学等手段逼迫她们与之发生肉体关系的罪行。材料上报到团部，团首长批示："像李学文这样的坏人，必须依法严肃处理。"李学文已被兵团法院逮捕，即将以破坏上山下乡，奸污女知青罪被处以刑罚。李学文自从被关押后，冯翠花就和他离了婚，带着自己的儿子回到了马家老屋。因李学文案牵连，李、秋奸情败露，秋水花已难以在54连待下去，被平调到十里路外营部马场当支部书记。

顾晓江的故事结束，也给我们短暂的兵团战士的生活打上了一个句号。这很像是我们儿时玩的包子、剪子、锤子的游戏，包子包锤子，锤子锤剪子，剪子剪包子，一场轮回往复，一物降一物，决定着偶然的输赢和人生命运的游戏。

我们并肩向左边的大路拐，也就是玄武湖公园大门通往梁洲的路，那里高坡上精致的小白楼就是我们当年春游，中午休息吃饭的地方。听说那儿现在有异常精美的湖鲜吃，我准备请大家在那儿撮上一顿，小白楼的鱼多，就是我们南京人心目中老莫餐厅里一种奢侈的享受。虽然这是个提倡节俭的时代，但也不妨为我们命运蹉跎后的重新相聚破例一次。这条路两边栽着高大的法国梧桐树，斑驳粗壮的树杆，支撑着密密匝匝的树叶，遮天盖日送来一树阴凉。

这树从民国时期到现在已有五十多年历史，仍然腾现出勃勃的生机。悬铃木的高大稳固，使我的心头充满着美好的感觉，我们仿佛又回到了那无忧无虑的童年，看着前方开阔的湖面，一只只漂泊游移的小木船，木船上有人在荡浆，我们想起了儿时唱的歌曲《让我们荡起双桨》。我们情不自禁旁若无人地开怀唱道：

让我们荡起双桨，
小船儿推开波浪。
海面倒映着美丽的白塔，
四周环绕着绿树红墙。
……

我们相互短暂地对视着，随着歌曲悠扬起伏的旋律，心中充满着阳光，仿佛心中的小舟正划向光明的未来，尽管航程莫测，前方还会有阴影和风浪袭来，可是我们终于暂时摆脱了阴影，达到了我们心中想要到达的平静港湾，我们正走向新的码头，等待着摇着人生的小舟再次出航。然而：

我们不懂，我们又怎么能懂：
人世间决不限于我们这些人，
也有人热泪涔涔，
却不是由于个人不幸。

这是俄国白银时代著名诗人涅克拉索夫的诗句，这时方吟梅在烟波浩渺的湖面若有所思地轻轻吟诵着……

2008 年 5 月 24 日完成初稿
2008 年 9 月 6 日第二稿
2008 年 10 月 3 日第三稿
2014 年 10 月第四稿
2015 年 6 月第五稿